Michelle Madow

Diamond-Sisters

Die Konkurrenz schläft nicht

DIE AUTORIN

Michelle Madow wurde von einem Besuch in ihrem Lieblingshotel in Las Vegas zu den »Diamond-Sisters« inspiriert. Sie ging in Florida aufs College und lebt noch heute dort. Von dort aus promotet sie ihre Bücher über Social Media und mit Buchtouren durch ganz Amerika. Und wann immer sie es einrichten kann, reist sie mit Vorliebe nach Vegas.

Mehr über die Autorin auf michellemadow.com und Instagram @michellemadow
Mehr zu cbt auf Instagram @hey_reader

Von der Autorin bei cbt bereits erschienen:

DIAMOND-SISTERS – Las Vegas kennt keine Sünde (31040, Bd. 1)

Weitere Bände in Vorbereitung.

Michelle Madow

Diamond-Sisters

Die Konkurrenz schläft nicht

Band 2

Aus dem Amerikanischen
von Eva Riekert

cbt

Der Verlag weist ausdrücklich darauf hin, dass im Text enthaltene externe Links vom Verlag nur bis zum Zeitpunkt der Buchveröffentlichung eingesehen werden konnten. Auf spätere Veränderungen hat der Verlag keinerlei Einfluss. Eine Haftung des Verlags ist daher ausgeschlossen.

Dieses Buch ist auch als E-Book erhältlich.

MIX
Papier aus verantwortungsvollen Quellen
FSC® C014496

Verlagsgruppe Random House FSC® N001967

1. Auflage
Deutsche Erstausgabe Februar 2017

Die Originalausgabe erschien 2014 unter dem Titel »Diamonds in the Rough« bei Harlequin Books S.A.

Aus dem Amerikanischen von Eva Riekert
Lektorat: Kerstin Weber
Umschlaggestaltung: init | Kommunikationsdesign, Bad Oeynhausen

MI · Herstellung: kw
Satz: KompetenzCenter, Mönchengladbach
Druck und Bindung: GGP Media GmbH, Pößneck
ISBN: 978-3-570-31041-0
Printed in Germany

www.cbt-buecher.de

Für Molly Ker Hawn,
die an diese Serie geglaubt und ihr eine Chance gegeben hat

www.campusbuzz.com

Goodman High School › Las Vegas › Nevada

Erster Schultag!

Gepostet Dienstag, 03.09., 11:37

Ich kann's nicht fassen, dass morgen die Schule losgeht! Die Sommerferien sind viel zu schnell vergangen. Wenn doch nur immer Sommer wäre, mit dem ganzen Tratsch, wer mit wem in welchem Club gesehen wurde, wer die schönste Bräune hat, und wenn man die Nacht durchmachen kann, ohne früh am nächsten Morgen in die Schule latschen zu müssen.

Interessant wird, wie sich Adrian Diamonds Töchter an der Goodman schlagen werden, nachdem sie ja in irgendeinem Kaff in Nordkali aufgewachsen sein sollen. Ihre Ankunft hier hat in der ersten Woche ja ganz schön Wellen geschlagen, aber danach war nicht mehr viel von ihnen zu sehen oder zu hören. Wahrscheinlich weil sie nichts Besonderes sind und nicht mal halb so viel Aufmerksamkeit verdienen, wie sie am Anfang bekommen haben!

Wie auch immer, heute werd ich noch mal an meiner Bräune arbeiten und eine Last-Minute-Schulanfangs-Shopping-Tour starten. Wir sehen uns morgen in aller Frühe und bei bester Laune! ☹

1: Gepostet Dienstag, 03.09., 12:56

Bis auf ein paar YouTube-Videos, auf denen Savannah Diamond singt und Gitarre spielt (*sie* ist gut, im Gegensatz zu den schrottigen Videos von ihrer Laptop-Cam, in denen die Einstellungen kaum wechseln), ist es um sie und ihre Schwestern echt verdammt still geworden. Ätzend, sie sind nämlich HEISS!

2: Gepostet Dienstag, 03.09., 14:07

Hab gehört, dass sie vom Stoff her total zurück sind, weil die staatliche Schule, auf der sie waren, Mist war. Deshalb haben sie wohl Nachhilfe genommen, um an der Goodman nicht hinterherzuhinken. Echt Scheiße, den Sommer *so* zu verbringen!

3: Gepostet Dienstag, 03.09., 16:21

Nick Gordon wurde auch die ganzen Ferien über nicht mehr gesehen, nachdem er in der Woche ihrer Ankunft total oft mit Savannah Diamond abhing. Vielleicht hatten's die zwei ja so dicke, dass keine Zeit für irgendwas oder irgendwen sonst blieb!!!

4: Gepostet Dienstag, 03.09., 16:51

Oder sie hat sich verkrochen, weil Damien verreist war. Savannah soll ja so von ihm besessen gewesen sein, dass er die Flucht ergriffen hat. Ha-ha, armes Mädchen. Ziemlicher Mist, was?

1

Savannah

Savannah Diamond wollte einen perfekten ersten Schultag an der Goodman High, mit einem perfekten Styling. Deshalb war sie extra früh aufgestanden. Aber sie war so hypernervös, dass sie nicht mal ihre Popstar-Nummer abzog und darauf verzichtete, ihre Lieblingssongs in ihr Haarbürsten-Mikro zu singen. Dabei hätte sie das zum ersten Mal tun können, ohne mit Peyton Probleme zu kriegen, die früher – als sich die drei Schwestern noch ein Zimmer geteilt hatten – jeden Morgen total sauer geworden war, weil Early Bird Savannah ihr mit ihrem Gesang wichtige Minuten des Schlafs raubte. Aber jetzt hatte sie ein eigenes Zimmer, und das war echt klasse.

Wenn heute der erste Tag nach den Sommerferien an der Highschool in Fairfield gewesen wäre, hätte sie sich einfach in Jeansshorts, ein pastellfarbenes Top und flache Glitzerslipper geworfen. Aber die Goodman war eine edle Privatschule in Vegas, und für Savannah stand fest, dass sie ihrer neuen Rolle als elegante Hotelerbin gerecht werden musste. Nachdem sie und ihre Schwestern am Anfang der Ferien erfahren hatten, dass der milliardenschwere Casinobesitzer Adrian Diamond ihr Vater war, und sie in das Penthouse in den *Diamond Residences* gezogen waren, konnte sie doch nicht länger rumlaufen wie ein Mädchen, das in ärmlichen Kleinstadt-Verhältnissen aufgewachsen war! Das Outfit musste absolut perfekt sein. Und da an der Goodman nur zerrissene Jeans und nabelfreie Oberteile verboten waren, hatte sie unzählige Optionen.

Sie entschied sich für ein Metallic-Top mit Spaghettiträgern von Young Fabulous & Broke, dazu ein ausgestellter schwarzer Minirock und Riemchen-Highheels von Jimmy Choo. Dann löste sie die großen Wickler aus ihrem Haar, die ihrem neuen Look ein super Volumen verliehen, legte einen Swarowski-Haarreif an und machte sich ans Make-up – tiefvioletter und silberner Lidschatten aus ihrer Urban-Decay Vice-Farbpalette, schwarzer Eyeliner mit flüssigem Glitzergold, mehrere Schichten Mascara und schillernden Lipgloss. Während sie noch den passenden Schmuck für ihr Outfit aussuchte, klopfte es an der Tür.

»Savannah?« Courtney steckte den Kopf herein. »Das Frühstück ist da und Adrian und Rebecca kommen gleich. Bist du fertig?«

»Meinst du, diese Ohrringe sind zu viel in Kombination mit den Armreifen?« Savannah deutete auf ihre lang herabhängenden Kristallohrringe und die Alex-and-Ani-Armreifen.

Courtney musterte Savannah von oben bis unten. »Also, nicht dass du das falsch verstehst, aber … meinst du nicht, dass das ein wenig too much für die Schule ist?«

Savannah zupfte an ihrem Top und runzelte die Stirn. »Bei Saks haben sie gesagt, das Outfit würde mir perfekt stehen.«

»Es sieht ja auch wirklich toll aus.« Courtney biss sich auf die Unterlippe. »Am Abend, auf eineer Cocktailparty oder so … Aber nicht in der Schule.«

»Ich hätte gar nicht erst fragen sollen.« Savannah spielte an ihren Armreifen herum, trippelte hin und her und begutachtete sich kritisch in dem hohen Spiegel. Okay, das Outfit *war* schon ein Eyecatcher. Aber von Courtney, die Jeans, Flipflops und ein himmelblaues T-Shirt anhatte und praktisch null Make-up trug, konnte sie keine Modetipps erwarten. Courtneys einziger Schmuck war eine sportliche Uhr und die langweilige alte Kette mit dem Schlüssel, die ihr Grandma letztes Jahr zum Geburtstag geschenkt hatte – ein Erbstück ihrer Ururgroßmutter. »Ich sehe ja ein, dass es für die Fairfield High zu heftig wäre, aber jetzt gehen wir schließlich auf die Goodman, eine *Privatschule* in *Las Vegas*. Und am ersten Tag stylen sich doch alle total auf, da will ich nicht unangenehm auffallen.«

»Ich wollte dir nur einen Rat geben, aber mach einfach, wie du denkst.« Courtney spielte an ihrer Kette herum. »Du hast es gut, dass du gar nicht nervös bist.«

»Ich und nicht nervös?« Savannah dachte daran, wie sie sich die ganze Nacht im Bett herumgewälzt und den ganzen Morgen über gezittert hatte. »Ich kenne überhaupt niemanden aus meiner Klasse. Und ich habe keine Ahnung, was passiert, wenn ich Damien oder Nick treffe – was ja ziemlich wahrscheinlich ist, die Schule ist ja nicht so wahnsinnig groß.« Sie verzog das Gesicht beim Gedanken daran, wie bescheuert optimistisch sie Anfang Juli gewesen war. Bei der großen Eröffnungsfeier des *Diamond Hotel* hatte Damien sich dafür entschuldigt, Madison geküsst zu haben, und Nick hatte sich den ganzen Abend um sie gekümmert. Aber eine Woche später war Damien zu einer vierwöchigen Teen-Tour nach Alaska und Hawaii aufgebrochen und Nick musste die ganze Zeit arbeiten. »Ich hab total Schiss davor, dass sie so tun könnten, als würden sie mich nicht kennen. Oder dass sie mich vergessen haben.«

Tatsächlich hatte sie schon seit Wochen nichts mehr von ihnen gehört – abgesehen von der einen oder anderen SMS von Nick, dass er ein schlechtes Gewissen habe, sich so wenig bei ihr zu melden. Dabei hatte sie jeden Tag Facebook und Twitter gecheckt. Nick war bei keinem von beiden aktiv gewesen, Damien aber schon: Auf Facebook hatte er Fotos von seiner Reise gepostet, er zusammen mit umwerfenden, selbstbewusst wirkenden Mädchen – Mädchen, die Savannah in den Schatten stellten. Mädchen wie Madison Lockhart.

Deshalb war ein perfektes Outfit am ersten Schultag besonders wichtig. Sie durfte auf keinen Fall im Schatten stehen. Sie musste auffallen.

»Du wirst auf jeden Fall Freunde finden«, beruhigte Courtney sie. »Und wenn Damien und Nick dich wirklich übersehen sollten, sind sie's sowieso nicht wert.«

»Vielleicht.« Sie wusste, dass Courtney recht hatte, aber das machte die Sache auch nicht leichter.

»Ich mach mir eher Sorgen über den Unterricht«, sagte Courtney. »Was, wenn unsere Ferien-Nachhilfe nicht ausgereicht hat und wir hinten dran sind? Der Gedanke daran hat mich fast nicht schlafen lassen.«

»Du siehst auch wirklich müde aus.« Savannah musterte

die dunklen Ringe unter Courtneys Augen. »Aber da gibt es einen echt coolen Trick.« Sie legte ihrer Schwester etwas Concealer auf, rosa Rouge und Mascara. »Schon besser. Jetzt merkt es keiner.«

»Außer, ich schlafe im Unterricht ein.« Courtney lachte und rieb sich nervös die Hände.

»*Du* doch nicht«, sagte Savannah. »Du findest den Unterricht bestimmt so spannend, dass du hellwach sein wirst.«

»Mal sehen«, sagte Courtney. »Aber jetzt komm ins Esszimmer. Adrian und Rebecca sind jede Minute da.«

Beim Namen ihres Vaters klimperte Savannah erneut mit ihren Armreifen herum. Adrian Diamond, der unvergleichliche Hotelbesitzer von Las Vegas. Der sie und ihre Schwestern immer noch nicht mehr als oberflächlich kannte, obwohl sie jetzt schon seit mehreren Wochen hier wohnten. Immerhin hatten er und seine Verlobte, Rebecca Carmel, darauf bestanden, das Frühstück vom Zimmerservice bringen zu lassen, um den Morgen des ersten Schultags gemeinsam verbringen zu können. Ansonsten waren seine Versuche, ihnen näherzukommen, den ganzen Sommer über sehr halbherzig gewesen – ständig war er beruflich unterwegs, und wenn er tatsächlich mal in der Stadt war, hatte er Geschäftstreffen, spielte Golf oder schloss sich in sein Arbeitszimmer ein. Für Rebecca hatte er immer Zeit, aber sobald er mit Savannah und ihren Schwestern redete, schien eine Wand zwischen ihnen zu stehen.

Savannah folgte Courtney ins Esszimmer. »Ist Peyton schon auf?«, fragte sie.

»Vor zwanzig Minuten hat sie sich eine harte Schlacht mit

dem Wecker geliefert, aber schließlich hab ich sie dann doch noch wachbekommen«, sagte Courtney. »Inzwischen dürfte sie allmählich fertig sein mit Duschen.«

»Typisch«, befand Savannah. Sie erinnerte sich nur zu gut daran, wie Peyton immer das ganze heiße Wasser aufgebraucht hatte und sie alle zu spät zur Schule gekommen waren.

Das Summen ihres Handys kündigte eine neue SMS an. Sie war von Evie, ihrer besten Freundin in Fairfield. Savannah wurde ganz warm ums Herz – sich bereits vor der Schule zu texten, hatten sie immer gemacht, ehe Savannah weggezogen war.

alles gute für deinen ersten schultag! glück für dich, dass deine neue schule erst jetzt im Sept beginnt. die dämliche fairfield high ist SO früh losgegangen. # neid ;)

danke! bin total nervös. wenn du nur hier wärst!!! <3

die fairfield high ist auch kein spaß ohne dich! <3 was ziehst du an?

Savannah machte ein Selfie und schickte es Evie.

SÜSS! aber vielleicht ein bisschen zu heftig für die schule? für eine Party der absolute knaller, aber du willst doch nicht overdressed rüberkommen, oder?

für eine schule in vegas ist das absolut okay!!! ;)

Savannahs Hände zitterten und sie zögerte, ehe sie auf Senden drückte. Hatte Evie vielleicht recht? Immerhin hatte sie das Gleiche gesagt wie Courtney, aber im Gegensatz zu Modemuffel Courtney *liebte* Evie stylische Outfits. Vielleicht sollte sie doch besser Jeggings anziehen oder den Rock mit einem unauffälligeren Top kombinieren oder Schuhe tragen, in denen ihr nicht schon am Mittag die Füße wehtun würden.

Sie war schon fast wieder in ihrem Zimmer, als die Tür zum Apartment aufging und Adrian und Rebecca hereingeschlendert kamen.

Adrian hatte einen dunkelblauen Anzug an – irgendwie schien er nie etwas anderes als Anzug zu tragen –, und obwohl es so früh am Morgen war, sieben Uhr, strahlten seine blauen Augen und sein Teint schimmerte rosig. Was man von Rebecca nicht gerade behaupten konnte. Das Haar fiel ihr lose und ungekämmt über den Rücken und sie steckte noch in ihrem pinkfarbenen Pyjama. So hatte Savannah sie noch nie gesehen. Sie goss sich einen großen Becher Kaffee ein und umklammerte ihn, als sei er ihr Rettungsanker.

»Ist Peyton noch nicht fertig zum Frühstück?«, fragte Adrian und goss sich ebenfalls Kaffee ein.

»Ich hole sie«, sagte Savannah, froh darüber, etwas zu tun zu haben. Daheim in Fairfield hatten sie meistens zwischen Tür und Angel gefrühstückt, während ihre Mutter noch ihren Kater ausschlief.

»Peyton?« Als Savannah das Zimmer ihrer Schwester betrat, stand diese vornübergebeugt da und wickelte sich ein Handtuch vom Kopf. »Bist du fertig fürs Frühstück?«

»Ja, gleich«, murmelte Peyton und kämpfte sich mit einer

Bürste durch ihr Haar. Dann warf sie den Kopf zurück und gab den Blick auf ihr Outfit frei.

»Zerschlissene Jeans sind aber verboten«, stellte Savannah fest. »Laut Kleiderordnung.«

»Scheiß auf die Kleiderordnung.« Peyton trat an ihren Schminktisch und trug dick schwarzen Eyeliner auf. »Das ist die Jeans, auf die ich heute eben Lust habe.«

»Aber du hast doch noch tausend andere Jeans ohne Risse«, bemerkte Savannah, die genau wusste, dass Peyton nur deshalb »Lust« auf diese Jeans hatte, *weil* es gegen die Kleiderordnung verstieß. »Warum ziehst du nicht eine von denen an?«

»Weil ich *die* hier anziehen will.« Peyton fuhr ungerührt mit ihrem Make-up fort. »Ich sage ja auch nicht, dass du dich umziehen sollst, weil du aussiehst, als würdest du in einen Club gehen, okay?«

»Das hast du zwar gerade mehr oder weniger gemacht, aber egal.« Savannah strich sich über den Rock. Vielleicht waren ihre Sachen etwas zu trendy, aber immerhin verstießen sie nicht gegen die Kleiderordnung. Und überhaupt, was wusste Peyton denn schon darüber, wie sich die Schüler an der Goodman anzogen? Genauso wenig wie Courtney. Oder auch Evie. »Nicht mein Problem, wenn du Ärger kriegst. Kommst du jetzt frühstücken?«

»Echt dämlich, für dieses alberne Frühstück 'ne halbe Stunde eher aufzustehen«, grummelte Peyton.

»Adrian will einfach nur nett sein«, sagte Savannah. »Aber du solltest Rebecca mal sehen. Die ist echt kein Morgenmensch.«

»Da haben wir wohl was gemeinsam.« Peyton grinste. »Und Adrian? Makellos wie immer?«

»Na klar«, sagte Savannah. »Man könnte fast meinen, dass er keinen Schlaf braucht.«

»Vielleicht ist er ein Vampir.« Peyton lachte. »Wie in den Filmen, die du so magst, wo sie so glitzern. Die schlafen doch auch nicht, stimmt's?«

»Wenn du ehrlich wärst, müsstest du zugeben, dass auch dir *Twilight* gefällt.« Savannah knurrte der Magen und sie schlang die Arme um sich. »Aber ich bin jetzt echt am Verhungern und das Frühstück riecht wahnsinnig lecker. Komm endlich.«

Auf dem Glastisch lag ein weißes Tischtuch und die Teller vor jedem Platz waren mit silbernen Hauben abgedeckt, als wären sie bei einem Bankett. Beim Anblick von Peytons Jeans zog Adrian eine Augenbrauche hoch, sagte aber nichts.

»Kommt Brett auch?«, wollte Savannah von Rebecca wissen.

»Er ist heute Morgen nicht recht aus dem Bett gekommen und noch dabei, sich fertig zu machen«, erklärte Rebecca.

Das war keine Überraschung. Seit sich Courtney und Brett bei der großen Eröffnungsfeier in aller Öffentlichkeit geküsst hatten, ging er den Familienessen so oft wie möglich aus dem Weg. Savannah hatte versucht, mit Courtney darüber zu reden, aber ihre Schwester hatte es abgetan und behauptet, der Kuss sei ein einmaliger Ausrutscher gewesen – Brett sei als zukünftiger Stiefbruder absolut tabu, und außerdem müsse sie sich auf die Schule konzentrieren, statt sich mit Jungs abzugeben. Das war so *typisch* Courtney – viel zu brav, um zu rebellieren, und ein wahrer Kontrollfreak, wenn es um ihre Gefühle ging. Savannah wünschte, sie hätte sich selbst nur halb so fest im Griff.

Trotzdem, Brett tat ihr leid. Er und Courtney hatten so viel gemeinsam, hätten so gut zusammengepasst. Aber Courtney blieb hart – und hatte sich die ganzen Sommerferien über auf nichts anderes als ihre Nachhilfestunden und die Uni-Zulassungsprüfungen konzentriert. Brett würde wohl über sie hinwegkommen müssen.

So wie sie selbst Damien abhaken musste. Und Nick.

Zumindest hoffte sie, dass sie das schaffte.

»Na, freut ihr euch auf den ersten Schultag?« Adrian hob die silberne Haube von seinem Teller und die anderen taten es ihm nach.

»Ja.« Savannah tröpfelte Sirup über ihre Pfannkuchen und nahm einen Bissen. Sie waren fluffig und absolut lecker. »Ich bin schon sehr gespannt auf die anderen.« Und total nervös wegen Damien und Nick, hätte sie am liebsten hinzugefügt, aber sie konnte ja schlecht ihre Jungsprobleme mit Adrian diskutieren.

»Ich hab ein bisschen Angst davor, wie weit sie mit dem Stoff sind«, sagte Courtney durch die Dampfwolke hindurch, die von ihrem Pfannkuchen aufstieg. »Ich hoffe, dass ich mithalten kann.«

»Deine Tutorin hat gesagt, dass du inzwischen auf Goodman-Level bist«, sagte Adrian. »Sie war von deiner Arbeitsmoral sehr beeindruckt.«

»Danke.« Courtney nahm ein Bissen, kaute jedoch so

langsam darauf herum, als ob sie sich zum Essen zwingen müsste.

»Und was ist mit dir, Peyton?«, fragte Rebecca.

»Ich bin nur darauf gespannt, wie mein allerletzter erster Schultag wohl werden wird«, erwiderte Peyton. »Ich kann's kaum erwarten, nie mehr zum Unterricht zu müssen.«

»Vielleicht änderst du deine Meinung ja noch«, sagte Rebecca, »und gehst doch noch aufs College.«

»Auf keinen Fall«, rief Peyton ungehalten und goss sich eine Tasse Kaffee ein. »Der Unterricht an der Highschool ist schon kaum auszuhalten, dabei sollen die Schulstunden ja noch *kurz* sein, verglichen mit Vorlesungen. Nein, danke.«

»Ob College oder nicht kannst du ja immer noch entscheiden, wenn du weißt, welches dich angenommen hat«, sagte Adrian ruhig. »Keiner zwingt dich, zu studieren, aber es kann nicht schaden, deine Optionen auszutesten.«

»Mal sehen.« Peyton zuckte die Schultern und konzentrierte sich auf ihr Essen.

Als sie fertig waren, legte Adrian seine Serviette auf den Tisch und warf einen Blick auf seine Uhr. »Ihr werdet in einer Viertelstunde am Parkplatz abgeholt«, sagte er. »Peyton, du musst noch etwas anderes anziehen, ehe du gehst.«

Peyton verschränkte die Arme und sah ihn finster an. »Wie bitte?«

»Du musst noch etwas anderes anziehen«, wiederholte Adrian. »Ich vermute mal, du hast die Jeans gewählt, um dich demonstrativ über die Kleiderordnung der Schule hinwegzusetzen. Ist angekommen – du magst keine willkürlichen Regeln. Aber auch wenn ich deinen Standpunkt verstehe, wäre es doch sehr selbstsüchtig von dir, deine Schwestern zu spät kommen zu lassen, nur weil du diesen aussichtslosen Kampf auskämpfen willst.«

Savannah konnte einen Lacher nicht unterdrücken und Peyton richtete ihren finsteren Blick nun auf sie. Schnell wandte sie sich wieder ihrem Pfannkuchen zu und nahm noch einen Bissen, obwohl der inzwischen kalt und matschig und sie eigentlich satt war.

»Wir müssen gleich los«, sagte Adrian und ließ Peyton nicht aus den Augen. »Wenn du willst, können Rebecca oder ich dir beim Aussuchen einer passenden Hose helfen.«

»Nicht nötig.« Peyton schob ihren Stuhl zurück, der kreischend über den Marmorboden kratzte. »Ich kann mich schon allein anziehen.«

»Da bin ich aber froh«, sagte Adrian, während sie die Tür hinter sich zuschlug. Keiner am Tisch sagte ein Wort und ein unmerkliches Lächeln huschte über sein Gesicht. »Ich war als Teenager genauso.«

Sich Adrian als Teenager vorzustellen, war schon schwer genug für Savannah, ganz zu schweigen von einem Teenager, der so wie Peyton war ... Aber seine Methode funktionierte. Ein paar Minuten später kam Peyton in schwarzen Jeans ohne Risse oder Löcher zurück, die Lippen säuerlich zusammengepresst. Die Jeans saß so tief auf den Hüften, dass sich zwischen dem Bund und ihrem T-Shirt ein Spalt Haut zeigte, doch diesmal verstieß sie gegen keine Kleiderordnung, denn der Nabel war nicht zu sehen.

»Viel besser.« Adrian nickte anerkennend. »Ich habe jetzt einen Termin, aber für heute Abend ist ein Tisch reserviert, damit ihr Rebecca und mir von eurem ersten Tag an der Goodman erzählen könnt.«

Adrian verabschiedete sich, während Rebecca noch blieb, um sicherzugehen, dass sie auch alles Nötige gepackt hatten. Statt ihrem uralten Rucksack hatte Savannah eine neue violette Umhängetasche von Longchamp – genau so eine, wie die Volleyball-Mädels an der Fairfield High gehabt hatten und die Savannah sich nie hatte leisten können. Jetzt steckte darin auch noch ihr nagelneues MacBook Pro. An der Goodman High kam das Mitbringen eines Laptops anscheinend nicht der Aufforderung gleich, ihn sich klauen oder demolieren zu lassen.

Wie von Adrian versprochen, erwartete sie auf dem Parkplatz bereits eine Limousine. Was sich irgendwie immer noch total außergewöhnlich anfühlte, obwohl Savannah seit ihrer Ankunft in Vegas schon oft in einer gesessen hatte. Courtneys Bodyguard Teddy saß am Steuer, während Savannahs Bodyguard zusammen mit Peytons in einem zweiten Auto folgte. Einer von ihnen würde die ganze Zeit über auf dem Goodman-Campus bleiben, während sie in der Schule waren. Schon eigenartig.

»Blöd, dass Adrian nicht erlaubt, dass ich uns fahre«, sagte Peyton, nachdem sie Platz genommen hatten. »Was nützen uns die Range Rovers, die er uns gekauft hat, wenn wir damit nicht zur Schule fahren dürfen?«

»Er will wahrscheinlich verhindern, dass wir uns verfahren«, sagte Courtney.

»Und mein Auto ist sowieso nur dazu da, dass ich überhaupt lerne, *wie* man fährt«, stellte Savannah fest. Sie konnte es kaum erwarten, im Dezember, wenn sie sechzehn wurde, endlich ihren Führerschein zu bekommen. Die theoretische Fahrprüfung hatte sie während der Sommerferien bereits online gemacht. Und Rebecca hatte mit ihr die fünfzig erforderlichen Fahrstunden absolviert, die von einem Erwachsenen überwacht werden mussten.

Nach fünfzehn Minuten folgte die Limo einem Wegweiser aus Backsteinen, auf dem in Blockbuchstaben ›Goodman School‹ stand, und Savannah drückte sich fast die Nase an der Scheibe platt. Eine lange, malerische Allee führte direkt auf einige ausgedehnte stuckverzierte Gebäude zu, die an einen College-Campus erinnerten. Im Gegensatz zur Fairfield High sahen die Gebäude hier freundlich und geräumig aus, mit hohen Glasfenstern und umgeben von gepflegten Beeten.

»Hier ist die Oberstufe untergebracht.« Teddy hielt vor einem Bauwerk mit rosa Kuppeldach und steinernem Springbrunnen davor. »Ich warte hier auf euch und hole euch am Ende des Schultags wieder ab.«

Savannah stieg aus und sah an dem Gebäude hinauf. »Und wohin jetzt?«, fragte sie Courtney.

Ihre Schwester warf einen Blick auf ihr Handy, wo sie die wichtigsten Details notiert hatte. »Wir müssen an den Oberstufen-Empfang, wo eine Dame namens Betty sein soll. Und die sagt uns, wo unsere Schließfächer sind.«

Unter den Blicken und dem Getuschel der Schüler in ihrer Nähe gingen sie auf den Eingang zu. Keines der Mädchen hier war außergewöhnlich gestylt – die meisten trugen Jeans und schicke Tops und flache Slipper. Savannahs Hand zitterte. Sie klammerte sich an den Riemen ihrer Tasche und konzentrierte sich darauf, in ihren zehn Zentimeter hohen Jimmy Choos nicht zu stolpern. Vielleicht hätte sie doch lieber ihre flachen Tory Burchs anziehen sollen. Warum nur hatte sie nicht auf den Rat von Courtney, Peyton und Evie gehört?

Okay – weil sie geglaubt hatte, dass sich *alle* an der Goodman aufstylen würden. Und weil sie dummerweise die Aufmerksamkeit von Damien und Nick erregen wollte. Was ihr nun bestimmt gelingen würde … allerdings nicht so, wie erhofft.

Sie spürte einen Kloß in ihrer Kehle. Am liebsten wäre sie zur Limo zurückgelaufen, um Teddy zu bitten, sie zum *Diamond* zurückzufahren, damit sie sich umziehen konnte. Aber dazu war es jetzt zu spät. Da musste sie jetzt durch.

Betty vom Oberstufen-Empfang entpuppte sich als ältere Dame mit kurzen grauen Haaren, die wie eine Großmutter aussah, die ihre Enkel nach der Schule mit Keksen versorgte. Sie begrüßte Savannah und ihre Schwestern und händigte ihnen ihre Schließfachkombinationen aus.

»Auf diesem Blatt hier müsst ihr unterschreiben, wann immer ihr die Schule früher verlasst oder zu spät eintrefft«, sagte sie und deutete auf ein Klemmbrett auf ihrem Tresen. »Die Zwölftklässler haben Oberstufenprivilegien und können gehen, wann sie wollen. Alle anderen müssen eintragen, warum sie früher gehen.«

»Mit einem Entschuldigungsschreiben von den Eltern?«, fragte Courtney.

»Nein, das braucht ihr nicht«, sagte Betty. »Wir an der

Goodman vertrauen darauf, dass unsere Schüler nur im Notfall früher gehen. Ihr seid ja selbst verantwortlich dafür, wenn ihr etwas verpasst, und es versteht sich von selbst, dass eure Anwesenheit die Grundvoraussetzung für gute Noten ist.«

Peyton lachte. »Und das nutzt keiner aus, dass man so leicht schwänzen kann?«

Betty lächelte. »Die Schüler hier *wollen* am Unterricht teilnehmen, um den bestmöglichen Abschluss zu erreichen.«

»Klingt nett.« Courtney sah sich staunend in dem hellen, luftigen und mit Teppich ausgelegten Gebäude um.

»Wie sehen denn die Privilegien für Oberstufenschüler aus?«, fragte Savannah.

»Als Zehntklässlerin hast du noch ein wenig Zeit, bis du dich darum kümmern musst«, sagte Betty und wandte sich Peyton zu. »Aber du bist ja schon in der Zwölften, also kannst du den Campus während der Freistunden und in der Mittagspause verlassen, solange du rechtzeitig zum Unterricht wieder zurück bist. Es gibt hier in der Umgebung einige Restaurants, die bei den Schülern sehr beliebt sind.«

Savannah fiel die Kinnlade runter. Um nicht wie ein gaffender Fisch auszusehen, schloss sie den Mund schnell wieder. Aber diese Neuigkeit musste sie erst mal verdauen: Die Zwölftklässler durften hier zum Lunch in *Restaurants* gehen? An der Fairfield High hatte ein Großteil der Schüler Anspruch auf ein freies Mittagessen – sie und ihre Schwestern eingeschlossen. Nicht im Traum hätten sie daran gedacht, auswärts zu essen, geschweige denn die Zeit dafür gehabt, da die Pause ziemlich knapp bemessen war. Aber mit einer Mittagspause von fünfundsiebzig Minuten und Kreditkarten des elterlichen Kontos bestand für Goodman-Schüler natürlich kein Anlass, *nicht* auswärts essen zu gehen.

»Und was passiert, wenn man nicht rechtzeitig zurück ist?«, fragte Peyton.

»Wenn es mehr als dreimal passiert, werden dir die Oberstufenprivilegien entzogen«, sagte Betty. »Was aber sehr selten vorkommt, da ja niemand seine Privilegien verlieren will.«

»Sie scheinen Ihren Schülern hier ja echt zu vertrauen.«

»Es gehört zur Philosophie der Schule, jedem ein vernünftiges Maß an Selbstdisziplin zuzusprechen«, erläuterte Betty. Zum Abschluss ermunterte sie die Schwestern noch, sich bei weiteren Fragen jederzeit an sie zu wenden. Dann verließen sie den Empfangsbereich, und Betty begrüßte die Schüler, die hinter ihnen Schlange standen.

»Ich schätze, hier trennen sich unsere Wege«, sagte Courtney, und Savannahs Magen schlug einen Salto. Die Goodman High erschien ihr wie ein anderes Universum, sie war total falsch angezogen und wurde das schreckliche Gefühl nicht los, dass sie trotz der Nachhilfetutorien im Sommer dem Stoff immer noch nicht gewachsen war. Mädchen in ihrer Nähe musterten sie von Kopf bis Fuß und grinsten und flüsterten – bestimmt was Abfälliges, wie Savannah vermutete. Sie zog ihren Minirock nach unten, damit er so viel Bein wie möglich bedeckte (was nicht sehr viel war), und wäre ihren Schwestern am liebsten nicht von der Seite gewichen.

Aber da sie keinen gemeinsamen Unterricht hatten, blieb ihr gar nichts anderes übrig, als sich von ihnen zu trennen.

* * *

Savannah kam zu früh zu ihrer ersten Stunde und wählte einen Platz in der Mitte der U-förmig arrangierten Tische, dann rief sie YouTube auf ihrem Smartphone auf, um beschäftigt auszusehen. Nachdem sie ihr erstes Video online gestellt hatte – das von ihrem von Nick organisierten Karaoke-Auftritt im *Imperial Palace* –, hatte sie schon davon geträumt, dass es jetzt total abgehen würde. Savannah, die Internet-Sensation. Stattessen hatte es rund dreihundert Klicks bekommen und dümpelte seither vor sich hin. Auch die anderen Videos, die sie danach noch gepostet hatte, hatten die tausend Views nicht annähernd erreicht.

Vielleicht war sie ja doch nicht so gut und sollte es lieber aufgeben.

»Hier ist doch Europäische Geschichte, oder?«, fragte ein dunkelhaariges Mädchen von der Tür aus. Sie war nicht besonders groß, trug aber Designer-Jeans und ein eng anliegendes grünes T-Shirt, das nach Michael Stars aussah, und das geprägte dreieckige Label hinten auf ihrer schwarzen Umhängetasche war eindeutig Prada.

Mist, dachte Savannah, *warum hab ich die von Longchamp gekauft?* Die Mädchen an der Goodman schienen wohl noch edlere Teile von Prada, Chanel oder Givenchy zu bevorzugen. Gleich nach der Schule *musste* sie sich eine neue Tasche kaufen. Die von Longchamp konnte sie fürs Schwimmbad nehmen.

»Genau.« Savannah legte ihr Handy auf den Tisch und lächelte ihr freundlichstes und offenstes Lächeln. »Hoffe ich wenigstens. Ist mein erster Tag hier. Ich heiße Savannah.«

Sie nahm ihre Tasche von dem Stuhl neben sich.

»Ich heiße Alyssa.« Doch statt sich direkt neben Savannah zu setzen, ließ das Mädchen einen Platz frei.

Savannah wurde rot. War sie wirklich *so* unpassend angezogen, dass das Mädchen nicht neben sie wollte? Oder hatte Alyssa vielleicht schon Gerüchte über sie gehört und deshalb kein Interesse an einer Freundschaft? Savannah kannte den Online-Tratsch über sie, aber sie hatte gehofft, ihr neuer Status als Adrian Diamonds Tochter würde schon dafür sorgen, dass man mit ihr befreundet sein wollte – statt so demonstrativ Abstand zu halten.

»Tut mir leid.« Alyssa zuckte die Schultern. »Meine beiden besten Freundinnen sind auch in diesem Kurs und ich habe versprochen, ihnen Plätze freizuhalten.«

»Kein Problem.« Savannah zwang sich zu einem Lächeln. Wenn sie mit Evie in einem Kurs gewesen wäre und Evie sie gebeten hätte, ihr einen Platz zu besetzen, hätte sie es ja genauso gemacht. Sie sollte das wirklich nicht persönlich nehmen. Aber trotzdem war ihre Kehle wie zugeschnürt, als ob Alyssa sie absichtlich gekränkt hätte.

»Warst du gestern Abend aus und hast keine Zeit mehr gehabt, dich heute Morgen abzuschminken?«

Diese unverblümte Frage ließ Savannah zusammenzucken. »Äh, nein«, sagte sie. »Wieso?«

»Du siehst einfach … ziemlich geschminkt aus für morgens halb neun.« Alyssa deutete auf ihr eigenes natürliches Make-up, der krasse Gegensatz zu Savannahs schillerndem Lidschatten und Glitzereyeliner. »Versteh das nicht falsch«, setzte sie hinzu. »Wahrscheinlich ist die Goodman einfach ganz anders als die Schule, von der du kommst.«

»Das kann man wohl sagen.« Savannah seufzte, ohne näher auf die Schule, von der sie kam, einzugehen. Die Fairfield High wollte sie lieber nicht genauer beschreiben, um im Ansehen dieses Mädchens nicht noch mehr zu sinken.

Dann zog Alyssa ihr iPad heraus, auf dessen Rückseite Savannah etwas entdeckte, das sie zuversichtlicher stimmte – einen Volleyball-Aufkleber.

»Du spielst Volleyball?«, fragte sie.

»Yep«, sagte Alyssa. »Ich bin hier im Team. Spielst du auch?«

»Ich war im Juniorenteam an meiner alten Schule.«

»Aaaah, okay.« Sie nickte herablassend. »Weil die Goodman so klein ist, gibt's bei uns nur ein Oberstufenteam.«

»Ich war eine der besten Spielerinnen im Juniorenteam und durfte manchmal im Oberstufenteam einspringen«, sagte Savannah. »Vielleicht hab ich ja eine Chance.«

Okay, sie war genau einmal eingesprungen, als ein Magendarmvirus grassierte und viele der Oberstufenspielerinnen ausgeknockt hatte. Und sie hatten das Spiel verloren. Aber Savannah war tatsächlich eine der besseren Spielerinnen im Juniorenteam und dieses Jahr eine ernsthafte Anwärterin für das Fairfield-Oberstufenteam gewesen.

»Vielleicht«, sagte Alyssa, auch wenn sie nicht sonderlich überzeugt klang. Dann trudelten die übrigen Schüler herein – einschließlich der Mädchen, für die Alyssa die Plätze freigehalten hatte, Brooke und Jackie. Die drei begannen zu plappern, als hätten sie sich Jahre nicht gesehen, und Savannah holte ihren Laptop heraus, um Geschäftigkeit auszustrahlen.

Die Neue zu sein, die niemanden in der Klasse kannte, war echt echt ätzend.

Auch im nächsten Kurs erging es ihr nicht anders, und als die Mittagspause anfing, war sie immer noch allein. Die Leute um sie herum trafen sich mit ihren Freunden. Savannah hingegen verschwand eilig auf der nächsten Toilette, zog die Tür hinter sich zu und brach in Tränen aus. Warum wollte niemand was mit ihr zu tun haben? Sie riss sich den dämlichen Glitzerhaarreif vom Kopf, den sie am Morgen noch so süß gefunden hatte, und warf ihn zusammen mit den funkelnden Ohrringen in ihre Tasche. Wenn sie doch nur wie Superman wäre und ihr Outfit wechseln könnte!

Sie schniefte, riss ein Papiertuch aus dem Spender und nahm sich ihr Make-up vor. Ob es ihr wohl gelingen würde, den Glitzerlidstrich zu entfernen, ohne noch mehr Schaden anzurichten? In diesem Moment ging die Spülung in der hintersten Klokabine und sie erstarrte. Wie hatte ihr nur entgehen können, dass noch jemand im Raum war?

Gerade als sie in die nächstbeste Kabine stürzen wollte, öffnete das Mädchen die Tür und ihre Blicke trafen sich. Zum Glück nicht der Typ Lästermaul. Das struppige braune Haar war zu einem burschikosen Knoten zusammengebunden. Sie trug eine Brille mit dickem Gestell und weite Cargohosen, und ihr ausgefranster Rucksack war mit Mangafiguren bestickt.

Typ verrückter Außenseiter, tippte Savannah.

»Alles in Ordnung bei dir?«, fragte das Mädchen, während sie sich die Hände wusch.

Savannah starrte sie verständnislos an. Natürlich war

nichts in Ordnung! Aber das würde sie dieser Zufallsbekanntschaft bestimmt nicht näher erläutern.

»Das heißt dann wohl Nein.« Das Mädchen holte tief Luft. »Du bist neu hier, stimmt's?«

»Ja«, brachte Savannah heraus. »Ich heiße Savannah.«

»Ich Wendy«, sagte die andere. »Ich wollte gerade mit meinen Freunden essen gehen ... falls du mitkommen möchtest?«

Savannahs erster Tag in der Schule, und die erste Person, die ihr Aufmerksamkeit schenkte, war ausgerechnet die verrückte Außenseiterin! Andererseits wollte sie auch nicht alleine in die Mittagspause gehen. Und es war ja irgendwie schon nett von Wendy, ihr das anzubieten, nachdem sie nichts über sie wusste, außer dass sie allein auf dem Klo geweint hatte.

»Ähm, gerne.« Sie warf einen Blick in den Spiegel, um zu checken, ob die Wimperntusche verlaufen war, dann nahm sie ihre Longchamp vom Boden und versuchte zu lächeln. »Danke.«

* * *

Die Cafeteria der Goodman High befand sich nicht im Oberstufen-Gebäude – sondern in einem eigenen Bau! Und es hieß auch gar nicht Cafeteria, sondern »Speisesaal«, und *jeder* bestellte sich dort etwas zu essen. Nicht *einer* brachte sein Lunchpaket von zu Hause mit.

»Oben gibt's das normale Tagesessen – Pizza, Pasta, Sushi, Chinesisch, Salatbar und das Tages-Special«, erklärte Wendy, als sie den Speisesaal betraten, der auch mehr wie ein Restaurant denn eine Highschool-Cafeteria aussah. An den Tischen standen »richtige« Stühle statt befestigter Bänke und die bodentiefen Fenster boten einen Ausblick auf einen Swimmingpool und einen See. »Hier unten ist die Theke mit den Sachen zum Mitnehmen, wo man verschiedene nach Wunsch belegte Sandwichs bekommt sowie frisch gegrillte Hamburger, Hot Dogs und Fritten und so weiter.«

»Was isst du denn für gewöhnlich?«, fragte Savannah, die erst verdauen musste, dass es hier *Sushi* gab und *nach Wunsch belegte Sandwichs*. Keine Spur von der undefinierbaren Pampe an der Fairfield High. Warum die Zwölftklässler da überhaupt noch in Restaurants gingen, war Savannah ein Rätsel. Hier gab es doch einfach *alles*! Aber egal – wenn die Zwölfer auswärts aßen, bedeutete das, dass sie Damien nicht begegnen würde, und darüber war sie wirklich froh.

»Ich hol mir fast immer Sushi«, sagte Wendy. »Lass lieber die Finger von der Pizza – dagegen ist die tiefgefrorene aus dem Supermarkt eine echte Delikatesse. Und Donnerstag ist Waffel-und-Frittentag. Absolut lecker, aber man muss echt zeitig am Grill sein, sonst steht man ewig in der Schlange. Also, ich hol mir Sushi – willst du mitkommen?«

»Ich bin eigentlich kein Sushi-Fan«, sagte Savannah. Genau genommen hatte sie es noch nie versucht – die Vorstellung, rohen Fisch zu essen, kam ihr gruselig vor. »Ich hol mir nur einfach ein Sandwich.«

»Dann treffen wir uns gleich wieder hier unten. Ich esse immer da drüben mit meinen Freunden vom Anime-Club, und da es beim Sushi schneller geht als bei den Sandwichs, halte ich dir einen Platz frei.«

»Danke«, sagte Savannah. Bei Wendy zu sitzen, war besser, als allein zu bleiben, zumal sie ihre Schwestern nirgends entdecken konnte. Und Wendy schien ohne Vorurteile und freundlich zu sein. Auch wenn ein … *Anime-Club* nicht so ganz Savannahs Ding war.

Die Schlange an der Sandwich-Theke war tatsächlich ziemlich lang, und als sich Savannah anstellte, bemerkte sie, dass sie direkt hinter Alyssa stand, dem Mädchen aus der ersten Stunde, das jetzt so tat, als würde es Savannah nicht kennen. Savannah konnte nur hoffen, dass es schnell voran ging und sie so bald wie möglich von hier wegkam.

Doch dann kam ausgerechnet die letzte Person, die sie zu sehen erwartet hatte, durch die Tür – Damien. Noch braungebrannter als vor seiner Teen Tour, und sein Haar war inzwischen so lang, dass ihm die Fransen fast über die dunkelbraunen Augen hingen.

Ihr Herz begann zu hämmern. Gleich würde sich herausstellen, ob er sie übersehen würde und so tat, als ob es die Zeit, die sie im Juli miteinander verbracht hatten, gar nicht gegeben hätte. Sie holte tief Luft, spielte nervös an ihren Haarspitzen herum und hoffte, dass er sie bemerken würde.

Tatsächlich, er winkte, als er sie entdeckte, und sie winkte zurück und versuchte, sich ihr idiotisches Grinsen zu verkneifen, während ihr Magen wie verrückt Saltos schlug. Würde er sie ansprechen? Immerhin hatte er sie nicht ignoriert. *So* hatte sie sich ihr erstes Treffen nach den Sommerferien allerdings nicht vorgestellt – mit den falschen Klamotten und dem vom Weinen verschmierten Makeup –, aber das ließ sich jetzt nicht mehr ändern.

Alyssa drehte sich mit leuchtenden Augen zu Savannah um und fragte so freundlich wie kein einziges Mal in ihrem Kurs am Vormittag: »Hat dir Damien Sanders etwa gerade zugewinkt?«

»Ja«, bestätigte Savannah und fuhr sich mit der Hand durchs Haar, um möglichst cool rüberzukommen, während Damien sich ihr näherte. »Wir waren im Sommer ein paarmal zusammen aus.«

Alyssa blieb der Mund offen stehen, und Savannah konnte ein gewisses Triumphgefühl nicht unterdrücken, nachdem sie vorher so herablassend gewesen war.

»Savannah Diamond«, sagte Damien und reihte sich hinter ihr in die Schlange ein. »Ich hab mich schon gefragt, wann ich dich zum ersten Mal treffen würde.« Dann musterte er sie genauer und sein Ausdruck wurde besorgt. »Alles in Ordnung? Deine Augen sehen irgendwie gerötet aus.«

»Nur 'ne Allergie«, log sie und versuchte, ganz unbeschwert zu klingen. Sie hatte noch nie unter irgendeiner Allergie gelitten, aber dass sie auf der Toilette geweint hatte, würde sie auf keinen Fall zugeben. »Wie waren deine Ferien denn noch so?«

»Die Teen Tour war echt cool«, sagte er. »Wir sind durch Alaska gereist, an der Pazifikküste entlanggefahren und dann in ein paar Resorts auf Hawaii geblieben.«

»War die Tour vielleicht vom Reiseanbieter Rein?«, meldete sich Alyssa zu Wort. »Ich hab mir nämlich mal die Europatour von denen für den nächsten Sommer angeschaut.«

»Genau der Veranstalter.«

Savannah nickte, als wüsste sie Bescheid, wovon die beiden redeten, obwohl sie bis zu ihrem Umzug nach Vegas noch nie über Kalifornien hinausgekommen war. »Ich hab deine Fotos auf Facebook gesehen«, sagte sie. »Sah nach jeder Menge Spaß aus.« Sie versuchte, ganz locker zu klingen, was gar nicht so einfach war, als ihr wieder die zwei großen braun gebrannten Mädels einfielen, die auf so vielen Bildern mit ihm zusammen zu sehen waren. Sie war sich zwar wie eine Stalkerin vorgekommen, trotzdem hatte sie die Profile der beiden angeklickt. Eine von ihnen lebte in L.A., die andere in Miami – also keine Bedrohung, aber es gefiel ihr ganz und gar nicht, wie sie sich an ihn rangemacht hatten. Selbst wenn das bedeutete, dass er die Wahrheit gesagt hatte, dass mit Madison nichts lief.

»Es hat natürlich jede Menge Spaß gemacht, und alle waren cool, aber auf Dauer wurde es langweilig, immer mit den gleichen vierzig Leuten zusammen zu sein«, sagte er. »Ich war dann echt froh, als ich wieder nach Hause konnte.«

»Seid ihr alle noch in Kontakt?«, fragte Savannah und dachte dabei an L.A. und Miami.

»Die ersten Tage haben wir noch über Facebook gechattet und so, aber die meisten Leute sind aus Kalifornien, New York, D.C. und Florida, und inzwischen haben wir eigentlich kaum noch Kontakt«, sagte er. »Aber genug von mir – was hast du denn so angestellt, während ich weg war?«

Die Wahrheit lautete: Sie hatte bergeweise Stoff abgearbeitet, den ihr die Tutoren aufgegeben hatten, um an der Goodman klarzukommen. Aber das würde sie Damien nicht auf die Nase binden.

»Bin viel mit meinen Schwestern am Pool rumgehangen«, sagte sie lässig, und das war nicht mal gelogen. Nur hatte sie dabei meistens ihre Hausaufgaben gemacht. »Und ich hab mir einen YouTube-Account angelegt.«

»Und wie läuft er?«

»Ganz okay.«

»Cool.« Damien lächelte und sah sie dabei an, als würde sie ihm tatsächlich etwas bedeuten. Ein Kribbeln lief ihr über den Rücken. »Das sehe ich mir heute Abend mal an.«

Also kannte er ihre Videos noch gar nicht, was Savannah einen Stich versetzte. »Sag mir Bescheid, was du davon hältst«, erwiderte sie so locker wie möglich. Nur weil sie ihn den ganzen Sommer über online verfolgt (oder vielleicht besser: *gestalkt?*) hatte, hieß das ja noch lange nicht, dass er das bei ihr genauso machen musste. Immerhin war er auf Tour gewesen – zusammen mit L.A. und Miami … Wie sollte er da wissen, dass ihr YouTube-Channel überhaupt existierte? Wahrscheinlich konnte er es auch jetzt kaum abwarten, zu seinen richtigen Freunden zu gelangen.

Endlich war Savannah an der Reihe, bestellte und bezahlte ihr Sandwich. »Wir sehen uns«, sagte sie zu Damien und nahm ihren Teller, um sich zu Wendy und deren Leuten zu gesellen.

»Warte mal«, sagte er. »Wo sitzt du denn?«

Savannahs Magen flatterte nervös bei der Vorstellung, dass es Damien Sanders wirklich interessieren könnte, mit wem sie zu Mittag aß. Aber dass sie bei den Leuten vom Anime-Club saß, wollte sie ihm lieber nicht sagen.

»Bei mir und ein paar anderen Volleyball-Mädchen in der

Nähe vom Pool«, mischte sich Alyssa plötzlich ein. »Bald finden die Auswahlspiele statt, und wir haben gehört, dass Savannah auch Volleyballerin ist, und hoffen jetzt natürlich, dass sie es ins Team schafft.«

Savannah sah Alyssa fragend an, während die nur lächelte und ihr langes Haar über die Schulter zurückwarf, als ob ihr Verhalten das Normalste der Welt wäre. Dabei war sie ja wohl eindeutig nur deshalb mit einem Mal so freundlich, weil Savannah Damien kannte.

Aber spielte das eigentlich eine Rolle? Immerhin war das Eis zwischen ihnen gebrochen. Okay, in der ersten Stunde hätten die Dinge besser laufen können, aber jetzt, nachdem sich Alyssa so einladend zeigte, kam sie Savannah doch ganz nett vor. Und mit den Volleyball-Mädels hatte Savannah mit Sicherheit mehr gemein als mit dem Anime-Club.

»Wollt ihr beiden mit mir und meinen Freunden oben essen?«, fragte Damien. »Natürlich nur, wenn die anderen Volleyballerinnen nichts dagegen haben.«

»Hört sich super an«, sagte Alyssa schnell. »Ich bin sicher, dass es ihnen nichts ausmacht.«

»Okay.« Savannah konnte ihr Glück kaum fassen. Klar, sie ließ Wendy sitzen, aber Wendy hatte ja ihren Anime-Club, also war sie nicht allein. Und es war ja wohl verständlich, dass Savannah als Zehntklässlerin nicht Nein sagen konnte, wenn sie an den Tisch von *Zwölftklässlern* eingeladen wurde. Und zwar nicht *irgendwelche* Zwölftklässler – sondern Damien Sanders und seine Clique. *Zu der hoffentlich nicht Madison gehört,* dachte Savannah, aber um einen Rückzieher zu machen, war es jetzt zu spät.

Sie umklammerte ihren Sandwichteller fester, um nicht zu zittern. »Ich dachte, Zwölftklässler verlassen zum Mittagessen den Campus?«

»Manchmal«, sagte Damien. »Aber heute, am ersten Schultag, wollen die meisten hierbleiben, um Neuigkeiten auszutauschen.«

Er führte sie die Treppe hinauf zu einer Gruppe, die an einem der mittleren Tische saß, und machte sie mit seinen Freunden bekannt. Zwei davon erkannte Savannah aus dem *Myst* wieder, wo sie in den Sommerferien gewesen waren, aber die anderen Gesichter waren ihr neu. Was allerdings keine Rolle spielte, denn außer Damien und Alyssa schien keiner von ihnen an einem Gespräch mit Savannah interessiert zu sein, stattdessen unterhielten sie sich angeregt über ihre Sommerferienerlebnisse. Aber das war Savannah nur recht.

Immerhin saß Madison nicht bei ihnen. Allerdings warf Damien immer wieder einen Blick zu dem Tisch, an dem sie mit Oliver und einigen ihrer anderen Freunde aß. Es versetzte Savannah einen Stich, zu sehen, dass er anscheinend immer noch nicht über Madison hinweg war. Aber entweder hatte Madison Damien noch nicht bemerkt oder sie war ungemein gut darin, ihn zu ignorieren.

Als Savannah nach dem Essen Alyssa zu den Abfalltonnen folgte – Alyssa war immer noch wie verwandelt gegenüber dem Morgen und stellte unablässig Fragen –, hörte Savannah jemanden ihren Namen rufen. Sie spähte in die Menge und freute sich, Nick Gordon zu sehen. Mit einem strahlenden Lächeln kam er auf sie zu, aber unter seinen Augen lagen dunkle Ringe.

»Hey, Nick«, rief Savannah, erleichtert darüber, dass auch er sie nicht schnitt.

»Wie läuft dein erster Tag?«, fragte er.

»Anders als an meiner alten Schule, aber es läuft ganz gut«, log sie. Schließlich wollte sie ihm nicht gleich auf die Nase binden, dass sie ein totales Fiasko erlebt hatte, bis Damien auf sie zugekommen war. »Gleich in der ersten Stunde hab ich Alyssa kennengelernt und wir spielen beide Volleyball. Kennt ihr zwei euch?«

»Nur vom Sehen, aber nicht offiziell«, erwiderte er und streckte Alyssa die Hand entgegen. »Ich heiße Nick.«

Alyssa nickte, als ob sie das schon wisse, und schüttelte ihm die Hand. »Nett, dich ›offiziell‹ kennenzulernen.«

Nick lächelte und wandte sich wieder an Savannah. »Haben sich deine Tutorenkurse in den Sommerferien gelohnt?«

»Das hoffe ich«, antwortete sie. »Aber es ist schwierig, am ersten Tag schon was zu sagen.«

»Ich bin sicher, dass du klarkommst«, sagte er. »Und übrigens: Immer, wenn ich Zeit hab, sehe ich mir deine YouTube-Videos an. Die neuesten sind echt super.«

»Danke.« Savannah zuckte die Schultern. Das sagte er sicher nur, um nett zu sein, denn wenn sie *wirklich* super wären, müssten sie ja wohl ein paar Klicks mehr haben, oder? »Gut zu wissen, dass sie wenigstens ein paar Leuten gefallen.«

»Ich wette, bald geht's so richtig ab, und dann bist du der große Hit.«

»Das wäre mein Traum.«

Er blickte sie so intensiv mit seinen blauen Augen an, dass ihr die Luft wegblieb, doch gerade als er noch etwas sagen wollte, trat Damien zu ihnen und Nick machte einen Schritt zurück.

»Hey, Alter«, sagte Damien, als ob er und Nick Kumpels seien. Was sie definitiv nicht waren – vor allem, da Nick eine Weile mit Madison gegangen war.

»Hey.« Nick schob die Hände in die Taschen seiner Khakihose. »Man hat dich den Sommer über ja kaum gesehen.«

»Bin auf Reisen gewesen.«

»War bestimmt cool.« Nick erwiderte Damiens Blick unbewegt, und es sah fast so aus, als würden die beiden so eine Art Machtkampf um Savannah ausfechten. Aber da machte sie sich keine Hoffnungen mehr.

»Ich muss zu meiner nächsten Stunde«, sagte sie und war froh, Damien und Nick auf diese Weise voneinander trennen zu können. »Danke, dass du uns an euren Tisch eingeladen hast«, setzte sie an Damien gewandt noch hinzu.

»Kannst gerne jederzeit dazukommen.«

»Und wenn du mal Abwechslung brauchst, kannst du dich auch zu mir und meinen Freunden setzen«, bot Nick an. »Wir sind immer draußen auf der Dachterrasse mit Blick auf den Pool, bis es zu kalt wird.«

»Danke«, erwiderte Savannah, ohne einem von beiden eine Zusage zu machen. Konnte es sein, dass sie wirklich darum wetteiferten, mit wem sie die Mittagspause verbrachte? Oder maß sie dem Ganzen zu viel Bedeutung zu? »Wir sehen uns!«

Alyssa hakte sich bei Savannah ein, als sie den Speisesaal

verließen. »Ich fass es einfach nicht, dass du Damien Sanders *und* Nick Gordon kennst und kein Wort davon gesagt hast!«, sagte sie und hüpfte aufgeregt neben ihr her.

»Ich hab die beiden in den Sommerferien kennengelernt«, erklärte Savannah. »Ist 'ne lange Geschichte.«

»Was machst du denn heute nach der Schule?«

»Bis jetzt noch nichts.« Na gut, sie hatte versprochen, mit Evie zu skypen, um ihr von ihrem ersten Schultag zu berichten, aber Evie konnte auch ein wenig warten, das machte ihr nichts aus.

»Umso besser«, sagte Alyssa. »Dann kannst du ja mit mir, Brooke und Jackie zu Starbucks kommen und uns alles erzählen, was du mit den beiden heißesten Typen der Schule erlebt hast. Ehrlich, bei dem, was da gerade zwischen den beiden abging, habe ich das Gefühl, dass es eine *echt* gute Story wird.«

2

Courtney

»Danke, dass du mit mir die Mittagspause verbringst«, sagte Courtney zu Brett und biss in ihr gegrilltes Käsesandwich. Der Käse war herrlich weich und unglaublich aromatisch – verglichen mit der Cafeteria der Fairfield High war der Speisesaal der Goodman ein Fünf-Sterne-Restaurant. Brett hatte ihnen einen Tisch in der Nähe des Sees gesucht, unter einem Baum und abgeschieden von den größeren Schülergruppen. Genau das, was Courtney brauchte.

»Es sah ganz so aus, als hättest du dringend eine Auszeit von den Mädels im Englischkurs gebraucht.« Er hatte im Unterricht nicht bei ihr gesessen – er war ihr auch heute aus dem Weg gegangen, wie an jedem Tag, seit sie ihm gesagt hatte, dass sie ihre wie auch immer geartete Beziehung nicht fortsetzen könnten. Was wahrscheinlich besser so war, denn jedes Mal, wenn sie ihn sah oder auch nur an ihn und die gemeinsamen Erlebnisse in jener ersten Woche in Vegas *dachte*, hatte sie das Gefühl, ein Loch im Herzen zu haben. Aber als die Mädchen in ihrem Kurs, die über nichts anderes als Mode, Partys und Promis laberten und über ihre »Freunde« lästerten, versucht hatten, Courtney zum Mittagessen mitzuschleppen, hatte sie Brett Hilfe suchend angesehen.

Und er war prompt eingesprungen und hatte sie aus ihren Klauen befreit.

»Sie wollten wahrscheinlich nur nett zu mir sein, aber eineinviertel Stunden lang mit ihnen zu essen ...« Courtney legte ihr Sandwich auf den Teller und suchte nach einer passenden Formulierung.

»Wäre absoluter Psychostress?«, half Brett ihr auf die Sprünge.

»Genau.« Courtney lächelte und versuchte, das Knistern zwischen ihnen auszublenden. Das beste Gegenmittel war, einfach weiterzureden. »Ich habe nicht das Gefühl, dass ich viel mit ihnen gemeinsam habe.«

»Nach nur einem halben Schultag kannst du schon sagen, dass du anders bist als die typischen Goodman-Girls.« Brett musterte sie. »Und ich mein das durchaus positiv.«

»Sie kennen nicht gerade viel außerhalb ihrer heilen Welt.« Courtney blickte auf den See, um sich nicht in Bretts tannengrünen Augen zu verlieren. Wenn sie schon kein *Paar* sein konnten, dann konnten sie doch wenigstens befreundet sein, oder? Sie musste ihr Herz einfach nur mit ihrem Verstand in Einklang bringen. Was leichter gewesen wäre, wenn es nicht ständig zu rasen begonnen hätte, sobald Brett sie ansah. »Aber morgen Mittag gehe ich zu dem ersten *Habitat-for-Humanity*-Treffen. Vielleicht lerne ich da ja ein paar Leute kennen, mit denen ich mehr anfangen kann.«

»Schon möglich.« Brett nickte und nahm einen Bissen von seinem Sandwich. »Ich war da noch nie, also kann ich nichts dazu sagen.«

»Ich bin schon gespannt, um was genau es da geht«, sagte

sie. »Aber es ist mir immer noch ein Rätsel, warum Adrian und deine Mom dagegen waren, dass ich im *Diamond*-Café arbeite. Ich dachte, sie wären stolz, dass ich etwas leisten will.«

»Ich kann dich gut verstehen, aber ...« Brett kratzte sich den Kopf, als ob er überlegte, wie er es am besten ausdrücken sollte. »Dein Job ist nun mal die *Schule*. Um es auf eine Top-Uni wie Stanford oder eine der anderen Elite-Unis zu schaffen, braucht man mehr als gute Noten. Die hat ja jeder, der sich dort bewirbt, deshalb legen die Colleges so viel Wert auf Engagement in anderen Gebieten. Warst du auf deiner alten Schule in irgendwelchen Arbeitskreisen, im Schulteam oder in der Theater-AG?«

»Ich hab einmal pro Woche im Rahmen des Tutorenprogramms Nachhilfe gegeben und werde auch heute gleich nach dem Unterricht zum Tutorentreffen gehen.« Courtneys Wangen wurden heiß und sie konzentrierte ihren Blick auf ihr Sandwich. »Auf der Fairfield High habe ich nebenbei so viel wie möglich gejobbt, um meine Familie zu unterstützen. Für andere Sachen hatte ich da keine Zeit mehr.«

»Das weiß ich doch.« Brett legte seine Hand auf ihre und seine Wärme elektrisierte Courtneys gesamten Körper.

Sie *musste* sich dazu zwingen, die Hand wegzuziehen. Ein schmerzlicher Ausdruck huschte über sein Gesicht – sie hasste es, ihn verletzen zu müssen. Aber es wäre unfair gewesen, ihm etwas vorzumachen, wo sie doch einfach nicht zusammen sein *durften*. Sie nippte an ihrem Wasser, als ob sie damit ihre Gefühle für ihn hinunterspülen könnte.

Bretts verletzter Ausdruck war gleich wieder verflogen

und er fuhr mit seinen Ausführungen fort, als habe dieser Moment nie stattgefunden.

»Ich weiß, dass ein einziger Aufsatz von dir über deine damalige Situation den Zulassungsgremien den Wind aus den Segeln genommen hätte«, sagte er. »Aber jetzt ist deine Situation eine andere. Inzwischen besuchst du eine der besten Eliteschulen und musst dich bei der Uni-Zulassung gegen Schüler durchsetzen, die überall im Land auf ähnliche Schulen gehen. Aus dem letzten Abschlussjahrgang der Goodman haben es zwanzig Prozent auf Elite-Unis geschafft, fünfzig Prozent auf hochrangige Colleges, und der Rest wurde an anderen ausgewählten Colleges genommen. Adrian und meine Mutter wollen nur, dass du darauf vorbereitet bist.«

»Macht Sinn«, sagte Courtney, auch wenn das alles in ihren Ohren unerreichbar klang. Wenigstens hielt sie dieses Thema davon ab, sich darüber Gedanken zu machen, wie sehr sie sich wünschte, er würde wieder seine Hand auf ihre legen. Wie sehr sie sich wünschte, er würde sie wieder wie bei der großen Hoteleröffnung küssen. »Aber ich kann mir einfach nicht vorstellen, dass die Mädchen hier, die über Partys und Mode quatschen, auf eine Elite-Uni gehen werden.«

»Sie sind oberflächlich«, gab Brett zu, »aber sie sind nicht dumm. Sie haben gute Noten – und Eltern, die eine großzügige Spende an das College ihrer Wahl entrichten, so wie Adrians Spende an die Goodman. Oder sie stellen einen sogenannten College-Coach an, der ihre Unterlagen aufpeppt und ihre Chancen vergrößert, dass sie an eine der Top-Unis kommen.«

Die Erinnerung daran, dass Adrian sie und ihre Schwestern an die Goodman *eingekauft* hatte, indem er das neue Sportzentrum finanziert hatte, versetzte Courtney einen Stich. »Was ist denn ein College-Coach?«

»Genau das, wonach es klingt«, sagte Brett. »Jemand, der genau weiß, worauf ein College oder eine Uni Wert legen und der sich mit dem Schüler oder seinen Eltern zusammensetzt, den Bildungshintergrund des Schülers analysiert und eine erfolgversprechende Bewerbung strategisch plant. Für ein paar Tausender natürlich.«

»Und damit hat dieser Schüler eine bessere Chance, auf die Uni seiner Wahl zu kommen, als einer, der sich so einen Coach nicht leisten kann.« Courtney schüttelte den Kopf. »Fair ist das ja wohl nicht, oder?«

»Nicht fair, aber so läuft's nun mal.« Er zuckte die Schultern. »Ich bin auch nicht gerade der größte Fan von jedem, der auf die Goodman geht, aber nicht alle sind oberflächlich. Du wirst dich schon zurechtfinden.«

Diese Zuversicht hätte Courtney gern mit ihm geteilt. »Ich verstehe allmählich, warum du deine alte staatliche Schule lieber mochtest.«

»Ich mochte die *Leute* dort lieber«, korrigierte er sie. »Die Lehrer an der Goodman sind fantastisch – sie lieben ihre Arbeit, und der Unterricht ist viel besser, weil die Klassen kleiner sind. Außerdem will ich unbedingt auf die UCLA, um Film zu studieren. Und wenn mir so ein Coach dabei helfen kann, dann werde ich mir diese Chance nicht entgehen lassen, auch wenn du recht hast und das System unfair ist. Aber würdest du denn nicht alles tun, um an der Stanford angenommen zu werden?«

»Doch, ich glaub schon«, sagte Courtney, obwohl ihr der Gedanke daran, Teil dieses ungerechten Systems zu werden, Bauchschmerzen bereitete. »Ich kann es einfach immer noch nicht glauben, dass das alles wirklich passiert. Ich wollte immer schon auf die Stanford, aber tief im Inneren wusste ich, dass es nicht möglich sein würde.«

»Wie meinst du das?« Er sah sie mit echtem Interesse an. Sie liebte es, wie Brett ihr zuhörte: Er wollte wirklich wissen, was sie zu sagen hatte, und wartete nicht nur auf das nächste Stichwort für sich selbst. Was ihn deutlich von den meisten anderen Leuten, die sie kannte, unterschied. »Warum hätte es denn nicht möglich sein sollen?«

»Na ja, wer hätte sich denn dann um meine Mutter und Savannah gekümmert?«, fragte sie. »Wahrscheinlich hätte ich mich mit der örtlichen Fachhochschule begnügt. Dann hätte ich weiterhin zu Hause wohnen und helfen können. Dass Stanford jetzt tatsächlich in greifbare Nähe gerückt ist ..., und was das für meine Zukunft bedeutet ... das kann ich noch gar nicht fassen.«

»Das wäre allerdings so oder so auf dich zugekommen, sobald Peyton Zugang zu ihrem Treuhandfonds bekommen hätte.« Brett beugte sich vor und sein Blick traf sie im Innersten. »Es ist nur früher eingetroffen als erwartet.«

Courtney konnte kaum denken oder atmen. Sein Blick war so intensiv, dass ihre Gefühle für ihn sofort wieder an die Oberfläche drängten.

»Ich glaube, ich werde nie ganz verstehen, warum meine Mutter sich geweigert hat, Adrians Hilfe anzunehmen«, sagte sie schließlich mit bebender Stimme. »Sie hat nie von ihm gesprochen – als ob er etwas so Schlimmes getan hätte, dass sie seine Existenz einfach verdrängen wollte. Ich weiß, dass sie verrückt vor Sorge gewesen sein muss, als man mich als Baby gekidnappt hat, und es sieht ganz so aus, als hätte sie Adrian dafür verantwortlich gemacht. Aber andererseits ist mir ja nichts passiert. Es *muss* also mehr dahinterstecken.«

Brett biss die Zähne aufeinander. »Nachdem es nun kein Geheimnis mehr um euren Vater gibt, wird sie ihr Verhalten erklären müssen.«

»Vielleicht«, sagte Courtney. »Aber vielleicht hat sie auch einfach nur völlig irrational gehandelt. Sie war psychisch nie besonders stabil. Dafür kann sie nichts, aber es ist trotzdem frustrierend.«

Ein paar Sekunden lang aßen sie stumm weiter, und Courtney überlegte, was sie zu ihrer Mutter sagen würde, wenn sie nächsten Monat aus dem Entzug kam. Sie waren sich nie besonders nahe gewesen – irgendwie hatte Courtney immer das Gefühl gehabt, dass ihre Mutter sie am wenigsten von ihren drei Töchtern liebte. Es würde auf jeden Fall ein schwieriges Gespräch werden, dessen Richtung und Ausgang ungewiss war. Allein bei der Vorstellung schnürte es ihr die Kehle zu.

»Wann hast du gesagt, findet das *Habitat*-Treffen statt?«, riss Brett sie aus ihren Gedanken.

»Morgen in der Mittagspause.« Courtney fuhr sich mit der Hand durchs Haar und versuchte, sich zu entspannen, froh darüber, dass er das Thema gewechselt hatte. »Warum? Überlegst du, ob du mitmachst?«

»Ich komme einfach mit dir mit und sehe es mir mal an.

Wenn ich mitmachen sollte, dann drehe ich vielleicht ein kleines Video über das Haus, das da gerade gebaut wird.«

»Das wäre toll«, rief sie begeistert. Er strahlte, und sie wollte nach seiner Hand greifen, ihren Stuhl näher an seinen rücken, sich an ihn lehnen, den Kopf an seine Schulter legen und den Blick auf den See genießen … Aber sie schob diese Gedanken von sich. Es war notwendig, ihn zu überzeugen, dass sie ihn eben *nicht* auf diese Weise sah. Obwohl sich jeder Muskel ihres Körpers dagegen sträubte, rückte sie sich distanziert auf ihrem Stuhl zurecht und sagte: »Es wäre wirklich toll, einen Freund zu haben, der mitmacht.«

Bei dem Wort »Freund«, das ihr nur schwer über die Lippen kam, überzog Enttäuschung sein Gesicht. Doch dann richtete er sich auf und zog seinen Stuhl näher an ihren, und da wusste sie, dass er es nicht dabei belassen wollte. Aber sie schaffte es nicht, von ihm wegzurücken oder aufzustehen und so zu tun, als müsse sie aufbrechen … Sie wollte, nein, sie *musste* wissen, was er ihr zu sagen hatte.

»Wir wissen doch beide, dass zwischen uns mehr als nur Freundschaft ist.« Er legte die Finger auf ihre Hand, und ihr wurde heiß und ihr Atem ging schnell. »Ich weiß, dass du dagegen anzukämpfen versuchst, aber Courtney … Ich sehe doch, dass du es genauso willst wie ich, dass wir zusammen sind. Und es gibt auch keinen Grund, warum wir *nicht* zusammen sein sollten. Von mir aus auch heimlich. Ohne dass jemand davon weiß.«

Sein Blick forderte sie heraus, ehrlich mit ihm zu sein. Und sie *wollte* Ja sagen, sie *wollte* mutig sein und ihren Gefühlen folgen, egal, welche Konsequenzen das hätte.

Aber sie konnte nicht vergessen, was Rebecca – Bretts Mutter und ihre zukünftige Stiefmutter – zu ihr gesagt hatte, nach jenem verhängnisvollen Kuss auf Adrians großer Eröffnungsfeier. Rebecca hatte sie am Tag darauf zu einem Brunch im *Grand Café* des *Diamond*-Hotels eingeladen, um mit ihr über die Sache zu reden …

»Es sieht ganz so aus, als ob ihr euch gut verstehen würdet, du und Brett«, hatte Rebecca das Gespräch eingeleitet.

»Wir haben viel gemeinsam.« Courtney war unruhig hin und her gerutscht. Sie wusste, dass es nicht lange dauern würde, ehe Rebecca auf den Kuss zu sprechen kam – dieser unglaubliche, unvergessliche Kuss von Brett, dem sie sich trotz Adrians Anweisung, dass weder sie noch ihre Schwestern etwas mit ihrem zukünftigen Stiefbruder anfangen dürften, hingegeben hatte.

Rebecca nickte. »Mein Sohn ist ein wunderbarer Junge und ich wäre stolz, wenn er mit einem so verantwortungsvollen Mädchen wie dir gehen würde.«

Courtneys Herz machte einen Satz. Vielleicht wollte ihr Rebecca ihre Liebe zu Brett gar nicht verbieten?

»Danke«, sagte sie in der Hoffnung, dass das Gespräch weiterhin so positiv laufen würde. Vielleicht würde Rebecca Adrian davon überzeugen können, von seinem strengen Standpunkt abzuweichen.

»Allerdings …«, fuhr Rebecca einschränkend fort, und Courtneys Magen zog sich zusammen, »… haben Adrian und ich unsere Gründe, warum wir diese Art von Beziehung nicht dulden können. Auch wenn ich weiß, dass es schwer sein wird, deine Gefühle für Brett zu überwinden.«

Courtney legte ihre Gabel ab. Ihr war der Appetit vergangen.

»Aber du hast doch eben gesagt, dass es dich freuen würde, wenn Brett und ich zusammen wären?«

»Ich sagte, ich wäre stolz, wenn er mit einem so verantwortungsvollen Mädchen wie dir gehen würde«, wiederholte Rebecca. »Aber wir sind nun mal kurz davor, eine Familie zu werden.« Sie ließ Courtney nicht aus den Augen, als bäte sie um ihr Verständnis.

Aber wenn Courtney wollte, dass Rebecca begriff, wie es um sie stand, würde sie über ihre Gefühle reden müssen. Das wäre zwar unangenehm, weil sie Rebecca nicht wirklich gut kannte, aber Brett war es wert.

»Noch nie habe ich so etwas für jemanden empfunden«, begann sie leise, den Blick auf ihren fast unberührten Teller gerichtet. »Das zwischen uns ist … etwas Ernstes.«

Verständnis und Bedauern schimmerten in Rebeccas Blick auf. »Ich weiß noch, wie ich selbst als Teenager stets das Gefühl hatte, eine Beziehung würde ewig dauern würde, aber leider läuft es nicht immer so.« Sie blickte in die Ferne, als würde sie sich an etwas erinnern. »Highschool-Romanzen gehen oft aus den verschiedensten Gründen zu Ende, selbst wenn beide Partner tolle Persönlichkeiten sind und wirklich gut miteinander auskommen. Wenn so eine Beziehung endet, ist es das Beste, den anderen hinter sich zu lassen und sein eigenes Leben zu leben. Wenn du jedoch mit Brett zusammen wärst und die Sache würde irgendwann enden, dann könntet ihr einander nicht so einfach hinter euch lassen, denn ihr wärt ja zugleich Stiefgeschwister. Das Ganze würde einen Schatten auf die Familie werfen und euch beiden ungeheuer große Schmerzen bereiten.«

Aber zwischen ihr und Brett würde es ja nicht enden … Sie

waren anders. Und selbst wenn … Sie konnte doch ihre Gefühle nicht unterdrücken, nur weil sie sich in der Zukunft vielleicht *trennen würden!*

Andererseits war Rebeccas Logik nicht von der Hand zu weisen. Courtney spürte schon jetzt, wie schwierig das alles war, und dabei waren sie doch erst eine Woche »zusammen«. Der Gedanke daran, wie es nach Monaten oder Jahren wäre, war unerträglich …

Es fiel Courtney nicht leicht, aber letztlich kam sie zu dem Schluss, dass es doch am klügsten war, ihre Gefühle für Brett zu unterdrücken. Um ihm und sich einen zukünftigen Schmerz zu ersparen.

Nach dieser Unterredung mit Rebecca hatte Courtney ein ganz ähnliches Gespräch mit Brett geführt und ihm die Gründe auseinandergesetzt, warum sie nicht zusammen sein durften. Woraufhin er ihr wochenlang aus dem Weg gegangen war.

Und jetzt flehte er sie praktisch an, ihnen beiden eine zweite Chance zu geben. Und sie *wollte* nachgeben, *wollte* sehen, wie glücklich ihn diese Worte machen würden – aber sie schaffte es nicht. Sie hatte Angst, die Familie zu enttäuschen. Und Angst vor dem Schmerz, wenn es nicht klappen sollte. Ihre Schwestern glaubten immer, sie sei so unglaublich stark und könne in jeder Situation einen kühlen Kopf bewahren – aber sie wirkte nur deshalb so, weil sie es von Anfang an vermied, gewagte oder unkluge Entscheidungen zu treffen.

»Was meinst du?«, hakte Brett nach.

»Es geht nicht.« Courtney zog ihre Hand fort und legte

sie in ihren Schoß. Trotz der Wüstenhitze fühlte sich ihre Haut kalt an, wo sie seine berührt hatte.

Er lehnte sich enttäuscht zurück. »Ist das wirklich dein Ernst oder willst du einfach Adrian nicht enttäuschen?«

»Adrian und deine Mutter nicht zu enttäuschen, ist ein Teil der Sache«, sagte Courtney leise. »Aber meinen Hauptgrund kennst du.«

»Dass wir, falls es nicht klappt, keinen Abstand voneinander hätten, weil wir zur selben Familie gehören.«

»Ja.« Genau das hatte sie ihm nach dem Brunch mit Rebecca gesagt. »Wir sind eben nicht einfach nur zwei Menschen, die sich zufällig ineinander verliebt haben. In weniger als einem Jahr sind unsere Eltern verheiratet. Und wenn unsere Beziehung scheitert, müssten wir uns trotzdem ständig sehen, was ziemlich schmerzlich wäre. Tausendmal schmerzlicher als das, was wir jetzt durchmachen.«

»Also empfindest du immer noch was für mich.« Seine Augen glänzten triumphierend, und sie konnte ihn nicht anlügen und es abstreiten. »Ich wusste es doch. Aber man kann die Sache auch aus einem anderen Blickwinkel betrachten ... einem, den ich bevorzuge. Was, wenn es *doch* funktioniert? Wäre es das nicht wert?«

Einen kurzen Augenblick lang erwog Courtney noch einmal, die Vernunft beiseitezuschieben und ihren Gefühlen zu folgen. Sie liebte es, mit Brett zusammen zu sein, und war sich sicher, dass ihre Empfindungen füreinander echt waren und eine Chance verdienten. Und wenn es nicht hinhauen sollte, konnte sie sich immer noch grämen. Nach diesem Motto würde Peyton handeln. Manchmal wünschte Courtney, so mutig zu sein wie ihre ältere Schwester, einfach loszulassen und den Augenblick zu genießen, ohne sich um die Zukunft Gedanken zu machen.

Aber so sehr sie sich das auch wünschte, es änderte nichts daran, wie sie wirklich war.

»Das Risiko ist zu hoch.« Courtney zwang sich, bestimmt zu klingen. »Und eine heimliche Beziehung könnte ich nicht genießen. Ich würde mir immer nur Sorgen machen, dass Adrian und Rebecca dahinterkommen. Das sollten wir uns beide nicht zumuten.«

»Ich kann mir einfach nicht vorstellen, dass ich jemals mit dir Schluss machen würde«, sagte er und sah sie voller Überzeugung an. »Du musst keine Angst haben. Versprochen.«

Ihr Herz schmolz dahin und sie wusste, dass er zu diesem Zeitpunkt jedes Wort ernst meinte.

»So fühlst du *jetzt*.« Sie blinzelte die aufsteigenden Tränen fort. »Aber du weißt doch nicht, ob du in einigen Wochen oder Monaten noch genauso fühlst. Auf ein solches Versprechen kann ich dich nicht festnageln.«

»Da hast du recht«, stimmte er zu ihrer Überraschung zu. Es war die Antwort, die sie hatte hören wollen, aber jetzt, nachdem er sie ausgesprochen hatte, erfüllte Courtney eine furchtbare Leere. »Nicht damit, dass wir nicht zusammen sein können«, präzisierte er, »sondern damit, dass wir nicht wissen können, was irgendwann in der Zukunft passiert. Aber wenn wir es nicht wagen, werden wir es *niemals* erfahren. Ich weiß nicht, wie es dir dabei geht, aber ich kann so nicht leben. Der einzige Weg, es herauszufinden, ist, es zu versuchen.«

Courtneys Puls raste und sie wusste nicht, wie viel es noch brauchte, ehe sie einknickte. Wenn er nicht aufhörte, blieben ihr nur zwei Optionen: Nachzugeben und jegliches Vertrauen, das Adrian und Rebecca in sie setzten, zu ruinieren und außerdem das Risiko eines gebrochenen Herzens einzugehen – oder sich von Brett fernzuhalten und nicht mal mehr mit ihm befreundet sein zu können. Und Freunde zu sein, war doch immer noch besser als gar nichts, oder?

»Warum machst du mir die Sache so schwer?«, seufzte sie. »Du kennst meine Gründe und ich hoffe, dass du sie verstehen und respektieren kannst.«

»Ich verstehe sie schon«, sagte er, während sein Blick immer noch Entschlossenheit verriet. »Aber das bedeutet nicht, dass ich deiner Meinung bin.«

Danach ließ er das Thema fallen, auch wenn sie das Gefühl hatte, dass es nur vorläufig war und er noch lange nicht aufgeben würde. Vielleicht hätte sie ihm das Versprechen abnehmen sollen, nicht mehr davon anzufangen, sie nicht mehr zu drängen.

Aber das schaffte sie nicht. Dafür war sie viel zu hin und her gerissen. Einerseits wollte sie sich selbst überzeugen, dass sie richtig handelte, andererseits fragte sie sich, wie es wohl wäre, über ihren eigenen Schatten zu springen und ihnen eine Chance zu geben.

* * *

Das Tutorentreffen begann eine Viertelstunde nach der letzten Unterrichtseinheit, aber Courtney wollte nicht zu spät kommen und ging deshalb direkt nach ihrem letzten Kurs hin. Ausgerechnet Madison Lockhart schien es genauso zu halten wie sie. Es gab nicht viele Menschen, gegen die Courtney etwas hatte, aber seit Madison diesen Damien Sanders vor Savannahs Augen geküsst und sie damit zum Weinen gebracht hatte, war sie für Courtney unten durch. Schlimmer noch, es schien Madison nicht mal leidzutun.

Madison sah Courtney aufreizend gelangweilt an und drapierte ihr langes schwarzes Haar um ihre Schultern. »Wenn du dich für Nachhilfestunden eintragen willst, musst du bis Freitag warten«, sagte sie mit vor falscher Freundlichkeit triefender Stimme, dass Courtney am liebsten die Augen verdreht hätte. »Das Treffen hier ist nur für Tutoren.«

»Dann bin ich ja richtig.« Courtney setzte sich und ließ dabei zwischen sich und Madison einen Platz frei. Ihre Tasche stellte sie neben ihren Stuhl auf den Boden. »Ich war an meiner alten Schule schon Tutorin und möchte es auch hier wieder sein.«

»Man kann nicht einfach so beschließen, Tutorin zu werden«, sagte Madison von oben herab. »Man braucht Empfehlungsschreiben von Lehrern, bei denen man bereits erfolgreich Kurse absolviert hat. Da du neu bist, heißt das, dass du mindestens bis zum nächsten Halbjahr warten musst.«

Courtney imitierte Madisons falsches Lächeln und freute sich insgeheim über den Trumpf, den sie gleich ausspielen würde. Das war zwar eigentlich nicht ihre Art, aber Madison hatte es verdient. »In den Sommerferien habe ich bereits der für die Nachhilfekurse zuständigen Lehrerin gemailt und ihr die Empfehlungen von meinen Lehrern in Fairfield geschickt«, verkündete sie. »Sie hat sie sich angesehen und geantwortet, dass sie sich freue, mich als Englischtutorin für die neunte und zehnte Klasse begrüßen zu dürfen.«

»Oh.« Madison runzelte die Stirn. »Na ja, wenn du nur in Englisch Nachhilfe gibst, dann arbeitest du ja nicht mit deinem zukünftigen Stiefbruder zusammen.«

»Brett?« Courtneys Herz machte einen Satz. »Ich wusste gar nicht, dass ihr euch kennt.«

»Ich war seine Bio-Tutorin.« Sie warf ihr Haar zurück und lächelte vieldeutig. »Ich hab ihm das ganze letzte Halbjahr Nachhilfe gegeben, und man könnte sagen, dass wir uns ziemlich gut kennengelernt haben.«

»Wie gut?« Bei Madisons Andeutung krampfte sich Courtneys Magen zusammen.

Unmöglich, dass Madison was mit Brett gehabt hatte! Das hätte er doch erwähnt und außerdem würde er sich doch niemals für eine wie Madison interessieren. Sie war genau der Typ Goodman-Snob, den er mied – die Art von Mädchen, die sich für nichts anderes als sich selbst interessierte. Was konnten die beiden denn schon gemeinsam haben?

»Gut genug«, sagte Madison. »Wenn man so viel Zeit miteinander verbringt, kommt es automatisch zu einer gewissen Annäherung. In den Sommerferien waren wir auch ein paarmal aus. Komisch, dass er gar nichts davon gesagt hat.«

Courtneys Hände ballten sich zu Fäusten. Noch ehe sie nachfragen konnte, was genau Madison meinte, traten drei weitere Mädchen ein, gefolgt von der Lehrerin.

Während der ganzen Einführungsstunde stellte sich Courtney vor, wie Madison Brett Nachhilfe gegeben hatte und sich die beiden immer näher kamen, bis sie die Finger nicht mehr voneinander lassen konnten. Und Madison hatte mehr Erfahrung als Courtney – Courtneys Kuss mit Brett bei der Eröffnungsfeier war ihr allererster gewesen. (Abgesehen von Olivers Versuch, sie auf dem Heimweg von einer Wohltätigkeitsveranstaltung seiner Mutter zu küssen – aber das zählte ja nicht.)

Die Bilder von Brett und Madison, wie sie einander auf ganz andere Art »Bio-Nachhilfe« gaben, verwirrten Courtney so sehr, dass sie kaum etwas von dem Tutorentreffen mitbekam.

Wenn Madison sie nur hatte verunsichern wollen, dann war ihr das gelungen.

Courtney wusste, dass es nur eine Möglichkeit gab, die Wahrheit herauszufinden: Sie musste Brett selbst fragen.

* * *

Zurück im *Diamond* steuerte sie sofort Bretts Tür an und klopfte. Sie musste mit ihm persönlich reden – das hier konnte unmöglich per SMS oder Telefon geklärt werden.

Brett zog überrascht die Augenbrauen hoch, als er die Tür öffnete. Dann lächelte er. Wahrscheinlich nahm er an, dass sie es sich bezüglich ihrer Beziehung anders überlegt hatte. Ihr Magen verkrampfte sich. Der wahre Grund für ihren Besuch würde ihn ziemlich unvorbereitet treffen.

Courtney holte tief Luft, um ihre Nerven zu beruhigen. Es war richtig, Brett direkt anzusprechen – das einzig Richtige, um zu verhindern, dass sie sich mit *Was-wäre-wenn*-Fragen verrückt machte, die sie nur vom Lernen abhalten würden. Genau, sie war nämlich nur hier, um ihren schulischen Erfolg sicherzustellen!

Sie wünschte, sie hätte das selbst glauben können, aber dafür schlug ihr Herz viel zu heftig, als sie Brett gegenüberstand.

»Hey.« Mit einer einladenden Geste forderte er sie auf, hereinzukommen. Sie umklammerte den Riemen ihrer Tasche, damit er nicht merkte, wie sie zitterte, und trat ein.

Sein Apartment war fast identisch mit dem, das Courtney sich mit ihren Schwestern teilte – eine Diele, ein Wohnzimmer mit Panoramablick auf den Strip, ein Essbereich, eine Küche und eine Tür zum Schlafzimmer, alles in glattem, modernem Stil. Der einzige Unterschied war, dass es keinen Flur mit Zugang zu weiteren Schlafzimmern gab.

»Ich hoffe, ich stör dich nicht?«, fragte Courtney.

»Überhaupt nicht, ich sehe nur gerade *The Walking Dead*«, erwiderte er. Courtney warf einen Blick auf den riesigen Flachbildschirm, der ein Standbild zeigte, auf dem eine schwarze Frauengestalt mit einem Schwert erbittert auf ein blutiges Monster losging. »Ich bin bei Staffel drei.«

»Nie gesehen«, sagte sie. »Also, natürlich hab ich davon gehört, aber ich weiß kaum was darüber. Ich hatte nie viel Zeit, um fernzusehen.« Sie warf einen Blick aus dem Fenster und ermahnte sich selbst, daran zu denken, warum sie eigentlich hier war.

Aber noch bevor sie ansetzen konnte, fing er schon an zu reden.

»Ich hab alle Staffeln auf DVD. Wenn du willst, könnten wir einen *Walking-Dead*-Marathon von A bis Z machen.«

Ihr stockte der Atem. War das etwa ein *Date*? Oder nur freundschaftlich gemeint? Wie auch immer, ein TV-Marathon mit Brett wäre so oder so keine gute Idee. Es bedeutete, Stunden mit ihm allein zu verbringen, und sie wusste nicht, ob sie es schaffte, ihre Gefühle für ihn so lange zu unterdrücken.

Sie warf einen Blick auf das Zombiemonster und zuckte angewidert zurück. »Sieht ziemlich … gruselig aus. Und eklig.«

»Kann man so sagen.« Er nahm die Fernbedienung und stellte den Fernseher ab. »Aber nicht schlecht gemacht, wenn man daran denkt, dass das alles nur Make-up und Special Effects ist. Außerdem, mal abgesehen davon, dass das Ganze als Zombie-Apokalypse aufgezogen ist, geht es in der Serie im Grunde um Menschlichkeit – wie sich Leute in Extremsituationen anpassen und verhalten, wie sie zusammenarbeiten müssen, um zu überleben, und zwar mit Leuten, die sie normalerweise nie getroffen hätten.«

»Klingt nach den Dystopien, die ich ab und zu lese«, sagte Courtney.

Seine Augen blitzten amüsiert auf. »Aha, du hast also keine Zeit zum Fernsehen, aber zum Lesen schon?«

»Immer.« Endlich ließ Courtney den Riemen ihrer Tasche los. »In unserer alten Schulbibliothek hab ich so viele Bücher ausgeliehen, dass mich die Bibliothekarin schon mit Namen kannte. Ich kann abends auch gar nicht einschlafen, bevor ich nicht mindesten ein Kapitel gelesen habe, aber meistens werden es sowieso mehrere. Und manchmal lese ich sogar, ehe ich mit den Hausaufgaben anfange, obwohl ich weiß, dass ich das eigentlich nicht tun sollte. Aber irgendwie entspannt mich das und ich kann mich hinterher besser konzentrieren.«

»Genau deshalb schalte ich den Fernseher ein, wenn ich aus der Schule komme.« Bretts Stimme wurde lebhafter. Er schien ganz begeistert darüber, dass sie selbst diese kleine Angewohnheit gemeinsam hatten. »Aber ich weiß, dass ich mehr lesen sollte. Lesen macht mir ja auch Spaß. Aber es gibt so viele Filme und Serien, die ich sehen will, dass ich einfach nie genug Zeit für alles habe, deshalb entscheide ich mich meistens für den Fernseher.«

»So geht es mir mit Büchern.« Courtney lächelte. »Aus diesem Grund lese ich jedes Buch auch nur einmal – weil man sonst weniger Zeit für neue Geschichten hat.«

Plötzlich wurde Courtney bewusst, dass sie völlig von ihrem eigentlichen Thema abgekommen war. »Aber mal was anderes …« Sie verschränkte nervös die Finger ob der Wendung, die das Gespräch gleich nehmen würde. »Ich hab auf dem Tutorentreffen mit Madison gesprochen.«

»Ah.« Bretts Miene verzog sich. »Ich wusste gar nicht, dass ihr befreundet seid.«

»Sind wir auch nicht.« Ihre Stimme zitterte, denn sie hatte wohl eindeutig seinen wunden Punkt getroffen. »Sie war zufällig ebenso früh da wie ich, und sie hat … dich erwähnt.«

»So, inwiefern denn?« Er fuhr sich mit den Händen durchs Haar und mied ihren Blick. Sie hatte sich an die Hoffnung geklammert, dass Madison übertrieben hatte, aber Bretts Reaktion legte einen anderen Schluss nahe.

»Sie hat mir erzählt, dass sie dir letztes Jahr Nachhilfe gegeben hat.« Unsicher ging Courtney zum Sofa, setzte sich auf die Lehne und ließ ihre Tasche auf den Boden fallen. »In Bio.«

Er setzte sich ebenfalls aufs Sofa, mit etwas Abstand zu ihr, und ließ sich mit seiner Antwort Zeit. »Stimmt«, sagte er schließlich. »Durch den Schulwechsel war ich in Bio hinten dran und hab mich deshalb beim Tutorenprogramm angemeldet. Und Madison war die Tutorin, die mir dann zugeteilt wurde.«

»Okay.« Courtney zwang sich, cool und unbeteiligt zu klingen, um zu verhindern, dass sie die Kontrolle über ihre Gefühle verlor. »Sie hat angedeutet, dass da mehr zwischen euch war als nur Nachhilfe. Dass ihr ... was miteinander hattet. Den Sommer über.«

Brett senkte den Blick und Courtney spürte einen Stich in der Brust. »Da lief nur ein einziges Mal was.«

Sie zuckte zusammen. Bei der Vorstellung, dass Brett und Madison was miteinander gehabt hatten, wurde ihr heiß und kalt. Wie konnte es sein, dass sie davon bis jetzt nichts mitbekommen hatte?

»Aber das war, ehe ich dich kennengelernt habe«, fügte er hinzu und sah sie jetzt offen und direkt an. »An jenem Abend hatten Madison und ich beide zu viel getrunken und wir haben uns geküsst. Weiter war nichts, auch wenn sie mehr wollte. Später hab ich ihr dann klargemacht, dass ich einen Fehler begangen hatte, aber sie wollte es nicht wahrhaben. Bis ich dich kennengelernt habe. Da hat sie wohl endlich kapiert, dass zwischen mir und ihr niemals was laufen würde.« Er rutschte etwas näher an Courtney heran und sie war wie gebannt von seinem Blick. »Denn bei dir war ich mir von Anfang an sicher, dass du die Richtige für mich bist. Und das ist so geblieben, jeden einzelnen Tag. Du bist klug, einfühlsam, selbstlos, liebevoll, verständnisvoll, und ich kann stundenlang mit dir reden. Du bist innerlich *und* äußerlich schön. Ich kenne niemanden, der mit dir vergleichbar wäre, und um ehrlich zu sein, zweifle ich daran, dass es so jemanden überhaupt gibt.«

Bei seinen Worten wurde ihr ganz schwindlig und ihr Herz raste wild, denn ihr ging es ganz genauso. Sie konnte sich nicht vorstellen, dass irgendwer an ihn herankam.

Aber – wenn sie wirklich füreinander bestimmt waren, warum hatte das Schicksal dann entschieden, dass sie Stiefgeschwister wurden? Was, wenn sie jetzt ihren Gefühlen nachgab und heimlich mit ihm zusammen war? Dann würde es irgendwann herauskommen. Dann wäre sie für Adrian und Rebecca eine Enttäuschung, genauso wie sie es aus unerfindlichen Gründen immer für ihre Mutter gewesen war. Der einzige Mensch, der sie um ihrer selbst willen schätzte, der nicht von ihr erwartete, perfekt zu sein, war Grandma. Sie berührte die Kette, die ihre Grandma ihr geschenkt hatte, in der Hoffnung, daraus Kraft zu ziehen.

Wie sie sich auch verhielt, letzten Endes würde sie sich selbst und alle, die ihr wichtig waren, verletzen. Also versuchte sie, den Gefühlssturm in sich zu unterdrücken, und konzentrierte sich auf die einzige Information von Brett, die sie wirklich schockierend fand.

»Madison Lockhart wollte mit dir schlafen und du hast sie abgewiesen?«

Bretts Blick verdüsterte sich. »Ich lege dir gerade mein Herz zu Füßen und du reagierst *so* darauf?«

»Tut mir leid.« Courtney biss sich auf die Lippe, denn seine Enttäuschung tat ihr weh. »Ich mag dich wirklich sehr, Brett. Aber das haben wir ja schon alles besprochen – wir können nicht mehr sein als Freunde. Auch wenn ich echt froh bin, dass du Madison einen Korb gegeben hast. Das hätten bestimmt nicht viele Jungs gemacht.«

Er sah sie aufmerksam an, doch etwas in ihrem Blick schien ihn davon abzuhalten, sie weiter zu bedrängen. »Das sollte wohl ein Kompliment sein«, sagte er. »Aber ich glaube nicht, dass Madison mit mir *schlafen* wollte. Sie ist noch Jungfrau. Ich glaube, sie wollte eine echte Beziehung, aber nachdem sie mich vor ihren arroganten Freunden nicht mal gegrüßt hat, war ich daran nicht interessiert. Wir haben schon seit Wochen nicht mehr miteinander gesprochen, und ich hab auch immer noch keine Ahnung, warum sie ausgerechnet auf mich so scharf war. Vielleicht, weil ich ihr nicht hinterherlaufe wie die meisten anderen Jungs an der Schule.«

»Madison ist noch Jungfrau?« Courtney mochte eigentlich keinen Tratsch, aber in diesem Fall lenkte es sie von ihren eigenen Gefühlen ab. »Im Leben nicht!«

»Doch.« Brett zuckte die Schultern. »Die anderen Jungs reißen ständig Witze darüber, was sie dafür geben würden, um der Erste bei ihr zu sein. Also … Ich weiß nicht, was Madison dir gegenüber angedeutet hat, aber wir haben uns wirklich nur einmal geküsst. Und wenn ich dich da schon gekannt hätte, wäre das nie passiert.«

Bei diesen Worten klopfte ihr Herz wieder schneller, und mit jeder Faser ihres Körpers wollte sie ihre Lippen auf seine drücken, seine Arme um sich spüren und ihm sagen, dass er sie nie mehr loslassen solle. Aber dann wäre es um sie geschehen. Ohne dass das etwas an ihrem endgültigen Entschluss ändern würde. Also würde sie nur ihnen beiden weh tun.

Sie stand vom Sofa auf und ergriff ihre Tasche. »Danke, dass du so ehrlich zu mir warst«, sagte sie, selbst überrascht darüber, wie nüchtern sie klang, obwohl ihre Gefühle sie innerlich in Stücke rissen. »Und das, obwohl ich nicht mit dir zusammen sein kann. Das weiß ich echt zu schätzen. Es tut mir leid, dass wir nicht absehen können, wohin das mit uns beiden läuft. Ich würde es dir nicht übel nehmen, wenn du mir wieder aus dem Weg gehen würdest. Vielleicht würde es das sogar einfacher machen ...«

»Ich bin definitiv ziemlich enttäuscht.« Brett stand ebenfalls auf und kam ihr so nahe, dass er direkt vor ihr stand. Er hob den Arm und strich ihr langsam das Haar hinters Ohr, wobei seine Finger über ihre Haut strichen und ein heißes Prickeln hinterließen. »Aber das heißt nicht, dass du mir nichts mehr bedeutest. Alles, was ich dir gesagt habe, war ernst gemeint. Ich weiß, die Sache ist kompliziert, aber ich weiß auch, dass ich dir mehr bedeute, als du zugeben willst. Sei mit mir zusammen, Courtney. Wir werden es so lange wie möglich geheim halten und um die Folgen können wir uns dann immer noch kümmern. *Zusammen* kümmern. Versprochen.«

Ihr Herz pochte so laut, dass sie sicher war, er könnte es hören. Und er musste geahnt haben, dass sie nicht ausweichen würde, denn jetzt trat er so nahe, dass seine Nasenspitze ihre streifte. Alles in ihr flehte sie an, ihren Gefühlen nachzugeben. Doch dann tauchte ein Bild vor ihr auf – die Enttäuschung im Blick von Rebecca, Adrian, Peyton und Savannah, wenn sie erfuhren, dass sie sie angelogen hatte. Mit letzter Willenskraft – sie wusste selbst nicht, woher sie die nahm – rückte sie von ihm ab.

»Ich kann nicht.« Sie schüttelte den Kopf. Ihre Wangen brannten und sie taumelte auf die Tür zu. »Ich wünschte, das alles wäre nicht so kompliziert, aber es geht hier um mehr als um das, was wir beide wollen. Wenn wir zusammen wären, müsste ich die anderen anlügen. Und mit diesem Schuldgefühl könnte ich nicht leben.«

Er ließ den Arm sinken und sah so verletzt aus, als hätte sie ihm einen Dolch ins Herz gestoßen. Sie wandte sich ab, eilte auf den Flur hinaus und schlug die Tür hinter sich zu. Völlig aufgelöst kramte sie in ihrer Tasche nach ihrer Schlüsselkarte, während sie sich fragte, ob sie nicht einen riesigen Fehler gemacht hatte. Brett lag so viel an ihr, und ihr lag so viel an ihm.

Aber zugleich stand so viel auf dem Spiel, und das machte ihr Angst.

3

Peyton

Sie gab es nur ungern zu – was sie gegenüber Adrian und Rebecca auch nicht tun würde –, aber die Goodman High war gar nicht so schlecht. Daheim in Fairfield war jeder Schultag eine Qual gewesen: Dieses ewige Dasitzen und Zuhören müssen, wie die Lehrer lustlos den Stoff herunterleierten und von oben herab antworteten, sobald man eine Frage stellte. Auf der Goodman dagegen fanden spannende Diskussionen zwischen Lehrern und Schülern statt, und die Lehrer behandelten einen fast ebenbürtig und ließen sich sogar meist mit Vornamen anreden.

Sie hatte sogar schon einen Lieblingslehrer, nämlich Hunter Sterling, der Englisch unterrichtete. Er war Mitte zwanzig, und mit seinen zerzausten braunen Haaren und den dunklen Augen ähnelte er auf verblüffende Weise Damon aus *The Vampire Diaries*. Und sein australischer Akzent machte ihn nur noch heißer. Um ihn zu beeindrucken, wollte Peyton sogar die Bücher lesen, die sie im Unterricht durchnahmen, statt ihre Inhaltszusammenfassung im Internet abzurufen.

Sie war immer noch nicht über Jackson, ihren sexy Bodyguard hinweg, der nach ihrem Kuss im Aufzug klargestellt hatte, dass sie aus professionellen Gründen Abstand wahren mussten. Peyton hatte versucht, ihn vom Gegenteil zu überzeugen – schließlich wusste sie, dass sie sich sein Interesse an ihr nicht nur einbildete –, aber er war hart geblieben. Dass er als ihr Bodyguard fast ständig in ihrer Nähe war, machte es allerdings unmöglich, ihn aus ihren Gedanken zu verbannen. Da kam eine Ablenkung wie Hunter gerade recht – vielleicht auch, um Jacksons Interesse neu zu entfachen.

An einem Samstag Ende September, als sie nach einem ganzen Tag am Pool durchs *Diamond* schlenderte, war das Glück auf ihrer Seite, denn Hunter Sterling saß allein an der Bar. Rasch legte sie frischen Lipgloss auf und zog ihr sowieso schon leicht transparentes Tankini-Oberteil so weit herunter, dass man ihren Brustansatz sehen konnte. Ein Blick zurück bestätigte, was sie bereits vermutet hatte – Jackson folgte ihr. Perfekt. Das *musste* seinen Panzer knacken. Oder zumindest *anknacksen*.

»Hi, Hunter«, sagte sie und glitt auf den Platz neben ihrem Lehrer. Ihr kurzer Rock rutschte hoch und sie schlug die Beine in seine Richtung übereinander, ohne den Saum wieder über die Schenkel zu ziehen.

»Peyton«, sagte er und räusperte sich. »Ich hab nicht erwartet, hier auf eine meiner Schülerinnen zu stoßen.«

»Ich wohne hier«, erklärte sie, obwohl sie annahm, dass er das bereits wissen musste. Fast jeder auf der Goodman hatte vom ersten Tag an gewusst, wer sie war, schließlich war Adrian Diamond in Vegas eine Art Berühmtheit. »Ich komme gerade vom Pool, wo ich gelesen habe.« Was erstaunlicherweise sogar stimmte. Wenn sie schon lesen *musste,* dann wenigstens draußen. Okay, sie hatte zwar nur eine Viertelstunde lang durchgehalten, aber das musste Hunter ja nicht wissen.

»Für die Schule oder zum Spaß?«

»Für die Schule.« Peyton las niemals *zum Spaß* – das war eher Courtneys Ding.

»Und wie gefällt dir *Hundert Jahre Einsamkeit?*«

»Ist ganz okay«, sagte sie. »Es gibt einige Stellen, die ich verwirrend finde, aber ich tu mein Bestes.« Da sie nicht viel mehr über das Buch sagen konnte, hoffte sie, dass Hunter kein hochintellektuelles Gespräch darüber anfangen würde, und war froh, als Ramon, der Barkeeper, herbeikam und sie fragte, was sie trinken wolle.

»Einen Erdbeerdaiquiri«, sagte Peyton. Nach dem langen Tag in der Sonne brauchte sie etwas Erfrischendes. Ramon wusste, dass sie noch nicht volljährig war und würde ihr einen alkoholfreien Daiquiri bringen, aber sie war auf Hunters Reaktion gespannt. Blieb er cool oder würde er sie darauf ansprechen?

Hunter zog eine Augenbraue hoch, sagte jedoch nichts, als Ramon den Drink vor sie hinstellte.

»Und, was machen Sie hier im Diamond?«, fragte Peyton und saugte an ihrem Strohhalm.

»Das ist ein bisschen peinlich, aber ich erzähl es dir, wenn du mir versprichst, nicht zu lachen«, sagte er mit seinem süßen Akzent.

»Versprochen.« Sie lächelte und versuchte, nicht vor Neugierde mit den Beinen zu wippen.

»Ich bin mit jemand von Match.com verabredet.«

»Nein! Das gibt's doch nicht«, rief sie und lachte nun doch laut auf, ehe sie sich wieder unter Kontrolle hatte. »Warum surft jemand wie Sie auf einer Dating-Seite?«

»Jemand wie ich?«

Sie musterte ihn von Kopf bis Fuß – groß, gut gebaut, irgendwie … geheimnisvoll, und dann noch dieser süße australische Akzent. »Na ja, ich hätte gedacht, dass Sie eine Freundin haben oder zumindest keine Problem damit, in Clubs oder Bars jemanden kennenzulernen«, sagte sie. »Ich könnte mir vorstellen, dass die Mädels bei Ihnen Schlange stehen.«

»Es ist gar nicht so leicht, Leute kennenzulernen, wenn man in einem fremden Land ist und die meisten Arbeitskollegen zwanzig Jahre älter sind als man selbst«, erklärte Hunter und nahm einen Schluck von seinem Drink. »Außerdem hat mein bester Kumpel daheim seine Verlobte übers Internet kennengelernt und mich davon überzeugt, es auch mal zu versuchen.«

»Und wo bleibt Ihr Date jetzt?«

»Wir sind erst in zwanzig Minuten verabredet.« Er warf einen Blick auf seine Uhr. »Aber da ich zum ersten Mal hier bin und die Hotels in Vegas einfach riesig sind, wollte ich nicht auf den letzten Drücker herumirren. Außerdem habe ich noch nie jemanden auf diese Art getroffen. Ich dachte, ein Drink vorab könnte meine Nerven ein wenig beruhigen.«

»Na dann, Cheers!« Peyton hob ihr Glas und er stieß mit ihr an. Sie sandte ihm ein Lächeln über den Glasrand hinweg, und ihr Magen flatterte, als er zurücklächelte. »Ich hoffe, Sie haben nichts dagegen, dass ich für einen Drink hierbleibe?«, fragte sie. »Natürlich werde ich weg sein, bevor Ihr Date kommt.«

»Sie textet mir, wenn sie am Hoteleingang ist, du kannst also gerne bleiben, bis sie eintrifft.«

Während der nächsten Viertelstunde unterhielten sie sich angeregt. Peyton erfuhr viel über das Leben in Australien und die Unterschiede zu Amerika. Die Australier schienen viel liberaler und unvoreingenommener als die Amerikaner zu sein. *Da könnte es mir gefallen,* dachte Peyton und äußerte das auch.

In diesem Moment entdeckte sie Madison Lockhart auf der anderen Seite der Bar, neben ihr diese kurzhaarige Blondine namens Larissa. Peyton konnte Madison nicht ausstehen, seit diese Damien geküsst und Savannah damit das Herz gebrochen hatte.

Madison hatte ihr Smartphone in der Hand und richtete die Kamera geradewegs auf Peyton. Larissa schien über das, was auf dem Display zu sehen war, zu lachen und flüsterte Madison etwas zu. Dann trafen sich Madisons und Peytons Blicke und Madison ließ ihr Handy schnell sinken.

Jeder auf der Goodman kannte Hunter – schließlich war er der einzige heiße Lehrer in der gesamten Oberstufe –, aber Madison würde doch wohl nicht auf die Idee kommen, Bilder von ihm und Peyton zu machen, um ihnen damit eins auszuwischen, oder?

Aber *natürlich* würde sie das. Madison hatte bereits bewiesen, dass sie ein echtes Miststück war und die Diamond-Schwestern hasste. Aber diesen neuesten Trick würde Peyton ihr auf keinen Fall durchgehen lassen.

»Du könntest ja ein oder zwei Semester in Australien studieren, sobald du auf der Uni bist.« Hunters Stimme riss Peyton aus ihren Gedanken und erinnerte sie daran, dass sie ja mitten in einem Gespräch mit ihm war. »Während des Studiums ins Ausland zu gehen, ist perfekt, um sich mit einer anderen Kultur zu beschäftigen.«

»Ich überleg's mir«, sagte sie zögernd, da sie ihm gegenüber nicht unbedingt ihr übliches *Ich-geh-nicht-auf-die-Uni*-Programm abspulen wollte. »Also … ich hab da gerade ein paar Bekannte gesehen. Ich gehe vielleicht mal rüber und sag Hallo.«

Natürlich würde sie um einiges mehr zu ihnen sagen als nur Hallo, aber Hunter musste ja nicht in alle Details eingeweiht werden.

»Mein Date kommt sowieso gleich«, sagte er, und Peyton entging nicht, dass er ein bisschen enttäuscht wirkte. »Danke, dass du mir die Wartezeit vertrieben hast.«

»War nett, mit Ihnen zu reden.« Sie stand auf und zog ihren Rock zurecht. »Viel Glück! Hoffentlich ist Ihr Date nicht allzu abartig.«

»Danke.« Er grinste. »Das hoffe ich auch. Bis Montag dann.«

Peyton ging eilig davon, obwohl es ihr leidtat, so plötzlich aufzubrechen – aber sie musste bei Madison und Larissa sein, ehe die beiden zahlten.

Während sie näher kam, sah sie Madison herausfordernd an. Die zuckte jedoch nicht mal mit der Wimper, auch nicht, als Peyton nah genug war, um zu bemerken, dass Madisons Augen das gleiche leuchtende Blau hatten wie die von ihr und ihren Schwestern. Trug sie etwa getönte Kontaktlinsen?

»Was willst *du* denn?«, kicherte Larissa und zog damit Peytons Blick auf sich. »Wie's aussah, warst du ziemlich scharf drauf, dich an Mr Sterling ranzumachen. Ich meine *Hunter.*« Sie stützte ihr Kinn auf ihre Hand und klimperte theatralisch mit den Wimpern. »Er hat dich doch nicht etwa abgewiesen ... oder?«

»Natürlich nicht.« Peyton sah Larissa abfällig an. »Aber ihr zwei seid mir ziemlich verdächtig vorgekommen. Ihr habt doch nicht etwa Fotos von uns gemacht? Euch ist schon klar, dass er gefeuert werden könnte, wenn die veröffentlicht werden, oder?« Sie wandte sich Madison zu, die ihr Handy auf dem Schoß hatte. »Also, sag schon – hast du Bilder von uns geschossen oder bin ich einfach nur paranoid?«

»Komm mal wieder runter«, sagte Madison gelassen. »Kein Mensch wird gefeuert.«

»Das ist keine Antwort.« Rasch angelte Peyton nach dem Handy und riss es Madison vom Schoss.

»Hey!« Überrascht versuchte Madison, das Handy zurückzuschnappen, aber Peyton hielt es weit genug weg. »Gib das her.«

»Erst wenn ich sicher bin, dass keine Bilder von mir und Hunter drauf sind.« Sie klickte das Smartphone an und stieß einen ärgerlichen Laut aus. Es war gesperrt. »Wie lautet dein Passwort?«

»Das ist doch wohl nicht dein Ernst!«, rief Madison. »Du erwartest, dass ich dir mein Passwort gebe? No way. Und jetzt gib das Ding her!«

Sie griff wieder danach, verfehlte es aber erneut, doch da hatte Larissa bereits die Hand darum geschlossen. Sie starrte Peyton, die das Handy nicht losließ, herausfordernd an, und Peyton starrte zurück. Einige Hotelgäste in der Nähe wurden bereits auf sie aufmerksam, aber das war Peyton egal. Sie würde auf keinen Fall zulassen, dass die Fotos auf dem Handy blieben.

»Gibt's hier ein Problem?«, fragte eine strenge Stimme hinter Peyton. Jackson sah wohl ziemlich einschüchternd aus, denn Larissa ließ prompt das Handy los. Als Peyton sich nach ihm umdrehte, wirkte er so geschäftsmäßig wie üblich, aber sie hätte schwören können, ein amüsiertes Aufblitzen in seinen braunen Augen zu entdecken. »Na?«, fragte er und sah von der einen zur anderen, als wären sie kleine Kinder.

Peyton reckte entschlossen das Kinn vor. »Ich habe Anlass zu der Annahme, dass auf Madisons Smartphone Bilder von mir sind, die ohne meine Zustimmung gemacht wurden und gelöscht werden müssen«, sagte sie und versuchte – ganz die Hotelerbin – so snobistisch wie möglich zu klingen, ohne es zu übertreiben. »Ich wollte das gerade überprüfen, aber Madison weigert sich, mir ihr Passwort zu geben.«

Jackson nahm Peyton das Handy ab und reichte es Madison. »Geben Sie Ihr Passwort ein und dann händigen Sie das Smartphone wieder Miss Diamond aus. Wenn sie falschliegt und keine Fotos drauf sind, ist ja nichts passiert. *Wenn* allerdings Fotos drauf sind, dann wird das ernste rechtliche Konsequenzen von Mr Diamonds Seite nach sich ziehen, falls Sie nicht einverstanden sein sollten, dass die Bilder gelöscht werden. Und falls Sie die Eingabe Ihres Passworts verweigern, wird das Handy unter der Annahme eingezogen, dass Sie etwas zu verbergen haben. Verstanden?«

»Und wer genau sind *Sie?*« Larissa verschränkte die Arme, doch ihre näselnde Stimme klang nicht mehr ganz so selbstsicher wie zuvor.

»Ich bin Miss Diamonds Bodyguard.« Jackson öffnete unauffällig sein Jackett und ließ seine Pistole sehen. Larissa presste die Lippen zusammen und wich auf ihren Barhocker zurück. »Und ich schlage vor, dass Sie kooperieren, um sich keine unnötigen Probleme zu machen.«

Madison gehorchte, wenn auch widerwillig, gab ihr Passwort ein und reichte Peyton dann das Handy. Zufrieden scrollte sie Madisons Fotoalbum durch und stieß tatsächlich auf zwei Bilder von ihr und Hunter, wie sie zusammen an der Bar saßen, tranken und flirteten.

»Wie gut, dass ich nicht naiv bin«, sagte Peyton schadenfroh und löschte triumphierend die beiden Bilder.

»Ich hätte die Fotos niemals öffentlich gemacht«, erwiderte Madison. »Wir sind vielleicht nicht gerade die besten Freundinnen, aber ich will Hunter bestimmt nicht schaden.«

»Und warum hast du die Fotos dann überhaupt geschossen?«, fragte Peyton, während sie Madison das Phone zurück gab.

»Weil du mit einem heißen Typ an der Bar geflirtet hast«, mischte sich Larissa ein. »Warum sollte man das *nicht* fotografieren?«

Madison sah aus, als wolle sie etwas hinzufügen, aber Jackson kam ihr zuvor.

»Wie auch immer, die Bilder sind ja nun gelöscht«, sagte

er. »Und ich denke, Sie sollten nun in Ihr Apartment hinaufgehen, Peyton, und sich fürs Abendessen fertig machen.«

»Richtig«, erwiderte Peyton, obwohl sie genauso gut wie er wusste, dass für heute Abend gar kein Tisch reserviert war. Ohne sich von Madison und Larissa zu verabschieden, marschierte sie davon. Hinter sich hörte sie die beiden flüstern und kichern. Aber sie würde ihnen garantiert nicht die Genugtuung bereiten und sich mit finsterem Blick nach ihnen umdrehen.

Als sie auf die Aufzüge zuging, dachte sie darüber nach, ob Jacksons Hilfe von eben gerade irgendetwas zwischen ihnen ändern würde. Aber nein, mit seinem Eingreifen hatte er nur seinen Job getan. Das Gleiche hätten Carl und Teddy auch für Savannah und Courtney gemacht. Also sollte sie sich lieber jegliche Hoffnung aus dem Kopf schlagen.

Sie drückte auf den Fahrstuhlknopf, und wie immer tauchte in diesem Moment Jackson neben ihr auf. Aber sie wusste, dass auch diese Fahrt nach oben genauso ablaufen würde wie alle Fahrten seit jenem Kuss – schweigend, mit belanglosem Smalltalk oder einsilbigen Antworten seinerseits, falls sie versuchte, ein Gespräch mit ihm anzufangen. Wobei sie Letzteres inzwischen aufgegeben hatte. Es war unmöglich, zu ihm durchzudringen, und immer wieder abgewiesen zu werden, war einfach zu frustrierend.

Sie waren allein im Aufzug.

»Ich wäre auch selbst mit den Zicken fertiggeworden«, sagte Peyton, während sie ins oberste Stockwerk fuhren, und machte sich auf eine einsilbige, emotionslose Antwort gefasst.

»Nicht ohne eine Szene heraufzubeschwören, die vielleicht dazu geführt hätte, dass weitere unerwünschte Fotos gemacht worden wären«, sagte er gepresst. »Sie sollten vorsichtiger sein.«

Sie verschränkte die Arme und sah zu, wie die Stockwerknummern hochkletterten. Das war ja noch schlimmer als eine einsilbige Antwort – er hielt sie eindeutig für einen ziemlich unreifen, impulsiven Teenager. Ganz im Gegensatz zu Hunter, der an der Bar mit ihr geredet hatte wie mit einer Erwachsenen.

»Wer war der Typ, mit dem Sie sich unterhalten haben?«, durchbrach Jackson das Schweigen. »Der, von dem Ihre Mitschülerin Fotos gemacht hat?«

Sie hielt kurz den Atem an, als ihr klar wurde, dass Jackson gerade eine *persönliche Frage* gestellt hatte. Vielleicht hatte sie es ja doch geschafft, ihn eifersüchtig zu machen? Was wiederum bedeuten würde, dass er doch etwas für sie empfand ...

»Das war Hunter Sterling aus Australien.« Sie neigte ihren Kopf in Jacksons Richtung, sodass ihr das lange Haar über die Schulter fiel, und lächelte ihn an. »Warum fragst du?«

»Weil er zu alt für Sie ist«, sagte Jackson mit einem besorgten Ausdruck auf dem sonst so unbewegten Gesicht.

»Er ist kaum älter als du«, sagte Peyton scherzhaft. »Ich schätze mal, fünfundzwanzig oder sechsundzwanzig. Also *nicht* zu alt für mich. Wir haben uns übrigens sehr gut unterhalten.«

»Sie wollen mir also erzählen, dass Sie einfach so auf diesen Typ zugegangen sind und ein Gespräch mit ihm angefangen haben?«, fragte Jackson. »Ich begleite Sie jetzt schon über Monate hinweg und weiß genau, dass das kein typisches Verhalten von Ihnen ist.«

»Und was ist denn mein ›typisches Verhalten‹?«

»Sie warten, bis die Jungs auf Sie zugehen«, sagte er und sah sie so eindringlich an, dass es ihr den Atem verschlug. »Nicht andersrum.«

»Okay, du hast recht«, räumte sie ein. Ihm die Wahrheit zu sagen, war sowieso viel interessanter. »Er ist mein Englischlehrer. Ich hab ihn an der Bar entdeckt, und es wäre doch unhöflich gewesen, ihn nicht zu begrüßen.«

»Der Typ war Ihr *Lehrer?*« Jackson versteifte sich.

»Immer mit der Ruhe«, erwiderte Peyton lässig. Es war *eindeutig*, dass Jackson eifersüchtig war – vielleicht ging ja doch noch was zwischen ihnen? »Wie gesagt, es wäre unhöflich gewesen, nicht Hallo zu sagen. Außerdem hatte ich eine Frage bezüglich eines Textes, den wir im Unterricht lesen, und er hat mir weitergeholfen, während er auf sein Date wartete. Ist doch keine große Sache.«

Daraufhin herrschte erst mal Stille. Jackson konzentrierte sich auf den Spalt zwischen den Aufzugtüren und Peyton kratzte an ihrem schwarzen Nagellack herum.

»Das hoffe ich für Sie«, sagte er schließlich und trat zur Seite, damit sie vor ihm aus dem Aufzug treten konnte.

In gebührendem Abstand folgte er ihr durch den Gang, als habe er seine Zurückhaltung nie fallen lassen. Aber das Gespräch hatte ihr neue Hoffnung gemacht. Er war noch scharf auf sie. Sie hatte eine Chance … Sie musste sich nur geschickt verhalten. Und das hieß, ihn nicht weiter zu drängen. Zumindest vorerst nicht.

Ihr Handy summte, und sie zog es aus der Tasche, froh über die Ablenkung. Die SMS war von jemand, den sie eine Weile nicht gesprochen hatte: Oliver Prescott. Während der ersten paar Tage in Vegas hatte sie geglaubt, an ihm interessiert zu sein – bis sie gemerkt hatte, was für ein Arsch er war. Er hatte doch tatsächlich eine Wette abgeschlossen, dass er noch vor dem Ende der Sommerferien alle drei Diamond-Schwestern ins Bett kriegen würde! Klar, dass sie ihn da sofort fallen gelassen hatte. Immerhin hatte er es geschafft, *sie* ins Bett zu kriegen, und sie hasste den Gedanken daran, Teil seines Spielchens geworden zu sein. Aber das war immer noch besser, als wenn ihm Courtney oder Savannah auf den Leim gegangen wären. Sie war die Einzige von ihnen, die damit umgehen konnte, vor allem, weil sie die Einzige war, die ihre Jungfräulichkeit sowieso schon verloren hatte. Für Courtney und Savannah wäre es ein echter Schock gewesen, ihr erstes Mal mit einem Jungen zu haben, von dem sie hinterher feststellen mussten, dass er sie nur benutzt hatte … Peyton schauderte. Selbst ihr Ex Vince, mit dem sie das erste Mal geschlafen hatte, hatte damals ehrlich geglaubt, sie zu lieben.

Als sie Olivers Nachricht las, verdrehte Peyton die Augen.

na, schon entschieden, wie ich meine wettschuld begleichen soll, oder willst du mich weiter hinhalten?

Genervt warf sie das Handy wieder in die Tasche. Sie wusste genau, welche »Wettschuld« er meinte. In den Sommerferien hatte Olivers Mom ein Date zwischen ihm und Courtney arrangiert. Sie fand, Courtney könne »einen guten Einfluss« auf ihn haben. Zu dem Zeitpunkt hatten Peyton und Oliver aber schon miteinander rumgemacht und sie war sauer gewesen, dass er eingewilligt hatte, mit Courtney statt mit ihr zu dieser Charity-Veranstaltung zu gehen. Also rieb sie ihm unter die Nase, dass er ganz sicher nicht Courtneys Typ wäre, woraufhin er daraus eine Wette machte – auf die Peyton eingegangen war, wohl wissend dass Courtney *niemals* auf Olivers Spielchen reinfallen würde. Natürlich hatte Peyton gewonnen und nun musste Oliver etwas tun, was Peyton von ihm verlangte – egal, was.

Glücklicherweise hatten sie kein Zeitlimit vereinbart, denn ihr war immer noch nicht die perfekte Aufgabe für ihn eingefallen.

Zurück in ihrem Apartment antwortete sie auf seine SMS.

noch nicht. aber keine sorge, wenn's so weit ist, lass ich es dich wissen.

4

Madison

»Nachdem wir nun nicht nur Ende September erreicht haben, sondern auch mit dem Blutgruppen-Kapitel durch sind, ist es an der Zeit, dass ihr eure eigene Blutgruppe bestimmt«, sagte Madisons Bio-Lehrerin Mrs Amy, die vorne im Klassenzimmer stand.

»Laborpartner?«, fragte Oliver Prescott, Madisons bester Freund. Normalerweise wählte er keine Fortgeschrittenenkurse, um so wenig Arbeit wie möglich in die Schule zu investieren, aber Madison hatte ihn davon überzeugt, dass der Biokurs für Fortgeschrittene immerhin leichter war als der in Chemie oder Physik. Madison selbst hingegen hatte zusätzlich noch Sonderkurse in Chemie belegt, um ihre naturwissenschaftlichen Kenntnisse zu vertiefen.

»Na klar«, willigte Madison ein, während Mrs Amy das notwendige Labormaterial verteilte. Es machte ihr nichts aus, den Großteil der Arbeit zu übernehmen – was mit Oliver als Partner stets der Fall war –, zumal diese Aufgabe besonders leicht war und sie Versuche sowieso liebte. Sie mussten sich nur gegenseitig in den Finger piksen, ein paar Tropfen Blut auf den Teststreifen geben, den ihnen Mrs Amy ausgehändigt hatte, und die Ergebnisse analysieren.

Während der Vorbereitungen zum Experiment unterhielten sie sich darüber, was sie am Abend vorhatten. Ihre Clique wollte ins *Terrace Restaurant* im *Gates Hotel* essen gehen, und danach hatte Oliver einen Pavillon im *Luxe* reserviert, dem größten Club im *Gates*, wo Calvin Harris als DJ auftrat. Die Pavillons waren das Markenzeichen des *Luxe* und die Idee von Olivers Vater gewesen, dem das *Gates Hotel* gehörte. Madison war allerdings schon lange mit Oliver befreundet gewesen, ehe sein Vater vor ein paar Jahren das berühmte Hotel in Vegas gebaut hatte. Sie hatten sich als Banknachbarn in der zweiten Klasse kennengelernt, und sie hatte ihm dabei geholfen, die Multiplikationstabellen auswendig zu lernen. Bis heute half sie ihm in Mathe und Naturwissenschaften.

»Ladies first?« Oliver hielt die Blutlanzette bereit, mit der er sie in den Finger piksen musste, und seine Augen funkelten, als könne er es kaum erwarten.

Madison hielt ihm die Hand hin, wendete den Kopf ab und kniff die Augen zusammen. »Gib mir Bescheid, ehe du zustichst.«

»Und *du* willst Ärztin werden?«

»Mit dem Blut anderer hab ich kein Problem«, erklärte sie. »Aber ich hasse es, wenn es um meines geht.«

»Ich zähle bis drei«, sagte er und ergriff ihren Zeigefinger. »Eins, zwei …« Und dann pikste er auch schon, und Madison fuhr zusammen und zog hörbar die Luft ein.

»Hey, du hast *nicht* drei gesagt.« Sie sah ihn finster an. Er grinste amüsiert, und sie konnte nicht anders und grinste zurück.

»Du hast's überlebt.« Er streckte ihr seinen Finger hin. »Jetzt du bei mir.«

Sie nahm das Miniskalpell und pikste ihn ohne jede Vorwarnung.

Oliver zog rasch seine Hand zurück, schüttelte sie aus und fluchte. »Das hat wehgetan«, zischte er leise, um keine Aufmerksamkeit zu erregen.

»Kleine Rache«, grinste sie schadenfroh. Dann ging sie zum interessanten Teil des Versuchs über und ließ etwas Blut aus ihrem Finger auf den Teststreifen tropfen.

Vor ein paar Jahren hatte sie mal mit ihren Eltern einen Fernsehfilm gesehen, bei dem es um eine Gruppe von Leuten auf einer einsamen Insel ging. Einer der Männer brauchte eine Bluttransfusion, kannte aber seine Blutgruppe nicht. Ihr Vater hatte gesagt, der Typ benötige einen Universalspender mit Blutgruppe 0 negativ, wie er sie selbst hatte, um sicherzugehen, dass das Blut nicht abgestoßen würde. Damals hatte Madison gar nicht daran gedacht, nach ihrer eigenen Blutgruppe zu fragen, aber jetzt war sie ziemlich gespannt darauf.

Sie strich ihr Blut auf die vorgegebenen Punkte auf dem Teststreifen und wartete eine Minute auf das Ergebnis.

»Das kann nicht stimmen«, sagte sie, als es erschien, und gab noch etwas Blut darauf. Aber das Ergebnis änderte sich nicht.

»Wie meinst du das?« Oliver warf einen Blick auf ihren Streifen. »Sieht aus, als ob du AB positiv bist. Das ist eine der seltensten Blutgruppen, oder?«

»Mrs Amy?« Madison hob die Hand. »Ich bräuchte noch mal einen Teststreifen. Mit meinem stimmt was nicht.«

»Bist du sicher?« Mrs Amy, die gerade einer anderen Schülerin half, zog fragend die Augenbrauen zusammen und kam herbei. Sie nahm Madisons Streifen und sah ihn prüfend an. »Sieht eigentlich ganz in Ordnung aus.«

»Ist er aber nicht.« Madison straffte die Schultern und sah die Lehrerin entschlossen an. »Könnte ich bitte noch einen haben, nur um das Ergebnis zu überprüfen?«

Mrs Amy biss sich auf die Lippe, als hätte sie Madison eigentlich darauf hinweisen wollen, dass das nicht notwendig sei, doch stattdessen sagte sie: »Auf meinem Pult liegen noch ein paar.«

»Danke.« Madison eilte nach vorn, nahm sich noch einen Teststreifen und ging an ihren Platz zurück. Dann quetschte sie noch einmal an dem kleinen Einstich an ihrem Finger herum und war sichtlich erleichtert, als noch ein Blutstropfen herauskam.

»Bist du sicher, dass mit deiner ersten Probe was nicht gestimmt hat?« Oliver saß lässig auf dem Tisch und beobachtete, wie sie das Experiment wiederholte. »Du hast doch noch nie einen Versuch vermasselt.«

»*Ich* hab auch keinen Fehler gemacht«, erklärte Madison, während sie auf das Ergebnis wartete. »Der erste Teststreifen war einfach fehlerhaft.«

Aber auch das zweite Ergebnis besagte: AB positiv.

Sie stützte die Hände auf den Tisch und starrte das Ergebnis an. Seit einer Woche beschäftigten sie sich mit Blutgruppen und sie hatte die Lektion wirklich gut begriffen. Dieses Resultat konnte einfach nicht stimmen. Sie musste etwas falsch gemacht haben.

Mrs Amy kam erneut an Madisons Labortisch. »Alles in Ordnung?«

»Ich glaube, ich mache da irgendeinen Fehler.« Madison wurde rot und sie schaffte es kaum, der Lehrerin in die Augen zu schauen.

»Lass mich mal sehen.« Mrs Amy nahm beide Teststreifen und musterte sie. Madisons Herz klopfte heftig und sie trommelte nervös mit den Fingern auf die Tischplatte, während sie auf Mrs Amys Meinung wartete. »Die Resultate sind völlig korrekt«, sagte diese. »Du hast alles richtig gemacht, wie üblich.«

Madisons Brustkorb zog sich zusammen und sie bekam kaum mehr Luft. Sie war es gewohnt, in den naturwissenschaftlichen Fächern gelobt zu werden. Aber dieses Ergebnis hier *konnte* nicht stimmen.

In diesem Moment merkte sie, dass die ganze Klasse sie anstarrte. Sie schluckte und zwang sich, ein paarmal ruhig ein- und auszuatmen. »Danke«, brachte sie schließlich irgendwie hervor. Da hob zum Glück eine Schülerin die Hand und Mrs Amy wandte ihre Aufmerksamkeit dem anderen Mädchen zu.

»Alles okay?«, fragte Oliver, als Mrs Amy weg war.

»Ich bin mir nicht sicher.« Madisons Hände zitterten. »Aber ich glaube, ich muss für heute Abend absagen.«

* * *

Madisons Eltern arbeiteten im Krankenhaus und würden erst spät nach Hause kommen. Um sich die Wartezeit zu vertreiben, schaltete sie den Fernseher ein. Sie hatte einen

Dreierpack an Schlechte-Laune-Filmen, wie sie sie nannte – nämlich *Stolz und Vorurteil, Titanic* und *Moulin Rouge* –, die sie jedes Mal dann ansah, wenn sie niedergeschlagen war, um in eine andere Welt zu versinken und ihre eigene zu vergessen.

Ihren Freunden hatte sie getextet, dass sie sich nicht wohlfühlte, was ja auch stimmte, denn seit dem Blutgruppentest pochte ihr der Kopf. Und als sie nach Hause gekommen war, in ihr Apartment in den *Diamond Residences* – wo sie sich seit ihrem Umzug vor ein paar Monaten noch nicht wirklich *zu Hause* fühlte –, hatte sie sich prompt eine Pizza von *Dominos* bestellt. Etwas, das sie sich monatelang verkniffen hatte! Natürlich hätte sie sich auch vom Zimmerservice etwas aus dem Fünf-Sterne-Restaurant des *Diamond-Hotels* bringen lassen können, aber Madison liebte *Dominos*.

Nachdem sie die ganze Pizza aufgefuttert hatte, war sie in ihr weitestes Sweatshirt geschlüpft, um sich nicht über ihren vollgefressenen Bauch ärgern zu müssen, der ihrer Meinung nach nun sichtbar über die Jeans quoll. Sie schwor sich, die nächsten beiden Tage auf jeden Fall nur Obst und Gemüse zu essen.

Sie war mit *Stolz und Vorurteil* fertig und halb durch *Titanic*, als ihre Eltern hereinkamen, beide noch in Arztkitteln. Sie arbeiteten im selben Krankenhaus – ihr Vater als Chefarzt der Neurochirurgie und ihre Mutter als Anästhesistin – und versuchten, ihre Dienstpläne aufeinander abzustimmen. Sie unterhielten sich gerade, verstummten jedoch, als sie Madison auf dem Sofa liegen sahen, mit dem leeren Pizzakarton vor sich auf dem Couchtisch. Madison stellte den Film auf Pause. Das Essen lag ihr plötzlich schwer im Magen, während sie überlegte, wie sie das unvermeidliche Gespräch eröffnen sollte.

»Madison«, sagte ihre Mutter erstaunt und stellte ihre Tasche auf die Küchenanrichte. »Was machst du denn an einem Freitagabend daheim? Hast du nichts mit deinen Freunden vor?«

»Abgesagt.« Madison bemühte sich, normal zu klingen. »Ich war nicht in der Stimmung, um auszugehen.«

»Bist du krank?« Ihr Vater zog besorgt die Stirn in Falten. Kein Wunder, Madison war seit der Mittelstufe nicht mehr freiwillig an einem Freitagabend zu Hause geblieben.

»Nein«, sagte sie. »Aber ich muss mit euch beiden reden.«

»Aha.« Ihre Mutter spielte an ihrem langen dunklen Zopf herum und sah genauso besorgt aus wie ihr Vater. »Dann schieß mal los.«

Beide schienen ziemlich verwirrt, als sie im Wohnzimmer Platz nahmen, ihre Mutter im Sessel, ihr Vater auf dem anderen Ende des Sofas. Madisons Kopf pochte noch heftiger, und sie massierte sich den Nacken in dem vergeblichen Versuch, die Spannung zu lösen.

»Wir haben heute in Bio einen Blutgruppentest gemacht.« Sie holte die Teststreifen hervor, die sie mit durchsichtiger Folie überklebt hatte, um die Ergebnisse zu konservieren, und warf sie auf den Tisch. »Das ist dabei rausgekommen.«

Panik blitzte in den Augen ihrer Eltern auf und keiner von beiden sah sie an, während ihre Mom einen der Streifen nahm.

»AB positiv.« Die Stimme ihrer Mutter bebte und sie nestelte am Ende ihres Zopfes herum.

»Ein Ergebnis, das eigentlich unmöglich ist, oder?« Madison versuchte, ruhig zu bleiben, obwohl sie kaum Luft bekam. Aber sie wusste, dass man schneller ans Ziel gelangte, wenn man die Stimme *nicht* erhob. Und jetzt war ihr Ziel eine klare Antwort ihrer Eltern. »Ich weiß noch, wie Dad vor ein paar Jahren gesagt hat, er sei ein Universalspender, 0 negativ. Aber es *kann gar nicht sein*, dass ein Kind AB hat, wenn ein Elternteil 0 hat. Die einzigen wissenschaftlich möglichen Blutgruppen, die ich haben könnte, wären 0, A oder B, je nach Moms Blutgruppe natürlich. Ich habe den Test zweimal gemacht, aber beide Male ist dasselbe rausgekommen. AB positiv.«

Sie ließ ihre Eltern nicht aus den Augen und wartete auf eine Erklärung. Aber ihr Vater drehte nur die Daumen und weigerte sich, sie anzusehen, und ihre Mutter zwirbelte immer noch mit kalkweißem Gesicht an ihrem Zopf herum. Madison spürte Übelkeit in sich aufsteigen und schluckte hart, damit ihr die Pizza nicht wieder hochkam.

Schließlich hob ihr Vater den Blick. Seine freundlichen braunen Augen wirkten schuldbewusst. »Ich wünschte, du hättest es nicht auf diese Weise herausgefunden.«

»*Was* herausgefunden?« Ihre Stimme brach und es war ihr unmöglich, das auszusprechen, was sie dachte. Sie musste es von ihren Eltern hören.

»Madison«, sagte ihr Vater langsam und ballte die Hände zu Fäusten. »Du weißt, egal was passiert, ich bin dein Vater und ich liebe dich sehr und daran wird sich nichts ändern, ja?«

»Ja«, stieß sie hervor. Alles um sie herum drehte sich, und sie hatte das Gefühl, dass ihre Welt zerbrach.

»Du weißt wahrscheinlich selbst, was dein Bluttest bedeutet: Ich bin nicht dein leiblicher Vater.« Er stieß einen tiefen Atemzug aus und sah sie schmerzlich an, während er auf ihre Reaktion wartete.

Madison blinzelte. Tausend Fragen wirbelten ihr durch den Kopf. Genau diese Antwort hatte sie erwartet, befürchtet, aber sie laut ausgesprochen zu hören, war dennoch ein Schock.

Sie schloss die Augen und fuhr sich mit den Händen durch die Haare.

»Bin ich adoptiert?«, fragte sie schließlich. Was allerdings kaum möglich war, wenn sie ihre Mutter so ansah. Die Ähnlichkeit zwischen ihnen war verblüffend: die gleichen blauen Augen, das gleiche dichte schwarze Haar und die gleiche glatte dunkle Haut. Auch ihrem Vater war sie nicht unähnlich, der ebenfalls dunkles Haar hatte. Sicher, sein Teint hatte eher einen leichten Olivton, seine Nase war kräftiger und eigentlich hätte sie doch seine braunen Augen haben müssen, weil Braun – das wusste sie aus Bio – dominant vererbt wurde, oder? Aber sie hatte die Fotos gesehen, auf denen ihre Eltern sie als Baby im Krankenhaus auf dem Arm hatten. Wie konnte sie denn da adoptiert sein?

»Du bist nicht adoptiert«, schaltete sich nun ihre Mom ein. »Ich bin deine leibliche Mutter. Und ich hoffe, du verstehst, dass das nichts ändert. Dein Vater liebt dich genauso sehr wie ich.«

»Was meinst du damit, ›dass das nichts ändert‹?« Ein heißer Schauder des Zorns durchlief sie und sie trommelte mit den Fäusten aufs Sofa. »Wie soll das nichts ändern? Du und Dad, ihr seid über zwanzig Jahre lang verheiratet. Aber ich bin nicht seine leibliche Tochter, was bedeutet, dass *du ihn betrogen hast* und schwanger geworden bist. Dann hat er sich aus irgendeinem Grund mit dir ausgesöhnt und ihr habt beide beschlossen, mir nichts davon zu sagen und mich aufzuziehen, als ob das alles nicht passiert wäre, und habt geglaubt, damit wäre die Sache okay.« Sie zog die Beine an die Brust, schlang ihre Arme darum, verbarg ihr Gesicht auf den Knien und schaukelte hin und her. »Das kann doch einfach nicht wahr sein!«

»Ich weiß, es klingt furchtbar.« Ihre Mutter griff nach ihrer Hand, doch Madison sah sie nur böse an und zog den Arm zurück. Ihre Mutter zuckte enttäuscht zusammen. »Aber es ist viel komplizierter, als es sich anhört.«

»Ihr habt mich mein Leben lang *angelogen*.« Madison atmete ein paarmal flach ein, weil sie das Gefühl hatte, zu ersticken, und die Tränen rannen ihr schneller übers Gesicht, als sie sie wegwischen konnte. Schließlich gab sie es auf und ließ ihnen freien Lauf. Ihr Vater reichte ihr ein Papiertaschentuch und sie schnäuzte sich. Bestimmt sah sie furchtbar aus, aber das war ihr in diesem Moment völlig egal. Sie konzentrierte sich darauf, gleichmäßig zu atmen, und merkte, wie sich ihre Lunge endlich entspannte und sie wieder etwas sagen konnte. »Egal, wie ›kompliziert‹ es auch war, ihr habt beschlossen, mich anzulügen. Wolltet ihr mir eigentlich jemals die Wahrheit sagen?«

Ihre Eltern sahen einander unsicher an. Schließlich wandte sich ihre Mutter mit entschlossenem Blick wieder an Madison. »Du hast recht, und es tut mir leid. Du hast es verdient, die Wahrheit zu hören.«

Madison nahm ein frisches Papiertaschentuch, um die neuen Tränenströme abzutupfen, und nickte zum Zeichen, dass ihre Mutter fortfahren solle. Egal, welchen Schock sie noch zu erwarten hatte, sie musste alles wissen.

»Vor ungefähr siebzehn Jahren waren dein Vater und ich beide sehr gestresst von unseren medizinischen Forschungsaufträgen«, begann ihre Mutter, und Madison lehnte sich zurück, die Schachtel mit den Papiertaschentüchern dicht neben sich. »Das stellte unsere Ehe auf eine harte Probe, deshalb trennten wir uns für ein paar Monate, um einen freien Kopf zu bekommen und uns ganz auf unsere Arbeit zu konzentrieren. Dein leiblicher Vater und ich waren schon seit der Mittelstufe befreundet und in jener Zeit sahen wir uns wieder öfter ... und schließlich kamen wir zusammen. Ich wurde mit dir schwanger, aber er hatte schon eine Familie, und kurz nachdem ich herausgefunden hatte, dass ich schwanger war, erfuhr er, dass auch bei seiner Frau ein weiteres Kind unterwegs war. Ich wusste, dass er das nicht kaputt machen wollte. Wie du außerdem weißt, ist dein Großvater – mein Vater – in seinen religiösen Ansichten sehr streng, und ich machte mir Sorgen, dass er ein außereheliches Enkelkind niemals akzeptieren würde. Ich hatte Angst, er würde mir nie verzeihen, dass ich ein Kind von einem Mann bekam, der nicht mein Ehemann war. Ich wusste nicht, was ich machen sollte.

Also wandte ich mich an deinen Vater. Er half mir, das durchzustehen, es gelang uns, unsere Ehe zu kitten, und wir zogen wieder zusammen. Als ich deinem leiblichen Vater dann erzählte, dass ich schwanger sei und dass dein Dad und ich dich als unser Kind aufziehen wollten, hatte er nichts dagegen, solange er an deinem Leben teilhaben durfte. Seine Frau erfuhr nie etwas von seiner wahren Beziehung zu dir. Wir machten ihn zu deinem Taufpaten und im ersten Jahr erfüllte er diese Pflicht auch. Er kümmerte sich so viel wie möglich um dich, und du warst, so oft es ging, mit deinen Halbschwestern, damals ebenfalls noch Kleinkinder, zusammen. Unser Ziel war, dass ihr euch nahestehen, dass ihr gemeinsam aufwachsen würdet. Doch dann traf seine Familie ein schlimmes Unglück, das sie auseinanderriss. Er hatte das Gefühl, dass er an diesem Unglück schuld war, weshalb wir ihm schwören mussten, über alles zu schweigen und niemals preiszugeben, dass er dein leiblicher Vater ist. Er hatte seine Gründe. Und auch wenn es nicht leicht war für alle Beteiligten, lag uns ausschließlich dein Wohl am Herzen.«

»Mein leiblicher Vater.« Madison schüttelte den Kopf. Sie konnte kaum begreifen, was ihre Mutter ihr da eben erzählt hatte. Aber eine wichtige Antwort stand noch aus. »Wer ist es?«

Ihre Mutter presste die Lippen zu einer festen Linie zusammen. »Du hast einen Vater, der dich liebt und der all die Jahre immer für dich da war«, sagte sie schließlich. »Dein leiblicher Vater ist aus deinem Leben getreten. Obwohl ich die Gründe dafür kenne, verstehe ich nicht, wie er mit dieser Entscheidung leben kann, aber Dad und ich haben ihm nun mal versprochen, seine Identität nicht preiszugeben.«

»Du bist *unsere* Tochter, das ist das Einzige, was zählt«, setzte ihr Vater hinzu.

Madison starrte beide unnachgiebig an. »Wenn ihr mir

nicht sagt, wer er ist, dann werde ich keinem von euch jemals wieder vertrauen.«

»Er will aber nicht, dass du es erfährst«, betonte ihre Mutter und sah Madison flehentlich an. »Und es ist sicher leichter für dich, wenn du es nicht weißt.«

»Diese Entscheidung müsst ihr schon mir überlassen«, sagte Madison. »Ich habe ein Recht darauf, zu erfahren, wer mein Vater ist.«

»*Ich* bin dein Vater«, warf ihr Dad ein und klang verletzt. »Welche Rolle spielt denn da noch die biologische Herkunft? Ich habe dich aufgezogen und ich liebe dich. Du bist ein wahres Geschenk für mich. Ich weiß, dass deine Mutter und ich fast nur für unsere Arbeit leben und nicht so viel zu Hause sind wie viele andere Eltern, aber das bedeutet nicht, dass wir dich weniger lieb haben.«

»Das weiß ich«, sagte Madison, und dessen war sie sich auch wirklich sicher. Sie respektierte die Tatsache, dass ihre Eltern ihren Beruf liebten und aufgrund ihrer verantwortungsvollen Positionen oft länger in der Klinik bleiben mussten. Aber wann immer sie konnten, verbrachten sie ihre Zeit mit ihr, und zweimal im Jahr machten sie einen großen Familienurlaub, nur sie drei zusammen. »Aber das ändert nichts daran, dass ich wissen muss, wer mein leiblicher Vater ist.«

»Bitte, Madison, vertrau uns in dieser Sache«, sagte ihre Mom.

Madison sah sie finster an. »Du kannst nicht erwarten, dass ich euch vertraue, nachdem ihr mich mein ganzes Leben lang angelogen habt.«

Daraufhin schwiegen ihre Eltern, und auch Madison sagte nichts mehr, wild entschlossen, sich nicht vom Fleck zu rühren, bis sie ihr antworteten.

»Adrian Diamond«, sagte ihr Vater schließlich so leise, dass Madison glaubte, sich verhört zu haben.

»*Was?*«

»Adrian Diamond ist dein leiblicher Vater.«

www.campusbuzz.com

Goodman High School › Las Vegas › Nevada

Die Volleyball-Mädels

Gepostet Donnerstag, 09.10., 17:22

Der Preis für das heißeste Team des Jahres geht an die Volleyball-Mädels. Wer kommt morgen Abend zum Spiel?!?!

1: Gepostet Donnerstag, 09.10., 18:13

würde mich nicht wundern, wenn die halbe schule aufläuft. ich liebe es, savannah diamond in ihren kurzen shorts zu sehen. ihre freundin alyssa ist aber auch nicht schlecht.

2: Gepostet Donnerstag, 09.10., 18:47

Die heißesten Girls im Volleyball-Team:

Savannah

Jackie

Brooke

Alyssa

3: Gepostet Donnerstag, 09.10., 19:03

Jackies Eltern sind dieses Wochenende weg und sie schmeißt morgen Abend nach dem Spiel eine RIESENSAUSE bei sich zu Haus! Nehmt den Badeanzug mit. Oder auch nicht, das bringt noch mehr Spaß ;)

4: Gepostet Donnerstag, 09.10., 20:16

savannah fliegt ihre freundin aus kali übers wochenende ein, damit sie bei dem spiel dabei sein kann. sie hat schon die ganze Zeit auf savannahs facebook-seite gepostet, wie begeistert sie ist, also hab ich mal ihre eigene seite gecheckt. auch nicht übel! noch ein grund für jackies party morgen.

5: Gepostet Donnerstag, 09.10., 21:58
sehe das eher als gute chance zum vorglühen, bevor's auf den strip geht …

6: Gepostet Donnerstag, 09.10., 22:43
Du bist wohl zu cool für House-Partys, was? Kann sich nur um Damien oder Oliver oder Madison oder Larissa oder sonst wen aus dieser Clique handeln. #Loser

---

7: Gepostet Donnerstag, 09.10., 22:56
#eifersüchtig

8: Gepostet Donnerstag, 09.10., 23:00
Ihr wisst aber schon, dass das hier nicht Twitter ist, oder? Hashtags laufen hier nicht.

9: Gepostet Donnerstag, 09.10., 23:06
#na und? Macht aber #Spaß ;)

5

Savannah

»Bedank dich noch mal bei deiner Mom, dass du für deinen Besuch hier eher aus der Schule durftest«, sagte Savannah zu ihrer Freundin Evie. Sie saßen zusammen auf der Rückbank ihres Range Rovers – Bodyguard Carl saß am Steuer – und waren auf dem Weg zu Jackies Party. Savannah konnte es immer noch nicht richtig fassen, dass ihre beste Freundin wirklich hier war. Sie hatte schon zusammen mit Peyton und Courtney das Volleyball-Spiel gesehen und kam jetzt zur Afterparty mit. Wie in alten Zeiten … und doch anders. Denn in alten Zeiten hätten Evie und Savannah in einem Team gespielt. Und Savannah hätte nicht schon wieder daran gedacht, wie traurig es sein würde, wenn Evie morgen früh wieder zurückmusste. Es war zu schade, dass ihre beste Freundin nicht das ganze Wochenende über bleiben konnte, aber morgen hatte Evies Vater Geburtstag und sie musste zu seiner Feier am Abend zurück sein.

»Das mach ich, versprochen.« Evie lächelte. »Aber ich hab dir ja schon erzählt, dass sie gesagt hat, einen halben Tag Schule zu versäumen, sei nichts im Vergleich dazu, dass du meine Fahrt zum Flughafen und den Flug selbst bezahlt hast *und* dass ich auch noch bei dir übernachten kann. Ich krieg das immer noch nicht in meinen Kopf, wie du wohnst. Irgendwie hab ich ja gewusst, was mich erwartet, von den Fotos, die du mir geschickt hast, aber jetzt wirklich hier zu sein, ist noch mal was ganz anderes. Du bist so ein Glückspilz! Ich würd auch gern plötzlich rausfinden, dass ich mit einem Milliardär verwandt bin.«

»Ist auch für mich immer noch unglaublich«, sagte Savannah. »Aber manchmal fehlt mir Fairfield. Und eine Freundin wie du.«

Sie hatte Evie bereits alles erzählt – dass Alyssa erst nett zu ihr war, *nachdem* sie gemerkt hatte, dass Savannah Damien und Nick kannte. Und als sie ins Volleyball-Team aufgenommen worden war, hatten die Mädels ja gar keine andere Wahl gehabt, als sie zu akzeptieren. Aber obwohl schon Oktober war und Savannah seit Wochen tagtäglich in der Schule und beim Training mit ihnen abhing, war es einfach nicht das Gleiche. So vertraut wie mit Evie war sie mit keiner.

»Die Mädchen in eurem Team wirken doch eigentlich gar nicht so übel«, fand Evie. »Aber selbst wenn du keine enge Freundin findest, hast du ja immer noch deine Schwestern.«

»Schon«, gab Savannah zu. »Aber als meine Schwestern sind sie nun mal *zwangsläufig* nett zu mir. Und das ist ein Unterschied.«

»Hm, das kann ich nicht beurteilen.« Evie zuckte die Schultern.

Darauf wusste Savannah nichts zu erwidern. Es war ihr etwas unangenehm, dass sie auf dieses Thema gekommen waren. Evie war Einzelkind, und obwohl Savannah immer ein bisschen neidisch gewesen war, weil Evie ein Zimmer *und* ein Bad für sich allein hatte, hatte sie gleichzeitig gespürt, dass Evie wiederum eifersüchtig darauf war, wie nahe sich Savannah und ihre Schwestern standen.

»So, wir müssten gleich da sein. Bist du bereit?«, fragte sie, um das Schweigen zu brechen.

»Und wie!« Evie checkte noch mal ihr Spiegelbild, wuschelte sich durchs Haar, zog dabei eine Entenschnute und lachte – und zwar so ansteckend, dass Savannah einfach in ihr Lachen einstimmen musste. »Wir lassen's rocken.«

* * *

Das Volleyball-Team traf als Erstes ein und Jackie führte sie überall im Haus herum. Es war gigantisch – ihre Eltern mussten zwei Grundstücke dafür gekauft haben, um so riesig bauen zu können. Wohnzimmer, Esszimmer und Küche erstreckten sich jeweils über zwei Stockwerke in die Höhe. Von der Küche zweigte ein Hobbyraum ab, in dem Tische für Beer-Pong und Flip-Cup aufgestellt waren. In einem weiteren Erdgeschossflügel hatten Jackies Eltern ihre Schlafzimmer mit zwei begehbaren Wandschränken, einem Fitnessraum und einer Sauna. Im ersten Stock gab es noch fünf Zimmer – obwohl Jackie nur zwei Brüder hatte –, und von der Küche führte eine gesonderte Treppe zu jenem Zimmer, das die fest angestellte Haushälterin bewohnte. Außerdem gab es eine riesige Bibliothek, in der jede Ausgabe des *Nevada-Design*-Magazins zu finden war, das Jackies Dad herausgab.

Es war das größte Haus, das Savannah je gesehen hatte. Was wohl auch auf Evie zutraf, die alles mit offenem Mund bestaunte.

»Denkt dran, wir halten uns nur im Hobbyraum oder in der Küche oder draußen am Pool auf«, erinnerte Jackie ihre Gäste. »In die Suite meiner Eltern darf niemand. Ob sich die Pärchen in die Zimmer meiner Brüder oder die Gästezimmer verdrücken, ist mir ziemlich egal, aber *mein* Zimmer ist auch absolut tabu. Außer für mich natürlich und den Typen, den ich vielleicht abschleppe.«

»Brian Peterson hat dich das ganze Spiel über nicht aus den Augen gelassen«, sagte Brooke.

»Ich weiß.« Jackie zwinkerte ihr zu. »Und er sieht heiß aus, was? So, seid ihr bereit, unseren Sieg zu feiern?«

Sie stellten sich im Kreis auf, streckten die Hände in die Mitte, zählten runter bis sie »Bruins« schrien – das war ihr Schulmaskottchen – und klatschten jubelnd. Dann gab es eine Runde Shooters und die Party ging los.

* * *

Drei Stunden später war das Haus voll mit fast allen Sportlern von der Goodman, bis auf die Neuzugänge, die Jackie nur in Ausnahmefällen eingeladen hatte, und ein paar Schülern von anderen privaten Highschools. Inzwischen hatten es die Volleyball-Mädels aufgegeben, darauf zu achten, dass sich alle in den vorgesehenen Räumlichkeiten aufhielten – schließlich wollten sie selbst Spaß haben. Eine Gruppe von Jungs hatte versucht, Savannah und Evie Flip-Cup beizubringen, aber Savannah war darin eine ziemliche Niete und behinderte bloß ihr eigenes Team, sodass sie und Evie schließlich lieber an den Pool gingen.

»Arschbombe vom Balkon!«, rief ein Zwölftklässler, den

Savannah als Football-Teamgefährten von Nick erkannte. Im nächsten Moment sprang er auch schon von Jackies Balkon und landete mit großem Getöse im Pool. Beim Auftauchen warf er den Kopf zurück, streckte die Fäuste in die Luft und stieß einen durchdringenden Urschrei aus. Die Zuschauer kreischten und klatschten und johlten anerkennend.

»Savannah!«, rief Brooke vom flachen Ende des Pools aus, wo sich noch ein paar andere Mädchen aus dem Team aufhielten und mit einigen Jungs flirteten. »Komm mit uns schwimmen!«

»Ich hab meinen Badeanzug nicht dabei«, rief Savannah zurück.

»Du brauchst keinen.« Jackie lachte und warf ihr langes braunes Haar zurück, das sich vom Wasser lustig kräuselte. »Wir sind alle in Unterwäsche. Und Alyssa hat gesagt, dass sie sogar nackt schwimmt, wenn Drew das auch macht, es könnte also interessant werden!«

»Also, von mir aus können wir«, sagte Evie so leise, dass nur Savannah sie hören konnte.

»Aber ich hab einen fast durchsichtigen Tanga an«, flüsterte Savannah zurück. Um sich vor allen anderen auszuziehen, hatte sie definitiv zu wenig Drinks zu sich genommen. Peyton hätte das wahrscheinlich ohne mit der Wimper zu zucken gemacht, aber so mutig wie ihre älteste Schwester war Savannah nun mal nicht.

»Wir wollten eigentlich gerade wieder reingehen«, rief Evie der Gruppe im Pool zu, und Savannah lächelte sie dankbar an. »Wollten nur mal sehen, was hier draußen abgeht. Viel Spaß!«

»Bis dann!«, schrie Brooke, bevor sie von einem der Jungs getunkt wurde.

Da Savannah noch nicht sehr viele Leute kannte, hatte Evie die geniale Idee, Fotos von ihnen beiden zu schießen, sodass sie beschäftigt wirkten – auch wenn Savannah vermutete, dass Evie an der Fairfield High nur damit angeben wollte, auf welcher Party sie gewesen war. Aber egal, Hauptsache, sie hatten etwas zu tun, und Hintergrundmotive gab es reichlich. Immer mehr Leute sprangen vom Balkon ins Becken, eine Clique rauchte auf der Veranda Shisha, und einige Jungs – unter ihnen auch Oliver, der Sohn von Adrians größtem Konkurrenten und möglichem Geschäftspartner Logan Prescott – hatten sich um den Küchentisch versammelt, auf dem mehrere Linien eines weißen Pulvers ausgestreut waren. War das etwa Kokain? Ohne weiter darüber nachzudenken, schoss sie ein Bild von Oliver, wie er gerade eine Line schnupfte, und wollte es im nächsten Moment schon wieder löschen, als sie plötzlich innehielt. Das war der Arsch, der gewettet hatte, sie und ihre Schwestern ins Bett zu kriegen, ehe die Sommerferien vorbei waren! Auch wenn sie das Foto natürlich niemals online stellen würde – es konnte auch nichts schaden, es in ihrem Handy-Fotoalbum zu lassen.

Nachdem sie und Evie die Foto-Session beendet hatten, schickte sie das beste Bild an Nick.

kommst du 2night noch zu jackies party? hatte gehofft, dich zu sehen …

leider nicht ☺ familienmäßig verräumt. c u mo in der Schule

Savannah verzog enttäuscht das Gesicht, auch wenn es sie nicht sonderlich überraschte. Nick war außerhalb der Schulzeit immer viel zu beschäftigt, um sie zu treffen.

»Wir wollen gleich Survivor spielen!«, rief ein Zwölftklässler aus dem Hobbyraum. »Will noch jemand mitmachen?«

»Weißt du, was das ist?«, fragte Savannah Evie.

»Keine Ahnung, aber lass es uns rausfinden!«, sagte Evie und packte ihre Hand.

Als sie den Hobbyraum betraten, entdeckte Savannah die letzte Person, die sie hier erwartet hatte – Damien. Er und seine Clique waren normalerweise auf dem Strip unterwegs, in den angesagtesten Restaurants und Clubs. Auf Privatpartys tauchte er selten auf.

»Tolles Spiel heute Abend«, sagte er, als er sie sah, und klatschte sie ab. Als ihre Hände sich berührten, durchfuhr sie ein warmes Kribbeln.

»Danke.« Sie überlegte fieberhaft, was sie sonst noch zu ihm sagen könnte. »Hätte nicht erwartet, dich hier zu sehen.«

»Oliver und ich haben beschlossen, dass ein wenig Abwechslung nicht schaden könnte.«

»Survior geht los!«, rief der Junge, der das Spiel vorhin angekündigt hatte, ehe Savannah etwas antworten konnte.

Schnell machte sie Damien und Evie miteinander bekannt, dann stellte sie sich zwischen die beiden und versuchte, sich nicht anmerken zu lassen, dass sie keine Ahnung von dem Spiel hatte. Damien nahm den Bier-Pitcher, der in der Mitte des Tisches stand, und schenkte ihr und Evie einen kleinen Schluck in ihre Becher und sich selbst einen größeren ein.

»Habt ihr das schon mal gespielt?«, fragte er.

»Nein, aber vorhin haben wir Flip-Cup gespielt«, sagte sie. »Evie war gar nicht so schlecht, aber ich war ein hoffnungsloser Fall.«

»Das hier ist ähnlich wie Flip-Cup, aber alle trinken gleichzeitig«, erklärte Damien. »In jeder Runde fliegt derjenige, der seinen Becher zuletzt umflippt, raus, bis nur noch einer übrig ist.«

»Klingt ja machbar«, sagte sie. *Abgesehen von diesem Becherflippen.*

»Auf die Plätze, fertig, los!«, rief der Spielführer. Savannah zwang sich, das Bier auszutrinken – es schmeckte einfach scheußlich – und bereitete sich vor, den Becher umzuflippen. Dazu musste man ihn mit der Öffnung nach oben so auf der Tischkante platzieren, dass er etwas überstand, um ihn dann mit einem einzigen kurzen Stoß umzuflippen, sodass er mit der Öffnung nach unten wieder auf dem Tisch landete. Damien schaffte es auf Anhieb. Evie kurz danach. Beide feuerten Savannah an, bis ein Becher nach dem anderen kopfüber dastand – außer Savannahs. Damit war sie die Erste, die ausschied und vom Tisch zurücktreten musste.

Also blieb ihr nichts anderes übrig, als bei der nächsten Runde zuzusehen. Da Savannah nicht mehr dabei war, standen Damien und Evie jetzt direkt nebeneinander. Beide flippten ihre Becher wieder mühelos um und klatschten einander ab. Was ja okay war, nur … warf Evie ihr Haar etwas öfter als gewöhnlich zurück oder bildete sich Savannah das nur ein? Ließ sie ihren Arm absichtlich an Damiens entlangstreifen? Und war das nicht ihr typisches Flirtlächeln, das Savannah in Fairfield nur zu oft hatte aufblitzen sehen? Verärgert verschränkte Savannah die Arme. Sie wollte ja nicht beleidigt wirken, aber was sie da sah, gefiel ihr gar nicht.

Vielleicht war es ein Fehler gewesen, Evie zu diesem Wochenende einzuladen. Savannah liebte ihre beste Freundin, aber schon in Fairfield hatte sie immer in Evies Schatten gestanden. Warum sollte das hier in Vegas anders sein?

Als Damien zu ihr herübersah, holte sie demonstrativ ihr Smartphone raus und tat so, als habe ihr jemand getextet. Erstaunlicherweise ließ ihn sein Flip-Talent bei der nächsten Runde total im Stich, sodass er Letzter wurde und ausschied.

»Viel Spaß noch, Leute.« Er klatschte den Spielführer aus der Zwölften ab und stellte sich neben Savannah. »Wollte nur mal sehen, ob alles okay bei dir ist«, sagte er so leise, dass nur sie es hören konnte. »Du hast irgendwie ein bisschen sauer ausgesehen.«

Savannahs Knie wurden weich und sie steckte ihr Handy wieder ein. »Heißt das, du bist mit Absicht ausgeschieden?«

»Wer weiß«, neckte er sie. »Aber lass uns bitte irgendwas anderes trinken – das Bier war ja scheußlich.«

»Und ich dachte schon, dass es nur mir nicht schmeckt.« Sie verzog das Gesicht bei der Erinnerung an das warme, bittere Gebräu. »Aber ich will erst noch Evie Bescheid geben, damit sie nicht das Gefühl hat, ich lass sie hier einfach stehen.« Sie trat neben Evie, die jetzt mit dem Spielführer flirtete. »Hey.« Savannah drückte leicht ihren Arm. »Damien und ich holen uns in der Küche was anderes zu trinken. Wir sind gleich wieder da. Kommst du ein paar Minuten allein klar?«

»Na sicher.« Evie lächelte und bedankte sich bei dem Zwölftklässler, der ihr etwas Bier eingegossen hatte. »Ich bin am Gewinnen. Bis dann!«

Doch auch die Drinks in der Küche waren nicht nach Damiens Geschmack, bis sie einen begehbaren Weinschrank beim Durchgang zur Garage entdeckten. Er knipste das Licht an, das die Reihen voller Weinflaschen erhellte. Der kleine Raum war mehr eine Kammer als ein Schrank, mit Granitwänden, Marmorboden und speziell gekühlten Holzregalen. Savannah befürchtete, dass es Jackie nicht gefallen würde, wenn sie sich über den Weinvorrat ihrer Eltern hermachten, aber sie war viel zu aufgeregt, mit Damien hier allein zu sein, um etwas zu sagen.

Sie schloss die Tür, damit ihnen niemand folgte. Jackies Eltern würden es wahrscheinlich eh nicht merken, wenn eine Flasche Wein fehlte, oder?

»So was hab ich gemeint«, sagte Damien zufrieden und musterte die Flaschen. »Auf was hast du Lust – rot oder weiß?«

»Dasselbe wie du.« Savannah kannte sich mit Wein nicht aus, im Gegensatz zu den meisten anderen Schülern an der Goodman, die von ihren Eltern alles über Wein lernten und zum Essen sogar ein oder zwei Gläser trinken durften. Savannahs Mom hatte stets nur harte Sachen in der Wohnung gehabt. Schnaps war billig, aber auch absolut scheußlich, wie Savannah beim heimlichen Probieren festgestellt hatte.

Damien ging die Reihen durch, nahm ab und zu eine Flasche heraus und besah sich das Etikett. Dann wählte er eine aus der Mitte, zögerte und zeigte sie Savannah. »Amarone«, sagte er und deutete auf das Etikett. »Einer meiner Lieblingsweine.«

»Klingt gut«, befand Savannah, ohne jemals was davon gehört zu haben.

Er fand einen Korkenzieher, öffnete die Flasche und goss den Wein in die frischen Becher, die Savannah aus der Küche mitgenommen hatte. »Nicht die stilvollste Art, Wein zu trinken, aber es wird auch so gehen.« Er reichte ihr einen der Becher. »Cheers.«

Auch Adrian hatte Savannah und ihren Schwestern erlaubt, zum Essen Wein zu trinken – den Courtney stets ablehnte –, aber Savannah fand, dass sie eigentlich alle gleich schmeckten. Sie nahm einen kleinen Schluck von dem Amarone, der stärker war als erwartet, aber auch erstaunlich gut. Viel besser als das billige Bier und das andere Zeug in der Küche.

»Schmeckt er dir?«

»Ja.« Savannah wurde rot, als sie seinen intensiven Blick bemerkte, als wäre er mit keiner anderen lieber hier … Sie vergaß fast zu atmen.

»Was ist los?«, fragte er.

»Nichts«, log sie, doch dann besann sie sich und sagte: »Ich bin einfach ziemlich überrascht, dass du mit mir *hier* bist, statt bei den anderen auf der Party. Du warst richtig gut bei Survivor – du hättest gewinnen können.«

»Na ja, während des Spiels hatte ich den Eindruck, dass

du vielleicht gerne ein paar Minuten abtauchen würdest«, erwiderte er. »Hab ich mich getäuscht?«

»Nein«, gab Savannah zu. »Um ehrlich zu sein, ist das hier meine erste große House Party. Eigentlich kenne ich so was nur aus dem Fernsehen, deshalb wollte ich immer mal bei einer dabei sein. Aber jetzt, wo wir hier sind …« Sie zuckte die Schultern und nahm einen Schluck Wein, während sie überlegte, wie sie sich ausdrücken sollte, ohne wie ein Landei zu klingen.

»Du hast was anderes erwartet?«

»Genau«, sagte sie. »Entweder sind die Leute halb nackt im Pool, machen Saufspiele, werfen Drogen ein oder knutschen. Und obwohl Evie hier ist, komme ich mir fehl am Platz vor. Vielleicht hab ich einfach noch nicht genug getrunken. Das Bier war ja völlig ungenießbar …« Sie rümpfte die Nase, als sie daran dachte.

Damien lachte und hob seinen Becher. »Wir haben ja Amarone zu unserer Rettung.«

Sie setzten sich auf den Boden, quatschten und tranken den Wein – und nach dem ersten »Glas« wurde es Savannah wohliger und sie entspannte sich zusehends. Nach der Hälfte des zweiten Bechers unterhielten sie und Damien sich, als würden sie einander schon seit Jahren kennen. Manchmal berührten sie sich kurz, aber er versuchte nicht, sie zu küssen wie damals im *Myst*.

Eigentlich hätte sie froh sein sollen, dass er ihre Bitte, es langsam anzugehen, respektierte – gleich in der ersten Nacht ihrer Begegnung war er ja ziemlich schnell rangegangen und hatte während des Knutschens seine Hand in ihr Bikinihöschen gesteckt. Aber ein bisschen enttäuscht war sie jetzt doch. Kümmerte er sich etwa nur aus Mitleid um sie, weil sie bei Survivor gelangweilt ausgesehen hatte und Evie zu sehr mit dem Spiel beschäftig gewesen war, um mit ihr zu reden?

»Woran denkst du?«, fragte Damien. »Du bist auf einmal so still.«

»An nichts«, sagte sie und nahm noch einen Schluck Wein. Aber ihr Körper fühlte sich jetzt warm und prickelnd an, und Damien hatte ja schließlich *gefragt*, warum also nicht erzählen, was ihr im Kopf rumging? »Na ja, ich hab irgendwie das Gefühl, dass ich hier überhaupt nicht reinpasse«, gab sie zu. »Der einzige Grund, warum Alyssa, Jackie, Brooke und die anderen nett zu mir sind, ist, weil ich dich und Nick kenne und weil ich's ins Volleyball-Team geschafft hab. Und jetzt soll ich so tun, als wüsste ich nicht, dass sie mich eigentlich links liegen gelassen hätten. Ich bemühe mich ja, weil sie lustig sein können und weil es Spaß macht, zu ihrer Clique zu gehören, aber irgendwie werde ich das Gefühl nicht los, dass sie keine richtigen Freundinnen sind. Nicht so wie Evie und ich in Fairfield.« Ihre Wangen brannten und sie blickte verlegen in ihren Weinbecher, weil sie es selbst nicht glauben konnte, dass sie Damien gegenüber so offen war.

Er legte den Kopf schräg und runzelte die Stirn. »Während der Sommerferien in den Clubs warst du doch auch immer ganz ungezwungen und ausgerechnet auf so einer *Privatparty* kommst du dir fehl am Platz vor?«

»Du hattest echt den Eindruck, dass ich mich in den Clubs wohlfühle?« Savannah lachte. Das sagte er bestimmt nur, um nett zu sein. »Denn da hab ich mich auch wie eine

Außenseiterin gefühlt. Aber in einem Club ist es trotzdem was anderes – da fühlt sich alles so märchenhaft an, nicht wie das richtige Leben. Da ist es für mich einfacher, das zu sein, was die Leute von mir erwarten. Aber hier, bei Jackie zu Hause … Da ist mir plötzlich was klar geworden: So haben sie und ihre Familie schon ihr *ganzes Leben lang* gelebt – mit Pool, Sauna, Gästezimmern, Hausangestellten, Weinkeller und randvollen Kühlschränken. Im Gegensatz zu mir. Und deshalb gehöre ich nicht hierher.« Sie schlang die Arme um ihre Beine und sah zu Boden. Jetzt war es ihr unangenehm, so viel von sich preisgegeben zu haben. Alles nur wegen dem blöden Amarone, der ihr die Zunge gelöst hatte.

»Hey.« Er hob mit dem Zeigefinger ihr Kinn an und zwang sie, ihn anzusehen. »Das kommt dir nur so vor, denn du gehörst sehr wohl hierher. Ich weiß, dass das alles total neu für dich ist, aber die Mädels sind bestimmt nicht nur mit dir befreundet, weil du zum Volleyball-Team gehörst. Du hast Talent und bist witzig und du sagst, was du denkst, selbst wenn es nichts ›Cooles‹ ist. Und das gefällt sicher nicht nur mir.«

Savannahs Herz klopfte schneller und sie starrte in seine dunklen Augen, verwirrt von seinen freundlichen Worten. »Danke«, sagte sie, und sein intensiver Blick machte sie erst recht verlegen, zumal er ihn jetzt zu ihren Lippen gleiten ließ, als wolle er sie küssen. Sie nahm noch einen Schluck Wein, um sich zu beruhigen. Vielleicht mochte er sie ja wirklich?

Doch dann fiel ihr wieder ein, wie er Madison im Sommer geküsst hatte, ohne auch nur mit einer Faser an Savannah zu denken. Wie die Mädchen auf seiner Teen Tour an ihm geklebt waren. Und wie Evie bei dem Spiel mit ihm geflirtet hatte und er mit ihr. Ja, er schaffte es immer wieder, ihren Puls zum Rasen zu bringen und ihr das Gefühl zu geben, dass ihm etwas an ihr lag. Aber er war nun mal ein Player. Was, wenn er nur mit ihr hierherverschwunden war, weil er auch so eine dämliche Wette wie Oliver laufen hatte? Die beiden waren immerhin eng befreundet, es war also durchaus möglich.

»Wir sollten jetzt besser zurückgehen«, sagte sie und trank ihren Wein aus. »Evie fragt sich sicher schon, wo ich bin.«

Ein enttäuschter Ausdruck huschte über sein Gesicht. »Okay, wenn du willst«, sagte er. »Aber bevor wir gehen – was machst du morgen Abend?«

»Evie fliegt am Nachmittag zurück, sonst hab ich nichts vor.« Sie spielte mit ihren Armreifen. »Warum?«

»Ich wollte mal den neuen Italiener im *Diamond* ausprobieren«, sagte er. »Hättest du Lust, mitzukommen?«

Vor Überraschung ließ sie die Armreifen los. War das ein Date? Oder wollte er wirklich einfach dieses Restaurant ausprobieren und lud sie nach ihrem peinlichen Geständnis nur aus Mitleid dazu ein? *Oder* war das der nächste Zug in seinem Spiel, weil sie klargemacht hatte, dass sie heute Abend nicht darauf hereinfiel?

Er sah sie erwartungsvoll an. »Gern«, sagte sie schnell. Wenn sie ablehnte, würde sie sich ja doch nur ständig fragen, was passiert wäre, wenn sie zugesagt hätte.

»Wunderbar.« Er lächelte und schien wirklich erfreut darüber, dass sie mitkommen wollte.

Als sie aufstand, drehte sich ihr der Kopf und Damien griff nach ihr, um sie zu stützen. »Danke.« Sie kicherte und versuchte, geradeaus zu gucken. Wieso war der Raum auf einmal so schief? »Ich hab bis eben gar nicht gemerkt, wie sehr mir der Wein zu Kopf steigt.«

»Das ist typisch für den Amarone.« Er hielt ihr den Arm hin und sie hakte sich dankbar bei ihm ein. Zusammen verließen sie die Weinkammer. »Komm, wir suchen deine Freundin.«

Als sie ins Wohnzimmer kamen, entdeckte Savannah Evie auf dem Sofa. Sie hatte die Arme vor der Brust verschränkt und die Lippen unwirsch verzogen, während sie mit Alyssa redete, deren Haare noch immer nass vom Pool waren. Beide verstummten, als Savannah zu ihnen trat.

»Wo bist du gewesen?« Evie starrte sie böse an.

Savannah warf einen Blick auf die Uhr und erschrak – wie konnte denn eine *Dreiviertelstunde* vergangen sein, seit sie Evie im Hobbyraum zurückgelassen hatte? »Oh, das tut mir echt leid.« Sie lachte, aber ihr Lachen ging in einen Schluckauf über und sie musste noch mehr lachen. Aber Evie lachte nicht mit. Warum ließ sie sich denn nicht mitreißen? Das hier war schließlich eine Party und Evie amüsierte sich doch immer auf Partys. »Ich hab gar nicht gemerkt, wie die Zeit vergangen ist. Aber du hattest doch Spaß bei Survivor, oder nicht?«

»Das Spiel ist seit einer halben Stunde vorbei, aber ich bin schon früher rausgeflogen, kurz nachdem ihr in die ›Küche‹ gegangen seid.« Evies Stimme war tonlos. »Ich hab euch gesucht, aber ihr wart spurlos verschwunden und du hast auch nicht auf meine SMS geantwortet. Also hab ich hier alleine gesessen, bis Alyssa gekommen ist.«

»Sorry.« Mehr fiel Savannah dazu nicht ein und sie zuckte nur die Schultern. Es sah Evie gar nicht ähnlich, so überzureagieren. »Möchtest du einen Shot oder so?«

»Nein«, sagte Evie. »Nichts.«

»Okay.« Eine ziemlich ungemütliche Situation. Vor allem, da Savannah nach dem Amarone aufgekratzt war und *Spaß* haben wollte.

»Übrigens haben Jackie und Brooke im Hobbyraum alles für Karaoke vorbereitet«, brach Alyssa das Schweigen. »Du singst doch, Savannah, oder?«

»Ja, klar!« Erfreut klatschte sie in die Hände. »Hat sie *Die Eiskönigin*? Ich *muss* einfach ›Let It Go‹ singen! Die Version von Idina Menzel natürlich.«

»Das traust du dir zu?« Damien zog eine Augenbraue hoch. »Also, nicht dass du mich falsch verstehst, du hast eine tolle Stimme, aber der Song ist echt anspruchsvoll.«

»Äh, ja, das traue ich mir zu.« Savannah lachte und verdrehte die Augen. »Mitkommen, und ich beweis es euch!«

Mit diesen Worten steuerte sie direkt den Hobbyraum an, nahm unterwegs noch einen Shot in der Küche – und danach wurde der Abend ein einziger Rausch.

6

Courtney

Nach einem langen, arbeitsreichen Vormittag konnte Courtney die Mittagspause gut gebrauchen. Sie liebte ihre ehrenamtliche Tätigkeit für *Habitat for Humanity*, vor allem, nachdem sie die Familie kennengelernt hatte, die in das Haus ziehen würde, das sie gerade fertigstellten, aber an körperliche Arbeit war Courtney einfach nicht gewöhnt. Ihr Auftrag war es, das Haus von außen zu streichen. Bestimmt würden ihr die Arme morgen noch wehtun.

Nachdem die Pizza geliefert worden war, machten sich alle darüber her. Courtney benutzte eigentlich kaum ihre Blamex – die Black-American-Express-Karte, die Adrian ihr und ihren Schwestern gegeben hatte –, aber in diesem Fall hatte sie nicht gezögert, die Pizza für alle freiwilligen Helfer zu bezahlen. Plus noch eine zusätzlich Pizza für die Familie, die das Haus später beziehen würde, damit sie sie für den nächsten Tag mit nach Hause nehmen konnten. Schließlich wusste sie nur zu gut, wie es war, wenn man einen Laib Brot und ein Glas Erdnussbutter so lange wie möglich strecken musste. Es verging kein Tag, an dem sie keine Schuldgefühle hatte, weil sie jetzt so viel besaß und andere so wenig, und sie war fest entschlossen, etwas davon zurückzugeben.

Brett hatte sein Versprechen wahr gemacht und war beim *Habitat*-Projekt mit dabei – und obwohl Courtney stets darauf achtete, dass sie sich nicht zu nahe kamen, gelang es ihm immer wieder, ihr Vorhaben zu torpedieren, indem er sich zum Beispiel bei Besprechungen neben sie setzte oder sich jetzt mit seinem Pizzastück zu ihr gesellte. Und trotz ihrer Versuche, ihre Gefühle für ihn zu unterdrücken, raste jedes Mal ihr Puls, wenn er in ihrer Nähe war.

»Setzt du dich zum Essen zu mir?«, fragte er ganz harmlos – und sah dabei einfach unwiderstehlich aus: Die Sonne spiegelte sich in seinen grünen Augen, seine Haare waren von der ganzen Arbeit zerzaust … da konnte Courtney nicht Nein sagen.

Schon im nächsten Moment hätte sie sich dafür am liebsten geohrfeigt. Was *machte* sie da? Sie sollte sich zu den anderen setzen und versuchen, neue Freunde kennenzulernen, statt sich mit Brett abzusondern. Aber ihre Beine wollten nicht auf ihren Kopf hören und sie folgte ihm zu einem schattigen, abgeschiedenen Platz unter einem Baum.

»Sieht so aus, als hättest du mehr Farbe über dich verteilt als über das Haus«, sagte Brett, als sie ihre Teller ins Gras stellten.

»Savannah flippt aus, wenn sie meine Jeans sieht.« Courtney nahm die Wasserflasche und trank sie in Sekundenschnelle zur Hälfte aus. Von der Wüstenluft hatte sie einen ganz trockenen Hals. »Aber sag mal, wie geht denn die Arbeit auf dem Dach voran?«, fragte sie unschuldig, als hätte sie ihn nicht den ganzen Morgen beobachtet.

»Anfangs ziemlich bescheiden.« Er lachte. »Aber nach

einer Weile hatte ich den Dreh raus. Ich bin zwar nicht gerade ein Profi, aber immer noch besser als Oliver. Der Arme ist fast vom Dach gefallen.«

»Es hat mich sowieso gewundert, dass er heute Morgen überhaupt hier aufgekreuzt ist«, sagte Courtney. »Bei den Treffen war er nie dabei, und er wirkt auf mich auch nicht wie der Typ, der freiwillig vor zwölf Uhr mittags aufsteht.«

Brett kaute auf einem Stück Pizza. »Ich hab keine Ahnung, warum er hier ist, aber er ist total verkatert. Einer der anderen Typen hat erwähnt, dass Oliver auf der Volleyball-Party gestern Abend ziemlich lang gefeiert hat. Könnte also gut sein, dass sie ihn gleich zum Malern abstellen, um nicht zu riskieren, dass er wirklich noch vom Dach fällt.«

»Na super«, sagte Courtney sarkastisch. »Ein verkaterter Typ, der Farbdämpfe einatmet. Hoffentlich kotzt er nicht über die ganze Wand.«

»Das wäre dann abstrakte Kunst am Bau, die niemand sehen will.« Brett war mit dem ersten Stück Pizza fertig und nahm sich das zweite vor. »Sag mal, was machst du eigentlich nachher? Am Wochenende ist der neue Bond-Film angelaufen, den würd ich mir gerne ansehen.«

Courtney hielt mitten im Kauen inne und mied seinen Blick. Die Vorstellung, dicht neben ihm in einem dunklen Kinosaal zu sitzen ... die Spannung, die sich zwischen ihnen aufbauen würde ... Nein, das ging definitiv nicht.

»Ich stell mich wahrscheinlich eine Ewigkeit unter die Dusche, und dann werde ich versuchen, ein bisschen zu arbeiten, wenn ich nicht vorher vor Erschöpfung einschlafe.« Es war das Erstbeste, was ihr einfiel. Immerhin hatte sie *wirklich* vorgehabt, zu lernen. »Ich brauche alle Energie, die ich heute Abend noch übrig habe, um für die Vorprüfungen zu lernen. Ich kann kaum glauben, dass die schon nächste Woche anfangen.«

»Hast du dafür nicht schon den ganzen Sommer über gelernt?«

»Doch«, sagte sie. »Aber ich möchte alles wiederholen, um sicherzugehen, dass ich gut vorbereitet bin.«

»Wenn du den Stoff jetzt nicht draufhast, wird sich das in den nächsten paar Tagen auch nicht mehr ändern«, sagte er. »Aber ich bin sicher, dass du das schaffst. Sind ja nur Vorprüfungen, die kriegen die von der Uni gar nicht zu sehen. Du kannst also ruhig einen Abend freimachen, um ins Kino zu gehen.«

Wahrscheinlich hatte er sogar recht, aber mit ihm allein im Kino, das traute sie sich nicht zu. »Die Unis kriegen sie zwar nicht zu sehen, aber wenn ich gute Noten habe, dann kann ich mich um ein *National-Merit*-Stipendium bewerben«, erklärte sie. »Und das war schon seit der zehnten Klasse mein Ziel.«

»Da ist die Konkurrenz ziemlich groß, stimmt's?«, fragte Brett und schob sich den letzten Bissen seines zweiten Pizzastücks in den Mund. Courtney war gerade mal mit ihrem ersten fertig.

»Von 1,5 Millionen Schülern, die jedes Jahr die Vorprüfungen machen, bekommen 8200 das Stipendium.« Das waren Fakten, die Courtney auswendig kannte. »Die Konkurrenz ist also groß, ja, aber es ist nicht aussichtslos. Ich habe so viel gelernt, dass meine Noten gut genug werden sollten, um zu den oberen drei Prozent der Prüflinge zu gehören, die in die Auswahl kommen.«

»Gelernt hast du auf jeden Fall genug«, bestätigte Brett. »Aber selbst, wenn es nicht mit dem Stipendium klappen sollte, musst du dir keine Sorgen machen. Adrian wird dein Studium bezahlen.«

»Ich weiß.« Courtney seufzte. Sie hasste die Vorstellung, dass Adrian ihr Studium finanzierte, aber sie wusste, dass sie nicht ablehnen würde, wenn es darum ging, auf der Stanford University aufgenommen zu werden oder nicht. »Aber ich hab mir das seit über zwei Jahren vorgenommen und werde jetzt nicht aufgeben. Außerdem macht es sich auch auf einer College-Bewerbung gut, das *National-Merit*-Stipendium bekommen zu haben.«

»Da hast du recht«, stimmte Brett zu. »Aber setz dich nicht zu sehr unter Druck. Versuch, dich zu entspannen. Du bist bereits so gut vorbereitet, dass du jetzt eher darauf achten solltest, vor dem Prüfungstag gut ausgeruht zu sein, statt noch bis in die Nacht hinein zu lernen.«

»Danke für den Hinweis«, grinste sie.

»Ich mein das wirklich ernst.« Er musterte sie nachdenklich, als überlege er, was er als Nächstes anführen könnte. »Also, wenn du nicht ins Kino mitkommen willst, warum lernen wir dann nicht zusammen?«

Sie wurde rot und blickte auf ihr halb gegessenes zweites Pizzastück hinab. »Mal sehen«, erwiderte sie vage, ärgerlich darüber, dass er sie so kalt erwischt hatte. »Wie gesagt, ich weiß noch gar nicht, wie viel ich zustande bringen werde … Nach diesem Arbeitstag werde ich wahrscheinlich ziemlich erschöpft sein und mich kaum konzentrieren können. Ach übrigens«, fuhr sie schnell fort, ehe er sich noch eine Variante ausdachte, um mit ihr zusammen zu sein, »die anderen räumen schon die Mittagstische ab. Ich geh ihnen mal helfen.« Sie griff nach ihrem Teller und ihrer Wasserflasche und wollte gerade aufstehen, als sie Bretts erwartungsvollen Blick bemerkte. Ihr stockte der Atem.

»Äh, Courtney?«, fragte er. »Hast du vor, das da noch zu essen?« Er deutete auf das angebissene Pizzastück und ihr Herz sackte ihr in den Magen. Was hatte sie denn *gehofft* zu hören?

Das auf jeden Fall nicht.

»Nein.« Sie schob ihm abrupt den Teller hin und stand auf. »Lass es dir schmecken. Bis später.«

Sie versuchte, sich *nicht* nach ihm umzudrehen, als sie davonging, aber sie konnte nicht anders. Und er musste es erwartet haben, denn er winkte ihr mit dem Pizzarest zu. Sie fühlte sich schrecklich schuldig, dass sie einfach so davonlief.

Wenn es wirklich das Richtige war, ihre Empfindungen für ihn zu unterdrücken, warum fühlte es sich dann so falsch an?

* * *

Wie Brett vorausgesagt hatte, wurde Oliver von der Arbeit auf dem Dach zum Malern nach unten geschickt. Prompt stellte er sich direkt neben Courtney – wahrscheinlich um sie zu ärgern. Sein Kater war nicht zu übersehen. Er hatte Ringe unter den Augen, sein dunkles Haar war noch zerzauster als sonst und sein Gesicht verfärbte sich jedes Mal grünlich, wenn er sich bückte, um den Pinsel in die Farbe zu tauchen. Courtney hätte es zwar nie zugegeben, aber nach seiner miesen Wette und dem ekelhaften Versuch, sie gegen ihren Willen zu küssen, sah sie mit Genugtuung, wie schlecht es ihm ging. Er wischte sich den Schweiß von der Stirn und hinterließ einen Streifen Farbe. »Noch 'ne Stunde schuften«, beklagte er sich und legte eine Pause ein, um etwas Wasser zu trinken.

»Ich will ja nicht unhöflich sein, aber warum bist du überhaupt hier?« Es war der längste Satz, den sie zu ihm gesagt hatte, seit sie hier gemeinsam arbeiteten. »Du hast dich doch noch nie für *Habitat* interessiert und scheinst die Arbeit hier ja richtiggehend zu hassen.«

»Ah, Prinzessin Courtney lässt sich herab, mit mir zu reden.« Er grinste spöttisch.

Sie verdrehte die Augen. »Schon okay. Lass uns einfach weitermachen.« Sie wandte sich von ihm ab und beschloss, ihn den restlichen Tag zu ignorieren.

»Ich bin wegen meinen Eltern hier.« Es überraschte sie, dass Oliver ihr tatsächlich noch eine ernst zu nehmende Antwort gab. »Ein paar meiner Lehrer haben meine Leistungen bemängelt, und meine Eltern sind deshalb sauer. Sie haben mich dazu verdonnert, bessere Noten zu schreiben, außerschulische Aufgaben zu übernehmen und dafür zu sorgen, dass mein Partyleben nicht mehr nach außen dringt. Wenn das nicht hinhaut, wollen sie mich aufs Internat schicken. Aber das will ich auf keinen Fall. Meine Schwester ist auf einem Internat und findet es einfach nur scheiße.«

»Ich wusste gar nicht, dass du eine Schwester hast«, erwiderte Courtney entgegen ihres Vorhabens, ihn nicht mehr zu beachten.

»Halbschwester«, stellte er klar. »Brianna. Wir haben denselben Vater, aber meine Mutter tut gerne so, als ob sie gar nicht existiere. Jedenfalls kommt es für mich nicht infrage, Vegas zu verlassen, um auf irgendeine kasernenmäßige Schule in der Pampa zu gehen. Das wäre echt das Letzte.«

Courtney fand, dass ein Internat vielleicht gar nicht schlecht für Oliver wäre, aber sie bezweifelte, dass es gut bei ihm ankäme, wenn sie das laut aussprach, und sie wollte keinen Streit anfangen. »Und warum hast du dich für *Habitat* entschieden?«, fragte sie stattdessen. Immerhin war das unter den vielen Arbeitsgemeinschaften der Goodman ausgerechnet jene, die körperliche Arbeit mit sich brachte, und das auch noch am Samstagmorgen.

»Ich dachte, es könnte 'ne easy Sache werden«, spöttelte er. »Keine Referate, keine Hausaufgaben – nur herkommen und beim Bauen helfen. Aber so früh aufzustehen und in dieser Affenhitze zu arbeiten, ist absoluter Mist.«

»Auf jeden Fall nicht das Richtige, wenn man einen Kater hat.«

Er hob eine Augenbraue. »Ich bin überrascht, dass *du* dich damit auskennst. Ich dachte, du trinkst nicht.«

»Tu ich auch nicht.« Konzentriert starrte sie auf die Stelle, die sie gerade strich, denn sie wusste nur zu gut, was ein Kater war … Manchmal hatte Mom ihn mit ein paar Gläsern Wasser und Aspirin in den Griff bekommen. Aber es hatte auch üble Tage gegeben, an denen sie sich bis zum Spätnachmittag übergab, jammernd im Bett lag und schwor, nie mehr so viel zu trinken. Letztes Jahr, als es richtig schlimm geworden war, mussten Courtney und ihre Schwestern einen Monat lang von Brot und Erdnussbutter leben, weil ihre Mom das ganze Haushaltsgeld für Alkohol ausgegeben hatte.

»Warum denn nicht?« Olivers Frage riss sie aus ihren Gedanken, und als sie sah, dass er näher rückte, wich sie angewidert zurück. »Ein paar Drinks würden dich vielleicht lockerer machen.«

»Ich muss nicht lockerer werden.« Courtney arbeitete stur weiter, ohne ihn noch einmal anzusehen. Der lüsterne Blick, den sie eben aufgefangen hatte, war schon gruselig genug.

»Solltest es aber echt mal versuchen«, sagte er. »Wir hätten im Sommer jede Menge Spaß haben können. Ist halt scheiße gelaufen, dass du das mit der Wette rausgefunden hast, denn das war ja noch, bevor ich dich kennengelernt hab. Nach diesem Charity-Abend von meiner Mutter hab ich dich nämlich wirklich gemocht. Wer weiß, was sich entwickelt hätte, wenn du mir eine Chance gegeben hättest. Aber du hast dich ja lieber an deinen zukünftigen Stiefbruder, diesen Hardcore-Streber, gehängt.« Er lachte hämisch und sah zu Brett hinauf, der so wild auf dem Dach rumhämmerte, dass Courtney schon Angst hatte, er könnte etwas kaputt machen. »Und was hat dir das gebracht? Nichts, denn wie man so hört, ›dürft‹ ihr zwei nicht daten. Auch wenn ihr eben beim Mittagessen ziemlich vertraut ausgesehen habt.«

»*Wir daten nicht.*« Courtney tunkte den Pinsel so heftig in den Farbeimer, dass es spritzte. Am liebsten hätte sie Oliver den Eimer über seinen verwuschelten Schopf gekippt. Stattdessen holte sie tief Luft und sah nach oben, wo sie Bretts warmem Blick begegnete.

Gleich darauf kam er die Leiter runtergeklettert, trat zu ihnen und gab vor, eine Flasche Wasser zu holen. »Na, wie läuft's hier unten?«, fragte er und sah von Courtney zu Oliver.

»Gut.« Sie wollte Brett nicht erzählen, was Oliver gerade gesagt hatte, um ein erneutes Handgemenge wie auf der Hotel-Eröffnungsfeier im Sommer zu vermeiden. Bei Olivers Zustand würde Brett ihn auf der Stelle erledigen, und Courtney wollte nicht, dass er gleich an seinem ersten *Habitat*-Tag Ärger bekam.

»Sicher?« Brett beugte sich näher zu Courtney und sagte leise: »Weil du nämlich ausgesehen hast, als wolltest du Oliver mit dem Pinselstiel am liebsten die Nase brechen.«

»Dann muss ich wohl daran arbeiten, dass man meine Gefühle nicht so leicht erkennt«, flüsterte sie zurück.

»Da der Tag sowieso fast vorbei ist, lass uns mal sehen, ob wir beim Aufräumen helfen können«, sagte er, löste den Pinsel aus ihrer Hand und stellte ihn neben den Eimer. Ihre Haut prickelte, wo er sie berührt hatte, und sie machte keinerlei Anstalten, von ihm abzurücken.

Als Brett vorausging, folgte sie ihm auf der Stelle, um keine Sekunde länger in Olivers Nähe verbringen zu müssen.

»Was hat dieser Arsch denn zu dir gesagt?«, fragte er, nachdem sie außer Hörweite von Oliver waren.

»Ach, nichts von Bedeutung.« Courtney zuckte die Schultern. Und das *war* es ja auch nicht, weil sie kein Wort von dem glaubte, was Oliver so von sich gab. Er hatte sie nie »wirklich gemocht« – und als er Brett ins Spiel gebracht hatte, wollte er sie nur auf die Probe stellen, um zu sehen, ob sie noch Gefühle für Brett hegte.

Was sie am meisten ärgerte, war, dass sie sich tatsächlich hatte provozieren lassen.

»Komm schon«, sagte Brett. »Ich hab doch gesehen, wie ihr euch unterhalten habt. Du hast wütend gewirkt. Er hat eindeutig was gesagt, das dich geärgert hat.«

»Er hat nur erzählt, dass er beim *Habitat*-Projekt mitmacht, weil seine Eltern ihn dazu zwingen«, sagte sie. »Die Sache an sich ist ihm völlig egal. Er merkt nicht mal, dass er durch seine Arbeit einer ganzen Familie hilft und ihnen ein Heim verschafft, das sie sonst nie gekriegt hätten. Er hat überhaupt keine Ahnung, was wirklich zählt. Ich glaube, ich hätte sein Gequatsche keine Minute länger ausgehalten.«

»Da bin ich ja froh, dass ich dich losgeeist habe«, sagte Brett. »Vor allem, nachdem du zugegeben hast, dass du ihm tatsächlich am liebsten eins überziehen wolltest. Oliver ist es echt nicht wert, gleich am ersten Tag hier Ärger zu bekommen, auch wenn er eine Abreibung verdient hätte.«

Sie blieb abrupt stehen. Hatte sie nicht was ganz Ähnliches gedacht, nur dass sie nicht wollte, dass *Brett* Ärger bekam?

»Alles okay?«, fragte er. »Du überlegst doch nicht etwa, zurückzugehen und doch noch einen Streit mit ihm anzufangen, oder?«

»Es ist nur …« Sie fuhr sich mit den Fingern durchs Haar und wusste nicht so recht, wie sie es ausdrücken sollte. Es war so tröstlich, dass Brett sie nur anzusehen brauchte, um zu wissen, was in ihr vorging. »Ich bin froh, dass du im rechten Moment runtergekommen bist. Danke, dass du mich gerettet hast.«

»Heißt das, dass du's dir in Bezug auf heute Abend vielleicht noch anders überlegst?« Er zog fragend die Augenbrauen hoch.

Am liebsten hätte sie auf der Stelle Ja gesagt. Aber Oliver hatte sie bereits mit dem gemeinsamen Mittagessen aufgezogen. Wahrscheinlich war es ziemlich offensichtlich, dass sie in Bretts Nähe heftig gegen ihre Gefühle ankämpfen musste. Wenn jetzt noch mal etwas zwischen ihnen vorfiel und vor allem Adrian oder Rebecca davon erfuhren, dann würde sie ihr Vertrauen verlieren. Und dieses Risiko konnte Courtney einfach nicht eingehen.

»Lieber nicht.« Die Enttäuschung in Bretts Augen versetzte ihr einen solchen Stich, dass sie sich schnell abwandte, um den Lehrern ihre Hilfe beim Aufräumen anzubieten.

7

Peyton

Am Samstagnachmittag war Peyton in ihrem Zimmer und versuchte, sich auf ihre Hausaufgaben zu konzentrieren – jedoch ohne Erfolg. Also beschloss sie, eine Pause zu machen. Da Courtney beim *Habitat*-Projekt half und Savannah mit Evie beim Lunch war, ehe diese nach Kalifornien zurückflog, machte sie sich allein zum großen Pool des *Diamond*-*Hotels* auf.

Die Penthousewohnungen in den *Diamond Residences* hatten zwar Zugang zu einem exklusiven Dachterrassen-Pool, Peyton jedoch zog den großen Pool vor, weil da mehr los war. An dem von Palmen umgebenen und von den goldenen Turmbauten des Hotels überragten Becken wimmelte es nur so von Leuten, die man beobachten und vielleicht kennenlernen konnte.

Der Poolbereich war so voll, dass man kaum mehr einen freien Liegestuhl fand.

Glücklicherweise hatte sich Peyton bereits am Morgen eine VIP-Laube reservieren lassen. Nachdem sie sich brav mit Sonnenöl eingerieben hatte – Lichtschutzfaktor 15, da Courtney darauf bestand, dass sie sich wenigstens *etwas* schützte –, legte sie sich genüsslich in ihren Liegestuhl, rückte ihre blau getönte Sonnenbrille zurecht und ließ sich von den Songs auf ihrem iPod berieseln. Sie gönnte sich eine halbe Stunde, bevor sie ihr Buch hervorholte, das sie für den Unterricht lesen sollte – entschied sich dann aber doch dafür, noch ein wenig die anderen Leute zu beobachten.

Da entdeckte sie Hunter Sterling, mit nichts weiter als seiner Badehose bekleidet. Wow, der schien ja neben dem Unterricht auch noch ganz schön hart zu trainieren! Er hatte den gemeißelten Körper eines Abercrombie-Models und übertraf damit vielleicht sogar noch Jackson. Allerdings hatte Peyton *den* noch nie ohne Hemd gesehen, aber als Bodyguard musste er ja superfit sein.

Hunters Kumpel, mit denen er am Pool lag, schienen in seinem Alter zu sein, und sie alle tranken Bier und unterhielten sich lässig. Sie wollte, dass Hunter sie entdeckte, aber es sollte natürlich wie ein Zufall aussehen. Also stand sie auf und stieg in den Pool, um dann ganz in seiner Nähe wieder aus dem Wasser zu gleiten. Tatsächlich bemerkte Hunter sie in diesem Moment und winkte ihr zu.

Sie nahm das als Aufforderung und stolzierte hinüber, wohl wissend, wie heiß sie in ihrem superknappen schwarzen Bikini und der nass glänzenden Haut aussah. Sie warf einen Blick über die Schulter, um sich zu vergewissern, das Jackson sie beobachtete, aber wie üblich hielt sich ihr Bodyguard unauffällig im Hintergrund, verborgen zwischen den Massen von Badegästen. Na gut, auch wenn sie ihn nicht sehen konnte, *wusste* sie ja, dass er sie stets im Blick hatte.

Lächelnd trat sie auf Hunter und seine Freunde zu. »Also, dass wir uns jetzt sogar hier am *Pool* treffen …«, sagte sie bedeutungsvoll, als ob sie sich schon x-mal über den Weg gelaufen wären.

»Meine besten Kumpel sind diese Woche zu Besuch in Vegas und wollten im besten Hotel wohnen«, sagte er mit einer Geste zu seinen Freunden und stellte sie einander vor.

»Und da fiel die Wahl natürlich aufs *Diamond*«, sagte Peyton.

»Das *ist* doch das beste Hotel von Vegas, oder?«

»Ich wohne erst seit dem Sommer hier, ich bin also keine Expertin.« Sie warf ihr Haar über ihre Schulter. »Aber soviel ich gehört habe, ist es das tatsächlich.«

»Na, dann sind wir hier ja genau richtig.« Er grinste und irgendwie schien die typische Lehrer-Schüler-Distanz wie weggeblasen. Allerdings gab es keinen freien Platz mehr in seiner Nähe und sie wollte nicht länger einfach nur herumstehen.

»Ich hab da drüben eine VIP-Laube.« Sie deutete auf ihren Liegeplatz. »Wer das Beste von Vegas haben will, *muss* die Poolatmosphäre in einer solchen Laube genießen.«

»Ab in die Laube!«, bestimmten Hunters Kumpel, und ehe er etwas sagen konnte, stießen sie miteinander an und standen auf.

Peyton bahnte sich einen Weg zwischen den zahlreichen Liegestühlen hindurch, die alle mit weiß-gold gestreiften Handtüchern drapiert waren. Die Lauben waren durch ein dunkles Holzgitter und spiralförmige Hecken voneinander getrennt. Im Innern befanden sich gepolsterte Bänke, während vor dem Eingang ein paar Liegestühle standen. Ein weißer Vorhang bot zusätzliche Privatsphäre.

»Perfekt«, befand einer von Hunters Freunden, ein blonder Typ, der etwas kräftiger war als die anderen. Er ließ sich auf eine der Polsterbänke fallen, stellte den Flachbildschirm an und zappte durch die Kanäle, bis er auf den Sportkanal ESPN stieß. »Die Amis mit ihrem Football.« Er schnaubte. »Die sollten lieber mal anständig Rugby spielen.«

Peyton interessierte sich nicht für Sportsendungen und hatte auch keine Ahnung, was Ruby eigentlich genau war, also deutete sie nur auf das Schränkchen unter dem Fernseher. »In der Minibar gibt's Bier«, bot sie an.

Hunter stand noch am Eingang, daher holte Peyton eine Flasche Carlsberg aus der Minibar, öffnete sie und trat zu ihm. »Das hatten Sie doch vorhin, stimmt's?«, fragte sie. »Falls Sie aber was anderes wollen – das Servicepersonal kommt regelmäßig vorbei.«

Er starrte das Bier in ihrer Hand an, als sei es Gift. »Wenn uns jemand hier sieht, könnte ich in ernsthafte Schwierigkeiten kommen.«

Peyton runzelte die Stirn. Offenbar war sich Hunter seiner Position doch bewusster als gedacht, während Peyton nur zu gern verdrängte, dass er ihr Lehrer war. Aber sie wollte unbedingt, dass er sich wohlfühlte, also zog sie den Vorhang zu, sodass niemand mehr in die Laube sehen konnte. »Besser so?« Sie lächelte, als wäre es das normalste der Welt, mit einem Lehrer am Pool abzuhängen, und schob ihre Sonnenbrille in ihr Haar zurück. Doch hinter ihrer lässigen Fassade hoffte sie inständig, dass Hunter keinen Rückzieher machte. Das wäre ja so was von peinlich, nachdem Jackson sie beobachtete.

Hunter sah sich unschlüssig in der Laube um, wo es sich seine Freunde vor dem Fernseher bequem gemacht hatten. »Aber kein Wort zu niemandem«, sagte er schließlich leise und griff nach dem Bier. »Das bleibt unter uns. Verstanden?«

»Na klar«, flüsterte sie triumphierend zurück.

»Peyton –«

»Hey, woher kennt ihr beiden euch eigentlich?«, rief da sein blonder Kumpel von der Polsterbank herüber.

»Meinem Vater gehört das *Diamond* und ich bewohne mit meinen Schwestern eines seiner Apartments«, sagte Peyton, froh, das Thema wechseln zu können. »Hunter besucht manchmal die Bar, daher kenne ich ihn.«

»Dann hängst du also mit Promis rum?« Sein Freund zog eine Augenbraue hoch und hob sein Bier. »Darauf stoßen wir an, Kumpel.«

Peyton hielt sich für alles andere als eine *Promi* – noch vor ein paar Monaten war sie ein Niemand aus Fairfield, Kalifornien, gewesen –, aber wenn die anderen das annahmen, konnte ihr das nur recht sein. Besser, als zugeben zu müssen, dass sie eine von Hunters Schülerinnen war.

Nach einer Weile war die Stimmung so aufgelockert, dass sie alle fünf Kumpel duzte – einschließlich Hunter, sonst wäre ihre »Tarnung« ja aufgeflogen – und sie sich angeregt über Vegas und die Orte unterhielten, die die Clique unbedingt besuchen musste, während sie hier Urlaub machte. Peyton saß auf einer Bank mit Hunter und alle lachten, tranken Bier und hatten Spaß. Seine Freunde waren ziemlich cool und luden Peyton sogar ein, ihr alles zu zeigen, wenn sie mal nach Australien käme.

Schließlich sah sie ihr iPhone in ihrer Badetasche aufleuchten. Sie zog es heraus, um zu sehen, wer ihr getextet hatte.

Jackson. Ihr Herz schlug schneller. Als er im Sommer ihr offizieller Bodyguard wurde, hatten sie zwar Nummern ausgetauscht, aber getextet hatte er ihr noch nie. Sie klickte auf Nachricht und lächelte, als sie sah, dass er nicht nur einmal, sondern viermal geschrieben hatte.

> 1: Warum lassen Sie Ihren Lehrer und seine Freunde in Ihre Laube?
> 2: Wissen Sie, in welche Schwierigkeiten er kommen könnte, wenn man ihn beim Trinken mit einer Schülerin erwischt?
> 3: Wenn Adrian davon erfährt, wird ihm das gar nicht gefallen. Denken Sie nach, Peyton. Ist es die Sache wert?
> 4: Wenn Sie sie nicht wegschicken, dann komme ich.

Peyton stellte sich vor, wie Jackson hereingestürmt kam, in seinem auffälligen Bodyguard-Anzug, und sie konnte nicht anders – sie musste lachen.

»Was ist so witzig?«, fragte Hunter.

»Ach nichts.« Sie biss sich auf die Lippe und ihre Finger flogen über das Display. »Nur was von einer Freundin.«

> wir sitzen doch nur auf ein paar drinks zusammen ... das findet schon keiner raus. nicht nötig, herzukommen. außer zum mitfeiern ;)

Sie drückte auf Senden und warf das Handy in die Badetasche zurück, ohne Jacksons Antwort abzuwarten. Sollte er ruhig spekulieren … oder besser noch, herkommen.

Das Smartphone leuchtete noch mehrmals auf, doch sie bekämpfte ihre Neugier und ignorierte es.

»Da hat dir wieder jemand getextet«, sagte Hunter und deutete auf ihre Tasche.

»Das ist nur mein Bodyguard.« Peyton zuckte lässig die Schultern, um sich nicht anmerken zu lassen, wie sehr sie der Gedanke an ihn ablenkte. Sie wollte sich mit Hunter und seinen Freunden vergnügen – und sich nicht nach Jackson sehnen. »Er übertreibt seinen Job manchmal etwas, aber er wird sich schon wieder einkriegen.«

»Wozu brauchst du denn einen Bodyguard?«

Peyton beugte sich vor und stützte sich mit den Ellbogen auf die Knie. »Damit ich nicht gekidnappt werde«, sagte sie und senkte geheimnisvoll die Stimme.

»Tja, wenn man aus einer so steinreichen Familie kommt, ist das wohl ein echtes Problem«, sagte Eddie, ein etwas kleinerer Typ, der auf der anderen Seite der Bank saß. »Du könntest bestimmt haufenweise interessante Storys erzählen.«

Peyton war sich nicht sicher, ob sie wirklich persönliche Details über ihre Familie preisgeben wollte – aber andererseits würden diese Typen ja bald nach Australien abdampfen, was war also schon dabei? »Eine meiner Schwestern ist als kleines Kind gekidnappt worden.« Sie legte eine theatralische Pause ein und sah alle nacheinander an, als würden sie um ein Lagerfeuer sitzen und einer Gespenstergeschichte lauschen. »Mein Vater hat das Lösegeld bezahlt, aber seitdem haben wir Bodyguards. Und meiner kann ziemlich nerven. Er ist nicht viel älter als ich, sagt mir aber immer, was ich tun oder lassen soll.« Sie verdrehte die Augen und tat so, als würde ihr Jackson mächtig auf die Nerven gehen, um die anderen nicht merken zu lassen, dass sie auf ihn stand. »Echt ärgerlich.«

»Hört sich ganz so an«, pflichtete Eddie ihr bei. »Nachdem du auch nicht gerade wie der Typ wirkst, der sich gerne was sagen lässt.«

»Exakt«, gab Peyton zu.

»Worüber regt er sich denn gerade auf?«

»Es gefällt ihm nicht, dass ich den Vorhang hier zugezogen habe«, sagte sie. Schließlich konnte sie ja schlecht zugeben, dass er sich aufregte, weil sie mit ihrem Lehrer trank. »Wenn er mich nicht sehen kann, wird er nervös. Als ob es in dieser Stadt nicht genug Augen am Himmel gäbe.«

»Augen am Himmel?« Eddie kratzte sich verwirrt das Kinn.

»Kameras.« Peyton deutete auf die kleine schwarze Kugel, die in die Decke eingelassen war. »Die gibt's hier überall, vor allem in den Casinos. Noch nie bemerkt?«

»Gesehen hab ich die schon, aber ohne zu wissen, was es ist.« Er zuckte die Schultern.

Hunter schüttelte unwillig den Kopf, als ob er fand, dass sein Freund ein paar Schrauben lockerhatte. »Wenn sich dein Bodyguard wegen dem Vorhang Sorgen macht, sollten wir vielleicht lieber gehen«, sagte er und erhob sich von der Polsterbank. »Wir wollten heute sowieso noch Poker spielen.«

»Nur kein Stress wegen meinem Bodyguard«, sagte Peyton gelassen, obwohl sie ziemlich sicher war, dass Jackson sich Sorgen um sie machte – was ihr irgendwie gefiel. Sogar ziemlich gut gefiel. »Wie schon gesagt, er übertreibt's ein bisschen. Ich werde hier schon nicht gekidnappt – es sei denn, einer von euch hält was vor mir geheim?« Sie sah Hunters Freunde herausfordernd an.

»Ach komm, lass uns noch ein wenig bleiben«, mischte sich Thomas ein, den Peyton etwas schmierig fand mit seiner aalglatten Gelfrisur. Er nahm sich noch ein Bier aus der Minibar. »Wir oft haben wir schon die Gelegenheit, mit einer heißen Hotelerbin aus Vegas am Pool abzuhängen? Halt – sag jetzt nichts, Hunter. Dir passiert so was wahrscheinlich die ganze Zeit, aber für *uns* ist das der reinste Luxus.« Er wandte sich an Peyton und sah sie geradezu lüstern an. »Kommen deine Schwestern vielleicht auch noch?«

»Die sind beschäftigt.« *Zum Glück,* dachte Peyton, denn Thomas würde sie keine zehn Meter in die Nähe ihrer Schwestern lassen. »Aber wenn ihr 'ne Runde Poker spielen wollt, hier liegen irgendwo Karten herum.«

»Um was spielen wir?«, fragte Eddie.

»Geld, eine Runde Drinks, ein Essen«, schlug Peyton vor. »Oder habt ihr was anderes im Sinn?«

»Ich hätte da so einiges im Sinn …« Thomas ließ seinen Blick über Peytons Körper gleiten, was ihr einen kleinen, kalten Schauer über den Rücken jagte.

»Wir bleiben auf jeden Fall mal schön jugendfrei, sonst gehe ich zum Spielen ins Casino, und zwar *mit* euch«, stellte Hunter klar. Peyton lächelte ihn dankbar an. Sie hatte zwar schon mal Strip-Poker gespielt, aber das war mit Freunden gewesen, Leuten, die sie kannte und die in ihrem Alter waren. Das hier war was anderes. Und bei den Blicken, mit denen Thomas sie musterte, hätte sie sowieso am liebsten ihr Strandhemd übergeworfen. Sie war vielleicht draufgängerisch, aber sie war nicht dumm.

Gerade als sie das Kartenspiel gefunden hatte, wurde der Vorhang aufgerissen und Jackson stand im Eingang. Sehr ungehalten. Aber auch ziemlich fehl am Platz in seinem förmlichen Anzug, fand Peyton, während alle anderen lässige Badeklamotten trugen. Er hatte die Arme verschränkt, und die Ader an seiner Schläfe pochte so heftig, als würde sie gleich platzen.

»Bitte verzeihen Sie die Störung, aber Miss Diamond soll sofort zu ihrem Vater kommen«, erklärte Jackson knapp.

»›Miss Diamond‹ ist erwachsen und wird mit ihrem Vater sprechen, wenn sie dazu bereit ist«, erwiderte Thomas, der eindeutig das eine oder andere Bier zu viel erwischt hatte.

Jackson starrte ihn an, und sein Blick war so eisig, dass Thomas seinen schließlich doch abwandte. »Ich würde eine Siebzehnjährige kaum als Erwachsene bezeichnen.«

»Siebzehn!« Eddie lachte auf und verschluckte sich fast an seinem Bier. »Hunter, sie könnte ja glatt eine von deinen Schülerinnen sein!«

Hunter sah zu Boden und scharrte verlegen mit dem Fuß, und auch Peyton musste wohl ziemlich schuldbewusst aussehen, denn plötzlich schien Eddie die Wahrheit zu dämmern.

»Das ... das gibt's doch nicht«, stammelte er, dann prustete er los. »Du bist also tatsächlich eine seiner Schülerinnen, oder?«

Peyton wurde knallrot und ihre Kehle war wie zugeschnürt, sodass sie kaum eine Antwort herausbrachte. »Ich muss jetzt gehen.« Sie schnappte ihre Badetasche. »Ihr könnt ja noch hierbleiben – auf meine Kosten. Viel Spaß!« Sie sah Hunter kaum an, als sie aus der Laube stürmte und versuchte, mit Jackson Schritt zu halten. Der machte jedoch keine Anstalten, sein Tempo zu verringern. Das sah nicht gut für sie aus. Sie musste sich *irgendwas* einfallen lassen, um das Ganze wieder in Ordnung zu bringen.

»Warum will mich Adrian denn unbedingt jetzt sehen?«, fragte sie, als sie im Hotel waren. Sie wusste gar nicht, dass ihr Vater schon wieder zurück war – vor einer Woche war er aus geschäftlichen Gründen nach Macao geflogen und sollte eigentlich noch ein paar Tage dort sein.

»Will er nicht«, sagte Jackson, ohne sich umzudrehen. »Er ist noch in Macao.«

Peyton blieb abrupt stehen, was ihn endlich anhalten und sie ansehen ließ. Sein Ausdruck war kalt und besagte eindeutig, dass er sie für ein unreifes Kind hielt. Und er wirkte *enttäuscht* von ihr. Sie kam sich beschissen vor. Aber wenn sie nur *ein* Jahr älter gewesen wäre, dann wäre überhaupt nichts dabei gewesen, mit Hunter und seinen Freunden in der Laube zu trinken und Karten zu spielen. Mein Gott, es gab so viel Schlimmeres, das sie hätte anstellen können. Wie dämlich von Jackson, sich so über diese Lappalie aufzuregen!

»Wenn Adrian mich gar nicht sehen will, warum bist du dann einfach so reingeplatzt und hast mich von meinen

Freunden weggeholt? Wir hatten *Spaß*, falls du weißt, was das ist«, giftete sie ihn an. Und bereute es gleich darauf.

Jackson versuchte ja nur, seine Arbeit zu machen.

»Ich hatte Sie per SMS gewarnt.« Jackson trat näher an sie heran. Seine Augen funkelten und ihr Puls beschleunigte sich. »Das sind nicht *Ihre* Freunde. Sondern Ihr Lehrer mit *seinen* Freunden. Warum ist es so schwierig für Sie, zu begreifen, welchen Ärger er bekommt, wenn irgendjemand merkt, dass er mit Ihnen Alkohol getrunken hat? So eine Story ist ein Fest für die Klatschpresse.«

»Die Klatschpresse nimmt doch von mir gar keine Notiz«, widersprach Peyton.

»Googeln Sie sich eigentlich nie?«

»Nein.« Bei der Vorstellung musste Peyton lachen. »Im Gegensatz zu Savannah surfe ich nicht die ganze Zeit im Internet. Schon gar nicht mit mir selbst als Suchbegriff.«

Da zog Jackson sein Smartphone heraus, tippte etwas ein und reichte es Peyton. Neugierig nahm sie es entgegen. Er hatte Google aufgerufen und ihren Namen in die Suchzeile eingegeben. Darunter waren folgende Ergebnisse aufgelistet:

Die Töchter des Casinobesitzers Adrian Diamond aus Las Vegas – Peyton, Courtney und Savannah – ziehen auf den Strip, um in seinem neuesten Luxushotel zu wohnen.

Peyton, Courtney und Savannah Diamond sind bei der großen Eröffnungsfeier des *Diamond-Hotels* und der *Residences* dabei.

Das wahr gewordene Märchen von Peyton, Courtney und Savannah Diamond: Die heimlichen Erbinnen der *Diamond Resorts Worldwide.*

Und die Liste setzte sich fort. Unzählige viel besuchte Websites hatten von der Rückkehr der Diamond-Schwestern nach Vegas berichtet, inklusive Fotos von ihr, Savannah und Courtney, sodass Leute, die vor ein paar Monaten noch nie von ihnen gehört hatten, nicht nur ihre Namen kannten, sondern auch wussten, wie sie aussahen. Es hatte etwas Unheimliches.

»Adrian hat es bisher geschafft, Sie und Ihre Schwestern aus dem Rampenlicht fernzuhalten, daher fällt alles, was bis jetzt über Sie geschrieben wurde, gnädig aus«, sagte Jackson und nahm sein Handy zurück. »Aber wenn irgendwelche Reporter von Ihrem Samstagnachmittags-Sit-in mit Ihrem Lehrer Wind bekommen, dann werden sie Sie vernichten. Sie *und* ihn. Und ich bin sicher, dass Adrian unmissverständlich klargestellt hat, dass Sie dann auch Ihre Privilegien als seine Tochter verlieren.«

»Ich hab die meiste Zeit meines Lebens ohne diese *Privilegien* gelebt«, erinnerte ihn Peyton.

»Ich weiß«, sagte er. »Aber inzwischen scheinen Sie sich durchaus daran gewöhnt zu haben. Wissen Sie eigentlich, wie viel so eine Pool-Laube kostet?«

Peyton schüttelte den Kopf und wollte die Antwort auch lieber gar nicht hören. Bei ihrem allerersten Pool-Besuch im Sommer hatte Rebecca ihr und ihren Schwestern eine Laube reserviert. Und seither hatte Peyton das eben auch gemacht, in der Annahme, die Lauben seien umsonst, weil das Hotel ja ihrem Vater gehörte.

»Eine Laube kostet am Wochenende vierhundert Dollar pro Tag«, klärte Jackson sie auf. »Und wenn die Klatschpresse von Ihren Eskapaden erfährt, schätze ich mal, dass Adrian Ihre Kreditkarte sperren lässt. Das heißt dann, keine Lauben mehr.«

Den restlichen Weg zu ihrem Apartment legten Peyton und Jackson schweigend zurück. Sie kam sich *so* idiotisch vor. Dabei hatte sie doch nur einen lässigen Nachmittag mit Hunter und seinen Freunden verbringen wollen. Wer dachte denn schon daran, dass irgendwelche Hotelgäste sie erkennen, Fotos schießen und diese an Reporter weiterleiten könnten. *Shit!* Kein Wunder, dass Jackson so nervös geworden war. Aber das wollte sie ihm gegenüber nicht zugeben.

»Immerhin hab ich den Vorhang der Laube zugezogen«, sagte sie, um wenigstens etwas zu ihrer Verteidigung vorzubringen, obwohl die Worte in ihren eigenen Ohren lahm klangen. »Keiner konnte sehen, was da drin los war. Dass du da reingeplatzt bist und mich bloßgestellt hast, war also völlig unnötig.«

»Ich habe versucht, Sie vor Schlimmerem zu bewahren«, sagte Jackson. »Sie scheinen immer noch keine Ahnung zu haben, in was Sie sich da reinmanövrieren.«

»Ich kann sehr gut selbst auf mich aufpassen.« Sie ballte trotzig die Hände zu Fäusten. Am liebsten hätte sie auf dem Absatz kehrtgemacht, um die Sache mit Hunter und den Kumpels fortzusetzen. Aber natürlich wollte sie nicht riskieren, dass Hunter gefeuert wurde. Und wenn sie an die Blicke seiner Freunde dachte, als Jackson ihnen ihr Alter verraten hatte … Innerhalb von Sekunden war sie in ihren Augen von einer interessanten, sexy jungen Hotelerbin zu einem Kind geschrumpft, mit dem man nicht wirklich seine Zeit verbringen wollte.

Sie hoffte inständig, dass es keine peinliche Situation am Montagmorgen geben würde, wenn sie Hunter wiedersah.

»Ich weiß, dass Sie auf sich selbst aufpassen können«, sagte Jackson. »Und es tut mir leid, Sie bei Ihrem Vergnügen stören zu müssen, aber ich muss meine Arbeit tun.«

Damit schloss er die Tür des Apartments hinter ihr und ließ sie allein zurück.

8

Madison

Madison starrte wütend auf die Zahlen auf ihrer Waage und umschlang ihre Taille mit den Armen. Wie konnte sie *sieben* Pfund zugenommen haben? Kein Wunder, dass sich ihr Bauch schon ganz rundlich anfühlte.

Seit ihre Eltern ihr unter dem Siegel der Verschwiegenheit erzählt hatten, dass Adrian Diamond ihr leiblicher Vater war, hatte sie das Gefühl, an dem Geheimnis fast zu ersticken. Nicht mit ihren Freunden darüber sprechen zu können, fühlte sich wie eine Lüge an, daher war sie fast überhaupt nicht mehr ausgegangen. Ihre Wochentage bestanden aus Schule, Hausaufgaben und *Vampire Diaries* in Dauerschleife, bis sie müde genug war, um auf der Stelle einzuschlafen. Die Wochenenden verliefen ähnlich, nur dass sie samstags statt Schule Prüfungsvorbereitungskurse hatte.

Sie konnte sich nicht mehr dazu motivieren, ins Fitnessstudio zu gehen, und mit ihrer strengen Diät war es auch vorbei. Zum Glück war es inzwischen kühl genug, um ihren Bauch unter Pullis zu verstecken. Aber wenn sie weiter so viel Pizza, Käse, Frittiertes und Kohlenhydrate aß, würde es unmöglich sein, die zugenommenen Pfunde bis zu dem jährlichen Winterurlaub in der Karibik wieder loszuwerden.

Falls es überhaupt noch einen Lockhart-Familienurlaub *gab*. Sie konnte ihre Eltern nicht mehr ansehen, ohne an ihren Verrat erinnert zu werden. Wie sollte sie da eine Woche in der Karibik mit ihnen genießen können?

Sie stieg von der Waage und war froh, als die Zahlen auf dem Display erloschen. Besser, sie wog sich überhaupt nicht mehr, bis sie ihre Diät wieder am Laufen hatte. Ihre 26-Inch-Jeans von True Religion, die im Sommer noch locker gesessen hatten, ließen sich jetzt kaum mehr schließen, und die Vorstellung, eine 27er-Jeans – also in »Übergröße«! – zu kaufen, war ihr zuwider. Nach diesem Wochenende *musste* sie wieder anfangen, abzunehmen.

Es klingelte an der Tür – das Abendessen war da. Ihre Eltern kochten nie selbst, wenn sie tatsächlich mal zum Abendessen zu Hause waren – was allerdings sehr viel häufiger passierte, seit sie die *Adrian-Diamond-ist-dein-leiblicher-Vater*-Bombe hatten platzen lassen. Die meiste Zeit gingen sie essen, ließen Essen kommen oder wärmten Reste auf. Für heute Abend hatten sie den Roomservice bemüht. Madison blieb in ihrem Zimmer, während sie hörte, wie ihre Mutter die Tür öffnete und anschließend den Tisch deckte.

»Madison!«, rief sie. »Essen ist fertig.«

»Ich komme!«, rief sie zurück und warf einen Blick in den Spiegel. Sie hatte nicht geduscht, weil sie heute nur bei einer mehr oder weniger privaten Prüfungsvorbereitung gewesen war. Ihr Haar hing schlaff herunter und sie war nicht geschminkt, aber das war ihr egal. Außer ihren Eltern würde sie heute Abend sowieso keinen mehr sehen.

Sie schlüpfte in ein Sweatshirt, das sie seit der Mittelstufe nicht mehr getragen hatte, und ging ins Esszimmer. Ihre Eltern saßen schon am Tisch und sie ließ sich vor ihrem Cheeseburger (mit extra viel Käse) und Fritten nieder. Ihr Weinglas war vollgeschenkt und im Weinkühler stand eine Flasche Cakebread Chardonnay, einer ihrer Lieblingsweine. Den bestellten ihre Eltern gewöhnlich nur zum Feiern. Oder als Trost.

Madison hatte den Verdacht, dass es sich heute Abend wohl um Letzteres handelte.

»Wie war die Prüfungsvorbereitung?«, fragte ihre Mutter und schnitt ihre Dorade an. Normalerweise bestellte Madison auch gegrillten Fisch und Gemüse, weil das nicht dick machte. Aber der Cheeseburger mit Fritten sah viel leckerer aus.

»Ganz okay«, sagte Madison und nahm einen großen Bissen von ihrem Burger. Er schmeckte einfach himmlisch. »Wir haben einen Probedurchlauf für Mathe gemacht und ich war besser als die anderen drei.« Sie zwang sich, begeistert zu klingen, wie sie geklungen *hätte*, wenn ihre Welt nicht vor zwei Wochen zusammengebrochen wäre, aber sie merkte selbst, wie gekünstelt das rüberkam.

»Sehr gut«, sagte ihr Vater zwischen zwei Bissen Fischfilet. »Hast du heute Abend noch was mit deinen Freunden vor?«

Sah sie etwa so aus, als ob sie heute Abend noch was vorhätte? Madison wollte am liebsten etwas Schnippisches erwidern, sagte stattdessen aber nur: »Ich bleibe zu Hause. Ich hab viel zu tun, Hausaufgaben und so, weil ja demnächst die Halbjahreszeugnisse anstehen.«

»Aber es ist doch Samstagabend«, erwiderte ihr Vater. »Hausaufgaben haben dich doch noch nie davon abgehalten, am Wochenende auszugehen. Du hast immer alles locker am Sonntag geschafft.«

»Aber in der elften Klasse sind die Anforderungen nun mal höher als in der zehnten«, log Madison. »Wir kriegen übers Wochenende mehr auf, und wenn ich weiterhin bis Sonntag warte, um alles zu machen, kann ich meine Bestnoten vergessen.« Außerdem – da sie inzwischen so zugenommen hatte, würde sie in ihren figurbetonten Kleidern wie eine Tonne aussehen.

»Das verstehen wir.« Ihre Mutter legte die Gabel beiseite und nahm einen Schluck Wein. »Aber hör mal, Madison, du hast die Wohnung seit zwei Wochen kaum verlassen, außer um zur Schule zu gehen. Dad und ich machen uns Sorgen, wie du mit der Situation umgehst.«

Situation. So nannten sie die grausame *Wahrheit*. Seit jenem Tag kamen sie ihr wie Fremde vor. Das Wissen, angelogen worden zu sein, war einfach furchtbar, erst recht, weil sie mit niemandem darüber reden konnte. Und schon gar nicht durfte sie Adrian sagen, was sie wusste, das hatten ihre Eltern eindeutig klargemacht.

Wie er wohl reagieren würde, wenn sie es ihm auf den Kopf zu sagte? Und warum wollte er nicht an ihrem Leben teilhaben, wenn er Peyton, Courtney und Savannah doch auch zu sich geholt hatte?

Ein Grund mehr, die Diamond-Sisters zu hassen, auch wenn sie ihre Halbschwestern waren. Aber sie hatte sie von Anfang an nicht gemocht. Peyton war ein Flittchen, Courtney heiliger als Mutter Theresa und Savannah immer verzweifelt bemüht, dazuzugehören. Wie konnte sie denn mit *denen verwandt* sein?

»Mom und ich finden, dass du mit jemand über die Sache reden solltest«, sagte ihr Vater. »Mit einem Profi.«

»Mit einem *Psychiater?*« Hatte er den Verstand verloren? Was, wenn jemand an der Schule herausfand, dass sie einen Therapeuten aufsuchte? Die Gerüchte würden alles nur noch schlimmer machen. »Auf keinen Fall.«

»Wir machen uns Sorgen.« Madison sah ihrer Mutter an, dass sie es ernst meinte, aber das änderte nichts an ihrer Wut auf sie. »Wenn du zu Hause bist, scheinst du nur noch fernzusehen«, fuhr ihre Mutter fort. »Du gehst nicht mehr zum Training, isst ungesunde, fette Sachen, und wenn du so weitermachst, wird sich das negativ auf deine Gesundheit auswirken.«

Madison zuckte die Schultern und nahm einen weiteren Bissen von ihrem Cheeseburger.

»Ich weiß, dass das, was wir dir sagen mussten, schwer zu verkraften ist, und es tut uns leid, dass du es so erfahren musstest«, beteuerte ihre Mom. »Aber Dad und ich tun alles dafür, damit du verstehst, dass wir immer noch dieselbe Familie sind. Du musst versuchen, die Sache zu akzeptieren und dein bisheriges Leben weiterzuleben. Und ein Profi kann dir dabei helfen.«

»Ich brauche keinen Profi.« Madison tauchte ein paar Fritten in Ketchup und schob sie sich in den Mund. Wie konnten ihre Eltern erwarten, dass alles wieder wie zuvor wurde? Nichts war mehr wie zuvor. »Es geht mir gut, echt.

Meine Noten sind top, ihr müsst euch also keine Sorgen machen.«

»Aber du bist seit Wochen nicht aus gewesen«, beharrte ihre Mutter. »Du kannst deinen Freunden nicht ewig aus dem Weg gehen.«

»Ich gehe ihnen nicht aus dem Weg«, widersprach Madison, obwohl sie sich angewöhnt hatte, ihr Handy »zufällig« in der Wohnung zu verlegen, damit sie die SMS ihrer Clique »verpasste«. Wie die von Oliver gestern, der gefragt hatte, ob sie mit ihm zu Jackies Volleyball-Party kommen würde, und die von Larissa heute Morgen, die sie zusammen mit ein paar anderen Freundinnen zum Lunch treffen wollte. »Was ist denn überhaupt das große Problem? Die meisten Eltern wären froh, wenn ihr Kind zur Schule gehen und sich um die Hausaufgaben kümmern würde, statt Party zu machen.«

»Wir kennen dich zu gut, um zu wissen, dass das nicht dein normales Verhalten ist.« Die Stimme ihrer Mutter klang angespannt, regelrecht verzweifelt. »Dad und ich versuchen nur, dir zu helfen. Auf keinen Fall wollen wir, dass die Sache deine sozialen Kontakte ruiniert.«

»Wenn ihr's genau wissen wollt, gehe ich morgen früh mit ein paar Leuten an den Pool.« Das war eine faustdicke Lüge, und Madison wusste nicht mal, warum sie das eigentlich gesagt hatte. Wahrscheinlich in der Hoffnung, dass ihre Eltern sie dann endlich in Ruhe ließen. Aber bei dem Gedanken, in der Öffentlichkeit einen Badeanzug zu tragen, schauderte sie. Sie würde wie ein dicker Zeppelin aussehen.

»Na, das ist doch schön.« Ihre Mutter lächelte. »Es wird dir bestimmt besser gehen, wenn du dein normales Leben wieder aufnimmst. Aber wenn du doch mit einem Profi reden willst, kann ich dir einen Termin vereinbaren, okay?«

»Ich werd dran denken.« Sie widmete sich der letzten Hälfte ihres Cheeseburgers, doch jetzt, da sie wusste, dass sie morgen an den Pool musste, kam er ihr irgendwie eklig vor. Sie würde auf jeden Fall ihr Strandkleid anlassen müssen. Immerhin konnte sie ihr iPad mitnehmen und ein paar Episoden von *Vampire Diaries* ansehen, da sie dort ja überhaupt niemanden traf.

Hoffentlich merkten ihre Eltern nicht, dass sie alleine ging, und – was noch viel wichtiger war – hoffentlich würde sie niemand sehen, den sie kannte.

www.campusbuzz.com

Goodman High School › Las Vegas › Nevada

Der HEISSE TYP aus Down Under macht mit PEYTON DIAMOND rum!

Gepostet Samstag, 11.10., 12:41

Habt ihr die Bilder gesehen, die unseren neuen Englischlehrer Hunter Sterling zusammen mit Peyton Diamond zeigen? Es gibt zwei, wo sie miteinander in der Lobby-Bar des *Diamond* sitzen und was trinken, und NOCH ZWEI WEITERE, auf denen Peyton mit ihm und ein paar seiner Freude am *Diamond*-Pool redet und dann alle in ihre Pool-Laube mitnimmt. CLICK HERE, dann seht ihr sie alle.

Ich wusste ja gleich, dass Peyton ein Flittchen ist – im Sommer hat sie ja schon mit Oliver Prescott geschlafen und mit wer weiß wie vielen anderen. Jetzt kann sie also auch Hunter auf ihre immer länger werdende Liste setzen. SO EINE SCHLAMPE! Ich will gar nicht wissen, wie viele Geschlechtskrankheiten die hat. Das beweist mal wieder: Abschaum bleibt Abschaum. Auch wenn sie in ein Penthouse im *Diamond* gezogen ist, gehört sie eben immer noch in diese abgefuckte Barackenstadt, aus der sie eigentlich kommt. Totaler Trash. Man weiß nicht mal, wie sie wirklich aussieht, bei *dem* Make-up, das sie sich draufklatscht. Was den Typen wohl egal ist, solange sie rankönnen.

Und ihre Schwestern sind auch nicht besser. Courtney Diamond spielt zwar die Heilige, aber jeder hat doch mitgekriegt, was im Sommer bei der Eröffnungsfeier abging: wie sie mit ihrem zukünftigen Stiefbruder Brett Carmel öffentlich geknutscht hat! Und wenn sie ihrer älteren Schwester auch nur entfernt ähnlich ist, dann war sie auch schon mit ihm im Bett, darauf wette ich. Aber sie macht ja nicht nur mit Brett rum, sondern auch mit Oliver. Yep, richtig gehört. Courtney und Oliver waren im Sommer bei Mrs Prescotts Charity-Veranstaltung und sind auch zusammen von dort weggegangen. Wahrscheinlich ist Courtney sogar noch schlimmer als ihre Schwester – Peyton vertuscht wenigstens nicht, dass sie 'ne dreckige Schlampe ist.

Und dann ist da noch Savannah. Jedes Mal, wenn ich sie sehe, könnte ich ihr den Hals umdrehen. Sie ist nicht nur trashig, sie ist auch noch dämlich. Sie glaubt tatsächlich, dass Damien Sanders auf sie steht. Blitzmeldung an Savannah: Damien gibt einen Scheiß auf dich! Er macht ihr immer noch was vor: Auf der Volleyball-Party gestern Abend sind sie zusammen verschwunden (und wurden über eine Stunde lang nicht mehr gesichtet), und als sie zurückkamen, waren ihre Wangen so gerötet, dass klar war: Die hatten Sex! Dämliches, dreckiges Flittchen. Als ob Damien sich für so eine Dumpfbacke interessieren würde. Aber sie macht es ihm so leicht, dass man ihm nicht mal vorwerfen kann, dass er sie ausnutzt. Sie schreit ja geradezu danach – in mehr als einer Hinsicht.

Und dann noch was: Savannah ist *so* blöd, dass sie auch noch glaubt, ihr YouTube-Channel könnte Erfolg haben. Aber habt ihr das HIER gesehen?! Falls ihr das Gejaule nicht aushaltet – das ist Savannah, die *Let It* Go massakriert. Vielleicht kriegt Savannah ja endlich mal einen Reality Check und hört auf, sich was auf ihren YouTube-Channel einzubilden. Der läuft eindeutig ins Leere, Zicke! Also, tu uns den Gefallen und lösch ihn!

1: Gepostet Samstag, 11.10., 12:59

egal ob mädchen oder junge – wer nicht merkt, wie heiß hunter sterling ist, muss absolut blind sein. bei seinem sexy australischen akzent klingen sogar die alten amerikanischen puritanergeschichten interessant (und das heißt was, denn das zeug schläfert einen echt ein).

bilder *können* zwar lügen, aber *die* fotos zeigen ziemlich eindeutig, dass peyton was mit ihm hat. ganz recht, sie *ist* 'ne schlampe. und was für eine. hunter könnte doch jede kriegen, was will er denn ausgerechnet mit DER? EKELHAFT!

PS: Hab mir Savannahs »Gesang« angehört. OMG! MEINE ARMEN OHREN! ABSCHALTEN!

2: Gepostet Samstag, 11.10., 13:13

wow, da hasst aber jemand die diamond-sisters, was? wer sich savannahs songs mal ernsthaft anhört, muss einfach zugeben: sie hat 'ne umwerfende stimme. sie ist ein naturtalent. auf der party war sie eben betrunken, und das lied ist schon in nüchternem zustand echt schwierig … und dass courtney sich mit oliver zusammengetan hat, glaub ich keine sekunde. Sie HASST ihn.

3: Gepostet Samstag, 11.10., 13:20

Courtney hasst Oliver, weil er erst scharf auf sie war und sie dann fallen gelassen hat!

4: Gepostet Samstag, 11.10., 13:23
die fotos machen es einem schwer, NICHT zu glauben, dass peyton was mit hunter hat. und nicht nur mit ihm, sondern auch mit den typen, die bei ihm waren! sie hat ihnen bestimmt was schönes in der laube gezeigt …

5: Gepostet Samstag, 11.10., 13:27
aber hallo, was schönes … zwischen ihren beinen!!!

6: Gepostet Samstag, 11.10., 13:32
Ich bin in seinem Unterricht und kann nur sagen: Hunter Sterling glotzt jedem heißen Girl in den Ausschnitt. Der Typ ist ein Perversling!

7: Gepostet Samstag, 11.10., 14:08
Wenn Madison weiter so zunimmt, dann guckt er sie bald nicht mehr an!!! Seit Schulbeginn sind das bei ihr doch mindestens zehn Pfund. Im Sommer war sie definitiv zu dünn, jetzt sieht sie richtig gesund aus, aber ich wette, SIE fühlt sich scheiße. Kein Wunder, wenn man die ganze Zeit Sprüche über dicke Mädchen reißt …

8: Gepostet Samstag, 11.10., 14:17
Ich bin doch wohl nicht die Einzige, die sich noch daran erinnert, wie fett Madison in der Mittelstufe war, oder?

9: Gepostet Samstag, 11.10., 14:34
Da bist du definitiv nicht die Einzige. Die Zicke wird endlich von ihrem Karma eingeholt!!

10: Gepostet Samstag, 11.10., 15:14

Wow. Auf dieser Site stehen ja oft üble Sachen, aber das schießt ja echt den Vogel ab. Ich hab hier noch nie gepostet, aber wer mit diesem Thema angefangen hat, braucht echt 'nen Reality Check. Sicher, die Fotos lassen darauf schließen, dass Peyton und Hunter die berühmte rote Linie einer professionellen Schüler/Lehrer-Beziehung überschritten haben. Aber wisst ihr, was die Fotos NICHT sind? Ein Beweis dafür, dass sie miteinander geschlafen haben. Und selbst *wenn* sie's getan haben, kennt ihr noch lange nicht die ganze Geschichte. Ich will gar nicht so tun, als würde ich Peyton und ihre Schwestern kennen, aber es hört sich ganz danach an, als ob ihr sie auch nicht kennt. Alles was ihr tut, ist die Gerüchteküche anzuheizen. Und die Mädels danach zu beurteilen, wo sie herkommen – und das geht ja mal GAR NICHT. Ich hoffe nur, dass die meisten Leser das nicht für wahr halten, was ihr da postet.

11: Gepostet Samstag, 11.10., 15:28

Gut gepredigt! <3

12: Gepostet Samstag, 11.10., 15:58

#10 hat nicht ganz unrecht. Aber mal ehrlich. Seht euch die Fotos doch mal an. Man kann es echt keinem zum Vorwurf machen, wenn er annimmt, dass Peyton und Hunter was miteinander haben???

13: Gepostet Samstag, 11.10., 16:15

Sie (oder er??) hat wirklich nicht ganz unrecht, aber das scheinst DU nicht ganz begriffen zu haben …

9

Savannah

Savannah glättete die letzte Strähne ihres Haars und sah auf die Zeitanzeige ihres Smartphones. Noch eine halbe Stunde bis zu ihrem Date mit Damien. Sie hatte Schmetterlinge im Bauch, ihr Körper kribbelte und sie war nervös. Es war das erste Mal, dass ein Junge sie zu einem Dinner for two einlud. Und nicht irgendein Junge, sondern *Damien Sanders*, der beliebteste, selbstbewussteste, heißeste Typ der Schule.

Da sie bis zu ihrem Treffen nichts anderes mehr zu tun hatte, holte sie ihren Laptop aufs Bett und stöberte auf Facebook herum. Dann klickte sie ihren YouTube-Channel an. Am Nachmittag, nachdem Evie abgereist war, hatte sie eine akustische Coverversion aufgenommen und hochgeladen, und jetzt wollte sie wissen, ob das Video schon jemand angesehen hatte.

Ungefähr hundert Klicks. Nicht schlecht, aber lange nicht so viele wie erhofft. Neugierig scrollte sie die Kommentare durch.

Bei dem mit den meisten *Likes* blieb sie wie erstarrt hängen.

Wollt ihr mal was Lustiges sehen? Dann klickt dieses

UNGLAUBLICHE Video von Savannah Diamond an, wie sie »Let It Go« aus *Frozen* MASSAKRIERT!

Mehrere Minuten vergingen, während Savannah den Kommentar fixierte und sich nicht traute, auf den Link zu klicken. An das Karaoke auf Jackies Party hatte sie nur noch verschwommene Erinnerungen, doch jetzt kamen einige davon zurück. Sie war absolut überzeugt von sich gewesen und hatte darauf bestanden, dass gleich mehrere Leute den Auftritt aufzeichneten. Dabei hatte sie schon so viel getrunken, dass es praktisch unmöglich war, den Text auf dem Karaoke-Monitor scharf sehen zu können. Und – was noch schlimmer war – der Song war viel anspruchsvoller, als sie gedacht hatte, und der Wein tat sein Übriges, dass sie die Kontrolle über ihre Stimme verlor und die Töne schief rauskamen.

Endlich wagte sie es, den Link zu aktivieren – und schauderte entsetzt, während sie zuhörte und zusah. Wer auch immer das gepostet hatte, hatte recht – sie hatte den Song tatsächlich *massakriert*. Und dabei auch noch wie eine kichernde Schwachsinnige ausgesehen. Aber hatte sie hinterher nicht alle gebeten, die Videos zu löschen? Und hatten nicht alle versprochen, das zu tun? Aber wer waren diese »alle« überhaupt? Sie erinnerte sich vage an Evie und Alyssa, Jackie, Brooke und Damien und ein paar weitere Volleyball-Mädels und Football-Typen.

Wer von ihnen hatte das gepostet?

Sie konnte es nicht sagen. Es hätte *jeder* sein können. Und um das Ganze noch schlimmer zu machen, hatte derjenige auch noch sämtliche Videos von Savannah mit einem Link zu diesem scheußlichen Clip versehen!

Wer hasste sie denn *so sehr?* Evie war sauer gewesen, dass sich Savannah mit Damien verdrückt hatte, aber Evie war ihre beste Freundin. Okay, selbst bei ihrem Abflug war sie noch ziemlich verstimmt gewesen. Aber so was Gemeines würde sie doch niemals tun … oder?

Am liebsten hätte Savannah ihr getextet und sie gefragt, aber wenn Evie es *nicht* gewesen war, würde sie nur noch ärgerlicher, weil Savannah sie verdächtigt hatte. Außerdem, warum sollte überhaupt jemand zugeben, das getan zu haben?

Sie lehnte sich ans Kopfende des Bettes und schloss die Augen. Wahrscheinlich würde sie *nie* rausfinden, wer dahintersteckte. Und es war ihre eigene Schuld. Warum hatte sie auch so viel getrunken? Und warum musste sie in diesem Zustand auch noch Karaoke singen? Und schließlich war es sie selbst gewesen, die die Leute dazu *aufgefordert* hatte, sie auf Video aufzunehmen. Wie blöd war sie eigentlich?

Sie verharrte ein paar Minuten in der Hoffnung, dass, wenn sie die Augen wieder öffnete, sich alles als ein schlechter Traum herausstellen würde. Doch es half nichts – das Video war immer noch da. Es gab kein Entrinnen.

Nur noch fünf Minuten bis zu ihrem Date mit Damien, aber jetzt hatte Savannah überhaupt keine Lust mehr zum Ausgehen. Am liebsten wäre sie in ihrem Zimmer geblieben, um ihren Tränen freien Lauf zu lassen, dass sich nun ihre Karriereträume wegen eines einzigen Fehlers auf einer Party zerschlugen.

Aber Damien rechnete mit ihr, also riss sie sich zusammen und machte sich auf den Weg zum Restaurant.

Wie versprochen erwartete er sie in der Lobby des *Adagio*, dem neuen Italiener im *Diamond*. Die Gäste trugen Designer-Klamotten und teuren Schmuck, und alles glänzte und schimmerte vornehm: das nussbraune Parkett, die roten Sessel und die in warmen Brauntönen tapezierten Wände. Damien lehnte an dem Geländer beim Empfang und wirkte, als würde er genau hierhergehören. Für ihn war es ja auch normal, in den feinsten Lokalen zu speisen. Savannah bezweifelte, dass er jemals einen Fuß in eine Imbisskette wie *Olive Garden* oder *Chevys* setzte, die Savannah und ihre Freundinnen in Fairfield zu besonderen Gelegenheiten aufgesucht hatten. Aber im *Diamond* lief das *Adagio* unter der Kategorie »ungezwungen«.

Inzwischen hatte sich Savannah zwar an den Standard von Vegas gewöhnt, trotzdem kam sie sich manchmal immer noch wie Cinderella vor – eines Tages würde die Uhr Mitternacht schlagen und dieses Las-Vegas-Märchen wäre zu Ende.

Als Damien sie entdeckte, kam er auf sie zu und begrüßte sie mit einem Küsschen auf jede Wange. Die Empfangsdame brachte sie zu ihrem Tisch – ein ruhiger Zweiertisch in der vorderen Ecke des Restaurants. Sie bestellten die Getränke – eine Cherry Coke für Savannah und ein Sprite für Damien, und Savannh fiel auf, dass sein dunkelblaues Buttondown-Hemd perfekt gut zu ihrem königsblauen Kleid passte.

»Du siehst super aus«, sagte Damien, als hätte er ihre Gedanken gelesen.

Savannah bekam heiße Wangen und senkte den Blick auf ihr Gedeck. »Danke«, sagte sie, nahm das Besteck aus der

Serviette und legte sich diese auf den Schoß. Eigentlich hätte sie ja geradezu übersprudeln müssen, weil sie mit *ihm* hier war, aber die Sache mit dem schrecklichen Video stellte alles in den Schatten. Stattdessen las sie die Speisekarte, als handele es sich um die interessanteste Lektüre der Welt.

»Alles in Ordnung?«, fragte Damien und klang aufrichtig besorgt.

Doch ehe sie etwas erwidern konnte, kam der Kellner an ihren Tisch und servierte eine Platte mit ausgefallenen Käsesorten. »Eine Aufmerksamkeit des Hauses zur Begrüßung von Savannah Diamond im *Adagio*: eine Käse-Auswahl aus kleinen erlesenen Molkereien.« Dann erklärte er ihnen jede einzelne Sorte, von denen sich Savannah keine einzige merken konnte. »Mein Name ist Eduardo und ich bin heute Abend für Sie zuständig«, fügte er schließlich hinzu. »Haben Sie schon gewählt?«

Savannah bestellte Penne mit Hackfleischbällchen – der klassischen italienischen Küche konnte sie nie widerstehen – und Damien Kalbsschnitzel mit Marsalasauce. Eduardo nahm die Speisekarten mit und Savannah rutschte das Herz in die Hose. Jetzt konnte sie endgültig nicht mehr so tun, als würde sie sich mit der Karte beschäftigen.

Also beschloss sie, Damien die Wahrheit zu erzählen. »Du erinnerst dich doch noch an das Karaoke gestern Abend?«, begann sie.

»Ähm, ja.« Er räusperte sich und nahm einen Schluck Sprite. »Du hast das Video gesehen, stimmt's?«

»Du kennst es?« Savannah blieb der Mund offen stehen.

»Ich hab's gesehen, kurz bevor ich hierhergekommen bin«,

sagte er. »Ich hatte gehofft, dass du noch nicht darauf gestoßen bist, um es dir schonend beizubringen.«

»Weißt du, wer es gepostet hat?« Savannahs Puls beschleunigte sich und sie straffte die Schultern. Wenn er es wusste, dann konnten sie denjenigen vielleicht überreden, es wieder rauszunehmen.

»Nein.« Er schüttelte den Kopf. »Ich wüsste es nur zu gerne, aber nachdem du gestern alle Anwesenden gebeten hast, dich aufzunehmen … Und wer immer es gepostet hat, hat einen anonymen YouTube-Account benutzt.«

»Verdammt.« Savannah fluchte selten, aber um ihrer Wut Ausdruck zu verleihen, musste sie jetzt einfach auf diese Weise Dampf ablassen. »So eine Scheiße. Vielleicht sollte ich meinen Channel schließen. Es interessiert sich ja sowieso keiner dafür.«

»Das stimmt doch nicht«, widersprach Damien. »Denk nur mal an das Video von deinem Auftritt im *Imperial Palace*. Dafür hast du doch sicher viele positive Kommentare gekriegt, oder? Und ziemlich viele Klicks?«

»Das war das erste Video, das ich gepostet habe«, sagte sie. »Seither ging's nur noch abwärts. Ich nehme Coverversionen auf, aber kaum einer sieht sie an, und wenn doch, dann ohne Kommentar.« Sie seufzte und lehnte sich zurück. »Das ist eindeutig ein Wink mit dem Zaunpfahl.«

»Nein, ist es nicht! Du hast eine sagenhafte Stimme.«

»Und warum laufen meine Videos dann nicht gut?«

Er zögerte, als ob er sich seine Antwort genau überlegte. »Willst du die Wahrheit?«

»Sicher«, sagte sie, obwohl seine Formulierung vermuten

ließ, dass sie sie vielleicht lieber doch nicht hören wollte. »Warum nicht? Was kann schon schlimmer sein, als dass mein schlechtester Auftritt online ist und sich alle über mich lustig machen können.«

»Okay.« Er holte tief Luft und Savannah wappnete sich. »Auf dem Video vom *Imperial Palace* wird deshalb so deutlich, wie toll deine Stimme ist, weil du allein auf einer Bühne stehst, dich voll auf den Gesang konzentrierst und die Aufnahme von bester Qualität ist. Auf deinen übrigen Videos begleitest du dich selbst mit der Gitarre und sie sind nur mit einer Laptop-Kamera gemacht, richtig?«

»Richtig …« Savannah nickte. Immerhin hatte er sich die Zeit genommen, ihren ganzen Channel anzusehen.

»Ich will nicht, dass du das jetzt in den falschen Hals kriegst«, sagte er. »Denn ich meine es wirklich ernst damit, dass du Talent und eine unglaubliche Stimme hast. Aber … hattest du jemals Gitarrenunterricht?«

»Nein.« Sie wurde rot und nahm einen Schluck von ihrer Coke. »Das konnte ich mir daheim in Kalifornien nicht leisten. Und jetzt, wo ich so viel zu tun habe, um mit dem Goodman-Lehrplan klarzukommen, und im Volleyball-Team spiele, hab ich mir darüber noch gar keine Gedanken gemacht. Aber ich bin doch gar nicht *so* schlecht, oder? Die paar Akkorde, die man zur Song-Begleitung braucht, hab ich drauf. Und überhaupt, ich bin ja wegen meinem Gesang auf YouTube und nicht, weil ich eine berühmte Gitarristin werden will.«

»Dein Gitarrenspiel ist sicher nicht schlecht«, gab er zu. »Ich meine, *ich* kann gar nicht spielen, deshalb beeindruckt mich jeder, der es zumindest halbwegs kann.«

»Warum hab ich das Gefühl, dass jetzt ein ›Aber‹ folgt?«

»Also, wenn ich deine Videos ansehe, kommt es mir so vor, als ob dich das Gitarrenspiel von dem ablenkt, weswegen du auf YouTube bist – von deinem Gesang«, sagte er. »Wenn du dich nicht selbst begleitest, wie in dem *Imperial-Palace*-Video, ist deine Stimme sagenhaft, du triffst jeden Ton und es klingt perfekt. Aber wenn du Gitarre spielst und gleichzeitig singst, dann klingst du manchmal … nun ja, nicht schlecht, aber es hindert dich eben daran, dein ganzes stimmliches Können zu zeigen. Und dann die Sache mit der Laptop-Kamera – da kommt der Klang einfach nicht so gut rüber. Ich weiß nicht, woran es liegt – vielleicht ist es der Winkel, wie du zum Computer stehst –, aber die Gitarre übertönt deine Stimme.«

»Wow.« Es schnürte ihr fast die Kehle zu und sie kämpfte mit den Tränen. »Nur zu, mach mich fertig. Aber weißt du was? Meine Videos sind viel besser als viele andere, die auf YouTube gepostet werden.«

»Das glaube ich dir. Ich sehe mir nicht viele solcher Videos auf YouTube an, daher kann ich das nicht beurteilen«, sagte er. »Andererseits – willst du nicht die *Beste* sein?«

»Doch, schon.« Sie zuckte die Schultern. »Aber du behauptest ja, dass mein Gitarrenspiel scheiße ist, also haut das wohl nicht hin.«

»Ich hab nie gesagt, dass du scheiße Gitarre spielst«, erwiderte er freundlich. »Nur, dass es nicht schaden könnte, Unterricht zu nehmen. Aber deine Stimme ist umwerfend. Und ich glaube, ich weiß, wie du die Sache mit deinem Channel richtig gut machen kannst.«

»Ach ja?«, fragte sie zweifelnd. »Denn, sorry, was verstehst du denn von all dem?«

»Lass mich einfach mal ausreden«, sagte er, und sie lehnte sich zurück und bedeutete ihm, fortzufahren. »Die Goodman hat ein tolles Aufnahmestudio im Kunsttrakt. Letztes Jahr hatte ich Aufnahmetechnik als Wahlfach – ich dachte, das wäre ziemlich easy, aber es war viel schwieriger, als ich es mir vorgestellt hatte. Jetzt allerdings kenne ich mich mit dem ganzen Studiokram aus. Und das sind meine zwei Hauptideen: Erstens, wir finden jemand, der Gitarre spielt und ein paar Songs mit dir einübt – es hängen immer ein paar musikbegeisterte Kids im Studio rum, und ich bin sicher, dass jemand von ihnen dazu bereit ist. Dann suchen wir die besten Songs raus, nehmen dich mit dem Profi-Equipment beim Singen auf und lassen jemand dabei filmen. Zweitens könnten wir aber auch eine Studioaufnahme davon machen, wie du Karaoke singst, und dann deinen Stiefbruder Brett bitten – der steht doch aufs Filmen, oder? –, ein Video zu drehen, wie du an irgendeinem coolen Ort tanzt und singst. Wir können natürlich auch beides machen, je nachdem, was für den Song am besten ist.«

Savannah richtete sich staunend auf. Damien war ja total kreativ!

»Also … was meinst du?«, fragte er.

»Hört sich gut an«, fand sie. »Aber kann denn jeder einfach so ins Aufnahmestudio gehen?«

»Du musst dich schon für einen freien Zeitraum eintragen«, erklärte er. »Aber normalerweise ist es nicht überbelegt. Ich weiß, dass du nach der Schule Volleyball hast, daher dachte ich, wir könnten die Mittagspausen dafür nutzen.«

»Du würdest also deine Mittagspause mit deinen Freunden sausen lassen, um *mir* zu helfen?«

»Na klar«, sagte er. »Ich würde es dem Typen, der das Video von gestern Abend gepostet hat, gern heimzahlen und ihm und allen anderen beweisen, dass sich alle in dir täuschen. Also, machst du mit?«

»Weiß nicht.« Sie stützte die Ellbogen auf die Tischplatte, auch wenn Rebecca sie ständig ermahnte, genau das beim Essen zu unterlassen. »Jetzt, wo dieses furchtbare Video raus ist … Ich bin mir nicht sicher, ob die Leute das jemals vergessen werden. Ist wahrscheinlich reine Zeitverschwendung.«

»Sie *werden* es vergessen, sobald sie eine neue Aufnahme sehen, die zeigt, wie viel Talent du hast«, behauptete er. Sie wollte gerade erwidern, dass er sich da täuschte, doch da redete er schon weiter. »Komm schon, Savannah. Wer auch immer das Video gepostet hat, will dich doch nur fertigmachen. Und du willst denjenigen doch nicht gewinnen lassen, oder?«

Etwas an seinem Ton machte ihr klar, dass sie es ihm nicht ausreden konnte.

»Na ja, einen Versuch ist es wohl wert«, gab sie schließlich nach, was ihr ein Lächeln von ihm einbrachte. »Wenn du mir bei der Aufnahme hilfst, okay, dann bin ich dabei.«

Das Essen wurde gebracht, und während der ganzen Mahlzeit überlegten sie gemeinsam, wie man die sozialen Netzwerke nutzen konnte, um Savannahs YouTube-Channel populärer zu machen. Das Essen schmeckte sagenhaft, verblasste jedoch angesichts ihres Gesprächsthemas.

»Du kennst dich ja echt gut aus«, sagte Savannah, als sie mit dem Essen fertig waren. »Willst du am College Marketing oder PR studieren?«

»Hab noch nicht viel darüber nachgedacht.« Er zuckte die Schultern und sein Blick schweifte für einen Moment in die Ferne, bevor er sie wieder aufmerksam ansah. »Die meisten haben im Abschlussjahr ein bestimmtes Studienfach vor Augen, und dann studieren sie doch was ganz anderes. Ich schätze also mal, dass mir mit der Zeit schon noch was einfällt. Aber viele meiner Freunde denken, dass ich völlig ziellos bin.«

»Wer sagt denn so was?«, fragte Savannah erstaunt. Nachdem er ihr mit Feuereifer seine Ideen für ihren YouTube-Channel geschildert hatte, konnte sie das kaum glauben.

»Madison zum Beispiel.«

»Aha.« Savannah stocherte in den Resten ihres Essens herum. »Wie läuft's eigentlich so zwischen euch?« Sie versuchte, so beiläufig wie möglich zu klingen, während sie mehr als alles andere hoffte, dass er über sie hinweg war.

»Weiß nicht«, sagte er und Savannahs Hoffnung sank. »Sie benimmt sich seit ein paar Wochen echt seltsam.«

»Inwiefern?« Savannah hatte zwar keine große Lust, ausgerechnet jetzt über Madison zu reden, aber dass sich Madison »seltsam benahm«, weckte dann doch ihr Interesse. Zumal sie jedes Mal, wenn sie sich in letzter Zeit in der Schule begegneten, Madisons musternde Blicke auf sich spürte – und wenn Savannah dann hinsah, machte Madison ein finsteres Gesicht und verzog sich.

»Sie trifft sich überhaupt nicht mehr mit ihren Freunden«,

erzählte Damien. »Wir rufen sie an, texten ihr, um rauszufinden, was los ist, aber sie reagiert fast nie. Ich hab schon öfters erlebt, dass sie niedergeschlagen war, aber das hier ist irgendwie anders. In der Schule versucht sie immer noch, so zu tun, als ob alles in Ordnung wäre, aber das gelingt ihr nicht wirklich. Ich mache mir echt Sorgen.«

»Seltsam«, war alles, was Savannah dazu einfiel. Nachdem sich Madison den ganzen Sommer lang so gemein verhalten hatte, war Savannah eigentlich der Meinung, dass es ihr recht geschah, wenn ihr perfektes Leben in Unordnung geriet. Was sie natürlich nie laut aussprechen würde – stattdessen fügte sie hinzu: »Ich hoffe, es ist nichts Ernstes.«

»Das hoffe ich auch«, erwiderte er. »Vielleicht ist es nur eine Phase, die bald wieder vorbei ist. Aber genug von Madison. Was meinst du, sollen wir mal die neue Wodka-Bar ausprobieren? Die sollen einen tollen Martini mit Zuckerwatte-Geschmack machen und mich interessiert vor allem der Wodka mit Bacon-Flavour.«

»*Bacon?*« Savannah schüttelte sich. »Klingt ja eklig!«

»Es gibt auch einen mit Erdnussbutter-Geschmack.«

»Jetzt wird's interessant«, grinste sie. »Ich *liebe* Erdnussbutter. Na ja, vielleicht nicht ganz so sehr wie Schokolade. Oder Pfannkuchen. Aber wie auch immer – ich muss morgen früh raus. Meine Großmutter will mit uns skypen, ehe sie in die Kirche geht.«

Was auch stimmte, doch Savannah schwieg über den wichtigsten Teil des Skype-Gesprächs: Ihre Mutter wurde inzwischen nur noch ambulant behandelt und war bei Grandma eingezogen, sie würden also auch mit ihr reden.

Bei dem Gedanken daran wurde Savannah etwas flau im Magen und sie bereute, so viel Pasta gegessen zu haben. Zuletzt hatte sie mit ihrer Mutter irgendwann vor dem Umzug nach Vegas gesprochen – *bevor* sie wusste, wie viel sie ihren Töchtern verschwiegen hatte. Und es gab noch so viel, was Savannah wissen wollte. Am liebsten hätte sie ihre Mom persönlich gesehen, aber ihr Entzug war ein langsamer Prozess, der nur Schritt für Schritt voranging. Sie und ihre Schwester durften Mom jetzt nicht mit zu vielen Fragen bombardieren. Schließlich liebten sie ihre Mutter und wollten, dass sie sich erholte.

»Alles okay?«, fragte Damien.

»Alles okay«, beteuerte sie und zwang sich, nicht mehr an ihre Mutter zu denken. »Hatte nur gerade Familienzeug im Kopf. Und ich hab mich, ehrlich gesagt, noch nicht ganz von gestern Abend erholt.«

»Dann lassen wir's am besten gut sein für heute«, sagte er und legte seine Serviette auf den Tisch. »Sollen wir uns am Montag in der Mittagspause vor dem Aufnahmestudio treffen? Wir schauen mal, welche Musik-Youngster da rumhängen und heuern sie für unsere Sache an.«

»›Unsere Sache‹?«, wiederholte Savannah. Er war ja kaum mehr zu bremsen.

»Yep«, sagte er. »Unsere Sache, dich berühmt zu machen.«

10

Courtney

Der *Habitat*-Einsatz war so anstrengend gewesen, dass Courtney am Samstagabend bereits um halb acht eingeschlafen war. Dennoch fand sie keine wirkliche Ruhe: Sie warf und wälzte sich im Bett herum, da sie das bevorstehende Skype-Gespräch mit ihrer Mutter bis in ihre Träume hinein verfolgte. Deshalb war es auch kein Problem für sie, um halb sieben Uhr morgens aufzustehen und zu frühstücken, während sie auf Savannah und Peyton wartete. Courtney hatte den Laptop bereits im Esszimmer aufgestellt. Sie war so aufgeregt, dass sie fast nichts runterbekam.

Endlich kam Savannah in ihrem pinkfarbenen Pyjama ins Zimmer getänzelt und trällerte den neuesten *One-Connection*-Song. Wie immer saß jeder Ton perfekt und Courtney ließ sich dankbar mitreißen. Falls Savannah nervös war, ließ sie es sich jedenfalls nicht anmerken.

»Wie war's beim *Habitat*-Projekt gestern? Und wie war's mit *Brett?*« Savannah zog fragend die Augenbrauen hoch. »Als ich vom Essen zurückkam, hast du schon geschlafen. Dabei wollte ich alles ganz genau wissen!«

»Du weißt doch, dass zwischen mir und Brett nichts laufen kann«, sagte Courtney mechanisch. Sie wusste schon gar nicht mehr, wie oft sie das in letzter Zeit betont hatte. »Adrian und Rebecca haben mehr als deutlich gemacht, dass er absolut tabu ist. Brett und ich sind Freunde – nichts weiter.« Insgeheim hoffte sie darauf, dass sie das irgendwann selbst glauben würde, wenn sie es ständig wiederholte. Außerdem wollte sie Savannah mit gutem Beispiel vorangehen und keine Regeln brechen. »*Habitat* war super, bis am Nachmittag ausgerechnet Oliver neben mir das Haus anstreichen musste. Der Kerl hat echt Nerven – hat mich doch tatsächlich angebaggert! Dabei weiß er ganz genau, dass wir über seine miese Wette Bescheid wissen. Als ob ich *jemals* an *ihm* interessiert sein könnte. Igitt.« Sie schüttelte sich.

»Oliver ist an einem Samstagmorgen in aller Frühe aufgestanden, nur für den guten Zweck?«, fragte Savannah erstaunt und schenkte sich ein Glas Orangensaft ein.

»Na ja, nicht freiwillig«, erklärte Courtney. »Er hat mir erzählt, dass er Ärger mit seinen Eltern hat, weil er zu viel feiert, und sie ihn zwingen, an AGs und Hilfsprojekten teilzunehmen. Und da hat er *Habitat* gewählt, weil er sich die Arbeit ganz *easy* vorgestellt hat. Seine Eltern drohen, ihn auf ein Internat zu schicken, wenn er sich noch einen Skandal leistet.«

»Das ist ja interessant«, sagte Savannah nachdenklich, während sie einen Blick auf ihr Handy warf.

Ehe Courtney fragen konnte, was Savannah damit meinte, kam Peyton hereingeschlappt, mit ungekämmten Haaren und noch halb geschlossenen Augen. »Ich brauch auf der Stelle Kaffee«, grummelte sie und stolperte auf den Kaffeeautomaten zu. »Wer hatte gleich noch mal die geniale Idee, das Ganze an einem Sonntag *so früh* zu machen?«

»Grandma«, erinnerte Courtney sie. »Sie versucht, Mom Disziplin beizubringen, früh aufzustehen und früh schlafen zu gehen, und um neun fängt die Kirche an.«

»Wird bestimmt seltsam sein, mit ihr zu reden«, sagte Savannah, ließ sich auf einen Sessel fallen und zog die Knie an die Brust.

»Denke ich auch«, pflichtete Courtney ihr bei. »Aber wir dürfen nicht vergessen, was Grandma uns gesagt hat. Auch wenn wir sauer auf Mom sind, dass sie uns so viel verschwiegen hat, ist ihr Zustand immer noch labil, und wahrscheinlich ist sie vor diesem Gespräch noch nervöser als wir. Wir dürfen sie nicht aufregen und damit womöglich einen Rückfall riskieren. Es wird nicht leicht, aber wir müssen uns so natürlich wie möglich geben, wenn wir mit ihr reden, okay? Keine Anschuldigungen, dass sie uns unser Leben lang angelogen hat.«

Obwohl Adrian ihnen versichert hatte, dass der Entschluss, die drei Schwestern von ihm zu trennen, zu ihrem Besten gewesen sei, klang Courtney dennoch verbittert. Sie hätten es verdient gehabt, ihn früher kennenzulernen. Ihre Mutter hätte sie nicht so lange von ihm fernhalten dürfen.

»Da wir nur nette Sachen sagen dürfen, werd ich mich im Hintergrund halten und gar nichts sagen«, meinte Peyton, während sie einen großen Becher Kaffee schlürfte.

»Wenn du nur auf diese Art höflich sein kannst, dann bitte«, sagte Courtney. »Seid ihr so weit?«

Savannah nickte und Peyton zuckte die Schultern – was Courtney als Zustimmung nahm –, und sie startete den Skype-Anruf. Dank ihrer Blamex hatte Courtney Grandma mit dem neuesten Apple Computer ausgestattet, sodass sie schon seit einigen Wochen über Skype telefonierten. Doch jetzt war zum ersten Mal ihre Mom dabei. Als das Bild von Granny und Mom auf dem Screen erschien, zog Courtney scharf die Luft ein. Sie musste genauer hinsehen, um sich zu überzeugen, dass die eine Frau tatsächlich ihre Mutter war.

Statt rot gefleckten Wangen und einer tief gefurchten Stirn war ihre Haut hell, glatt und rosig, und unter ihren blauen Augen waren keine dunklen Ringe mehr zu sehen. Ihr vor kurzem noch rundes, aufgedunsenes Gesicht zeigte jetzt klare Konturen, und sogar ihr dunkelblondes Haar sah gesund aus – der gestufte, halblange Schnitt stand ihr perfekt. Sie sah … jung aus. Und fit. Als ob jemand die Zeit zehn Jahre zurückgedreht hätte.

»Wow, Mom«, sagte Savannah als Erste. »Du siehst umwerfend aus!«

»Danke, Schätzchen.« Ihre Mutter lächelte und selbst ihre Zähne wirkten weißer. »Und du siehst ganz erwachsen aus. Dein Haar ist ja so lang geworden!«

»Das sind Extensions, Mom.« Savannah zog ihre langen blonden Haare vor die Schultern und wickelte eine Strähne um die Finger. »Hab ich im Sommer machen lassen.«

»Ach so.« Mom lächelte immer noch, aber es wirkte auf einmal etwas gezwungen. »Habt ihr euch alle gut eingelebt? Mögt ihr eure neue Schule?«

»Es ist nett, aber ganz anders«, sagte Courtney. »Manchmal sehne ich mich sehr nach zu Hause.« Was albern war, denn ihr Penthouse im *Diamond* war ein Palast, verglichen mit ihrer schäbigen Wohnung in Fairfield, und die Goodman bot viel anspruchsvolleren Unterricht als die Fairfield High. Aber dennoch – manchmal fehlte ihr die Vertrautheit des Lebens, das sie zurückgelassen hatten.

Nachdem die erste Befangenheit abgefallen war, erzählte ihnen ihre Mutter, wie viel besser es ihr inzwischen ging, und entschuldigte sich dafür, nicht schon eher professionelle Hilfe gesucht zu haben. Und sie schwor ihnen, keinen Rückfall mehr zu erleiden. Courtney hoffte, dass sie recht behalten würde, aber sie hatte schon so oft mitbekommen, wie ihre Mutter beteuerte, nie wieder zu trinken, dass es ihr schwerfiel, ihr voll zu vertrauen.

»Ich weiß, dass ihr eine Weile brauchen werdet, um mir zu verzeihen, was ich euch habe durchmachen lassen, und dafür übernehme ich die volle Verantwortung. Aber ich hoffe, dass wir eines Tages nach vorne blicken und neue, schönere Erinnerungen aufbauen können«, sagte ihre Mutter schließlich. »Ich erwarte nicht, dass das schon bald sein wird, aber es wird hoffentlich irgendwann möglich sein.« Es klang eingeübt, so als ob ihre Therapeutin ihr dabei geholfen hätte, ihren Töchtern gegenüber den richtigen Ton zu treffen, aber sie bemühte sich immerhin. Das war mehr als zuvor.

»Danke, Mom«, sagte Courtney. »Wir wissen das wirklich zu schätzen. Und Adrian hat uns erzählt, was passiert ist, als ich noch ein Baby war, deshalb verstehen wir auch, dass du Angst hattest, mit uns in Vegas zu bleiben.«

Das Lächeln auf dem Gesicht ihrer Mutter erlosch. »Er hat es euch erzählt?«, krächzte sie. »Aber er hat doch versprochen …«

»Was hat er euch erzählt?«, wollte Grandma von Courtney wissen und legte Mom einen Arm um die Schultern.

»Er hat uns gesagt, dass ich gekidnappt und meine Nanny ermordet wurde«, erwiderte Courtney und spielte an ihrem Schlüsselkettchen herum. Hatte sie was Falsches gesagt? Sie hatte gedacht, Mom würde froh sein, dass sie verstanden, wie beängstigend diese Entführung für sie gewesen sein musste. »Und dass du und Adrian, nachdem ich wieder da war, beschlossen habt, dass wir in Vegas oder generell in seiner Nähe nicht sicher seien. Weswegen wir dann ja auch ohne ihn aufgewachsen sind …?« Der letzte Satz war mehr eine Frage als eine Feststellung, denn das hatte immer schon seltsam in ihren Ohren geklungen. Okay, Adrian hatte sich Sorgen um sie gemacht, aber dass ihn diese Sorgen *so* lange von seinen Töchtern fernhielten, erschien ihr doch irgendwie übertrieben.

Ihre Mutter seufzte auf. »Ja«, sagte sie und sank entspannt zurück. »Was damals passiert ist, war äußerst schlimm für Adrian und mich, und wir haben getan, was wir damals für das Richtige hielten.«

Damals. Nicht, was *tatsächlich* richtig war. Aber Courtney sagte nichts weiter, um ihr Versprechen zu halten, ihre Mom nicht unnötig aufzuregen.

»Sagt mal, wie würde es euch gefallen, uns an Thanksgiving zu besuchen?« Grandmas Stimme klang übertrieben fröhlich. »Adrian hat es sich ja nicht nehmen lassen, mir ein Haus zu kaufen, das nicht nur groß genug für mich, Tante Sophie und eure Mutter ist, sondern auch für euch drei, wenn ihr zu Besuch kommt.«

»Ich dachte, du magst keine Almosen«, schaltete sich Peyton nun doch ein, ohne ihren Widerwillen zu verbergen.

»Ich lasse mir tatsächlich ungern was schenken«, sagte Grandma. »Aber Adrian bestand darauf, und seine Gründe waren so vernünftig, dass ich mit einer Ablehnung nur alle verletzt hätte, die mir nahestehen.«

Courtney wollte schon fragen, wie es Tante Sophie ging, entschied sich dann aber doch dagegen. Wenn Tante Sophie einen guten Tag hatte, bemühte sie sich, bei ihrem Gespräch dabei zu sein und Hallo zu sagen. Was bedeutete, dass heute anscheinend kein guter Tag war.

Vor einem Jahr war bei ihr eine unheilbare Krebserkrankung festgestellt worden, und sie war deshalb zu Grandma gezogen. Courtney konnte sich kaum vorstellen, wie es war, zu wissen, dass man seine Schwester verlor, noch dazu die Zwillingsschwester. Sie bewunderte Grandma dafür, wie tapfer sie weiterhin durchs Leben ging.

»Glaubst du, dass wir sie an Thanksgiving wirklich besuchen dürfen?«, wollte Savannah mit großen Augen von Courtney wissen.

»Wenn Adrian nichts dagegen hat, dann kommen wir gern an Thanksgiving«, sagte Courtney zu Grandma. Es gefiel ihr zwar nicht, dass sie seine Zustimmung brauchten – schließlich war sie alt genug, um eine Entscheidung wie diese selbst zu treffen –, aber er war ja jetzt ihr Erziehungsberechtigter.

»Perfekt.« Grandma lächelte. »Aber wenn wir jetzt noch länger reden, kommen wir zu spät zur Kirche. Ach Kinder, ich freue mich so sehr, dass wir uns wieder austauschen konnten.«

»Und ich freue mich, euch endlich wiederzusehen, selbst wenn's nur über den Computer ist«, sagte ihr Mutter und streckte die Hand nach dem Bildschirm aus. »Ich kann es kaum erwarten, euch an Thanksgiving in die Arme zu schließen. Ich liebe euch.«

»Wir lieben dich auch«, sagte Courtney zusammen mit Savannah. Peyton sagte einfach nur Tschüs und Courtney beendete das Gespräch.

»War gar nicht so schlimm, wie ich dachte«, sagte Savannah. »Und Mom sieht ja unglaublich aus, als sei sie zehn Jahre jünger! Ich glaube wirklich, dass der Entzug klappt.«

Sie klang so voller Hoffnung, dass Courtney nickte und versuchte, ebenso optimistisch auszusehen. Aber es schien ihr nicht ganz zu gelingen.

»Was ist los?«, fragte Savannah. »Glaubst du das denn nicht?«

»Das ist es nicht«, sagte Courtney. »Ich finde ja auch, dass Mom besser denn je aussieht.«

»Was ist es denn dann?«

»Moms Reaktion, als ich die Entführung erwähnt habe«, sagte sie. »Sie wirkte so ängstlich, als ob ich etwas wissen könnte, was ich nicht wissen sollte. Aber als ich dann sagte, was Adrian uns erzählt hat, war sie erleichtert. Fast so, als gäbe es da noch etwas anderes, das sie uns verheimlichen.«

»Was könnten sie uns denn noch verheimlichen?«, fragte Savannah. »Adrian hat doch erzählt, was passiert ist.«

»Stimmt, aber auch er hat dabei seltsamerweise so bedrückt ausgesehen«, sagte Courtney. »Die Geschichte ist doch gut ausgegangen – ich bin heil wieder zurückgekommen, und er hat Bodyguards für uns angestellt, damit sich so was nicht wiederholen kann. Deshalb erscheint es mir immer noch übertrieben, dass er uns bis jetzt von sich ferngehalten hat.«

»Vielleicht hatte er einfach keine Lust auf kleine Kinder«, sagte Peyton und trank ihren Kaffee aus.

Savannah verschränkte die Arme und sah sie aus zusammengekniffenen Augen an.

»Was ist?«, fragte Peyton. »Manche Leute können mit Kleinkindern eben nichts anfangen. Ich kann mir Adrian nur schlecht auf einem Kindergeburtstag inmitten von Zweijährigen vorstellen.«

»Aber das ist es nicht, glaube ich«, sagte Courtney, auch wenn sie Peyton zustimmen musste: Adrian und kleine Kinder, das passte irgendwie nicht zusammen. Selbst ihre Mutter hatte immer schnell die Geduld mit ihnen verloren. Wahrscheinlich hatten sie deshalb auch eine Nanny gehabt. »Ich weiß nicht, ob ich da zu viel hineininterpretiere, aber jedes Mal, wenn ich die Entführung gegenüber einer Person erwähne, die daran irgendwie Teil hatte, dann tritt so ein gehetzter Ausdruck auf ihr Gesicht – eben so, als gäbe es da noch etwas Wichtiges, wovon ich nichts weiß.«

»Ist mir nicht aufgefallen«, sagte Peyton. »Aber wenn du überzeugt davon bist, dass mehr dahintersteckt, solltest du mal versuchen, in deine geheime Akte Einblick zu nehmen.«

Courtneys Kopf fuhr zu Peyton herum. »Meine *was?*«

»Deine Akte«, wiederholte Peyton. »Jackson hat mir erzählt, dass es über jede von uns Aufzeichnungen gibt, zwecks unserer persönlichen Sicherheit. Vielleicht steht ja über die Entführung was drin.«

»Na toll.« Courtney verschränkte die Arme und lehnte sich zurück. Wie sollte sie denn an eine Geheimakte rankommen? Höchstwahrscheinlich befanden sich diese Aufzeichnungen passwortgesichert auf Adrians Computer, der in seinem Büro stand und von Security-Leuten und Kameras bewacht wurde.

So was gelang vielleicht den Typen in *Ocean's Eleven*, aber doch nicht ihr!

Doch sie hatte nicht viel Zeit, sich Gedanken darüber zu machen, denn in diesem Moment klopfte es an der Tür. Sie stand auf und öffnete – und erblickte Adrian und Rebecca. Adrian war heute von seiner Reise nach Macau zurückgekehrt und hatte versprochen, reinzuschauen. Er war ausnahmsweise mal lässig gekleidet mit seinem dunkelblauen Buttondown und der schwarzen Anzughose, und Rebecca sah – bis auf ihre Perlenkette – aus, als sei sie auf dem Weg zum Fitness-Studio, in ihrer Yogahose, einem schwarzen Wickelshirt und den zum Pferdeschwanz zusammengebundenen Haaren.

Adrian kam wie immer gleich zur Sache. »Habt ihr das Skype-Gespräch mit eurer Mutter schon beendet?«

»Ja.« Courtney winkte sie herein.

»Wie geht es ihr?«

»Sie sieht wirklich gut aus«, sagte Courtney. »Viel gesünder. Und sie klingt auch so, als ob sie besser drauf sei.«

»Und Grandma hat uns für Thanksgiving eingeladen«, erzählte Savannah, als sie ins Esszimmer traten. »Ist das okay?«

Adrian zögerte und sah Rebecca fragend an, als ob sie das zu entscheiden hätte.

»Warum denn nicht?«, fragte diese.

»Möchtet ihr denn hin?«, wandte Adrian sich an die Schwestern.

»Oh ja!«, rief Savannah und hüpfte vor Aufregung fast aus ihrem Sessel. Courtney nickte und Peyton zuckte die Schultern, was bei ihr ein *Ja* bedeutete.

»Dann könnt ihr eure Großmutter und eure Mutter an Thanksgiving besuchen«, sagte Adrian. »Unter einer Bedingung.«

»Und die wäre?« Courtneys Magen wurde zu Stein.

»Dass ihr Weihnachten mit mir verbringt.«

»Hier in Vegas?«, fragte Savannah.

»Möglicherweise«, sagte Adrian. »Oder wir könnten nach New York fahren und den Weihnachtsbaum am Rockefeller Center ansehen und die Rockettes Show in der Radio City Music Hall, oder wir fahren nach St. Kitts und aalen uns Weihnachten am Strand, oder nach Rom, um den Papst die Weihnachtsbotschaft verkünden zu hören oder was ihr sonst noch für Ideen hättet. Wir finden schon was. Aber ich möchte, dass wir Weihnachten zusammen verbringen, als Familie.« Er legte den Arm um Rebeccas Schulter und sie lächelten einander an.

»Wir könnten sogar bis über Silvester und Neujahr bleiben«, setzte Rebecca hinzu. »Wie ich gehört habe, ist das Feuerwerk am Kolosseum spektakulär.«

»Klingt fair«, sagte Courtney, auch wenn ihr die Vorstellung, an Weihnachten nicht zu Hause bei Mom und Grandma zu sein, schwerfiel. An Heiligabend hatte Grandma immer bei sich gekocht und zum Essen hatten sie ihre schmalzige CD mit Weihnachtsliedern angehört. Und wenn sie dann wieder in ihre eigene Wohnung heimgekommen waren, hatten sie sich das Weihnachtsprogramm im Fernsehen angesehen, bis die Uhr halb zwölf schlug – dann hatte Mom sie ins Bett geschickt, damit sie nicht mitkriegten, wie der Weihnachtsmann durchs Fenster kam. (Sie hatten keinen Kamin, deshalb behauptete Mom, er würde durchs Fenster klettern.) Und am Weihnachtsmorgen folgte dann das wilde Geschenkeauspacken.

Als Courtney noch klein war, hatte sie natürlich daran geglaubt, dass der Weihnachtsmann die Geschenke brachte. Doch als sie älter wurde, hatte sie sich immer gefragt, woher Mom eigentlich das Geld für die Geschenke hatte. Jetzt vermutete sie, dass Mom zu diesem Anlass ein einziges Mal im Jahr Adrians finanzielle Hilfe angenommen hatte.

»Perfekt«, sagte Adrian. »Dann lasse ich die Reise an Thanksgiving für euch vorbereiten. Ich freue mich, dass es eurer Mutter besser geht.«

»Ja, das tut es wirklich«, sagte Courtney. »Aber etwas an unserer Unterhaltung ist mir seltsam vorgekommen.«

Peyton und Savannah sahen sie überrascht an. Dass Courtney die Sache vor Adrian zur Sprache bringen würde, hatten sie nicht erwartet. Aber Courtney war zu neugierig, um es nicht zu erwähnen.

»Und was war das?«, fragte Adrian.

»Irgendwann hab ich die Entführung erwähnt, um ihr zu zeigen, dass wir verstehen, warum sie Las Vegas verließ«, sagte Courtney und spielte nervös mit den Fingern. »Mom reagierte zuerst ganz schockiert, als ob sie nicht damit einverstanden wäre, dass ich davon wüsste. Als ich dann auf Grandmas Nachfrage hin geschildert habe, was genau du uns erzählt hast, wirkten sie und Mom total erleichtert. Deshalb, nun ja … werde ich das Gefühl nicht los, dass es da etwas gibt, das wir noch nicht wissen.« Sie fühlte sich unwohl dabei, Adrian praktisch einer Lüge zu bezichtigen, aber sie konnte die Sache nicht einfach so auf sich beruhen lassen.

Adrians Gesicht verhärtete sich und Rebecca fummelte an ihrer Perlenkette herum – was sie immer tat, wenn sie unsicher war. Wusste sie etwa auch Bescheid?

»Ich habe euch alles erzählt, was ihr wissen müsst«, sagte Adrian ruhig. »Eure Mutter hat vielleicht befürchtet, dass ihr böse auf sie seid, weil sie euch die Entführung verheimlicht hat, und dann war sie froh festzustellen, dass dem nicht so ist. Aber nun will ich mich etwas ausruhen, ich leide noch unter Jetlag, und nachher muss ich arbeiten. Wir treffen uns heute Abend alle zum Essen. Halb acht im *Five Diamond*.«

»Und ich gehe heute Nachmittag in die Wellness-Oase, aber bis zu meinem Termin ist noch etwas Zeit – falls ihr mit mir zum Brunch kommen wollt?«, bot Rebecca an.

Savannah und Peyton willigten ein, während Courtney ablehnte: Nachdem sie gestern nach der *Habitat*-Aktion zu müde gewesen war, um sich zu konzentrieren, hatte sie jetzt noch jede Menge Hausaufgaben und Lernstoff vor sich.

Als sie jedoch ihren Laptop in ihr Zimmer zurücktrug, wanderten ihre Gedanken ständig zu dem, was Adrian gesagt hatte. »Ich habe euch alles erzählt, was ihr wissen müsst« hieß nicht, dass er ihnen *alles* erzählt hatte. Und die Reaktion ihrer Mutter war mehr gewesen als nur Erleichterung darüber, dass Courtney sie nicht per Skype anschrie.

Was verbargen sie alle miteinander? Und wie konnte Courtney sie dazu bringen, die Wahrheit zu sagen? Adrians Antwort machte deutlich, dass ihr Verdacht allein nicht ausreichte, um ihn zu Klartext zu bewegen.

Was auch immer dahintersteckte, sie würde das Geheimnis selbst enthüllen müssen.

11

Peyton

»Und in die Geschenktüten für deine Gäste können wir den neuesten iPod tun«, schlug Rebecca vor und notierte sich die Idee in ihrem iPad.

»Toll!«, rief Savannah aufgeregt. »Dann können wir meine Sweet-Sixteen-Playlist draufspielen.«

Den gesamten Brunch über hörte sich Peyton nun schon die Planungen für Savannahs Sweet-Sixteen-Party im Dezember an. Ein total übertriebenes Spektakel! Als Peyton sechzehn geworden war, hatte Mom sie und ihre Schwestern in ein Tex-Mex-Restaurant ausgeführt, wo sie einen Sombrero aufsetzen musste, während das Personal »Happy Birthday« auf Spanisch sang. Am Ende war ihre Mom von den vielen Margaritas so betrunken gewesen, dass Peyton die Familie nach Hause gefahren hatte. Und dann hatte sie sich heimlich aus der Wohnung geschlichen – was bei diesem Zustand ihrer Mom ein Kinderspiel war –, um sich mit ihren Freunden zu treffen. Sie kannten ein paar Jungs in einer Band, deren Auftritt sie sich angesehen hatten, und waren danach bis Sonnenaufgang in einem Diner geblieben, wo sie geredet und gelacht und sich mit Pfannkuchen und Milchshakes vollgestopft hatten.

Savannahs Party hingegen würde im *Abandon Nightclub* stattfinden, zwei Wochen vor seiner offiziellen Eröffnung in den *Diamond Residences*. Und wie es aussah, würde die Party jede Hochzeit übertreffen. Das Motto der Party war »Musik«, und seit einer geschlagenen Stunde unterhielten sich Savannah und Rebecca nur noch über Details zur Hauptattraktion, zur Farbe der Deko, zum Essen und zu den Give aways.

Allerdings bekam Peyton nur die Hälfte mit. Innerlich kochte sie nämlich über einen unglaublich fiesen Beitrag im Campusbuzz-Forum, zu dem ihr ein Mädchen aus ihrer Stufe den Link geschickt hatte. Peyton war nicht oft online, aber angeblich hatte jemand so was »Gemeines über sie und ihre Schwestern« gepostet, dass sie den Link angeklickt hatte.

Das Erste, was sie sah, waren die beiden Fotos von ihr und Hunter an der Lobby Bar – jene Fotos, die sie ihrer Erinnerung nach von Madison Lockharts Handy *gelöscht* hatte. Madison musste eine Sicherungskopie gehabt haben. Es folgten weitere Bilder von ihr und Hunter am Pool – auch die konnte Madison leicht gemacht haben, da sie ja ebenfalls in den *Residences* wohnte.

Das Posting war ganz offensichtlich von Madison. Und abgrundtief gemein. Bei jedem Satz, den sie las, wurde Peyton noch wütender, bis sie schließlich am liebsten den Bildschirm zertrümmert hätte. Trotzdem, sie hätte vielleicht drüber wegsehen können … wenn Madison nicht auch noch Courtney und Savannah mies beleidigt hätte. Die Dinge über Courtney waren glatt gelogen, während der Absatz über Savannah mit einem schrecklichen Video verlinkt war, auf dem sie betrunken Karaoke sang. Savannah wünschte sich so sehr, mit ihrem YouTube-Channel Erfolg zu haben. Wenn sie sah, was Madison über sie gepostet hatte, wäre sie am Boden zerstört.

Madison war eine durch und durch gemeine, eifersüchtige Zicke. Absolut hassenswert.

Also schmiedete Peyton während Savannahs und Rebeccas Party-Planungen ihre eigenen Pläne, nämlich wie sie Madison von ihrem hohen Ross stoßen konnte. Eine Idee gefiel ihr ganz besonders gut. Wenn sie die durchziehen könnte, würde Madison endlich kriegen, was sie verdiente.

Nach dem Brunch ging Rebecca zum Wellness, während sich Peyton und Savannah an den Pool begaben. Diesmal hatte Peyton glatt vergessen, eine Laube am Pool zu reservieren, so sehr hatten sie das Posting und das Skype-Gespräch mit Mom und Grandma abgelenkt. Da inzwischen alle vergeben waren, entschieden sie und Savannah sich für den exklusiven Dachterrassen-Pool. Der war zwar kleiner als der Pool unten, mehr zum Waten als zum Schwimmen, aber es gab viele freie Liegestühle. Sie suchten sich zwei aus, breiteten ihre Handtücher darüber und legten sich zum Sonnenbaden hin.

»Wie war dein Essen mit Damien gestern Abend?«, fragte Peyton, während sie sich mit Sonnenöl einsprühte. »Als du heimkamst, bist du so schnell ins Bett gegangen, dass ich gar nicht mehr fragen konnte.«

»Tut mir leid«, sagte Savannah. »Ich hatte einen echt schlimmen Abend, deshalb wollte ich nur noch schlafen.«

»Was war denn los?« Peyton hielt mitten im Sprayen inne

und sah Savannah an. »Damien hat dich doch nicht etwa blöd angemacht, oder?«

»Nein!« Savannah riss die Augen auf. »Das Dinner war wirklich gut. Aber kurz bevor ich mich mit Damien getroffen habe, hab ich ein Video von mir entdeckt, das jemand gepostet hat …« Ihre Stimme bebte und sie nahm ein paar Schlucke aus ihrer Wasserflasche. »Total schrecklich. Freitagabend war ich bei einer Volleyball-Party und hab zu viel getrunken. Als Karaoke gemacht wurde, hab ich mich blöderweise für ein wirklich schwieriges Lied entschieden. Ein paar Leute haben es aufgenommen, und dann hat jemand einen gefälschten YouTube-Account eingerichtet und das Video gepostet. Ich hab keine Ahnung, wer das war. Gestern Abend hab ich mit Damien darüber gesprochen und er hat ein paar Ideen, wie ich meinem YouTube-Channel zum Erfolg verhelfen kann … Aber ich wüsste schon gern, wer das Video gepostet hat.«

»Ich weiß, wer's war.« Peyton knirschte angespannt mit den Zähnen.

»Was?«, stieß Savannah atemlos hervor. »Woher willst *du* das wissen?«

»Du bist doch über das Posting im Campusbuzz-Forum auf das Video gestoßen, stimmt's?«

»Nein …« Savannah schüttelte den Kopf. »Jemand hat einen Kommentar zu meinen Videos damit verlinkt. Was für ein Campusbuzz-Posting?«

Scheiße. Savannah hatte es also noch nicht gesehen. Und jetzt, da Peyton es erwähnt hatte, konnte sie es nicht länger vor ihrer Schwester verheimlichen.

»Das hier.« Peyton zog widerwillig ihr iPhone heraus, lud das Posting runter und zeigte es Savannah. »Aber ich muss dich warnen – das ist echt heftig.«

Savannah brauchte eine Weile, bis sie den Artikel gelesen hatte, während sie immer wieder aufsah, um »Omeingott« oder »Das darf doch nicht wahr sein« oder etwas in der Art zu rufen.

»Wow«, sagte sie, nachdem sie fertig war, den Blick immer noch starr aufs Display gerichtet. »Wer immer das geschrieben hat, muss uns ja abgrundtief hassen.«

»Das kannst du laut sagen.«

Dann saßen sie schweigend da und Savannah las die unglaublichen Gemeinheiten noch einmal.

»Ich weiß, dass das Zeug über mich nicht wahr ist und das über Courtney auch nicht … aber … du hast doch auch wirklich nichts mit Hunter Sterling angefangen, oder?«

Peyton lachte. Bei all den Beleidigungen interessierte Savannah *das* als Erstes? »Nein«, sagte sie. »Ich hab ihn zufällig getroffen und mit ihm geredet, das ist alles.«

»Okay.« Savannah gab Peyton ihr iPhone zurück. »Aber woher weißt du, wer das Video gepostet hat?«

»Weil ich weiß, wer *das hier* gepostet hat.« Peyton deutete auf ihr Handy. »Und diese Person muss dieselbe sein, die das Video draufgeladen hat.«

»Sieht fast so aus«, stimmte Savannah nachdenklich zu. »Aber du kannst doch gar nicht wissen, wer den Beitrag verfasst hat. Ist doch alles anonym.«

»Ich *weiß* es aber, weil ich weiß, wer die Fotos von Hunter und mir an der Bar gemacht hat.« Dann fasste Peyton zusammen, was an jenem Tag geschehen war – dass sie Madison dabei erwischt hatte, wie sie Fotos schoss, dass sie sie deswegen angesprochen und die Fotos, mit Unterstützung von Jackson, vom Handy gelöscht hatte. »Es muss ihr irgendwie gelungen sein, zuvor noch Back-ups zu machen«, sagte Peyton. »Denn die Fotos im Campusbuzz-Forum sind eindeutig dieselben wie auf ihrem Handy. Und da Madison im *Diamond* wohnt, konnte sie auch gestern locker am Pool gewesen sein und die anderen gemacht haben.« Sie wartete, ob Savannah ihr widersprechen würde, dann fuhr sie fort: »Hast du Madison am Freitag vielleicht auf Jackies Volleyball-Party gesehen?«

»Nein.« Savannah zuckte die Schultern. »Aber ich hab so viel getrunken, dass alles ein bisschen verschwommen ist. Sowohl Damien als auch Oliver waren da und Madisons engste Freundinnen, es ist also möglich, dass sie auch noch auftauchte, als das Karaoke-Ding anfing.«

»Es ist *mehr* als möglich«, betonte Peyton. »Ich könnte wetten, dass sie da war. Und wir wissen ja, dass sie uns nicht gerade liebt. Sie *muss* hinter dem Video-Posting stecken.«

»Klingt logisch«, pflichtete Savannah ihr bei. »Dass sie hinterhältig ist, war mir klar, aber … wow, das ist ja noch mal 'ne ganz andere Stufe. Ich wünschte, es gäbe einen Weg …« Sie unterbrach sich und schaute in den Himmel, als suchte sie nach den richtigen Worten.

»Wie wir es ihr heimzahlen können?«, ergänzte Peyton ihren Satz.

»Genau«, sagte Savannah. »Damit sie endlich aufhört, so gemein zu uns zu sein.«

»Also …« Peyton holte tief Luft und kratzte an ihrem Nagellack herum. »Ich hab da so eine Idee …«

»Was für eine?«

»Hat was damit zu tun, was im Sommer passiert ist.« Peyton nahm einen Schluck aus ihrer Wasserflasche und überlegte, wie sie es formulieren sollte, dass es nicht ganz so schrecklich klang. »Ich hab's nicht erzählt, weil ich vergessen wollte, dass es passiert ist, aber … ich hab mit Oliver geschlafen.«

»*Was?*«, rief Savannah so laut, dass sich einige Leute nach ihr umdrehten. Sie senkte die Stimme und fuhr fort: »Du hast mit Oliver *Sex* gehabt? Wann? Und *warum?* Du wusstest doch von seiner miesen Wette, uns alle ins Bett zu kriegen.«

»Ja, ich hatte Sex mit Oliver.« Peyton rutschte unwohl auf ihrer Liege herum. Diesen Teil der Geschichte wollte sie möglichst schnell hinter sich bringen, um auf den Punkt zu kommen, wie sie sich an Madison rächen konnten. »Darauf bin ich auch nicht stolz, aber es ist nun mal passiert. Allerdings hab ich da noch nichts von der Wette gewusst.«

»Von der Wette haben wir am Abend der Eröffnungsfeier erfahren, also ist das zwischen dir und ihm in unserer ersten Woche hier passiert.«

»Yep.« Peyton nickte und wartete, dass ihre Schwester die Puzzleteile zusammensetzte.

»Aber in jener Woche hat sich Oliver doch für Courtney interessiert. Er ist mit ihr zu dem Wohltätigkeitsabend und zu der Eröffnungsfeier gegangen. Dann war es also, *ehe* er Courtney eingeladen hat, denn du hättest doch nicht mit ihm geschlafen, wenn du hättest annehmen müssen, dass Courtney an ihm interessiert ist … oder?«

»Natürlich war es *vor* seinen Aktionen mit Courtney!« Peyton fasste es nicht, dass Savannah etwas anderes überhaupt in Betracht zog.

»*Omeingott.*« Savannahs Augenbrauen schossen in die Höhe und sie fuhr sich mit den Händen durch die Haare. »Doch nicht gleich am ersten Abend, als wir hier waren – am vierten Juli?«

»Doch, genau da«, gab Peyton zu, ohne ihrer Schwester in die Augen zu sehen. »Es war der einzige One-Night-Stand, den ich je gehabt habe, und es war total dämlich von mir. Ich war so wütend auf alles – auf Mom, der ihre Trinkerei wichtiger war als wir, darauf, dass wir einfach so fortgekarrt wurden, und darauf, dass sie uns in Bezug auf Adrian angelogen hatte. Ich konnte einfach nicht mehr klar denken. Oliver und ich haben zusammen getanzt, und er war ziemlich heiß, und … na ja, dann hat eins zum anderen geführt. Ein paar Tage lang dachte ich, dass ich wirklich an ihm interessiert sei … Aber davon war ich dann an dem Abend geheilt, als er Courtney und nicht mich zu dem Charity-Ding seiner Mutter eingeladen hat.«

»Ja, ich kann mich noch an das Essen erinnern. Olivers Mom hat ihn gedrängt, Courtney zu dem Event mitzunehmen, aber ich hatte ja keine Ahnung, was da zwischen dir und Oliver lief. Courtney auch nicht. Sonst hätte sie nie eingewilligt.«

»Ich weiß. Ich hab's Courtney auch nie vorgeworfen.«

»Oliver ist so ein Arsch.« Empört verschränkte Savannah

die Arme vor der Brust. »Wahrscheinlich war das Teil seines dämlichen Plans, mit uns allen zu schlafen.«

»Na ja, jedenfalls stand ich zu diesem Zeitpunkt noch auf ihn und war stinksauer über diese Aktion«, sagte Peyton. »Eigentlich wollte ich es Courtney noch am selben Abend sagen, aber sie ist ja nicht ins *Luxe* mitgekommen, weil sie sich nicht wohlfühlte. Oliver war aber dort, und ich hab ihn zur Rede gestellt, warum er nicht *mich* zu dem Event eingeladen hat, und wir haben tierisch Streit bekommen. Er hat sich so was von mies verhalten – sagte, er sei gar nicht an mir interessiert, aber an Courtney vielleicht schon, und dass er sie mühelos in sich verliebt machen könne. Ich hielt dagegen, dass er null Chancen bei Courtney hätte, vor allem, wenn ich ihr erzählen würde, dass er mit mir geschlafen hat.«

»Und wie hat Courtney reagiert, als du es ihr erzählt hast?«, fragte Savannah. »Und warum hat keine von euch *mich* eingeweiht?«

»Ich hab's Courtney doch gar nicht erzählt. Ich hab keinem davon erzählt, bis jetzt. Ich sagte ja schon, dass ich vergessen wollte, dass es überhaupt passiert ist.«

»Was?« Savannah fielen fast die Augen aus dem Kopf.

»Also, hör zu.« Peyton kaute auf der Innenseite ihrer Wange herum. Jetzt kam der Teil, den Savannah leicht falsch verstehen konnte. »Oliver hatte eine Wette mit mir abgeschlossen. Er sagte, wenn ich Courtney nichts von unserer Unterhaltung erzählen würde und sie tatsächlich nicht an ihm interessiert sei, dann würde er alles machen, was ich von ihm verlange. Wenn Courtney sich aber *doch* auf ihn einlassen würde, könnte er von mir irgendwas verlangen. Darauf bin ich eingegangen, weil ich hundertprozentig wusste, dass Courtney niemals was mit ihm anfangen würde.«

»Und dann hat Courtney Brett bei der Eröffnungsfeier geküsst«, sagte Savannah, »und damit hatte Oliver die Wette verloren. Aber warum hast du Courtney hinterher nichts davon gesagt?«

»Um nicht noch unnötig Öl ins Feuer zu gießen«, sagte Peyton. »Es war ja vorbei – Courtney war nicht an Oliver interessiert und ich auch nicht mehr.«

»Also, ich an Courtneys Stelle würde wollen, dass du mir so was erzählst.« Savannah biss sich auf die Lippe. »Was, wenn *er* es ihr unter die Nase reibt?«

»Oliver gibt sicher nicht mit einer verlorenen Wette an«, sagte Peyton. »Außerdem – du stellst nicht die *entscheidende* Frage.«

»Welche Frage?«

»Nun ja, *ich* hab doch die Wette gewonnen. Willst du denn nicht wissen, was ich dafür von Oliver verlangt habe?«

»Doch, schon«, gab sie zu. »Was denn?«

Peyton legte eine theatralische Pause ein, dann sagte sie: »Bisher noch nichts, weil ich auf den perfekten Augenblick warten wollte. Und der ist jetzt gekommen. Ich kann die gewonnene Wette für unsere Rache an Madison verwenden.«

»Wie denn das?« Savannah runzelte die Stirn. »Willst du etwa von Oliver verlangen, Madison irgendwas anzutun? Sie sind nämlich echt eng befreundet … Ich kann mir nicht vorstellen, dass er sich gegen sie wendet.«

»Wart's einfach ab – ich habe einen Plan.«

Peyton nahm ihr Handy und holte tief Luft – konnte sie

das wirklich machen? Dann warf sie noch mal einen Blick auf das Campusbuzz-Posting und neue Wut stieg in ihr auf. Sie würde Madison nicht so einfach davonkommen lassen.

Entschlossen textete sie Oliver.

ich weiß jetzt, wie du deine wettschuld einlösen wirst.

Nur Sekunden später kam seine Antwort.

na endlich. willst du's mir verraten???

ja, wenn du zum dachterrassen-pool in den residences kommst …

bin in 15 min da. gespannt, was du geplant hast ;)

Sie legte ihr Handy neben sich und lächelte. Sein Smiley würde ihm gründlich vergehen, wenn er erfuhr, was sie für ihn in petto hatte. Aber wenn er den Mut hatte, mitzumachen – wovon sie eigentlich ausging –, dann würde Madison das zurückbekommen, was sie verdiente. Und sie würde ein für alle Mal lernen, dass sie die Diamond-Schwestern nicht ohne Konsequenzen öffentlich beschimpfen konnte.

»Hast du eigentlich vor, mir deinen Plan zu verraten, oder soll ich weiter im Dunkeln tappen?«, fragte Savannah.

»Oliver wird gleich hier sein«, erwiderte sie. »Und dann wirst du's erfahren.«

* * *

Wie versprochen tauchte Oliver eine Viertelstunde später am Pool auf. Er trug seine Ray Ban Wayfarer, hatte ein Handtuch lässig über die Schulter geworfen und wirkte, als ob ihm die ganze Dachterrasse gehörte. Als er sie sah, grinste er, ließ sein Handtuch auf den Liegestuhl neben Peyton fallen und zog demonstrativ sein T-Shirt aus, um seinen trainierten, gebräunten Oberkörper in Szene zu setzen. Es war fast unmöglich, ihn *nicht* zu beobachten. Als die Kellnerin kam, um seine Bestellung entgegenzunehmen, wedelte er mit seinem gefälschten Ausweis und orderte einen Mojito.

»Setzen Sie's auf meine Rechnung«, sagte Peyton, und die Kellnerin eilte davon, um seinen Drink zu holen. Peyton lächelte Oliver an und ermahnte sich selbst, dass *sie* diejenige war, die den Ton angab. »Schön, dass du kommen konntest.«

»Ist ja schon 'ne Weile her«, sagte er. »Ich nehm mal an, dass du Miss Little Diamond hier von unserem Deal erzählt hast?«

Savannah runzelte die Stirn und kniff die Lippen zusammen. »Du bist auch nur ein Jahr älter als ich.«

»Temperamentvoll.« Oliver lachte. »Gefällt mir.« Die Kellnerin kam mit seinem Mojito zurück und er nahm einen großen Schluck.

»Ja, ich hab Savannah davon erzählt.« Peyton räkelte sich genüsslich in ihrem Liegestuhl und konnte es kaum erwarten, zu sehen, wie Olivers ahnungslose Überheblichkeit gleich umschlagen würde, sobald sie ihm von ihrem Plan erzählte. »Und ich hab die perfekte Aufgabe für dich.«

»Tja, was das wohl sein mag?« Er rieb sich grinsend die

Hände. »Hast ja ganz schön lange gebraucht, also hoffe ich mal auf was wirklich Gutes.«

»Ich will, dass du Sex mit Madison hast.«

Savannah schnappte hörbar nach Luft.

»Wow.« Oliver hob abwehrend die Hände. »Madison und ich sind schon seit der Grundschule befreundet. Sie sieht mich nicht als Sexpartner und ich sie auch nicht.«

»Damit gehörst du zur männlichen Minderheit auf der Schule.« Peyton war klar, dass Madison und Oliver nur gute Freunde waren – genau das machte die Sache ja so perfekt. »Aber du gibst doch so gerne damit an, dass du jedes Mädchen kriegen kannst. Wenn das stimmt, dann wird Madison zu deiner größten Herausforderung überhaupt.«

»Hör zu, Peyton, jetzt mal im Ernst.« Olivers Stimme bebte und er fuhr sich mit der Hand durchs Haar. »Hier geht's um mehr als nur das. Madison würde mich umbringen, wenn sie wüsste, dass ich dir das erzähle, aber sie ist noch Jungfrau. Sie will, dass ihr erstes Mal was Besonderes ist oder so. Das kann ich ihr nicht wegen einer Wette kaputt machen.«

Peyton nickte. Da erzählte Oliver ihr nichts Neues. Obwohl sie erst seit ein paar Monaten in Vegas war, wusste selbst *sie* über Madisons Jungfräulichkeit Bescheid. Alle auf der Goodman wussten es ... Das war sogar im Campusbuzz-Forum Thema. Die Tatsache, dass Madisons erstes Mal auf einer Wette beruhte – und das schlimme Erwachen, das folgen würde, wenn Peyton ihr hinterher die Wahrheit sagte –, machte diese Rache besonders süß.

Trotzdem stockte ihr der Atem bei dem Gedanken, was sie Madison damit antat. Madison würde bestimmt ihr ganzes restliches Leben daran zu knabbern haben. War das vielleicht doch *too much*? Vielleicht. Andererseits hätte es dazu ja nie kommen brauchen, wenn Madison nicht aus purem Hass diesen ganzen Mist über sie und ihre Schwestern online gestellt hätte. Wer wusste denn, ob sie überhaupt jemals mit ihren Grausamkeiten aufhören würde … ihnen gegenüber ebenso wie gegenüber anderen? Irgendjemand *musste* etwas dagegen unternehmen, sonst wurde sie wahrscheinlich nie lernen, dass man andere so nicht behandelte.

»Aber vielleicht bist du sogar die Idealbesetzung, um Madison zu entjungfern«, sagte Peyton und war selbst überrascht, wie abgebrüht sie klang. »Wenn ihr so dicke Freunde seid, dann vertraut ihr einander. Besser, du bist ihr erster Mann, als irgendeiner, der sie nur benutzt und sie dann fallen lässt.«

»Wenn du glaubst, dass sie sich von irgendwem benutzen lassen würde, kennst du Madison echt schlecht«, erwiderte Oliver.

»Mag sein.« Peyton zuckte mit den Schultern. »Aber wir haben nun mal eine Abmachung und das ist meine Aufgabe für dich. Ich hätte nicht erwartet, dass du dich so dagegen wehrst. Mann, ich bitte dich doch nur, mit einem der heißesten Mädchen der Schule zu schlafen. Und erzähl mir bloß nicht, dass du in all den Jahren eurer Freundschaft nicht mindestens einmal genau davon geträumt hast.«

»Was in mir vorgeht, spielt keine Rolle«, sagte er, ohne Peyton dabei anzusehen. »So was würde ich Madison niemals antun. Niemals würde ich unsere Freundschaft riskieren. Was hast du sonst noch zu bieten?«

Peyton war ehrlich überrascht. Oliver hatte ja schließlich nicht gerade den Ruf des moralischsten Typen der Gegend. In diesem Moment dämmerte ihr, dass sie damit gleich zwei Fliegen mit einer Klappe schlagen konnte. Ursprünglich hatte sie sich mit dieser Idee ja nur an Madison rächen wollen – aber jetzt konnte sie damit auch Oliver seine miese Wette heimzahlen, sie und ihre Schwestern ins Bett zu kriegen. Und auch wenn ihr immer noch nicht ganz wohl bei der Sache war – sie war fest entschlossen, ihn dazu zu bringen, es durchzuziehen. »Das ist deine Aufgabe«, beharrte sie. »Du hast keine Wahl.«

»Und was ist, wenn ich ablehne?« Oliver lehnte sich zurück und nahm einen Schluck Mojito. »Ist ja alles ganz nett, aber *zwingen* kannst du mich zu nichts.«

Peyton runzelte die Stirn. Da hatte er recht – zwingen konnte sie ihn nicht. Sie hatte einfach angenommen, dass er diese Herausforderung nicht ausschlagen würde, schließlich war er der geborene Spieler.

Sein lässiges Grinsen machte sie wütend.

Savannah hatte bis dahin geschwiegen, aber jetzt schaltete sie sich ein. »Courtney hat uns von eurem Gespräch bei dem *Habitat*-Einsatz erzählt – dass deine Eltern dich aufs Internat schicken wollen, wenn du wegen deinen Partys noch mal Ärger bekommst.«

»Was geht dich das an?«, fragte Oliver.

»Du erinnerst dich doch noch an Jackies Party am Freitag?«, fragte Savannah. »Meine Freundin Evie und ich haben ein paar Fotos geschossen, die sie ihren Freunden daheim zeigen wollte. Na, klingelt da was bei dir?«

Savannah zog ihr iPhone heraus, tippte ein paarmal aufs Display und reichte es dann an Peyton weiter, damit sie es Oliver zeigen konnte. Beim Blick auf das Display grinste Peyton triumphierend. Es war eindeutig Oliver, der da zusammen mit einer Gruppe von Freunden Koks schnupfte. Zur Sicherheit leitete sie das Foto an sich selbst weiter, bevor sie ihm das Handy gab.

Kaum hatte er es in der Hand, begann er zu zittern und seine Nasenflügel bebten. »Das beweist gar nichts«, stieß er schließlich hervor. »Könnte ein Photoshop-Produkt sein.«

»Ist es aber nicht, und das wird auch erst mal keiner annehmen, wenn es auf Facebook auftaucht. Und wenn wir deine Eltern mit dem Foto verlinken … tz tz tz.« Peyton schüttelte den Kopf. »Schwupps, bist du auf dem Internat.«

Oliver tippte auf das Display und reichte Peyton das Handy zurück. »Tja, das wird aber nicht passieren, weil ich es gelöscht habe. Netter Versuch immerhin.«

»Als ob ich nicht vorab eine Kopie auf mein eigenes Handy geschickt hätte.« Peyton verdrehte die Augen.

»Und während ihr geredet habt, hab ich mir schon ein Back-up davon als Mail geschickt«, setzte Savannah hinzu.

Oliver sah beide wütend an. »Ihr würdet also tatsächlich mein Leben zerstören?«

»Wir haben einen Deal«, erinnerte ihn Peyton, auch wenn die Sache tatsächlich heftiger wurde, als sie erwartet hatte. Aber jetzt war sie wirklich verärgert. Warum weigerte sich Oliver so standhaft? Schließlich hätte er ja auch keine Rücksicht auf Courtneys und Savannahs Jungfräulichkeit genommen. Warum also sollte es ausgerechnet Madison besser ergehen? »Ich habe unsere Wette gewonnen und du musst deine Wettschuld begleichen. Sorry, dass dir meine Wahl nicht gefällt, aber ich bleibe dabei.«

»Warum hasst du Madison so sehr?«, fragte er. »Ich weiß, dass sie dich und deine Schwestern nicht gerade nett empfangen hat, aber ist das nicht ein bisschen übertrieben, nur weil sie nicht mit euch befreundet sein will?«

»Ich habe meine Gründe, und die gehen weit über ›nicht mit mir befreundet sein wollen‹ hinaus.« Peyton starrte ihn unerbittlich an und dachte an das Zeug, das Madison über sie und ihre Schwestern ins Forum gestellt hatte. Und es war ja nicht das erste Mal, dass Madison so was Mieses gepostet hatte – seit ihrer Ankunft hier hatte es schon zahlreiche solcher Artikel gegeben. Peyton hatte sie gestern Abend gebrowst. Wer wusste schon, hinter wie vielen davon Madison steckte?

»Also, du machst Madison scharf auf dich und schläfst mit ihr.« Peyton versuchte zu verdrängen, wie brutal das klang, und schluckte den bitteren Geschmack hinunter. »Das schaffst du schon. Aber sobald ich den Eindruck habe, dass du es nicht versuchst … landet das Bild online. Und du landest im Internat.«

»Na schön.« Oliver spannte den Kiefer an. »Aber unter einer Bedingung.«

Peyton blinzelte – gab er tatsächlich nach? Dann gab es jetzt endgültig kein Zurück mehr. »Die wäre?«

»Ich versuche, Madison dazu zu kriegen, dass sie mit mir schlafen *will*. Aber wenn sie *nicht* will, ist Schluss. Ich werde sie nicht zwingen, etwas gegen ihren Willen zu tun. Du hältst mich vielleicht für ein Arschloch, aber so weit bin ich noch nie gegangen und werde es auch nie tun. Verstanden?«

»Jetzt halt mal den Ball flach – ich hab nie verlangt, dass du sie vergewaltigst«, sagte Peyton völlig perplex, dass er das wirklich geglaubt haben könnte. »Deine Aufgabe ist es, Madison in dich verliebt zu machen und auf dieser Basis mit ihr zu schlafen. Aber ihr von der Wette zu erzählen und sie dazu zu bringen, nur so zu tun als ob, ist tabu. Wenn du das machst, finde ich es heraus und das Bild geht online, ehe du Piep sagen kannst. Die ganze Sache dürfte aber kein Problem für dich sein. Du bist ja berüchtigt dafür, *jede* rumzukriegen – ich bin also sicher, dass du das hinbekommst.«

»Vielleicht«, sagte er. »Aber ich hab es schon mal bei ihr versucht, in der Mittelstufe, und es hat nicht geklappt.«

»Ich hab Bilder von dir aus der Mittelstufe gesehen und weiß daher, wie sehr du dich verändert hast«, antwortete Peyton. »Bist ein ziemlicher heißer Typ geworden, und das weißt du auch. Die ganze *Schule* weiß es. Ist es nicht an der Zeit, dass Madison das auch merkt?«

Es war schwer zu sagen, was hinter seiner Sonnenbrille vor sich ging, aber er wirkte angespannt, umklammerte seinen Drink und presste die Lippen zusammen. Peyton schien den richtigen Nerv getroffen zu haben.

»Perfektes Timing!«, rief Savannah und trank ihr Wasser aus. »Da ist sie nämlich.«

Und tatsächlich, Madison Lockhart schlenderte gerade auf den Pool zu, umweht von ihrem fließenden schwarzen Strandkleid. Als sie die drei entdeckte, machte sie ein finsteres Gesicht. Peyton rechnete damit, dass sie kehrtmachen würde, aber stattdessen wählte sie die am weitesten von ihnen entfernt liegende Ecke, setzte sich unter einen Schirm in einen Liegestuhl und zog ihr iPad aus der Tasche. Dann steckte sie sich In-Ear-Kopfhörer in die Ohren und sah auf den Bildschirm – wahrscheinlich, um die Kommentare zu ihrem Campusbuzz-Posting zu lesen.

»Also, dass Madison nicht meine und Savannahs Gesellschaft sucht, überrascht mich nicht, aber ich dachte, sie sei deine beste Freundin«, sagte Peyton zu Oliver.

»Ist sie auch.« Er rieb sich den Nacken. »Aber irgendwas stimmt in letzter Zeit nicht mit ihr. Sie hält Abstand. Nicht nur zu mir, sondern zu allen.«

Madison sah tatsächlich elend aus. Mit gefurchter Stirn und heruntergezogenen Mundwinkeln blickte sie auf ihr iPad. Aber das konnte Peyton egal sein. Madisons persönliche Angelegenheiten waren nicht ihr Problem.

»Wäre doch ein guter Moment, um deine Aufgabe in Angriff zu nehmen«, schlug sie vor, um diese Unterhaltung zu beenden. Irgendwie fühlte sie sich bei dem Gedanken daran immer schlechter. Und sie *wollte* sich nicht schlecht fühlen, schließlich hatte Madison es verdient. »Sieht ganz so aus, als bräuchte Madison jemand, mit dem sie reden kann – jemand, dem sie *vertraut*. Jemand wie dich. Und wer weiß, wohin das dann führt?«

»Ich gehe zu ihr, aber nicht weil *du* das willst, sondern weil *ich* es will.« Oliver stand auf und schnappte sein Handtuch. »Ich bin sowieso lieber mit ihr zusammen als mit dir.«

»Viel Glück, Romeo.« Peyton lächelte provozierend und

hauchte ihm einen Kuss zu. Er warf sich das Handtuch über die Schulter und stolzierte davon.

Sobald er außer Hörweite war, sage Peyton zu Savannah: »Das ist ja besser gelaufen als erwartet.«

Hoffentlich wusste ihre Schwester ihren Einsatz zu schätzen, denn Madison sah so traurig und verletzlich aus, dass es Peyton immer schwererfiel, sich gegen ihre Schuldgefühle zu wehren.

»Ist es, ja.« Savannah spielte an ihren Haarspitzen herum. »Aber irgendwie hab ich ein ungutes Gefühl. Sind wir nicht zu weit gegangen?«

»Nein.« Peyton versuchte, überzeugt zu klingen. »Soll ich dir die Website noch mal zeigen und dich daran erinnern, was Madison über uns rumposaunt? Dass sie uns Abschaum, Trash und Schlampen nennt und das Video gepostet hat, um dich zu erniedrigen?«

»Nein, dass muss ich wirklich nicht noch mal sehen.«

»Gut, ich nämlich auch nicht.«

»Aber vielleicht war das mit dem Foto dann doch zu viel?«, fragte Savannah unsicher. »Okay, Oliver ist ein Arsch, aber ich würde mich schreckliche fühlen, wenn er wegen mir auf ein Internat müsste.«

»Es war nicht zu viel«, versicherte ihr Peyton. »So wie er mich behandelt hat – und wie er dich und Courtney behandelt hätte, wenn die Sache mit seiner Wette geklappt hätte –, verdient er *alles*. Das Foto hat ihn letztlich dazu gebracht, die Abmachung einzuhalten. Aber falls du dich damit besser fühlst: Selbst wenn er's nicht durchzieht, stellen wir das Bild nicht online. Okay?«

»Okay«, stimmte Savannah zu, auch wenn sie nicht überzeugt klang.

Peyton wippte nervös mit den Beinen und versuchte, sich zur Ruhe zu zwingen. *Es handelt sich schließlich um* Madison, rief sie sich immer wieder ins Gedächtnis – das Mädchen, das sie und ihre Schwestern seit ihrer Ankunft in Vegas erniedrigte. Madison mochte ja vielleicht noch Jungfrau sein – *bis jetzt* –, aber unschuldig war sie keineswegs. Irgendwer musste ihr endlich mal eine Lektion erteilen. Außerdem, Madison und Oliver *nannten* sich vielleicht Freunde, aber es war ja wohl eindeutig, dass es zwischen ihnen knisterte.

Es geschah ihr nur recht, wenn Peyton ihr das Herz brach und ihre Freundschaft mit Oliver ruinierte.

Beide würden bekommen, was sie verdienten.

12

Madison

Als Madison Savannah, Peyton und Oliver am Pool zusammensitzen sah, wollte sie am liebsten wieder umdrehen. Da hatte sie sich extra für den Dachterrassen-Pool entschieden, weil es hier nie so voll war wie am großen Pool, und dann waren ausgerechnet die Leute da, die sie am wenigsten sehen wollte. Es schien wirklich ein Fluch auf ihr zu liegen.

Allerdings – was hatte Oliver denn bei Peyton und Savannah zu suchen? Er hatte ihr von seinem One-Night-Stand mit Peyton erzählt, aber soviel Madison wusste, hatten sie nicht mehr miteinander geredet, seit Peyton das mit der Wette herausgefunden hatte. Und jetzt saß er wieder mit ihnen zusammen?

Um nicht feige auszusehen, entschied Madison sich schließlich für die Flucht nach vorn und setzte sich demonstrativ ans gegenüberliegende Ende des Pools. Dabei hätte sie gegen Olivers Nähe nicht mal was einzuwenden gehabt – es fehlte ihr, dass sie sich außerhalb der Schule nicht mehr sahen –, aber die Diamonds wollte sie um jeden Preis meiden. *Ihre Halbschwestern.* Die sie nur an jene Lügen erinnerten, die ihre Eltern ihr das ganze Leben lang aufgetischt hatten.

Sie ließ ihr Strandkleid an – es war ja nicht nötig, ihre jüngst angefressenen sieben Pfund zur Schau zu stellen – und sah sich die *Vampire Diaries* auf ihrem iPad an. Eine Episode, dann konnte sie ja wieder gehen. Allerdings würden ihre Eltern sie dann wieder fragen, warum sie nur so kurz mit ihren »Freunden« zusammen gewesen war, die sie doch hatte treffen wollen. Also doch lieber zwei Episoden.

Nach den ersten paar Szenen merkte sie, wie ein Schatten über sie fiel. Sie drückte auf Pause, zog die Ohrstöpsel heraus und blickte auf. Oliver. Ihre Nackenmuskeln spannten sich an. Sie hatte ihn vermisst – aber sie wusste auch, dass sie nicht die Energie hatte, so zu tun, als sei nichts geschehen. Als liege ihre Welt nicht in Trümmern.

»Kann ich mich zu dir setzen?«, fragte er, während er bereits sein Handtuch auf den Liegestuhl neben sie legte.

»Solange dir die Diamond-Sisters nicht folgen.« Sie schaltete das iPad aus und legte es weg. »Warum hängst du überhaupt mit denen rum? Ich dachte, du magst sie nicht.«

»Meine Eltern wollen, dass ich mich mit ihnen anfreunde, deshalb dachte ich, ich tu mal auf freundlich.«

»Bisher war dir doch immer egal, was deine Eltern wollen.«

»Ist es mir immer noch«, sagte er. »Aber meine Noten sind schlechter geworden und einige meiner Lehrer haben meine Eltern darauf angesprochen, deshalb sitzen sie mir jetzt im Nacken. Und nach allem, was im Sommer so durch die Klatschpresse ging, finden sie, dass ich zu viel Party mache und zu wenig für die Schule. Sie haben mir sogar mit Internat gedroht, wenn ich mich nicht verbessere.«

»War ja klar, dass das nicht ewig gut geht, wenn du kaum mehr als deine Hausaufgaben machst«, sagte sie.

»Die elfte Klasse ist einfach scheiße.« Er klang unbekümmert, aber an der Art, wie er sich zurücklehnte und die Luft ausstieß, konnte Madison erkennen, wie angespannt er war. »Natürlich werde ich auch weiterhin auf Partys gehen, aber ich habe nicht vor, die nächsten eineinhalb Jahre auf irgendeinem strengen Internat mitten in der Pampa zu verbringen.«

»Wie du weißt, bin ich zufällig Schülertutorin«, rief Madison ihm ins Gedächtnis. »Ich könnte dir helfen, wenn du willst.«

Er würde wahrscheinlich ablehnen wie immer, wenn sie ihm ihre Hilfe beim Lernen anbot, aber diesmal klang es wirklich ernst. Die Goodman achtete sehr darauf, dass ihre Schüler zu hundert Prozent an Colleges aufgenommen wurden. Zwar würde die Schule in Olivers Fall über einiges hinwegsehen, da die Prescotts viel Geld spendeten, aber wenn er am Ende nicht den akademischen Anforderungen genügte, konnte er trotzdem von der Schule fliegen.

Er rührte in seinem Drink, der inzwischen fast nur noch aus Eis bestand, als würde er über ihr Angebot nachdenken. »Weißt du was? Ich glaube, ich nehme dich beim Wort«, sagte er schließlich. »Danke.«

»Echt?« Madison blinzelte ihn verwirrt an. Hatte sie richtig gehört?

»Warum so überrascht?«

»Weil du noch nie dazu bereit warst, dir Nachhilfe geben zu lassen. Was ist los?«

»Wenn ich an der Goodman bleiben will, bleibt mir nichts anderes übrig, als mich um bessere Noten zu bemühen«, erklärte er. »Und du bist die beste Tutorin überhaupt. Was meinst du – nimmst du die Herausforderung an?«

Die Art, wie er sie ansah – so, als wolle er unbedingt, dass sie Ja sagte –, verwirrte sie so sehr, dass sie beinahe die Frage vergaß. *Nachhilfe*, ermahnte sie sich. *Er will, dass ich ihm helfe, bessere Noten zu bekommen.* Wieso machte sie das eigentlich so nervös? Es war doch nur *Oliver*. Mit dem sie seit Jahren befreundet war. Es war doch normal, dass er am ehesten *ihre* Hilfe annahm.

»Ich denke, ich bin der Sache gewachsen.« Und zum ersten Mal seit einer Ewigkeit lächelte sie wieder richtig. Während der nächsten zwanzig Minuten überlegten sie gemeinsam, in welchen Fächern Oliver am meisten Hilfe benötigte.

»Wo hast du dich in den letzten Wochen eigentlich versteckt, Mads?«, fragte er, nachdem sie einen Zeitplan gemacht hatten.

»Ich war beschäftigt«, log sie.

»Zu beschäftigt, um deine Freunde zu treffen?«

Sie zuckte die Schultern. »Die Elfte ist schwerer, als ich dachte.«

»Trotzdem schaffen es die anderen doch auch, auszugehen und Spaß zu haben«, sagte er. »Und du hast doch viel mehr drauf als alle anderen. Seit dem Tag, an dem du dir an diesem Blutgruppentest die Zähne ausgebissen hast, warst du wie vom Erdboden verschwunden, zumindest außerhalb der Schule.«

Weil das genau der Tag gewesen war, der ihr Leben grundlegend verändert hatte. Wenn sie ihm nur alles hätte erzählen können! Wenn es jemand gab, dem sie mehr vertraute als allen andern, dann war das Oliver. Es wäre eine Erleichterung gewesen, ihr Geheimnis mit ihm teilen zu können – mit einem echten Freund, dem sie wichtig war und der verstehen würde, warum sie sich so hintergangen fühlte. Und er würde auch absolut dichthalten. Ihre Eltern wollten doch, dass sie mit jemand darüber sprach. Okay, sie meinten einen Therapeuten, aber mit Oliver darüber zu reden, war besser, als es runterzuschlucken, oder?

Andererseits lagen Savannah und Peyton auf der anderen Seite des Pools, und Madison konnte unmöglich darüber reden, solange sie so nahe waren. Denn es sah zwar so aus, als wären sie außer Hörweite, aber was, wenn sie doch was mitbekamen? Sie würden sofort zu Adrian rennen und fragen, ob es wahr sei, und Adrian wäre gezwungen, Madison als seine Tochter zu outen, was er ja auf keinen Fall wollte.

Ihr leiblicher Vater wollte nichts von ihr wissen. Eine Tatsache, die ihr schwer im Magen lag. Peyton, Courtney und Savannah hatte er doch auch akzeptiert, warum dann sie nicht? Was hatten die drei, das sie nicht hatte?

»Hey.« Oliver legte seine Hand auf ihre. »Alles in Ordnung?« Er sah sie so besorgt an, als würde sie gleich zusammenbrechen. Was ja auch ungefähr stimmte.

»Nicht ganz.« Sie zog ihre Hand nicht weg, die Berührung gab ihr ein sicheres, geborgenes Gefühl. Er war einer der wenigen Menschen, denen wirklich etwas an ihr lag. Er hatte sie nie angelogen. Ihm konnte sie vertrauen. Und wenn sie leise genug redete, würden Peyton und Savannah sicher nichts hören. »Du hast recht mit dem Tag des Blutgruppentests. Ich bin bei dem Versuch fast durchgedreht, weil –«

»Möchte einer von euch einen Drink?« Eine Kellnerin unterbrach ihr Gespräch und Madison fuhr erschrocken zurück, weil ihr klar wurde, dass beinahe jemand mitgehört hätte.

»Nur Wasser.« Alkohol war zwar verlockend – vielleicht würde ihr ein Drink helfen, sich zu entspannen –, aber sie musste wieder auf die Kalorien achten. Oliver bestellte noch einen Mojito.

»Was wolltest du denn zu dem Versuch sagen?«, fragte er, nachdem die Kellnerin gegangen war.

»Ach, nichts.« Madison hatte sich wieder unter Kontrolle. War sie tatsächlich gerade drauf und dran gewesen, ihm die Wahrheit zu sagen? So nahe bei den Diamond-Sisters – und jeder Menge *anderer* Leute? Was hatte sie sich nur gedacht? Das war wirklich kein Thema, das sie in der Öffentlichkeit diskutieren sollte.

Oliver drückte ihre Hand und sah sie zweifelnd an. »Wenn du bereit bist, darüber zu reden, lass es mich wissen, ja?«

»Ist keine große Sache«, log sie wieder. »Ich bin sicher, in ein paar Tagen bin ich drüber weg.«

Er kniff die Lippen zusammen und sah aus, als wäre er anderer Meinung. »Ich kenne dich doch, Mads, und ich hab dich noch nie so zurückgezogen erlebt«, sagte er. »Was immer es ist, scheint dir wirklich ernste Sorgen zu machen.« Sie wollte es gerade abstreiten, aber er fuhr einfach fort. »Du musst nicht jetzt darüber reden, aber versuch nicht, mich abzublocken. Ich bin für dich da, okay? Weißt du, die Clique ist ohne dich nicht dieselbe. Wenn du dabei bist …« Er zögerte und kratzte sich am Hinterkopf, als suche er nach den richtigen Worten. Dann sah er sie wieder an, so intensiv, dass sich ihr Magen wie Pudding anfühlte. »Du hast mir gefehlt. Und ich meine das ernst – wann immer du bereit bist, über deine Sorgen zu reden, bin ich für dich da. Ich hoffe, du weißt das.«

»Danke«, sagte sie und erwiderte seinen Blick. »Das bedeutet mir viel.«

»Es ist die Wahrheit.«

»Ich weiß«, sagte sie. »Aber es ist schön, sie noch mal zu hören.«

Die Kellnerin brachte die Getränke, und Madison nahm einen Schluck Wasser, während sie zusah, wie eine ältere Dame in den Pool watete. Was war das zwischen ihr und Oliver gerade gewesen? Sie waren doch nur Freunde, sonst nichts. Aber auf einmal verhielt er sich so anders. Sprach ganz untypisch offen über seine Gefühle. Vertraute ihr mehr an als jemals zuvor.

Was war mit ihm los?

Doch dann schüttelte sie die Gedanken ab. Nicht er hatte sich verändert, sondern *sie*. Sie war in letzter Zeit so durch den Wind, dass er sie behandelte, als würde sie gleich zusammenklappen. Wahrscheinlich wirkte sie in seinen Augen – wie in den Augen *aller anderen* – wie ein Häufchen Elend. Das musste sich ändern, und zwar dringend.

»Ich glaube, ich habe mich wegen der Aufnahmeprüfungen aufs College viel zu sehr selbst unter Druck gesetzt«, versuchte sie, sich rauszureden, und fuhr entschlossen fort:

»Aber du hast recht – ich sollte wieder anfangen, mit euch auszugehen. Das mache ich auch. Ab sofort.«

»Genau das wollte ich hören.« Oliver prostete ihr zu und lächelte. »Schön, dich wieder dabeizuhaben.«

Wenn sie sich erst mal selbst wieder darüber freuen konnte, dabei zu sein, dann würde sie vielleicht auch wieder zur Normalität zurückfinden.

www.campusbuzz.com

Goodman High School › Las Vegas › Nevada

Süßes oder Saures oder PARTY!

Gepostet Donnerstag, 30.10., 16:23

Wer freut sich *nicht* auf HALLOWEEN morgen Abend?! Und haben wir nicht Glück, dass Halloween auf einen Freitag fällt? Da können wir so richtig abfeiern, auf ein paar der größten und schönsten Kostümfesten der Welt.

Wo geht ihr feiern? Es gibt unzählige Möglichkeiten: den »Fetish & Fantasy-Halloween-Ball« im *Hard Rock*, die »Killer Costume Night« im *Palms*, »Angels & Devils« im *Gates*, die »Fairytale Masquerade« im *Diamond* und und und.

Ich hab natürlich schon Pläne, bin aber gespannt, was ihr so vorhabt :☺

1: Gepostet Donnerstag, 30.10., 17:13

Die Volleyball-Mädels und die Football-Jungs sollen geplant haben, das *Myst* im großen Stil zu erobern, und haben sich dementsprechend viele Tische im VIP-Bereich reserviert. Ich hab mitbekommen, wie ein paar der Mädchen darüber reden, dass sie auf einer Sonderliste stehen, damit ihr Alter nicht überprüft wird. Die Glücklichen.

2: Gepostet Donnerstag, 30.10., 17:46

Die Tische fangen bei 5000 Dollar an, aber einen reserviert zu bekommen und nicht überprüft zu werden, passiert nur, wenn man Savannah Diamond im Team hat. Ihr Vater hat sie ja schon in die Schule eingekauft und jetzt *versucht* er, ihr Beliebtheit zu erkaufen. Aber ihre sogenannten Freunde benutzen sie nur wegen ihres Geldes und ihrer connections, was sie nicht mal checkt. Ziemlich armselig.

3: Gepostet Donnerstag, 30.10., 18:08
Ein Mädchen von der Palo Verde schmeißt 'ne Riesenparty, während ihre Eltern die ganze Nacht clubben gehen. Bei ihr können wir mit lauter Leuten feiern, die so alt sind wie wir. Keine Ahnung, warum so viele von euch auf die Club-Szene stehen. Da sind doch vor allem Leute zwischen Ende 20 und Anfang 30 unterwegs, die mit Highschool-Kids nichts am Hut haben, ganz zu schweigen von den Touris, die mit einem Party machen, dann abfahren und einen vergessen. Was ist daran so toll?

4: Gepostet Donnerstag, 30.10., 18:59
deswegen gehen wir ja mit unseren cliquen in die Clubs feiern. wir leben in einer der besten partystädte der Welt, und das wollen wir auch ausnutzen!!!

5: Gepostet Donnerstag, 30.10., 19:19
Ich will die SÜSSES-ODER-SAURES-PARTY feiern. An Türen klopfen und statt Süßkram einen Drink kriegen! Warum hat da noch niemand dran gedacht?!?

6: Gepostet Donnerstag, 30.10., 19:28
... gibt's doch schon längst. Noch nie auf einer Around the World Party gewesen?

13

Savannah

»Das ist der Wahnsinn!«, rief Jackie, als die Empfangsdame sie zu ihren Tischen im *Myst* geleitete. »Ich kann's immer noch nicht fassen, dass du uns reingeschleust hast!«

»Ist doch klar«, sagte Savannah, als sie sich zusammen mit Jackie, Alyssa und Brooke an den mittleren Tisch in der für sie reservierten Lounge setzte. Es war noch ziemlich früh, aber sie wollte bereits da sein, wenn die restliche Clique eintraf. Auf jedem Tisch standen Eiskühler mit zwei Flaschen prickelnden Apfelweins, Sektgläser auf einem silbernen Tablett und eine Auswahl an Säften, die später mit einem Schuss Alkohol – aus den Flachmännern der Jungs – gepimpt werden sollten. Aber nach den Ereignissen auf Jackies Party hatte Savannah vor, sich an den Apfelwein zu halten.

Sie schenkte sich ein Glas ein und sah sich staunend um. Die Deko im *Myst* griff das Motto des Abends – »Fairytale Masquerade« – auf, und es sah wirklich märchenhaft aus. Blinkende Sternchenlichterketten rankten sich über die Wände und die Decken wie in einem Zauberwald, ein Hauch von Nebel schwebte über dem Boden, und die Spotlights, die den sich über drei Stockwerke erstreckenden Wasserfall erleuchteten, tauchten das Wasser in Grün–, Blau- und Rottöne.

Natürlich hatten sich auch Savannah und ihre Freundinnen in passende Kostüme geworfen. Sie alle trugen netzartige Elfenflügel in unterschiedlichen Farben, kurze, glitzernde Kleidchen, die zur Flügelfarbe passten, und funkelnde Krönchen. Savannah hatte die Farbe gewählt, die ihr stets am besten stand – Blau.

Alyssa warf einen Blick auf die Galerie an der Bühne, wo der erste DJ bereits auflegte. Die Tanzfläche im ersten Stock war zwar noch nicht so voll, wie sie es später sein würde, aber dennoch schon ganz gut besucht. »Wann tritt Calvin Harris auf?«, fragte sie.

»Wahrscheinlich erst nach eins«, antwortete Savannah.

»Wow.« Alyssa sah auf ihre Uhr. »Gut, dass ich heute Nacht bei dir schlafen kann.«

»Jederzeit«, bot Savannah an. Alyssas Eltern achteten streng darauf, dass sie keine Minute nach Mitternacht nach Hause kam – aber wenn sie bei einer Freundin übernachtete, drückten sie ein Auge zu. Savannah musste am Wochenende nie zu einer bestimmten Zeit zu Hause sein. Schon ihre Mutter hatte nicht darauf bestanden, und Adrian wusste ja, dass sie die ganze Zeit von ihrem Bodyguard bewacht wurde.

Ungefähr eine Stunde später kamen weitere Leute aus ihrer Clique an – jene Sportler, mit denen Savannah seit Beginn des Schuljahres immer ausging. Sie hatte zwar auch Damien eingeladen, aber er war schon mit Madison und Oliver und seiner Clique im *Luxe*, dem großen Club im *Gates Hotel*, verabredet gewesen. Es gefiel ihr gar nicht, dass Damien mit ihnen feierte statt mit ihr, aber es waren nun mal seine engsten Freunde, die einander alle schon ewig kannten.

Außerdem hatte sie ja schon ziemlich viel Zeit mit Damien im Aufnahmestudio der Goodman verbracht. Er war inzwischen fast so was wie ihr »Manager«. Nachdem es an der Goodman viele Musikprojekte gab, war es leicht gewesen, einen Gitarristen, einen Bassisten und einen Drummer zu finden, und Brett hatte sich nur allzu gern bereit erklärt, ein Video zu drehen. Für ihre ersten paar Coversongs hatte sie langsame Stück gewählt und sie unplugged aufgenommen, und Brett hatte sie aus verschiedenen Winkeln des Studios gefilmt. Der Erfolg auf YouTube war zwar nicht durchschlagend, konnte sich aber sehen lassen: ein paar Hundert Klicks und ein Haufen positiver Kommentare.

Das wollte Savannah mit ihrem neuesten Coversong von *One Connection* unbedingt toppen. Die Aufnahmen dazu waren die bisher aufwendigsten gewesen: Während sie sang, tanzte sie in verschiedenen Glitzer-Outfits in ihrem Apartment um die Pappaufsteller der *One-Connection*-Jungs herum, die Damien und Brett aufgestellt hatten. Seit gestern Abend war das Video online, und Savannah hoffte, dass ihr peinlicher Auftritt bei Jackies Party dadurch in Vergessenheit geriet.

Am liebsten hätte sie ihr Handy herausgeholt und ihren YouTube-Channel gecheckt, aber sie riss sich zusammen. Schließlich wollte sie nichts von der Party versäumen. In diesem Moment kamen drei weitere Football-Spieler, die sich als Ritter verkleidet hatten, in die Lounge. Savannah musste zweimal hingucken, bis sie merkte, dass einer davon Nick war – aber seine goldenen Locken, die unter seinem Helm hervorquollen, waren einfach unverkennbar.

Mit zitternden Händen umklammerte sie ihr Glas. Seit dem Sommer war Nick auf keiner Party mehr aufgetaucht. Jedes Mal, wenn sie ihn gefragt hatte, ob er Lust hätte, mitzukommen, hatte er behauptet, beschäftigt zu sein. Also hatte sie es schließlich aufgegeben und akzeptiert, dass er nicht interessiert war. Und da sie die Mittagspausen jetzt im Aufnahmestudio verbrachte, hatte sie ihn seit Wochen kaum gesehen. Daher lächelte sie jetzt nur und winkte ihm ebenso zu wie den anderen Jungs, die sie kannte, um sich dann wieder auf die Unterhaltung mit ihren Freundinnen zu konzentrieren.

Das hielt sie zwar eine Weile durch, aber sie war so nervös, dass sie ständig mit den lästigen Schnüren ihrer Elfenflügel herumspielte und an nichts anderes denken konnte als an Nick. Und immer, wenn sie versuchte, *nicht* hinzusehen, schweifte ihr Blick prompt zu ihm. Was bedeutete es, dass er heute Abend hier war? Wollte er vielleicht mit ihr reden? Aber dann wäre er doch bestimmt schon rübergekommen und hätte sie begrüßt?

Schließlich war sie so abgelenkt, dass sie auf die Toilette ging, um sich zu sammeln. Sie beschloss, mit einer ihrer Freundinnen den Platz zu tauschen, sobald sie wieder am Tisch wäre, um mit dem Rücken zu Nick zu sitzen. Okay, vielleicht war das ein bisschen peinlich, aber was sollte es. Besser, als ihn den ganzen Abend anzustarren.

Auf dem Weg zurück legte ihr plötzlich jemand die Hand auf die Schulter, und als sie sich umdrehte, sah sie sich niemand anderem als – Nick gegenüber.

»Hey«, sagte er so locker, als wären seit ihrem letzten Gespräch nicht Wochen vergangen.

Der Blick in seine blauen Augen und der Beat der Musik im Hintergrund erinnerten Savannah an ihre erste Begegnung mit ihm – als sie nach dem Kuss zwischen Madison und Damien in Tränen aufgelöst das *Luxe* verlassen hatte. Der Abend war dann noch sehr lustig geworden – sie waren bei einem Karaoke gewesen und das Video davon war das erste, das sie online gestellt hatte. Bei der Erinnerung bekam sie Herzklopfen. Aber ... wenn er an ihr interessiert gewesen wäre, hätte er sich doch inzwischen sicher mal bei ihr gemeldet, oder?

»Hi.« Savannah fummelte erneut an den Bändern ihrer Flügel herum. »Ich hab gar nicht erwartet, dich heute Abend hier zu sehen.«

»Ich muss morgen wieder sehr früh aufstehen, aber Halloween ist mein Lieblingsfest, deshalb bin ich gekommen«, sagte er. »Danke für die reservierten Tische ... Alle scheinen richtig Spaß zu haben.«

Warum musste er an einem Samstagmorgen so früh aufstehen? Wahrscheinlich zum Football-Training. Aber jetzt, wo sie so nahe beieinanderstanden, konnte sie sehen, wie müde er aussah, selbst in dem schummrigen Licht. Er hatte dunkle Ringe unter den Augen und seine Haut hatte den Schimmer vom Sommer verloren.

Sie wollte ihn eigentlich fragen, ob alles in Ordnung sei, aber nachdem er in letzter Zeit so zurückhaltend gewesen war, wollte er vielleicht nicht darüber reden. Wahrscheinlich hatte er sie einfach nur aus Höflichkeit begrüßt, weil er ihr zufällig über den Weg gelaufen war.

»Schön, dass du kommen konntest.« Sie lächelte, und da

sie nicht wusste, wie sie fortfahren sollte, sagte sie: »Dann geh ich am besten mal wieder an meinen Tisch zurück, damit sich meine Freundinnen nicht wundern, wo ich abgeblieben bin.« Mit diesen Worten machte sie kehrt, auch wenn ihr irgendwie nicht wohl dabei war. Sie hatten sich doch so gut verstanden – wie konnte es da sein, dass sie jetzt kaum mehr miteinander redeten?

»Warte, Savannah«, rief er.

Trotz ihrer ausladenden Flügel gelang es ihr, sich einigermaßen anmutig umzudrehen. »Was?«, fragte sie voller Hoffnung.

»Es tut mir leid, dass ich dich seit dem Sommer kaum treffen konnte.«

»Ich versteh das einfach nicht«, platzte sie unvermittelt heraus. Die Tatsache, dass Halloween war und sie in einem Kostüm steckte, schien ihr Mut zu verleihen. »Von einem Tag auf den anderen hattest du überhaupt keine Zeit mehr, dabei lief doch alles bestens zwischen uns. Ich hab keine Ahnung, was eigentlich passiert ist.«

»In letzter Zeit ist alles so furchtbar hektisch gewesen.« Er nahm seinen Helm ab und fuhr sich durchs Haar. »Ich wünschte, es wäre anders. Aber glaub mir – das alles hat kein bisschen mit dir zu tun. Es liegt an mir.«

»Das ist doch die lahmste Ausrede, die es gibt«, sagte sie und war selbst überrascht, wie wütend sie klang. Sie hatte Nick gemocht – sie hatte ihm vertraut. Aber den Nick, den sie in ihrer ersten Woche in Vegas kennengelernt hatte, schien es nicht mehr zu geben. Hatte er ihr damals denn nur was vorgespielt? »Wenn dir irgendwas Sorgen gemacht hat, dann hättest du mit mir reden und mich nicht einfach ignorieren sollen. Ich geh jetzt zu meinen Freunden zurück.«

»Warte«, sagte er und sah dabei so unglücklich aus, dass sie wirklich stehen blieb. »Du hast recht – du hast eine ehrliche Antwort verdient.«

»Okay.« Savannah wartete und hoffte, dass seine »ehrliche Antwort« alles aufklären würde.

»Eigentlich dürfte ich überhaupt niemand davon erzählen.« Er trat näher an sie heran, als ein angetrunkener Typ in einem Drachenkostüm vorbeitorkelte. »Aber es ist eine sehr lange Geschichte und der Flur vor den Toiletten im *Myst* ist dafür nicht der beste Ort.«

Savannah warf einen Blick auf die Uhr. »Calvin Harris tritt erst in zwei Stunden auf«, sagte sie. »Wir haben also noch genug Zeit, wenn du mit zur Lobby Bar kommen willst, um zu reden.«

Er zögerte und sie betete, dass er keinen Rückzieher machen würde. »Und was ist mit deinen Freunden?«

»Die werden schon eine Weile ohne mich überleben.«

Er nickte und sie verließen zusammen den Club.

* * *

»Also, was ist los?«, fragte Savannah, nachdem sie sich an einen Tisch im hinteren Teil der Bar gesetzt hatten.

Nick sah sich um, als wolle er sich vergewissern, dass niemand mithörte.

»Hier stört uns garantiert keiner«, sagte Savannah. »Also, raus mit der langen Geschichte – warum hast du dich monatelang nicht mehr gemeldet?«

»Was ich dir jetzt erzähle, muss zwischen uns bleiben«, sagte er, und sein Blick brannte sich in ihre Augen. »Und das meine ich absolut ernst. Außer meiner Familie weiß keiner davon – nicht mal meine Kumpels aus dem Team, und die kenne ich schon seit der Unterstufe. Sie ahnen zwar, dass was los ist, aber sie wissen nicht, was. Also, versprichst du mir, dass du keinem was davon erzählst, nicht mal deinen Schwestern?«

»Ich verspreche es.« Jetzt war sie so neugierig, dass sie ihm *alles* versprochen hätte.

»Okay.« Er holte tief Luft. »Erinnerst du dich noch daran, dass in der Woche, als wir uns kennenlernten, hier im Pool-Restaurant meine Kreditkarte nicht angenommen wurde?«

»Ja.« Savannah hatte daraufhin mit ihrer Karte bezahlt, und nachdem die Kellnerin ihren Namen gesehen und gemerkt hatte, dass sie Adrians Tochter war, hatte sie einen Nachtisch spendiert. Da sie nur wegen ihres Nachnamens eine Sonderbehandlung bekommen hatte, hatte Savannah diesen Moment nicht vergessen.

»Ich hab's aussehen lassen, als sei es keine große Sache. Immerhin hatten wir uns gerade erst kennengelernt und ich wollte mich nicht blamieren«, sagte er. »Aber es war schon peinlich.«

Savannah wusste nicht viel über Nicks Familie, außer dass sein Vater Bauprojektentwickler war. Der Gedanke, dass sie Geldprobleme haben könnten, war ihr noch gar nicht gekommen, aber jetzt war sie gespannt, wohin das Gespräch wohl führen würde. »Was ist denn passiert?«

»Ich weiß nicht alle Einzelheiten, aber Anfang des Sommers ist ein Projekt meines Vaters geplatzt. Es entsprach wohl nicht ganz den Vorschriften.« Nick zuckte hilflos die Schultern. »Er wurde haushoch verklagt und verlor seinen ganzen Besitz. Den gesamten Familienbesitz.«

»Wow.« Savannah sah ihn ungläubig an und wusste nicht, was sie sagen sollte. Und sie hatte gedacht, Nick hätte sich so zurückgehalten, weil *er nicht an ihr interessiert war*. Angesichts der Wahrheit kam ihr das furchtbar kindisch und selbstsüchtig vor. Savannah hatte miterlebt, wie es Courtney ergangen war, als sie Schule, Tutorenkurse und Job unter einen Hut bringen musste – sie hatte auch keine Zeit mehr für irgendwelche Verabredungen gehabt. Und dabei war sie nicht mal in einem Sportteam gewesen. Mit einem Mal fiel es Savannah wie Schuppen von den Augen: Nick hatte einfach keine Zeit für eine Freundin.

Aber einen guten Freund brauchte doch jeder!

»Das tut mir leid«, sagte sie schließlich. »Du weißt hoffentlich, dass du mir schon viel eher die Wahrheit hättest sagen können ... oder? Wenn jemand an der Goodman weiß, was Geldprobleme sind, dann bin ich das. Klar, jetzt natürlich nicht mehr, aber ehe wir hergezogen sind schon.«

»Ich weiß«, sagte Nick. »Aber in deiner ersten Woche hier hat plötzlich alles verrücktgespielt. Ich hatte dir ja schon erzählt, dass sich meine Mutter von meinem Vater getrennt hat und ausgezogen ist. Sie gibt ihm die Schuld, uns in den Ruin getrieben zu haben. Und jetzt wohne ich mit ihr in den beschissenen Harbour-Island-Apartments.«

»So schlimm kann es doch dort nicht sein, oder?« Savannah dachte an die schäbige Dreizimmerwohnung mit den abgewetzten Böden und den abgenutzten Möbeln, die sie in Fairfield zusammen mit ihrer Mutter und ihren Schwestern bewohnt hatte. Nicks Apartment konnte unmöglich schlimmer sein.

»Verglichen mit unserer vorigen Wohnung schon.« Nick zog eine Augenbraue hoch. »Ist eine ziemliche Umgewöhnung. Meine Mutter hat sich einen Job gesucht, um die Miete und die Nebenkosten zahlen zu können, aber da sie meinen Vater direkt nach dem College geheiratet hat und ihren Abschluss in Kommunikationswesen nie beruflich genutzt hat, bekam sie jetzt nichts anderes als eine Stelle als Empfangsdame. Das Schulgeld für die Goodman beträgt vierzigtausend im Jahr, und das können wir unmöglich aufbringen, deshalb hab ich jetzt auch einen Job, um was zu sparen.«

»Die Goodman kostet *vierzigtausend Dollar* im Jahr?« Savannah fiel die Kinnlade runter. Sie wusste, dass man für Privatschulen viel Geld zahlen musste, aber sie hatte keine Ahnung gehabt, dass es *so* viel war. Das waren über hunderttausend Dollar für sie und ihre Schwestern – viel mehr, als ihre Mutter jemals in einem Jahr verdient hatte, geschweige denn, dass sie es für die Schule hätte ausgeben können.

»Yep«, bestätigte Nick. »Das Traurige ist, dass ich mir nie darüber Gedanken gemacht habe, ehe unserer Familie das passiert ist.«

Savannah begann zu rechnen. Als Schüler bekam Nick nicht mehr als den Mindestlohn. Selbst wenn er den ganzen Sommer über gejobbt hatte, konnte er niemals genug verdienen, um die Goodman zu bezahlen. Trotzdem war er noch auf der Schule … »Wie konntest du denn in den paar Wochen vierzigtausend zusammensparen?«, fragte sie.

»Meine Mutter hat mit dem Direktor geredet und ich bekomme das halbe Schulgeld als Stipendium, weil ich der beste Quarterback bin, den sie haben, und sie mich nicht verlieren wollen. Aber selbst die Hälfte aufzubringen, ist hart. Ich hatte den ganzen Sommer über zwei Jobs – einen als Schuhverkäufer bei *Finish Line* in der Shopping Mall und einen als Hilfskellner. Nach der Woche, in der wir uns kennengelernt haben, hab ich damit angefangen, aber über den Sommer hinweg hab ich nicht mal die Hälfte von dem verdient, was ich brauche. Deshalb hat der Direktor einer Ratenzahlung zugestimmt.« Er blickte auf den Tisch und traute sich nicht, sie anzusehen. »Das ist also der Grund, warum du mich in diesem Schuljahr kaum gesehen hast. Wenn ich nicht in der Schule bin, Hausaufgaben mache oder trainiere, verkaufe ich Schuhe.«

»Hart arbeiten zu müssen, ist wirklich nichts, wofür man sich schämen muss«, sagte Savannah und fasste es nicht, dass sie ihm das tatsächlich sagen musste. »Es ist bewundernswert. Kurz bevor wir hergezogen sind, wollte ich mir in Fairfield auch einen Ferienjob suchen. Es wäre der erste Sommer gewesen, in dem ich alt genug dafür war. Courtney wollte nicht, dass ich während des Schuljahrs jobbte, weil ich ja auch im Volleyball-Team war, aber ich hätte es wahrscheinlich doch gemacht, um die Familie zu unterstützen.«

»Courtney hatte recht«, sagte Nick. »Sport *und* Schule ist unmöglich. Alles, was ich an Privatleben hatte, hat sich in Luft aufgelöst. Meine Kumpels verstehen das nicht – sie nehmen es mir übel, dass ich nicht mehr ausgehe. Aber die Wahrheit kann ich ihnen nicht sagen, ohne meine Familie zu hintergehen. Mein Vater hat darauf bestanden, dass ich ihm verspreche, *keinem* zu erzählen, was passiert ist. Du bist also die Einzige, die davon weiß.«

»Und ich werde schweigen wie ein Grab.«

»Was mich noch einigermaßen aufrecht erhält, ist Football«, sagte er. »Viel Zeit für Hausaufgaben bleibt da nicht mehr, sodass meine Noten natürlich schlechter geworden sind. Aber wenn ich Football sausen lasse, um mehr zu lernen, verliere ich mein Stipendium. Es ist ein Teufelskreis, und ich bin fix und fertig.«

Savannah nickte verständnisvoll. Aufgrund ihrer Herkunft wusste sie nur zu gut, wie ungerecht alles war. Die Schüler an der Goodman hatten es so gut, kamen bequem durchs Leben, ohne sich um irgendwas sorgen zu müssen, während die Schüler in Fairfield schon allein aufgrund der Umstände, in die sie hineingeboren wurden, durchs Raster fielen. Sicher, sie hatten alle Glück, in einem Land zu leben, in dem es überhaupt möglich war, zur Schule zu gehen – aber war dieses Glück *gerecht verteilt?* No way. Das Leben war einfach nicht fair. Und das war eine Tatsache.

Aber vielleicht konnte sie Nick ja helfen?

»Wie viel Geld musst du noch zusammenkriegen?«, fragte sie.

»Zehntausend.« Er seufzte verzweifelt und raufte sich die Haare. »Es ist wirklich seltsam. Ehe das mit meinem Vater passiert ist, war das alles überhaupt kein Problem. Aber jetzt erscheint es unerreichbar.«

»Ja, in der Traumwelt von Vegas verliert man schnell den Bezug zur Realität«, stimmte Savannah zu. »Zehntausend Dollar sind eine Menge Geld.«

»Wenn ich keine Hausaufgaben und kein Football-Training hätte, wär's nicht ganz so schwierig«, sagte er. »Aber seit Beginn des Schuljahres schaffe ich, ohne zusammenzuklappen, gerade mal sechzehn Stunden Arbeit pro Woche. Das ist ungefähr ein Tausender im Monat. Wenn ich in den Winter- und Frühjahrsferien Sonderschichten einlege, dann krieg ich das Geld gerade so zusammen, aber ich bin jetzt schon ziemlich ausgebrannt. Es ist verdammt hart.«

Er sah so verloren aus, dass Savannah ihm jetzt unbedingt helfen wollte. »Ich will nicht, dass das falsch rüberkommt, aber wenn du einen Kreditkartenleser für dein Handy hast, könnte ich dir aushelfen. Lastschriften mit weniger als fünf Stellen fallen meinem Vater gar nicht auf.«

»Ich will keine Almosen«, sagte er. »Ich krieg das schon selbst hin.«

»Das sind keine Almosen«, widersprach Savannah. »Das ist einfach nur die Hilfe, die eine Freundin einem Freund anbieten kann. Du merkst doch selbst, dass es unmöglich ist, Schule *und* Job *und* Sport zu schaffen. Wenn das bei mir mit einem Job geklappt hätte, den ich auch während des Schuljahres hätte machen können, wäre ich aus dem Volleyball-Team ausgestiegen – meine Familie brauchte schließlich das Geld. Und dabei ist der Lehrplan in Fairfield bei Weitem nicht so anspruchsvoll wie an der Goodman. Du hast zugegeben, dass sich deine Noten verschlechtert haben, du siehst völlig fertig aus, aber du kannst unmöglich mit dem

Football aufhören – also, könntest du mich dann bitte helfen lassen?«

»Nein.« Er rieb sich die Augen und Savannah fragte sich, wie viel Schlaf ihm wohl fehlte. »Das ist viel zu viel, um es annehmen zu können.«

»Wann hast du Geburtstag?«, fragte sie unvermittelt.

Er brauchte ein paar Sekunden, um zu antworten. »Am neunten Februar. Warum?«

»Ich hatte gehofft, dass er vielleicht schon bald ist.« Savannah runzelte die Stirn. »Dann hätte ich einen Grund für ein Geschenk gehabt. Aber vielleicht geht ja auch ein nachträgliches Geschenk zum halben Geburtstag?«

»Ich weiß es wirklich zu schätzen, dass du mir helfen willst.« Und zum ersten Mal während dieses Gesprächs lachte er und ein Funkeln schlich sich in seine Augen. »Aber nachdem ich zehn geworden war, hab ich keine halben Geburtstage mehr gefeiert. Und überhaupt, ich kann dein Geld nicht annehmen, Savannah. Oder besser Adrians Geld. Meine Eltern würden sich total gedemütigt vorkommen, wenn sie es herausfänden. Vertrau mir – ich krieg das schon hin. Ich bin einfach nur froh, dass du mir zugehört hast.«

»Okay, in Ordnung«, sagte sie, denn sie wollte ihn nicht weiter drängen. »Aber falls du deine Meinung änderst – mein Angebot steht.«

»Ich denke daran«, sagte er. »Aber ich werde nicht darauf zurückkommen.«

»Eine Bitte habe ich aber.«

»Welche denn?« Er zog die Augenbrauen hoch.

»Geh mir nicht mehr aus dem Weg. Ich weiß, dass du

nicht viel Zeit hast, aber ab und zu eine SMS, die mir mitteilt, wie es dir geht, wäre echt nett. Und pass auf, dass du nicht ausgerechnet am dreizehnten Dezember arbeitest, weil da meine Sweet-Sixteen-Party ist. Die wird unglaublich, und ich würde mich wahnsinnig freuen, wenn du kommst.«

»Okay«, sagte er. »Ich glaube, das krieg ich hin.«

Mit diesem Gespräch waren die Mauern zwischen ihnen wieder eingerissen. Und zum ersten Mal seit Beginn des neuen Schuljahrs lief Savannahs Leben – zumindest im Großen und Ganzen – so, wie sie es wollte. Sie hatte eine nette Clique, ihr YouTube-Channel hatte allmählich Erfolg, sie verbrachte jede Mittagspause mit Damien und verstand sich wieder mit Nick.

Warum nur hatte sie das seltsame Gefühl, dass das alles zu schön war, um wahr zu sein?

14

Courtney

Halloween war immer eines von Courtneys Lieblingsfesten gewesen. Die Deko, die Filme, das leckere, ungesunde Essen, das es sonst nicht gab, die Verkleidungen ... Auch ihre Mutter hatte an Halloween stets Spaß gehabt – als sie noch kleiner gewesen waren, hatte sie Courtney und ihren Schwestern immer dabei geholfen, die schönsten Kostümierungen zu finden. Sie hatte die Regel aufgestellt, dass sie nie zweimal das gleiche Kostüm tragen durften. Ehe der Alkohol ihr Leben bestimmte, war sie mit ihnen von Tür zu Tür gezogen, hatte Süßigkeiten gesammelt, und wenn sie wieder zu Hause waren, hatten sie alte Horrorstreifen wie *Scream* oder *Freitag der 13.* angesehen und ein Süßigkeiten-Wettessen veranstaltet.

In den letzten Jahren jedoch war ihre Mutter allein Party machen gegangen und auch Peyton war mit ihren Freunden losgezogen. Courtney hatte sich eingeredet, dass das nicht weiter schlimm sei, da sie für »Süßes oder Saures« sowieso zu alt waren. Aber ganz ohne ging es auch nicht, also hatten sie und Savannah die Tradition aufrecht erhalten und sich weiterhin die üblichen Horrorfilme der Diamonds angesehen. Dieses Jahr war Courtney zum ersten Mal allein an Halloween. Savannah hatte im *Myst* ein paar VIP-Tische für ihre Freunde reserviert – sie hatte Courtney zwar eingeladen, aber das war einfach nicht Courtneys Ding –, und Peyton machte sich für eine Party im *Hard Rock* zurecht, die angeblich die »wildeste Halloween-Party in Vegas« war. Es war das erste Jahr überhaupt, dass Courtney kein Halloween-Kostüm hatte.

Dieser Gedanke erschien ihr so deprimierend, dass sie ganz hinten aus ihrem Schrank ein mit Fransen besetztes schwarzes Kleid hervorkramte und es anprobierte. Wenn sie es mit einer langen Perlenkette kombinierte, konnte sie als Flapper-Girl von einer der Gatsby-Partys aus den Roaring Twenties durchgehen. Sie legte mehr Make-up auf als sonst, rauchigen Eyeshadow und knallroten Lippenstift, nur ihre Haare passten noch nicht dazu. Da sie aber nicht vorhatte, ihre üppigen blonden Locken zu einem typischen Zwanziger-Jahre-Bob zurechtzustutzen, ließ sie sie einfach in langen Wellen herunterhängen. Es war vielleicht nicht das perfekteste Kostüm – um es abzurunden, hätte sie noch ein glitzerndes Stirnband mit Feder und lange Handschuhe gebraucht –, aber es war ganz passabel, fand sie.

Natürlich wollte sie in diesem Aufzug nicht im Zimmer bleiben, zumal sie neugierig darauf war, wie sich die Leute im *Diamond* wohl verkleidet hatten. Also verließ sie das Apartment, um unten in einem der Hotelrestaurants etwas zu essen. Es machte ihr nichts aus, allein zu essen – Hauptsache, sie hatte ihr Kindle dabei.

»Geht's auf eine Party?«, fragte Teddy, ihr Bodyguard. Er war älter als Adrian – wirkte eher wie ein jung gebliebener Großvater –, sodass Courtney sich immer fragte, wie er sie in einer wirklich gefährlichen Situation wohl schützen wollte. Aber Adrian hätte ihm niemals ihre Sicherheit anvertraut, wenn er es nicht gekonnt hätte. Seinem Ton entnahm sie, dass er nicht wirklich erwartete, dass sie auf eine Party ging – dazu kannte er sie inzwischen gut genug.

»Ich möchte nur was essen.« Sie hielt ihr Kindle hoch. »Und ein bisschen lesen.«

Im *Grand Café* bat sie um einen der vorderen Tische, um die Gäste in ihren Kostümen beobachten zu können. Viele waren schon den ganzen Tag über verkleidet gewesen – manche sogar die ganze *Woche* –, aber die verrücktesten Kostüme waren erst an diesem Abend zu sehen. Im *Diamond* fand die »Fairytale-Masquerade« statt, daher wimmelte es nur so von Leuten in hauchdünnen Prinzessinnenkostümen oder Prinzen-, Elfen-, Ritter- und Drachen-Verkleidungen. Aber auch Engel und Teufel waren beliebt, ebenso wie diverse Superhelden. Am schönsten fand Courtney ein Mädchen, das sich als Daernerys aus *Game of Thrones* verkleidet hatte. Sie trug ein kunstvolles und wahrscheinlich selbst gemachtes Outfit und dazu die weißblonde Perücke, die sie als eine *Khaleesi* auswies.

Courtney hatte gerade ihr Essen bestellt und angefangen, *Remembrance*, das erste Buch aus der *Transcend Time Saga* zu lesen, als ihr Handy eine SMS ankündigte. Von Brett.

was dagegen, wenn ich dir gesellschaft leiste?

Was war das denn? Wusste er etwa, wo sie war? Sie blickte auf und sah ihn vor dem Casino-Bereich stehen. Ihre Blicke trafen sich und er winkte. Sofort fing ihr Magen zu flattern an. Dann sah er auf sein Handy und hielt fragend die Hand hoch, als warte er auf eine Antwort.

Als ob sie Nein sagen könnte. Außerdem ging es ja nur um ein Essen. An einem öffentlichen Ort. Da konnte ja nichts zwischen ihnen *passieren*.

natürlich nicht! kannst gern dazukommen.

Als er auf sie zuschlenderte, legte sie ihr Kindle beiseite. »Verkleidest du dich nicht an Halloween?«, fragte sie, als er sich neben sie setzte.

»Ich hab mich seit der Grundschule nicht mehr verkleidet«, sagte er. »Aber du siehst toll aus. Was hast du denn heute noch vor?«

»Findest du wirklich?«, fragte Courtney geschmeichelt. »Das hab ich in letzter Minute zusammengewürfelt. Aber außer dem Essen hier hab ich nichts mehr vor.«

»Das ist ja schade«, sagte er und musterte die Speisekarte. »Warum denn nicht?«

»Weil meine Schwestern auf diesen typischen Club-Partys sind«, sagte sie, »während ich mir lieber *Scream* ansehen oder einen *Freitag-der-13.*-Marathon starten würde.«

»Du bist ein Fan von *Freitag der 13.*?«, fragte er lächelnd. »Hätte nicht gedacht, dass du so was magst.«

»Nur an Halloween.«

»Dann lass mal hören.« Er legte die Fingerkuppen aneinander, als wollte er ihr eine ernsthafte Frage stellen. »Wenn du wirklich ein Fan von der Serie *Freitag der 13.* bist, wer ist dann der Killer im Originalfilm?«

»Jasons Mom«, sagte sie wie aus der Pistole geschossen. »Das war einfach – vor allem, da es ja dieselbe Frage ist, die der Killer Drew Barrymore in der ersten Szene von *Scream* stellt.«

»Korrekt«, sagte Brett. »Der eigentliche Test war, ob du die Verbindung zu *Scream* herstellst. Bestanden.«

Courtney lächelte. Sie fixierten einander und verstummten. Ehe ihr einfiel, was sie sagen könnte, kam die Kellnerin, um Bretts Bestellung entgegenzunehmen.

Währenddessen beobachtete Courtney wieder die Leute, die in den verrücktesten Outfits im Casino herumspazierten. Ihrer Mutter hätte das so sehr gefallen – es gab genug unterschiedliche Kostüme, um sie auf Jahre zu inspirieren.

Der Gedanke an ihre Mom erinnerte Courtney an das Skype-Gespräch Anfang des Monats und an das, was sie Brett seitdem fragen wollte.

»Weißt du eigentlich, ob wir die Akten einsehen können, die Adrian von uns hat?«

Er zog die Augenbrauen zusammen. »Wie kommst du denn von Horrorfilmen auf deine persönliche Akte?«

»Du weißt also darüber Bescheid?«

»Nur dass es welche gibt, um unseren Bodyguards dabei zu helfen, uns zu beschützen«, sagte er. »Nicht viel mehr. Warum?«

Sie holte tief Luft. »Erinnerst du dich noch, dass ich im Sommer mal erwähnt habe, dass meine Familie etwas vor mir verheimlicht?«

»Im Zusammenhang mit der Entführung?«

Sie nickte. »Ich hab versucht, dieses Gefühl zu verdrängen, weil ich mir selbst irgendwie paranoid vorkam. Aber seit einiger Zeit wird meine Mutter ambulant behandelt, sodass ich mit ihr skypen konnte. Als ich erwähnt hab, dass Adrian mir alles über die Entführung erzählt hat, kam sie mir ziemlich beunruhigt vor. Erst als ich ihr dann sagte, *was* genau er uns erzählt hat, wich diese Anspannung von ihr und sie wirkte so erleichtert, als ob es da noch mehr gäbe, was ich auf keinen Fall erfahren soll. Danach habe ich Adrian darauf angesprochen, aber er hat nur gesagt, ich wüsste alles, was ich wissen müsste … Was sich ja wohl definitiv nach einer ausweichenden Antwort anhört, oder? Ich werde einfach das Gefühl nicht los, dass mir etwas Wichtiges vorenthalten wird, und ich will rausfinden, was es ist.«

»Und du denkst, dass das in deiner persönlichen Akte steht.« Es war eine Feststellung, keine Frage.

»Könnte doch sein«, sagte Courtney. »Peyton hat ihren Bodyguard gefragt, ob sie ihre Akte einsehen könne, und er hat gemeint, das ginge nicht. Hast du deine jemals gesehen?«

»Nope.« Brett schüttelte den Kopf. »Aber ich hab's auch nie versucht. Sie dienen ja hauptsächlich unseren Bodyguards als Informationsquelle, was wir eigentlich so treiben. Die Akten sind wahrscheinlich total langweilig. Vor allem meine, denn die ist erst vor einem Jahr angelegt worden, als meine Mom ins *Diamond* gezogen ist.«

»Wenn wir doch nur in Adrians Büro schleichen und seinen PC durchforsten könnten …« Courtney lachte und konnte selbst kaum glauben, dass sie so was überhaupt in Betracht zog.

»Klingt interessant.« Brett lächelte. »Aber Adrians Büro

wird von jeder Menge Leute, Kameras und wer weiß was sonst noch alles bewacht. Du müsstest schon ziemlich viel kriminelle Energie haben, um das hinzukriegen.«

»Tja, also keine gute Idee.« Courtney seufzte.

Die Kellnerin brachte ihr Essen und Courtney nahm einen Bissen von ihrer vegetarischen Pasta. Sie schmeckte köstlich – wie alles im *Grand Café*, denn hier rührte der preisgekrönte Meisterkoch aus *Iron Chef America* in den Töpfen. Courtney hatte diese Kochshow zwar noch nie gesehen, aber das Essen machte klar, warum *er* zum Champion gekürt geworden war.

»Also, alles, was du mir erzählt hast, klingt eindeutig so, als ob mehr an der Geschichte dran ist«, griff Brett das Thema wieder auf. »Wir werden zwar nicht an Adrians Dateien rankommen, aber wir finden schon einen anderen Weg.«

Sein Optimismus stimmte sie hoffnungsvoll. »Hast du denn eine Idee?«

»Im Moment noch nicht«, gab er zu. »Bin noch am Überlegen. Aber wir beide schaffen das schon irgendwie.«

»Danke«, sagte sie leise. »Es bedeutet mir wirklich viel, dass du mir glaubst.«

»Na hör mal.« Er legte seine Gabel beiseite und sah sie ernst an. »Du bist die ehrlichste, zuverlässigste Person, die ich kennengelernt habe, seit ich auf die Goodman gehe und ins *Diamond* gezogen bin. Wenn ich dir irgendwie helfen kann, tue ich das.«

Sein Kompliment ließ ihren ganzen Körper auflodern und sie konnte den Blick nicht von ihm abwenden.

»Danke«, wiederholte sie noch einmal. »Ich finde das so

schön. Ich meine, dass du mir helfen willst. Es ist echt nett von dir.« Sie wurde rot – sie musste ja wie eine dämliche Idiotin klingen! – und nahm hastig noch einen Bissen von ihrer Pasta. Aber da sie schon die Hälfte der riesigen Portion gegessen hatte, hatte sie keinen Appetit mehr und bat die Kellnerin, ihr den Rest einzupacken.

Brett aß seinen Burger auf und schnappte sich die Rechnung, als die Kellnerin sie auf den Tisch legte.

»Lass mich das machen«, sagte Courtney, aber Brett schüttelte nur den Kopf.

»Das übernehme ich.« Er grinste und schien die Situation irgendwie zu genießen.

»Aber ich war zuerst hier«, sagte sie. »Du wolltest ja gar nicht hier essen, ehe du mich gesehen hast. Also, lass mich bezahlen.« Zumindest musste sie ihre Hälfte zahlen. Es spielte keine Rolle, dass sowohl ihre als auch Bretts Kreditkarte über Adrian lief – der Punkt war: Wenn sie Brett zahlen ließ, kam das doch einem Date gleich!

»Ist doch alles ein Konto.« Er zog seine Karte durch den Schlitz des Geräts. »Keine große Sache.«

»Na gut.« Courtney gab sich geschlagen, schließlich wollte sie ja keine Szene heraufzubeschwören und die Sache überbewerten. Es *war* ja kein Date. Er verhielt sich nur pragmatisch.

Wie um das zu unterstreichen, lehnte sie sich zurück und verschränkte die Arme vor der Brust, aber Bretts Grinsen wurde nur noch breiter. Allmählich war sie echt genervt von der Situation. Sie schlug die Beine übereinander und wandte sich demonstrativ etwas ab, krachte dabei aber dummerweise mit dem Knie an die Tischplatte, was Brett nur noch amüsierter dreinblicken ließ. Um ihren Ärger zu überspielen, nahm sie hastig noch einen Schluck Wasser.

»Ich weiß, du hast nicht vorgehabt, nach dem Essen noch was zu unternehmen«, begann er und sie versteifte sich nervös, denn das konnte ja nur bedeuten, dass er sie fragen würde, etwas mit *ihm* zu unternehmen. »Aber hast du schon von der *Titanic*-Geisterausstellung gehört?«

Sie konnte nicht anders, als ihn anzulächeln – sie liebte die *Titanic*. »Ich hab von einer Ausstellung gehört, die Originalgegenstände von der *Titanic* zeigt«, sagte sie. »Ich bin drauf gestoßen, als ich nachgesehen habe, was man in Vegas alles machen kann. Gesehen hab ich sie aber noch nicht. Aber von einer *Geister*ausstellung weiß ich nichts.«

»Es war ursprünglich auch keine Geisterausstellung.« Brett senkte die Stimme, als würde er am Lagerfeuer sitzen und Schauergeschichten erzählen. »Aber seit der Eröffnung der Ausstellung mit den Originalgegenständen sind da merkwürdige Dinge passiert. Es heißt, dass die ursprünglichen Besitzer der Gegenstände in dem Museum herumspuken. Das Bild vom Konstrukteur des Schiffes, der damals entschieden hatte, die Anzahl der Rettungsboote zu reduzieren, ist von der Wand verschwunden, als ob die Ertrunkenen es nicht ertragen konnten, diesen Mann zwischen ihren Habseligkeiten zu sehen. Und dann ist da noch die Dame in Schwarz, eine Geistererscheinung in einem schwarzen Kleid und mit einem Haarknoten, die umhergeht, ohne ein Wort zu irgendwem zu sagen. Einer vom Personal behauptet, dass sie sich vor seinen Augen in Luft aufgelöst hat.«

Er erzählte so theatralisch, dass Courtney sich unwillkürlich näher zu ihm beugte. Als er fertig war, knisterte es zwischen ihnen so sehr, dass sie kaum atmen konnte.

»Klingt unheimlich«, hauchte sie. Der Gedanke, dass die Geister der *Titanic*-Passagiere in der Ausstellung spukten, ließ sie schaudern. »Aber du glaubst doch nicht, dass da was dran ist, oder?«

»Wer weiß?« Er zuckte die Schultern. »Ich war erst einmal dort, vor ein paar Jahren im Rahmen eines Schulausflugs, und da sind uns keine Geister begegnet. Aber an Halloween verkleiden sich die Museumsführer als tote Passagiere und bieten eine spezielle Gespensterführung an. Die wollte ich immer schon mal sehen.«

»Lass mich raten«, sagte Courtney. »Da willst du jetzt hin?«

Seine Augen leuchteten auf. »Kommst du mit?«

Sie biss sich auf die Lippe. Die *Titanic*-Gespensterführung versprach jede Menge Spaß. Andererseits erinnerte sie Courtney an den Anfang der Sommerferien, als Brett sie in verschiedene Hotels in Vegas geführt hatte, was schließlich in ihren Kuss bei der Eröffnungsfeier mündete. Ihr Blick glitt zu seinen Lippen, und sie konnte nicht anders – sie wünschte sich, er würde sie jetzt wieder küssen.

»Du machst dir zu viele Gedanken um alles.« Sein selbstsicherer Ton verriet, dass er wusste, er hatte gewonnen. »Du hast keine Pläne für heute Abend, ich habe keine Pläne für heute Abend und wir beide wollen rausfinden, ob es in der *Titanic*-Ausstellung spukt. Warum sollten wir *nicht* hin?«

Courtney konnte sich schon ein paar Gründe vorstellen –

vor allem, dass ihre Gefühle in Bretts Gegenwart außer Kontrolle gerieten. Aber sie hatte ihm schon oft genug erklärt, warum sie nicht zusammen sein konnten, und sie hatte keine Lust mehr, das alles schon wieder vom Stapel zu lassen. Außerdem hatte er recht: Was war schon dabei? Sie waren befreundet, und Freunde unternahmen nun mal was miteinander, besonders wenn sie nichts anderes vorhatten.

Dazu kam, dass sie diese Geisterführung wirklich gerne mitmachen wollte, und wenn sie jetzt Nein sagte, musste sie ein Jahr bis zum nächsten Halloween warten.

»Ich bin dabei«, sagte sie.

Vielleicht war das unvernünftig, aber jetzt gab es kein Zurück mehr.

15

Peyton

Noch eine Stunde, bis Peytons Freundin Jill sie zum »Fetish & Fantasy-Ball« im *Hard Rock* abholen würde, und sie wusste immer noch nicht, was sie anziehen sollte. Sie hatte online ein paar Kostüme bestellt, von denen nun drei in der engeren Auswahl waren, aber sie konnte sich einfach nicht entscheiden. Normalerweise hätte sie ihre Schwestern um Rat gefragt, aber Savannah war schon im *Myst* und Courtney war nach unten zum Essen gegangen. Also gab es nur eine Möglichkeit. Na gut, es gab noch mehr Möglichkeiten – zum Beispiel konnte sie Jill die Fotos schicken und sie nach ihrer Meinung fragen –, aber die Option, an die sie dachte, war definitiv die interessantere.

Sie holte die drei Kostüme ins Badezimmer, begutachtete sich im Spiegel und zurrte ihren Push-up-BH so hoch, dass er das absolute Maximum an Dekolleté zeigte. Dann nahm sie ihr Handy und starrte auf das Display. Sie biss sich in die Innenseite ihrer Wange. Was, wenn sie sich einen Korb einfing … mal wieder?

Sie beschloss, dass es das Risiko wert war, und tippte die SMS.

absoluter notfall. brauche deine Hilfe. kannst du in mein zimmer kommen???

Als sie auf Senden drückte, pochte ihr das Herz bis zum Hals. Dann ging sie wieder ins Schlafzimmer, setzte sich auf die Bettkante und schlug die Beine übereinander, um sich möglichst vorteilhaft zu präsentieren. Würde sie sich gleich zum Narren machen?

Sie musste nicht lange warten, bis Jackson durch die Tür gestürzt kam. Sein Anzug saß perfekt wie immer und sein Haar war so kurz geschoren, dass er wie ein Soldat aussah. Er erinnerte sie an eine blonde Ausgabe von Channing Tatum.

»Was für ein Notfall?« Seine Muskeln waren angespannt und seine haselnussbraunen Augen blickten besorgt drein. Wenn er so auf ihr Wohl bedacht war, konnte ja vielleicht doch noch etwas aus ihnen beiden werden?!

Entschlossen ging sie zur Tür und verriegelte sie. »Ein Halloween-Notfall.« Sie sprach besonders leise und ruhig, damit er nicht merkte, wie aufgeregt sie war, aber sie musste sich am Türknauf festhalten, um nicht zu zeigen, wie sehr sie zitterte. »Ich brauche Hilfe bei der Wahl meines Kostüms.«

Jetzt verwandelte sich die Besorgnis in seinem Blick in Ärger. »Ich sollte wegen eines *Klamotten-Notfalls* herkommen?«

Peytons Kehle zog sich zusammen und sie schluckte die aufsteigende Panik hinunter. Hatte sie doch einen Fehler begangen? Aber er war noch nicht wieder zur Tür gestürmt, sie konnte also noch versuchen, das Beste draus zu machen.

»Meine Schwestern sind nicht da, deshalb dachte ich, dass du mir vielleicht helfen könntest, wenn du sowieso schon vor dem Apartment stehst.« Das war so schnell aus ihr herausgesprudelt, dass sie eine Pause machen und nach Luft schnappen musste. »Oder bist du gerade mit was anderem beschäftigt?«

»Das hier ist alles andere als professionell, Peyton.« Er spannte die Kiefer an und wich ihrem Blick aus.

Unfassbar. Jeder andere Typ hätte sich darum gerissen, ihr bei der Auswahl zwischen höchstwahrscheinlich äußerst knappen Kostümen zu helfen. Aber nicht Jackson. Warum musste er immer so verdammt stoisch sein?

»Na und?« Sie verdrehte die Augen. »Immerhin musst du mich hier nicht in aller Öffentlichkeit aus einer Laube zerren.«

»Sie können von Glück reden, dass ich Sie da rausgezerrt habe«, sagte er. »Sonst wären diese Online-Fotos vielleicht noch viel schlimmer ausgefallen.«

Peyton zuckte erschrocken zusammen. »Du weißt von den Fotos? Heißt das, Adrian hat sie auch gesehen?«

»Ja, ich kenne die Fotos, Adrian jedoch nicht«, antwortete er. »Die Fotos sind ja auf dem Schulforum gepostet worden, nicht auf einer allgemeinen Website oder in der Klatschpresse.«

»Na, immerhin etwas«, sagte sie erleichtert. Aber wenn Jackson die Fotos gesehen hatte, hatte er auch das ganze grausame Zeug gelesen, das Madison über Peyton und ihre Schwestern abgelassen hatte. Ihm war doch hoffentlich klar, dass nichts davon stimmte, oder? Na gut, fast nichts. Unbehaglich trat sie von einem Fuß auf den anderen, sah zu Boden und hoffte, dass er nicht an die Sache mit Oliver dachte.

»An der Bar hatten Sie zwar einen Daiquiri vor sich – aber keiner kann beweisen, dass es kein alkoholfreier Drink war«, fuhr er fort. »In der Laube haben Sie dann aber *tatsächlich* mit Hunter getrunken, was allerdings weniger Sie in Schwierigkeiten bringen würde, wenn die Schulleitung davon erfährt, sondern ihn. Er könnte gefeuert werden und mit einem solchen Vermerk in seiner Akte vielleicht nie wieder einen Job als Lehrer bekommen. Seine Karriere wäre ruiniert.«

Peyton knirschte mit den Zähnen, aber sie wusste, dass Jackson recht hatte. »Das ist mir jetzt auch klar, aber ich kann nicht mehr ändern, was passiert ist«, antwortete sie. »Außerdem haben wir das alles doch schon besprochen. Und du hast doch selbst gesehen, wie ich die Fotos von Madisons Handy gelöscht habe. Mehr hätte ich nicht tun können. Und als ich das zweite Mal mit Hunter abhing, war der Vorhang der Laube zugezogen.«

»Sie sollten überhaupt nicht ›mit ihm abhängen‹«, sagte Jackson und erhob seine Stimme. »Er ist Ihr Lehrer, Sie sind seine Schülerin.«

»Ich bin fast achtzehn«, hielt sie ihm entgegen. »Er ist nicht *so viel* älter als ich.«

»Sie werden im März achtzehn«, erwiderte Jackson so emotionslos, dass es Peyton einen Stich versetzte. Würde sie jemals wieder an ihn rankommen … wie in der ersten Woche? »Und selbst nach Ihrem Geburtstag bleibt Hunter Sterling eine Autoritätsperson«, fuhr er fort. »Jede Beziehung, die über das Lehrer-Schüler-Verhältnis hinausgeht, ist unangemessen.«

Peytons Augen brannten und sie blinzelte die Tränen fort. Sie wollte auf keinen Fall, dass Jackson merkte, wie sehr er sie getroffen hatte. Denn sie wurde das Gefühl nicht los, dass es hier gar nicht um *Hunter* ging, sondern um ihn selbst. Würde er sie jemals als etwas anderes als einen Auftrag ansehen – als eine Person, die es wert war, sie näher kennenzulernen?

»An jenem Tag an der Bar hab ich mich echt gut mit Hunter unterhalten«, sagte sie. »Ist dir schon mal der Gedanke gekommen, dass er möglicherweise gern mit mir zusammen ist?«

»Er sollte erwachsen genug sein, um zu wissen, dass er Ihnen keine falschen Hoffnungen machen darf«, sagte Jackson wie aus der Pistole geschossen.

»Vielleicht hat er einfach nicht vergessen, dass man auch mal Spaß haben darf.« Sie schnappte frustriert nach Luft. »Aber wenn's dich glücklich macht, dann rede ich außerhalb der Schule nicht mehr mit ihm.«

»Danke«, sagte Jackson und seine Schultern entspannten sich. »Ich bin erleichtert, das zu hören.«

»Gut«, erwiderte sie, obwohl sie sich alles andere als gut fühlte.

»Heißt das, dass ich meinen Posten vor dem Apartment wieder einnehmen kann?«

»Na ja, wo du schon mal hier bist, würd ich wirklich gern deine Hilfe in Anspruch nehmen«, sagte sie. »Ich will gleich zu einer Halloween-Party und weiß immer noch nicht, was ich anziehen soll. Es sind nur drei Kostüme.«

»Also gut«, räumte er ein. »Wo sind sie?«

»Im Badezimmer.« Sie biss sich auf die Lippe und lächelte. »Ich führ sie dir mal vor.«

Er zog eine Augenbraue hoch. »Ich dachte, Sie müssten *gleich* weg?«

»Man kann unmöglich sagen, wie etwas aussieht, wenn es auf dem Bügel hängt«, gab sie zurück. »Und wenn ich ein bisschen zu spät komme, geht die Welt auch nicht unter.«

Er schwieg, was sie als Zustimmung deutete, und sie eilte ins Badezimmer. Sie betrachtete die Kostüme. Welches zuerst? Alle sahen ziemlich heiß an ihr aus, aber am besten begann sie mit dem, das die meiste Haut bedeckte. Was nicht gerade *viel* war – aber immerhin mehr als bei den anderen.

Als sie wieder ins Zimmer trat, warf sie sich erwartungsvoll vor ihm in Pose. Aber sein stoischer Ausdruck änderte sich nicht.

»Es gefällt dir nicht?«, fragte sie.

Er zuckte die Schultern. »Sieht auch nicht anders aus als die Sachen, die Sie normalerweise tragen, nur mit Gepardenmuster.«

»Kein Gepardenmuster.« Sie zupfte am Saum des hautengen Kleides. »*Leopard*. Und das Stirnband mit den Ohren zeigt doch, dass es ein Kostüm sein soll.«

»Nicht besonders originell«, befand er. »In Vegas wird es heute Nacht nur so wimmeln von Mädchen im Dschungel-Look.«

»Okay.« Das Leopardenkleid war also raus. Es war sowieso nur die Nummer drei gewesen – aus demselben Grund, den Jackson angeführt hatte –, deshalb konnte sie seine

Emotionslosigkeit verkraften. Bei den beiden anderen Kostümen würde er schon noch Augen machen.

Zurück im Badezimmer schlüpfte sie in das »sexy Sklaven-Prinzessinnen-Outfit«, wie es im Internet genannt worden war. Das Oberteil bestand aus einem goldenen Bikini-Top mit Schlangenmuster, während der Rock aus nichts weiter als zwei schmalen braunen Stoffbahnen bestand, die ihre Beine gerade *nicht* verhüllten. Das Model auf der Verpackung hatte die Haare in zwei seitlichen Zöpfen über die Ohren gerollt, daher flocht auch Peyton rasch ihr Haar und trat wieder ins Zimmer.

Jacksons Augen weiteten sich und er lächelte. *Die* Reaktion war doch schon besser!

Sie legte die Hände auf die Hüften, um seine Aufmerksamkeit auf ihren nackten Bauch zu ziehen. »Es gefällt dir also?«

»Das tut es, aber es kommt ziemlich unerwartet«, sagte er. »Ich wusste gar nicht, dass Sie ein *Star-Wars*-Fan sind.«

»*Star Wars?*« Sie rümpfte die Nase. »Ich hab *Star Wars* noch nie gesehen.«

»Wie sind Sie denn dann auf das Kostüm gekommen?«

»Übers Internet.« Sie schwang die Hüften und die Stoffbahnen flatterten um ihre Beine. »Unter der Kategorie ›Sexy Kostüme‹. Es heißt ›Sklaven-Prinzessin‹.«

»Und hatte diese ›Sklaven-Prinzessin‹ auch einen Namen?«

»Keine Ahnung.« Sie kniff die Augen zusammen. »Ich glaub schon, aber ich hab nicht darauf geachtet.«

»Sie *hat* einen«, sagte er in einem unerträglich selbstgefälligen Ton. »Sagt Ihnen vielleicht Prinzessin Leia etwas?«

Peyton sah ihn finster an. »Und die ist eine Figur aus *Star Wars*, oder was?«

Jackson lachte und obwohl Peyton sich ärgerte, liebte sie sein Lachen. »Mit diesem Kostüm hecheln Ihnen den ganzen Abend über Nerds hinterher. Massen von Luke Skywalkers und Han Solos, die mit ihren Lichtschwertern um Ihre Aufmerksamkeit kämpfen.«

»Es wird keine Lichtdingsbums-Kämpfe geben, denn ich verkleide mich auf gar keinen Falls als jemand aus einem abartigen Sci-Fi-Film.«

»*Star Wars* ist nicht abartig.« Jackson reckte die Schultern und sah richtig beleidigt aus. »Wenn Sie sich die Filme mal ansehen würden, hätten Sie vielleicht sogar Spaß daran.«

»Wie auch immer.« Oder besser: *Never ever*. »Hoffentlich gefällt dir das nächste Kostüm.«

»Verwandeln Sie sich nur weiter, Prinzessin.«

Sie überging seinen Sarkasmus und zog sich wieder ins Badezimmer zurück. Das letzte Kostüm war das gewagteste von allen – dem konnte kein Typ widerstehen, jedenfalls kein Hetero. Wenn Jackson darauf nicht ansprang … na ja, dann wusste Peyton ein paar Bars in San Francisco, die sie ihm empfehlen konnte …

Zurück im Zimmer legte sie eine Hand an die Taille und stellte die Hüfte aus. »Was hältst du von diesem?«

Im ersten Moment starrte Jackson sie so sprachlos an, dass es Peyton den Atem verschlug. »Gefällt mir«, sagte er schließlich. »Was soll es darstellen?«

»Eine Krankenschwester«, erklärte sie gedehnt.

»In welchem Universum tragen Krankenschwestern denn

Leder-Minis, bauchfreie Oberteile und Netzstrümpfe?« Jetzt hatte er sich wieder vollkommen unter Kontrolle, aber aufgrund seiner ersten Reaktion wusste Peyton, dass er nicht so ungerührt war, wie er vorgab zu sein. Ging ihr Plan vielleicht doch noch auf?

Um die Stimmung noch weiter anzuheizen, berührte sie das rote Stethoskop um ihren Hals und schlenderte auf ihn zu, bis sich ihre Körper fast berührten. »In einem Universum, in dem man Halloween feiert und sich in Clubs rumtreibt.« Sie sah ihn durch ihre Wimpern hindurch an und ihr Herz klopfte noch heftiger, als er nicht zurückwich. »Und da du mir überall hin folgen musst, wirst auch du dort sein. Vielleicht tanzt du ja sogar mit mir.« Um ihre Worte zu unterstreichen, ließ sie die Hüften anzüglich kreisen. Seine Augen weiteten sich und seine Hand zuckte, als wollte er sie berühren.

Dann trat er zurück, und zwar ein gutes Stück. »Um genau zu sein, hab ich heute Abend frei. Um zehn übernimmt der Bodyguard von der Nachtschicht.«

»Aber sonst bist du doch immer mein Bodyguard.« Die Spannung flaute ab, und sie versuchte, ärgerlich zu klingen, um ihre Enttäuschung zu verbergen. »Die Nachtschicht kommt doch erst zum Einsatz, wenn ich im Bett bin.«

»Wie Sie ganz richtig festgestellt haben, ist heute Halloween.« Jackson deutete auf ihr Kostüm und lächelte. »Und Sie sind nicht die Einzige, die den Abend mit Freunden verbringen will.«

»Du hast Freunde?«, fragte Peyton. »Ich dachte immer, du bist halt mit Teddy und Carl befreundet.« Das waren die

Bodyguards ihrer Schwestern, doch kaum hatte sie es ausgesprochen, bereute sie es auch schon. Natürlich hatte Jackson neben seinem Job als Bodyguard noch ein Privatleben. Montags und dienstags hatte er frei. Warum hatte sie ihn eigentlich noch nie gefragt, was er machte, wenn er nicht arbeitete?

Wahrscheinlich, weil er auf »professionellem Abstand« beharrte und kaum jemals mit ihr sprach, als sei sie ein Mensch aus Fleisch und Blut und kein Auftrag.

»Ja, ich habe Freunde«, sagte er. »Schwer zu glauben, aber ein paar gibt's.«

»Natürlich.« Peyton versuchte, die Situation mit einem Lachen zu überspielen, was peinlicherweise zu einem Klein-Mädchen-Kichern verkam. Wie ärgerlich, so idiotisch zu klingen. »Wahrscheinlich ist es auch besser, dass du dir mit ihnen einen schönen Abend machst. Jill und ich treffen uns nämlich mit ihren Freunden von der Uni, die schon ein paar Semester lang studieren. Und in einer Verbindung sind.«

Jackson ballte seine Hände zu Fäusten. »Woher kennt Ihre Freundin denn Verbindungsstudenten?«

»Es sind Freunde ihres Bruders.« Sie zuckte die Schultern. »Keine große Sache.«

»Und die wollen an Halloween mit der kleinen Schwester und ihrer Freundin abhängen?«

»Yep«, erwiderte Peyton lässig, auch wenn sie sich über seine Bemerkung ärgerte. »Was kümmert dich das? Oder bist du eifersüchtig? Denn du könntest mich vielleicht überreden, hierzubleiben. Um deinen freien Abend gemeinsam mit mir zu verbringen.« Sie legte den Kopf schräg und trat auf ihn zu, um den Abstand zwischen ihnen erneut zu verringern.

Seine Augen glühten, seine Lippen waren nur Zentimeter von ihren entfernt und ihr Körper bebte bei dem Gedanken daran, dass er sie gleich an sich ziehen und küssen würde. Sie wünschte, dass er sie an die Wand presste und ihr das sexy Schwesternkostüm vom Leib riss. Schließlich konnte sie sich nicht länger beherrschen und berührte seine Lippen mit ihren.

»Nein.« Er schüttelte den Kopf und rückte ab. Seine Augen blitzten verärgert auf, voller Wut … aber auch voller Begehren, wie Peyton hätte schwören können. »Ich habe es bereits gesagt und sage es noch einmal – das ist tabu.«

»Aber du willst es doch auch«, sagte sie herausfordernd. Es war frustrierend: Da war sie so nahe dran gewesen und wurde wieder zurückgestoßen. »Du solltest endlich aufhören, immer nur daran zu denken, *was nicht geht*, und versuchen, dich auf das zu konzentrieren, *was du willst*.«

»Was soll das heißen?«, fragte er.

»Dass du so damit beschäftigt bist, nur das zu tun, was du tun darfst, dass du niemals dazu kommst, das zu tun, was du wirklich willst.«

»Sie haben ja keine Ahnung, wovon Sie reden.«

»Ich glaube schon.« Sie rang sich einen selbstbewussten Tonfall ab, aber ihre Handflächen schwitzten so sehr, dass sie sie an ihrem Rock abwischen musste. »Du willst nur nicht zugeben, dass ich recht habe.«

»Damit wir uns richtig verstehen: Ich *wollte* den Abend heute freihaben, und das habe ich auch.« Er wandte sich zur

Tür um und öffnete sie. »Ich nehme an, Sie müssen sich noch fertig machen, daher warte ich bis zum Ende meiner Schicht draußen im Gang. Viel Spaß heute Abend, Peyton. Und versuchen Sie möglichst, sich Unannehmlichkeiten vom Leib zu halten … falls Sie das überhaupt schaffen.«

Und damit ließ er sie allein.

16

Madison

Madison war eigentlich nicht in der Stimmung für Halloween. Aber sie hatte Wort gehalten und sich wieder öfter mit ihrer Clique getroffen, und als Oliver davon erzählte, dass er für Halloween einen Pavillon im *Luxe* reserviert hatte, sagte sie zu. Das Motto war »Angels & Devils«, was nicht gerade viel Spielraum für außergewöhnliche Kostüme ließ, sodass Madison sich schließlich für einen »gefallenen Engel« entschied. Ihr schwarzes Minikleid saß locker genug, um ihre zugenommenen Pfunde zu vertuschen, und sie ergänzte ihr Outfit mit fluffigen schwarzen Flügeln und einem Heiligenschein, beides aus dem Halloween-Shop. Dazu sparte sie nicht mit schwarzem Eyeliner. Das Kostüm passte perfekt zu ihrer düsteren Stimmung.

Sie bemühte sich um einen ungezwungenen Umgang mit ihrer Clique, aber ihr Geheimnis, das sie niemandem anvertrauen durfte, stand wie eine unsichtbare Mauer zwischen ihnen. Sie fühlte sich von *allen* entfremdet. Vor allem von Oliver. In letzter Zeit waren sie wegen der Nachhilfe öfters zusammen gewesen, aber mit jedem Tag, an dem er sich um sie bemühte, fiel es ihr schwerer, ihn nicht einzuweihen.

»Hey.« Als hätte er ihre Gedanken gelesen, ließ er sich in

diesem Moment auf den leeren Platz neben sie fallen. Sein Teufels-Outfit bestand aus einer roten Smokingjacke und Papphörnern. »Du siehst aus, als ob du dich langweilst. Ist alles in Ordnung?«

»Aber klar.« Madison zwang sich zu lächeln. »Ich hab mir nur mal eben alle Halloween-Kostüme angesehen.«

»Ein paar sind schon echt verrückt.« Er blickte über die Brüstung des Pavillons, wo gerade ein Bodybuilder vorbeimarschierte, der sich von Kopf bis Fuß rot angemalt hatte und nichts als eine knappe rote Badehose trug.

»Danke, dass du uns diesen Platz hier reserviert hast. Und dass du mich überhaupt zum Ausgehen überredet hast«, sagte sie. »Ich will nicht, dass du denkst, ich würde deine Bemühungen gar nicht wahrnehmen. Ich weiß wirklich zu schätzen, dass du in den letzten Wochen so intensiv für mich da warst.« Madison sprach selten so offen über ihre Gefühle, vor allem nicht in einem Club, aber sie musste Oliver endlich wissen lassen, wie gut ihr seine Aufmerksamkeit tat.

»Ist doch selbstverständlich, Mads«, erwiderte er. »Was immer an dir nagt, irgendwann wirst du damit fertigwerden, aber nicht mal die stärkste Person schafft das allein.« Er sah sie eindringlich an und legte seine Hände über ihre. Ein warmer Schauder rieselte durch ihren Körper und ihr Atem verlangsamte sich. Sie wusste seinen Blick genau zu deuten – es war der Blick eines Jungen, der sie küssen wollte.

Seltsamerweise beschleunigte die Vorstellung, dass sich seine Lippen auf ihre legen könnten, ihren Puls, und sie wusste kaum, was sie tat, als sie seinen Blick erwiderte und sich zu ihm vorbeugte, als wolle sie ihn zu diesem Kuss herausfordern.

»Hallo Leute«, platzte Larissa dazwischen. Madison fuhr zurück und schüttelte ihre Benommenheit ab. Hatte Oliver sie tatsächlich vor allen küssen wollen? Und war sie fast so weit gewesen, es *zuzulassen*? Ihre Wangen röteten sich. Was war in sie gefahren?

»Hey, Larissa.« Oliver klang ungehalten. »Was gibt's?«

»Ich wollte mich ein bisschen frischmachen und sehen, ob Madison mit mir zur Toilette kommen würde«, antwortete sie und sah Madison mit einem Blick an, der eindeutig besagte: *Wenn du nicht mitkommst, kannst du später was erleben.*

Es musste um Oliver gehen. Er und Larissa hatten den Sommer über eine »Friends with Benefits«-Beziehung, aber die Sache mit dem Sex war im August zu Ende gegangen. Larissa hatte behauptet, Oliver sei ihr zu sehr Player, als dass sie ihn ernst nehmen könne, und hatte stattdessen was mit Harrison angefangen. Aber ihrem flammenden Blick nach zu urteilen, der durch ihre rote Corsage, den gleichfarbigen Minirock und die Teufelshörner noch verstärkt wurde, war sie ziemlich angepisst.

»Klar«, sagte Madison, stand auf und versuchte das, was da gerade zwischen ihr und Oliver abgelaufen war, nicht weiter an sich heranzulassen. Sie und Oliver hatten immer mal wieder geflirtet, aber mehr war nie gewesen, schließlich wollte sie nicht als eine seiner zahllosen Eroberungen enden.

Aber war das wirklich alles, was sie für ihn sein würde? Denn falls da doch etwas zwischen ihnen passieren sollte, hoffte sie, dass es mehr bedeutete – *ihm* und *ihr*. Auch wenn sie keine Ahnung hatte, was sie von all diesen Gedanken eigentlich halten sollte.

Sie hatten sich gerade die Hände gewaschen, als Larissa ihr Papierhandtuch in den Behälter schleuderte. »Was zum Teufel sollte das denn eben?«, fragte sie aufgebracht.

»Was meinst du?« Vielleicht ließ Larissa das Thema fallen, wenn sie die Unschuldige spielte. Sie wusste ja selbst nicht genau, was das eben gewesen war.

»Das zwischen dir und Oliver.« Larissa packte sie am Arm und drückte Madison in eine Ecke der Toilette. Larissas Atem schlug ihr entgegen, und sie konnte riechen, dass ihre Freundin Alkohol getrunken hatte. Das bedeutete, dass sie so schnell wie möglich hier rausmusste. Larissa konnte richtig aufbrausend werden, wenn sie betrunken war. »Habt ihr zwei heimlich was miteinander? Hast du dich deshalb in letzter Zeit so komisch verhalten?«

»Da läuft überhaupt nichts zwischen mir und Oliver«, sagte Madison mit unsicherer Stimme.

»Also bitte!« Larissa verdrehte die Augen. »Ihr zwei habt euch gerade angesehen, als würdet ihr einander auf der Stelle die Kleider vom Leib reißen.«

»Quatsch«, hielt Madison dagegen, auch wenn sie bei dem bloßen Gedanken an diese Möglichkeit rot wurde. Es konnte doch unmöglich sein, dass sie *so* an Oliver dachte ... Aber sein Blick von eben, als sei sie die einzige Person im Club – auf der *Welt* –, an der ihm etwas lag, ging ihr nicht mehr aus dem Kopf. »Überhaupt, und wenn schon? Ich dachte, du gehst jetzt mit Harrison.«

»*Jetzt* ja, aber den ganzen Sommer über war ich mit Oliver

zusammen«, sagte sie. »Und auf einmal finde ich raus, dass du hinter meinem Rücken mit ihm im Bett warst? Wie lange lügst du mich schon an?«

»Wow, jetzt halt mal die Luft an.« Madison musste sich beherrschen, um nicht laut aufzulachen. »Oliver und ich sind seit der Grundschule befreundet. Zwischen uns ist nie was gelaufen. Und du weißt, in dem Moment, wo *das* zum ersten Mal passiert – egal mit wem – bist du eine der Ersten, die's erfährt.«

»Ist das so?«, gab Larissa zurück. »Denn seit du ins *Diamond* gezogen bist, hast du dich irgendwie total verändert.«

»Hab ich nicht.« Madison würgte die Worte fast hervor, weil sie genau wusste, dass sie nicht stimmten.

»Hast du doch«, sagte Larissa. »Ich erkenn dich kaum wieder. Erst hab ich noch gedacht, du brauchst Zeit, um dich an das neue Leben am Strip zu gewöhnen, und im August und September lief auch wieder alles ganz normal. Aber dann bist du immer seltsamer geworden. Triffst dich kaum noch außerhalb der Schule mit uns, und wenn doch, merkt man dir an, dass du das eigentlich gar nicht willst. Und jetzt, nachdem ich dich mit Oliver gesehen habe, weiß ich auch, warum. Ihr zwei habt was miteinander und haltet es vor uns allen geheim. Das ist wohl auch der Grund für deine zusätzlichen Pfunde. Jetzt, da du Oliver hast, musst du ja nicht mehr perfekt aussehen, um alle Jungs heiß auf dich zu machen.« Sie lachte verbittert. »Am Ende bist du sogar der Grund dafür, warum er mit mir Schluss gemacht hat. Ich hab ja schon immer gewusst, dass du selbstsüchtig bist, aber dass du *mir* gegenüber so gemein bist, hätte ich nie gedacht.«

Madison ballte die Hände zu Fäusten und spannte jeden Muskel ihres Körpers an. Vielleicht sagte Larissa das alles ja nur, weil sie betrunken war, aber trotzdem ging das einfach zu weit.

»Bisher hast du doch immer behauptet, dass das Ende eures Bettverhältnisses von beiden Seiten ausging«, giftete Madison zurück. »Und du hast so getan, als ob du froh darüber bist, weil er dir zu sehr Player war. Hör bloß auf damit, dir diesen ganzen Scheiß über mich einzubilden. Weil ich nämlich *nicht* mit ihm schlafe. Aber wenn es doch so wäre, dann wäre ich ihm mit Sicherheit wichtiger, als du es jemals warst.«

Madison erschrak über ihre eigenen Worte – so gemein hatte sie eigentlich gar nicht sein wollen. Aber jetzt war es raus und sie konnte es nicht mehr zurücknehmen.

»Du bist ja so ein Miststück.« Larissa schubste Madison zur Seite und stürmte aus der Toilette. Eine Mädelsgruppe, die kurz vorher hereingekommen war, glotze Larissa verdutzt hinterher und warf dann Madison einen misstrauischen Blick zu. Mit einem Schulterzucken trat Madison auf den Gang.

Vor ein paar Monaten wäre sie einfach in den Pavillon zurückmarschiert und hätte erst recht Party gemacht, um diese blöde Zickerei gar nicht erst an sich heranzulassen. Aber vor ein paar Monaten hätte sie auch *niemals* so einen Streit mit Larissa gehabt. Und ihre Gefühle für Oliver wären eindeutig gewesen, nämlich freundschaftlich. Und sie hätte auch nicht gewusst, dass ihr ganzes Leben eine Lüge gewesen war.

Aber jetzt hatte sie nicht mehr die Energie, so zu tun, als sei alles okay. Sie wollte nur noch nach Hause.

Zum Glück standen vor dem *Luxe* genügend Taxis herum, sodass sie einfach eines zum *Diamond* zurück nehmen konnte. Auf der Heimfahrt wurde sie allmählich ruhiger. Sie sehnte sich danach, eine Schlaftablette zu nehmen und die restliche Nacht über nichts mehr mitzubekommen.

Da zeigte ihr Handy eine SMS an. Oliver.

wo bist du?

fühl mich nicht gut und fahr jetzt heim.

soll ich rüberkommen?

Sie kaute auf der Unterlippe und ihre Daumen schwebten über der Tastatur. Sie war ziemlich sicher, dass Oliver kurz davor gewesen war, sie zu küssen, und dass sie es zugelassen hätte, wenn Larissa nicht reingeplatzt wäre. Erwartete er, dass sie dort weitermachten, wo sie unterbrochen worden waren? Und was noch wichtiger war: Was erwartete sie selbst?

Sie stellte sich noch einmal vor, wie es gewesen wäre, wenn er sie wirklich geküsst hätte. Ihr Herz bebte. Was war nur mit ihr los? Oliver war doch nur ein *Freund*. Und wenn sie sich küssten, würde das alles verändern. Es wurde ja oft behauptet, dass die besten Beziehungen als Freundschaft angefangen hätten. Konnte das auch bei ihnen so sein?

Möglich. Aber wenn es etwas werden sollte, wollte sie nicht, dass es mit einer Lüge anfing. Bevor sie ihm nicht reinen Wein über ihren leiblichen Vater eingeschenkt hatte, konnte da gar nichts laufen. Aber jetzt war nicht der richtige Zeitpunkt dafür, zumal Oliver seit dem Abendessen Alkohol getrunken hatte. Außerdem war sie nicht sicher, ob sie bereit war, das Vertrauen ihrer Eltern zu missbrauchen – auch wenn sie *ihres* missbraucht hatten.

ich geh lieber schlafen. lass die party nicht wegen mir sausen. viel spaß noch! ☺

Sie drückte auf Senden und steckte das Handy in ihre Tasche zurück. Auch wenn sie noch nicht bereit war, ihm alles zu sagen, empfand sie das Geheimnis wie einen Parasiten, der sie von innen auffraß und sie zum Schatten der Person machte, die sie gewesen war.

Nicht mehr lange, und alles würde aus ihr herausbrechen.

www.campusbuzz.com

Goodman High School › Las Vegas › Nevada

Oliver Prescott und Madison Lockhart??

Gepostet Samstag, 1.11., 11:47

Ich hab gestern auf der Toilette im *Luxe* zufällig einen Riesenstreit zwischen Madison und Larissa mitgekriegt. Oliver und Madison haben seit MONATEN was miteinander und waren schon im Bett, als Larissa noch mit ihm rumgemacht hat. Hat Larissa aber erst gestern Abend gecheckt. Madison war so was von fies zu ihr und hat es praktisch zugegeben. Das beweist mal wieder, dass Madison eine Oberzicke ist, die man lieber meiden sollte. Wer mit ihr befreundet ist (oder *glaubt*, es zu sein, denn Madison interessiert sich für niemand anders als für sich selbst), der sollte zusehen, dass er das Weite sucht. Glaubt mir, ihr werdet es mir noch danken.

1: Gepostet Samstag, 1.11., 12:19

dachte, madison ist noch jungfrau?

2: Gepostet Samstag, 1.11., 12:33

Madison ist 'ne Zicke und 'ne Lügnerin. Ich wette, sie hat ihre Jungfräulichkeit schon vor allen anderen in ihrer Klasse verloren und dann diese faustdicke Lüge aufgetischt, damit man sie nicht für 'ne Schlampe hält.

3: Gepostet Samstag, 1.11., 12:52
wahrscheinlich ist sie schon seit der mittelstufe mit oliver zusammen. würd mich nicht verwundern!

4: Gepostet Samstag, 1.11., 13:07
Im Sommer hat sie im *Gates* auch ein Hotelzimmer mit Damien genommen. Wette, dass sie's – wer weiß wie lange schon – mit ihm UND Oliver treibt. Nuttige Schlampe.

5: Gepostet Samstag, 1.11., 13.18
Also echt, Leute. Ihr tratscht wieder über Sachen, von denen ihr keine Ahnung habt. Macht mal Pause und denkt logisch drüber nach. Wie alle auf der Goodman weiß ich, dass Madison und Oliver seit der Grundschule enge Freunde sind. Wenn sie wirklich miteinander geschlafen haben – was keiner auf dieser Site wirklich weiß –, dann wahrscheinlich, weil sie sich echt mögen. Aber egal, ob oder ob nicht, es ist ihre Angelegenheit, nicht unsere. Und es macht doch keinen Sinn, Madison als Schlampe zu bezeichnen, nur weil sie vielleicht mit Oliver geschlafen hat. Sie mag ja nicht als das netteste Mädchen der Schule bekannt sein, aber ihr seid doch alle keine Engel.

6: Gepostet Samstag, 1.11., 13:34
du hast das wesentliche nicht kapiert: madison und larissa wären doch angeblich freundinnen, und madison hat mit oliver geschlafen, als larissa noch was mit ihm hatte! somit IST madison eine SCHLAMPE!!

7: Gepostet Samstag, 1.11., 13:49
*waren

8: Gepostet Samstag, 1.11., 13:57
kann doch echt nicht sein! korrigiert da jemand grammattik? das hier ist das *internet*, kein aufsatz für die schule …

9: Gepostet Samstag, 1.11., 14:02
*Grammatik

10: Gepostet Samstag, 1.11., 14:13
Mal ehrlich mal, 'ne ähnliche Nummer hat sie doch schon mit Savannah und Damien abgezogen. Sie hat Damien genau in dem Moment was vorgemacht, als er sich für Savannah interessierte. Klare Sache: Madison mag es nicht, wenn sich andere Mädels für ihre Boytoys interessieren. Aber dass sie und Oliver so lange hinter Larissas Rücken rumgemacht haben, beweist eindeutig, dass sie eine Hure ist. Ein Gutes hat's ja: Nachdem die Bombe jetzt geplatzt ist, hat sie sicher keine Freunde mehr. Genau das, was so 'ne Zicke verdient hat.

11: Gepostet Samstag, 1.11., 14:28
und sie hat ganz schön zugenommen, wenn ihr sie also vögeln wollt, dann nichts wie ran, solange sie noch heisssss ist!!!

17

Savannah

»Das *Abandon* eröffnet Mitte Dezember, aber schon Ende November wird es fertig sein«, sagte Rebecca, als sie Savannah, Alyssa und die Partyplanerin durch die Doppeltür in den Club führte. »Ich kann mir keinen besseren Test für den Club vorstellen als deine Sweet-Sixteen-Party.«

Das *Abandon* lag im Erdgeschoss der *Diamond Residences*, und obwohl die Wände noch kahl waren, die Tische übereinandergestapelt in der Mitte standen und der Pool leer war, wusste Savannah aus den Plänen, dass es eine ganz wunderbare Location werden würde. Anders als das sich über drei Stockwerke erstreckende *Myst* hatte das *Abandon* niedrige Decken und ging über mehrere Säle, die alle auf einer Ebene lagen. Im Hauptraum befand sich eine lange Bar mit verspiegelten Wänden sowie eine Tanzfläche mit DJ-Bühne. Dahinter waren auf einer erhöhten Fläche VIP-Tische und Nischen vorgesehen. Auf der anderen Seite dieser Plattform würde es noch eine kleinere Bar und Spieltische geben. Und entlang der gesamten Räumlichkeiten gab es einen Außenbereich mit einem riesigen flachen Pool mit großen runden Inseln in der Mitte, Palmen, zwei Reihen Pool-Lauben, welche die Rückwand bildeten, und natürlich mit einer weiteren Bar.

Da der Club noch nicht eröffnet war, durften keine Fotos gemacht werden, daher hatte Rebecca angeordnet, dass Savannah und Alyssa ihre Handys bei den Bodyguards ließen, die am Eingang warteten. Während Rebecca und die Partyplanerin in ein Gespräch über Einrichtungsdetails vertieft waren, sahen sich Savannah und Alyssa staunend um.

»Der Club ist sa-gen-haft!«, schwärmte Alyssa mit großen Augen. »Deine Sweet-Sixteen-Party wird der Knaller des Jahres.«

»Ich glaube auch, dass sie echt großartig wird«, stimmte Savannah ihr zu. Sie war schon ziemlich aufgeregt, aber gleichzeitig würde es der erste Geburtstag sein, den sie ohne ihre Mutter feierte. In Fairfield waren sie jedes Jahr bei Dunkin' Donuts frühstücken gegangen und hatten sich die Bäuche vollgestopft. Abends hatten sie, ihre Schwestern, Mom und Grandma dann im *Macaroni Grill* gegessen, damals Savannahs Lieblingslokal, und zum Nachtisch hatten sie bei Grandma noch Smartiekuchen oder Brownies mit einer dicken Schicht Vanilleeis verdrückt.

Bei dem Gedanken daran bildete sich ein Kloß in Savannahs Kehle und in ihren Augen brannten Tränen. Sie hatte ihre Geburtstagsfeier immer schon wichtiger genommen als Peyton oder Courtney ihre eigenen Geburtstage, und deshalb hatten sich alle stets bemüht, ihr einen besonders schönen Tag zu bereiten. Sie hatte sogar die Schule schwänzen dürfen, wenn ihr Geburtstag auf einen Wochentag fiel. Das hier würde zwar ihre extravaganteste Feier werden, aber Mom und Grandma würden ihr doch sehr fehlen.

»Alles okay?« Alyssa spielte mit der Spitze ihres langen

dunklen Pferdeschwanzes. »Du siehst auf einmal richtig traurig aus.«

»Alles okay.« Savannah blinzelte die Tränen fort. »Ich hab nur gerade daran gedacht, dass das mein erster Geburtstag ohne meine Mutter und meine Großmutter wird.«

»Aber du besuchst sie doch über Thanksgiving, oder?«, fragte Alyssa und Savannah nickte. »Ich dachte, ihr feiert Thanksgiving und deinen Geburtstag zusammen, wenn ihr dort seid?«

»Das machen wir auch.« Sie zuckte die Schultern. »Aber es ist nicht das Gleiche, wie an dem richtigen Tag zu feiern. Ein Geburtstag ist was ganz Besonderes, weil es der einzige Tag im Jahr ist, der nur für einen selbst reserviert ist. Wenn man aber an einem anderen Tag feiert, ist es so wie irgendeine andere Feier an irgendeinem anderen Tag der dreihundertvierundsechzig übrigen des Jahres.«

»Da hast du recht«, sagte Alyssa. »Gibt es denn keine Möglichkeit, dass sie herkommen?«

»Nein.« Savannah schüttelte den Kopf. »Meine Grandma braucht Moms Hilfe bei der Pflege von Tante Sophie.«

Dass ihre Mutter in einer Entzugsklinik gewesen war, hatte Savannah niemandem erzählt, daher war Tante Sophies Krebsleiden die beste Ausrede für ihr Fernbleiben. In Wirklichkeit war Vegas der schlimmste Ort, den eine ehemalige Alkoholikerin aufsuchen konnte. Auf der Party würde es jede Menge Alkohol geben und diese Versuchung wäre zu groß für ihre Mom, vor allem in Kombination mit dem Stress, den das Wiedersehen mit Adrian nach all den Jahren auslösen würde.

Sie gingen nach draußen, um sich den Pool anzusehen, und

Savannah stellte sich vor, wie alles aussah, wenn die Leute an der Bar und in den Lauben saßen. Es gab sogar eine Überdachung, die ausgefahren werden konnte, wenn es zu kalt war, um draußen zu schwimmen, was an einem Dezemberabend gut der Fall sein konnte.

»Und, wen lädst du alles ein?«, fragte Alyssa.

»Das gesamte Team und natürlich alle aus unserer Stufe«, sagte Savannah, froh, dass die Unterhaltung eine neue Richtung nahm. »Courtney und Peyton können auch ein paar Leute mitbringen. Und natürlich werden Adrian und Rebecca Unmengen ihrer eigenen Freunde einladen. Leider auch die Prescotts und Lockharts.« Savannah war nicht gerade begeistert gewesen, als Rebecca ihr das eröffnet hatte, aber da Adrian eng mit beiden Familien befreundet war – und die Party bezahlte … –, konnte sie schlecht Widerspruch erheben. »Rebecca scheint die beste Freundin von Madisons Mutter zu sein und hat ihr versprochen, dass wir auch ein paar von Madisons Freunden einladen. Damit Madison sich nicht ›fehl am Platz‹ fühlt.« Savannah verdrehte die Augen. Sie konnte sich nicht vorstellen, dass Madison sich *irgendwo* fehl am Platz fühlte.

»Wird auf jeden Fall eine … interessante Mischung«, stellte Alyssa fest.

»Ach, hier seid ihr, Mädels«, sagte Rebecca, die mit der Partyplanerin im Schlepptau herauskam. »Wie findet ihr das *Abandon?*«

»Perfekt«, sagte Savannah lächelnd. »Ich fürchte nur, dass wir gar nicht genug Leute sein werden, um es zu füllen, so riesig ist es!«

Gail, die Partyplanerin, warf einen Blick auf ihr Clipboard. »Es wird so viel geboten sein, dass du gar nicht so viele Leute brauchst, um den Club zu füllen«, sagte sie. »In der Mitte findet das Essen an der langen Tafel statt, das Buffet mit den Vorspeisen und dem Nachtisch ist im hinteren Teil. Ich habe Rebecca eine Liste mit der Speisefolge gegeben, ihr könntet euch nachher noch zusammensetzen und aussuchen, was ihr möchtet. Draußen beim Pool wird's diverse Entertainment-Points geben, zum Beispiel Henna-Tattoos, Fotokabinen, Wahrsagerinnen, Massage, einen Karikatur-Künstler, einen Stand, an dem man Handytaschen basteln kann, und so weiter. Und die Spieltische werden für alle Altersstufen geöffnet sein, da jeder Gast bei seiner Ankunft drei Chips geschenkt bekommt. Der Erlös aus den gekauften Chips geht an einen Wohltätigkeitsverein eurer Wahl.«

»Das wird die schönste Sweet-Sixteen-Party, die es je gab«, stieß Alyssa atemlos hervor.

»Aber verrate bloß keinem, was es alles gibt«, sagte Savannah. »Ich möchte alle überraschen.«

»Da wir gerade von Überraschungen reden«, begann Rebecca. »Vor ein paar Wochen habe ich bei den Produzenten angefragt und nun grünes Licht bekommen: Wie würde es dir gefallen, wenn deine Party bei *My Fabulous Sweet Sixteen* gesendet würde?«

Alyssa quietschte auf, während Savannah im ersten Moment nicht wusste, was sie sagen sollte. Sie hatte diese Geburtstagsshow ein paarmal mit Evie im Fernsehen angesehen, und die Mädels, die dort auftraten, waren allesamt verwöhnte Gören gewesen. Ein Mädchen hatte einen Wutanfall bekommen, weil der BMW, ein Geschenk ihres Vaters, nicht genau das Modell war, das sie wollte. Savannah war doch ganz anders!

Sie würde *alles* an ihrer Party *zu schätzen wissen*. Aber andererseits ... vielleicht würde die Show ja auf sie aufmerksam machen? Und sie wollte doch so gerne im Showgeschäft Fuß fassen. Vielleicht würde das ihrem YouTube-Channel zum Durchbruch verhelfen?

»Was hält Adrian denn davon?«, fragte sie. »Ich weiß, dass er alles tut, um uns vor schlechter Publicity zu schützen, und die Shows sind ja dafür bekannt, dass sie die Mädchen nicht von ihrer positiven Seite zeigen ...«

»Das habe ich bereits mit den Produzenten besprochen«, sagte Rebecca. »Sie waren so begeistert von der Idee, uns in der Show zu haben, dass sie bereit waren, eine Vereinbarung mit unserem Anwalt zu unterzeichnen und nur Filmmaterial zeigen werden, das wir freigegeben haben. Wir können die Rechte an der Episode auch zurückkaufen, wenn uns die endgültige Version nicht gefällt, daher werden sich die Produzenten bestimmt darum bemühen, dass wir mit allem einverstanden sind. Wir brauchen nur noch deine Zustimmung, dann können wir zusagen.«

»Das kannst du nicht ablehnen«, mischte sich Alyssa ein. »Das ist die Chance deines Lebens. Deine Party wird sowieso schon die schönste des Jahres, aber wenn sie auf *My Fabulous Sweet Sixteen* gesendet wir, wird sie die beste aller Zeiten!«

»Okay, okay«, sagte Savannah. Ihr drehte sich der Kopf. »Ich bin einverstanden.«

»Wunderbar«, sagte Rebecca. »Und nachdem du jetzt ja eingewilligt hast … es sind schon ein paar Kameraleute hier. Sie wollen Probeaufnahmen machen, wie du den Veranstaltungsort zum ersten Mal siehst, wie du dich auf die Party freust und sonst noch ein paar Kleinigkeiten für die Show. Morgen wollen sie dich und den Rest der Familie interviewen, nächste Woche kommen sie mit, wenn wir die Garderobe kaufen und so weiter.«

»Aber ich dachte, wir dürfen jetzt noch keine Aufnahmen von dem Club machen«, sagte Savannah.

»Das stimmt«, erwiderte Rebecca, »aber die Produzenten der Show haben sich verpflichtet, kein Filmmaterial zu veröffentlichen, ehe der Club eröffnet wird. Also … soll ich sie reinholen?«

»Okay.« Savannah holte tief Luft. »Dann mal los. Und … danke. Echt cool von dir, das zu arrangieren.«

»Ich weiß, dass es nicht leicht war, von zu Hause wegzuziehen, und ich will, dass du hier glücklich bist.« Rebecca drückte Savannahs Hand und ging, um das Kamerateam zu holen. Natürlich würde sie Mom oder Grandma nie ersetzen können, aber sie bemühte sich wirklich sehr darum, dass sie sich hier wohlfühlten, und dafür war Savannah ihr dankbar.

Das Team brauchte nicht lange, um alles aufzubauen, Savannah zu stylen und loszulegen. Klar, das waren natürlich Profis, die nur ihr Programm abspulten, aber es kam Savannah trotzdem total unwirklich vor. Das Filmteam von *My Fabulous Sweet Sixteen* war hier, um *ihre* Party für die Show zu filmen! Sie war so durcheinander, dass sie kaum einen klaren Gedanken fassen konnte.

»Wir fangen damit an, dass du dich vorstellst und den Zuschauern erzählst, wo du bist«, wies sie der Regisseur namens Carson an. »Bei drei fängst du an zu reden. Eins … zwei … los!«

Die Scheinwerfer blendeten Savannah und sie blinzelte ein paarmal irritiert. Alle beobachteten sie und schienen etwas Geniales von ihr zu erwarten. Sie schluckte und spielte an ihren Armreifen herum. Was wollten die wohl hören?

»Hi.« Ihre Stimme zitterte und sie winkte unbeholfen in die Kamera. »Ich bin Savannah Diamond und werde am dreizehnten Dezember sechzehn. Wir sind hier alle im Nightclub *Abandon* …« Sie machte eine Geste durch den Club. »Und, ähm … hier soll die Party stattfinden!« Zum Schluss klang ihre Stimme übertrieben fröhlich und sie machte ein paar Tanzschritte. Omeingott, wie unglaublich peinlich musste das alles wirken!

Den ausdruckslosen Gesichtern der Kameraleute nach zu urteilen, war es sogar noch schlimmer, als sie gedacht hatte.

Sie schirmte die Augen vor dem grellen Scheinwerferlicht ab. »Soll ich's noch mal versuchen?«

»Ja, versuchen wir's noch mal«, sagte Carson. »Sprich diesmal lauter und sei locker. Selbstbewusst. Lass die Zuschauer spüren, wie begeistert du bist!«

»Okay.« Savannah verlagerte ihr Gewicht von einem Bein aufs andere und versuchte, sich auf *Begeisterung!!!* zu konzentrieren, und die Kamera begann erneut zu laufen.

»Hi!«, rief sie so laut, dass sie das Gefühl hatte, zu schreien. »Ich bin Savannah Diamond! Ich werde bald sechzehn und hier soll meine Party stattfinden!« Sie breitete die

Arme aus, dann fiel ihr ein, dass sie vergessen hatte, den Veranstaltungsort zu nennen. »Die Party findet im Nightclub *Abandon* statt«, ergänzte sie, verunsichert durch den entsetzten Ausdruck auf Carsons Gesicht. »Der Club ist wie gemacht für meine Party ... richtig eröffnet wird er ja erst nach meiner Party ... es wird also für alle so eine Art Premierenparty hier ...« Sie zwang sich zu einem breiten Lächeln, hielt beide Daumen hoch und setzte noch hinzu: »Ich kann's kaum erwarten!«

Die rote Aufzeichnungslampe ging aus, und sie ballte die Hände zu Fäusten und stampfte entnervt auf. Wie oft hatte sie eigentlich das Wort *Party* in diesen paar Sekunden gesagt? Und was sollte denn bitte das mit den *Daumen?* Vor der Kamera zu *singen,* war viel einfacher gewesen: Der Text stand schon fest und sie war umgeben von Leuten, die sie kannte, und nicht von total Fremden.

»Tut mir leid.« Sie schüttelte unsicher den Kopf und konnte keinen direkt ansehen. »Das war furchtbar.«

»Das ist nur das Warm-up«, versuchte Carson, sie aufzumuntern. »Denk ein paar Minuten drüber nach, was du sagen willst, dann starten wir erneut.«

Aber jeder folgende Take war noch schlimmer als der vorangegangene. Sie versuchten, in verschiedenen Ecken des Clubs zu filmen, und Carson stellte ihr Fragen, die sie eigentlich zu den richtigen Antworten führen sollten, aber selbst mit dieser Hilfestellung vermasselte sie es jedes Mal. Sie war so frustriert, dass sie am liebsten etwas zerschmettert hätte.

Nach dem x-ten Take sagte Carson schließlich: »Das bringt wohl heute nichts. Wir filmen jetzt erst mal die Basics, wie du mit allen einen Rundgang machst und über deine Pläne redest. Wir interviewen Rebecca und eure Partyplanerin und versuchen es dann morgen noch mal mit dir.«

Sie kämpften sich durch ein paar Aufnahmen, wie Savannah durch den Club ging und so tat, als würde sie Einzelheiten mit Gail und Rebecca besprechen. Schließlich packte das Kamerateam ein, um noch ein paar Impressionen vom *Diamond* einzufangen, und sie verabredeten sich für den nächsten Tag. Savannah konnte die Ermahnung in Carsons Stimme nicht überhören – dass sie sich unbedingt vorbereiten sollte.

»Ich war schrecklich, stimmt's?«, fragte sie, nachdem die Filmleute endlich fort waren.

»So schlimm war's auch wieder nicht«, sagte Alyssa, auch wenn sie nicht gerade überzeugend klang. »Aber meine Eltern sollen mal lieber diese Einverständniserklärung unterschreiben, ich *muss* einfach mit dir in der Show sein. Und vielleicht wird's ja leichter für dich, wenn du zusammen mit Freunden gefilmt wirst.«

»Du warst einfach nicht darauf vorbereitet«, sagte Rebecca. »Das war meine Schuld. Ich wollte dich damit überraschen, aber ich hätte dich vorwarnen sollen, was da auf dich zukommt. Wir üben heute Abend, damit du für morgen fit bist, okay?!

»Okay«, sagte Savannah, obwohl ihr das Ganze wie ein Stein im Magen lag. Was, wenn sie so miserabel war, dass die Filmleute nicht das gewünschte Material bekamen, egal, wie lange sie übte?

Sie versuchte, ihre Bedenken beiseitezuschieben, während sie weitere Details besprachen. Es kam ihr wie eine Ewigkeit vor, bis sie sich endlich aufmachten und ihre Taschen bei den Bodyguards am Eingang abholten. Kaum hatte Savannah ihre wieder, da summte ihr iPhone. Sie nahm es heraus, um zu sehen, wer ihr getextet hatte.

Auf ihrem Display wimmelte es nur so von Benachrichtigungen. SMS, verpasste Anrufe, Tweets, Facebook, Snapchat – was war denn da los? Gab's etwa wieder etwas Peinliches über sie im Netz? Savannahs Magen zog sich noch mehr zusammen und sie machte sich auf das Schlimmste gefasst, als sie die Nachrichten öffnete.

Evies SMS war die neueste und Savannah sprangen sofort die letzten Zeilen ins Auge.

OMG! ich glaub's ja nicht! du hast ja soooo ein Glück! RUF MICH ASAP AN!!

Savannahs Puls ging schneller und sie scrollte zum Anfang des Texts.

hör grad die ryder garrison weekend top 40 auf siriusradio, und er hat da so eine rubrik, in der er berichtet, was im Web so los ist und auf welche youtube-künstler er aufmerksam geworden ist – und diese woche spielt er EINEN CLIP VON DEINEM NEUESTEN COVER SONG!! den song von one connection! UND DIE GANZE WELT KANN ES HÖREN!!! und er sagt auch deinen youtube-namen an!!

»*Omeingott!*« Atemlos ging Savannah die restlichen Messages durch. Alle handelten davon, dass ihr Song in einer internationalen Sendung eines Satellitenradios gespielt wurde. Selbst Leute, die sie gar nicht kannte, texteten ihr, wie gut ihnen ihre Musik gefiel, und meldeten sich auf ihrem Channel an. Am liebsten hätte sie sofort allen geantwortet, aber auf ihrem Smartphone ging das nicht. Dazu musste sie an ihren Laptop.

»Was ist los?« Rebecca fummelte an ihrer Perlenkette herum. »Alles in Ordnung?«

»Warte mal.« Savannah musste jetzt einfach ihren YouTube-Channel checken. Sie klickte ihr Profil an und zog scharf die Luft ein, als sie sah, dass die Klicks ihres neuesten Videos ins Fünfstellige geschossen waren – in weniger als einem Tag. »Omeingott«, sagte sie noch mal. »Ich fass es nicht.« Sie musste noch mal hinsehen, um zu begreifen, dass das *real* war.

»Jetzt spann uns nicht länger auf die Folter.« Alyssa zwirbelte an ihrem Pferdeschwanz herum und beugte sich vor, um auf Savannahs Display zu gucken. »Was geht denn ab?«

Savannah wiederholte, was in Evies SMS gestanden hatte, und war so aufgeregt, dass die Worte nur so aus ihr heraussprudelten. »Ich hab jetzt über fünftausend Abonnenten und meine Video-Klicks sind auf über siebzigtausend gestiegen. Und steigen immer noch!«

Alyssa holte ihr iPhone heraus und tippte auf das Display. »Wow«, sagte sie nach ein paar Sekunden. »Das ist ja unfassbar, Savannah! Ich glaub's nicht!«

»Ich auch nicht! Gibt's hier irgendwo Satellitenradio?«

»Ich bin sicher, dass wir's irgendwie reinkriegen.« Jetzt glühte auch Rebeccas Gesicht vor Aufregung. »Kommt mit.«

Zwanzig Minuten später waren Savannah, Alyssa und Rebecca gemeinsam mit Peyton und Courtney in Savannahs Zimmer versammelt und hörten auf Courtneys MacBook Pro *Sirius-Radio*, wo Ryder Garrisons *Weekend Top 40* gesendet wurde. Allerdings lief die Sendung in einer Drei-Stunden-Schleife, sodass es einem wie eine Ewigkeit vorkommen konnte, wenn man auf einen bestimmten Teil wartete …

Natürlich hätten sie auch Savannahs Computer nehmen können, aber sie war zu sehr damit beschäftigt, die Kommentare auf YouTube und Twitter zu beantworten. Wie herrlich, mit allen zu chatten, die ihr Video gesehen hatten! Aber am coolsten war die Tatsache, dass die Leute es noch herrlicher fanden, dass Savannah sich tatsächlich bei *ihnen* zurückmeldete! Doch das wollte Savannah unbedingt. Bisher hatte ihr Channel ja kaum Beachtung gefunden, und jetzt wollte Savannah sichergehen, dass jede einzelne Person, die sie unterstützte, auch wusste, wie dankbar sie dafür war.

Schließlich holte auch noch Peyton ihren PC und sie riefen ihre Mutter über Skype an.

»Hi Mädels«, begrüßte ihre Mom sie, nachdem die Verbindung stand. Sie hatte ihr Haar zu einem Pferdeschwanz zurückgebunden, und was sie trug, sah verdächtig nach Sportkleidung aus. »Tut mir leid, dass es nicht gleich geklappt hat – ich war im Studio beim Yoga. Was gibt's?«

Nachdem Savannah den ersten Schock überwunden hatte, dass ihre Mutter in ein Fitness-Studio ging – ihre Mutter hatte *noch nie* Sport getrieben –, berichtete sie die Neuigkeiten.

»Ach Schätzchen, das ist ja wundervoll.« Ihre Mutter

strahlte. »In einer Stunde muss ich zum Arzt, aber ich bleibe in der Leitung und höre mit euch zu, bis ich gehen muss, okay?«

Es war zwar nicht dasselbe, wie in einem Zimmer mit ihr zu sein, aber besser als gar nichts. Sie unterhielten sich noch eine Weile, bis Savannah sich ausklinkte und nach nebenan ging, um Damien anzurufen. Schließlich hatte er genau auf diesen Erfolg mit ihr hingearbeitet.

Kaum hatte sie ihm die Neuigkeit überbracht, stand er auch schon vor ihrer Apartmenttür. Er wohnte ja auch im *Diamond*, daher war es kein Problem für ihn, schon eine Minute später da zu sein, sie hochzuheben und mitten im Wohnzimmer im Kreis herumzuwirbeln. Savannah kam sich wie eine Märchenprinzessin vor.

»Ich kann das alles einfach nicht glauben!«, rief sie, nachdem er sie wieder abgesetzt hatte.

»Glaub's ruhig«, sagte er und sah sie lächelnd aus seinen dunklen Augen an. »Ich hab Ryder getwittert und ihm von deinem Video berichtet, nachdem du es online gestellt hattest. Ich hab gehofft, dass er es sich anhören würde, aber ... wow ... dass er es gleich in der Show sendet, ist einfach toll.«

»*Du* hast das gemacht?«, fragte Savannah und merkte erst jetzt, dass Damien während ihrer ganzen Unterhaltung immer noch ihre Hände festhielt. Und sie wollte nicht, dass er losließ.

»Nein«, sagte er und drückte ihre Hände. »*Wir* haben es gemacht. Du hattest beschlossen, dich und deinen Channel nach dem Videodesaster von der Volleyball-Party nicht aufzugeben, sondern dranzubleiben und noch mehr Songs ins

Netz zu stellen. Ich hab nur versucht, auf sie aufmerksam zu machen.«

Er sah sie so bewundernd an, dass Savannahs Herz zu rasen begann und sich alles in ihrem Kopf drehte. Sie konnte kaum in Worte fassen, wie dankbar sie war. Mehr als alles andere wollte sie ihn wieder küssen, wie im Sommer, ehe Madison alles kaputt gemacht hatte. Aber trotz ihres Beinahe-Kusses in dieser Weinkammer war sie nicht sicher, ob Damien wirklich mehr als nur ein guter Freund sein wollte. Sie hatte Angst, den ersten Schritt zu tun und abgewiesen zu werden.

Außerdem waren nebenan ja ihre Schwestern, Alyssa und Rebecca.

Also schlang sie nur die Arme um seinen Hals und spürte, wie ihre Wange seine streifte. »Danke«, sagte sie leise in sein Ohr. »Du hast ja keine Ahnung, wie viel mir das bedeutet.«

Er sog hörbar die Luft ein, und für eine Sekunde gab sie sich der Hoffnung hin, dass ihre Nähe etwas in ihm auslöste. Dass die Gefühle, die er im Sommer *angeblich* für sie empfunden hatte, doch *echt* gewesen waren.

»Savannah!«, rief Peyton und unterbrach diesen magischen Moment zwischen ihr und Damien – falls er überhaupt »magisch« gewesen war. »Ryder ist wieder dran … Vielleicht kommt jetzt dein Song!«

Savannah zog Damien in ihr Zimmer, wo alle wie gebannt lauschten.

»Hier ist Ryder mit Y, der euch die Sirius XM *Weekend Top 40* präsentiert. Und jetzt zu meinen wöchentlichen Neuentdeckungen auf YouTube! Dieser fantastische Coversong hier hat mich total umgehauen. Also, haltet euch fest und hört genau hin.«

Savannah quietschte auf und hüpfte auf ihrem Bett herum, als der Refrain ihrer neuesten Cover-Version ertönte. Ihr Herz schlug schneller und ihre Augen füllten sich mit Tränen des Glücks. Überall auf der Welt konnten die Leute sie hören, zu Hause oder im Auto oder wo auch immer. Es war absolut UN-FASS-BAR!

»Wenn ihr mehr von dieser talentierten neuen Künstlerin hören wollt, geht auf YouTube.com/SavannahDiamond«, sagte Ryder. »Und nun zum nächsten Song der *Top 40*. Seit dem letzten Wochenende um zehn Plätze gestiegen, eure fünf Lieblings-Boys aus UK: *One Connection*!«

»Wow«, sagte Savannah zum ungefähr Millionsten Mal an diesem Nachmittag. »Ich glaub's nicht.«

»Solltest du aber, denn wir haben es schließlich alle gehört!«, rief Alyssa. »Du bist auf dem direkten Weg, ein YouTube-Star zu werden!«

Ein aufgeregtes Kribbeln durchlief Savannah.

»Es ist echt unglaublich«, sagte Peyton. »Ich hab immer gewusst, dass du's draufhast, aber als du mit diesem YouTube-Ding angefangen hast, hätte ich nie geglaubt, dass *so was* passieren könnte.«

»Ich bin auch total perplex«, stimmte Courtney zu und schüttelte ungläubig den Kopf. »So ein Traum wird doch eher selten wahr, egal wie talentiert man auch sein mag. Was *du* definitiv bist, Savannah! Ich bin so stolz auf dich!« An ihren feuchten Augen sah Savannah, wie ernst es Courtney war.

»Ich bin auch wahnsinnig stolz auf dich«, schaltete ihre Mom sich ein, die ihnen vom Computerbildschirm entgegenstrahlte. »Wenn du an Thanksgiving zu Besuch kommst, machen wir was ganz Besonderes, um zu feiern.«

»Oh, ich freu mich schon so«, rief Savannah. »Ich kann's kaum erwarten, nach Hause zu kommen und dich zu sehen.«

»Geht mir genauso«, antwortete ihre Mutter. »So, aber jetzt muss ich los, wenn ich nicht zu spät zum Arzt kommen will. Es war wundervoll, das mit euch zusammen hören zu können. Ich hab euch lieb, Mädels.«

»Wir haben dich auch lieb«, sagten Savannah und Courtney im Chor, während Peyton sich auf ein »Bis bald, Mom« beschränkte.

Nachdem das Gesicht ihrer Mutter vom Bildschirm verschwunden war, herrschte für ein paar Sekunden Stille.

»Ich würde sagen, das muss gefeiert werden«, schlug Rebecca vor. »Habt ihr Lust auf Eis? Bei *Serendipity* gibt es das beste Eis auf dem Strip, und diese Sache ist doch der perfekte Anlass, um sich was zu gönnen.«

Alle stimmten zu, und gemeinsam machten sie sich auf den Weg. Savannah war überglücklich, aber gleichzeitig auch ziemlich nervös.

Das alles war so traumhaft schön, dass sie es auf keinen Fall vermasseln wollte.

18

Courtney

Der restliche November verging mit dem üblichen Programm von Schule, Hausaufgaben, Tutorenkursen, *Habitat*, Prüfungsvorbereitungen und – wenn noch Zeit blieb – dem Lesen zum eigenen Vergnügen. Das Kamerateam von *My Fabulous Sweet Sixteen* war auch manchmal da, aber Courtney bemühte sich sehr, dem Trubel aus dem Weg zu gehen. Sie hatte ein Interview gegeben, aber das war auch alles. Zum Glück konzentrierte sich die Show ja auf Savannah. Die, wie Courtney leider zugeben musste, viel besser singen konnte als schauspielern. Der Regisseur verlor allmählich die Geduld mit ihr. Doch Rebecca hatte extra einen Schauspiel-Coach für sie angeheuert, was sich hoffentlich bald auszahlen würde.

Am Montag vor Thanksgiving holte sich Courtney nach Ende des Unterrichts eine Tüte fettarmer Chips aus dem Automaten und machte sich zur Schülernachhilfe auf, wie an jedem Montag und Mittwoch. Madison war bereits dort. Sie saß auf einem Sofa und knabberte Apfelstücke, zusammen mit Dani und Lizzie, die in Geschichte und Französisch Nachhilfe gaben. Courtney setzte sich in eine andere Ecke des Raumes und checkte ihre E-Mails und Facebook, bis Mrs Ely hereinkam, um ihnen ihre Aufgaben zuzuweisen.

»Ich will Dani in Zimmer eins und Lizzie in Zimmer zwei«, sagte Mrs Ely und warf einen Blick auf ihr Clipboard. »Madison und Courtney, für euch habe ich heute leider niemanden. Kurz vor Thanksgiving geht's hier meistens langsamer voran. Aber wenn ihr wollt, könnt ihr zwei hierbleiben und die Zeit für eure Hausaufgaben nutzen. Ich rechne es euch dann trotzdem auf eure Tutorenstunden für dieses Halbjahr an.«

Beide bedankten sich bei ihr und sie ging zurück zu ihrem Büro, wahrscheinlich, um selbst Arbeiten zu erledigen.

Courtney war froh, die Zeit für Hausaufgaben gewonnen zu haben. Weniger froh war sie allerdings darüber, mit Madison in einem Raum festzusitzen. Wenn sie Mrs Elys Vorschlag nicht schon zugestimmt hätte, wäre sie schnurstracks in die Bibliothek verschwunden, um nicht in Madisons Nähe sein zu müssen.

Sie griff nach ihrem Hausaufgabenplaner, um zu checken, was sie aufhatte, und hoffte, dass Madison sich ebenfalls in die Arbeit stürzen würde. Die aber lehnte sich stattdessen zurück und schien es sich auf dem Sofa noch bequemer machen zu wollen.

»Hast du an Thanksgiving was vor?«, fragte Madison ganz unverfänglich, als würde sie Courtney und ihre Schwestern *nicht* hassen. Courtney hatte überhaupt keine Lust auf eine geheuchelt freundliche Konversation mit Madison, aber jetzt blieb ihr wohl nichts anderes übrig.

»Ich fliege mit meinen Schwestern nach Kalifornien, um unsere Mutter und Großmutter zu besuchen«, antwortete sie. »Und du?«

»Einfach nur hier abhängen«, sagte Madison, als ob »hier« der langweiligste Ort der Erde wäre.

»Cool.« Courtney holte ein Schulbuch aus ihrer Tasche und schlug es auf.

»Du und deine Schwestern, ihr seid altersmäßig ziemlich dicht beieinander«, fuhr Madison fort. Entweder merkte sie nicht, dass Courtney arbeiten wollte, oder es war ihr egal. »Wie ist das denn so? Ich hab ja keine Geschwister. Muss schön sein, die ganze Zeit Menschen um sich zu haben, die fast im gleichen Alter sind und dich einfach immer mögen, egal was du machst.«

»Na ja, *immer* ist bei uns auch nicht gerade Friede, Freude, Eierkuchen.« Courtney lachte. »Aber wir lieben uns, und das ist die Hauptsache.«

»Echt?«, fragte Madison. »Ihr drei scheint euch so gut zu verstehen.«

»Es ist ja auch nicht so, dass wir uns *nicht* verstehen«, erwiderte Courtney. »Aber wir sind nun mal sehr unterschiedlich. Wir streiten uns oft wegen Kleinigkeiten, aber letztendlich sind wir doch immer füreinander da.«

»Wirklich schön.« Madisons Blick verdüsterte sich. Was war bloß los mit ihr?

»Ja, das ist es.« Courtney nahm ihren Taschenrechner heraus, um ihre Matheaufgaben zu machen.

»Und wie läuft's so mit Adrian?« Madison schlug die Beine übereinander. Sie hatte anscheinend nicht vor, Hausaufgaben zu machen. Oder Courtney ihre machen zu lassen. »Ihr kanntet ihn nicht besonders gut, ehe ihr hierhergezogen seid, oder?«

Courtney ließ ihren Stift sinken. »Ich will ja nicht unhöflich sein, aber warum fragst du das alles?«

»Hab's nur nett gemeint«, sagte Madison. »Da wir nun mal die nächste Stunde zusammen hier verbringen werden.«

Courtney glaubte ihr kein Wort. Madison hatte noch nie Wert darauf gelegt, »nett« zu Courtney zu sein – ganz im Gegenteil. Wenn sie daran dachte, wie gemein Madison zu Savannah gewesen war und wie abfällig sie sich darüber geäußert hatte, was zwischen Courtney und Brett im Sommer passiert war … Sie hatten keinerlei Gemeinsamkeiten und waren weit von einem »netten« Umgang entfernt. »Wir sollten doch Hausaufgaben machen.«

»Du fängst mit Mathe an?« Als Courtney nickte, zog auch Madison ihr Mathebuch heraus. Da sie beide in der Elften waren, hatten sie viele Kurse zusammen, auch wenn sie nie nebeneinander saßen.

Courtney versuchte, sich auf die erste von dreißig Aufgaben zu konzentrieren, die bis morgen gelöst werden mussten.

»Willst du die ungeraden Aufgaben machen und ich die geraden?«, schlug Madison vor. »Dann könnten wir die Lösungen austauschen, wenn wir fertig sind.«

Courtney kaute an dem Radiergummi ihres Bleistifts herum. »Ist das nicht Betrug?«

»Nein.« Madison lachte. »Es ist einfach zeitsparend. Ich verstehe die Aufgaben und du sicher auch, wir müssen also nicht wirklich *üben*. Wenn jede von uns nur fünfzehn macht, brauchen wir auch nur die halbe Zeit.«

»Und wenn unser Lehrer merkt, dass wir genau die gleichen Aufgaben falsch haben …?«

Madison zog eine Augenbraue hoch. »Der Lösungsweg wird auf den Seiten davor erklärt. Und wie oft sind denn *deine* Lösungen bis jetzt falsch gewesen?«

»Nicht oft«, gab Courtney zu. Wenn sie bei einer Aufgabe Probleme hatte, blieb sie so lange dran, bis das Ergebnis stimmte. Bisher waren praktisch alle ihre Mathe-Hausaufgaben mit Eins bewertet worden.

»Dacht ich's mir doch.« Madison lächelte. »Also, was meinst du? Nimmst du die ungeraden, ich die geraden? Oder auch andersrum. Ist mir egal.«

Courtney warf noch mal einen Blick in ihren Planer. Es gab noch jede Menge bis morgen zu erledigen – dank der Lehrer, die ja unbedingt noch alles vor den Feiertagen abarbeiten mussten. Dabei war das Buch, das sie zur Zeit zur Entspannung las, so fesselnd, dass sie unbedingt wissen wollte, wie's weiterging. Aber das würde sie erst erfahren, wenn sie mit den Hausaufgaben fertig war … Außerdem hatte Madison recht – sie verstand Mathe, sodass es sich nur um reines Wiederholen handelte. Die Logik von Madisons Plan war durchaus einleuchtend.

»Na schön«, willigte sei ein. »Ich übernehme die ungeraden, du die geraden.«

Sie machten sich an die Arbeit und Madison hörte endlich mit ihrer Fragerei auf. Beide waren mit fünf Minuten Abstand fertig.

»Und jetzt machen wir gegenseitig Fotos von den Aufgaben und schreiben sie zu Hause ab«, sagte Madison und kam mit ihrem Notebook zu Courtneys Platz.

»Okay.« Courtney nahm Madisons Notebook. Ihre Beine

zuckten nervös, als sie daran dachte, was sie da eigentlich gerade machte. Und wenn sie erwischt wurden …?

»Mach dir doch nicht so einen Kopf«, beruhigte Madison sie, als hätte sie ihre Gedanken gelesen. »Das ist Gemeinschaftsarbeit, nicht Schummeln. Und wie gesagt, wir haben's ja nicht nötig, Mathe intensiv zu üben.«

Aber *richtig* war es trotzdem nicht. Dennoch schob Courtney Madison ihr Notebook hin, während sie mit ihrem iPhone die Aufgaben auf Madisons Notebook abfotografierte.

»Und, wie läuft's bei dir und Brett?«, begann Madison erneut zu fragen und reichte Courtney ihr Notebook zurück. »Ihr seht euch doch manchmal, nicht?«

»Unsere Eltern sind verlobt, da ist es unausweichlich, dass wir uns manchmal sehen.« Mehr verriet Courtney nicht. »Er hat mir erzählt, was im Sommer zwischen euch beiden gelaufen ist.«

»Ach so, ja, das ist ja Monate her.« Madison zuckte die Schultern und warf ihr Haar zurück. »Ich bin drüber weg. Pech für ihn, stimmt's?«

»Klar«, sagte Courtney, auch wenn sie eher fand, dass Brett ein glückliches Händchen bewiesen hatte, die Finger von Madison zu lassen.

»Aber du hast meine Frage zu Adrian noch gar nicht beantwortet.« Madison ließ nicht locker. »Wie ist er denn so als Vater? Er kam mir, ehrlich gesagt, nie so als der Vatertyp vor … Kein Mensch hat je erwähnt, dass er überhaupt Kinder hat, bis ihr hierhergezogen seid.«

Seit wann war Madison so neugierig? Und wie kam sie nur darauf, dass sie diese ganzen Sachen etwas angingen?

»Er wollte eben nicht, dass wir im Rampenlicht aufwachsen.« Courtney holte als Nächstes ihr Geschichtsbuch heraus, nahm ihren Textmarker und fing an, das aufgegebene Kapitel zu lesen. Hoffentlich verstand Madison den Wink und ließ sie *endlich* in Ruhe.

»Wow.« Madisons Augen funkelten verletzt. »Du hast wohl *überhaupt* keine Lust, mit mir zu reden, oder?«

Courtney ließ den Textmarker in den Buchfalz fallen. »Seit unserer Ankunft hier bist du zu mir und meinen Schwestern nur abweisend gewesen. Kannst du es mir da übel nehmen, dass ich dir nichts über mein Privatleben erzählen will?«

Madison fuhr zurück – offensichtlich hatte sie nicht erwartet, dass Courtney so direkt sein würde. Courtney hatte es selbst nicht erwartet. Es war einfach so aus ihr rausgeplatzt.

Aber es tat ihr nicht leid.

»Du hast recht.« Madison biss sich auf die Unterlippe. Es schien sich um einen seltenen Moment der Selbstzweifel zu handeln. »Ich glaube, ich versuche gerade, es wieder gutzumachen.«

»Ernsthaft?« Courtney konnte das Misstrauen in ihrer Stimme nicht verbergen. Aber sie war neugierig, wo das hinführen würde.

»Ja«, sagte Madison schlicht. »Nachdem ich die Einzige neben dir und deinen Schwestern bin, die auch auf die Goodman geht und im *Diamond* wohnt, hätte ich mich von Anfang an um euch kümmern müssen. Aber das hab ich nicht und das tut mir leid. Deshalb hatte ich gehofft, dass wir noch mal neu anfangen können.«

Das *war* immerhin ein Anfang. Aber der Hauptgrund, warum Courtney Madison seit ihrer ersten Woche hier nicht mehr trauen konnte, war ein anderer. »Danke«, sagte sie. »Aber du musst dich nicht bei mir entschuldigen, sondern bei Savannah, für das, was damals im *Luxe* abging. Du hattest doch an Damien gar kein echtes Interesse, oder, hast aber genau gewusst, dass *sie* an ihm interessiert war. Das war eine absolut gemeine Aktion von dir.«

»Woher weißt du das alles?«

»Weil Savannah meine Schwester ist?!«, sagte Courtney und staunte nicht schlecht, dass Madison so ahnungslos war. »Wenn sie was auf dem Herzen hat, kommt sie natürlich zu ihren Schwestern. Und jetzt ist sie mit Damien befreundet, daher weiß sie genau, wie du mit ihm umgesprungen bist.«

Madison wurde blass – das Gespräch verlief wohl nicht so, wie sie erwartet hatte. »Du hast recht«, sagte sie schließlich. »Ich sollte mich bei Savannah entschuldigen.«

»Exakt.« Courtney nickte, auch wenn sie nicht recht glaubte, dass Madison das wirklich tun würde. Sie legte sich ihr Buch wieder zurecht und wollte eigentlich weiterlesen, aber jetzt war ihre Neugier endgültig geweckt. »Darf ich *dich* mal was fragen: Was hat denn diesen Sinneswandel bei dir ausgelöst?«

Madison sah Courtney so eindringlich an, als stünde sie kurz davor, ihr etwas von Bedeutung anzuvertrauen. »Ich hab ein paar schlimme Wochen hinter mir«, sagte sie schließlich mit bebender Stimme. »In meiner Familie ist etwas passiert, das ich nicht erwartet habe, und ich musste erfahren, dass Menschen, die ich für meine Freunde hielt, doch nicht wirklich für mich da sind. Das ist ziemlich ... also es ist echt Scheiße.« Ihre Augen wurden feucht, als würde sie gleich anfangen zu weinen – etwas, das Courtney am allerwenigsten von Madison erwartet hätte.

»Tut mir leid, das zu hören.« Courtney versuchte, diplomatisch zu bleiben, auch wenn sich ihr Mitleid mit Madison in Grenzen hielt. Die Sache mit ihren Freunden hatte sie sich selbst zuzuschreiben. Aber wahrscheinlich hätte sie gerade in dieser Situation wirklich eine Schwester gebrauchen können.

Madison sah sie erwartungsvoll an. »Nimmst du meine Entschuldigung an?«

»Wenn du dich bei Savannah entschuldigst und wenn *Savannah* deine Entschuldigung annimmt, dann tue ich das auch.«

»Ich werde mich bemühen.« Madison lächelte und ging zu ihrem Sofa zurück. »Und noch was, Courtney.«

»Ja?«

»Danke, dass du mir zugehört hast.«

»Kein Problem«, sagte Courtney und lächelte kurz zurück.

Allerdings machte sich Courtney keine Illusionen über eine mögliche Freundschaft mit Madison, selbst *wenn* sich Madison bei Savannah entschuldigte und Savannah die Entschuldigung annahm.

19

Peyton

Peyton ging durch die sich leerenden Gänge, um vor Thanksgiving noch eine Arbeit abzugeben. Sie konnte kaum glauben, dass die ersten drei Monate auf der Goodman bereits rum waren. Schließlich hatte sie ihren Deal mit Adrian, nach zwei Monaten auf eine staatliche Schule gehen zu können, wenn sie es auf der Goodman nicht mehr aushielt, durchaus ernst gemeint. Aber wenn sie mal davon absah, dass fast alle Goodman-Schüler unerträglich eingebildet waren, musste sie zugeben, dass der Unterricht selbst gar nicht schlecht war.

An der Highschool von Fairfield saßen dreißig oder mehr Schüler in einem Kurs, und die Lehrer wirkten bei ihrem monotonen Frontalunterricht fast genauso gelangweilt wie ihre Schüler. Peyton hatte immer nur auf die Uhr gesehen, aber die Zeit war geradezu rückwärtsgelaufen, so unerträglich hatte sich ein Schultag in die Länge gezogen. Sie war sich wie in einem Gefängnis vorgekommen.

Die Kurse an der Goodman hingegen wurden mit durchschnittlich elf Schülern bewusst klein gehalten, die Tische waren zu einem Kreis angeordnet, um die fachliche Kommunikation untereinander und mit den Lehrern zu fördern, und die Lehrer selbst schienen wirklich gern zu unterrichten.

Gewisse Fächer – Mathe zum Beispiel – würde Peyton zwar immer verabscheuen, andere dagegen machten ihr hier zum ersten Mal richtig Spaß, was sie selbst total überraschte. Deshalb war sie auch nicht mehr auf Adrian zugegangen, um auf ihrem Wechsel auf eine staatliche Schule zu beharren. Er wiederum hatte sie nicht mehr darauf angesprochen, und so taten sie beide, als hätte es ihren Deal vom Sommer nie gegeben.

Am Tag vor den Thanksgiving-Ferien war der Unterricht bereits um Viertel nach zwölf zu Ende, und wenn Peyton für ihre Englischarbeit keine Verlängerung benötigt hätte – nur weil sie die Schule nicht mehr so hasste wie früher, bedeutete das nicht, dass sie alle Aufgaben immer rechtzeitig erledigte –, wäre sie auch schon aus der Schule gestürmt wie die meisten anderen. So aber musste sie noch bei Hunter Sterling vorbeischauen.

An der Ecke vor dem Lehrertrakt stieß sie direkt mit Oliver Prescott zusammen.

»Hey«, begrüßte sie ihn lässig und ließ ihm keine Chance, sich zu verdrücken, ohne mit ihr zu reden.

Sein Blick verfinsterte sich – offenbar rangierte sie auf seiner persönlichen BFF-Liste nicht sehr weit oben. »Solltest du nicht schon auf dem Weg nach Kalifornien sein?«

»Wir fliegen in ein paar Stunden«, antwortete sie. »Muss nur noch diese Arbeit abgeben. Und was machst du noch im Lehrertrakt?«

»Musste mit einem von ihnen reden.« Er drehte sich um und wollte weitergehen. »Aber ich bin schon auf dem Weg nach draußen – wir sehen uns.«

»Warte.« So leicht kam er nicht davon. »Wie läuft's denn mit deinem Wetteinsatz? Du bist jetzt schon einen Monat lang dran. Hätte gedacht, du würdest das schneller schaffen.«

»Solche Dinge brauchen eben ihre Zeit«, sagte Oliver ebenso aalglatt wie zuversichtlich. »Keine Sorge. Das läuft.«

»So?« Peyton zog eine Augenbraue hoch. »Ich hab eher den Eindruck, dass du feststeckst.«

»Wie gesagt, so was funktioniert nicht im Eildurchgang.« Er grinste. »Abgesehen davon haben wir keine Deadline vereinbart, ich kann mir also so viel Zeit lassen, wie ich will.«

Sie ballte die Hände zu Fäusten. Er hatte wirklich das unerfreuliche Talent, sie zum Kochen zu bringen. »Wenn du's nicht bis Jahresende schaffst, verlierst du deine Wette aber.«

»Ich verlier schon nicht.« Er sah sich um, als wollte er sichergehen, dass keiner zuhörte. Dann beugte er sich näher zu ihr und fuhr mit gesenkter Stimme fort: »Sie war schon so gut wie fällig an Halloween. Wenn Larissa nicht aufgetaucht wäre und alles ruiniert hätte, hätte ich sie so weit gehabt.«

»Und Halloween war noch mal wann … vor *drei* Wochen?« Peyton lachte. »Also echt. Und was ist seitdem passiert? Hast du vielleicht festgestellt, dass Madison einfach nicht dein Typ ist und bei dir … nichts läuft? Kann ich mir zwar kaum vorstellen, aber hey, das würde die Aufgabe ja noch interessanter für mich machen.«

Oliver biss die Zähne zusammen. »Ich finde Madison sogar *sehr* attraktiv«, sagte er langsam, als müsse er sich beherrschen, um nicht zu schreien. »Aber irgendwas ist mit ihr. Sie scheint eine schlimme Zeit durchzumachen und will mit keinem drüber reden, nicht mal mit mir. Also bitte, sei wenigstens ein bisschen nachsichtig und lass mir Zeit.«

Peyton schnaubte und verschränkte die Arme. »Wie süß von dir, dich so um Madison zu sorgen, aber mir ist scheißegal, was sie durchmacht. Also, bring die Sache bis Neujahr hinter dich. Wer weiß, welche Fotos ich sonst online stelle, wenn's Mitternacht schlägt …« Sie ließ die Drohung in der Luft hängen – auch wenn sie ihr Versprechen gegenüber Savannah, die Fotos nicht zu posten, durchaus ernst gemein hatte – und sah Oliver herausfordernd an.

»Ich hab dich das schon mal gefragt, aber – was bitte hast du überhaupt gegen Madison?«, fragte er. »Okay, ihr seid keine Freundinnen, aber warum willst du sie *so* verletzen?«

»Das geht dich nichts an«, sagte Peyton.

»Jetzt schon, nachdem du unsere Wette zu deinem persönlichen Rachefeldzug gegen sie umfunktioniert hast.«

»Wie du willst.« Warum sollte er es auch nicht erfahren? »Du hast doch sicher schon mal was im Campusbuzz-Forum gelesen, oder?«

Er nickte. »Ein- oder zweimal.«

»Ich bin da eigentlich auch nie«, sagte sie, da niemand gern zugab, seine Zeit mit so was zu verplempern. »Aber vor ein paar Wochen gab es da ein besonders gemeines Posting über mich und meine Schwestern. Jemand hat mir den Link geschickt, und als ich drauf bin, hab ich ein paar Fotos entdeckt, die Madison kurz zuvor von mir gemacht hat. Ich hatte sie zwar dabei erwischt und die Fotos gelöscht, aber anscheinend war es ihr noch gelungen, ein Back-up zu machen, denn diese Fotos würde ich auf jeden Fall wiedererkennen.«

»Du glaubst also, dass *Madison* hinter diesem Posting steckt?«, fragte Oliver, als wäre das die unwahrscheinlichste Möglichkeit der Welt.

»Ähm, ja, genau das glaube ich«, sagte Peyton. »Ich bin sogar *sicher*. Ich habe *gesehen*, wie sie die Fotos *geschossen* hat, und ich habe sie auf ihrem Handy gesehen. Es wäre ja eine Sache, wenn sie nur mich angegriffen hätte – das würd ich schon überleben –, aber sie hat auch meine Schwestern attackiert und widerliche Lügen über sie verbreitet. Und damit lasse ich sie nicht davonkommen.«

»Und jetzt benutzt du unsere Wette, um dich an Madison für etwas zu rächen, von dem du *glaubst*, dass sie es getan hat, und außerdem erpresst du *mich*, wenn ich deinen Plan nicht durchziehe«, sagte er. »Ziemlich hinterhältig.«

»Das sagt der Richtige.« Peyton verdrehte die Augen.

»Ich habe ja nicht behauptet, dass *Hinterhältigkeit* was Böses ist.« Er grinste. »Aber selbst wenn du recht hast und Madison diesen Beitrag gepostet hat – was ich wirklich nicht glaube –, ist das, was du da vorhast, echt beschissen. Und schlimmer als das, woran du ihr die Schuld gibst.«

»Deine Meinung interessiert mich nicht.« Innerlich stutzte Peyton jedoch. Oliver hatte ja recht – das, was er Madison antun sollte, *war* schrecklich. Aber egal, ob Oliver es glaubte oder nicht – Madison *hatte* die Fotos gemacht und dieses infame Zeug gepostet. Wer hätte es denn sonst gewesen sein sollen?

»Im übrigen muss ich noch eine Arbeit abgeben«, sagte

sie, da ihr die Unterhaltung allmählich unangenehm wurde. »Schönes Thanksgiving. Vielleicht kannst du die Zeit ja nutzen, um ein bisschen voranzukommen.«

Damit straffte sie die Schultern und stolzierte den Gang entlang, ohne sich noch mal umzusehen. Sie hatte die Sache nun mal angeleiert – und würde jetzt bestimmt keinen Rückzieher machen.

Als sie Hunters Büro erreichte, klopfte sie an die Tür und trat ein, ohne auf eine Antwort zu warten. Doch statt an seinem Schreibtisch zu sitzen, wie sie es eigentlich erwartet hätte, fläzte sich Hunter auf seinem Sofa, während er einige Arbeiten korrigierte. Er glich viel mehr einem Schüler, der noch schnell die letzten Aufgaben erledigte, als einem Lehrer.

Er sah auf, lächelte und legte seinen Stift auf den Stapel Arbeiten. »Hallo Peyton«, sagte er, und sein träger Ton erinnerte sie an den Nachmittag in der Laube. »Ich dachte schon, du kommst nicht mehr.«

Sie schloss die Tür hinter sich. »Um damit auch noch die Verlängerung der Verlängerung rauszuschlagen?« Sie setzte sich neben ihn und reichte ihm die Arbeit. »Niemals.«

»Umso besser.« Er nahm sie entgegen und berührte dabei kurz ihre Finger. Ein warmes Kribbeln schoss durch ihren Körper, während er auf die Stelle starrte, wo sie einander berührt hatten. Dann jedoch wandte er den Blick ab und legte ihre Arbeit zu den anderen. »Das heißt, jetzt hab ich *noch* mehr zu korrigieren, während ihr Thanksgiving genießen könnt, du und deine Freunde«, scherzte er.

»Ich besuche meine Familie in Kalifornien«, sagte sie und schlug die Beine übereinander. »In ein paar Stunden sind wir weg. Aber Sie sollten wirklich nicht die ganzen freien Tage durcharbeiten. Vielleicht bleibt ja ein wenig Zeit, um sich am Pool zu entspannen … vielleicht sogar in einer Laube?« Sie konnte nicht anders – auch wenn sie Jackson versprochen hatte, Hunter nicht mehr außerhalb der Schule zu treffen, wollte sie ihn doch wenigstens an ihre gemeinsame Zeit erinnern. Immerhin wahrte sie Distanz und redete ihn wieder mit »Sie« an. Aber sie wollte unbedingt wissen, ob auch er noch an ihre Treffen dachte. An *sie* dachte.

Zumal Jackson nach dem Vorfall an Halloween wieder eine Mauer zwischen ihnen hochgezogen hatte. *So* leicht konnte man Peyton doch nicht vergessen, oder? So leicht von sich stoßen?

»Ich glaube kaum, dass ich bei meinem Gehalt eine Laube mieten werde.« Hunter lachte. »Aber vielen Dank noch mal dafür, dass meine Kumpel und ich deine einen Tag lang nutzen durften. Wir hatten noch einen Mordsspaß.«

»Jederzeit gern«, sagte sie. »Falls Sie mal wieder am *Diamond*-Pool sein sollten, geben Sie einfach Bescheid. Vielleicht klappt es ja dann mit einer Laube.«

»Ein verführerisches Angebot«, sagte er. »Aber Peyton, du weißt doch, dass wir uns außerhalb der Schule nicht treffen sollten, oder? Ich hab dir noch nichts davon gesagt, um dich nicht in Verlegenheit zu bringen, aber der Direktor weiß von den Fotos. Sie zeigen ja nichts Anstößiges, und da du im *Diamond* wohnst, ist es absolut möglich, dass man sich da mal über den Weg läuft – dennoch habe ich eine Abmahnung bekommen. Wenn noch mal so was online erscheint, könnte ich in ernste Schwierigkeiten geraten.«

»Der *Direktor* hat die Fotos gesehen?«, fragte sie entsetzt und er nickte. »Dann haben Sie sie also auch gesehen … Aber doch nicht den ganzen Beitrag, an den sie angehängt waren, oder?«

Seine Augen blitzten schuldbewusst auf. Er musste gar nichts sagen, sie kannte die Antwort auch so.

Ihre Wangen wurden rot und sie bedeckte das Gesicht mit den Händen. Daran, dass ausgerechnet Hunter das alles lesen könnte, hatte sie überhaupt nicht gedacht. Wie demütigend! Wie viel davon hatte er wohl geglaubt?

Sie konnte sich nicht überwinden, ihn anzusehen, aus Angst, dass ihr sein Ausdruck ihre schlimmste Befürchtung bestätigen würde – dass er alles, was *Madison* gepostet hatte, für wahr hielt.

»Hey.« Er nahm ihr die Hände vom Gesicht und zwang sie, seinem Blick zu begegnen. »Ja, ich hab den Beitrag gelesen. Und gehofft, dass du ihn nicht gelesen hast, denn wer immer das verfasst hat … also ehrlich, das ist einfach erbärmlich. Aber wir wissen doch beide, dass nichts davon stimmt. Und das ist doch das Entscheidende, okay?« Er sah sie unverwandt an und Peytons Herz klopfte so schnell, dass sie das Gefühl hatte, keine Luft zu bekommen.

Also tat sie, was ihr gerade in den Sinn kam – sie beugte sich zu ihm und küsste ihn.

Sie spürte, wie sich seine Lippen öffneten, wie seine Zunge sanft ihre berührte, und ihr Puls wurde noch schneller, als ihr bewusst wurde, was da gerade ablief. *Sie küsste Hunter Sterling. Und er erwiderte den Kuss.* Hatte sie die Tür hinter sich geschlossen? Und wenn schon – es war ihr egal. Sie fuhr ihm mit den Fingern durchs Haar, drängte sich an ihn und wollte nicht, das dieser Kuss endete.

Doch dann rückte er mit einem Mal ab und sprang vom Sofa auf. Sein Gesicht war vor Schreck verzerrt.

»Du musst gehen.« Er massierte sich die Schläfen und wich ihrem Blick aus. »Wenn das jemand herausfindet … ich verlier meinen Job. Wir müssen vergessen, dass das jemals passiert ist.«

Ein Stich der Enttäuschung durchfuhr Peyton. Einen Moment lang – einen dummen Moment lang – hatte sie geglaubt, ihm liege etwas an ihr.

Aber sie hatte sich geirrt.

»In Ordnung.« Sie stand auf, zog ihr Oberteil zurecht und versuchte, so gut es ging, die Fassung zu bewahren. »Schöne Ferien.«

Er nickte nur und blickte dann demonstrativ zur Tür, als könne er es nicht erwarten, dass sie ging.

Sie stürzte aus dem Zimmer, schlug die Tür hinter sich zu und rannte aus der Schule. Sie wollte nur noch weg, zum Flughafen, um Abstand von dieser Stadt, den Leuten hier zu bekommen. Auch wenn das ein Wiedersehen mit Mom und Grandma bedeutete, die sie seit dem Sommer nicht mehr persönlich gesehen hatte. Beiden fühlte sie sich nicht sonderlich nahe. Aber ihre Gesellschaft war immer noch besser, als hier in Vegas ständig abgewiesen zu werden … oder?

Andererseits – angesichts der Vergangenheit ihrer Mom machte sich Peyton lieber auf *alles* gefasst.

20

Madison

Seit Halloween war Madisons Leben die Hölle gewesen. Larissa hatte es geschafft, ihre gemeinsamen Freundinnen davon zu überzeugen, dass sie eine hinterhältige, nuttige Zicke sei, woraufhin diese sich nicht mehr mit ihr trafen. Jetzt war Oliver der Einzige, mit dem sie außerhalb der Schule Kontakt hatte. Nur ihm hatte sie es zu verdanken, dass sie nicht komplett durchdrehte.

Deshalb sehnte sich Madison zum Ferienstart danach, sich einfach in ihr Zimmer zu verkriechen, Pizza zu bestellen und sich die zweite Staffel von *Downton Abbey*, ihre neueste Lieblingsserie, reinzuziehen. Aber von dem Gewicht, das sie letzten Monat zugenommen hatte, musste sie noch fünf Pfund runterkriegen, also gab sie nicht der Versuchung von *Dominos* nach, sondern schob sich eine VitaPizza für nur 190 (!) köstliche Kalorien in die Mikrowelle.

Ihre Eltern würden erst am Abend heimkommen, deshalb ließ sie sich mit der fertigen Pizza vor dem Fernseher nieder, um die wunderbare Story um Lady Mary und den Rest der *Downton Abbey*-Familie zu genießen. Madison liebte historische Filme. Diese Serie allerdings ging ihr ziemlich an die Nieren, handelte sie doch ausgerechnet von drei Schwestern.

Und Madison konnte sich nicht dagegen wehren, dass diese sie an die *Diamond-Sisters* erinnerten – und an das Schuldgefühl, ihnen etwas zu verheimlichen. Jedes Mal, wenn sie eine von ihnen in der Schule sah, ging es ihr noch schlechter, und Madison hatte das Gefühl, irgendwann zusammenzuklappen, wenn sie das Geheimnis weiterhin für sich behielt.

Falls sie innerlich nicht schon längst zusammengeklappt war.

Wenn sie sich doch nur jemandem anvertrauen könnte! Vielleicht würde es ihr dann besser gehen. Und vielleicht würde der Rest des Schuljahres nicht ganz so furchtbar, wie es begonnen hatte.

Als Vertrauensperson kam jedoch nur noch Oliver infrage. Alle anderen Freunde hatte sie verloren, aber Oliver war immer für sie da.

Wenn da nicht dieser Beinahe-Kuss an Halloween gewesen wäre. Denn *wenn* sie und Oliver sich tatsächlich geküsst hätten … hätte das alles zwischen ihnen verändert. Oliver war ein Aufreißer – er *datete* Mädchen nicht, er hatte *Sex* mit ihnen und brach ihnen früher oder später das Herz. Daher konnte Madison auf keinen Fall zulassen, das zwischen ihnen etwas lief, auch wenn ihr Magen jedes Mal in seiner Nähe flatterte und ihre Haut bei jeder noch so flüchtigen Berührung prickelte.

Ihre Gefühle spielten völlig verrückt. Was nur damit zusammenhängen konnte, dass ihr Leben in Scherben lag. Sie empfand nicht *wirklich* etwas für ihn, das konnte gar nicht sein. Und außerdem war es nach Halloween auch zu keinem weiteren Beinahe-Kuss mehr gekommen. Der war nur eine spontane Reaktion gewesen, als sie beide Kostüme getragen hatten … als sie beide nicht sie selbst gewesen waren. Am besten, sie vergaß diese Sache. Was sie jetzt brauchte, war ihr bester (und einziger?) Freund.

Sie nahm ihr Handy und klickte auf ihre Messages.

was machst du gerade?

hab bis eben geschlafen … werd mir jetzt was zu essen bestellen. und du?

fertig mit essen. kann ich rüberkommen? würd gern über was wichtiges mit dir reden.

Sie starrte auf die Nachricht, ohne auf Senden zu drücken. Wenn sie Oliver wirklich ihr Geheimnis anvertraute, würde sie das Vertrauen ihrer Eltern missbrauchen. Aber es wäre eine solche Erleichterung. Und Oliver würde nichts weitererzählen.

Sie holte tief Luft und fuhr sich durchs Haar. War es fair, ihn in ihr persönliches Drama reinzuziehen? Andererseits war sie nur noch ein Schatten ihrer selbst. So konnte sie einfach nicht weitermachen.

Sie drückte auf Senden.

* * *

Eine halbe Stunde später stand Madison vor der riesigen Doppeltür der Prescottschen Villa. Da Oliver wusste, dass sie kam, hatte er nicht abgeschlossen, und sie trat ein.

Sie war zwar schon oft hier gewesen, dennoch staunte sie jedes Mal aufs Neue, weil die Villa mehr einem Museum als einem Wohnhaus glich. Im Vergleich zu den modernen Penthouse-Apartments im *Diamond* erschienen die Villen im *Gates* geradezu palastartig. Die der Prescotts hatte hohe Decken, Parkettböden aus Ebenholz, Wände mit Seidentapeten, dunkle Holzverkleidungen und wuchtige, ornamentverzierte Möbel, sodass Madison sich irgendwie an den Vatikan erinnert fühlte. Oliver hatte mal erwähnt, dass die Villa der Prescotts über neunhundert Quadratmeter groß war. Es gab auch einen Garten mit Swimming- und Whirlpool, wo bereits viele skandalöse Partys gefeiert worden waren – bis Olivers Elter ihm Mitte der zehnten Klasse untersagt hatten, große Gruppen von Freunden einzuladen.

Madison fand Oliver in der Küche, wo er an dem großen Holztisch saß, der wunderbar für ein mittelalterliches Bankett geeignet gewesen wäre.

»Hey.« Er ließ sein Sandwich sinken und nahm einen Schluck von einer klaren Flüssigkeit, bei der es sich um Wasser handeln konnte, die jedoch in Olivers Fall – und wenn man von dem kleinen Kristallglas ausging – wohl eher Wodka war. »Alles okay? Deine SMS klang irgendwie depri.«

»Du hast ja keine Ahnung«, sagte sie und setzte sich zu ihm an den Tisch. Auf dem ganzen Weg hierher hatte sie über diesen Moment nachgedacht, und jetzt, wo er da war, hatte sie einen Kloß im Hals und musste schlucken, um die Worte herauszubringen. »Vor ein paar Wochen … da bin ich auf ein unglaubliches Geheimnis gestoßen, das mich seitdem fast auffrisst. Ich halt es einfach nicht mehr aus.« Ihre

Augen füllten sich mit Tränen und sie vergrub das Gesicht in den Händen und unterdrückte das Schluchzen, das in ihr aufstieg. Es wäre zwar nicht das erste Mal, dass Oliver sie weinen sah, aber sie hasste es, vor anderen Menschen die Fassung zu verlieren und sich ohnmächtig und hilflos zu fühlen.

»Was hast du denn herausgefunden?« Er redete schneller als gewöhnlich. »Nichts, was mit mir zu tun hätte, oder?«

»Warum sollte es was mit dir zu tun haben?« Sie sah auf und war überrascht, ihn nervös auf der Stuhlkante herumrutschen zu sehen. »Du bist doch der Einzige, der mich nicht hat fallen lassen, seit es mir so mies geht.«

»Ach, nur so.« Er entspannte sich wieder und nahm einen Schluck von seinem Drink. »Manchmal hab ich das Gefühl, dass mich jeder für irgendwas verantwortlich macht, wofür ich gar nichts kann. Ich gebe wohl die perfekte Zielscheibe ab.« Er grinste, aber anscheinend war es ihm doch nicht *so* egal, was über ihn getratscht wurde. »Sag mal, möchtest du was zu trinken? Ich könnte eine Flasche Wein aufmachen. Das erleichtert ja manchmal das Reden.«

»Oh ja.« Sie schaffte ein kleines Lächeln. »Das wär nett.«

Er ging an den Weinschrank und kam mit einer Flasche Rotwein zurück. »Ist dir ein Brunello Pinot Noir recht?«

»Werden deine Eltern nicht sauer, wenn du den nimmst?« Madison wusste, dass die Prescotts versuchten, Olivers Alkoholkonsum einzuschränken – und dass sie ihre Weinsammlung abgöttisch liebten. Sie wollte nicht der Grund dafür sein, dass er Ärger bekam.

»Die haben so viele Weine da drin, und der hier ist kein *so* seltener Jahrgang, sie werden es also nicht mal merken, dass er fehlt«, sagte er. »Außerdem wissen sie, dass ich eigentlich nicht auf Wein stehe. Aber da du gerne Wein trinkst, hab ich kein Problem, mich dir anzuschließen. Ich kann dir aber auch die ganze Flasche überlassen und bleibe beim Wodka. Ganz wie du willst.«

»Lass ihn uns gemeinsam trinken«, schlug Madison vor, während sie die Flasche musterte. So wie ihre Schläfen pochten, hätte sie zwar auch locker die ganze Flasche leeren können, aber das wären viel zu viele Kalorien gewesen. Mal ganz abgesehen davon, dass sie sturzbetrunken wäre.

Er goss ihnen beiden ein Glas ein, und sie gingen samt Weinflasche und Wodka in sein Zimmer, um es sich gemütlicher zu machen. Madison zog die Schuhe aus und setzte sich neben Oliver aufs Doppelbett, das vom Putzservice, der jeden Morgen in die Villa der Prescotts kam, frisch gemacht worden war. Beide lehnten sich in die Kissenberge am Kopfende zurück. Die Erinnerung an den Beinahe-Kuss stieg wieder in ihr auf und sie ließ bewusst etwas Abstand zwischen ihnen. Sie konnte jetzt keine Ablenkung gebrauchen.

»Also.« Oliver drehte den Stiel des Glases zwischen den Fingern. »Was ist los?«

Madison nahm einen Schluck Wein. Der Pinot hätte noch etwas mehr Zeit zum Atmen vertragen, um sein ganzes Aroma entfalten zu können, aber sie brauchte dringend einen Kick und nahm gleich noch einen zweiten großen Schluck. »Du hattest mich doch schon mal auf den Blutgruppentest angesprochen, erinnerst du dich?«, fragte sie. »Weil ich damals, Ende September, fast durchgedreht bin …«

Oliver nickte. »Den Tag werde ich nie vergessen. Du hast dich furchtbar aufgeregt, weil du dachtest, den Versuch vermasselt zu haben, und seitdem bist du irgendwie … nervös.«

Der Tag, der alles für sie verändert hatte, schien sich auch Oliver ins Gedächtnis eingebrannt zu haben. Was sie erst recht darin bestätigte, mit ihm darüber zu reden. »Nun, die Sache ist die: Ich habe den Versuch nicht vermasselt. Der Test hat beide Male gestimmt. Aber das hat mich nur noch mehr aus der Fassung gebracht …«

Und dann erzählte sie die ganze Geschichte.

* * *

»Wow«, sagte Oliver, nachdem sie fertig war.

Es war nicht leicht für sie gewesen, das alles laut auszusprechen. Madison hatte so sehr geweint, dass ihr Gesicht ganz rot und verschwollen sein musste. Mit zitternder Hand goss sie sich ein drittes Glas ein. Der Wein beruhigte ihre Nerven und ihr Körper fühlte sich warm und prickelnd an.

»Adrian Diamond ist also dein Vater.« Oliver schüttelte ungläubig den Kopf. »Und Peyton, Courtney und Savannah sind deine *Schwestern*.«

»*Halb*schwestern«, korrigierte sie ihn.

»Ist doch egal«, sagte er. »Brianna ist auch meine Halbschwester, aber sie ist mir genauso wichtig, als hätten wir dieselbe Mutter. Ich versuche nur … Ich fass das noch nicht ganz.«

»Kein Wunder, ich selbst wache noch manchmal morgens auf und frage mich, ob das alles nicht vielleicht ein Albtraum war.« Madison schloss die Augen, nahm einen großen

Schluck Wein und genoss das Gefühl, wie er ihr wie Seide durch die Kehle rann. Dann öffnete sie die Augen wieder und umfasste den Kelch mit beiden Händen. »Aber es ist kein Albtraum – es ist die Realität. Und die pure Hölle.«

»Das kann ich mir vorstellen.« Er stieß die Luft aus und sah zur Decke. »Das heißt, eigentlich kann ich mir überhaupt nicht vorstellen, wie das wohl ist …«

»Meine Eltern haben mir verboten, mit irgendjemand darüber zu reden, weil Adrian nicht will, dass jemand davon erfährt – er wollte ja nicht mal, dass ich es weiß. Aber ich hab's einfach nicht mehr länger ausgehalten. Ich meine … was für ein Mann ist das eigentlich, der am Leben seiner Tochter nicht teilhaben will? Er hat meiner Mutter das Apartment besorgt und wohnt selbst so nah bei uns … aber die Mühe, mich kennenzulernen, hat er sich nicht gemacht. Ganz abgesehen davon, dass er mir meine *Schwestern* vorenthalten hat! Das alles ist so was von verkorkst, dass ich es immer noch nicht begreife. Ich *musste* dieses Geheimnis einfach mit jemandem teilen – ich hatte das Gefühl, dass es mich sonst innerlich zerreißt. Und du bist der Einzige, dem ich vertrauen kann. Und der es auf keinen Fall weitererzählen würde.« Sie sah ihn direkt an und bei seinem intensiven, verständnisvollen Blick stockte ihr der Atem. »Okay?«

»Natürlich, das verspreche ich dir.« Er schwenkte die Eiswürfel in seinem Wodkaglas – nach dem ersten Glas Wein war er mit dem Verweis darauf, dass sie den Pinot nötiger habe als er, wieder auf Wodka umgestiegen. »Es ist absolut klar, dass du mit dieser Sache nicht allein fertigwerden kannst«, sagte er, und sein aufgebrachter Ton überraschte sie.

»Deine Eltern und Adrian sind im Unrecht, nicht du. *Du* kannst nichts dafür.«

»Ich weiß.« Ihre Augen wurden wieder feucht und sie nahm noch einen Schluck Wein und verdrängte die Tränen. »Das Schlimmste für mich ist, dass Adrian sich als Vater zu Peyton, Courtney und Savannah bekannt hat, aber nicht zu mir. Ich versteh das nicht. Warum will er sie, und mich nicht?« Jetzt ließen sich die Tränen nicht länger zurückhalten und sie strömten ihr über die Wangen. Oliver legte einen Arm um sie und zog sie näher an sich. Er fühlte sich so warm und tröstlich an, und sie vergrub das Gesicht an seiner Schulter.

»Dafür gibt es keine Entschuldigung.« Olivers Stimme war leise und beherrscht, aber sein Körper war so angespannt, als würde er jeden Moment explodieren. »Der einzige Grund, den ich mir vorstellen kann, ist der, dass die Diamond-Sisters niemals einen Vater-Ersatz hatten und ihnen ihre Mutter deshalb von Adrian erzählt hat. Für deine Eltern war es leichter, die Sache geheim zu halten, weil du einen Vater hast, der dich so liebt wie eine leibliche Tochter. Aber das entschuldigt gar nichts. Ob Adrian wohl jemals vorgehabt hat, es dir zu erzählen?«

»Angeblich hat er einen Treuhandfonds für mich angelegt und wollte es mir wohl sagen, wenn ich Zugriff auf das Geld habe.« Madison schnaubte. »Wann auch immer das sein sollte. Meine Mutter hat irgendeinen Mist erzählt, von wegen dass ich es erst erfahren sollte, wenn ich älter sei, weil Adrian das für ›sicherer‹ halte. Was gar keinen Sinn ergibt, weil er ja Peyton, Courtney und Savannah auch schon *jetzt* in sein Leben gelassen hat. Warum sie, wenn er mich weiter im Dunklen lässt?« Wütend stieß sie mit der Faust aufs Bett, was ihren Tränenstrom nur noch verstärkte. »Ich glaube nicht, dass sie mir *jemals* die Wahrheit sagen wollten. Adrian ist angeblich mein Taufpate, also hätten sie wahrscheinlich das als Grund dafür angeführt, warum er das Geld für mich angelegt hat. Ich *hasse* diese ganze Situation. Ich hasse es, Adrian nicht sagen zu können, dass ich Bescheid weiß, und ich hasse es, nicht mit Savannah, Courtney und Peyton darüber reden zu können, dass wir Schwestern sind.«

Oliver nickte und reichte ihr ein Papiertaschentuch aus der Box auf seinem Nachttisch. »Ich nehme an, dass du es deshalb aufgegeben hast, sie ständig niederzumachen.«

»Ja.« Madison setzte sich auf und wischte sich die Tränen fort. Oliver nahm den Arm nicht weg und sie kuschelte sich wieder an seine Schulter. »Also … klar, ich hab sie nicht ausstehen können, als sie hier ankamen. Aber jetzt, da ich weiß, dass sie meine *Schwestern* sind …« Ein Wort, das immer noch seltsam in ihren Ohren klang. »Seitdem gehe ich ihnen aus dem Weg, weil ich mir nicht vorstellen kann, mit ihnen zu reden, *ohne* etwas davon zu sagen. Bis auf Courtney, die ist mit mir zusammen Tutorin. Mit ihr hab ich mich unterhalten und sie ist eigentlich ganz nett. Aber ich will nicht länger, dass sie mich hassen. Ich will ihnen die Wahrheit sagen. Und darf nicht. Und das zerreißt mich jeden Tag aufs Neue.«

Oliver drückte sie tröstend an sich. »Dann hast du also nicht vor ein paar Wochen etwas über sie auf einer Website gepostet, oder?«

»Auf einer Website?« Madison blickte verwirrt auf. Da

beichtete sie ihm ihr größtes Geheimnis und er redete von einer *Website*?

»Ja«, sagte er. »Dieses Campusbuzz-Forum, auf dem alles anonym gepostet wird.«

»Nein.« Sie nahm erneut einen großen Schluck Wein und genoss das Gefühl, wie die Welt um sie herum allmählich verschwamm. »Ich meine, ich kenne diese Seite, aber seit dem Sommer war ich da nicht mehr drauf. Für den Scheiß war mir meine Zeit zu schade. Offenbar gibt es echt Leute, die nichts Besseres zu tun haben, als blödes Zeug über mich zu erfinden. Ich will gar nicht wissen, was da *jetzt* alles über mich steht, nachdem ich nicht mehr ausgehe … Aber ich kann einfach nicht so tun, als sei nichts passiert.«

»Das solltest du auch nicht«, sagte er verständnisvoll. »Ist das eigentlich der einzige Grund, warum du das für dich behalten hast – weil es deine Eltern verlangt haben?«

»Und wegen Adrian«, erwiderte sie. »Er hat mich bisher nicht gewollt, und ich glaube kaum, dass sich das ändert, nur weil ich über die Wahrheit gestolpert bin und meine Eltern gezwungen habe, mir von ihm zu erzählen.«

Oliver wurde lebhaft. »Weißt du, was?«, fragte er und fuhr im selben Atemzug fort. »Ich wette, dass deine Eltern im Grunde *wollen*, dass das Geheimnis rauskommt. Wenn es dich bereits seit Wochen auffrisst, kannst du dir dann vorstellen, wie es für sie war, es *sechzehn Jahre* lang vor dir geheim zu halten? Sie hätten dir ja trotz deiner Entdeckung nicht sagen *müssen*, dass Adrian dein leiblicher Vater ist, aber sie *haben* es getan. Vielleicht *wollen* sie unterbewusst, dass du das, was sie nicht geschafft haben, in Ordnung bringst?«

»Du meinst also, ich soll Adrian mit der Wahrheit konfrontieren?« Bei dieser Vorstellung wurde Madison ganz flau im Magen.

»Hast du denn eine Wahl? *So* kannst du doch unmöglich weiterleben. Das macht dich doch total krank. Wie lange willst du denn das noch durchhalten?«

»Bis ich nach Stanford gehe und meine Eltern nicht mehr jeden Tag sehen muss.« Sie zuckte die Schultern, denn sie wusste selbst, wie unrealistisch das war.

»Das dauert noch mehr als eineinhalb Jahre«, wies er sie auf das Offensichtliche hin. »Bis jetzt sind gerade mal *zwei Monate* vergangen. Du bist zwar eins der willensstärksten Mädchen, das ich kenne, Mads, aber ich glaube nicht, dass du dieses Geheimnis *so lange* mit dir rumtragen kannst. Und das *solltest* du auch nicht.«

»Aber was, wenn ich mit Adrian rede und seine einzige Antwort ist, dass er wünschte, ich hätte es nie rausgefunden?« Schon der bloße Gedanke schmerzte so sehr, dass sie es kaum laut aussprechen konnte. »Oder wenn mir meine Eltern, sobald sie entdecken, dass ich ausgepackt habe, nie verzeihen? Oder wenn Savannah, Courtney und Peyton mir mit purem Hass begegnen und mir sagen, dass ich – Blutsverwandtschaft hin oder her – niemals eine Schwester für sie sein werde?«

»Ich glaube nicht, dass sie das tun werden.« Oliver strich ihr ein paar Haarsträhnen aus dem Gesicht. »Aber wenn du dir nur Worstcase-Szenarien ausmalst, machst du es dir umso schwerer. Ich finde, du schuldest es dir selbst, herauszufinden, wie sie *tatsächlich* reagieren. Vielleicht überraschen sie dich ja, aber das wirst du nie erfahren, wenn du nicht mit der Wahrheit rausrückst.«

Das klang vernünftig, war aber leichter gesagt als getan. »Also, wenn du an meiner Stelle wärst, würdest du Adrian sagen, was du weißt? Selbst wenn du das Gefühl hast, dass er dich gar nicht will?«

»Wenn ich herausfinden würde, dass jemand anders mein Vater ist und dass meine Eltern mich mein ganzes Leben lang angelogen haben?« Er runzelte die Stirn. »Zum Teufel, ja, dann würde ich es ihm sagen. Wenn Adrian nicht an deinem Leben teilhaben will, dann sollte er auch so viel Arsch in der Hose haben, dir das persönlich zu sagen. Aber was auch immer er zu dieser Sache beizutragen hat, du hast das Recht, es von *ihm* zu hören.«

Sie starrte in ihr Glas, als läge in dem restlichen Schluck Wein die richtige Antwort. Dann trank sie es aus und beugte sich über Oliver, um das Glas auf seinem Nachttisch abzustellen. »Was ich am meisten hasse, ist der Gedanke, dass irgendwer immer verletzt wird, egal was ich mache.«

»Das ist wahr.« Er nickte. »Aber wenn du's keinem erzählst, bist du diejenige, die verletzt wird. Und das hast du nicht verdient.«

»Danke«, sagte sie. »Auch wenn ich mir da nicht so sicher bin.«

»Wie meinst du das?«

»Seit ich auf der Highschool bin, hab ich mich nicht gerade nett verhalten«, begann sie. Er wollte widersprechen, aber sie hinderte ihn daran. »Du weißt genau, dass das stimmt. Wenn irgendjemand zu unserer Clique stoßen wollte, hab ich ihn abblitzen lassen, ich habe Brett in aller Öffentlichkeit gedisst, hab Nick mit Brett betrogen, habe über Leute gelästert, von denen ich behauptet hatte, sie wären meine Freunde, und ich habe mein Bestes gegeben, um den Diamond-Sisters das Leben zur Hölle zu machen. Ich habe sogar Damien benutzt, um Savannah wehzutun, was letztlich dazu führte, dass ich *ihn* verletzt hab.« Sie zupfte an ihrer Nagelhaut herum und konnte Oliver nicht ansehen, während sie ihre schrecklichste Seite offenbarte. »Vielleicht hab ich verdient, was mir passiert ist. Das Karma schlägt zurück.«

»Nein.« Oliver hob ihr Kinn und zwang sie, ihn anzusehen. »Okay, was du da aufzählst, klingt wirklich nicht nett, aber Mads, wir sind auf der *Highschool*. Da passiert so was eben. Du hast einigen Leuten eins ausgewischt, okay, aber das ist *eine Sache*. Das vergisst man wieder und in der Zwischenzeit stehe ich auf jeden Fall hinter dir. Eine *ganz andere Sache* ist aber, dass Adrian dein leiblicher Vater ist und dass dich deine Eltern angelogen haben – und das geht weit über ein Highschool-Drama hinaus. Also bitte, glaub keine Sekunde lang, dass du wegen ein paar Schulintrigen diesen Schicksalsschlag verdienst. Vielmehr verdienst du es, dir dein Geheimnis von der Seele zu reden, und zwar Adrian, Peyton, Courtney und Savannah gegenüber. Deine Eltern werden davon anfangs vielleicht nicht gerade begeistert sein, aber sie lieben dich und sie werden dir verzeihen. Außerdem finde ich, dass du weitaus mehr Grund hast, sauer zu sein als sie, oder etwa nicht?«

»Doch.« Madison nickte. Ihr Puls raste. »Ich bin sogar wahnsinnig sauer auf sie. Ich fasse es nicht, dass sie mir so was Wichtiges verschwiegen haben. Es ist, als ob ich sie nicht mehr richtig kennen würde. Ich kenne ja mich selbst kaum mehr.« Sie stöhnte und vergrub erneut ihr Gesicht an seiner Schulter. »So eine Scheiße. Wenn ich nur die Zeit zurückstellen könnte, an den Punkt, als ich noch keine Ahnung von all dem hatte. Alles war so viel einfacher.«

»Du würdest also lieber keine Ahnung haben, als die Wahrheit zu wissen?«, fragte er und fuhr ihr sanft durchs Haar. »Klingt gar nicht wie die Madison, die ich kenne.«

»Du hast recht.« Sie seufzte. »Ich hab etwas übertrieben. Natürlich würde ich immer die Wahrheit wissen wollen. Ich wünschte nur, ich hätte sie von Anfang an gewusst. Klar wäre es mir am liebsten, wenn mein Dad mein leiblicher Vater wäre, aber wenn meine Eltern und Adrian immer schon ehrlich zu mir gewesen wären, dann wäre ich gar nicht erst in diese Lage gekommen.«

»Aber jetzt musst du dich mit der Realität abfinden«, sagte er.

»Ich weiß«, sagte sie. »Und ich versuche es ja auch, so wenig es mir auch gefällt.« Sie starrte ihr leeres Weinglas auf dem Nachttisch an, und ihr Körper prickelte und in ihrem Kopf drehte sich alles. Sollte sie die Flasche leer machen und sich noch etwas einschenken? Nein. Ein viertes Glas Wein, und sie wäre hinüber. Einerseits wünschte sie sich, den Punkt zu erreichen, an dem sie alles vergaß, was sie bedrückte, andererseits wusste sie nach ihrer Knutscherei mit Damien im Sommer, dass das eine ziemlich schlechte Idee war.

»Heißt das, dass du Adrian sagen wirst, dass du Bescheid weißt?«, fragte Oliver.

Nachdem Oliver sie so ermutigt hatte, hätte sie am liebsten gesagt, dass sie noch heute in Adrians Apartment marschieren und ihn zur Rede stellen würde. Aber tief im Inneren wusste sie, dass sie das nicht tun würde.

»Ich will schon«, sagte sie. »Aber es geht nicht nur darum. Du hast recht, dass ich mit ihm reden muss, aber ich will es nicht hinter dem Rücken meiner Eltern tun.«

»Dann sprichst du also zuerst mit deinen Eltern und redest dann mit Adrian?«

»Yep.« Madison wünschte, ebenso so zuversichtlich zu sein wie sie klang.

Er nahm einen Schluck von seinem Drink – das Eis war inzwischen ganz geschmolzen. »Klingt im Prinzip nach einem guten Plan«, sagte er langsam. »Aber was ist, wenn sie dir verbieten, mit Adrian darüber zu reden? Was, wenn sie dir drohen, dich rauszuschmeißen oder so, wenn du das tust?«

»Sie werden vielleicht böse, aber rausschmeißen werden sie mich nicht«, antwortete sie. »Und wenn doch, dann könnte ich immer noch hier übernachten, oder?« Sie lachte, aber es war ein verzweifeltes Lachen. »Doch, ich werde ganz sicher zuerst mit ihnen reden. Wenn ich es hinter ihrem Rücken tue, sind sie erst recht sauer. Aber ich warte bis nach Thanksgiving. Ich möchte die Feiertage nicht verderben.«

»Aber versprich mir, *dass* du es tun wirst, okay?« Er streichelte mit dem Daumen über ihre Schulter, und erst da wurde ihr wieder bewusst, dass er schon die ganze Zeit den Arm um sie gehabt hatte. Seine Anteilnahme wärmte ihr das Herz und ließ es so heftig pochen, dass sie sich fragte, ob er es spüren konnte. »Es war wirklich schlimm, mitanzusehen, wie schlecht es dir die ganzen letzten Wochen gegangen ist«, sagte er. »Tu es für dich selbst, okay? Und wenn du irgendwas brauchst – ich bin für dich da, das weißt du.«

Seine dunklen Augen blickten sie voller Besorgnis an, während seine Lippen so dicht bei ihren waren, dass sie kaum den Blick abwenden konnte, während er sprach. Und dann – sie war nicht sicher, was sie dazu brachte, der Wein oder die Art, wie er sie ansah, so, als bedeute sie ihm mehr als alles auf der Welt – beugte sie sich vor und küsste ihn.

Einen Augenblick lang erstarrte er und sie geriet in Panik. Hatte sie zu viel in seine Gefühle hineininterpretiert? Doch schon im nächsten Moment zog er sie an sich, vergrub seine Finger in ihrem Haar und küsste sie so voller Leidenschaft, dass es ihr den Atem nahm. Seine Lippen waren so voll und weich und bewegten sich im Einklang mit ihren, als seien sie füreinander gemacht. Es fühlte sich absolut richtig an. Es *war* richtig.

Um ihm noch näher zu sein, kletterte sie auf ihn und schlang die Beine um seine Hüften. Während er ihren Hals mit Küssen überzog, legte sie den Kopf in den Nacken und genoss jede Sekunde seiner Berührung. Sie schlang ihre Arme um ihn und drückte ihre Hüften an seine. Ein Stöhnen entfuhr seinen Lippen, und als er die erregbare Stelle unter ihrem Ohr küsste, liefen kleine Schauer durch ihren ganzen Körper. Sie drückte ihm wieder ihre Lippen auf den Mund und ertastete seine Brust unter seinem Hemd, aus dem er sich innerhalb weniger Sekunden befreit hatte. Hastig entledigte sie sich ihrer Bluse, warf sie aufs Bett neben sich und genoss ihre Haut auf seiner.

Seine Finger tasteten ihr über den Rücken und hakten gekonnt ihren BH auf, und in diesem Moment traf es sie mit einem Schlag. Das hier war *Oliver*. Ihr bester Freund. Und mit dem besten Freund knutschte man nicht rum, und man riss sich auch nicht die Kleider vom Leib … zumindest nicht, wenn man beste Freunde bleiben wollte.

Nichts würde zwischen ihnen jemals wieder so sein wie vorher.

Sie stieß seine Hand weg und hakte ihren BH zu, und ihre Wangen brannten, weil sie es beinahe zugelassen hätte, dass er ihn ganz abnahm.

»Alles okay?«, murmelte er, und seine Lippen sandten einen Schauer durch ihren Körper, während sie über ihren Hals glitten.

»Ja.« Madison sah zur Decke hoch und holte tief Luft. »Vielleicht. Ich weiß nicht.« Sie rollte sich von Oliver runter, schnappte sich ihre Bluse und zog sie hastig wieder an. Was für eine Katastrophe! Sie fuhr sich mit den Händen durchs Haar, schaffte es aber nicht, ihn anzusehen. »Ehrlich, ich hab keine Ahnung, was ich da eigentlich mache. Für mich ist eine Welt zusammengebrochen, und du bist der Einzige, der für mich da ist, und das bringt mich ganz … durcheinander.«

»Okay.« Er atmete tief durch. »Verstehe.«

Madison wurde knallrot. Am liebsten hätte sie die letzten zehn Minuten ausgelöscht. Sah Oliver wirklich mehr als eine Freundin in ihr? Oder bildete sie sich das nur ein, weil sie sich in letzter Zeit so elend gefühlt hatte? Sie brachte es nicht fertig, ihn zu fragen. Es war zu jämmerlich, vor allem, nachdem *sie* sich gerade auf *ihn* geworfen hatte.

Es gab nur einen Weg, um nicht noch mehr verletzt zu werden: Sie musste so tun, als sehe sie das, was gerade geschehen war, als Riesenfehler an. »Ich hätte das nicht tun dürfen.« Ihre Kehle war so zugeschnürt, dass sie die Worte nur flüsternd hervorbrachte. »Ich war so fertig und hab so viel Wein getrunken, dass ich nicht richtig nachgedacht habe. Du bist mein bester Freund und das will ich nicht ändern. Das *darf* einfach nicht sein. Wenn ich dich auch noch verliere … dann hab ich überhaupt keinen mehr.«

Sie ließ den Kopf hängen, sodass ihre Haare ihr Gesicht verdeckten. Es klang schrecklich, jämmerlich, hilfsbedürftig, aber es war so. Sie konnte unmöglich riskieren, dass sich nach Damien nun auch noch Oliver von ihr abwandte. Damien hatte sie nach ihrem Kuss ein Miststück genannt und gesagt, dass er nicht einfach so weitermachen könne wie bisher. Sie durfte Oliver nicht auch noch verlieren! Sie zog die Knie an die Brust und schlang die Arme um ihre Beine. Die Vorstellung, wie einsam sie dann wäre, raubte ihr fast den Atem.

»Es wird sich nichts ändern«, sagte er ganz ruhig und legte ihr die Hand auf die Schulter. »Ich lasse dich nicht im Stich, Mads, ich verspreche es.«

Sie zwang sich, ihn wieder anzusehen, und ihr Herz zuckte, als sie seinen aufrichtigen Blick sah. »Ehrlich?«, fragte sie mit zittriger Stimme. Sie musste Gewissheit haben, dass er es ernst meinte – dass noch nicht alles verloren war.

»Ganz ehrlich«, sagte er. »Nach allem, was du mir von deiner Familie erzählt hast, würde ich nie zulassen, dass du das allein durchstehen musst. Und … was da gerade zwischen uns passiert ist ... In letzter Zeit hab ich ziemlich viel an dich gedacht und, ehrlich gesagt, darauf gehofft, *dass* es passieren würde. Aber wenn das zu viel für dich ist, neben all den anderen Dingen, die du verkraften musst, oder wenn du es einfach *nicht willst,* dann ist das auch okay. Ich kann das verstehen. Auch mir ist unsere Freundschaft das Wichtigste und ich will sie nicht verlieren.«

»Du hast ja keine Ahnung, wie froh ich bin, das zu hören«, sagte sie und lächelte zum ersten Mal richtig, seit sie hier in der Villa war. Aber sie musste sich zusammenreißen, um Oliver ins *Gesicht* statt auf seine Brust zu sehen, die immer noch entblößt war, nachdem sein Hemd irgendwo auf dem Boden gelandet war. Sie hatte ihn zwar schon x-mal in der Badehose gesehen, aber das hier war doch etwas anderes. Es kostete sie ihre ganze Willenskraft, ihn nicht noch einmal zu berühren. »Und nachdem du jetzt so ehrlich zu mir warst ... Seit ein paar Wochen hab ich auch das Gefühl, dass mehr zwischen uns sein könnte«, gab sie zu. »Aber da es mit der schrecklichen Eröffnung meiner Eltern zusammenfällt, weiß ich nicht, ob ich nicht einfach etwas suche, woran ich mich festhalten kann, jetzt, da es mir den Boden unter den Füßen wegzieht.«

»Klingt logisch.« Oliver griff nach ihrer Hand, machte aber in letzter Sekunde einen Rückzieher und ließ den Arm stattdessen sinken. Sie war enttäuscht, aber sie verstand seine Reaktion. Er wollte sie nicht noch mehr in Verwirrung bringen. »Ich wünschte nur, dass du mir dein Geheimnis eher anvertraut hättest! Du hättest diese Sache wirklich nicht so lange mit dir allein ausmachen sollen.«

»Ganz allein bin ich ja nicht gewesen«, berichtigte Madison ihn. »Auch wenn ich wütend auf sie bin, ich hab immer noch meine Mutter und meinen Vater.«

Olivers Blick verhärtete sich. »Genau die Menschen, die wollen, dass du so tust, als wäre alles beim Alten. Aber das bringt dich fast um!«

»Ich weiß«, sagte sie mit unsicherer Stimme und presste die Zunge an den Gaumen, um nicht loszuheulen, nicht schon *wieder* – irgendwo hatte sie gelesen, dass das half. »Gleich nach Thanksgiving werde ich ihnen sagen, dass ich das Geheimnis nicht länger mit mir herumtragen kann.«

»Wenn du willst, dass ich dabei an deiner Seite bin, komme ich mit«, bot er ihr an.

»Nein«, sagte sie. »Das muss ich alleine machen. Aber danke.«

»Jederzeit.« Er lächelte, aber es wirkte gezwungen. Als ob er eigentlich noch mehr sagen wollte. Sein Blick brachte ihren Magen zum Flattern, und sie verspürte das dringende Bedürfnis, ihn wieder zu küssen und in seinen schützenden Armen zu liegen.

»Ich sollte jetzt besser gehen.« Sie stand auf, nahm ihre Tasche und drehte sich noch einmal nach ihm um. Er lag immer noch oben ohne auf dem Bett und sie brauchte einen Moment, um sich zu konzentrieren. »Aber ich bin wirklich froh, dass sich zwischen uns nichts ändert … nach dem, was gerade war.«

»Wie schon gesagt, deine Freundschaft ist mir zu wichtig, um sie aufs Spiel zu setzen.« Er klang so überzeugend und sah so aufrichtig aus, und dennoch hatte Madison den Eindruck, einen Hauch von Schuldbewusstsein in seinem Blick zu entdecken. Aber wahrscheinlich hatte er einfach ein schlechtes Gewissen, dass er es so weit zwischen ihnen hatte kommen lassen, während sie so verletzlich war.

»Ich sag dir Bescheid, wie's gelaufen ist, wenn ich mit meinen Eltern geredet habe.« Sie versuchte, entschlossen zu klingen, aber als sie die Villa verließ, zitterten ihre Hände, denn sie war sich keineswegs sicher, ob sie die nötige Stärke aufbringen würde, wenn es so weit war.

Und egal, was er behauptete – sie *wusste,* dass es zwischen ihr und Oliver nie mehr ganz so sein würde wie zuvor.

www.campusbuzz.com

Goodman High School › Las Vegas › Nevada

Savannahs Super-Sweet-Sixteen-Party!

Gepostet Dienstag, 25.11., 17:26

Inzwischen weiß wohl jeder, dass Savannah Diamonds Sweet-Sixteen-Party Teil der Fernsehshow »My Fabulous Sweet Sixteen« sein wird! Eine Freundin, deren Mutter Lehrerin an der Schule ist, hat erzählt, dass am letzten Schultag vor den Ferien ein Kamerateam da war, um Aufnahmen zu machen. Ist das nicht cool?

1: Gepostet Dienstag, 25.11., 17:38

beim volleyball-training und danach haben sie ein bisschen gefilmt und mussten den take ungefähr zehnmal wiederholen! ich bin ja auch keine schauspielerin, aber was ich so mitgekriegt hab, war savannah echt SCHEISSE vor der kamera! eine freundin und ich haben von der seitenlinie aus zugeschaut, und es war absolut witzig :D

2: Gepostet Dienstag, 25.11., 17:47

die einladungen gehen angeblich diese woche raus – haltet die daumen, dass ich eine kriege!

3: Gepostet Dienstag, 25.11., 17:59

Ich lass deine Seifenblase ja nur ungern platzen, aber wenn du für eine Einladung »die Daumen drücken« musst, kriegst du wahrscheinlich eh keine. Diese Save-the-Date-Dinger sind schon vor einer Weile verschickt worden. Wenn du keins gekriegt hast, bist du wohl nicht auf der Liste!

4: Gepostet Dienstag, 25.11., 18:16
sie hat alle aus der zehnten, das ganze volleyball-team und sogar ein paar aus der elften und zwölften eingeladen.

5: Gepostet Dienstag, 25.11., 18:23
huuu-huuu, wieder mal 'ne chance für die diamonds, zu zeigen, wie toll sie sind. ohne mich!

6: Gepostet Dienstag, 25.11., 18:29
#purer neid

7: Gepostet Dienstag, 25.11., 18:37
Die Party ist in dem neuen Club im *Diamond*, im *Abandon*. Soll ja angeblich die Party des Jahres werden!

8: Gepostet Dienstag, 25.11., 18:48
Die Mädchen in dieser Show sind doch alle solche Zicken. Wie ekelhaft, sich so zu präsentieren. Savannah Diamond scheint's echt nötig zu haben.

9: Gepostet Dienstag, 25.11., 18:57
Die Party im TV – das macht die Sache mit dem Outfit um so schwieriger! Höchste Zeit, die Stylistin meiner Mom um Hilfe zu bitten …

10: Gepostet Dienstag, 25.11., 19:10

#Erste-Welt-Probleme

11: Gepostet Dienstag, 25.11., 19:24

#Obere-Zehntausend-Probleme

21

Savannah

Adrian brauchte den *Diamond*-Jet für eine Geschäftsreise nach Macau, daher flogen Savannah und ihre Schwestern in einem gecharterten Privatflieger nach Kalifornien. Der war zwar nicht so groß wie der Diamond-Jet, aber immer noch viel luxuriöser als alles, was sich Savannah noch vor ein paar Monaten für eine Reise hätte vorstellen können.

Sie war so aufgeregt, dass sie kaum stillsitzen konnte. Endlich würde sie Mom, Grandma und Tante Sophie wiedersehen! Aber sie war auch sehr froh, die *My-Fabulous-Sweet-Sixteen*-Kameras los zu sein, die ihr für die Show auf Schritt und Tritt durch Las Vegas gefolgt waren. Trotz des privaten Schauspiellehrers war sie seit jenem ersten katastrophalen Aufnahmetag kaum besser geworden, und das Produzententeam verlor allmählich die Geduld mit ihr – was sie nur noch nervöser machte. Bei Proben, wenn kaum jemand zusah, kam sie ganz gut zurecht, aber sobald die Kamera lief, bemühte sie sich viel zu sehr und brachte keinen Piep mehr heraus.

Vielleicht war diese Paue genau das, was sie brauchte, um locker zu werden und die richtige Einstellung zu den Dreharbeiten zu bekommen.

Als das Fluzeug landete, erwartete sie bereits eine Mietlimousine auf dem Rollfeld, die sie zu Grandmas neuem Haus brachte. Es war in Napa Valley und hatte mit der engen Zweizimmerwohnung in Fairfield, in der Grandma bisher mit Tante Sophie gewohnt hatte, rein gar nichts gemein. Es war ganz aus grauem Naturstein und dunklem Holz und lag in einer bewachten Wohnanlage, in der jedes Haus von einem weitläufigen Grundstück umgeben war. Da es in einen Abhang gebaut war, hinter dem viele Bäume standen, sah es auf den ersten Blick so aus, als wäre es einstöckig – bei genauerem Hinsehen entdeckte man jedoch ein geräumiges Kellergeschoss. Ein absolut malerischer Anblick im Licht der untergehenden Sonne.

»Grandma hat gar nicht erwähnt, dass das neue Haus in Napa und nicht in Fairfield liegt«, sagte Peyton, als sie aus der Limo stieg. »Vornehm, vornehm.«

»Du kennst doch Grandma«, sagte Courtney. »Sie wollte eben nicht angeben.«

Napa und Fairfield grenzten aneinander und doch waren sie Welten voneinander getrennt. Napa war reich an berühmten Weingütern im Besitz wohlhabender Familien und es war für seinen Luxus bekannt. Fairfield dagegen war nur für die Jelly-Belly-Süßwarenfabrik und die Anheuser-Busch-Brauerei berühmt.

Savannah konnte sich Grandma kaum woanders als in ihrem kleinen, schmucklosen Apartment vorstellen, aber noch ehe die Limo richtig anhielt, trat sie auch schon aus ihrem neuen Haus und eilte mit einem herzlichen Lachen auf sie zu.

»Ich freue mich schon den ganzen Tag auf euch, meine Mädchen«, rief sie, umarmte sie nacheinander und musterte sie eingehend. Sie sah gesund und rosig aus und schien in den vergangenen Monaten zugenommen zu haben. Früher war sie so zerbrechlich gewesen, dass Savannah Angst hatte, sie mit ihrer Umarmung zu erdrücken, jetzt hingegen wirkte sie stabil und robust. »Ich hoffe, ihr habt Appetit mitgebracht, eure Mutter hat nämlich ein Festessen für euch gekocht. Sie ist gerade noch in der Küche, um letzte Hand anzulegen, und kann es kaum erwarten, euch zu sehen.«

»Mom *kocht?*« Savannah war verblüfft. Ihre Mutter bereitete tatsächlich etwas anderes zu als Erdnussbutter-Sandwichs mit Marmelade?

»Ja.« Grandma nickte lächelnd. »Ihr Hobby, seit sie hier eingezogen ist. Sie muss noch ein bisschen üben, aber sie ist immer furchtbar stolz auf das, was sie gemacht hat, also lobt sie bitte und *tut* wenigstens so, als ob es euch schmeckt. Sie hat darauf bestanden, das Essen allein zuzubereiten, aber immerhin hat sie mich den Nachtisch machen lassen.«

»Vielleicht ofenwarmer Appel Cobbler mit Vanilleeis?« Savannah lief bereits das Wasser im Mund zusammen. Der Appel Cobbler ihrer Großmutter war unschlagbar – da kam nicht mal der im *Diamond* ran.

»Abwarten!« Grandma zwinkerte und ging auf dem seitlichen Gartenweg vor ihnen her. »Jetzt macht es euch erst mal bequem. Als euer Vater beschloss, ein Haus für mich zu kaufen, wollte er eins mit sechs Schlafzimmern, damit jede von euch ein eigenes Zimmer hätte, wenn ihr mich besuchen kommt. Aber da ich mir nicht vorstellen konnte, was ich in der übrigen Zeit mit so vielen Zimmern anfangen sollte, hab ich ihn davon überzeugt, dass vier Schlafzimmer völlig ausreichen. Tante Sophie und ich bewohnen die beiden großen Zimmer im Erdgeschoss, das Zimmer eurer Mutter und das Gästezimmer, das ihr euch teilen werdet, sind im Untergeschoss – das übrigens gar nicht wie ein Keller wirkt, da das Haus ja in den Abhang gebaut ist. Gartengeschoss trifft es eher. Ich dachte, da ihr euch bis vor Kurzem ein Zimmer geteilt habt, werdet ihr bei eurem Besuch bestimmt zurechtkommen, vor allem, da das Zimmer dreimal so groß ist wie euer altes.«

Sie öffnete die Haustür und machte eine einladende Geste. Drinnen roch es nach Barbecue und Grandma wies Savannah und ihren Schwestern den Weg zur Küche. Ihre Mutter hatte ihnen den Rücken zugekehrt und stocherte in etwas herum, das wie Pulled Pork aussah.

»Rate mal, wer gerade angekommen ist«, sagte Grandma.

Ihre Mutter drehte sich um. Sie hatte eine weinrote Schürze umgebunden und hielt einen Holzlöffel in der Hand. Savannah war sprachlos – sie hatte Mom noch nie in einer *Schürze* gesehen.

»Hallo Mädels«, sagte sie und fingerte nervös an dem Kochlöffel herum, während sie eine nach der anderen ansah. Sie sprach so leise, als befürchtete sie, ihre Töchter könnten bei einem falschen Ton wieder nach Vegas fliehen. »Ich freue mich so, euch zu Thanksgiving hierzuhaben. Ich stehe schon seid Stunden in der Küche … Ihr habt doch hoffentlich Hunger?«

Savannah nickte und ihre Augen füllten sich mit Tränen.

Sie hatte bereits beim Skypen bemerkt, dass ihre Mutter viel besser aussah, aber sie in Wirklichkeit zu sehen, war einfach überwältigend. Sie war nicht mehr aufgedunsen, ihre Haut war seidig und glatt, und ihre Augen leuchteten vor Energie. Savannah rannte auf sie zu und umarmte sie stürmisch.

»Du hast mir auch gefehlt, Schätzchen«, sagte Mom und erwiderte ihre Umarmung so fest, dass Savannah beinahe nach Luft schnappen musste. Als ihre Mom sich schließlich von ihr löste, hielt sie sie auf Armeslänge von sich weg und legte ihr die Hände auf die Schultern, um Savannahs Designerjeans, die Loubou-Stiefeletten, das hautenge Oberteil und die Lederjacke zu betrachten. »Du siehst so anders aus als beim letzten Mal. Deine Haare sind klasse. Und die Kleider ... So erwachsen!«

»Du siehst aber auch toll aus«, sagte Savannah, während ihr der köstliche Geruch des Grillfleischs in die Nase stieg und ihr Magen zu knurren begann. »Und das Essen duftet unglaublich! Ich wusste gar nicht, dass du kochen kannst.«

»Ich bin gerade dabei, es zu lernen«, erwiderte ihre Mutter. »In zehn Minuten ist das Essen fertig ... Am besten bringt ihr drei in der Zwischenzeit eure Sachen nach unten und richtet euch ein, und beim Essen unterhalten wir uns dann ausführlich, ja? Ihr habt mir zwar schon eine Menge per Skype erzählt, aber ich bin sicher, dass es noch viel mehr zu berichten gibt.«

»Ich zeig euch euer Zimmer«, sagte Grandma, und sie holten ihr Gepäck aus der Diele und folgten ihr nach unten. Das Haus war luftig und geräumig – der perfekte Ruhesitz auf dem Land. »Tante Sophie hat heute einen guten Tag, daher werde ich mit ihr in der Stadt essen«, fuhr Grandma fort. »Zum Nachtisch sind wir dann wieder da, aber ich dachte, es kann nicht schaden, wenn ihr erst mal mit eurer Mutter allein seid. Hier ist euer Zimmer.« Sie deutete auf die Tür. »Macht es euch gemütlich. Und bitte seid nicht zu streng mit ihr, während ich weg bin«, fügte sie mehr an Peyton als an Courtney und Savannah gewandt hinzu. »Ich weiß, es war nicht immer leicht, mit ihr zu leben, aber sie macht gute Fortschritte und es wäre schlimm, wenn sie einen Rückfall bekäme.«

»Natürlich«, antwortete Savannah.

»Gut.« Grandma lächelte. »Wir sehen uns dann nach dem Essen.«

* * *

»Das war *richtig* lecker«, lobte Savannah das Essen, während sie sich den Rest ihres Pulled-Pork-Sandwichs in den Mund schob. Wer hätte gedacht, dass Mom kochen konnte?

»Eure Grandma hat mir ein bisschen geholfen«, gab Mom zu. »Wir wollten unbedingt, dass es euch schmeckt.«

»Der Veggie-Burger war auch sehr lecker«, sagte Courtney.

»Und wie es aussah, hat es dir auch geschmeckt, Peyton?« Mom spielte mit ihrer Gabel herum und sah Peyton, die während der ganzen Mahlzeit kaum mit ihr geredet hatte, hoffnungsvoll an.

»Ja, war ganz gut.« Peyton zuckte die Schultern, obwohl sie ihr Sandwich als Allererste verdrückt hatte.

Ein paar Sekunden lang sagte keiner etwas und Savannah konzentrierte sich krampfhaft auf ihr Gemüse. Das Gespräch während des Essens war in erster Linie Smalltalk gewesen, was Savannah nicht weiter störte, solange alles so harmonisch wie bei einem ganz normalen Familienessen ablief. Leider hatte Savannah jedoch das Gefühl, dass diese Stimmung nicht anhalten würde.

»Noch Limonade?«, brach Mom das Schweigen, nahm den Krug und füllte ihre Gläser auf.

»Hast du die Limonade auch selbst gemacht?«, fragte Courtney.

»Nein.« Mom lächelte. »Im Supermarkt gekauft. Ist so eine Öko-Bio-Marke, Natur pur. Lecker, nicht?«

»Okay, mir reicht's jetzt.« Peyton warf ihre Serviette auf den Tisch und sah Mom an, die mit ihrem Glas an den Lippen erstarrte. »Wieso zum Teufel hast du uns nichts von unserem Vater erzählt? Als du uns weisgemacht hast, er sei ein nichtsnutziger Loser, konnte ich verstehen, warum du uns von ihm fernhalten willst. Aber er ist verdammt noch mal *Adrian Diamond*. Wir haben uns unser Leben lang abgemüht, die Miete und das Essen zu bezahlen. Und als du im letzten Jahr jeden neuen Job sofort wieder verloren hast, weißt du überhaupt, wie hart Courtney und ich da gearbeitet haben, um die Familie über Wasser zu halten? Wir haben dafür die Schule und unsere Freunde vernachlässigt, weil du ständig zu betrunken warst, um für uns zu sorgen, und sobald Savannah alt genug gewesen wäre, hätte sie auch einen Job angenommen. Und dann finden wir raus, dass uns Adrian hätte *helfen* können. Wie kamst du eigentlich darauf, dass es das Beste für uns wäre, ihn aus unserem Leben auszuschließen?«

Savannah ließ die Gabel fallen und starrte Peyton an, schockiert über deren Ausbruch. Als sie nach Vegas umgezogen waren, hatte Peyton noch ganz anders über die ganze Sache gedacht. Aber sie hatte ja recht. Grandma hatte zwar gesagt, sie sollten sanft mit ihrer Mutter umgehen, da sie offenbar leicht einen Rückfall bekommen könnte, aber in Savannahs Augen wirkte ihre Mom gesünder und belastbarer als je zuvor. Sie und ihre Schwestern hatten monatelang auf eine Erklärung gewartet. War es jetzt nicht endlich Zeit dafür?

»Es ist viel komplizierter, als ihr denkt.« Moms Augen wurden feucht und auf ihren Wangen bildeten sich rote Flecken – wie immer in Stresssituationen. »Adrian ist eine Gefahr für euch. Richtig, das Leben war nie leicht für uns, aber ohne Verbindung zu ihm seid ihr drei in Sicherheit und überhaupt in der Lage gewesen, ein *Leben zu führen*. Habt ihr denn eine Ahnung, wie es für uns war, nachdem Courtney …« Ihr versagte die Stimme und sie holte tief Luft. Ihre Augen loderten vor Schmerz. »Nach der Entführung ist unser Leben zusammengebrochen. *Ich* bin zusammengebrochen. Ich konnte Adrian nicht mehr ansehen, ohne Angst vor der Gefahr zu haben, der er euch ausgesetzt hatte. Ich *musste* euch drei von ihm fernhalten, und als ich ihn verließ, hat er sich nicht dagegen gewehrt. Denn er wusste, dass es das einzig Richtige war. Er hat euch drei gehen lassen … Er hat uns alle gehen lassen. Er hat versucht, uns finanziell zu unterstützen, aber ich wollte nichts von ihm. Ich wollte nichts, was uns mit ihm in Verbindung bringen könnte. Das wäre nur eine ständige Erinnerung gewesen an …« Ihre Stimme brach und sie nahm einen Schluck Limonade. »Es hätte mich ständig daran erinnert, wie er unsere Familie zerstört hat.«

»Aber irgendwie ergibt das keinen Sinn«, schaltete Courtney sich mit ruhiger, leiser Stimme ein. »Sicher, die Entführung war schrecklich, aber ihr habt mich doch unversehrt zurückbekommen. Und danach hat Adrian für jede von uns einen Bodyguard angestellt. Deshalb verstehe ich nicht ganz, warum das der Grund dafür sein soll, dass du ihn von uns ferngehalten hast und dass er das zugelassen hat.«

»Das ist eine lange Geschichte, die sich nicht so einfach erklären lässt.« Mom stieß einen Seufzer aus und sank in ihren Stuhl zurück. »Nachdem diese Sache passiert war, habe ich Adrian dafür verantwortlich gemacht. Und mache es *immer noch*. Wenn ihr mir nur vertrauen würdet, dass ich dafür einen guten Grund habe.« Sie sah Savannah flehentlich an. »Du glaubst mir doch, Schätzchen, nicht?«

Savannah blickte auf ihren Teller und stocherte mit der Gabel in ihrem Gemüse herum. »Ich glaube, dass du uns nicht absichtlich verletzen wolltest«, sagte sie vorsichtig. Wie hatte Grandma es nur für eine gute Idee halten können, sie so bald mit Mom allein zu lassen?

Zum ersten Mal seit Beginn dieser Auseinandersetzung lächelte Mom. »Ich habe das alles nur getan, weil ich euch liebe«, sagte sie. »Weil ich euch schützen wollte.«

Peyton verschränkte die Arme und starrte sie wütend an. »Uns *schützen*? Dafür hast du diesen Job aber ziemlich beschissen erledigt. Bei Adrian wären wir besser aufgehoben gewesen.«

»Ich hab mein Bestes getan.« Mom stand so abrupt auf, dass sie gegen den Tisch stieß und ihr Teller krachend zu Boden fiel. »Ihr denkt, ihr wisst, worüber ihr redet, aber ihr habt *keine Ahnung*, was ich durchmachen musste. Ich hab alles getan, was die Ärzte in dieser Einrichtung von mir verlangten, alles für *euch*. Ich dachte, ihr würdet erkennen, dass ich mich geändert habe, dass es mir besser geht und dass wir einen Neustart wagen können. Aber ich wusste auch, dass es nicht lange dauern würde, ehe ihr auf mich losgeht. Ich habe keine Lust mehr, mir das anzuhören. Viel Spaß beim Aufräumen.« Stampfenden Schrittes marschierte sie aus der Küche und die Treppe hinunter und ließ ihre Zimmertür so laut ins Schloss fallen, dass der Krach das ganze Haus erschütterte.

»Na, das fängt ja gut an.« Peyton musterte die Sauerei auf dem Boden. Aber das war noch lange nicht alles – neben dem schmutzigen Geschirr stapelten sich die benutzten Töpfe und Pfannen auf allen freien Flächen und auf dem Herd. Die Kunst, neben dem Kochen auch aufzuräumen, beherrschte Mom offensichtlich noch nicht.

Savannah war hin und her gerissen. Einerseits wollte sie nach unten gehen und sich für Peyton entschuldigen. Andererseits wusste sie, dass keiner außer Grandma zu ihr durchdringen konnte, sobald Mom anfing zu schreien und zu kreischen und Sachen durch die Gegend zu werfen. Als Savannah noch jünger war, war sie immer in einen Schrank gekrochen, wenn ihre Mutter einen ihrer Wutanfälle bekam. Versteckt hinter Kleidern hatte sie die Augen zusammengekniffen und leise vor sich hingesungen, um den Lärm nicht hören zu müssen, und sie hatte sich gewünscht, der Schrank wäre ein Zauberschrank, der sie in eine andere Welt brachte, wie in den Büchern, die Courtney so liebte. Aber dieser Wunsch erfüllte sich natürlich nie. Stattdessen begann Mom zu trinken und schrie nur noch mehr herum.

So robust ihre Mom auch gewirkt hatte, Savannah hoffte trotzdem inständig, dass Peytons Attacke keinen Rückfall bei ihr auslösen würde. Aber es war bestimmt kein Alkohol im Haus, dafür würde Grandma schon gesorgt haben. Wahrscheinlich war es am besten, sie ließen Mom jetzt einfach in Ruhe, bis ihre Großmutter nach Hause kam.

»Vielleicht hättest du Mom erst dann nach Adrian fragen sollen, wenn Granny wieder da ist«, sagte Courtney leise.

»Damit sie sie in Schutz nehmen und so tun kann, als ob das alles halb so schlimm wäre?«, fragte Peyton. »Nein, danke. Als wir da am Tisch saßen und sie uns die Limonade einschenkte – da hab ich eine Gänsehaut gekriegt, so gekünstelt war das. Ich konnte nicht länger so tun, als ob alles in Ordnung wäre – als ob sie uns nicht unser ganzes Leben lang *angelogen* hätte. Und da ich die Einzige bin, die den Mut hat, damit anzufangen, hab ich's eben gemacht.«

»Sie zu fragen, ist eine Sache«, fand Savannah. »Aber das Risiko einzugehen, dass sie gleich an unserem ersten Tag hier zusammenbricht ... Grandma hat uns ausdrücklich gewarnt. Und während des Essens hat Mom so glücklich gewirkt. War es denn so schlimm, eine Mahlzeit lang nett zu sein?«

»Ja«, sagte Peyton. »Das war es. Es war alles so *scheinheilig*.

Vielleicht ist es ja für euch in Ordnung, durchzulächeln, aber ich kann nicht so dasitzen und so tun, als ob alles, was passiert ist – alles, was sie uns vorenthalten hat –, niemals geschehen wäre.«

»Ich war *nicht* scheinheilig.« Savannah ballte die Hände zu Fäusten. »Ich war einfach nur nett. Das ist was völlig anderes.«

Peyton verdrehte die Augen und trug ihr Geschirr zur Spüle. »Und ich hab nur gesagt, was ich denke.«

»Und was hast du damit erreicht?«, fragte Savannah und bemerkte zufrieden, dass Peyton darauf nur die Schultern zuckte. »Genau – nichts.«

»Das wissen wir noch nicht«, entgegnete Peyton. »Vielleicht entschuldigt sie sich ja jetzt mal, dass sie uns belogen hat. Denn ich weiß nicht, ob es euch aufgefallen ist, aber sie hat immer noch nichts gesagt, was wie eine Entschuldigung klingt. Wir hören immer nur eine Ausrede nach der anderen. Ist es denn so schwer, endlich mal zuzugeben, dass sie Scheiße gebaut hat? Okay, sie trinkt vielleicht nicht mehr, aber sonst hat sich doch nichts geändert. Sie ist immer noch so verantwortungslos und egoistisch wie zuvor.«

»Hört endlich auf«, rief Courtney und massierte sich die Schläfen. »Was geschehen ist, ist geschehen, und es bringt nichts, uns zu streiten. Grandma wird uns dabei helfen, die Sache wieder auszubügeln. Aber jetzt lasst uns erst mal die Unordnung hier aufräumen.«

Sie reichte Savannah einen Besen und einen Mülleimer, und sie machten sich an die Arbeit.

* * *

Es dauerte nicht lang, bis die Küche wieder sauber war. Grandma war immer noch nicht zurück und Mom verharrte weiter in ihrem Zimmer. Der Appel Cobbler stand zum Warmhalten im Ofen, aber natürlich würden sie nur gemeinsam mit Grandma, Tante Sophie und Mom zum Nachtisch übergehen. Während sie warteten, nahm Savannah ihr Handy mit auf die Terrasse hinaus, um über FaceTime mit Evie zu chatten.

Bereits nach dem ersten Klingeln erschien Evies sommersprossiges Gesicht, umrahmt von ihrem erdbeerblonden Haar, auf dem Display. »Hey Girl!«, quietschte sie los. »Ich geh davon aus, dass du wieder in Kalifornien bist?«

»Seit dem Spätnachmittag«, bestätigte Savannah. »Meine Grandma und Mom wohnen ja jetzt in Napa … Sieh dir das mal.« Savannah drehte die Handy-Kamera um und zeigte Evie die weitläufige Terrasse und die Rückseite des Hauses. Dann richtete sie die Kamera wieder auf sich. »Das Haus ist wie eine Ferienvilla. Unglaublich.«

»Sieht gut aus.« Ein sehnsüchtiges Leuchten erschien in Evies Augen, erlosch aber gleich wieder. »Morgen kann ich dich leider nicht besuchen, weil ja Thanksgiving ist, aber Mom hat gesagt, dass sie mich am Freitag rüberfährt, dann können wir uns treffen. Meinst du, das klappt?«

»Klar.« Savannah lächelte bei der Vorstellung, ihre beste Freundin zum ersten Mal seit Wochen wiederzusehen – vor allem, da ihr letztes Treffen, auf Jackies Volleyball-Party, ja nicht so toll ausgegangen war. »Klingt super.«

»Und wie läuft's so mit deiner Mom?«, fragte Evie.

Savannah erzählte kurz, was seit ihrer Ankunft geschehen

war. »Und jetzt hat sie sich in ihrem Zimmer eingeschlossen, Grandma ist noch nicht zu Hause, Peyton ist sauer und sieht fern und Courtney liest. Aber wie auch immer. Hat deine Mutter schon grünes Licht für meine Sweet-Sixteen-Party in Vegas gegeben?« Savannah hatte sowohl Evie als auch deren Mom eingeladen, denn für Savannah war Mrs Brown irgendwie immer wie eine zweite Mutter gewesen, die sie ständig zum Volleyball-Training gefahren hatte und sie fast jedes Wochenende bei Evie übernachten ließ.

»Sie hat gesagt, falls du wirklich sicher bist, dass wir das Hotelzimmer umsonst bekommen, können wir fliegen!«, jubelte Evie. »Aber die Flüge sind mein Weihnachtsgeschenk, wir sollten also besser jede Menge Spaß haben!«

»Glaub mir, das werden wir.« Savannah nahm sich vor, Evie etwas ganz Besonders zu Weihnachten zu kaufen, als Ausgleich dafür, dass ihr Geschenk für die Flüge draufging. »Das ist ja Wahnsinn, dass ihr kommen könnt! Ich freu mich riesig! Und die Party wird ganz unglaublich.«

»Ich kann's kaum erwarten«, sagte Evie. »Was machen die Aufnahmen für *My Fabulous Sweet Sixteen*? Ich fass es immer noch nicht, dass deine Party im Fernsehen kommt!«

Savannah zuckte nur die Schultern und seufzte.

Evie sah sie fragend an. »Was ist denn los?«

Savannah ließ sich frustriert in einen Gartenstuhl fallen. »Ich bin einfach furchtbar vor der Kamera. Keine Ahnung, warum Rebecca geglaubt hat, dass ich dafür geeignet bin. Nur weil ich singe und Videos für YouTube aufnehme, heißt das noch lange nicht, dass ich auch schauspielern kann.«

»So schlimm wird es schon nicht sein ...«, sagte Evie.

»Verlass dich drauf«, sagte Savannah. »Es *ist* schlimm. Immer wenn die Kamera läuft, dreh ich total durch. Die warten inzwischen ja nur noch drauf, dass ich es nicht hinkriege, und dann krieg ich's natürlich noch viel weniger hin. Es ist ein Teufelkreis. Und kürzlich hab ich gehört, wie der Regisseur zu Rebecca gesagt hat …« Savannah schluckte, denn als sie an das Gespräch dachte, das sie mitangehört hatte, bildete sich ein Kloß in ihrer Kehle. Sie hatte noch keinem davon erzählt – nicht mal ihren Schwestern. »Ich hab gehört, wie er zu ihr gesagt hat, wenn sie nicht genügend Material bekämen, müssten sie meine Episode vielleicht fallen lassen und die eines anderen Mädchens senden.«

»Das können die doch nicht machen«, stieß Evie hervor. »Oder?«

»Es klang so, als könnten sie's.«

»Ich bin sicher, dass du das hinkriegst«, versuchte Evie, sie aufzubauen. »Ich bin ja auch keine Schauspielerin oder so«, fuhr sie fort, »aber ich hab letztes Jahr in der Theater-AG mitgemacht und war gar nicht mal so schlecht. Vielleicht wird es leichter, wenn du nicht länger versuchst, *dich selbst* darzustellen, sondern so tust, als würdest du eine Rolle spielen. Sei nicht du selbst – spiel eine Rolle.«

»Eine Rolle spielen …«, wiederholte Savannah. Es klang seltsam, aber war das nicht genau das, was sie gemacht hatte, als sie neu in Vegas war? Und das hatte sie doch auch ganz gut hinbekommen … »Ich versuch's mal. Aber, ich hör grad, wie ein Auto kommt. Das ist wahrscheinlich Grandma. Ich muss aufhören, aber wir sehen uns ja Freitag!«

»Bis dann!«

Savannah steckte ihr Handy in die Gesäßtasche und ging ins Haus. Hoffentlich gelang es ihnen mit Grandmas Hilfe, sich noch vor dem morgigen Thanksgiving-Essen mit Mom auszusöhnen.

22

Courtney

Thanksgiving verlief besser, als Courtney zu hoffen gewagt hatte – dank Grandma, die es tatsächlich geschafft hatte, die Dinge wieder ins Lot zu bringen. Sie hatte Peyton davon überzeugt, während der restlichen Ferientage keine Auseinandersetzung mehr anzuzetteln. Und ihre Mutter hatte nach dem Streit in ihrem Zimmer anscheinend Yoga gemacht, das ihr half, sich zu entspannen, indem sie die »negative Energie« abschüttelte und sich »auf das Hier und Jetzt« konzentrierte. Was immer das bedeuten mochte. Für Courtney war nur wichtig, dass es funktionierte.

Nach dem üppigen Mahl legte sich Tante Sophie in ihrem Zimmer schlafen, alle anderen versammelten sich im Wohnzimmer, um gemeinsam einen Film anzusehen. Sie waren noch bei dem schwarz-weißen Teil von *Der Zauberer von Oz*, als Courtneys Handy vibrierte – ein Anruf von Brett.

In den Wochen nach Halloween waren sie öfters zusammen gewesen – als Freunde –, aber es wurde immer schwerer zu leugnen, wie sehr sie einander mochten. Seit ihrer Ankunft in Kalifornien hatte sich Courtney ständig gefragt, was er gerade machte, und sie hatte gehofft, dass er auch an sie dachte. Was er wohl tat – warum sollte er sonst anrufen?

»Ich geh mal dran.« Courtney deutete auf ihr Handy und ging aus dem Wohnzimmer. Für die Terrasse war es heute zu kühl, deshalb verzog sie sich in Grandmas Zimmer, das dem Wohnzimmer am nächsten lag, und schloss die Tür hinter sich.

Sie nahm sich eine Sekunde Zeit, um ihren rasenden Puls zu beruhigen, dann ging sie ran. »Hey«, sagte sie und versuchte, entspannt zu klingen und nicht so, als würde sie gleich in Ohnmacht fallen, nur weil Brett sie anrief.

»Hey zurück.« Sie konnte seiner Stimme anhören, dass er lächelte, und da musste auch sie lächeln. »Wie geht's denn so in Kalifornien?«

Sie spielte an ihrem Schlüsselkettchen herum und dachte an den Aufruhr beim gestrigen Abendessen. »Ungefähr so, wie man erwarten konnte, schätze ich.«

»So schlimm?«

Sie fasste das Wichtigste für ihn zusammen und sagte dann: »Zwischen Mom und Peyton herrscht immer noch dicke Luft, aber wenigstens sind sie höflich zueinander. Noch.«

»Klingt heftig«, sagte er. »Gut, dass sie an Thanksgiving Ruhe geben.«

»Ja, das erleichtert mich auch.« Während sie redeten, ging Courtney im Kreis umher. »Und, was läuft in Vegas?« Brett verbrachte Thanksgiving bei den Verwandten seines Vaters, über den er eigentlich kaum redete. Mit Rebecca schien er deutlich besser klarzukommen.

»Wie jedes Jahr«, sagte er. »Immer die gleichen typischen Fragen. Aber wie auch immer, ich bin noch bei meinem Vater und die Leute kriegen es mit, wenn ich zu lange wegbleibe, deshalb will ich dir nur schnell von meiner Idee erzählen.«

»Was denn für eine Idee?«

»Bezüglich unserer Akten«, erklärte er. »Wir hatten ja schon an Halloween darüber gesprochen, dass wir auf keinen Fall in Adrians Dateien rumstöbern können, um das zu finden, was er deiner Ansicht nach verschweigt.«

»Stimmt …« Courtney war gespannt, was Brett sich wohl hatte einfallen lassen, auch wenn sie bezweifelte, dass es einen Weg gab, Adrians Sicherheitsmaßnahmen zu umgehen.

»Wir haben da so eine Tradition in der Familie meines Vaters. An Thanksgiving schauen wir uns immer die Familienalben und Sammelalben und diese ganzen Sachen an, die man das restliche Jahr über irgendwo verstaut hat. Und da bin ich drauf gekommen: Wenn du meinst, dass deine Eltern etwas verbergen, was in eurer Kindheit passiert ist, dann entdeckst du das vielleicht eher bei deiner Großmutter zu Hause als in Adrians Büro.«

Courtney hielt inne. »Du meinst also, ich soll in den Sachen meiner Großmutter rumschnüffeln, mit der geringen Chance, etwas zu finden, das meine Eltern vor mir versteckt halten?«

»So gering ist die Chance gar nicht«, wandte er ein. »Du warst doch als Kind oft bei deiner Grandma, nicht?«

»Doch, schon.«

»Und hat es da einen Ort gegeben, an dem du und deine Schwestern nicht rumstöbern durften?«

Courtney hatte zwar nicht vor, in Grandmas Zimmer

rumzuschnüffeln, trotzdem schloss sie für alle Fälle die Tür ab. »Ihr Kleiderschrank«, sagte sie. »Sie konnte es nicht leiden, wenn meine Schwestern und ich mit ihren Kleidern und Schuhen spielten.«

»Dann fang doch da mal an.«

»Mach ich, ich bin sowieso gerade in ihrem Zimmer«, sagte sie und öffnete entgegen ihrer ursprünglichen Absicht die Schranktür. Es war ein begehbarer Schrank – viel größer als der in Grandmas alter Wohnung. »Aber sie ist gerade umgezogen. Selbst wenn sie etwas darin versteckt gehabt hatte, könnte es hier im neuen Haus sonstwo sein. Hier drin kann ich jedenfalls nur Kleider, Schuhe und ein paar Schachteln entdecken, die so weit oben stehen, dass ich eine Leiter bräuchte.«

»Schachteln sind doch schon mal ein guter Anfang«, fand Brett. »Gibt es dort im Zimmer vielleicht eine Leiter oder einen Tritthocker oder irgendwas, auf das du steigen kannst?«

Courtney zögerte. Ging das jetzt nicht ein bisschen zu weit? Trotzdem sah sie sich im Zimmer um. Keine Leiter, kein Tritthocker – das Einzige, auf das sie steigen konnte, war eine antike Holztruhe am Fußende des Bettes. Aber die war zu schwer, um sie irgendwohin zu ziehen.

Da tauchte plötzlich wie aus dem Nichts eine alte Erinnerung auf.

Courtney ist klein – vier oder fünf Jahre alt – und spielt mit ihren Schwestern in Grandmas Wohnung Verstecken, während sie aufs Abendessen warten. Peyton ist mit Suchen dran und

Courtney ist ganz aufgeregt, denn während ihrer eigenen Suche vorhin ist ihr ein tolles Versteck aufgefallen.

Peyton dreht sich zur Wand, hält sich die Augen zu und zählt. Courtney rennt in Grandmas Schlafzimmer. Savannah folgt ihr, denn sie vertraut stets darauf, dass Courtney die besten Ideen für ein Versteck hat.

»Wo soll ich hin?«, fragt Savannah und schiebt gleich darauf wieder den Daumen in den Mund.

»Versteck dich in Grandmas Schrank hinter den Kleidern«, weist Courtney sie an. »Ich hab noch 'ne bessere Idee, aber da passt nur einer rein.«

Savannah zieht eine Schnute. »Ich will das bessere Versteck.«

»Es war meine Idee, deshalb krieg ich es«, beharrt Courtney. »Jetzt geh schon in den Schrank, bevor Peyton zu suchen anfängt.«

Savannah gehorcht. Kaum ist die Tür zum Schrank zu, geht Courtney grinsend zu der großen Truhe am Fußende von Grandmas Bett. Darin wird Peyton sie nie finden.

Sie nimmt die Zierschale, die auf dem Deckel steht, und stellt sie neben das Bett. Peyton wird schon nicht merken, dass sie sich nicht mehr an ihrem Platz befindet. Dann kommt der schwierigste Teil – die Glasplatte von der Truhe zu hieven. Courtney packt sie fest an, aber sie ist noch schwerer, als sie aussieht, und knallt aufs Parkett.

Erschrocken fährt Courtney zurück. Wenn sie die Platte zerbrochen hat, gibt ihr Grandma bestimmt Hausarrest. Aber wenn sie sich ganz schnell in der Truhe versteckt, ist sie vielleicht aus dem Schneider. Erst jetzt bemerkt sie, dass der Deckel ein Schloss hat, aber zum Glück braucht man keinen Schlüssel dafür …

Noch ehe sie hineinklettern kann, schlägt Grandma den Deckel der Truhe so schnell wieder zu, dass es ein Wunder ist, dass Courtneys Finger nicht dazwischenklemmen.

»Was machst du da eigentlich?« Grandmas Augen funkeln entrüstet und sie legt rasch die – zum Glück heil gebliebene – Glasplatte zurück auf den Deckel und stellt die Zierschale wieder drauf.

Courtney weicht zurück und blickt zu Boden. Aus Angst, in Tränen auszubrechen, bringt sie kein Wort heraus. Gerade als Savannah aus ihrem Versteck im Schrank kommt, stürmt Peyton ins Zimmer und hält verblüfft inne.

»Wir haben Verstecken gespielt und ich dachte, die Truhe wäre ein tolles Versteck«, stößt Courtney schließlich hervor.

»Mach das nie wieder.« Grandma klingt so streng, wie Courtney sie noch nie gehört hat. Courtneys Lippe beginnt zu zittern und Grandma scheint zu merken, wie sehr sie sie erschreckt hat, denn sie geht in die Hocke, um ihr in die Augen zu sehen. »Sieh mal, wenn du da reingeklettert wärst und den Deckel zugemacht hättest, hättest du vielleicht keine Luft mehr bekommen und wärst erstickt, ehe dich jemand gefunden hätte. Und dann die ganzen Spinnen da drin …«

»Spinnen?« Courtney schüttelt sich bei der Vorstellung, wie achtbeinige Wesen auf ihr herumkrabbeln.

»Jede Menge.« Grandma nickt ernst. »Und die können auch beißen. Deshalb ist die Truhe immer geschlossen. Versprichst du mir, sie nie wieder aufzumachen?«

»Ja.« Das Letzte, was Courtney will, ist, die ganzen Spinnen rauszulassen. »Ich verspreche es.«

Dann sagt Grandma, dass sie Kekse gebacken habe und jede

von ihnen noch vor dem Abendessen einen haben könne. In weniger als einer Minute ist die Truhe samt Spinnen vergessen.

Und Courtney versucht nie mehr, sie zu öffnen …

»Courtney?« Bretts Stimme holte sie in die Gegenwart zurück. »Hast du was gefunden?«

»Nein«, antwortete sie. »Aber ich hab eine Idee. Um nachzusehen, muss ich das Handy weglegen, und wenn ich mich irre – was ich wahrscheinlich tue –, muss ich schleunigst zu meiner Familie zurück, ehe sie sich fragen, wo ich abgeblieben bin. Lass uns also erst mal aufhören, ich ruf dich dann wieder an, wenn ich was finde, okay?«

»Okay«, sagte er. »Aber falls du nichts findest, such weiter, solange du noch dort bist. Glaub mir, es ist wirklich viel wahrscheinlicher, dort auf etwas zu stoßen als hier.«

»Mach ich«, sagte sie. »Und danke für deine Hilfe und dass du an mich gedacht hast. Frohes Thanksgiving!«

»Dir auch.« Seine Stimme klang so lieb, dass sie sich zum Auflegen zwingen musste.

Gleich danach machte sie sich an die Arbeit. Sie rüttelte an der Türklinke, um zu überprüfen, ob sie auch richtig abgeschlossen hatte. Ja, hatte sie, es konnte also keiner einfach so hereinplatzen. Dann nahm sie die Ziergegenstände vom Deckel der Truhe. Das alte Holz war rissig und die Farbe blätterte an einigen Stellen ab. Als Courtney vier gewesen war, hatte die Truhe geradezu riesig und bedrohlich ausgesehen, dabei war sie nicht größer als ein Couchtisch, nur höher. Und auch die Glasplatte ließ sich nun ganz leicht abheben und Courtney stellte sie leise und vorsichtig auf den Boden.

Jetzt kam der gruselige Teil. Was, wenn *tatsächlich* Spinnen drin waren? Sie fröstelte bei der Vorstellung. Sie würde den Deckel zunächst nur einen Spalt öffnen und schnell einen Blick hineinwerfen, so schnell, dass keine Spinnen entkommen konnten. *Falls* denn welche drin waren ... Sie umfasste den Deckel und holte tief Luft. Doch als sie ihn hochzuklappen versuchte, rührte er sich nicht. Sie probierte es erneut – nichts. Der Deckel blieb zu.

Missmutig starrte sie auf das schwarze Metallschloss. Aus ihrer Erinnerung wusste sie ja, dass es da war, aber damals war es nicht abgeschlossen gewesen, also war sie davon ausgegangen, dass dem immer noch so sei. Doch es schien Grandma ernst damit, keinen in die Truhe sehen zu lassen. Wenn sie sich die Mühe machte, sie abzuschließen, dann musste *mehr* dahinterstecken als die Spinnenstory.

Courtney hockte sich vor die Truhe und seufzte. Jetzt wollte sie erst recht wissen, was darin war. Es *musste* eine Möglichkeit geben.

Sie nahm ihr iPhone und suchte auf Google, »wie man ein Schloss aufbricht«. In Filmen sah das immer so leicht aus – ein Mädchen zog sich eine Haarnadel aus dem Haar und benutzte sie als Dietrich. Ganz so leicht war es aber laut Google nicht. Mit einer Büroklammer wäre es möglich, aber sie benötigte zusätzlich einen Spanner oder eine Zange oder einen speziellen Schraubenzieher – was sie alles nicht hatte und teilweise nicht mal kannte.

Sie las die Einträge noch einmal durch und spielte an ihrer Kette herum, während sie sich den Kopf zerbrach, wie sie vorgehen könnte. Wieso musste das so kompliziert sein?

Sie warf das Handy aufs Bett und fuhr sich durch die Haare. Es war hoffnungslos.

Dann blickte sie auf ihre Kette hinunter und kam ins Grübeln … Der antike Silberschlüssel, der noch von ihrer Ururgroßmutter stammte … Die alte Truhe mit der abblätternden Farbe musste doch auch aus dieser Zeit sein, oder? Was, wenn …?

Courtney nahm die Kette ab und hielt den Schlüssel ans Schloss. Wie es aussah, könnte er passen.

Es gab nur eine Möglichkeit, das herauszufinden.

Ohne sich allzu große Hoffnungen zu machen, steckte sie den Schlüssel ins Schloss – er passte perfekt hinein. Sie drehte ihn herum, und ihr Herz machte einen Satz, als es klickte. Das Schloss sprang auf.

Sie legte die Kette wieder an, dann umfasste sie die Seiten des Deckels und holte tief Luft. Jetzt kam der entscheidende Moment. Was immer da drin war – weswegen auch immer Grandma sie damals ausgeschimpft hatte –, es musste wichtig sein. Etwas ganz *Privates*.

Courtney biss sich auf die Unterlippe. Eigentlich wollte sie nicht in den Sachen ihrer Großmutter schnüffeln. Andererseits hatte Grandma ihr den Schlüssel geschenkt – das bedeutete doch, dass sie etwas finden *sollte*, oder? Und dass das hier gar kein Schnüffeln war, richtig?

So musste es sein. Außerdem war sie jetzt viel zu neugierig, um die Sache abzubrechen.

Langsam hob sie den Deckel an. Die Scharniere quietschen und ein staubiger, muffiger Geruch schlug ihr entgegen – Courtney atmete ganz flach, um nicht niesen zu müssen.

Es hätte sie nicht überrascht, wenn diese Truhe zum letzten mal geöffnet worden wäre, als sie vier war und sich darin verstecken wollte. Um sicherzugehen, öffnete sie die Truhe zunächst nicht ganz sondern leuchtete erst mal mit dem iPhone hinein. Keine Spinne weit und breit. Ihre Muskeln entspannten sich und sie klappte den Deckel zur Gänze auf. Zu ihrer Verblüffung war die Truhe leer – bis auf einen einzigen einsamen Gegenstand auf dem Boden, der aussah wie ein Bilderbuch, das mit dem Titel nach unten lag. Sie griff hinein und holte es heraus, um die Vorderseite zu betrachten.

Das Cover war rosa mit weißen Punkten, und darauf stand mit extra großen Anfangsbuchstaben **B**ritney und **C**ourtney geschrieben. Es wunderte Courtney nicht, dass es etwas mit ihr zu tun hatte – aber wer war Britney? Ein Familienmitglied von Adrians Seite, das ihre Mutter vor ihnen verheimlichte? Aber Adrian hatte keine Geschwister und seine Eltern waren schon Jahre vor der Geburt von Courtney und ihren Schwestern bei einem Autounfall ums Leben gekommen. Gespannt schlug sie das Buch auf.

Und die Welt um sie herum begann zu beben.

Da war ein Foto, wie sie als Baby in den Armen ihrer Mutter lag, direkt nach der Geburt, noch im Krankenhaus. Sie kannte das Foto aus ihrem Babytagebuch, das jedoch offensichtlich abgeschnitten worden war, denn auf dem Bild, das sie jetzt betrachtete, stand Adrian neben ihrer Mutter – mit einem weiteren Baby im Arm. Eines, das genau aussah wie sie.

Courtney wurde flau im Magen und Übelkeit stieg ihr die

Kehle hoch. Das konnte doch nicht bedeuten … so was Ungeheuerliches würden sie doch nicht vor ihr geheim halten?! Das *konnten* sie einfach nicht. Es musste eine andere Erklärung geben.

Sie hielt den Atem an und blätterte um, in der Hoffnung, eine Antwort zu finden.

Das nächste Foto zeigte wieder diese beiden Babys in nebeneinander stehenden Krankenhausbettchen. Und wieder erkannte sie die Hälfte des Bildes aus ihrem Babytagebuch, das Bettchen, an dessen Fußende ein Schild mit ihrem Namen prangte, Courtney Diamond, mitsamt ihrem Gewicht und ihrer Größe. Aber auch hier war die andere Hälfte abgeschnitten worden, und zwar die mit dem Baby, das *genau wie sie* aussah, nur dass der Name am Fußende Britney Diamond lautete.

Ein Baby, das ihr bis aufs Haar glich. In einem Krankenhausbettchen neben ihrem. Mit demselben Nachnamen.

Das konnte nur eines bedeuten.

Der Druck auf ihrer Brust nahm ihr die Luft, und ihr Herz raste so wild, dass sich alles um sie herum drehte. Wie war das möglich? Wenn sie eine Zwillingsschwester gehabt hätte, dann hätte sie das doch gewusst. Ihre Mutter hätte sie doch mal erwähnt, Grandma hätte von ihr gesprochen … Sie konnte doch nicht bis jetzt durchs Leben gegangen sein, ohne so etwas Wichtiges zu wissen. Sie umklammerte das Buch so fest, dass ihre Fingerknöchel weiß hervortraten, und starrte auf das Bild. Selbst wenn Britney als Säugling gestorben sein sollte – was ja möglich war, denn Courtney war ein Frühchen gewesen –, hätte es ihr doch jemand *gesagt*.

Aber während sie das Buch weiter durchblätterte, wurde ihr klar, dass Britney nicht nach der Geburt gestorben war. Die folgenden Fotos zeigten, wie Mom und Adrian in ein schönes Vorstadthaus zurückkehrten und voller Stolz die Babys auf ihrem Arm anlächelten. Wie Peyton, selbst noch kein Jahr alt, auf dem Sofa saß, die Babys rechts und links von ihr. Wie sie zum ersten Mal gebadet wurden, wie sie in ihren Wiegen lagen, wie sie die gleichen Schnuller im Mund hatten und und und. Einige Fotos kannte Courtney schon – natürlich ohne die Hälfte mit Britney drauf –, andere nicht, wahrscheinlich weil die Babys zu dicht beieinander waren, um die Bilder unauffällig durchzuschneiden.

Dann, als sie ungefähr sieben Monate gewesen sein mussten, brach die Fotoserie ab.

Die restlichen Seiten waren leer.

Courtney wusste nicht genau, wann sie zu weinen angefangen hatte, aber die Tränen rannen ihr wie Sturzbäche über die Wangen, als sie die Fotos erneut ansah. Sie trauerte um eine Schwester, von der sie nie gewusst hatte. Noch dazu eine *Zwillingsschwester*. Warum hatte ihr niemand davon erzählt? Warum hatten sie es ihr ganzes Leben lang vor ihr geheim gehalten? Wie konnten sie das bloß tun?

Der Weinkrampf war so heftig, dass schließlich ihr Magen rebellierte und sie es gerade noch in Grandmas Badezimmer schaffte, um sich in die Toilette zu übergeben. Sie konnte nicht genau sagen, wie lange sie dort hockte. Erst als sie ganz sicher war, dass nichts mehr von dem Thanksgiving-Mahl hochkam, schleppte sie sich zum Waschbecken und gurgelte mit Grandmas Mundwasser.

Beim Anblick ihres rot geweinten Spiegelbilds musste sie wieder an die Zwillingsschwester denken, die sie verloren hatte – die Schwester, die genau wie sie ausgesehen hätte, wenn … ja, was eigentlich? Was war mit Britney passiert? Lebte sie noch, vielleicht bei einer anderen Familie, ohne ihre leiblichen Eltern und ihre Schwestern zu kennen? Oder – und das hielt Courtney für wahrscheinlicher – war etwas passiert, das sie noch vor ihrem ersten Geburtstag aus dem Leben gerissen hatte?

Courtney konnte keinen klaren Gedanken fassen. Noch vor einer Stunde hatte sie zusammen mit ihrer Familie das Thanksgiving-Essen genossen und jetzt lag ihre Welt in Trümmern. Sie schluckte und verzog angeekelt das Gesicht, weil sie immer noch den Geschmack von Galle im Mund hatte. Waren diese vergangenen Minuten wirklich real? Doch das Babytagebuch auf dem Boden neben der Toilette bestätigte es – ja, sie waren real. Und sie wusste nicht, was sie denken oder tun sollte.

Aber eines wusste sie genau – sie brauchte Antworten, und zwar *sofort*.

Sie hob das Babytagebuch auf und marschierte ins Wohnzimmer, wo Mom, Grandma, Peyton und Savannah immer noch den Film ansahen. So entspannt … so *normal*.

»Wir dachten schon, du kommst überhaupt nicht mehr raus«, sagte Savannah. »Hast du meine SMS nicht gekriegt? Oder warst du so in dein Gespräch mit wem auch immer vertieft, dass du sie gar nicht gesehen hast?« Sie lächelte arglos, und ihre Augen blitzten vor Neugier darauf, zu erfahren, wer der geheimnisvolle Anrufer gewesen war.

Courtney hatte das Gefühl, dass ihr Gespräch mit Brett bereits Stunden her war. Und ihr Handy hatte sie anscheinend auf dem Bett vergessen, weshalb ihr Savannahs Nachrichten entgangen waren.

Aber das spielte im Moment keine Rolle.

Sie hielt das Babytagebuch hoch. »Will mir vielleicht mal jemand erklären, was das hier ist?«

Ihre Mutter warf einen entsetzten Blick auf das Buch und hielt den Film an. »Sag jetzt nicht, dass es das ist, wofür ich es halte!« Ihre Stimme bebte vor Ärger, als sie sich an Grandma wandte. Doch ehe diese darauf reagieren konnte, fuhr sie schon fort. »Ich hab dir doch gesagt, dass du es beseitigen sollst. Und du hast mir *geschworen*, dass es weg sei – *endgültig* weg. Wie zum Teufel kann sie es dann in Händen halten?«

»Ich weiß, was ich dir gesagt habe, Donna«, antwortete Grandma ruhig. »Aber ich habe gelogen.«

»Wie konntest du nur?« Mom holte aus und schleuderte die Fernbedienung mit solcher Wucht auf den Couchtisch, dass sie abglitt und auf dem Boden landete. Der hintere Deckel sprang ab und die Batterien rollten heraus. Alle starrten auf die demolierte Fernbedienung, bis auf Mom, deren lodernde Augen auf Grandma ruhten, während sie auf eine Antwort wartete.

»Du weißt, dass ich mit deiner Entscheidung nie einverstanden war«, erwiderte Grandma. »Ich brachte es einfach nicht über mich, sämtliche Belege für ihre Existenz zu vernichten. Ich wollte nicht, dass du es irgendwann bereust und nichts mehr hast, was an sie erinnert.«

»Wovon redet ihr?« Peyton sah von Courtney zu Grandma und zu ihrer Mutter. »Was ist so Besonderes an diesem Buch?«

»Hast du es aufgeschlagen?«, fragte Grandma Courtney, ohne Peyton zu beachten.

»*Natürlich* habe ich es aufgeschlagen«, antwortete Courtney. »Und alle Bilder angesehen. Wie konntet ihr das vor mir verheimlichen?«

»Warum kommst du nicht mit deiner Mutter und mir in mein Zimmer, um in Ruhe darüber zu reden?« Grandma erhob sich, klaubte die Fernbedienung vom Boden auf und legte die Batterien wieder ein. »Währenddessen können Peyton und Savannah den Film zu Ende sehen.«

»Nein.« Courtney wich nicht von der Stelle. »Sie war schließlich auch Peytons und Savannahs Schwester. Was immer ihr mir zu sagen habt, geht sie ebenfalls etwas an.« Sie setzte sich zwischen Peyton und Savannah aufs Sofa und legte das Buch auf ihren Schoß. Ihr Gesicht brannte und sie sah ihre Mutter finster an, die ausdruckslos an die Wand starrte. Warum konnte sie ihr nicht in die Augen sehen?

»Ich halte das im Moment nicht aus.« Ihre Mutter stand auf und ihr Blick huschte wie der einer Gefangenen im Raum umher. »Du hättest das nie zu Gesicht kriegen sollen, Courtney.« Sie schüttelte den Kopf und taumelte zurück. »Ich muss hier raus.«

»Du bleibst, wo du bist.« Jetzt hatte Grandmas Stimme einen harten Klang angenommen und ihre Mutter erstarrte. »Du hast lange genug mit dieser Lüge gelebt, Donna. Ich hab dir immer gesagt, dass du das nicht ewig durchhalten kannst. Jetzt ist es an der Zeit, die Wahrheit zu sagen.«

»Aber ich bin noch nicht so weit.« Sie klang wie ein zehnjähriges Mädchen, und in ihren Augen schimmerten Tränen. »Das ist kein guter Zeitpunkt.«

»Für dieses Gespräch gibt es keinen guten Zeitpunkt«, erwiderte Grandma. »Aber einmal muss es geführt werden, und da Courtney das Buch nun gesehen hat, ist es eben *jetzt* so weit. Du bist ständig vor der Vergangenheit davongelaufen – mit deinem Umzug nach Fairfield, mit deiner Trinkerei. Jetzt sagst du zwar, dass du einen Neuanfang willst, aber den wirst du nie schaffen, wenn du dieses Geheimnis weiter in dir vergräbst. Meinst du nicht, dass deine Töchter die Wahrheit verdient haben?«

»Ich hab ja wohl keine andere Wahl mehr, oder?« Jetzt starrte sie Courtney an, aber so böse, als hätte *Courtney* etwas falsch gemacht. Dann ließ sich wieder in den Sessel fallen.

Währenddessen hatten Peyton und Savannah das Buch durchgeblättert. Peyton fluchte fassunglos vor sich hin. Savannah hatte es die Sprache verschlagen und sie packte Courtneys Hand und umklammerte sie so fest, dass Courtneys Finger ganz taub wurden.

»Wie bist du darauf gestoßen?«, fragte Grandma auf ihre sanfte Art, die jeden dazu brachte, sich ihr anzuvertrauen.

Und Courtney erzählte ihnen alles: Dass sie schon länger den Verdacht gehabt hatte, dass der Bericht über die Entführung nicht vollständig war, und dass sie jedes Mal, wenn sie nachfragte, das Gefühl nicht losgeworden war, dass ihr keiner die Wahrheit sagte.

»Also musste ich wohl oder übel selbst Nachforschungen anstellen«, sagte sie. »Während ich in Grandmas Zimmer telefonierte, fiel mir wieder ein, dass sie mir schon früher verboten hat, ihre Truhe zu öffnen. Und da kam ich auf die Idee, dass es ja nicht schaden könnte, mal nachzusehen, was drin ist. Tja … und das war dieses Buch.« Ihre Brust zog sich zusammen und Tränen strömten ihr über die Wangen. Dass sie die Truhe dank ihrer Schlüsselkette hatte öffnen können, verschwieg sie wohlweislich – sie wollte Mom nicht noch einen Grund für ihre Wut auf Grandma liefern. Sie holte tief Luft, nahm das Buch wieder in die Hand und fragte: »Hat es diese Entführung jemals gegeben? Oder war die nur erfunden, um zu verheimlichen, was mit Britney passiert ist?« Es war das erste Mal, dass Courtney den Namen laut aussprach, was das Ganze niederschmetternd real machte. Wie konnte ihre Familie – Menschen, die sie zu *lieben* vorgaben – etwas so Unfassbares vor ihr und ihren Schwestern geheim halten?

Sie würde sie nie mehr mit denselben Augen sehen wie bisher.

Grandma spitzte die Lippen und sah Mom an. »Willst du es ihr sagen, oder soll ich?«

Mom starrte mit leerem Blick zu Boden, und Courtney rechnete schon damit, dass sie sich drücken und es Grandma überlassen würde. Doch dann straffte sie die Schultern und sah Courtney direkt an. »Ich bin diejenige, die dich vor der Wahrheit beschützen wollte«, sagte sie. »Daher sollte auch ich dir sagen, was passiert ist.«

Courtney traute ihren Ohren kaum – da verdrehte sie doch tatsächlich schon wieder die Tatsachen, indem sie behauptete, sie habe sie »vor der Wahrheit beschützen« wollen, statt zuzugeben, dass sie *gelogen* hatte! Doch Courtney sagte nichts, sondern biss nur die Zähne zusammen und umklammerte das Buch fester, denn sie *musste* hören, was ihre Mutter zu sagen hatte. Wenigstens standen ihre Schwestern ihr zur Seite. Gemeinsam würden sie die Sache durchstehen, egal was ihre Mutter erzählen würde.

»Wie du in dem Babytagebuch gesehen hast, bist du zusammen mit einer Zwillingsschwester zur Welt gekommen.« Ihre Mutter schien sich jedes Wort abringen zu müssen. Sie zupfte an ihrer Nagelhaut und ihre Lippen bebten, aber sie schaffte es, fortzufahren. »Courtney und Britney. Es war eine Frühgeburt, und obwohl ihr länger in der Klinik bleiben musstet, wart ihr beide völlig gesund und munter. Euer Vater und ich waren überglücklich. Nur zwei Monate später wurde ich erneut schwanger und unser Leben schien perfekt zu sein. Es war leicht, die Gefahr zu verdrängen, die Adrians Arbeit mit sich brachte, und wie eine »normale« Familie zu leben. Doch wir wurden zu unachtsam. Wie Adrian euch erzählt hat, wurdet ihr mit sechseinhalb Monaten gekidnappt, während eure Nanny mit euch spazieren ging.«

»Sie hat also nicht nur mich spazieren gefahren«, stellte Courtney fest. »Britney war auch dabei.«

»Ja.« Ihre Mutter wischte sich eine Träne fort. »So war es.« Ihr Kinn bebte und es sah so aus, als würde sie jeden Moment in Tränen ausbrechen, daher eilte Grandma in die Küche, um für alle Wasser zu holen. Nach ein paar Schlucken hatte sich Mom wieder unter Kontrolle. »Das Ganze geschah innerhalb von ein paar Stunden. Ich war mit Freunden aus und hatte keine Ahnung, dass überhaupt etwas passiert war. Adrian rief mich erst an, dass ich nach Hause kommen solle, als du wieder in Sicherheit warst.«

»Aber was ist in diesen paar Stunden passiert?«, bohrte Courtney nach. »Wie ist Britney …« Sie schluckte und konnte das Wort, das ihr durch den Kopf ging, nicht aussprechen. »Was ist mir ihr geschehen?«

»Der Entführer war bereits wegen anderer Straftaten auf der Flucht und hatte nichts mehr zu verlieren.« Moms Blick schweifte in die Ferne, als sähe sie die Szene vor sich. »Er wollte nur Geld, um außer Landes zu kommen und für den Rest seines Lebens abgesichert zu sein. Nachdem er eure Nanny in seine Gewalt gebracht hatte, rief er Adrian an und ließ ihn wissen, dass er die Zwillinge hatte und welche Summe er als Lösegeld verlangte. Aber um ganz sicher zu sein, dass die Polizei nicht eingeschaltet wurde, hat er …« Sie schüttelte den Kopf, vergrub ihr Gesicht in den Händen und begann, hemmungslos zu weinen.

Grandma setze sich zu ihr auf die Sessellehne, legte die Arme um sie und streichelte über ihren Rücken. »Soll ich weitererzählen?«

Ihre Mutter brachte ein klägliches »Ja« heraus.

Grandma holte tief Luft, sah Courtney an und fuhr fort: »Der Kidnapper wollte also verhindern, dass Adrian die Polizei einschaltete, daher brachte er Britney um, während er mit ihm telefonierte.« Bei diesen Worten weinte ihre Mutter noch heftiger. »Er sagte, wenn Adrian seine Anordnungen nicht befolgte, würde er auch den anderen Zwilling – also dich, Courtney – töten. Daher hielt sich Adrian strikt an seine Instruktionen und brachte das Geld zu dem vereinbarten Ort. Nach der Lösegeldübergabe verriet ihm der Kidnapper, wo Adrian dich finden würde. Adrian konnte nur hoffen, dass das keine Lüge war. Tatsächlich habt ihr *beide* euch in dem vom Kidnapper beschriebenen Auto befunden, aber während du gesund und munter warst, war Britney tot. Dem Verbrecher gelang die Flucht und seitdem gibt es keine Spur mehr von ihm.«

»Ich habe Adrian diese Entführung nie verziehen«, flüsterte ihre Mutter schließlich und hob ihr tränenüberströmtes Gesicht. »Und er selbst hat sie sich auch nie verziehen. Er hätte für ausreichenden Schutz sorgen müssen, um so was zu verhindern. Es war seine Schuld, und das weiß er. Wenn er vorsichtiger gewesen wäre, wäre Britney heute noch am Leben.«

Courtney drehte sich erneut der Magen um, und wenn sie sich nicht schon übergeben hätte, hätte sie wahrscheinlich mitten ins Wohnzimmer gekotzt. »Oh mein Gott …«, begann sie, doch dann versagte ihr die Stimme und sie sah Grandma und Mom an, als seien sie Fremde. »Ich hatte eine *Zwillingsschwester.* Egal wie schuldig Adrian und du euch gefühlt habt … wie konntet ihr mir das verschweigen? Wie konntet ihr damit leben, ohne von Schuldgefühlen verzehrt zu werden?«

»Uns *allen* verschweigen«, ergänzte Peyton. »Courtney betrifft es am stärksten, aber Britney war auch unsere Schwester. Ihr hattet nicht das Recht, uns die Erinnerung an sie vorzuenthalten.«

»Ich wusste, dass es nicht richtig war«, gab ihre Mutter zu. »Doch wenn ich euch von ihr erzählt hätte, hätte ich auch von Adrian erzählen müssen. Aber da er in erster Linie schuld an der Tragödie war, wollte ich ihn nicht mehr an eurem Leben teilhaben lassen. Zum Glück fand das alles wenigstens noch in einer Zeit statt, ehe das Internet eine derartige Macht entfaltete. Er konnte alle Spuren, die von ihm zu uns geführt hätten, aus dem Netz entfernen lassen. Wir konnten seiner grässlichen Welt entfliehen und in Frieden leben.«

»Aber du hast meine Frage noch nicht beantwortet.« Courtney musste sich zusammenreißen, um nicht von der Wut überwältigt zu werden, die sie angesichts der Lügen ihrer Mutter empfand. »Wie konntest du mit diesem Wissen leben? Wie konntest du so viele Tage, Wochen, Monate, *Jahre* überstehen?«

»Gar nicht.« Sie zuckte die Schultern und blickte auf ihre Hände. »Deswegen habe ich angefangen zu trinken. Der Alkohol hat alles betäubt, sodass ich nicht länger dran denken musste.« Sie unterbrach sich und nahm erneut einen Schluck Wasser. »Versuch bitte, zu verstehen – wann hätte ich es euch denn erzählen sollen? Als es passierte, wart ihr noch zu klein, um euch daran zu erinnern, du und Peyton. Und Savannah war noch gar nicht geboren. Ich konnte nicht an Britney denken, ohne von Kummer überwältigt zu werden, daher habe ich sie verdrängt. Die Jahre vergingen, und irgendwie *wollte* ich euch ja die Wahrheit sagen, aber … wann? Wann ist der richtige Zeitpunkt, um die Welt seiner Töchter zu erschüttern?«

»Du hättest es uns also nie erzählt?«, fragte Savannah.

»Das war nie meine Absicht.«

»Aber du wolltest, dass Grandma das Babytagebuch beseitigt, und du hast auch alles andere von Britney weggeworfen.« Courtney wusste nicht genau, ob Letzteres stimmte, aber sie hatte nie etwas gesehen, das ihrer Zwillingsschwester gehört haben könnte. Und der schuldbewusste Blick ihrer Mutter sagte ihr, dass sie recht hatte. »Du hast das Andenken an sie weggeworfen und so getan, als habe es sie nie gegeben. Wenn du *nicht* vorgehabt hättest, sie uns für immer zu verschweigen, hättest du das nie getan.«

»Hört endlich auf, über mich herzufallen!« Plötzlich ballte ihre Mutter wütend die Hände zu Fäusten und lief rot an. »Ihr habt ja keine Ahnung, wie es *mir* dabei ging! Ich kann es euch nicht übel nehmen, wenn ihr mich deswegen hasst. Aber ich habe getan, was ich für das Beste für euch hielt.«

»Aber das war nicht recht«, sagte Courtney hart. Mit ihrer typischen Mitleidsnummer wollte sie ihre Mutter nicht durchkommen lassen. *Nichts* rechtfertigte, was sie getan hatte. Gar nichts.

»Dann ist das wohl auch der Grund, warum mein Babytagebuch niemals so ausgefüllt worden ist wie das von Peyton und Savannah, und warum du manchmal, wenn du mich angesehen hast, ohne Anlass traurig geworden bist, als hätte ich etwas falsch gemacht.« Sie war froh zu sehen, wie ihre Mutter zusammenzuckte und sich vor schlechtem Gewissen wand. »Weil dich das alles an *sie* erinnert hat, das Babytagebuch, mein Anblick … stimmt's?«

Ihre Mutter vermied den Blickkontakt mit ihr, aber Courtney wusste sowieso, das sie recht hatte. Und sie wusste, dass sie ihr nie würde verzeihen können, dass sie ihr diesen wichtigen Teil ihres Lebens, ihrer *selbst*, verschwiegen hatte.

»Ich ertrage das nicht länger. Ich ertrage *dich* nicht länger«, sagte Courtney und es war ihr egal, dass ihre Worte ihre Mutter wieder zum Weinen brachten. Sie packte ihr Babytagebuch, stand auf und wandte sich an Peyton und Savannah.

»Wir werden am Flughafen anrufen und Bescheid geben, dass sie den Flieger bereit machen sollen. Wir fliegen noch heute Abend zurück.«

23

Peyton

Als sie am späten Donnerstagabend im *Diamond* eintrafen, stießen sie in ihrem Apartment auf Rebecca, die nervös auf und ab ging. Ihre Frisur war zerrauft und auf ihrer Stirn zeigten sich Sorgenfalten.

»Eure Großmutter hat angerufen und mir alles erzählt«, sagte sie. »Sie fand, ich sei die geeignetste Person, um Adrian die Nachricht zu überbringen. Er hat daraufhin einen früheren Rückflug von Macau organisiert und sollte am Samstagmorgen hier sein.«

»Und ich dachte, wenn ich hier bin, kann ich denen *aus dem Weg gehen,* die mich hintergangen haben«, erwiderte Courtney aufgebracht. »Ich weiß nicht, ob ich Adrians Verhalten besser oder schlimmer finden soll als Moms. Sie hat uns die ganze Zeit angelogen, aber er hat sich komplett von uns ferngehalten. Tut mir leid, aber ich kann nicht anders: Ich hasse alle beide.«

Peyton erkannte Courtney gar nicht wieder und hatte keine Ahnung, wie sie ihre Schwester beruhigen konnte. Sie selbst schäumte ebenfalls vor Wut. Da hatten sie eine Schwester gehabt, die sie nie kennenlernen konnten. Weil sie gestorben war. Nein, nicht einfach gestorben. Weil sie *ermor-*

det worden war. Und ihren Eltern fiel nichts Besseres ein, als so zu tun, als hätte es Britney nie gegeben.

Das war einfach unfassbar!

»Wusstest du auch von der Geschichte, Rebecca?« Savannah klang hilflos.

Rebecca ließ ihre Finger über ihre Perlenkette gleiten und nickte. »Mein Ex-Mann und ich waren mit Adrian und eurer Mutter befreundet, als die Sache passierte, ich weiß es also schon seit Jahren. Als Adrian und ich wieder zusammenkamen, nahm er mir das Versprechen ab, nichts darüber zu sagen. Er gibt sich immer noch die Schuld an allem. Ich habe ihm zwar wieder und wieder erklärt, dass er euch reinen Wein einschenken muss, aber er hat sich geweigert. Er meinte, er habe euch schon so viel zugemutet, dass ihr das nicht auch noch ertragen könnt.«

»Besser, er wäre gleich nach unserem Umzug hierher ehrlich zu uns gewesen, als dass wir es auf *diese* Weise herausfinden«, sagte Peyton.

»Da hast du recht«, sagte Rebecca. »Ich wünschte, wenigstens ich hätte es euch erzählen können, aber es war ja nicht mein Geheimnis, und ich hatte es Adrian versprochen. Es tut mir so leid. Aber ich glaube, nicht mehr lange und Adrian hätte mit euch darüber geredet.«

»Das werden wir jetzt wohl nie mehr herausfinden, nicht?« Courtney drückte das Babytagebuch an sich, das sie seit ihrem Fund nicht mehr aus den Augen gelassen hatte. »Ich gehe jetzt in mein Zimmer – ich muss allein sein.«

»Gib uns Bescheid, wenn du was brauchst, ja?«, sagte Savannah.

Courtney nickte, lief davon und schlug die Tür hinter sich zu.

»Sollten wir ihr nicht nachgehen?« Rebecca blickte Courtney besorgt hinterher.

»Nein«, sagte Peyton. »Seit sie es herausgefunden hat, ist sie nicht mehr sie selbst. Sie braucht jetzt Zeit für sich, um alles zu verarbeiten. Sie wird schon reden, wenn sie so weit ist.«

Rebecca knetete verzweifelt ihre Finger und ging wieder im Wohnzimmer auf und ab. »Ich wusste, dass Adrians Schweigen nichts Gutes bringen würde.« Sie blieb vor Savannah und Peyton stehen. »Wie kommt *ihr* beide denn damit klar? Anscheinend besser als Courtney.«

»Ich bin ziemlich sauer, dass Mom und Adrian uns nichts gesagt haben. Und Grandma.« Peyton ließ sich erschöpft aufs Sofa fallen. Es war ein mörderischer Tag gewesen, und sie war froh, wieder hier zu sein. »Ich weiß, dass ich viel zu klein war, als es passierte, und trotzdem hab ich das Gefühl, ich sollte mich an sie erinnern. Aber da ist *gar nichts*.«

»Du warst damals noch nicht mal ein Jahr alt.« Rebecca nahm auf dem Sofa gegenüber Platz. »Das Erinnerungsvermögen setzt bei jedem Kind erst später ein.«

»Und ich habe keine Ahnung, was ich zu Courtney sagen soll.« Savannah setzte sich neben Peyton. »Es ist für uns alle schlimm, aber für sie ist es am schlimmsten. Wenn diese schreckliche Sache nicht passiert wäre, hätte sie eine Zwillingsschwester. Und bis jetzt hat sie nicht mal gewusst, dass es etwas gab, was ihr eigentlich fehlen sollte.«

»Es wird nicht leicht, das zu verarbeiten«, sagte Rebecca.

»Ihr drei habt viel durchmachen müssen und ich weiß, dass sich Courtney immer um euch gekümmert hat. Aber sobald sie darüber reden kann, müsst ihr sie unterstützen. Und ich hoffe, ihr wisst, dass auch ich für euch da bin.«

»Danke«, sagte Savannah. »Es klingt vielleicht seltsam, aber irgendwie kommt mir das alles so unwirklich vor. Ich *sehe* die Fotos und *höre* die Geschichte, und trotzdem ist es so, als ob Britney nie existiert hätte, obwohl ich *weiß*, dass es sie gab. Vielleicht kommt das daher, dass sie schon nicht mehr da war, als ich geboren wurde … Ich weiß nicht.«

»Vielleicht«, erwiderte Rebecca. »Ich hoffe nur, dass ihr euch anhört, was Adrian zu sagen hat, wenn er am Samstag zurückkommt. Er hat eine so große Schuld mit sich herumgetragen. Er fühlt sich für Britneys Tod verantwortlich.«

»Für ihre Ermordung, meinst du«, sagte Peyton.

»Ich habe nur versucht, es nicht ganz so brutal auszudrücken.« Rebecca drehte an ihrem Verlobungsring herum und wurde rot. Eine Weile sagte keiner etwas. »Wie sieht's aus, habt ihr Hunger?«, fragte sie schließlich. »Wir könnten was zu essen oder zumindest Nachtisch bestellen.«

»Ich bin noch ganz satt vom Thanksgiving-Essen«, lehnte Peyton ab. War es wirklich erst ein paar Stunden her, seit sie, ihre Schwestern, Grandma, Mom und Tante Sophie um den Thanksgiving-Tisch gesessen hatten, auf dem mehr Essen stand, als sie verspeisen konnten?

»Und ich gehe lieber schlafen.« Savannah hielt die Hand vor den Mund und gähnte. »Es war ein langer Tag und ich bin müde.«

»In Ordnung.« Rebecca stand auf und strich sich übers

Haar. »Brett verbringt die Ferientage bei seinem Vater, aber er weiß bereits, dass ihr eher zurückgekommen seid und hat mich nach dem Grund gefragt. Nachdem die Wahrheit jetzt raus ist, werde ich es ihm sagen. Aber da es sich um eine Familienangelegenheit handelt, muss er mir versprechen, es für sich zu behalten.«

»Courtney sollte es ihm selbst erzählen«, fand Peyton. Obwohl Courtney nach der ganzen Katastrophe am Nachmittag nicht mehr auf seine Anrufe und Nachrichten reagiert hatte. Brett hatte sogar an Peyton und Savannah getextet, um zu erfahren, was los sei, aber Courtney hatte sie gebeten, nicht zu antworten. Und Peyton hatte auf sie gehört. Sie hatte ihre Schwester noch nie so verschlossen erlebt, daher wusste sie nicht, was sie sonst hätte tun können.

»Aber er hat mir gesagt, dass sie alle seine Anrufe und SMS unbeantwortet gelassen hat«, erwiderte Rebecca. »Und ich kenne meinen Sohn – wenn er entschlossen ist, eine Antwort zu kriegen, dann gibt er nicht auf. Courtney ist eindeutig noch nicht in der Lage, darüber zu reden, deshalb denke ich, dass es das Beste sein wird, wenn ich das übernehme.«

»Meinetwegen«, gab Peyton nach, auch wenn sie davon nicht wirklich überzeugt war. Schließlich spürte sie genau, dass da zwischen ihrer Schwester und Brett mehr war als die von Courtney vielbeschworene »gute Freundschaft«. Aber Rebecca und Adrian waren so nervös, dass Courtney und Brett sich *zu* nahe kommen könnten, das Peyton lieber nichts sagte, was ihrer Schwester noch mehr Ärger einbringen könnte. Sie war schon unglücklich genug.

»Wenn ihr irgendwas braucht, ruft mich an oder kommt

einfach in mein Apartment, egal wie spät es ist«, bot Rebecca an. »Ich kann nur noch mal betonen, wie unendlich leid es mir tut, dass ihr es auf diese Weise herausfinden musstet.«

»Danke.« Peyton wusste nicht, was sie sonst hätte sagen sollen. Rebecca war nicht dafür verantwortlich gewesen, ihnen die Wahrheit zu sagen, sondern ihre Mutter und ihr Vater.

Nachdem Rebecca gegangen war, wandte sich Peyton an Savannah. »Gehst du wirklich ins Bett oder wolltest du nur Rebecca loswerden?«

»Ich gehe wirklich ins Bett.« Savannah gähnte erneut. »Das war ein aufreibender Tag. Aber ich mag Rebecca und es war nett von ihr, uns bei unserer Ankunft hier zu erwarten. Ich glaube wirklich, dass sie Adrian überreden wollte, es uns gleich zu sagen.«

»Möglich.« Peyton wollte nicht unbedingt zugeben, dass sie dieselbe Vermutung hegte. Okay, Rebecca war schon ganz nett – auf ihre Etepetete-Art. Aber allzu vertraulich musste das Verhältnis zwischen ihnen nicht gleich werden.

»Wenn ich nur was zu Courtney sagen könnte, um ihr zu helfen.« Savannah warf einen hilflosen Blick auf Courtneys Zimmertür. »Sie ist so aufgebracht, dass es mir Angst macht. Bis jetzt war sie doch immer diejenige, die mit allem fertiggeworden ist, nicht?«

»Stimmt«, sagte Peyton. »Aber selbst Courtney ist kein Roboter. Lass ihr Zeit. Das war ein großer Schock für uns alle, aber für sie am meisten. Lass sie heute Nacht erst mal zur Ruhe kommen, dann wird sie morgen schon drüber reden.«

»Hoffentlich«, sagte Savannah. »Es tut mir weh, sie so

verzweifelt zu sehen. Sie ist so lieb … das hat sie nicht verdient.«

»Hast du dich mal umgesehen?« Peyton lachte und breitete die Arme aus. »Wir haben bereits so viel mehr, als man ›verdient‹.«

»Das hab ich aber nicht gemeint«, erwiderte Savannah. »Ich genieße zwar jede Sekunde seit unserer Ankunft hier, aber ich hätte eben gerne zwei Elternteile, die einander lieben und uns lieben – die mit uns zusammen sind und ehrlich zu uns sind. Ich hab in dem Babytagebuch das Foto gesehen, auf dem Mom und Adrian Courtney und Britney vom Krankenhaus nach Hause bringen, und hab mir gedacht: ›So hätte unser Leben aussehen können.‹« Ihre Augen glitzerten, und sie blinzelte ein paarmal und schluckte die Tränen hinunter. »Stattdessen ist Mom zu einer verlogenen, trinkenden Katastrophe geworden und Adrian hat nie Zeit für uns.«

Peyton stützte das Kinn in die Hände. »Die Entführung hat alles zerstört, oder?«

»Ja«, sagte Savannah. »Das ist echt beschissen.«

»Aber so ist es nun mal gelaufen«, erwiderte Peyton. »Und selbst wenn diese Entführung nie stattgefunden hätte, wer weiß schon, wie die Geschichte mit Mom und Dad ausgegangen wäre? Die Leute lassen sich doch dauernd scheiden. Und nur, weil sie auf Fotos glücklich ausgesehen haben, heißt das noch lange nicht, dass sie auch glücklich *waren* oder dass sie immer zusammengeblieben wären.«

»Aber sie hätten die Chance gehabt«, sagte Savannah. »Und sie hätten uns nicht anlügen müssen. Es ist kein schönes Gefühl, ihnen nicht trauen zu können.«

»Aber egal was passiert, du hast mich und Courtney, und uns kannst du immer vertrauen«, sagte Peyton. »Das weißt du doch, nicht?«

»Ja.« Savannah nickte. »Evie hat immer damit angegeben, ein Einzelkind zu sein. Und es stimmt schon, meistens war es doof, dass wir drei uns ein Zimmer teilen mussten, und manchmal war ich auch ein bisschen neidisch auf Evie. Aber andererseits wusste ich immer, dass sie in Wirklichkeit auch ein bisschen neidisch auf uns war, weil wir uns so nahestehen. Und ich weiß auch gar nicht, was ich ohne euch machen würde. Deshalb macht es mir jetzt Angst, dass Courtney uns so ausschließt.«

»Sie wird sich schon wieder einkriegen«, versprach Peyton. »Sie braucht eben Zeit. Du weißt doch, wenn Courtney nachdenkt, will sie für sich allein sein.«

»Ja.« Savannah rieb sich die Augen. »Aber ich bin jetzt wirklich müde. Also, bis morgen.«

»Bis dann.«

Peyton blieb allein im Wohnzimmer zurück. Sie starrte aus den hohen Fenstern auf den Vegas Strip hinaus, der vor Touristen nur so wimmelte. Es war seltsam zu wissen, dass sich alle amüsierten, während sie und ihre Schwestern gerade erst von ihrer eigenen Familientragödie erfahren hatten.

Sie wollte mit jemandem reden. Aber mit wem? Nicht mit Rebecca, trotz ihres Angebots. Mit ihren Freunden in Fairfield hatte sie keinen Kontakt mehr. Solange sie dort gelebt hatte, war sie zwar gerne mit ihnen zusammen gewesen, aber sie hatte sie doch nie wirklich an sich herangelassen und zu niemandem eine so enge Verbindung aufgebaut wie

Savannah zu Evie. Und obwohl sie inzwischen mit einigen Mädchen von der Goodman befreundet war, stand sie ihnen noch nicht so nahe, um etwas *so* Persönliches mit ihnen zu teilen.

Es gab nur einen, der sie gut genug kannte, um zuzuhören und ihr vielleicht beizustehen – *falls* er nicht auch von Britney gewusst und sie angelogen hatte. Also ging Peyton in ihr Zimmer, machte sich etwas frisch und verließ das Apartment. Obwohl es schon Nacht war, ließ sie die Sonnenbrille auf, um ihre geröteten und geschwollenen Augen zu verbergen. Frischen Eyeliner hatte sie lieber nicht mehr aufgelegt, falls sie wieder zu weinen anfing.

Jackson, Teddy und Carl standen auf ihren üblichen Posten im Gang. Peyton war froh, sie erwischt zu haben, ehe sie von der Nachtschicht abgelöst wurden.

»Habt ihr an Thanksgiving nicht frei?«, fragte sie und schloss die Apartmenttür hinter sich.

»Eigentlich schon, da Mr Diamond für euren Aufenthalt in Kalifornien hiesige Bodyguards angeheuert hatte, aber nachdem ihr verfrüht nach Vegas zurückgekommen seid, wurden auch wir zurückbeordert«, erklärte Carl, Savannahs Bodyguard.

»Das macht aber nichts«, setzte Teddy hinzu. »Wir werden ausreichend dafür entschädigt und haben genug andere freie Tage.«

»Trotzdem tut es mir leid«, sagte Peyton. »Wir hatten nicht vor, euch Thanksgiving zu verderben. Aber es war ein Familiennotfall.«

Carl versicherte ihr, dass sie sich keine Gedanken machen

müsse, und sie ging auf die Aufzüge zu. Jackson folgte ihr natürlich auf dem Fuß.

Die Türen glitten zu und er sah sie besorgt an. »Was ist los?«

»Bei meiner Großmutter ist ein Haufen Scheiße passiert.« Peytons Augen füllten sich mit Tränen, als sie alles Revue passieren ließ, und sie war froh, dass sie die Sonnenbrille aufhatte. »Ich weiß, dass du immer sagst, wir müssten professionelle Distanz wahren, aber ich *muss* mit jemand reden, und du bist der Einzige, der mir eingefallen ist.«

»Sie sind also nur rausgekommen, um sich mit mir zu treffen?« Er klang nicht gerade begeistert, aber auch nicht total abweisend. »Sie wissen, dass ich das nicht darf, Peyton. Im *Diamond* kennen uns jede Menge Leute, und wir können nicht riskieren, zusammen gesehen zu werden. Denken Sie an das Foto, das Ihre Mitschülerin von Ihnen und Ihrem Lehrer gemacht hat.«

»Das habe ich bestimmt nicht vergessen! Aber es ist etwas so Schlimmes passiert, dass ich einen wirklichen Freund brauche. Können wir nicht irgendwo anders hingehen, um zu reden?« Sie schob die Sonnenbrille in die Haare, um ihm zu beweisen, wie es um sie stand. Es war ihr zwar unangenehm, sich in diesem verletzlichen Zustand zu präsentieren, aber er musste begreifen, wie ernst sie es meinte.

Mitgefühl blitzte in seinen Augen auf. Anscheinend sah sie wirklich so schlimm aus, wie sie sich fühlte.

»Sagen Sie Ihrem Fahrer, er soll Sie ins *Imperial Palace* bringen«, sagte er. »Lassen Sie die Sonnenbrille auf, wenn Sie dort sind. Ich komme sofort nach.«

* * *

Als Peyton das *Imperial Palace* betrat, wurde ihr klar, warum Jackson ausgerechnet dieses Hotel ausgewählt hatte. Im Vergleich zu den anderen prachtvollen Bauten auf dem Strip war es ziemlich heruntergekommen. Die Inneneinrichtung war in düsteren Brauntönen gehalten, die Räume hatten niedrige Decken und abgewetzte Teppiche und es roch nach Staub und altem Zigarettenrauch. Keiner würde vermuten, dass Peyton Diamond, die Tochter des Besitzers von *Diamond Resorts Worldwide,* hier ihre Zeit verbringen würde.

Sie betrat die Lobby und ließ, wie Jackson es ihr geraten hatte, die Sonnenbrille auf. Jackson war ihr mit seinem Auto gefolgt und trat nun ebenfalls ein. Überrascht stellte sie fest, dass er sich umgezogen hatte. Statt seines Bodyguard-Anzugs trug er ein tannengrünes T-Shirt, das eher für ein Fitnessstudio geeignet schien. Er hatte zwar immer noch die schwarze Anzughose an – was in Kombination mit dem T-Shirt ein bisschen albern aussah –, wirkte aber dennoch viel jünger als sonst.

»Was ist denn mit deinem Anzug passiert?«, fragte Peyton.

»Im Winter trage ich immer ein T-Shirt als Unterhemd«, sagte er. »Und da wir ja möglichst unerkannt bleiben wollen, hab ich den Anzug weitestgehend im Auto gelassen. Auf dem Rückweg zum *Diamond* ziehe ich Hemd und Jackett dann wieder an.«

»Irgendwie siehst du so aus, als würdest du dich in einem T-Shirt wohler fühlen«, bemerkte sie. Außerdem betonte das Tannengrün seine haselnussbraunen Augen.

»Ich war eigentlich nie der Anzug-und-Krawatten-Typ«, gab er zu. »Als ich in Kalifornien für Sie verantwortlich war, habe ich immer normale Klamotten getragen, was mir viel besser gefiel als das, was uns Adrian hier in Vegas angetragen hat. Aber der Job ist es wert.«

Peyton nickte und sah sich im *Imperial Palace* um. Es war gesteckt voll mit Leuten zwischen zwanzig und dreißig, die alle Bier tranken und an Spieltischen saßen. »Wo sollen wir uns hier drin denn unterhalten?«, fragte sie »Ich hatte an einen privateren Ort gedacht, vielleicht in einem Zimmer?«

Peyton hatte den flüchtigen Eindruck, dass sich auf seinem Gesicht sowohl Unmut als auch Verlangen zeigte. »Sie wissen, dass ich das nicht mache«, sagte er. »Aber es gibt einen Ort, an dem wir uns unterhalten können, ohne beachtet zu werden.«

»Na gut«, gab Peyton nach. Besser als gar nichts. »Geh voraus.«

Sie folgte Jackson eine Rolltreppe hinauf. Ein Schild zeigte an, dass sie den Karaoke-Club des *Imperial Palace* betraten. Wobei sie das Schild gar nicht brauchte, um das zu bemerken – der schräge Gesang sagte alles.

Die Bar war brechend voll. Die meisten Leute saßen weit vorne, um die Karaoke-Show zu sehen. In der Mitte der kleinen runden Tische standen ein oder zwei Pitcher mit Bier, und die Gäste blätterten in den Karaoke-Heften, um sich die Lieder auszusuchen, die sie singen – oder besser: verpfuschen – wollten.

»Das verstehst du also unter einem Ort, an dem wir uns unterhalten können?«

»Wir setzen uns da drüben hin.« Er deutete auf einen etwas abgelegenen Tisch in der Ecke. Sie setzten sich, und ihre Beine waren so dicht beieinander, dass sie sich bei der kleinsten Bewegung berühren mussten. »Hier drin würde Sie keiner vermuten. Außerdem konzentrieren sich alle zu sehr auf die Bühne, um uns hier in der Ecke zu beachten. Und es ist hier auch nicht so laut wie vorne, wir können also reden, ohne schreien zu müssen. Lassen Sie einfach die Sonnenbrille auf und keiner wird Sie erkennen.«

Ein Kellner nahm ihre Bestellung auf. Nachdem Bier hier angesagt schien, bestellte Peyton einen Pitcher. Außerdem würde ihr der Alkohol – der dank des gefälschten Ausweises, den sie sich im Sommer besorgt hatte, kein Problem war – ein wenig beim Entspannen helfen. Jackson bestellte natürlich Coke. Trotzdem brachte der Kellner zusammen mit dem Bierkrug zwei Becher.

»Wollen Sie das wirklich alles alleine trinken?« Jackson zog seine Coke näher zu sich heran und ließ seinen Bierbecher umgedreht stehen.

»Nach *so* einem Tag würdest du das auch.« Peyton schenkte ihren Becher randvoll ein. »Aber ich will natürlich *nicht* alles allein trinken. Der Pitcher ist einfach so günstig, deshalb dachte ich, was soll's?«

»Ich nehme an, es muss sich um etwas sehr Ernstes handeln, dass Sie so früh zurückgekommen sind.«

»Allerdings.« Peyton nahm einen Schluck Bier und stellte den Becher auf den Tisch. »Ich weiß, dass du meine Akte kennst«, begann sie an. »Aber kennst du auch die von Courtney und Savannah?«

»Ja«, sagte er. »Aber ich darf nicht sagen, was drinsteht. Ich stehe unter Schweigepflicht.«

»Verstanden«, sagte sie. »Aber vielleicht könntest du mir sagen, was *nicht* drin steht?«

Er sah sie aufmerksam an, als würde er über ihre Frage nachdenken. »Schwer zu sagen, ohne zu wissen, wonach Sie suchen. Aber fragen Sie einfach ... egal was.«

Das verstand Peyton als klare Aufforderung, also redete sie nicht lange drum herum. »Steht in Courtneys Akte irgendwas über Britney?«

Er zog die Augenbrauen zusammen – anscheinend war er ehrlich verwirrt. »Nein.« Er schüttelte den Kopf. »Ich kann mich an keine Britney erinnern. Warum?«

Peyton stieß erleichtert die Luft aus. »Britney hättest du auf keinen Fall vergessen. Sie war Courtneys Zwillingsschwester.«

Jackson sah sie zuerst geschockt, dann ungläubig, dann verwirrt an. »Courtney hat doch keine Zwillingsschwester«, sagte er schließlich. »So was würde doch in der Akte stehen.«

»Außer, Adrian wollte es geheim halten.«

»Warum sollte er?« Jackson kratzte sich den Kopf, als käme er hinter die Sache, wenn er gründlich genug nachdachte.

»Heute Nachmittag hat Courtney im Haus unserer Großmutter ihr Babytagebuch gefunden«, sagte Peyton. »Nur, dass es nicht nur das von ihr war, sondern von ihr und *Britney*, ihrer Zwillingsschwester.«

Und dann erzählte sie ihm alles – wie Courtney mit dem Buch ins Wohnzimmer gestürzt war, wie Mom und Grandma schließlich damit herausrückten, was mit Britney geschehen war und wie sie nach Vegas zurückgeflogen waren. »Jetzt hat sich Courtney in ihr Zimmer eingeschlossen, und ich muss versuchen, für sie und Savannah da zu sein, stark zu sein, dabei bin ich genauso wütend und traurig wie sie, und ich wusste einfach nicht, mit wem ich reden sollte«, beendete sie den Bericht. Mitten in ihrer Erzählung hatte sie zu weinen angefangen und die Tränen vernebelten ihr die Sicht durch die Sonnenbrille, sodass sie sie jetzt zurückschob und sich die Augen rieb.

»Wow.« Jackson drehte seinen Becher um, schenkte sich Bier ein und nahm einen tiefen Schluck. Peyton hatte noch nie erlebt, dass er während der Arbeit trank – genauer gesagt, hatte sie ihn noch *nie* trinken sehen. »Ich schwöre, dass ich davon nichts wusste. Unfassbar, dass sie Ihnen so was verschwiegen haben. Und Courtney …« Er schüttelte den Kopf. »Ich kann mir kaum vorstellen, wie das für sie sein muss.«

»Es ist *so* abartig …« Eine weitere Träne rann Peyton über die Wange, aber sie machte sich nicht mehr die Mühe, sie wegzuwischen. »Da hatten wir noch eine Schwester, und wenn es diese Entführung nicht gegeben hätte, wäre sie heute auch hier. Wahrscheinlich würde sie wie Courtney aussehen, aber wäre sie ihr auch charakterlich ähnlich oder ganz anders? Wie wäre ihre Beziehung zu mir und Savannah? *Alles* wäre anders, wenn Britney noch am Leben wäre. Und ich würde zu gerne wissen, wie.«

»Und ich hätte gerne eine Antwort für Sie«, sagte Jackson und wischte ihr die Träne von der Wange. Sein Blick war so eindringlich, als könne er in ihr Innerstes sehen. Sie waren sich so nahe, dass ihr Herz heftig zu pochen anfing. Sie wollte ihn berühren, aber sie hatte ihn schon zweimal geküsst, und beide Male hatte er sie abgewiesen. Sie würde sich ihm nicht noch mal an den Hals werfen und erneut eine Abfuhr kassieren. Es tat zu weh.

Doch dann war er derjenige, der sich zu ihr beugte. Seine Lippen kamen ihren gefährlich nahe – so nahe, dass sie seinen Atem spürte. Sie hob das Kinn und schloss die Augen, aber statt des erwarteten Kusses legte er seine Stirn an ihre. So verharrte er ein paar Sekunden, während ihr Puls raste. Sie wartete darauf, dass er schwach werden würde, aber stattdessen rückte er schließlich wieder von ihr ab und nahm einen weiteren Schluck von seinem Bier – als könne er das, was gerade zwischen ihnen passiert war, damit hinunterspülen.

Sie verschränkte die Arme und musterte ihn mit hartem Blick. Jetzt schuldete er ihr ja wohl eine Erklärung.

»Es darf einfach nicht sein«, sagte er und fuhr sich durch die kurzen Haare. »Tut mir leid, Peyton. Ich möchte für dich da sein, aber die Art, wie ich für dich da sein *möchte* und wie ich für dich da sein *darf*, unterscheidet sich zu sehr.«

Peyton zog eine Augenbraue hoch – so direkt war er noch nie gewesen. »Du empfindest also doch etwas für mich?«, fragte sie, wenn auch mit zittriger Stimme, sodass sie gegen ihren Willen alles andere als selbstbewusst rüberkam.

»Selbst wenn, würde es keine Rolle spielen, weil nichts daraus werden kann.«

»Das stimmt doch nicht.« Sie versuchte, ihre Tränen

hinunterzuschlucken, aber es gelang ihr nicht. Ihre Augen füllten sich schon wieder und erneut strömten ihr die Tränen übers Gesicht. Warum *weinte* sie eigentlich ständig? Das war doch sonst nicht ihre Art. Sie hatte nicht mal geweint, als sie erfahren hatte, dass ihre Mutter in den Entzug musste. Sie wischte entschlossen die Tränen fort und schob die Sonnenbrille wieder über die Augen, als könne sie sich damit vor der Welt verstecken.

Jackson schien kurz davor, seine Hand über ihre zu legen, zog sie dann aber wieder zurück, was sie nur noch mehr verletzte. »Es tut mir wirklich leid, Peyton. Ich wollte die Sache nicht noch schlimmer für dich machen.«

»Du hast sie nicht schlimmer gemacht.« Sie schniefte. »Ich hab jemand zum Reden gebraucht. Und du bist der Einzige, dem ich vertraue, dass er das Geheimnis für sich behält, und der Einzige, der mich genug mag, um zuzuhören. Mit meinen Schwestern kann ich ja momentan schlecht darüber reden, mit Grandma oder Mom erst recht nicht, und Rebecca sagt zwar, dass sie für uns da ist, aber sie kennt mich doch gar nicht richtig. Und außerdem ist sie auf Adrians Seite.«

»Ich weiß, dass du Rebecca nicht besonders schätzt, aber es könnte nicht schaden, ihr eine Chance zu geben«, sagte Jackson. »Ich kenne sie zwar selbst nicht besonders gut, aber wie es aussieht, wäre sie gerne für dich und deine Schwestern da.«

»Das sagt Savannah auch.« Peyton zuckte die Schultern. »Trotzdem steht Adrian doch wohl an erster Stelle für sie. Sie liebt ihn und würde ihn doch nur verteidigen, auch wenn er einen schwerwiegenden Fehler begangen hat.«

Jackson nickte zustimmend.

»Aber eines verstehe ich nicht«, fuhr sie fort. »Warum beharrst du darauf, dass zwischen uns nichts laufen kann? Ich spüre doch, dass es dir genauso geht wie mir, und du hast es so gut wie zugegeben. Es muss doch eine Möglichkeit geben, zusammen zu sein, ohne dass Adrian was davon erfährt. Und nach den ganzen Lügen, die er mir und meinen Schwestern aufgetischt hat, hätte ich nicht mal ein schlechtes Gewissen.«

»Aber das rechtfertigt noch lange nicht, etwas hinter seinem Rücken zu tun«, sagte Jackson und Peytons Hoffnung schwand. »Außerdem würde ich es auch gar nicht verheimlichen wollen, wenn wir zusammen wären. Du hast mehr verdient als so was. Dazu kommt, dass Adrian dein Vater und mein Arbeitgeber ist. Wenn es herauskäme – und es *würde* herauskommen –, müssten wir mit ernsten Konsequenzen rechnen. Der Hausarrest, den du wahrscheinlich bekommen würdest, wäre noch das geringste Problem. Ich würde auf jeden Fall gefeuert werden, und da Adrian Diamond ein mächtiger Mann ist, würde ich mit einem dementsprechenden Vermerk in meiner Personalakte nie mehr einen Job kriegen. Ganz abgesehen davon, dass du noch nicht volljährig bist! Nicht auszudenken, was das alles nach sich ziehen würde.«

»Eine Beziehung mit mir könnte also praktisch dein Leben zerstören?«

»Ja.« Er sah sie mit einem so schmerzlichen Ausdruck an, dass Peyton mit einem Schlag klar wurde, wie unfair es gewesen war, ihn so zu bedrängen. Wie hatte sie sich so wenig in seine Situation hineinversetzen können? Er musste sie ja für eine totale Egoistin halten!

»Tut mir leid«, sagte sie schuldbewusst. »Bis jetzt hab ich einfach immer nur daran gedacht, wie sehr ich dich mag. Und aus irgendeinem Grund habe ich dir von Anfang an vertraut. Du verstehst, *wer* ich eigentlich bin, und du *magst* mich, so wie ich bin. Oder zumindest glaube ich das.«

»Natürlich mag ich dich.« Zum ersten Mal, seit sie hier saßen, lächelte er. »Du bist stur, hartnäckig, ehrlich und du tust alles für die Leute, die du liebst. Das sind unglaublich tolle Eigenschaften. Ich bin vielleicht nicht mit allen deinen Entscheidungen einverstanden, aber ich bewundere dich dafür, dass du um das, was du willst, um jeden Preis kämpfst. Glaubst du, ich hätte mir deine Mätzchen sonst so lange mit angesehen?«

Wieder kamen ihr die Tränen und sie lächelte, wenn es auch ein bittersüßes Lächeln war. Wie konnte es sein, dass er ihr nach seinem erneuten Korb nun so liebe Dinge sagte?

»Das lässt du dir aber nicht oft anmerken«, sagte sie schließlich. »Aber ich danke dir für deine Ehrlichkeit – in jeder Beziehung. Ich hab mir nie klargemacht, wie ernst die Konsequenzen für dich sein könnten – ich wollte einfach die Augen davor verschließen. Erst jetzt, nachdem du es laut ausgesprochen hast, begreife ich, wie ernst die Sache für dich ist. Und ich würde nicht im Traum wollen, dass du wegen mir deinen Job riskierst. Ich verspreche dir, dich nicht mehr zu bedrängen.«

»Danke«, sagte er, aber seine Stimme klang angespannt und in seinem Blick lag Bedauern. »Ich hoffe, du erkennst, dass ein großer Teil deiner Gefühle für mich daher kommt, dass du von Anfang an gezwungen warst, mich um dich zu haben. Du wusstest, dass ich dein Leben bereits in- und auswendig kenne, du musstest also nichts vor mir verstecken und konntest dich ganz öffnen. Wenn es dir gelingt, dich gegenüber jemand anderem genauso zu öffnen, dann fühlst du vielleicht auch genauso für ihn.«

»Das bezweifle ich«, sagte sie, erstaunt über seine simple Theorie. »Vertrauen ist etwas, das sich nicht so einfach zwischen zwei Menschen aufbauen lässt. Und wird oft enttäuscht.«

»Es gibt da draußen Leute, die es wert sind, dass man ihnen vertraut«, sagte er. »Vielleicht nicht sehr viele, aber es gibt sie. Doch um jemandem vertrauen zu können, musst du dich ihm erst öffnen. Ich weiß, dass du das eines Tages tun wirst. Im Moment hoffe ich nur, du weißt, wie leid es mir tut.«

»Aber warum denn?«, fragte sie. »Das alles ist ja nicht deine Schuld.«

»Du hast mich nicht ausreden lassen«, sagte er. »Es tut mir leid, dass es so zwischen uns laufen muss. Vielleicht nicht für immer, aber zumindest während der kommenden paar Monate, bis du achtzehn bist, können wir nichts ändern. Ich hoffe nur, dass wir Freunde sein können.«

Freunde. Sie wollte mehr als das, aber sie wusste, dass das nicht infrage kam. Jackson durfte wegen ihr nicht seine Karriere aufs Spiel setzen – und womöglich sein Leben. Sie musste sich also erst mal mit »Freunde sein« begnügen.

Sie tranken aus, und zum ersten Mal hatte Peyton das Gefühl, sich ungezwungen mit ihm unterhalten zu können. Natürlich empfand sie immer noch genauso für ihn wie zuvor – über Nacht ließ sich das nicht abstellen –, aber sie hatte nicht mehr das Bedürfnis, einen Kampf mit ihm auszufechten, wer dem anderen zuerst unterliegen würde. Trotz der schrecklichen Dinge, die sie im Laufe des Tages erfahren hatte, erleichterte sie die Unterhaltung mit Jackson etwas. Irgendwie fühlte es sich dank seiner Ehrlichkeit nicht mehr so an, als sei ihr Leben eine einzige Lüge.

Allerdings machte sie sich darauf gefasst, dass alles wieder über sie hereinbrechen würde, sobald Adrian nach Vegas zurückkam.

24

Madison

Mr Adrian Diamond
und
Ms Rebecca Carmel
laden ein, um gemeinsam mit euch
den sechzehnten Geburtstag von
Savannah Diamond
zu feiern.
Samstag, 13. Dezember
19 Uhr bis Mitternacht
Abandon Nightclub
Diamond Residences
South Las Vegas Boulevard
Las Vegas, Nevada 89109
U.a.w.g. bei Rebecca@DiamondLasVegas.com

Festliche Kleidung
Die Feierlichkeiten werden im Rahmen der Fernsehshow *My Fabulous Sweet Sixteen* gesendet, bitte Kleidung entsprechend wählen.
Wer mit seinem Auftritt in der Show einverstanden ist,

möge bitte beigefügte Verzichtserklärung ausfüllen (oder ggf. von einem Erziehungsberechtigten unterschreiben lassen) und beim Einlass vorlegen.

»Habt ihr auch Einladungen zu Savannahs Sweet-Sixteen-Party bekommen?«, fragte Madison Kaitlin und Tiffany beim Mittagessen im Nobu, ihrem Lieblings-Sushi-Restaurant. Ihre beiden Freundinnen hatten sich an Thanksgiving mit ihr versöhnt – sie hatten ein schlechtes Gewissen gehabt, Madison seit Halloween geschnitten zu haben –, und jetzt aßen sie zusammen wie in alten Zeiten. Fast wie in alten Zeiten, denn die vierte im Bunde, Larissa, saß nicht mit am Tisch. Aber immerhin.

»Yep.« Tiffany schob sich das letzte Sushi in den Mund. »Ist es nicht cool, dass die Party bei *My Fabulous Sweet Sixteen* gesendet wird? Savannah ist bestimmt schon total aufgeregt.«

»Haben deine Eltern die Verzichtserklärung unterschrieben?«, fragte Kaitlin.

»Klar«, antwortete Tiffany. »Ich glaube, meine Mutter ist ein größerer Fan der Show als ich. Und dabei ist sie nicht mal dabei.«

»Haben deine Eltern denn nicht unterschrieben?«, wollte Madison von Kaitlin wissen.

»Nope.« Kaitlin verdrehte die Augen. »Sie wollen nicht, dass ich landesweit zu sehen bin. Dabei will ich doch einfach nur dabei sein, wenn der aufregendste Teil der Party gefilmt wird. Aber ohne diese Erklärung bin ich natürlich außen vor.«

»Ach, ich bin sicher, dass es gar kein so großes Ding wird«, versuchte Madison, sie zu trösten, auch wenn sie selbst sich ebenfalls ziemlich geärgert hätte, hätten ihre Eltern den Wisch nicht unterschrieben. Nicht, weil sie unbedingt ins Fernsehen wollte – das war ihr egal –, sondern weil sie gerne ihre eigenen Entscheidungen traf.

Sie sprachen darüber, was sie anziehen würden, und bestellten sich einen gemeinschaftlichen Nachtisch. *Nur einen oder zwei Löffel,* sagte sich Madison. Sie hatte inzwischen die meisten der angefutterten Pfunde wieder verloren und wollte diesen Erfolg nicht durch einen Nachtisch zunichte machen. Aber es war schön, mit ihren Freundinnen beim Lunch zu sitzen. Zwar machte es ihr immer noch zu schaffen, ihnen nicht erzählen zu können, dass Adrian ihr leiblicher Vater war, aber nachdem sie Oliver eingeweiht hatte, fiel es ihr nicht mehr ganz so schwer.

Allerdings hatte sie noch keine Gelegenheit gehabt, ihr Versprechen gegenüber Oliver einzuhalten und ihren Eltern zu sagen, dass sie Adrian zur Rede stellen wollte. An Thanksgiving wollte sie es nicht ansprechen und die Feiertage ruinieren, und als sie heute Morgen aufgewacht war, waren sie schon zur Arbeit gegangen. Heute Abend hatten sie eine Verabredung … also musste sie bis morgen warten.

Bei dem Gedanken daran verspannten sich ihre Nackenmuskeln, und sie versuchte, sich zu lockern, um keinen Migräneanfall zu bekommen.

Nachdem die Kellnerin den Nachtisch serviert hatte, sah Kaitlin sie plötzlich mit ernstem Gesicht an. Madison kannte diesen Ausdruck: Kaitlin würde gleich etwas sagen, das sie nicht hören wollte.

Also machte sie sich auf das Unvermeidliche gefasst.

»Wir müssen dir etwas sagen, das dir wahrscheinlich nicht gefällt«, begann Kaitlin prompt. »Aber hör uns bitte bis zum Ende an.«

»Okay …« Madison legte ihren Löffel beiseite. Jetzt hatte sie sowieso keinen Appetit mehr. Was ja auch seinen Vorteil hatte. »Was gibt's?«

Tiffany zwirbelte an den Spitzen ihres dicken schwarzen Haars herum und kam wie immer direkt zur Sache. »Nachdem du und Larissa in letzter Zeit nicht mehr miteinander klargekommen seid, wollen wir helfen, den Riss zwischen euch wieder zu kitten«, sagte sie. »Wir alle sind doch schon so lange so gut befreundet, und wenn ihr beide erst mal darüber redet, wird sich bestimmt alles wieder einrenken.«

»Ich weiß nicht«, sagte Madison zögerlich. Das Essen war doch auch ohne Larissa gut verlaufen. Was hatten die beiden denn jetzt vor? »Larissa hat mir an Halloween ein paar ziemlich üble Sachen vorgeworfen, und soweit ich weiß, hat sie ihre Meinung nicht geändert.«

»Ein Streit zwischen euch ist ja nichts Neues«, erwiderte Tiffany. »Ihr habt euch doch immer wieder mal in die Haare gekriegt. Aber ihr habt das immer geklärt.«

Madison zuckte die Schultern. »Aber das hier ist etwas anderes. Sie hat mir vorgeworfen, mit Oliver zu schlafen, hat mich ein Miststück und eine Lügnerin genannt, meine Freunde gegen mich aufgewiegelt und sich nicht mal entschuldigt. Das ist für mich nicht so einfach zu ›klären‹.«

»Das verstehen wir ja.« Kaitlin nickte. »Und ich möchte auch nicht, dass du das in den falschen Hals kriegst, denn wir mögen dich *und* Larissa, aber – *hast* du denn mit Oliver geschlafen?«

»Nein!« Madison schüttelte empört den Kopf. »Ich dachte, ihr zwei würdet mich besser kennen. Deshalb konnte ich es auch nicht fassen, dass ihr in den letzten Wochen auf Larissas Seite wart.«

»Wir waren nicht ›auf Larissas Seite‹«, widersprach Kaitlin. »Wir hatten nur das Gefühl, dass du uns aus dem Weg gehst. Übrigens schon vor dem Streit mit ihr. Du wolltest nie mit, wenn wir ausgingen. Larissa schon, und da wir mit ihr *und* mit dir befreundet sind, haben wir eben mehr Zeit mit ihr verbracht. Das war aber nicht gegen dich gerichtet.«

»Ich weiß.« Madison starrte in ihr Wasserglas und wünschte sich wieder einmal, ihnen sagen zu können, *warum* sie ihnen aus dem Weg gegangen war. Aber je mehr Leuten sie es anvertraute, desto größer war die Gefahr, dass es jemand ausplauderte, ehe sie mit Adrian gesprochen hatte. »Ich hab in letzter Zeit einfach viel Stress gehabt«, sagte sie stattdessen. »Aber ich wollte euch nicht das Gefühl geben, ich hätte keine Lust mehr, etwas mit euch zu unternehmen.«

»Das wissen wir jetzt auch, aber zuerst hat es uns schon verletzt, dass du uns so ausgeklammert hast«, erklärte Tiffany. »Anscheinend handelt es sich hier um ein einziges großes Missverständnis. Deshalb – »

»Ihr habt mir *nicht* gesagt, dass *sie* hier sein würde!«, ertönte Larissas Stimme plötzlich hinter Madison. Abrupt drehte Madison sich um – und blickte geradewegs in Larissas grimmiges Gesicht. Sie hatte die Arme verschränkt und die leuchtend pink geschminkten Lippen zu einem bitteren Grinsen verzogen.

»Ich wusste auch nicht, dass *du* kommst.« Madison nahm ihre Tasche. »Aber keine Sorge, ich bin schon weg.« Sie sah Tiffany und Kaitlin eindringlich an und bemühte sich, ihnen nicht mitten im Restaurant eine Szene wegen dieser »Überraschung« zu machen. »Sagt mir, wie viel ich euch für das Essen schulde, ich geb euch das Geld dann am Montag.«

»Geh noch nicht«, bat Kaitlin. »Wie wär's, wenn ihr beide euch zusammensetzt, damit wir reden können?«

»War es das, was ihr mir sagen wolltet?«, fragte Madison. »Dass ihr ein Versöhnungstreffen inszeniert habt?«

»Wir wollen einfach, dass ihr das ausdiskutiert«, sagte Tiffany. »Kaitlin und ich wollten euch zu diesem persönlichen Gespräch verhelfen, weil uns das als der einzige Weg erscheint, dieses Missverständnis zwischen euch auszuräumen.«

»Es geht hier um mehr als nur ein ›Missverständnis‹«. Madison sah Larissa mit zusammengekniffenen Augen an, während sich diese zu ihrem Ärger tatsächlich den vierten Stuhl am Tisch schnappte. »Du hast mir unterstellt, dass ich mit Oliver schlafen würde, und als ich dir versichert habe, dass das nicht stimmt, hast du mir die Wahrheit nicht geglaubt.«

»Die ›Wahrheit‹«? Larissa runzelte die Stirn. »Ich hab doch genau gesehen, wir ihr euch angeschaut habt an Halloween, du und Oliver – es war eindeutig, dass ihr am liebsten sofort übereinander hergefallen wärt. Außerdem seid ihr zwei seit Neuestem *unzertrennlich*. Wie soll ich da denn *nicht* auf die Idee kommen, dass ihr miteinander schlaft? Und wenn ich damit wirklich falschliegen würde, hättest du dich mehr bemüht, mich vom Gegenteil zu überzeugen. Aber du bist mir einfach nur aus dem Weg gegangen, daher weiß ich, dass ich recht habe.«

»Oder *vielleicht* geht in meinem Leben ja auch was Wichtigeres ab als die Sorge, dass du denken könntest, ich würde mit Oliver schlafen – nachdem ich dir bereits *versichert* habe, dass dem nicht so ist«, erwiderte Madison scharf. »Du kannst dir wohl nicht vorstellen, dass es gewisse Dinge gibt, die deine Eifersucht auf meine Freundschaft mit Oliver in den Schatten stellen, und dass ich meine Energie nicht damit verschwenden kann, dich zu besänftigen.«

»Was für Dinge denn?«, fragte Tiffany. »Ich dachte, du weißt, dass du über alles mit uns reden kannst.«

»Es ist was ganz Persönliches.« Madison hoffte, dass sie sie verstanden. »Eine Familienangelegenheit.« Das klang *so* lahm. Aber sie konnte es jetzt nicht erklären, ohne die Wahrheit aufzudecken, und sie wollte keinesfalls, dass Larissa, Kaitlin und Tiffany noch vor Peyton, Courtney und Savannah Bescheid wussten.

»Siehst du?« Larissa verdrehte die Augen. »Genau das meine ich. Was ist *so* wichtig, dass du es vor deinen besten Freundinnen verheimlichen musst?«

»Glaubt mir, ihr würdet es verstehen, wenn ihr es wüsstet«, sagte Madison. »Aber ich kann noch nicht darüber sprechen, weil außer mir noch mehr Leute beteiligt sind. Ich hoffe, dass ich die Sache bald bereinigt habe, und dann werdet ihr die Ersten sein, denen ich davon erzähle, das verspreche ich.«

»Sicher doch«, sagte Larissa. »Aber ich wette, Oliver *hast* du es schon erzählt, stimmt's?«

Madison erstarrte für den Bruchteil einer Sekunde, was bereits ausreichte, um sie zu verraten.

Larissa zog eine Augenbraue hoch. »Ich hab also recht. Du hast es Oliver erzählt.«

Madison holte tief Luft und überlegte, was sie sagen konnte, ohne zu lügen und ohne die Situation mit Larissa zusätzlich zu verschärfen. »Das war erst kürzlich«, begann sie. »Nachdem du *fälschlicherweise* angenommen hattest, dass Oliver und ich miteinander geschlafen hätten, und dafür gesorgt hast, dass mich meine anderen Freundinnen schneiden. Er war der Einzige, der noch für mich da war, und ich *brauchte* jemanden, mit dem ich reden konnte.«

»Aber Tiffany und ich haben doch versucht, für dich da zu sein, und du wolltest nicht auf uns zugehen«, sagte Kaitlin. »Warum hast du mit ihm geredet und nicht mit uns?«

»Das hat nichts mit euch zu tun.« Madison lehnte sich zurück. Sie wusste, wie fadenscheinig das klang. Es stimmte, Kaitlin, Tiffany und sogar Larissa waren ihre engsten Freundinnen. Aber Oliver war nun mal ihr *bester Freund*. Schon seit der Grundschule. Keinem vertraute sie mehr als ihm. »Er ist der Einzige, der es weiß, und hat es auch erst nach ein paar Gläsern Wein aus mir herausgelockt.«

»Und da erwartest du von uns, dass wir dir glauben, du hättest nicht mit ihm geschlafen?«, fragte Larissa. »Ich bin doch nicht blöd, Madison. Es ist ziemlich eindeutig, was da vor sich geht. ›Hat es auch erst nach ein paar Gläsern Wein aus mir herausgelockt‹? Im Ernst? Was hat er dir denn sonst noch entlockt, nach den paar Gläsern Wein? Oder sollte ich lieber sagen, was hat er *eingeloggt?*« Sie kicherte höhnisch, als habe sie den besten Witz des Jahres gemacht.

»So wie du die Sache darstellst, klingt es echt übel«, sagte Madison. »Aber ich schwöre, dass ich nicht mit Oliver geschlafen habe. So gut solltet ihr mich wirklich kennen.«

»Ach, echt?«, fragte Larissa. »Mir kommt es nämlich in letzter Zeit so vor, als ob ich dich gar nicht mehr kenne, und ich weiß, dass Kaitlin und Tiffany mir da zustimmen. Und da sollen wir dir wirklich glauben, dass ihr nur Freunde seid, du und Oliver?«

»Ja«, sagte sie, auch wenn es etwas zittrig herauskam. Schließlich knutschten Freunde nicht im Bett miteinander herum und rissen sich auch nicht die Kleider vom Leib ... und verschwendeten erst recht keinen Gedanken daran, dem andern ihre Jungfräulichkeit zu schenken. »Ich hätte das, was in meiner Familie los ist, *keinem* sagen sollen, aber immerhin konnte Oliver mir einen guten Rat geben. Und sobald ich ihn befolgt habe – und das wird demnächst sein –, erzähle ich euch alles. Aber die anderen, die da mit drinstecken, haben es verdient, die Wahrheit noch *vor* euch zu hören. Ich schwöre, dass es mit keiner von euch etwas zu tun hat oder damit, dass ich euch nicht trauen würde.« Okay, Kaitlin und Tiffany vertraute sie wirklich ... aber Larissa war für ihr Klatschmaul bekannt. »Es steht mir einfach nicht zu, über die Sache zu reden.«

»Seit wann trägst du diese Sache denn mit dir herum?«, fragte Tiffany.

»Seit Ende September.«

»Also seit dem Zeitpunkt, als du aufgehört hast, uns zu treffen.« Kaitlin faltete die Hände auf dem Tisch. Sie sah besorgt aus, nicht verärgert. »Und du hast erst *kürzlich* mit jemand darüber geredet? Du hast es *zwei Monate* lang in dich hineingefressen?«

»Yep.« Madison zuckte lässig die Schultern, um das Ganze weniger schrecklich erscheinen zu lassen, als es für sie war. »Das waren zwei echt beschissene Monate. Über eine so schwerwiegende Sache nicht reden zu können, ist nicht ganz leicht.«

»Und da bist du lieber gar nicht mehr unter die Leute gegangen«, sagte Kaitlin und Madison nickte. »Was hast du denn die ganze Zeit gemacht?«

»Ich hab jede Staffel von *Downton Abbey* und den *Vampire Diaries* gesehen und bin jetzt bei Staffel vierzehn von *Big Brother*.«

»Ist ne echt gute Staffel«, warf Larissa ein.

»Verrat mir bloß nicht, wie's ausgeht!« Madison hielt sich die Ohren zu. »Ich hoffe, dass Dan gewinnt, aber ich will es nicht vor dem Finale wissen!«

»Okay, okay, hab's kapiert«, sagte Larissa lachend.

Tiffany sah zwischen den beiden hin und her und lächelte. »Bedeutet das, dass wir alle wieder Freundinnen sind?«

»Glaubst du mir, dass ich nicht mit Oliver geschlafen habe?«, fragte Madison Larissa.

»Wenn du mir glaubst, dass ich nie eifersüchtig auf deine Freundschaft mit ihm war – ich bin nämlich wirklich schon lange über Oliver hinweg, erst recht, nachdem es mit Harrison so gut läuft«, sagte sie. »Ich hab das an Halloween nur gesagt, weil ich Angst hatte, dass Oliver mich im Sommer, als wir ja noch was miteinander hatten, wirklich betrogen haben könnte. Und dann hab ich mich da irgendwie reingesteigert, dass ausgerechnet du diejenige gewesen sein könntest, mit der er mich hintergangen hat. Aber ich hab mich da wohl total in was verrannt.«

»Danke«, sagte Madison. Larissas Aufrichtigkeit überraschte sie, zumal das ja einer Entschuldigung gleichkam. Doch gleichzeitig fühlte sie sich etwas schuldig, denn sie gestand ihren Freundinnen ja nicht, dass sie inzwischen tatsächlich mehr als nur einen Freund in Oliver sah.

»Und mir tut es leid, dass ich einfach so abgetaucht bin«, sagte sie und beschloss, ihnen von ihren Gefühlen für Oliver zu erzählen, sobald sie sie selbst verstand. »Die Wochen ohne euch waren absolut Scheiße.«

»Wir dachten schon, dass du nie mehr auftauchen würdest!«, lächelte Larissa.

»Ich hab's doch gleich gesagt, wenn wir uns erst mal zusammensetzen und reden, renkt sich alles wieder ein«, sagte Tiffany. »So klären auch meine Schwestern und ich immer unsere Streitigkeiten. Und wir vier sind doch schon fast so was wie Schwestern.«

Bei dem Wort »Schwestern« dachte Madison wieder daran, dass sie ja tatsächlich welche hatte. Und dass bald alle – allen voran die Diamond-Sisters selbst – davon erfahren würden, sobald Madison ihren Eltern gesagt hatte, dass sie dieses Geheimnis nicht länger mit sich herumtragen konnte.

www.campusbuzz.com

Goodman High School › Las Vegas › Nevada

Peyton Diamonds Neuer?

Gepostet Freitag, 28.11., 14:37

Hat jemand von euch die neuesten Fotos von Peyton Diamond im Internet gesehen? Wie sie gestern Abend im *Imperial Palace* mit einem echt heißen Typen Bier getrunken hat? Ein paar Mädels waren trotz Thanksgiving in der Stadt unterwegs und haben die Bilder gleich getwittert, aber KEINER weiß, wer der Typ ist!! Nur, dass er viel zu heiß ist, um noch in der Highschool zu sein …

Übrigens: Bin nicht an der Goodman – sondern eines der Mädels, die die Fotos gemacht haben. Aber nachdem wir auf dieses Forum gestoßen sind, dachten wir, es könnte nicht schaden, das mal zu posten!

1: Gepostet Freitag, 28.11., 14:59

Richtig gedacht. Es wär aber hilfreich, wenn du auch einen Link zu den Fotos posten würdest.

2: Gepostet Freitag, 28.11., 15:10

LOGO! CLICK HERE!

3: Gepostet Freitag, 28.11., 15:13

LOGO??? Wer sagt denn so was noch? Wenn du's nicht schon betont hättet, wär spätestens jetzt klar, dass du nicht auf der Goodman bist.

4: Gepostet Freitag, 28.11., 15:39

wer auch immer dieser typ ist, auf die goodman geht der nicht. der ist definitiv aus dem highschool-alter raus.

5: Gepostet Freitag, 28.11., 16:03

Den hab ich schon mal gesehen! Im *Myst*. Vielleicht hat er Peyton da kennengelernt?

6: Gepostet Freitag, 28.11., 16:35

OMG! Ich *weiß*, wer das ist (kann aber nicht sagen, woher, ihr müsst mir also einfach glauben) – das ist ihr BODYGUARD! Skandal!

25

Savannah

Am Samstagmorgen erwachte Savannah von Geschirrgeklapper und dem süßen Duft nach Pfannkuchen, Zimtschnecken und Eiern. Für einen Augenblick hatte sie das Gefühl, in ihrem alten Bett zu liegen, in dem Zimmer, das sie in Fairfield mit ihren Schwestern geteilt hatte. Damals hatte Courtney jeden Samstagmorgen Frühstück gemacht. Es gab nicht viel, was Savannah aus der alten Wohnung vermisste, aber dieses Pyjamafrühstück gehörte definitiv dazu.

Sie machte sich kurz frisch und ging in die Küche. Wie vermutet, stand Courtney mit einem Pfannenwender in der Hand am Herd. Es war das erste Mal seit Donnerstagabend, dass ihre Schwester aus ihrem Zimmer gekommen war – abgesehen vom Gang zur Wohnungstür, um den Zimmerservice reinzulassen. Gestern Abend hatte Savannah vorsichtig angeklopft, um nach ihr zu sehen, aber Courtney hatte nur gebrüllt, sie solle abhauen, was sie dann auch tat.

»Guten Morgen Courtney! Bedeutet dieses Frühstück, dass es dir heute besser geht?«, fragte Savannah hoffnungsvoll.

»Mir ist allmählich die Decke auf den Kopf gefallen, und heute Morgen bin ich dann so früh aufgewacht, dass ich dachte, ich ziehe mal los und kaufe Sachen zum Frühstück ein«, erklärte Courtney und wendete einen Pfannkuchen. Deshalb trug sie also schon Jeans und T-Shirt und keinen Pyjama mehr. »Es ist echt unglaublich, wir haben uns bereits so an den Zimmerservice gewöhnt, dass wir nicht mal mehr eine Teigmischung und Eier hierhatten!«

»Auf jeden Fall riecht es fantastisch.« Savannah öffnete den Schrank, nahm drei Teller heraus und deckte den Tisch. Wenn Courtney zu Hause in Fairfield gekocht hatte, war es ihre Aufgabe gewesen, den Tisch zu decken, und Peyton musste abräumen. Wenn sie nicht zu verkatert war, kam auch ihre Mutter dazu, aber meistens *war* sie zu verkatert. Dann brachte Savannah ihr ein großes Glas Eiswasser und stellte es auf ihren Nachttisch.

Gerade als Savannah die Getränke neben den Gedecken platzierte – O-Saft für sich, Chai-Tee für Courtney und Kaffee für Peyton –, kam auch schon Peyton in die Küche, noch ziemlich verschlafen und die langen Haare zu einem unordentlichen Knoten hochgesteckt.

»Guten Morgen!«, rief Courtney über ihre Schulter hinweg, während sie frische Eier in eine Schüssel schlug.

»Morgen«, murmelte Peyton und sah Savannah fragend an. Mit einem raschen Blick zu Courtney vergewisserte sie sich, dass diese mit dem Rührei beschäftigt war, bevor sie Savannah zuflüsterte: »Heißt das, dass es ihr besser geht?«

»Das hab ich gehört«, erwiderte Courtney überraschend fröhlich. »Und ehrlich gesagt, weiß ich es selbst nicht. Aber ich habe es satt, in meinem Zimmer rumzusitzen und zu versuchen, auf die Prüfungen zu lernen oder zu lesen, obwohl ich mich überhaupt nicht konzentrieren kann. Und dann ist mir unser traditionelles Wochenendfrühstück wieder eingefallen und dass ich beim Kochen früher immer abschalten konnte, und ich dachte, ich versuch's einfach mal. Savannah, kannst du bitte die Zimtschnecken aus dem Ofen nehmen?«

Savannah sah Peyton achselzuckend an und tat, worum Courtney sie gebeten hatte. Beim Anblick der Zimtschnecken lief ihr das Wasser im Mund zusammen, und sie musste sich zusammenreißen, um keine zu naschen, während sie den Zuckerguss auftrug.

Schließlich setzten sie sich an den Tisch und Savannah lud sich eine große Portion Pfannkuchen auf ihren Teller. Sie wusste nicht recht, was sie zu Courtney sagen sollte. Ihre Schwester war mit einem Mal so gut drauf, dass sie diese Stimmung auf keinen Fall verderben wollte. Also übergoss sie ihre Pfannkuchen mit Sirup, nahm einen Bissen, und noch ehe sie richtig geschluckt hatte, schwärmte sie: »Die sind ja *köstlich*!«

»So gut wie im *Grand Café*?«, fragte Courtney.

»Besser«, log Savannah. Es war unmöglich, dass eine Fertigteigmischung besser schmeckte als die Pfannkuchen im *Grand Café*.

»Da bin ich mir sicher«, sagte Peyton und aß eine Gabel voll Rührei. Aber ihre Meinung zählte nicht wirklich, da Peyton gar nichts Süßes zum Frühstück mochte – weder Pfannkuchen noch Waffeln noch Arme Ritter.

Courtney dagegen schnappte sich gerade eine Zimtschnecke mit extra viel Zuckerguss. Normalerweise hätte Savannah sie darauf hingewiesen, dass die mit extra viel Guss für sie waren, aber an diesem Morgen sagte sie lieber nichts.

Peyton spülte ihre Eier mit Kaffee hinunter. »Bedeutet dieser Stimmungsumschwung, dass du nicht mehr böse auf Mom und Grandma bist?«, fragte sie Courtney. »Ich hoffe nicht. Sie haben es echt verdient, dass wir sauer auf sie sind.«

Ein Schatten flog über Courtneys Gesicht. »Glaub mir, ich bin mehr als nur sauer auf sie«, sagte sie heftig. »Vor allem auf Grandma. Mom ist vor ihren Problemen immer davongelaufen, aber Grandma war diejenige, der wir vertraut haben, und sie hat Moms Lügen gedeckt. Das verzeihe ich ihr nie.«

Savannah zuckte erschrocken zusammen. »Ich glaube, Grandma wollte immer, das wir es erfahren, aber sie wollte auch, dass Mom es uns selbst sagt. Und dann ist irgendwie so viel Zeit vergangen, dass keiner mehr wusste, wann und wie man es sagen sollte. Klar, natürlich war ihr Verhalten falsch«, setzte sie hinzu. »Ich versuche auch nur zu verstehen, was in ihren Köpfen vorgegangen sein könnte.«

»Du bist viel zu nett.« Peyton stieß die Gabel in ihr Rührei. »Mom hätte es uns sagen *müssen*, als wir alt genug waren, um es zu begreifen. Aber sie hat es nicht getan, weil sie feige ist. Sie macht einfach die Augen zu vor der Wahrheit und ihren Schuldgefühlen und lügt uns lieber was vor und säuft sich ins Delirium … Wir sind absolut im Recht, wenn wir das nie verzeihen können.«

Savannah wandte den Blick ab und trank ihren O-Saft aus. Sie war ja auch wütend auf Mom und Grandma, aber ihnen *niemals* zu verzeihen, dass schaffte sie nicht. Das war doch auch zu heftig, oder? Vor allem, da Mom ja wirklich für einen Neuanfang bereit war, jetzt, da sie die Entzugsklinik hinter sich hatte. Was, wenn ihre Mom wieder zu trinken anfing, nur weil sich ihre Töchter von ihr abwandten? Savannah würde sich total schuldig fühlen. Sie waren doch *eine Familie*. Und innerhalb der Familie musste man doch verzeihen können.

»Okay, ich würde vielleicht nicht so weit gehen, dass ich ihnen *nie* verzeihen kann«, lenkte Courtney ein, »aber ich brauche erst mal Abstand von ihnen. Und wenn ihr nichts dagegen habt, würde ich es begrüßen, wenn ihr mich dabei unterstützen würdet.«

»Hundert Pro!« Peyton nickte entschlossen. »Ich bin bei allem auf deiner Seite.« Sie sah Savannah an, als erwarte sie, dass diese das Gleiche sagte.

Aber so sehr Savannah auch wollte … sie konnte nicht.

»Du willst also, dass wir nicht mehr mit Mom und Grandma reden?«, fragte sie Courtney.

»Für eine Weile, ja«, sagte Courtney. »Es ist ja nicht für immer. Ich hab Grandma gestern Abend bereits eine E-Mail geschickt und sie wissen lassen, dass ich Abstand zu ihr und Mom brauche, bis ich das Ganze verarbeitet habe. Deshalb wird sie sich keine Sorgen machen, wenn ich mich nicht bei ihnen melde. Ich weiß noch nicht, wie lange es dauern wird, aber diese Lügen und die Sache mit Britney rauszufinden …« Ihre Stimme brach und sie nahm einen Schluck Tee. »Das ist einfach zu viel. Wenn ich auch nur an Mom oder Grandma denke, werde ich so was von *wütend*. Deshalb wäre es mir wirklich wichtig, wenn ihr zwei mich dabei unterstützen und euch ebenfalls zurückhalten würdet. Außerdem war Britney ja auch eure Schwester. Okay, dass sie meine *Zwillings*schwester war, macht es für mich noch schlimmer, aber das ändert ja nichts an eurer eigenen Wut auf Mom und Grandma.«

Es war eindeutig falsch gewesen, dass sie die Sache mit Britney vor ihnen verheimlicht hatten. Aber die Vorstellung, nicht mit ihnen reden zu dürfen, lag Savannah schwer im Magen – vor allem, weil es Mom so gut ging wie schon seit Jahren nicht mehr. Aber Courtney bat sie fast nie um etwas. Deshalb musste sie das für ihre Schwester tun.

»Okay.« Savannah nahm sich eine Zimtschnecke, obwohl sie eigentlich schon satt war von den Pfannkuchen. »Aber was ist mit Adrian? Er hat uns doch auch nichts davon gesagt.«

»Klar bin ich auch auf ihn wütend«, antwortete Courtney. »Aber trotzdem ist es bei ihm etwas anderes. Mit Mom und Grandma haben wir unser ganzes Leben verbracht. Mom war *jeden Tag* da. Adrian hat uns erst vor ein paar Monaten kennengelernt und ist seitdem so beschäftigt, dass er uns eigentlich immer noch nicht wirklich kennt. Das ist keine Entschuldigung und wir werden ja hören, was er dazu sagen hat, sobald er zurück ist, aber es ist nun mal so – auf Mom und Grandma bin ich viel wütender, weil sie es uns hätten sagen *müssen*. Aber das haben sie nicht und ich weiß nicht, ob ich jemals darüber wegkomme.«

Savannah nickte, obwohl sie völlig durcheinander war, während sie ihre Zimtschnecke teilte und den noch weichen Zuckerguss auf die zweite Hälfte strich. Aber Courtney würde doch nicht von ihr erwarten, dass auch sie die ganze Sache Mom und Grandma ein Leben lang nachtrug – oder?

»Nach allem, was passiert ist, sehe ich umso klarer, dass wir drei die Einzigen in unserer Familie sind, denen wir uneingeschränkt vertrauen können«, fuhr Courtney fort. »Ich konnte mich immer schon auf euch verlassen, aber das Wichtigste ist, dass wir füreinander da und immer ehrlich zueinander sind, okay?«

»Natürlich«, sagte Savannah. Sie hatte immer schon gewusst, dass ihre Schwestern für sie da waren. Aber hatten umgekehrt auch ihre Schwestern dieses Gefühl? Gestern Abend, als sie an Courtneys Tür geklopft und Courtney sie angebrüllt hatte – hätte sie da vielleicht trotzdem versuchen sollen, mit ihr zu reden? Statt aus Angst, etwas Falsches zu sagen und alles noch schlimmer zu machen, »abzuhauen«, wie Courtney es gewollt hatte?

»Es tut mir leid, dass ich gestern nicht weiter versucht habe, zu dir durchzudringen«, sagte sie zu Courtney.

»Du hast es immerhin *versucht*.« Courtney brachte ein Lächeln zustande, aber ihre Augen blieben ausdruckslos. »Aber es war kein Wunder, dass du aufgegeben hast, nachdem ich ja nicht gerade nett reagiert habe.«

»Vielleicht hätte ich nicht so schnell aufgeben sollen«, wandte Savannah ein. »Wenn ich an deiner Stelle gewesen wäre, dann hättet ihr notfalls die Tür eingetreten, du und Peyton, und mir Kekse oder Eis gebracht, um mich zu trösten. Und wenn ich trotzdem noch nicht in der Lage gewesen wäre, über das zu reden, was mich quälte, dann hättet ihr eben über was anderes mit mir geredet, um mich abzulenken.«

»Ja, Courtney hätte sich wahrscheinlich so verhalten«, stimmte Peyton zu. »Aber du bist nicht Courtney, du bist du. Und im Übrigen war ich auch nicht besser. Als sie mich auf mein Klopfen hin weggeschickt hat, hab ich nur gesagt, sie solle in mein Zimmer kommen, wenn sie reden wolle, und dann hab ich den ganzen Abend Filme angesehen und es nicht wieder versucht.«

»So hätte das nicht laufen dürfen«, sagte Savannah. »Courtney hat immer alles zusammengehalten, aber jetzt, wo sie uns mal gebraucht hätte, haben wir auf Durchzug geschaltet.«

»Ihr zwei wisst aber schon, dass ich immer noch mit am Tisch sitze, oder?«, fragte Courtney mit einem kleinen Lachen.

Savannah sah Courtney schuldbewusst an. »Da mussten wir zum ersten Mal für dich da sein und haben versagt. Selbst jetzt machst *du* das Frühstück und kümmerst dich um uns, dabei sollte es umgekehrt sein.«

»Das stimmt schon«, gab Courtney zu. »Aber ich hätte euch auch nicht so von mir stoßen sollen. Klar, ich hab Abstand gebraucht, um nachzudenken, aber ihr seid ja letztlich genauso betroffen wie ich. Ich hätte *irgendwas* sagen sollen, statt einfach nur loszubrüllen und euch zu vergrätzen. Aber in dem Moment hab ich nur an mich selbst gedacht. Das tut mir leid.«

»Jetzt verdreh mal nicht die Tatsachen«, schaltete Peyton sich ein. »Wir *sind* ziemlich mitgenommen, aber für dich ist es definitiv schlimmer. Der Punkt ist einfach: Wir hätten gestern für dich da sein sollen und haben's vermasselt.«

»Es war schon irgendwie unheimlich, dich so zu erleben.« Savannah schob die Reste ihrer Zimtschnecke auf dem Teller herum. »Ich hab überhaupt nicht gewusst, wie ich reagieren soll. Aber du hast recht. Wir drei haben uns, egal was passiert. Nur ... Bis jetzt hatte ich eigentlich noch nie das Gefühl, dass eine von euch *mich* braucht. Ihr zwei seid so stark und selbstbewusst und scheint immer zu wissen, wie man mit allem umgeht. Im Vergleich zu euch komme ich mir total ahnungslos und dumm vor.«

»Du bist weder ahnungslos noch dumm!«, versicherte ihr Courtney entschlossen. »Du bist ein Glückspilz, weil du zwei Schwestern hast, die dich lieben und alles für dich tun würden.«

»Und ich liebe *euch* und würde auch alles für euch tun«, rief Savannah. »Gestern hat's zwar nicht ganz geklappt, aber in Zukunft werde ich mich mehr bemühen. Versprochen. Immerhin haben wir deinen Wunsch erfüllt und Brett nicht reingelassen. Was mir ziemlich schwerfiel, vor allem, weil er es hartnäckig mehrmals versucht hat. Er hat sich solche Sorgen um dich gemacht.«

»Wirklich?« Plötzlich klang Courtney noch verletzlicher als zuvor.

»Ja«, erwiderte Savannah. »Ich weiß, dass du nicht gegen Adrians Regeln oder was auch immer verstoßen willst, aber es ist klar, dass er dich sehr mag. Und ihr zwei habt so viel gemeinsam. Wenn du was für ihn empfindest, was ist dann schon dabei, dich auf ihn einzulassen und einfach abzuwarten, was passiert?«

Courtney schluckte und nahm noch etwas Tee, als habe es

ihr die Kehle zugeschnürt. Peyton setzte an, etwas zu sagen, aber ehe sie dazu kam, hörten sie, wie eine Schlüsselkarte die Wohnungstür entriegelte.

Savannahs Magen machte einen Salto, denn sie konnte sich schon denken, wer es war. Aufgeregt fuhr sie herum, um zur Diele zu sehen.

Adrian betrat das Apartment.

26

Courtney

Courtney verschränkte die Arme und sah Adrian finster an. Sie hatte ja gewusst, dass er heute Morgen zurückkommen wollte, aber musste er mitten in ihr Frühstück platzen?

»Ich hatte vor, Frühstück für uns alle zu bestellen, aber wie ich sehe, seid ihr mir zuvorgekommen.« Es war erstaunlich, wie Adrians Stimme einen Raum füllen konnte, obwohl er gar nicht laut redete.

Courtney verkrampfte sich. Sie war so wütend, dass sie nicht wusste, wo sie anfangen sollte. Also starrte sie ihn einfach weiter an. Und wartete. Ihre Schwestern taten es ihr nach.

Er räusperte sich. »Wir haben offensichtlich eine Menge zu besprechen«, sagte er. »Wir wär's, wenn wir uns dazu alle ins Wohnzimmer setzen?«

Courtney nickte und erhob sich. Savannah und Peyton folgten ihr. Sie setzten sich alle aufs Sofa und Adrian ließ sich ihnen gegenüber nieder, sodass der polierte Couchtisch eine Art Schranke zwischen ihnen bildete. Jetzt, aus der Nähe, bemerkte Courtney die dunklen Ringe unter seinen Augen. Gut. Er hatte es verdient, schlecht zu schlafen.

»Es wundert mich, dass du Rebecca nicht als ›moralische

Unterstützung‹ mitgebracht hast.« Peytons Stimme triefte vor Sarkasmus.

Er sah sie ernst an. »Angesichts der Situation wollte ich allein mit euch reden.«

»Und du musst nicht schon wieder nach fünf Minuten zu einem wichtigen Geschäftstermin?«

»Nein.« Er straffte die Schultern und seine Stimme klang kraftvoll und selbstbewusst. »Ich habe heute keine Termine. Offiziell bin ich ja auch erst morgen Abend aus Macau zurück. Ihr habt also meine ungeteilte Aufmerksamkeit.«

Peyton nickte, und es war das erste Mal, dass Courtney sah, wie ihre Schwester etwas widerspruchslos akzeptierte, was Adrian sagte. Andererseits war es auch das erste Mal, dass er sich ihnen widmete, ohne gleich wieder fortzumüssen oder sich öffentlich mit ihnen zu zeigen.

»Nachdem mich Rebecca angerufen und mir berichtet hat, was passiert ist, bin ich so schnell es ging zurückgekommen.« Er saß steif und aufrecht da und verkrampfte die Finger ineinander. Dann sah er Courtney direkt an und sagte: »Du hättest es nicht auf diese Weise erfahren sollen.«

»Nein, hätte ich nicht.« Sie reckte das Kinn, ohne ihn dabei aus den Augen zu lassen. »Auch wenn es so aussieht, als ob alle es darauf angelegt hätten, dass ich es niemals erfahre.«

»Nein, es ist viel komplizierter«, sagte er. »Nach der Entführung waren eure Mutter und ich am Ende. Sie hat mich dafür verantwortlich gemacht, ebenso wie ich mich selbst dafür verantwortlich gemacht habe. Und ich mache mir immer noch Vorwürfe. Seht, wir wohnten in einer bewachten Wohnanlage und fühlten uns absolut sicher. Die Eingänge wurden rund um die Uhr bewacht, und sobald sich die Tore hinter uns schlossen, hatten wir das Gefühl, wie eine normale Familie leben zu können. Ich hätte es besser wissen müssen, aber es machte eure Mutter glücklich und ich wollte, dass sie glücklich ist. Daher schraubte ich die Sicherheitsmaßnahmen zurück, während wir auf unserem Anwesen waren. Der Park, in dem eure Nanny an jenem Tag mit euch spazieren ging, gehörte zur Wohnanlage. Aber der Kidnapper ließ sich nicht von den kameraüberwachten Toren abhalten.«

»Ich weiß, was passiert ist.« Courtney grub sich die Fingernägel in die Handflächen. Sie hatte in den vergangenen zwei Tagen so viel geweint, dass keine Tränen mehr übrig waren. »Aber ich verstehe nicht, wie du und Mom es für richtig halten konntet, es uns nicht zu erzählen. Britney war unsere Schwester. Sie war meine *Zwillingsschwester*! Und ihr ... wart der Ansicht, dass ich nichst von ihr wissen muss?«

»Nicht über Britney zu reden, war die Methode eurer Mutter, mit ihrem Kummer fertigzuwerden«, sagte Adrian. »Genauso, wie mich zu verlassen und euch drei aus meinem Leben fernzuhalten.«

»Ach, komm schon.« Peyton verdrehte die Augen. »Wir wissen doch, wie viel Macht und Einfluss du hast. Du hättest an unserem Leben teilhaben können, wenn du gewollt hättest.«

»Ihr versteht das nicht.« Adrian schlug mit der Hand auf das Sofa und Courtney fuhr zusammen. »Wegen *mir* wurde eine meiner Töchter *ermordet*. Es war, als hätte ich sie selbst getötet, weil ich euren Personenschutz vernachlässigt hatte. Wenn ihr weiterhin in meiner Nähe geblieben wärt, hätte euch das nur weiter in Gefahr gebracht, und damit konnte ich damals nicht umgehen.«

Alle schwiegen, als wollten sie abwarten, wer das Schweigen zuerst brach.

»Aber du weißt doch, wo wir mit Mom lebten, nicht?«, fragte Savannah leise. »Wie gefährlich diese Gegend war?«

»Natürlich weiß ich das.« Adrian sah Savannah an und sein Blick wurde weicher. »Deshalb seid ihr ja auch die ganze Zeit bewacht worden. Vor den Kleinkriminellen in dieser Gegend konnten euch eure erstklassigen Bodyguards locker beschützen. Aber eure eigentliche Sicherheit war eure Anonymität. Wenn niemand wusste, dass ihr meine Töchter seid, war die Wiederholung eines solchen Vorfalls unwahrscheinlich. Es war der härteste Entschluss, den ich je zu treffen hatte, aber ich war blind vor Kummer und Schuldgefühlen. Und eure Mutter und Großmutter hatten kein Problem damit, diese Entscheidung mitzutragen.«

»Und so bist du einfach für immer aus unserem Leben verschwunden.« Peytons Stimme war gespenstisch ruhig.

»Nicht für immer«, sagte er. »Jetzt seid ihr ja hier. Und jetzt kennt ihr die Wahrheit – ihr wisst, wie gefährlich meine Welt für euch sein kann.«

»Das meiste hast du uns ja schon erzählt, als wir ankamen, nur nicht den Teil mit Britney«, sagte Courtney. »Aber ich hab von Anfang an geahnt, dass da etwas nicht stimmt. Ihr habt mich lebend zurückbekommen, daher war es nicht nachvollziehbar, warum du dich so schuldig fühlen solltest, dass du uns aus deinem Leben verbannt hast. Jetzt, nachdem ich die Wahrheit kenne, ergibt das mehr Sinn. Ich finde nicht, dass es richtig war, aber ich verstehe es wenigstens ein bisschen besser. Was ich aber nie verstehen werde, ist, warum ihr mir – *uns allen* – Britney vorenthalten habt und wie ihr auch nur eine Sekunde denken konntet, das sei in Ordnung.«

»Ich weiß.« Adrian holte tief Luft und blickte sie schmerzlich an. »Ich dachte, eure Mutter würde es euch erzählen, sobald ihr alt genug dafür wärt. Natürlich hatte ich angenommen, dass sie eine Geschichte erfinden würde, warum Britney nicht mehr unter uns weilt, aber ich dachte, ihr wüsstet zumindest, dass es sie gegeben hat. Als ihr dann hierhergezogen seid, hat mir eure Großmutter gesagt, dass ihr nichts über sie wisst. Und da sich mit eurem Umzug so viel für euch veränderte, euer ganzes Leben, wollte ich euch nicht noch mehr zumuten. Rebecca drängte mich, euch alles zu erzählen – sie sagte, das wäre unerlässlich, wenn ich euer volles Vertrauen erlangen wollte. Aber ich tat es nicht und das war ein Fehler.«

Courtney traute ihren Ohren nicht. Adrian gab zu, dass er einen *Fehler* gemacht hatte?

»Hättest du es uns denn irgendwann erzählt?«

»Ich würde jetzt gerne voller Überzeugug Ja sagen«, erwiderte er. »Aber ich weiß, warum Rebecca wollte, dass ich es euch möglichst zeitnah erzähle. Wenn man ein solches Geheimnis hat, wird es mit jedem Tag schwieriger, damit herauszurücken, bis man sich fragt, ob es nicht besser ist, die Wahrheit ganz zu vergraben. Aber es ist nicht besser. Es macht alles nur noch schlimmer.«

Courtney nickte. Das Wissen um Britney und ihren tragischen Tod hatte ein Loch in ihrem Herz hinterlassen. Bis vor zwei Tagen war sie ein im Grunde glücklicher Mensch gewesen. Sie liebte Peyton und Savannah und war immer dankbar für diese zwei wunderbaren Schwestern gewesen. Aber jetzt fühlten sich diese Empfindungen wie ein Verrat an Britney an. Hätte sie nicht spüren müssen, dass etwas in ihrem Leben fehlte? Dass ihr ein *Zwilling* fehlte?

Dennoch war Courtney dankbar, dass Adrian wenigstens jetzt so ehrlich war, seine Fehler zuzugeben.

»Ich wünschte, ich hätte die Wahrheit gewusst«, sagte sie. »So schmerzlich sie auch ist.«

»Ich weiß.« Adrian knackte mit den Fingerknöcheln. »Und es tut mir unendlich leid. Wenn ich die Zeit zu dem Tag eurer Ankunft zurückdrehen könnte, würde ich euch *alles* erzählen. Aber das ist leider nicht möglich.«

»Nein, das ist es nicht.« Courtney schüttelte den Kopf und fragte sich, wie es nun weitergehen sollte.

»Ich erwarte nicht, dass ihr mir sofort verzeiht«, fuhr er fort. »Aber ich wünsche mir eine zweite Chance. Seit ihr hier seid, stand ich euch praktisch nicht zur Verfügung, und das will ich ändern. Ich habe mir überlegt, mir von jetzt an jeden Sonntag als Vater-Tochter-Zeit freizuhalten, um zusammen mit euch etwas zu unternehmen, damit wir einander endlich richtig kennenlernen. Könntet ihr euch das vielleicht auch vorstellen?«

Courtney biss sich auf die Lippe. Sie wusste nicht recht, wie sie reagieren sollte. Wenn sie Ja sagte, nahm er womöglich an, dass sie ihm verzeihen würde, aber so weit war sie noch nicht. Andererseits, er hatte sich entschuldigt und er bemühte sich wenigstens, was sie ihm hoch anrechnete.

In der Hoffnung, einen Hinweis auf die Gefühle ihrer Schwestern zu bekommen, musterte sie Savannah und Peyton. Savannah blickte Adrian mit so großen Augen an, als würde sie sofort zustimmen wollen. Peyton konzentrierte sich auf ihren rissigen schwarzen Nagellack, als ob es ihr egal wäre. Was Courtney überraschte – von Peyton hätte sie eher eine sarkastische Entgegnung erwartet.

»Klingt nett«, sagte Courtney schließlich. »Wir könnten es versuchen und sehen, wie's läuft.«

»Ja, ich fände das auch super«, stimmte Savannah zu und sah dabei aus, als wollte sie jeden Moment vom Sofa aufspringen.

»Und wie findest du es, Peyton?«, fragte Adrian.

Peyton zuckte die Schultern. »Klingt ganz okay.«

»Dann ist es also abgemacht.« Zum ersten Mal an diesem Morgen lächelte Adrian. »Dann ist morgen also unser erster Vater-Tochter-Tag. Würdet ihr gerne etwas Spezielles unternehmen?«

»Weiß nicht.« Adrians Angebot war so überraschend gekommen, dass Courtney auf Anhieb nichts einfiel. »An was hast du denn gedacht?«

Seine Augen blitzten auf. »Wart ihr schon mal im Grand Canyon?«

»Tja, was glaubst du wohl, nachdem wir vor unserem Umzug hierher Kalifornien nie verlassen haben?«, fragte Peyton.

»Er liegt ganz in der Nähe und ist wirklich beeindruckend, ihr solltet ihn also unbedingt mal sehen«, erklärte er und überging Peytons sarkastische Bemerkung. »Wir könnten den Hubschrauber in den Canyon nehmen, damit ihr ihn von oben sehen könnt, dann zu einem Picknick landen, mit einem Boot den Colorado entlangfahren und zum Abendessen in Vegas zurück sein.«

»Nur wir vier?«, fragte Courtney.

»Zusammen mit dem Piloten und einem Bodyguard«, erwiderte Adrian. »Aber abgesehen davon – ja. Nur wir vier.«

»In Ordnung«, sagte Courtney. »Klingt gut.«

»Das freut mich«, sagte er. »Ich hole euch dann morgen um neun hier ab.«

»Neun Uhr *morgens?*« Peyton zog entsetzt die Augenbrauen hoch.

»Ja.« Adrian lächelte. »Das wirst du schon überleben. Vielleicht gefällt's dir ja sogar.«

»Danke … für alles«, sagte Courtney. »Mom hat sich immer nur verteidigt und versucht, es so aussehen zu lassen, als habe sie keinen Fehler begangen. Aber das hat alles nur noch verschlimmert. Und obwohl es nichts gibt, was die ganze Sache wiedergutmacht, und sosehr ich es auch hasse, dass uns alle so lange angelogen haben, freue ich mich über deine Entschuldigung.«

»Ich bin sehr froh, dass du das sagst«, antwortete Adrian. »Und ich freue mich schon auf morgen.«

»Ich mich auch«, sagte Courtney und war selbst überrascht, dass sie das tatsächlich so meinte. »Allerdings hatte ich vor, morgen für meine Prüfungen zu lernen, daher fange ich lieber jetzt gleich damit an.«

Denn eines stand für Courtney fest: Auch wenn ihre Welt durch die Sache mit Britney komplett auf den Kopf gestellt worden war, durfte sie die Schule nicht vernachlässigen, vor allem, da ihre Vorprüfungen nicht so gut ausgefallen waren wie erhofft. Sie hatte nur fünfundneunzig Prozent erreicht, was für das *National-Merit*-Stipendium nicht reichte. Das war frustrierend, aber wenn sie jetzt fleißig genug weiterlernte, gab es ja noch andere Stipendien, die sie anstreben konnte.

Und irgendwann musste sie auch mit Brett reden, aber das schaffte sie jetzt noch nicht. Sie fühlte sich verletzlicher als je zuvor und sie hatte mehr Angst denn je, was passieren würde, wenn sie mit ihm zusammen war. Sie wusste, sie war nicht stark genug, um gegen ihre Gefühle anzukämpfen. Und wenn sie sich zu etwas hinreißen ließ, was sie später bereute?

Diesen Stress konnte sie jetzt nicht auch noch gebrauchen.

»Und ich werde noch ein paar Songs einstudieren, um mir darüber klar zu werden, welchen ich als nächsten aufnehme«, sagte Savannah. »Meine Fans haben schon die ganze Woche nach einem neuen Video gefragt. Ich kann immer noch nicht glauben, dass ich *Fans* habe. Ist das nicht cool?«

»Das ist *echt* cool.« Courtney lächelte und freute sich ehrlich, dass Savannahs Traum wahr zu werden schien.

»Wie gut, dass ihr zwei noch was vorhabt, denn ich muss mich noch mit Peyton unterhalten«, sagte Adrian.

»Warum?« Peyton lachte. »Hab ich Scheiß gebaut?«

Adrians Ausdruck verriet nichts. »Darüber reden wir unter vier Augen.«

Peytons Lächeln erlosch und sie pulte an ihrem schwarzen Nagellack herum.

»Dann geh ich jetzt zum Lernen in mein Zimmer«, sagte Courtney, erhob sich und sah Peyton mit einem eindeutigen *Später-will-ich-ALLES-wissen*-Blick an. In diesem Moment fiel ihr ein, dass der Frühstückstisch noch nicht abgeräumt war. »Aber zuerst machen Savannah und ich die Küche sauber.« Was normalerweise ja Peytons Job war, aber sie wollte weder diese Unterredung unnötig hinauszögern noch das schmutzige Geschirr länger herumstehen lassen. Also würde sie sich eben opfern.

»Willst du, dass wir uns in deinem Zimmer unterhalten oder in meinem Apartment?«, fragte Adrian seine älteste Tochter.

»Mein Zimmer wär okay, denke ich.« Sie mied Adrians Blick, was entweder bedeutete, dass sie keine Ahnung hatte, warum Adrian mit ihr reden wollte – oder dass sie vermutete, er könnte etwas herausgefunden haben, was er nicht herausfinden sollte. Sie sah Courtney Hilfe suchend an, doch Courtney konnte nur die Schultern zucken und ihr die Daumen halten.

Adrian folgte Peyton in ihr Zimmer und schloss die Tür hinter ihnen.

»Was da wohl los ist?«, fragte Savannah.

»Keine Ahnung.« Courtney stapelte das schmutzige Geschirr und trug es zur Spüle. »Aber ich bin schon sehr gespannt.«

27

Peyton

Warum zur Hölle wollte Adrian unter vier Augen mit ihr reden? Wusste er, dass sie Hunter geküsst hatte? War er aufgebracht über ihren Entschluss, sich an keinem College zu bewerben? Sie hatte ein hohles Gefühl im Bauch, wie letztes Jahr in Fairfield, als sie die Herausforderung einer Freundin angenommen hatte, in einem Laden Nagellack zu klauen, und dabei prompt erwischt und gezwungen worden war, ihn wieder zurückzugeben. Sie schlang die Arme um sich und wartete darauf, dass Adrian das Gespräch eröffnete.

»Darf ich mich setzen?« Er deutete auf den Drehstuhl an ihrem Schreibtisch.

»Klar.« Sie setzte sich auf die Bettkante, schlug die Beine übereinander und versuchte, nicht an den Nägeln herumzupulen oder irgendwas zu tun, was auf ein schlechtes Gewissen hindeutete. »Was gibt's denn? Ich stecke doch nicht in Schwierigkeiten, oder?«

»Es gibt da ein paar Dinge, über die ich mit dir reden will.«

»Also *stecke* ich in Schwierigkeiten«, stellte sie fest, und als er nicht widersprach, richtete sie sich empört auf. »Das soll wohl ein scheiß Witz sein. Ich hab keine Ahnung, was ich getan haben soll.«

»Nein, das soll kein ›scheiß Witz‹ sein«, antwortete er. »Und ich möchte dich bitten, solche Ausdrücke nicht mehr zu verwenden. Das ist einfach stillos und lässt dich viel weniger intelligent erscheinen, als du bist.«

»Ja, ja.« Peyton verdrehte die Augen. »Ich hab fast in jedem Fach ne Drei. Und bin nicht mal in irgendeinem Kurs mit College-Niveau. Ich mach mich also echt nicht schlechter, wenn ich sage, dass ich absolut keine wissenschaftlichen Fähigkeiten habe – ich weiß ja, dass ich's dafür in anderen Bereichen draufhab. Deshalb geht's also hoffentlich nicht um meine Noten.«

»Deine Noten machen mir in der Tat Sorgen.« Adrian lehnte sich zurück. »Und die Tatsache, dass du dich gerade schlechter gemacht *hast*. Du willst deine Möglichkeiten nicht erkennen.«

Peyton ballte die Hände zu Fäusten. Wie abgedroschen war das denn? »Wenn du mich dazu überreden willst, College-Bewerbungen auszufüllen, dann vergiss es«, sagte sie. »Den ganzen Tag dazusitzen und zuhören zu müssen, ist die Hölle für mich. Das muss ich nicht unbedingt noch mal vier Jahre durchziehen.«

»Es geht nicht um College-Bewerbungen«, erwiderte er. »Deine Astronomie-Lehrerin hat angerufen und um ein Gespräch gebeten.«

»Warum das denn?«, fragte Peyton. Ms Mandina schien sie doch zu mögen und außerdem war sie in ihrem Fach gar nicht mal so schlecht.

»Sie hat mir berichtet, dass du in den Arbeiten lauter Dreien bekommen hast, und sie ist der Ansicht, dass du viel besser sein könntest. Und dann hat sie mir erzählt, dass sie dich ein paarmal nach den Stunden abgepasst hat, um dir in der Mittagspause Nachhilfe zu geben, und wie schnell und gut deine Auffassungsgabe dabei war. Inzwischen hat sie auch den Test benotet, den ihr vor Thanksgiving geschrieben habt. Und da hast du eine Eins.«

»Kann gar nicht sein.« Peyton schüttelte den Kopf. Seit der Grundschule hatte sie keine Eins oder was annähernd Gutes mehr bekommen. »Ich hab nicht mal dafür gelernt.«

»Anscheinend haben die Tutorenstunden dafür ausgereicht«, sagte Adrian. »Daraufhin habe ich noch mal in der Schule angerufen und herausgefunden, dass du auch in Geschichte und Englisch Zweien hast, was nicht gerade großartig ist, aber viel besser als die Dreien, die du mit Mühe an der Fairfield High erreicht hattest. Also, verrate mir doch mal, warum du an der Goodman geblieben bist, statt nach zwei Monaten an eine staatliche Schule zu wechseln?«

Mist, jetzt kam er also doch auf ihren Deal vom Sommer zurück.

Wahrscheinlich war es das Beste, ihm die Wahrheit zu sagen. »Weil Schule immer scheiße ist, egal welche, aber in den kleinen Kursen an der Goodman ist es nicht ganz so schrecklich wie in den großen an den Staatlichen, wo man sich einfach nur langweilt.«

»Aha.« Er nickte. »Und die Klassenarbeiten an der Goodman sind nicht zeitlich begrenzt, richtig? Wenn man am Ende der Stunde nicht fertig ist, kann man in der Mittagspause oder nach Unterrichtsende kommen und sie fertig machen?«

»Yep.« Peytons Wangen brannten. Das war bei ihr schon ziemlich oft vorgekommen. An der Fairfield High musste man mit dem Klingeln abgeben – egal ob man alle Aufgaben geschafft hatte oder nicht –, was einer der Gründe für ihre schlechten Noten gewesen war.

»Ich denke, was ich jetzt sage, wird dir nicht gefallen«, fuhr Adrian fort. »Aber ehe du dich aufregst, hör mir bitte zu und denk darüber nach.«

»Okay ...« Sie zuckte nervös mit den Beinen. Das hörte sich gar nicht gut an.

»Ms Mandina hat einen Bruder mit Aufmerksamkeitsdefizit-Syndrom – ADHS –, daher versteht sie einiges davon. Sie glaubt, auch bei dir Anzeichen davon zu erkennen.«

»Auf keinen Fall«, fiel ihm Peyton prompt ins Wort. »Ich hab überhaupt kein *Syndrom*. Ich bin vielleicht nicht die Beste an der Schule, aber das heißt doch nicht, dass etwas mit mir nicht stimmt.«

»Niemand sagt, dass etwas nicht mit dir stimmt«, erwiderte Adrian ruhig. »Man sollte es vielleicht besser als abweichendes Lernverhalten bezeichnen. Einige der intelligentesten, kreativsten Köpfe der Welt – wie Albert Einstein und Walt Disney – hatten wahrscheinlich ADHS. Was keine ›Störung‹ ist, sondern vielmehr eine spezifische Art des Denkens, die aus dem Rahmen des traditionellen Schulsystems fällt.«

»Dann bist du also auch schon Experte in dieser Sache?«

»Ich hab mich im Flieger von Macau darüber schlau gemacht. In großen Klassenverbänden mit Frontalunterricht fällt ADHS-Schülern das Lernen sehr schwer. Das könnte der Grund dafür sein, warum sich deine Noten hier gegenüber der Fairfield High verbessert haben. Auf der Goodman lässt man sich nicht berieseln, man diskutiert und bekommt persönliche Zuwendung von den Lehrern. Was auch erklärt, warum du dich hier nicht so langweilst.«

»Das überzeugt mich zwar nicht, aber selbst *wenn* ich ADHS habe, was dann?«, fragte Peyton. »Klingt doch erst recht so, als wäre das College nicht das Richtige für mich, vor allem, weil Uni-Seminare ja noch größer sind als die Kurse an der Schule.«

»Nicht unbedingt«, sagte er. »Es gibt zahlreiche kleinere Colleges, auf denen die Anzahl der Studenten in den Seminaren ungefähr der Schülerzahl in einem Goodman-Kurs entspricht. Aber das geht jetzt vielleicht etwas zu weit. Mein Hauptanliegen ist – und Ms Mandina stimmt mir da zu –, dass du dich auf ADHS oder andere Lernabweichungen untersuchen lässt. Der Test dauert zwei Tage und du bist für Montag und Dienstag angemeldet.«

»Aber da hab ich doch Schule.«

»Dann fehlst du an diesen beiden Tagen eben«, sagte Adrian, als sei das völlig unerheblich. »Das holst du schon wieder auf. Aber es ist wichtig, dass du das untersuchen lässt.«

»Okay.« Peyton würde sich bestimmt nicht aufregen, weil sie zwei Tage Schule versäumte … »Ist das alles, worüber du mit mir reden wolltest?«

Vielleicht steckte sie ja doch nicht Schwierigkeiten.

»Nein«, sagte er und zog sein iPhone heraus, tippte ein paarmal aufs Display und hielt es ihr hin.

Peyton erstarrte. Schon wieder ein verräterisches Foto,

diesmal von ihr und Jackson, an ihrem Ecktisch im Karaoke-Club im *Imperial Palace*. Es war sehr grobkörnig und eindeutig vom anderen Ende des Raumes aufgenommen, aber doch scharf genug, um sie beide zu erkennen – und den Pitcher Bier, von dem sie getrunken hatten.

Sie saßen dicht beieinander, ganz ins Gespräch vertieft, und ihre Sonnenbrille bedeckte fast ihr gesamtes Gesicht. Peyton nahm das Handy und scrollte zum nächsten Foto. Darauf hatte sie die Sonnenbrille ins Haar geschoben und war jetzt eindeutig als Peyton identifizierbar – und Jacksons Hand lag auf ihrer Wange. Sie scrollte weiter. Das nächste Bild zeigte, wie Jackson seine Stirn an ihre gelegt hatte und ihre Lippen sich fast berührten.

Peytons Brust zog sich zusammen. Sie hatte Jackson versprochen, ihn in Ruhe zu lassen, um zu vermeiden, dass er ihretwegen in Schwierigkeiten kam. Aber mit diesem letzten Foto hatte sie keine Chance mehr, ihre Beziehung als bloße Freundschaft abzutun.

»Wo hast du die her?«, fragte sie mit zitternder Stimme.

»Wo ich sie herhabe, spielt keine Rolle«, sagte Adrian. »Aber ich glaube, ich muss nicht extra betonen, dass ich Jackson entlassen habe und du von nun an einen neuen – viel älteren – Bodyguard bekommst, damit so was nicht mehr passieren kann.«

Was? Peyton wurde ganz schwindlig und sie hoffte, sich verhört zu haben. Hatte Adrian wirklich gesagt, dass er ›Jackson entlassen‹ hatte? Als sei das keine große Sache?

Sie musste das in Ordnung bringen. Sie wusste zwar nicht, wie, aber sie *musste* es versuchen.

»Es ist nicht so, wie es aussieht.« Ihre Hand zitterte, als sie Adrian das Handy zurückgab. Was, wenn Jackson recht gehabt hatte und er nie wieder Arbeit finden würde? Dann wäre es ihre Schuld. Dann hätte sie sein Leben zerstört.

»Möchtest du mir vielleicht erklären, wie es dann ist?«, fragte Adrian. »Denn ich kann es mir beim besten Willen nicht vorstellen.«

»Es ist meine Schuld.« Peyton zupfte so lange an einem Stück Nagelhaut herum, bis sie blutete. »Nicht Jacksons.«

»Du bist siebzehn«, stellte Adrian fest. »Jackson ist dreiundzwanzig. Rein rechtlich betrachtet *ist* er schuld.«

Peytons Herz pochte wild. »Du zeigst ihn doch nicht etwa an, oder? Denn außer dem, was du da auf den Fotos siehst, ist nichts passiert. Ich schwöre es.«

»Nein, das würde ich ihm nicht antun«, sagte er und Peyton stieß erleichtert die Luft aus. »Aber wie bereits gesagt, ich habe ihn aus meinen Diensten entlassen und du wirst ihn nicht wiedersehen.«

»Aber du hast doch gar keine Ahnung, was passiert ist«, rief Peyton flehend und ihre Augen füllten sich mit Tränen. Sie hasste es zwar, anderen gegenüber ihre Gefühle zu offenbaren, aber jetzt hatte sie keine Wahl. Sie musste es für Jackson tun. »Die Fotos stammen aus der Nacht, nachdem wir die Sache mit Britney erfahren hatten. Courtney war ein einziges Wrack, unsere Welt lag in Trümmern und ich wusste nicht, was ich machen sollte, mit wem ich reden sollte. Da bin ich zu Jackson gegangen. Er war der Einzige, der für mich da war, bei dem ich mich ausweinen konnte. Aber er hat mich extra darauf hingewiesen, dass zwischen uns niemals mehr als eine professionelle Beziehung bestehen könne. Er hat mir seine Gründe erklärt und ich hab das verstanden. Deswegen kannst du ihn doch nicht rausschmeißen!«

»Das hat er mir schon alles erzählt«, sagte Adrian. »Trotzdem ändert das nichts an meinem Entschluss. Eure Beziehung hat die professionelle Grenze bereits überschritten. Du bekommst einen neuen Bodyguard und dazu einen Monat Hausarrest.«

»Hausarrest?«, wiederholte sie und ihr fiel die Kinnlade runter. »Was soll das denn bedeuten? Soll ich in meinem Zimmer … im Apartment … im *Diamond* eingesperrt werden?«

»In deinem *Zimmer eingesperrt?*«, fragte er verblüfft. »So weit würde ich nie gehen. Aber einen Monat lang kommst du direkt nach der Schule heim. Du gehst weder an Schultagen noch an den Wochenenden mit deinen Freunden aus. Du kannst mit deinen Schwestern in die Restaurants im *Diamond* oder ins Fitnessstudio gehen, aber nicht an den Pool. Alle anderen Aktivitäten beschränken sich auf Familienausflüge wie der Trip zum Grand Canyon morgen und Savannahs Geburtstagsparty. Dein neuer Bodyguard wird über diese Regeln in Kenntnis gesetzt. Wenn du sie brichst, wird der Hausarrest verlängert. Und du triffst dich nicht mehr mit Jackson – nicht, solange du Hausarrest hast, und auch nicht danach.«

»Das kannst du nicht machen!«, rief Peyton. »Du hast doch gesagt, dass Jackson nicht mehr für dich arbeitet. Warum sollten wir uns dann nicht sehen dürfen?«

»Ich *kann* das machen.« Adrian blickte sie hart an. »Er ist zu alt für dich. Ganz abgesehen von der Tatsache, dass eine Beziehung zwischen euch illegal wäre, hat er die Uni bereits abgeschlossen und arbeitet schon richtig. Du bist erst siebzehn und gehst noch zur Schule.«

»Der Altersunterschied spielt doch überhaupt keine Rolle«, beharrte Peyton. »Bist du nicht auch ein paar Jahre älter als Mom?«

Er presste die Lippen zu einer festen Linie zusammen. »Deine Mutter war auf dem College, als wir uns kennenlernten, nicht auf der Highschool.«

»Ich könnte auch bald auf dem College sein – das kann doch unmöglich so einen Unterschied machen.«

»Es macht sogar einen *großen* Unterschied. Und du kannst es drehen und wenden, wie du willst, das ändert nichts an der Gesetzeslage.«

»In ein paar Monaten bin ich achtzehn.« Sie verschränkte die Arme vor der Brust und starrte ihn unverwandt an. Wie er *darauf* wohl reagieren würde? »Gibst du Jackson nach meinem Geburtstag seinen Job zurück?«

»Wie alt du bist, ist völlig unerheblich – du kannst keine Beziehung zu deinem Bodyguard haben«, sagte er knapp. »Sein Job ist es, dich zu beobachten und zu beschützen – er muss deine Umgebung ständig im Auge behalten. Und das kann er nicht, wenn er von Gefühlen für dich abgelenkt ist.«

Peyton wollte protestieren, aber Adrian hob die Hand, um ihr Einhalt zu gebieten.

»Nimm doch nur mal die Fotos von Donnerstag als Beispiel«, fuhr er fort. »Wenn Jackson seine Arbeit getan und sich nicht auf die Unterhaltung mit dir konzentriert hätte, dann hätte er entdeckt, dass jemand diese Fotos schoss, und denjenigen daran gehindert. Die Fotos sind nicht nur der Beweis für eure unangemessene Beziehung, sondern auch dafür, dass eine solche Beziehung deinen Bodyguard davon abhält, seine Arbeit effektiv zu erledigen.«

Peytons Kehle zog sich zusammen und ihre Augen füllten sich mit Tränen. Sie blinzelte ein paarmal, um sie zurückzuhalten. »Zwischen mir und Jackson ist *nichts* passiert.« Sie ballte die Hände zu Fäusten, frustriert darüber, dass sie diese Auseinandersetzung nicht gewinnen konnte. Egal was sie sagte, Adrian würde ihr nicht glauben. Ihr blieb nichts anderes übrig, als noch mal zu wiederholen, was sie bereits gesagt hatte, und darauf zu hoffen, dass Adrian sie verstehen würde. »Jackson wusste von Anfang an um das Risiko dieses Treffens. Trotzdem hat er mir geholfen und war für mich da, nachdem er erfahren hat, wie schlecht es mir geht. Dafür sollte er nicht gefeuert werden.«

»Du hättest mit Rebecca reden können«, sagte Adrian. »Sie hat mir erzählt, dass sie dir und deinen Schwestern versichert hat, sie sei rund um die Uhr für euch da.«

Sie verschränkte die Arme. »Das ist nicht dasselbe.«

»Ich wünschte, du würdest Rebecca eine Chance geben«, sagte er. »Aber mein Entschluss bezüglich Jackson ist endgültig. Ein unprofessioneller Bodyguard ist untragbar. Noch dazu hat er Alkohol mit dir getrunken.«

Peyton schniefte. Dem konnte sie nichts entgegensetzen, denn Jackson hatte auf den Fotos ja tatsächlich einen Becher Bier vor sich stehen.

»Ich weiß, dass du jetzt sauer auf mich sein wirst, aber ich hoffe trotzdem, dass du es bis morgen vergessen kannst und wir unseren Ausflug zum Grand Canyon genießen können«, sagte Adrian. »Mir ist es wirklich ernst damit, dich und deine Schwestern endlich besser kennenzulernen.«

Vergessen würde Peyton das sicher nicht können. Jedes Mal, wenn sie ihren neuen Bodyguard sah, würde sie daran erinnert werden. Aber was konnte sie jetzt noch tun? Sie hatte es vermasselt. Und darüber musste sie erst mal nachdenken. Allein. Also nickte sie nur, woraufhin Adrian sich schließlich verabschiedete.

Als sich die Tür hinter ihm schloss, nahm sie ihr Handy und textete Jackson.

adrian hat mir alles erzählt. es tut mir unendlich leid … das hab ich nicht gewollt ☹ hab versucht, ihn umzustimmen, war aber nichts zu machen. bitte schreib mir doch, wie es dir geht!

Sie drückte auf Senden, starrte auf ihr Handy und wartete auf eine Antwort. Aber es kam keine.

Ehe sie ihm erneut schreiben konnte, flog die Tür auf und Savannah sprang auf ihr Bett, gefolgt von Courtney, die sich auf den Drehstuhl setzte, auf dem vorher Adrian Platz genommen hatte.

»Was war denn los?«, fragte Courtney.

»Du musst uns alles *haarklein* erzählen«, setzte Savannah hinzu.

Peyton hätte eigentlich lieber noch mal Jackson getextet, aber ihre Schwestern sahen aus, als würden sie gleich vor

Neugier platzen, also fasste sie ihnen das Gespräch rasch zusammen – von ihrem möglichen ADHS, den Fotos von ihr und Jackson, die Adrian ihr gezeigt hatte, was *wirklich* zwischen ihnen gewesen war, bis hin zu ihrem Hausarrest und Jacksons Entlassung. Und dass das alles ihre Schuld war.

»Wow«, sagte Courtney, als sie geendet hatte. »Ich wusste ja, dass du auf Jackson stehst, aber ich hatte keine Ahnung, dass da *wirklich* was lief. Wie konnte mir das denn entgangen sein?«

»Ich bin auch total platt.« Savannah fläzte sich aufs Bett und stützte das Kinn in die Hände. »Warum hast du uns denn nichts davon erzählt?«

»Weil es ja nur ein paar intensive Gespräche und zwei Küsse waren, und jedes Mal hat er mich abblitzen lassen.« Peyton schniefte und sah zur Decke. Sie musste sich zwingen, die Szenen mit Jackson gar nicht erst vor ihrem inneren Auge auftauchen zu lassen. Denn dann verlor sie vielleicht wieder die Fassung und sie hatte in den vergangenen Tagen echt genug geweint. »Ich hab mich nicht getraut, es *irgendwem* zu erzählen, um die Chance nicht noch zu erhöhen, dass Adrian es herausfindet und ihn feuert. Was unnötig war, denn jetzt ist genau das ja doch passiert.«

»Nicht mal mir und Courtney hast du vertraut?« Savannah klang verletzt. »Du weißt doch, dass wir es *keinem* erzählt hätten.«

Nun fühlte Peyton sich noch schuldiger. »Ich weiß«, sagte sie. »Es tut mir leid.«

»Ich sag euch jetzt mal, was ich glaube«, begann Courtney, und Peyton und Savannah sahen sie aufmerksam an. »Wir drei müssen aufhören, Geheimnisse voreinander zu haben. Seit wir hierhergezogen sind, hat es jede Menge Geheimnisse gegeben, und damit muss endlich Schluss sein. Um selbst den Anfang zu machen, erzähle ich euch jetzt etwas, das ich bisher für mich behalten habe – ich hab immer noch Gefühle für Brett.« Sie reckte den Kopf, als erwarte sie eine totale Schockreaktion angesichts dieser Offenbarung.

»Ach echt?«, fragte Peyton übertrieben überrascht und lachte. Immerhin lenkte Courtneys ›schockierende‹ Beichte sie für einen Moment von Jackson ab. »*Natürlich* hast du immer noch Gefühle für Brett. Das sieht man dir doch an der Nasenspitze an, sobald du in seiner Nähe bist. Und dass er so am Boden zerstört war, als du ihn in den letzten Tagen nicht sehen wolltest, war ja wohl auch ein eindeutiges Zeichen.«

»Und ich finde immer noch, dass du an ihm dranbleiben solltest«, sagte Savannah. »Ihr passt doch perfekt zusammen. Das war doch schon bei unserem allerersten gemeinsamen Dinner klar, als ihr überhaupt nicht mehr aufgehört habt zu reden. Und er ist echt ein netter Typ – hat mir ohne zu zögern mit meinen *YouTube*-Videos geholfen. Er sagt zwar nie was über dich, aber sobald dein Name fällt, fangen seine Augen zu leuchten an.«

»Wirklich?«, fragte Courtney.

»Yep.« Savannah lächelte. »So wie deine jetzt.«

Courtney seufzte. »Wir sind wirklich auf einer Wellenlänge. Aber ich hab mit Rebecca darüber gesprochen und sie hatte gute Argumente, warum es unklug wäre, ihn in dieser Situation zu daten.«

»Scheiß auf die Situation«, sagte Peyton, und Courtney und Savannah mussten lachen. »Besser jetzt rausfinden, ob es zwischen euch funktioniert, als sich später immer wieder zu fragen, was hätte sein können.«

»Vielleicht hast du recht.« Courtney wurde rot. »Aber egal, jetzt bist du dran, Savannah. Verrat uns *dein* Geheimnis.«

Savannah drehte sich auf den Rücken und starrte zur Decke. »Mir fällt nichts ein«, sagte sie. »Also, bis auf eine Sache, aber die betrifft auch Peyton ...«

Courtney warf Peyton einen Blick zu. »Was für eine Sache?«

Peyton sah wiederum Savannah fragend an, aber sie ahnte nichts Gutes.

»Die Sache am Pool letzten Monat?« Savannah klang unsicher. »Mit Oliver und Madison?«

»Warum habe ich das komische Gefühl, dass es sich dabei um etwas handelt, das ich wissen sollte?«, fragte Courtney.

»Also gut.« Peyton seufzte und fuhr sich durchs Haar. Sie hatte wohl keine andere Wahl, als es hinter sich zu bringen. »Ich wollte dir nichts davon erzählen, weil du es bestimmt falsch aufgefasst hättest und weil es ja auch gar keine große Sache ist, aber okay. Erinnerst du dich noch an die Woche, als wir hier ankamen und Ellen Prescott dafür sorgte, dass Oliver dich zu diesem Wohltätigkeits-Dinner einlud?«

»Natürlich.« Courtney nickte. »Wie könnte ich das vergessen.«

»Also, ich war ziemlich sauer damals, weil ich gleich in unserer ersten Nacht hier was mit Oliver hatte.«

Courtney schoss hoch. »Du meinst, du hattest *Sex* mit Oliver?«, fragte sie. Peyton nickte und wurde rot. »Warum hast du denn nichts gesagt? Vor allem, nachdem er mich eingeladen hatte? Du weißt doch, dass ich dann auf jeden Fall abgelehnt hätte!« Sie sah Savannah an. »Hat sie *dir* davon erzählt?«

»Damals noch nicht«, sagte Savannah. »Bis vor Kurzem hatte ich auch keine Ahnung.«

»Ich wollte es dir nach diesem Dinner mit den Prescotts sagen, aber du bist sofort in unserem Apartment verschwunden, und deshalb hab ich es bis zum nächsten Morgen verschoben«, erklärte Peyton. »Im *Luxe* hab ich dann zu Oliver gesagt, dass du bestimmt nicht mitkommen würdest, wenn ich dir sagte, was zwischen uns war.«

»Allerdings.« Courtney nickte heftig. »Ich hätte ihm gesagt, dass er dieses Charity-Ding vergessen kann. Aber du hast es mir dann ja doch nie erzählt. Findest du nicht, dass ich es hätte wissen sollen?«

»Doch.« Peyton kratzte an ihrem Nagellack herum. »Aber dann hab ich ihm gegenüber behauptet, dass du dich selbst dann nicht auf ihn einlassen würdest, wenn ich dir *nichts* davon erzählte, weil er einfach nicht dein Typ sei. Natürlich hat er das gleich als Herausforderung genommen, eingebildet wie er ist, und gesagt: Wenn ich recht hätte und du ihn abweisen würdest, ohne dass du über uns Bescheid wüsstest, dann könne ich von ihm verlangen, was ich wollte.«

Courtney presste die Lippen zusammen. »Und wenn du falschgelegen hättest?«

»Ich *wusste*, dass ich nicht falschlag.« Peyton versuchte,

überzeugend zu klingen, aber ihre Hände zitterten verräterisch. »Oliver verkörpert doch alles, was du nicht leiden kannst.«

»Aber gesetzt den Fall, du *hättest* unrecht gehabt«, drängte Courtney, »was dann?«

Peyton blickte zu Boden. Sie konnte ihrer Schwester nicht in die Augen sehen. »Dann hätte ich machen müssen, was er von mir verlangt.«

»*Und* du hättest ziemlich in der Tinte gesessen, weil ich mich für einen Jungen interessiert hätte, mit dem *du* bereits geschlafen hattest!« Courtneys Augen sprühten Funken vor Ärger. »Du hast eine Wette abgeschlossen, bei der es um meine Gefühle ging. Wie konntest du nur?«

»Aber ich *wusste* doch, dass es nicht so weit kommen würde, weil du dich niemals in einen Typen wie Oliver verlieben würdest!«, beteuerte Peyton, obwohl sie merkte, wie fadenscheinig ihre Begründung klang. »Und ich hab recht behalten. Du hast ihn zurückgewiesen, als er dich zu küssen versucht hat. Dass er es überhaupt versucht hat, hat mich total überrascht, denn du hast ihm bestimmt keine entsprechenden Signale gesendet. Aber wahrscheinlich war er viel zu betrunken, um das zu checken.«

»Ich fass es nicht.« Courtney war ganz blass. »Ich wäre überhaupt nicht zusammen mit diesem Kerl in einem Auto gefahren, wenn du von Anfang an ehrlich zu mir gewesen wärst. Zum Glück hat er nur versucht, mich zu küssen. Aber was, wenn er noch mehr versucht hätte? Wenn er sich durch ein Nein nicht hätte abschrecken lassen? Hast du dir das mal überlegt?«

»Oliver ist ein Arsch, aber *so* schlimm ist er nicht«, sagte Peyton flehentlich und hoffte, dass sich Courtney wieder beruhigen würde. »Es gibt so viele Mädels, die mit ihm rummachen wollen, dass er bestimmt keine bedrängen muss. Außerdem sind seine Eltern mit Adrian befreundet. Und er würde wohl nie so weit gehen und diese Freundschaft gefährden.«

»Du kanntest ihn doch erst ein paar Tage«, widersprach Courtney. »Da konntest du das gar nicht sicher wissen. Aber ich als deine Schwester hätte dir wirklich wichtiger sein müssen als so eine blöde Wette. Und dann hast du mich ja *noch mal* mit ihm ausgehen lassen, zu der großen *Diamond*-Eröffnung! Wie konntest du nur?«

»Du hast behauptet, du hättest klargestellt, dass zwischen euch nicht mehr als Freundschaft laufen würde«, erinnerte Peyton ihre Schwester.

»Das hatte ich auch und er war einverstanden«, sagte Courtney, die immer lauter wurde. »Bis er dann mitten auf der Tanzfläche versucht hat, mir die Zunge in den Hals zu stecken. Zum Glück ist Brett dazwischengekommen. Und wo warst du? Ach ja, du hast mit irgendwelchen Unbekannten im ersten Stock getanzt. Hattest du eigentlich vor, mir *jemals* von dir und Oliver zu erzählen? Oder wolltest du so tun, als sei da nie was passiert?«

»Keine Ahnung.« Peyton zuckte schuldbewusst die Schultern, weil sie die richtige Antwort wusste: Sie hätte es wahrscheinlich nie erwähnt. »Als ich im *Luxe* mit Oliver geredet habe, hat er sich total arschig verhalten. Er hat klar gesagt, dass er kein Interesse an mir hätte und dass aus uns nie was werden würde. Und ich will ehrlich sein – das hat wehgetan. Daraufhin hab ich den Club sofort verlassen. Irgendwie wollte ich das alles einfach nur vergessen. Doch dann hab ich diese Wette gewonnen und gedacht, dass das die perfekte Rache wäre.« Das klang selbst in ihren eigenen Ohren ziemlich jämmerlich. Sie sah Savannah finster an. »Warum musstest du auch davon anfangen?«

Savannah blickte auf ihre Hände und spielte an ihren Armreifen herum. »Weil wir mit der Geheimnistuerei aufhören und einen Neuanfang machen wollten«, sagte sie unglücklich. »Sorry.«

»Savannah kann doch wirklich nichts dafür«, sagte Courtney, und jedes Wort verriet ihren Ärger. »Das alles wäre nie passiert, wenn du als Erstes an mich gedacht hättest statt an diese dämliche Wette. Und ich kann mir auch keinen Wetteinsatz von Oliver vorstellen, der rechtfertigen würde, mich zu hintergehen.«

Das war der Punkt, an dem Peyton sich endlich *richtig* verteidigen konnte. »Nun ja, was ich von ihm verlangt habe, betrifft letztlich uns alle.«

Und dann packte sie aus: Wie Madison die Fotos von ihr und Hunter in der Lobby Bar gemacht hatte, wie diese Fotos im Campusbuzz-Forum aufgetaucht waren, wie sie alle drei in dem anonymen Posting fertiggemacht wurden und wie sie im Beisein von Savannah mit Oliver gesprochen und ihm eröffnet hatte, dass sie von ihm verlange, Madison zu entjungfern.

»Und sobald das geschehen ist, werde ich es Madison brühwarm unter die Nase reiben – dass Oliver nur wegen einer Wette mit ihr geschlafen hat und dass sie ihre Lektion hoffentlich gelernt hat und sich nie wieder mit uns anlegt«, sagte Peyton. »Es würde mich nicht wundern, wenn Madison auch hinter dem Foto von Jackson und mir stecken würde. Dieses Biest hat eine Abreibung verdient.«

»Das ist der verdrehteste, abartigste Plan, von dem ich je gehört habe«, sagte Courtney, als Peyton fertig war. »Du weißt doch gar nicht, ob Madison diesen Beitrag verfasst hat. Stimmt, der Verdacht ist naheliegend, nachdem du die Fotos auf ihrem Handy gesehen hast, aber bist du denn *ganz sicher*, dass sie es war?«

»Wer sollte es denn sonst sein?« Peyton sah Savannah Hilfe suchend an, doch die biss sich nur auf die Lippe und zuckte die Schultern.

»Es könnte *jeder* sein!« Courtney rang sichtlich um Fassung. »Du hast die Fotos ja schließlich nicht *sofort* gelöscht, nachdem Madison sie geschossen hatte. Du gehst davon aus, dass sie eine Sicherungskopie gemacht hat. Aber was, wenn sie es stattdessen an ihre Freundinnen weitergeleitet hat, ehe du gekommen bist? Dann hätten die es wiederum an andere weiterleiten können und so weiter. Richtig, Madison hat das Foto *aufgenommen*, aber das beweist noch lange nicht, dass sie auch diesen Beitrag geschrieben hat.«

»Aber Madison *hasst* uns.« Peyton wurde abwechselnd heiß und kalt – gegenüber Courtneys Argumentation fühlte sie sich wie eine Idiotin. Sie war sich ihrer Sache *so sicher* gewesen. »Okay, es scheint unzählige Optionen zu geben, aber trotzdem deutet alles auf sie hin. Und selbst wenn sie es nicht war, Madison und Oliver sind alles andere als Heilige.

Oder hast du vergessen, wie übel Madison Savannah im Sommer mitgespielt hat, als sie im *Luxe* mit Damien rumknutschte, oder dass Oliver diese schmutzige Wette abgeschlossen hat, mit uns dreien zu schlafen?«

»Ich hab nie behauptet, auch nur einen von beiden nett zu finden«, sagte Courtney. »Aber was du da vorhast, ist schlimmer als alles, was sie uns angetan haben oder antun wollten. Selbst wenn Madison hinter diesem Posting steckt – und ja, ich stimme dir zu, nach allem, was du mir erzählt hast, sieht es tatsächlich danach aus –, hat sie es nicht verdient, ihre Jungfräulichkeit wegen einer Wette zu verlieren. *Keine* hätte das verdient. So was hängt einem doch ein ganzes Leben lang nach. Sag mir jetzt bitte, dass es noch nicht so weit gekommen ist.«

Peyton hatte das Gefühl, das Zimmer würde über ihr einstürzen. Jeder Muskel fühlte sich taub an. Courtney war es gelungen, die ganzen Zweifel, die sie selbst gehegt und zu verdrängen versucht hatte, in ein paar Sätzen zusammenzufassen. Wahrscheinlich hatte sie das Ganze genau deshalb vor ihr geheim gehalten. Weil sie schon geahnt hatte, dass Courtney ihr vor Augen halten würde, wie *gemein* diese Sache war, die sie von Oliver verlangte. Oder besser gesagt, mit der sie ihn erpresste. Tränen stiegen ihr die Kehle hoch und sie musste ein paarmal schlucken, um nicht loszuheulen. In Kombination mit Jacksons Kündigung war das einfach *too much*.

Aber vielleicht war noch was zu retten.

»Oliver hat nur gesagt, dass er nah dran sei, aber ich glaube nicht, dass schon was passiert ist«, sagte Peyton und kratzte auch noch den letzten Lackrest von ihrem Daumennagel. »Sonst hätte dieser aufgeblasene Angeber mir das schon längst mitgeteilt.«

»Dann musst du ihm auf der Stelle texten, dass die Wette nicht mehr gilt.«

»Einfach so?«, fragte Peyton. »Ohne etwas anderes von ihm zu verlangen? Vielleicht gibt es ja etwas, das Jackson helfen würde ...« Bei diesem Gedanken bekam Peyton Herzklopfen. Adrians Entschluss schien unumstößlich, aber vielleicht ... »Wir könnten Oliver damit beauftragen, seinen Vater davon zu überzeugen, dass er Jackson anheuern soll, damit er nicht auf die schwarze Liste kommt und nie mehr einen Job kriegt. Klar ist das nicht die Optimallösung – natürlich wäre es mir lieber, wenn er wieder mein Bodyguard werden könnte –, aber ich hätte wenigstens *etwas* getan, um die Sache auszubügeln.«

»Also echt, Peyton«, sagte Courtney. »Ich weiß, dass du Jackson helfen willst, und ich finde ja auch, dass er ein netter Kerl ist, der es nicht verdient, wegen so einer Sache seine Stelle zu verlieren, aber das ist keine Lösung. Oliver zu *irgendwas* zu erpressen, führt nur zu Ärger. Du musst diese Wettgeschichte beenden. Und zwar sofort.«

Die Vorstellung, wie sehr es Oliver gefallen würde, wenn sie die Wette ohne jede Erklärung abblies, gefiel Peyton gar nicht. Aber dass sie überhaupt von Oliver verlangt hatte, Madison zu entjungfern, verursachte ihr solche Schuldgefühle, dass sie sich fragte, wie schrecklich sie sich wohl fühlen würde, wenn er den Plan durchzog? Wie würde sie mit diesem Wissen leben können? Und wenn sie wollte, dass Courtney ihr verzieh, dann hatte sie jetzt keine Wahl.

Sie nahm ihr iPhone vom Nachttisch. Enttäuscht stellte sie fest, dass Jackson immer noch nicht auf ihre SMS geantwortet hatte. Vielleicht hatte er sie noch nicht gelesen. Das *musste* der Grund sein. Sie war schon halb verrückt vor Sorge um ihn, und der Gedanke, dass er ihre SMS gesehen und absichtlich nicht beantwortet haben könnte, war zu niederschmetternd. Am liebsten hätte sie ihre Nachricht an ihn noch einmal gelesen, um zu sehen, ob sie etwas Falsches geschrieben hatte oder ob sie noch etwas anderes schreiben könnte, um zu ihm durchzudringen.

Aber Courtney sah sie so erwartungsvoll an, dass sie die SMS an Oliver lieber gleich hinter sich brachte.

planänderung – die wette ist gestrichen.

Sekunden später summte ihr Handy. Sie hoffte, dass es Jackson war, aber natürlich war es Oliver.

du meinst, das, was wir letzten monat am pool besprochen haben?

was denn sonst??? definitiv gestrichen. du musst nicht mit madison schlafen. und auch sonst nichts tun.

und die fotos, die savannah von der party von mir hat?

werden nicht gepostet.

soll ich fragen, warum …?

Ohne noch mal zu antworten, warf sie das Handy aufs Bett. »Erledigt.« Sie sah Courtney an und hoffte, dass ihre Schwester ihr nun verzeihen würde und sie diesen ganzen Mist vergessen konnten. »Wieder alles okay zwischen uns?«

»Nein.« Courtney verschränkte die Arme. »Ich kann es immer noch nicht fassen, dass du mich so hintergangen hast. Das und alles, was letzte Woche passiert ist ... Das ist einfach zu heftig. Ich brauch jetzt erst mal Abstand.«

Und damit verließ sie Peytons Zimmer.

Als die Tür mit lautem Knall ins Schloss fiel, drehte Peyton sich zu Savannah um. »Ich glaub das einfach nicht! Wie konntest du das nur ansprechen?«, fuhr sie auf. »Wenn du deinen Mund gehalten hättest, wäre alles glattgelaufen.«

Savannah spielte an ihren Haarspitzen herum. »Wir haben gesagt, *keine Geheimnisse mehr*. Und das war ein ziemlich großes Geheimnis, und ich fand, dass sie es erfahren sollte. Allerdings hätte ich auch nicht gedacht, dass Courtney sich gleich *so* aufregen würde. Tut mir leid. Aber wir sind doch nie lange böse aufeinander. In ein paar Tagen ist sie drüber weg.«

»Vielleicht«, sagte Peyton zweifelnd. Schließlich gab es derzeit ziemlich viel für Courtney zu verarbeiten. Was sie jedoch wirklich erleichterte, war die Tatsache, dass Courtney und Savannah jetzt über Jackson Bescheid wussten.

Jetzt musste er sich nur noch melden und ihr versichern, dass sie ihm *nicht* sein ganzes Leben verpfuscht hatte. Zumindest hoffte sie das.

28

Madison

Eine Woche war vergangen, seit Madison mit ihren Eltern über Adrian hatte sprechen wollen. Aber sie hatte immer noch nicht den Mut dazu aufgebracht. Letztes Wochenende hatte sie es versucht, aber dann hatte ihre Mutter davon angefangen, dass sie sich über Madisons Essensgewohnheiten Sorgen mache und sie zu einer wöchentlichen Unterredung mit einer Ernährungsberaterin angemeldet habe, die ins Apartment kommen würde. Was Madison *überhaupt* nicht passte, aber es war immer noch besser als die Idee mit dem Psychiater, also hatte sie eingewilligt. Danach jedoch hatte Madison erst recht keine Lust mehr gehabt, von Adrian anzufangen.

Aber sie konnte es nicht ewig aufschieben. Sie lief in ihrem Zimmer auf und ab, ein Glas Eiswasser in der Hand, und überlegte zum x-ten Mal, wie sie es ihnen beibringen sollte. Sie *musste* es hinter sich bringen. Jetzt. Es war Samstagnachmittag und ihre Eltern saßen beide in der Bibliothek. Der ideale Zeitpunkt.

Warum zögerte sie noch? Sie rief sich eines ihrer Mantras ins Gedächtnis: Wenn man die richtigen Worte findet – und man kann immer die richtigen Worte finden –, bekommt man, was man will.

Aber was wollte sie eigentlich? Sie konnte Adrian ja nicht dazu zwingen, an ihrem Leben teilzuhaben.

Trotzdem, so sehr Madison die Diamond-Sisters am Anfang auch verabscheut hatte – sie hatten es verdient, von ihrer weiteren Schwester zu erfahren. Und sie selbst hatte die Chance verdient, sie richtig kennenzulernen.

Bei dem Gespräch mit ihren Eltern musste sie auf jeden Fall anständig aussehen. Sie musterte sich im Spiegel. Die engen Jeans und der schwarze Wollpullover passten perfekt. Sie zog das Glätteisen noch einmal durchs Haar und legte gerade so viel Make-up auf, dass sie auf natürliche Art gut aussah. Dann holte sie tief Luft, fixierte sich selbst im Spiegel und versuchte, erwachsen, kompetent und selbstbewusst rüberzukommen. Sie würde das schaffen!

Trotzdem spürte sie bereits jetzt einen Druck im Nacken, der sich bestimmt zu einem pochenden Kopfschmerz auswachsen würde. Sie zog eine Schublade heraus, nahm zwei Migränetabletten und schluckte sie mit Wasser hinunter. *Jetzt* war sie bereit.

Entschlossen marschierte sie in die Bibliothek und fand ihre Eltern genauso vor wie noch vor einer halben Stunde – ihre Mutter las zurückgelegt auf dem Sofa einen Roman, ihr Vater saß in dem großen Sessel und blätterte in einer wissenschaftlichen Fachzeitschrift. Ganz entspannt und völlig unvorbereitet auf das, womit Madison sie gleich überfallen würde. Aber jetzt gab es keine Ausreden mehr. Jetzt zog sie es durch.

»Habt ihr ein paar Minuten Zeit?«, fragte sie.

»Natürlich.« Ihr Vater ließ seine Zeitschrift auf den Schoß

sinken. »Brauchst du Hilfe bei den Hausaufgaben?« Das war eines der Dinge, die sie und ihren Vater zusammenschweißten – seine Hilfe bei den Hausaufgaben für Mathe und Naturwissenschaften. Dass er der Chefarzt der Neurochirurgie am besten Krankenhaus im ganzen Bundesstaat war, war dabei natürlich von Vorteil.

»Nein, ich muss mit euch beiden über etwas Wichtiges reden«, sagte sie und setzte sich auf den letzten freien Stuhl im Raum – den hinter dem Holzschreibtisch.

Ihre Mutter richtete sich auf dem Sofa auf und steckte ein Lesezeichen in ihr Buch. »Stimmt was nicht?«

Madison bekam einen trockenen Hals und sie nahm einen Schluck Wasser. »Ich hab in letzter Zeit ständig über das nachgedacht, was ihr mir erzählt habt«, fing sie an. »Und ich will Adrian sagen, dass ich Bescheid weiß.«

»Was?« Ihr Vater richtete sich abrupt in seinem Sessel auf und das Fachblatt glitt zu Boden. »Das ist nicht dein Ernst.«

»Wir sind doch übereingekommen, dass die Sache unter uns bleibt«, setzte ihre Mutter hinzu.

»Ich weiß.« Madison sah beide um Verständnis heischend an. »Und ich bin froh, dass ihr letztlich so ehrlich zu mir wart. Aber ich kann dieses Geheimnis nicht länger mit mir herumtragen. Es zerreißt mich.«

»Aber du weißt doch, dass Adrian es so haben möchte«, sagte ihre Mutter leise.

»Ja.« Madison nickte. »Und nachdem er sich all die Jahre aus meinem Leben ferngehalten hat, wird er für mich auch nie mehr als ein Samenspender sein.« Sie sah ihren Vater an und es schnürte ihr die Kehle zu. »Ich bin zwar noch nicht drüber weg, dass ihr mich angelogen habt – und ich weiß nicht, ob ich das jemals sein werde –, aber du bist mein Dad und ich liebe dich. Daran wird sich nichts ändern.«

»Ich liebe dich auch, Süße.« Er lächelte. »Aber warum willst du dann Adrian zur Rede stellen?«

»Weil es noch mehr Leute betrifft als nur uns«, antwortete sie. »Es betrifft auch Peyton, Courtney und Savannah. Sie sind meine *Schwestern,* und sie sind ebenfalls angelogen worden. Sie haben die Wahrheit verdient. Ich bin mir nicht sicher, ob sie so begeistert darüber sein werden – wir verstehen uns ja nicht gerade gut –, aber wir sollten die Chance haben, uns besser kennenzulernen. Als Schwestern.«

»Ich verstehe deine Gefühle«, sagte ihre Mutter und spielte am Umschlag ihres Buchs herum. »Aber sollten wir uns vielleicht nicht mit einem Profi zusammensetzen und erst mal mit ihm darüber reden? Alle Möglichkeiten ausloten und überdenken, was das Beste für unsere Familie ist?«

Madison schlug die Beine übereinander und lehnte sich zurück. »Wovor hast du Angst, wenn ich mit ihm rede?«

»Du verstehst es einfach nicht.« Ihre Mutter seufzte. »Sind dir Dad und ich nicht genug – deine *richtige* Familie, die dich aufgezogen und dir alles gegeben hat? Ich weiß, dass wir viel arbeiten und öfter weg sind als andere Eltern, aber wir lieben dich und tun alles, damit du erfolgreich bist und im Leben das erreichst, was du willst. Wir sind so stolz auf dich und du hast eine tolle Zukunft vor dir. Dein Vater und ich haben hart dafür gearbeitet, dass wir drei glücklich sein können. Aber wenn du dein Vorhaben durchziehst und wenn das herauskommt, dann wird sich alles ändern. Willst du das wirklich? Bist du nicht dankbar für das, was du hast … was *wir* haben?«

»Genau das ist der Grund, warum ich mir die Sache so lange überlegt habe. Ich weiß nicht, was sich dadurch verändern wird, und es macht mir Angst«, gab Madison zu. »Ich war immer glücklich und zufrieden, das wisst ihr. Ja, manchmal beklage ich mich, dass ihr ständig arbeitet, aber ihr liebt euren Job, und mit unseren tollen Familienreisen macht ihr vieles wieder wett. Vielleicht zeige ich es nicht immer, aber ich bin mir vollkommen bewusst darüber, was für ein Glück ich habe. Deshalb will ich ja auch irgendwann ein Praktikum bei ›Ärzte ohne Grenzen‹ machen – damit ich etwas von dem, was ich bekommen habe, zurückgeben kann.

Ich weiß, dass unsere Familie nicht mehr dieselbe sein wird, wenn ich die Diamonds einweihe. Und ich habe keine Ahnung, ob es etwas Gutes oder Schlechtes bringt. Aber ich kann – und will – dieses Geheimnis nicht länger in mich hineinfressen. Ich werde es Adrian sagen, und ich bin zu euch gekommen, um euch darauf vorzubereiten, weil ich euch beide liebhabe und nichts hinter eurem Rücken tun möchte. Ihr habt mir vertraut und das weiß ich zu schätzen, aber dieses Geheimnis ist größer als wir. Ich bitte euch nicht um Erlaubnis, es Adrian zu sagen. Ich will nur, dass ihr zu mir haltet, wenn ich es tue.«

Ihre Eltern starrten erst sie und dann einander an, als würden sie sich ohne Worte absprechen. Madison wurde zappelig und drehte den Schreibtischstuhl hin und her. Das konnte gut ausgehen – oder ganz schlecht.

»Du meinst es also wirklich ernst, dass du Adrian darauf ansprechen willst, egal ob mit oder ohne unsere Einwilligung?«, fragte ihre Mutter schließlich.

»Ja«, antwortete Madison mit fester Stimme und wich ihrem Blick nicht aus. Sie musste ihren Eltern klarmachen, dass sie nicht nachgeben würde.

»Das müssen Dad und ich unter vier Augen besprechen«, sagte ihre Mutter. »Wir gehen ins Schlafzimmer, um zu reden. Es wird nicht lange dauern. Warte hier.«

Ihr Vater stand auf, hob seine Fachzeitschrift auf und legte sie auf den Sessel. »Das hast du gut formuliert«, sagte er zu Madison. »Hast du mal überlegt, Juristin zu werden?«

»Hmpf.« Madison rümpfte die Nase. Sie liebte naturwissenschaftliche Fakten. Dicke juristische Wälzer lesen zu müssen, wäre für sie die schlimmste Art von Folter.

»War nur ein Witz.« Er lachte. »Wir sind in ein paar Minuten zurück. Bleib hier, okay?«

Sie spielte mit ihrem Handy herum und versuchte, sich davon abzulenken, was ihre Eltern wohl besprachen. Larissa und Kaitlin hatten ein Foto von sich am Pool gepostet und Madison kommentierte, dass das nach jeder Menge Spaß aussehe und sie gerne bei ihnen wäre. Dann summte das Handy und es kam eine SMS von Larissa.

komm doch auch!

geht nicht … zu viel hausaufgaben. morgen?

auf jeden fall! :☺

Endlich kam ihr Vater in die Bibliothek zurück. Madison legte ihr Handy weg und wartete gespannt auf das Ergebnis der Unterhaltung.

»Mom hat Adrian angerufen, um ihn vorzuwarnen«, sagte er. »Sie telefoniert noch mit ihm.«

»Adrian wird sauer sein, dass ihr es mir erzählt habt, oder?«

Er setzte sich wieder in seinen Sessel und legte die Füße auf den Polsterhocker. »Um ehrlich zu sein, hab ich keine Ahnung, wie Adrian reagieren wird. Damals, als er beschloss, nicht an deinem Leben teilzuhaben, hatte er einen ganz persönlichen Grund dafür. Er hielt sich als Vater für völlig ungeeignet und damals war das wohl auch so. Aber jetzt, nachdem Peyton, Courtney und Savannah bei ihm wohnen, könnte sich das geändert haben. Madison, ich hoffe wirklich, du weißt, dass *ich* dein Dad bin, leiblich oder nicht, und dass ich dich liebe und keine Genetik das je ändern wird. Okay?«

»Das weiß ich, Dad.« Madison spürte, wie ihr die Tränen kamen. »Ich liebe dich auch. Und ich würde niemals wollen, dass Adrian Diamond deinen Platz einnimmt – das *könnte* er auch gar nie. Es geht viel mehr um Peyton, Courtney und Savannah. Meine *Schwestern*.«

Sie dachte so oft darüber nach, aber wenn sie es aussprach, hörte sich das Wort immer noch seltsam und fremd an. Daran würde sie sich gewöhnen müssen. Denn genau das waren sie nun mal – Schwestern. »Adrian hat seine Entscheidung getroffen. Aber sie hatten nie eine Wahl.«

»Ich weiß«, sagte er. »Und Mom und ich respektieren deine Haltung, daher unterstützen wir dich jetzt auch.«

»Danke«, sagte Madison und war tatsächlich von ganzem Herzen dankbar. Sie wollte ihren Eltern nicht ewig böse sein.

Endlich kam auch ihre Mutter in die Bibliothek zurück. Mit bleichem Gesicht setzte sie sich aufs Sofa und starrte das Telefon in ihrer Hand an, als sei es ein Geist.

»Was ist los?«, fragte Madison mit klopfendem Herzen.

Ihre Mutter schluckte und blickte dann zu Madison auf. »Kann ich einen Schluck von deinem Wasser haben?«

»Sicher.« Madison brachte ihrer Mutter das Glas und setzte sich zu ihr aufs Sofa. »Dad hat mir erzählt, dass du mit Adrian gesprochen hast.«

»Ja.« Sie nahm ein paar Schlucke Wasser und allmählich kehrte Farbe in ihr Gesicht zurück. Nachdem sie sich gefangen hatte, fuhr sie fort. »Ich habe ihm alles gesagt und ihn gebeten, herzukommen und mit dir zu reden.«

»Und?« Madison beugte sich vor und hielt die Luft an. Nun war es so weit: Nach all den Wochen des Schweigens darüber, dass Adrian ihr leiblicher Vater war, wusste er nun, dass sie im Bilde war. Sie würde das Geheimnis nicht länger für sich behalten müssen. Das war aufregend und beängstigend zugleich.

»Er hat gesagt, dass es im Augenblick sehr ungünstig sei.«

Madison sank in sich zusammen. »Wann ist es denn ›günstig‹? Heute Abend? Morgen? Nächste Woche?«

»Noch später.« Ihre Mutter seufzte und Madison wusste, dass sie das, was als Nächstes kam, nicht gerne hören würde. »Peyton, Courtney und Savannah machen gerade eine Menge durch. Erst kürzlich haben sie etwas ganz Ungeheuerliches erfahren, womit sie nur schwer umgehen können. Adrian will ihnen Zeit geben, damit sie sich erst einmal daran gewöhnen.«

»Wie viel Zeit?« Madison kniff die Augen zusammen. »Wochen? *Monate?*«

»Da hat er sich nicht festgelegt. Nur, dass er mir Bescheid geben will.«

»Und was ist mit mir?«, fragte sie mit brechender Stimme. »Berührt es ihn irgendwie, dass ich weiß, dass er mein Vater ist?«

»Ich dachte, du siehst ihn sowieso nur als ›Samenspender‹ an?« Ihre Mutter setzte das Wort mit den Fingern in Gänsefüßchen, als sie Madison zitierte.

»Das tue ich auch.« Madison schluckte. »Aber ich dachte, wenn er Bescheid weiß, würde er zumindest mal mit mir reden wollen.«

»Das wird er auch«, versicherte ihre Mutter. »Aber es war jetzt eben ein Schock für ihn, das ist alles. Lass ihm Zeit, um herauszufinden, wie er es handhaben soll.«

»Wie er *es handhaben* soll?« Madison schrie jetzt beinahe. »Ich bin ein Mensch, kein ›es‹. Und ich kann dieses Geheimnis nicht länger für mich behalten! Ich weiß, dass der Umzug hierher schwer zu verarbeiten ist, aber ich hab die drei doch in der Schule gesehen. Sie haben sich wunderbar eingelebt. Ich finde, sie sind so weit, dass man ihnen die Wahrheit sagen kann.«

»Als du sie das letzte Mal in der Schule gesehen hast, mag es ihnen vielleicht noch gut gegangen sein«, sagte ihre Mutter. »Aber der Vorfall, den Adrian gemeint hat, hat sich erst kürzlich ereignet – in den Thanksgiving-Ferien.«

»Was ist passiert?«, fragte Madison. »Was kann so ungeheuerlich sein, dass es sie so aus der Bahn wirft?«

»Es liegt nicht bei mir, dir das zu erzählen …«

»Das reicht jetzt«, schaltete ihr Vater sich ein. »Madison hat es verdient, genauso viel zu erfahren wie die drei Diamond-Mädchen. Wenn du es ihr nicht erzählst, dann tue ich es.«

»Also gut«, gab ihre Mutter nach. »Es wäre mir lieber gewesen, Adrian hätte es ihr selbst erzählt, aber er besteht darauf, noch zu warten, und ich habe die Nase voll von Geheimnissen.«

»Also dann …« Madison verknotete die Finger ineinander und wappnete sich für das, was als Nächstes kommen würde.

Und dann erzählten ihre Eltern ihr von Britney.

www.campusbuzz.com

Goodman High School › Las Vegas › Nevada

Savannahs Freundin?

Gepostet Freitag, 12.12., 15:29

Wer war denn das Mädchen, das Savannah Diamond heute in der Schule wie ein Schatten gefolgt ist? Alle Jungs aus der Zwölften haben darüber geredet, wie heiß sie ist und wie sie versuchen würden, sie am Wochenende anzubaggern. Ich hab sie ein- oder zweimal gesehen, und klar, sie sieht schon speziell aus, aber sooo einzigartig nun auch wieder nicht.

1: Gepostet Freitag, 12.12., 15:36

Das war Savannahs Freundin Evie! Beim allerersten Volleyball-Spiel am Anfang des Schuljahres war sie auch schon mal da, aber da hat sie nicht viel mit anderen geredet. Evie war Savannahs beste Freundin an der High in Kalifornien und jetzt ist sie wegen Savannahs Geburtstagsparty in der Stadt. Sie ist nett und ganz witzig, aber warum alle Jungs so scharf auf sie sind, weiß ich auch nicht …

2: Gepostet Freitag, 12.12., 15:43

wie konnten dir dieser hintern und diese titten entgehen?!

3: Gepostet Freitag, 12.12., 15:51

ja, verdammt noch mal! bei der vorstellung, an ihr rumzufummeln, hab ich im unterricht glatt nen steifen gekriegt!

4: Gepostet Freitag, 12.12., 16:06

Haha, dann warst du das, der sich im klo einen runtergeholt hat?

5: Gepostet Freitag, 12.12., 16:09

Ihr seid ja solche Perverslinge.

6: Gepostet Freitag, 12.12., 16:25

Macht euch nicht zu viele Hoffnungen, beim Mittagessen hat sie nämlich Damien mit Blicken verschlungen …

7: Gepostet Freitag, 12.12., 16:41

Dann sind Savannah und Damien wohl kein Thema mehr?

8: Gepostet Freitag, 12.12., 16: 59

Kein Thema mehr? Angeblich haben sie vor ein paar Wochen rumgemacht, und jetzt sind sie oft mehrmals in der Woche zusammen im Aufnahmestudio der Goodman, wo Savannah ihre *YouTube*-Videos aufnimmt. Klingt ganz so, als ob Evie heimlich für den Lover ihrer besten Freundin schwärmt!!!

29

Savannah

»Blättere in der Zeitschrift, quatsch ein paar Zeilen und pass auf, dass du *nicht* in die Kamera guckst. Tu so, als wären wir gar nicht da. Take zwei!«

Carson und die anderen aus dem Team von *My Fabulous Sweet Sixteen* gaben Savannah die immer gleiche Anweisung – tu so, als wären wir gar nicht da! Was ziemlich schwierig war, angesichts der vielen Kameraleute, Beleuchter und dem Regisseur, die alle zusammen nach der besten Einstellung suchten. Zum Glück war Evies Rat wirklich hilfreich gewesen, und nachdem Savannah jetzt nicht mehr versuchte, als sie selbst möglichst gut rüberzukommen, sondern so tat, als würde sie eine Rolle spielen, war sie um einiges besser geworden. Die Filmleute hatten genug Material bekommen, sodass sie in dieser Woche von Kameras *umzingelt* gewesen war. Und obwohl Savannah ihr Kleid schon vor einem Monat gefunden hatte, war sie zusammen mit ihren Schwestern, Rebecca und natürlich dem Filmteam noch mal in den Laden zurückgekehrt, um die ›Suche nach dem perfekten Kleid‹ nachzuspielen – die Szene hatte sie nämlich damals beim richtigen Einkauf vermasselt.

Jetzt taten die Stylistinnen im Schönheitssalon des *Dia-*

mond so, als legten sie letzte Hand an Savannahs und Evies Pediküre, während die beiden Mädchen versuchten, eine möglichst realistische ›Klatsch-Situation‹ darzustellen.

Evie neigte ihren Kopf so, dass sie der Kamera ihre vermeintliche Schokoladenseite zeigte, und sagte: »Das wird die beste Party aller Zeiten.«

»Der Abend wird perfekt.« Savannah riss die Augen auf, um nicht zu blinzeln, wenn ihr die Scheinwerfer ins Gesicht schienen. »Ich fass es nicht, dass es morgen schon soweit ist.«

»Du wirst bestimmt umwerfend aussehen.« Evie rutschte etwas nach vorn und zog die Augenbrauen hoch, wodurch sie ein wenig an eine Comic-Figur erinnerte. »Und du bist sicher, dass keiner da sein wird, auf den du's abgesehen hast?«

»Na ja, vielleicht schon …« Savannah legte die Zeitschrift auf ihren Schoß und beugte sich zu Evie hinüber. Dann formte sie mit den Händen einen Trichter um Evies Ohr, als würde sie ihr ein Geheimnis verraten. Da sie wusste, dass das Mikro nicht so weit reichen würde, traute sie sich zu flüstern: »Ein Typ ist heut im Unterricht so scharf geworden, als er deine Titten angeglotzt hat, dass er sich im Schulklo einen runtergeholt hat.« Daraufhin bekam Evie einen Lachkrampf, der so ansteckend war, dass auch Savannah zu lachen anfing.

»Im *Ernst?*«, fragte Evie mit knallroten Wangen, nachdem sie sich wieder eingekriegt hatte. Savannah nickte und sie brachen erneut in Gelächter aus.

»Und … Schnitt!«, rief Carson. »Perfekt. Schluss für heute.«

»Super.« Savannah ließ die Zeitschrift auf das Tischchen

neben sich fallen. Seit Schulschluss waren ihnen die Kameras auf Schritt und Tritt gefolgt, und sie konnte es kaum erwarten, endlich ungestört mit Evie über ihren Tag an der Goodman zu reden, ehe sie zusammen mit Evies Mom essen gingen.

Zurück in Savannahs Zimmer ließ sich Evie auf das große Doppelbett fallen. »Sind deine Tage immer so anstrengend?«, fragte sie und seufzte theatralisch.

»Das liegt nur am Filmteam«, erklärte Savannah. »Ohne die Kameras ist alles normal, aber diese Woche war echt verrückt.«

»*Normal?*« Evie setzte sich auf und sah Savannah an, als sei sie nicht ganz zurechnungsfähig. »Du wohnst in einer Penthouse-Wohnung in einem der schicksten Hotels der Welt und deine *YouTube*-Videos haben einen Internet-Star aus dir gemacht. Und das nennst du *normal?*«

»Na ja, nicht von Anfang an.« Savannah ließ sich neben Evie aufs Bett fallen und lehnte sich in den Kissenberg zurück. »In den Sommerferien hat es sich wie ein Märchentraum angefühlt. Aber dann begann die Schule und damit ein ziemlich langweiliger Alltag: früh aufstehen, im Unterricht sitzen, zum Volleyball-Training gehen, nach Hause kommen, Schulaufgaben machen, ins Netz gehen und Twitter und Facebook checken. Und während es auf der Fairfield High uncool ist, gut in der Schule zu sein, halten dich die Leute an der Goodman für einen Loser, wenn es dir *egal* ist, wie du stehst. Deshalb muss ich hier mehr lernen. Ich hab zwar noch keine glatten Einsen oder so, aber fast überall eine Zwei oder Zwei plus.«

»Also, ich hab mich heut in euren Stunden ziemlich verloren gefühlt«, gab Evie zu. »Ihr seid schon viel weiter als wir und alle wirken so schrecklich *intelligent*. Und diskutieren richtig mit den Lehrern.«

»Weil die Zeugnisnote zu einem großen Teil auf unseren mündlichen Beiträgen basiert«, erklärte Savannah. »Wir müssen den Stoff vorab lesen und gut vorbereitet in die Diskussionen gehen. Es kann nämlich passieren, dass man überraschend aufgerufen wird, und wenn man dann den Stoff nicht kennt, ist das *ultrapeinlich*. Ich hab das in meiner zweiten Schulwoche auf die harte Tour erfahren.«

»Was war da?«

»So 'ne kleine Unsicherheit in Spanisch: Ich wusste das Wort für *Ausland* nicht.« Sie zuckte die Schultern. »Jetzt vergesse ich bestimmt nie mehr, was *país extranjero* heißt.«

»Genug vom Unterricht«, entschied Evie. »Wir müssen über die *Jungs* reden. Da gibt es ja so viele *heiße Typen* an deiner Schule!«

»Stimmt«, bestätigte Savannah. »Obwohl, in letzter Zeit war ich so beschäftigt, dass Jungs praktisch gar nicht mehr für mich existiert haben.«

»Echt?« Evie klang überrascht. »Alles, was du erzählt hast, hat sich nämlich so angehört, als ob du ziemlich viel mit Damien zusammen wärst, so wie er dir bei den Aufnahmen für deine *YouTube*-Videos hilft.«

»Wir sind nur gute Freunde«, sagte Savannah und versuchte, gelassen zu klingen. Wenn Damien mehr von ihr gewollt hätte, dann hätte er inzwischen was unternommen. Das hatte er aber nicht, und Savannah tat ihr Bestes, um es zu akzeptieren. Eine Freundschaft war doch besser als gar nichts, oder? Und er hatte sich als großartiger Freund erwiesen. Ohne ihn hätte sie ihren *YouTube*-Channel womöglich gelöscht. Den Erfolg, den sie jetzt hatte, hatte sie ihm zu verdanken.

»Dann war das also erfunden, was du bei den Filmaufnahmen gesagt hast – dass du es vielleicht doch auf jemanden abgesehen hast?«

»Yep«, log Savannah. »War nur für die Kameras. Ich bin so mit den Aufnahmen für die Show und mit meinem *YouTube*-Zeug beschäftigt, dass ich wirklich keine Zeit für Jungs habe. Ehrlich, zwischen mir und Damien läuft nichts, wir sind schon seit Monaten nur Freunde.«

Wenn sie es oft genug wiederholte, dann glaubte sie es vielleicht irgendwann selbst. Sie wollte nicht die typischen Evie-Ratschläge, wie sie mit Damien flirten sollte. Sie konnte ihn schließlich nicht dazu zwingen, ihre Gefühle zu erwidern. Wenn er nicht mehr als freundschaftlich für sie empfand, dann war's eben so. Ende der Geschichte.

»Da bin ich aber froh«, sagte Evie. »Weil … also, heute in der Mittagspause … da hab ich eindeutig dieses gewisse Etwas zwischen mir und ihm gespürt, aber ich wollte dir natürlich nicht in die Quere kommen, falls du noch auf ihn stehst.«

»Oh.« Diese Bemerkung war wie ein Schlag in den Magen für Savannah. Sie hatte nicht vergessen, wie es bereits bei Jackies Party zwischen Evie und Damien geknistert hatte. »Okay.«

»Was?« Evies Augenbrauen schossen in die Höhe.

»Es ist nur …« Savannah suchte nach einer Begründung für ihre mehr als verhaltene Reaktion. »Ihr wohnt doch so weit auseinander. Selbst wenn du ›dieses gewisse Etwas‹ zwischen euch gespürt hast, kann doch eigentlich gar nichts daraus werden, oder? Damien ist sicher nicht der Typ für Fernbeziehungen, das kannst du mir glauben, schon gar nicht, nachdem ihr euch erst ein paar Tage kennt. Er ist eher der Player-Typ.«

»Ich will ja gar keine *Beziehung*.« Evie warf ihr Haar über die Schulter. »Ich will nur ein bisschen Spaß mit ihm, solange ich hier bin.«

»Und mit ›Spaß‹ meinst du …«

»Sex.«

»Nee jetzt, oder?!« Savannah fiel die Kinnlade runter. »Heißt das etwa, du hast schon mit jemand geschlafen? Warum hast du mir nichts davon erzählt?«

»Weil ich noch mit keinem geschlafen habe. Mit Betonung auf noch.« Sie grinste verschmitzt. »Aber an diesem Wochenende soll es passieren.« Savannah wollte zu einem Protest ansetzen, doch Evie kam ihr zuvor. »Du hast ja *keine Ahnung*, was daheim abgeht. Alle haben schon Sex gehabt, alle außer mir, und deshalb will ich es hinter mich bringen, solange ich hier bin. *What happens in Vegas, stays in Vegas*, stimmt's?«

»Möchtest du denn nicht, dass dein erstes Mal etwas ganz Besonderes ist?« Es war Savannah egal, wie altmodisch das klingen mochte – bei der Vorstellung, dass Evie und Damien *Sex* haben könnten, hätte sie am liebsten auf irgendwas eingeschlagen. »Mit jemand, dem du vertraust und an dem dir wirklich was liegt? Ich sage ja nicht, dass man gleich so was wie Seelenverwandtschaft spüren muss oder den Typ eines Tages heiraten will, aber du *kennst* Damien ja kaum.«

»Das macht es umso leichter«, erwiderte Evie. »Wenn es so weit kommt, wird er zwangsläufig checken, dass ich noch Jungfrau bin, und das könnte vielleicht ein bisschen peinlich werden, aber wenigstens kann ich danach einfach von der Bildfläche verschwinden und nach Fairfield zurück. Und dort muss ich dann endlich nicht mehr nur so *tun*, als wäre ich keine Jungfrau mehr.«

»Moment mal.« Das wurde ja mit jeder Sekunde noch irrer! »Du willst Damien also nicht sagen, dass du noch Jungfrau bist? Und du hast daheim an der Schule behauptet, keine mehr zu sein?«

Evie biss sich auf die Lippe und konzentrierte sich auf den Bettüberwurf. »Vielleicht ... ja ...«

»Was hast du denn gesagt, mit wem du geschlafen hast?«

»Mit einem Typ aus Vegas, als ich dich das letzte Mal besucht hab«, sagte sie. »Aber ist doch egal. Jedenfalls ist da jetzt ein Junge in einem meiner Kurse, den ich echt mag, aber der denkt natürlich, ich sei keine Jungfrau mehr. Wenn ich also mit ihm Sex haben sollte, und er merkt, dass ich gelogen habe, dann erfahren es *alle*.« Tränen stiegen ihr in die Augen und sie sah richtig verzweifelt aus. »Die einzige Möglichkeit, das zu verhindern, ist, *es hier zu tun*. Das Wichtigste ist, dass ich keine Jungfrau mehr bin, wenn ich heimkomme, denn dass ich es erst seit *diesem* Besuch nicht mehr bin und nicht schon seit ein paar Wochen, merkt ja keiner.«

Savannah schüttelte den Kopf. Das war mal wieder *typisch*

Evie. »Du willst es also wirklich einfach nur ›hinter dich bringen‹, wie du vorhin gesagt hast? Ganz egal, mit wem?«

»Also, dieses ganze Getue von wegen ›das erste Mal ist was ganz Besonderes‹ kaufe ich sowieso niemandem ab«, sagte Evie. »Die Mädels aus dem Volleyball-Team haben erzählt, dass das erste Mal wehtut und echt scheiße ist. Und deshalb will ich es tatsächlich einfach nur hinter mich bringen, hier in Vegas, mit Damien. Immerhin kennst du ihn und du vertraust ihm. Ist doch besser, als mit irgendeinem Typ zu schlafen.«

»Ja, ich bin mit ihm befreundet und ich vertraue ihm«, sagte Savannah. »Aber das kannst du unmöglich bringen! Du kannst ihm nicht sagen, dass du schon Sex hattest und dann, mittendrin … ›Surprise, Surprise! War nur ein Witz! Du bist mein Erster!‹, oder was?!«

»Warum nicht?«, fragte Evie. »Ich *sag* ihm ja nicht, dass ich schon Sex hatte. Ich sag ihm nur nicht, dass ich noch *Jungfrau* bin.«

»Aber das kommt doch aufs Gleiche raus!« Savannah warf aufgebracht die Hände in die Luft. Nach der Erfahrung mit dem Geheimnis um Britney wusste sie, dass *nichts sagen* genauso schlimm war wie *lügen.* »Und was ist, wenn Damien nicht *will,* dass er dir die Jungfräulichkeit nimmt? Findest du nicht, dass er wissen sollte, dass er der Erste ist?«

»Hallo?! Ich würde mit ihm *schlafen.*« Evie lachte. »Ich kann mir keinen Typen vorstellen, der sich darüber beschwert. Aber wenn es dich so stört, dann lass ich es eben.«

»Wirklich?« Savannah spürte, wie ihre Anspannung bei diesem Gedanken etwas nachließ. »Einfach so?«

»Na ja, ich lass es eben mit *Damien*«, sagte sie. »Ich merk doch, dass dir das ganz schön zu schaffen macht. Ein bisschen hab ich das alles auch nur gesagt, um zu sehen, ob es für dich *wirklich* okay ist, nur mit ihm befreundet zu sein, und ich glaube, das ist es nicht. Du empfindest mehr für ihn.«

»Ich bin nicht sicher, was da zwischen mir und Damien läuft, aber es würde schon ziemlich wehtun, ihn plötzlich mit dir zu sehen«, gab Savannah zu, ebenso überrascht wie dankbar für Evies Einsicht. »Danke für dein Verständnis.«

»Ist doch klar«, sagte Evie. »Aber die Sache mit dem Sex hier meine ich trotzdem ernst. Also, wenn Damien nicht infrage kommt, hast du dann einen anderen Vorschlag?«

Savannah fand immer noch, dass Evie einen Fehler beging, aber sie kannte ihre beste Freundin – wenn sie sich was in den Kopf gesetzt hatte, zog sie es auch durch. Savannah konnte nicht mehr tun, als ihre Meinung dazu sagen. Der Rest war Evies Sache.

»Nur um das noch mal klarzustellen, ich finde den Plan echt bescheuert«, sagte sie. »Aber erinnerst du dich an den Typen, der am Mittag an unseren Tisch kam, um Hallo zu sagen? Oliver Prescott …?«

30

Courtney

Die ganze vergangene Woche war total hektisch und strapaziös gewesen, denn nicht genug damit, dass das *My-Fabulous-Sweet-Sixteen*-Kamerateam Savannah ständig gefolgt war – bei vielen Szenen hatten sie auch noch Courtney und Peyton dabeihaben wollen. Courtney war froh, als sie endlich wieder allein in ihrem Zimmer sein konnte, und hoffte inständig, nie wieder eine Kamera sehen zu müssen.

Sie trat an das bodentiefe Fenster und starrte hinunter auf den erleuchteten Strip. Bei dem ganzen Trubel hatte sie nicht viel Zeit für sich gehabt, doch die Gedanken an Britney waren dennoch allgegenwärtig. Wie sähe Britney aus, wie würde sie sein, wenn sie noch da wäre? Die Vorstellung, das niemals zu erfahren, war für Courtney so unerträglich, dass sie sich ein eigenes Bild von ihr gemacht hatte. Britney wäre bestimmt sehr klug und ebenso ehrgeizig und gut in der Schule wie Courtney, dazu aber auch kontaktfreudig, offenherzig und mutig – Eigenschaften, die Courtney nicht besaß, die Britney aber aus ihr herauslocken würde, während Courtney wiederum der Ruhepol im Leben ihrer ungestümeren Zwillingsschwester wäre. Sie würden sich perfekt ergänzen …

Courtney sah zu den Sternen hoch. Es war pures Glück,

dass sie diejenige war, die hier und jetzt lebte. Es hätte genauso gut Britney sein können, die aus ihrem Fenster sah und sich fragte, was wohl aus der Zwillingsschwester geworden wäre, die sie nie kennengelernt hatte.

Während sie in die Sterne starrte, fiel ihr wieder ein, dass heute der Meteorstrom der Geminiden seinen Höhepunkt erreichen würde. Der beste Ort, um dieses Schauspiel zu beobachten, war eigentlich die Wüste, weit entfernt von jeglichen Lichtquellen. Aber Savannah war mit Evie beschäftigt, Peyton hatte Hausarrest und alleine wollte Courtney nicht fort. Immerhin befand sich der zweitbeste Ort gleich in der Nähe: die Dachterrasse mit dem Privatpool, wo es jetzt wahrscheinlich ziemlich leer war, da dort nach zehn Uhr Abends nichts mehr serviert wurde und die Nachtschwärmer sich an den großen Pool nach unten verzogen. Ganz abgesehen davon, dass eine Dezembernacht wie diese selbst in Vegas kalt war.

Als Courtney an die Brüstung der Dachterrasse trat, schallten die Stimmen und das Hupen der Autos vom Strip so gedämpft herauf, als kämen sie aus einer anderen Welt.

Sie hatte damit gerechnet, die Einzige hier oben zu sein, doch dann bemerkte sie in einem der Liegestühle weiter hinten eine Bewegung.

»Courtney?«, fragte eine Stimme, die sie als Bretts erkannte. Ihr Herz machte einen Satz. In der Schule hatte sie bisher nicht mehr als ein paar Worte mit ihm gewechselt, da sie bei so vielen Leuten um sich herum nicht über Britney sprechen wollte. Nach der Schule war sie von Savannahs Kamerateam vereinnahmt worden und dann waren ja auch noch Hausaufgaben zu machen gewesen ... In Wahrheit allerdings war sie ihm absichtlich aus dem Weg gegangen. Aus Angst davor, richtig mit ihm zu reden. Aus Angst davor, einen Wendepunkt in ihrer – wie auch immer gearteten – Beziehung zu erreichen und ihre Gefühle für ihn nicht mehr unter Kontrolle halten zu können. Sie war sich nicht sicher, ob sie dazu schon bereit war – vor allem, nachdem ihr die Geschichte mit Britney im Kopf herumspukte.

Außerdem war es ihr unangenehm, dass ihm Rebecca von Britney erzählt hatte und nicht sie selbst. Dabei war er es doch gewesen, der sie dazu ermutigt hatte, auf der Suche nach ihrem Geheimnis nicht aufzugeben und tiefer zu graben – und sie hatte nicht die Kraft gehabt, ihm von ihrer Entdeckung zu berichten. Stattdessen hatte sie ihn ausgegrenzt.

Aber wie durch eine schicksalhafte Wendung war er nun ebenfalls hier oben, und sie würde es sich nie verzeihen, wenn sie ihn jetzt stehen ließ.

»Hey, Brett.« Um Unbefangenheit bemüht, ging sie auf ihn zu und setzte sich in den Liegestuhl neben ihn. »Was machst du denn hier?«

Er lächelte und lehnte sich zurück. »Das Gleiche könnte ich dich fragen.«

»Heute Nacht soll es einen Meteoritenschwarm geben«, erklärte sie. »Die Geminiden. Das wollte ich gern beobachten, aber vielleicht ist es hier doch zu hell vom Strip.«

»Genau deshalb bin ich auch hier«, sagte er. »Auf der Spacedex-Facebook-Seite stand, heute sei die beste Nacht dafür.«

Courtney neigte den Kopf. »Du verfolgst Spacedex?«

»Ja«, sagte er. »Du wohl auch, oder?«

»Yep.« Sie nickte. »Als ich noch in Kalifornien gewohnt habe, wollte ich immer mal einen Meteoritenschwarm sehen, aber ich hatte einfach nie Zeit dazu. Und nachdem ich hier im August bereits die Perseiden verpasst hab, wollte ich wenigstens *versuchen*, die Geminiden zu sehen. Sie sollen zwar nicht so spektakulär sein wie die Perseiden, aber die bilden ja auch den größten Meteorstrom.«

»Wow«, sagte er, »du weißt ja eine ganze Menge darüber.«

»Nur Allgemeines.« Sie zuckte die Schultern. »Der Nachthimmel fasziniert mich. Jeder der Milliarden Sterne in unserer Galaxie ist eine Sonne, womöglich mit einem ganzen Sonnensystem, mit Planeten, auf denen Leben herrschen könnte. Und dann die Milliarden von Galaxien im All ... Das ist doch einfach überwältigend. Ich verstehe gar nicht, wie jemand sich die Sterne ansehen kann, ohne darüber zu staunen, wie winzig sie sind im Vergleich zum Universum, und was es da draußen für unendliche Möglichkeiten gibt.«

»Es ist wirklich überwältigend«, stimmte er ihr zu. »Die Anzahl geht weit darüber hinaus, was wir uns vorstellen können. Liege ich richtig damit, dass du auch an außerirdisches Leben glaubst?«

»Natürlich!«, rief sie mit weit aufgerissenen Augen. »Bei so vielen Welten wäre es doch absolut unvernünftig, anzunehmen, dass wir die Einzigen im All sind. Diese anderen könnten vor langer Zeit existiert haben oder erst in ferner Zukunft existieren. Ich bezweifle, dass ich lang genug lebe, um zu erfahren, ob oder wann wir zu ihnen Kontakt bekommen.«

»Dank Kryonik erleben wir es vielleicht tatsächlich.«

»Dank *was?*«

»Kryonik«, wiederholte er. »Die Idee, dass sich die Menschen einfrieren lassen, wenn sie nach heutiger Definition für tot erklärt werden, um dann in der Zukunft durch die weiterentwickelte Technologie geheilt zu werden. Es ist etwas, an das Adrian – und jetzt auch meine Mutter und ich – glauben. Frag ihn nach Alcor. Ich bin sicher, er wird begeistert sein, sich mit dir darüber zu unterhalten.«

»Alcor«, wiederholte sie erstaunt. Das alles klang ja total nach Science-Fiction und nicht wie etwas aus dem richtigen Leben. Aber sie war immer offen für alles und liebte es, von neuen Entwicklungen zu hören. Man konnte immer etwas lernen, wenn man sich auf andere Perspektiven einließ, auch wenn sie in solchen Fällen gern noch eigene Recherchen anstellte. »Was ist Alcor?«

»Eine Gesellschaft, welche die Kryonik-Idee aktiv umsetzt«, erklärte er. »Adrian unterstützt sie finanziell. Sie ist nach dem Stern Alkor benannt.« Wie aufs Stichwort blickten sie beide in den Himmel und sahen eine Sternschnuppe vorbeizischen. Sie war im Nu erloschen – so schnell, dass Courtney nicht sicher war, sie überhaupt gesehen zu haben.

»Hast du das auch beobachtet?« Sie deutete dort hin, wo die Sternschnuppe verschwunden war.

»Allerdings.« Er lächelte und in seinen Augen spiegelten sich die Sterne. »Die erste Sternschnuppe heute Abend.« Beide blickten wieder gen Himmel und warteten auf weitere, aber alles blieb ruhig. »Und … wie geht's dir nach den ganzen Ereignissen an Thanksgiving?«

Alle, die Bescheid wussten, sprachen auf ähnliche Weise davon – »was an Thanksgiving passierte« oder »die Ereignisse an Thanksgiving« oder »was ihr bei Grandma herausgefunden habt«. Keiner wollte Britneys Namen aussprechen.

»Ehrlich, ich weiß nicht so recht«, sagte sie. »Es ist ein ziemlicher Brocken, den ich da verarbeiten muss. Vor allem bin ich furchtbar wütend auf meine Mutter und meine Großmutter. Ich kann es Adrian zwar auch nicht verzeihen, aber bei ihm ist es insofern anders, weil er mir nicht die ganzen Jahre ins Gesicht gelogen hat. Allerdings kann ich wohl nichts anderes tun, als zu versuchen, weiterzumachen wie bisher. Was unglaublich schwierig ist, wenn man plötzlich erfährt, dass man eine Schwester gehabt hat – eine *Zwillingsschwester* –, die man niemals mehr kennenlernen kann. Ständig frage ich mich, wie sie wohl wäre, wenn sie überlebt hätte. Wie *ich* wäre, wenn sie überlebt hätte.«

»Das ist wirklich eine unfassbare Situation.«

»Ja, es ist einfach schrecklich.« Sie starrte zu den Sternen hoch, als fände sie dort eine Antwort. »Immerhin bemüht Adrian sich ehrlich, sein Verhältnis zu uns zu verbessern. Er hat uns in den Grand Canyon mitgenommen, und es war wirklich toll, und er will diese Vater-Tochter-Sonntagsausflüge auch unbedingt beibehalten. Trotzdem, es wäre mir lieber gewesen, wenn er uns gleich von Britney erzählt hätte, als er das erste Mal auf die Entführung zu sprechen kam.«

»Vielleicht hilft es etwas, dass meine Mutter immer wieder betont, wie schlimm die Sache für Adrian ist und dass er es bereut, euch nicht sofort davon erzählt zu haben«, sagte

Brett. »Ich weiß, das ändert nichts, aber trotz aller Heimlichkeiten glaube ich nicht, dass er ein schlechter Mensch ist. Sonst würde ihn meine Mom nicht heiraten.«

»Ich weiß«, sagte Courtney. »Und ich denke ja auch nicht, dass uns irgendwer *bewusst* verletzen wollte. Aber sie alle – meine Mutter, Grandma, Adrian – waren so egoistisch. Sie haben uns nichts von Britney erzählt, weil es für *sie* zu schmerzlich war, sich mit der Vergangenheit zu befassen. Stattdessen haben sie den *easy way out* gewählt und so getan, als hätte es sie nie gegeben. Ich hasse die Vorstellung, dass sie all die Jahre gelogen haben und vielleicht sogar niemals die Wahrheit gesagt hätten, wenn ich nicht durch Zufall auf das Babytagebuch gestoßen wäre.«

Brett ergriff ihre Hände. Ein Kribbeln breitete sich über ihre Arme aus und erfasste den ganzen Körper. »Ich will erst gar nicht behaupten, dass ich verstehe, wie du dich fühlst, aber ich hoffe, du weißt, dass ich für dich da bin«, sagte er mit aufrichtigem Blick, und Courtney hatte das Gefühl, als wären ihre Hände füreinander geschaffen, so perfekt lagen sie ineinander. »Ich hab die ganze Zeit verzweifelt versucht, mit dir zu reden, um zu hören, wie es dir geht. Ich bin heilfroh, dass du heute Abend hier raufgekommen bist.«

»Wenn unsere Eltern doch nur nicht heiraten würden«, seufzte Courtney und war über ihre eigene Offenheit verblüfft. »Es würde *das hier* so viel einfacher machen.«

»Vielleicht.« Er sah sie unverwandt an und ihr stockte der Atem. »Vielleicht auch nicht. Denn wenn unsere Eltern nicht heiraten würden, dann hätte ich nicht auf die Goodman gewechselt und würde auch nicht im *Diamond* wohnen und wir wären uns vielleicht nie begegnet.«

»Ich will lieber daran glauben, dass wir uns trotzdem begegnet wären.«

Er beugte sich vor, als ob er sie küssen wollte, und es war, als würden sie magnetisch voneinander angezogen. Seine Lippen waren nur noch Zentimeter von ihren entfernt … als es sie erneut wie ein Schlag in den Magen traf. Sie durften nicht … und dann war in ihrer Familie gerade so viel los und sie steckte mittendrin … Es war alles zu viel.

Sie ließ seine Hand los, und dort, wo seine Finger sie eben noch berührt hatten, wurde ihre Haut kalt. Verzweifelt beobachtete sie, wie sich Enttäuschung in seinen Blick stahl. Sie *musste* jetzt irgendetwas sagen.

»Es tut mir so leid«, brachte sie schließlich hervor. »Ich mag dich sehr, aber ich kann einfach nicht. Nicht im Moment, wo so viel in meiner Familie rumort. Alles ist so verwirrend, als ob ich in Millionen von Richtungen auseinandergerissen werde, ohne Chance darauf, auch nur einen klaren Gedanken zu fassen. Ich kann jetzt nicht alles noch komplizierter machen, als es schon ist.«

»Hast du dir schon mal überlegt, dass du genau das tust, indem du dir deine Gefühle für mich nicht eingestehst?«, fragte er. »Hast du denn noch nie an dich selbst gedacht, daran, was *du* möchtest? Daran, das zu tun, was *du* für richtig hältst und nicht, was andere dir sagen?«

»Daran denke ich ständig«, erwiderte sie. »Aber was, wenn wir es tatsächlich versuchen – und scheitern? Wir haben das doch alles schon besprochen.«

»Und was ist, wenn wir *nicht* scheitern würden? Glaubst du nicht, dass du es irgendwann bereuen wirst, es nie herausgefunden zu haben?«

»Vielleicht schon.« Sie zog die Beine an und schlang die Arme darum. »Ich weiß nicht. Es ist *alles* so verrückt, dass ich überhaupt nicht mehr weiß, was ich fühle. Ich … ich brauch einfach Zeit, um über alles nachzudenken.«

»Okay.« Er nickte. »Ich verstehe, dass du eine schlimme Zeit durchmachst, und will dich nicht weiter drängen. Ich bin einfach nur froh, dass du jetzt hier bei mir bist und wir den Meteoritenschwarm gemeinsam genießen können, okay?«

Sie nickte, und sie lehnten sich beide zurück und starrten wieder in den Himmel. Irgendwie hatte er ja recht – wollte sie sich später, wenn sie auf diesen Teil ihres Lebens zurückblickte, wirklich fragen, *was wäre wenn*? Was hätte Britney wohl in diesem Fall gemacht?

Sie würde es nie wissen, aber die mutige Zwillingsschwester ihrer Vorstellung würde nicht weiter über das *Was wäre wenn* nachdenken, sondern ihrem Herzen folgen.

31

Peyton

Hausarrest war Scheiße.

In den letzten zwei Wochen hatte Peyton das *Diamond* nur verlassen, um zur Schule oder zu den »offiziellen« Familienausflügen zu gehen. Immerhin durfte sie mit ihren Schwestern die Restaurants im Hotelbereich besuchen. Sonst wäre ihr wahrscheinlich schon längst die Decke auf den Kopf gefallen. Diese Woche hatte wenigstens insofern Abwechslung geboten, weil das Kamerateam Savannah auf Schritt und Tritt gefolgt war. Aber Peyton hatte keine Ahnung, wie sie noch zwei weitere Wochen überstehen sollte. Wenigstens fand morgen Abend Savannahs Sweet-Sixteen-Party statt. Doch darüber hinaus würde ihr wohl nichts anderes übrig bleiben, als sich auch weiterhin von Reality Shows berieseln zu lassen, während alle anderen irgendwo abhingen und Spaß hatten. Vor lauter Langweile hatte sie sogar schon einen Probetest aus dem Prüfungsbuch gemacht, das ihr Courtney ins Zimmer gelegt hatte. Jämmerlich!

Das Schlimmste an den vergangenen zwei Wochen war jedoch, dass Jackson ihr nur eine einzige SMS geschickt hatte:

hi, peyton. danke für deine sms. bin für ein paar wochen bei meinen eltern in omaha, um mir drüber klar zu werden, wie's jetzt weitergeht. glaube, es ist das beste, wenn wir erst mal auf distanz gehen. hoffe, alles geht gut. – – j

Das klang so furchtbar distanziert, dass Peyton total am Boden zerstört gewesen war. Sie hatte zurückgetextet und ihn gebeten, mit ihr zu *reden,* aber es war keine Antwort mehr gekommen. Als ob es das alles – das Gefühl der Annäherung, der Zuneigung – zwischen ihnen nie gegeben hätte. Das tat so weh. Es war, als sei ihr Herz in tausend Stücke zersprungen. Jedes Mal, wenn ihr Handy summte, hoffte sie, dass es Jackson war und dass er jetzt keine »Distanz« mehr brauchte. Aber jedes Mal Fehlanzeige.

Er hasste sie bestimmt. Machte sie bestimmt für seinen Rauswurf verantwortlich. Und es *war* ja auch ihre Schuld. Wenn sie nicht so aufdringlich gewesen wäre, sondern ihn einfach seine Arbeit hätte machen lassen, dann wäre das alles nicht passiert. Jetzt starrte sie mit leerem Blick in ihr Prüfungsbuch, bemitleidete sich selbst und wünschte sich nichts sehnlicher, als die Zeit zurückdrehen und ihren Fehler beheben zu können.

Als Courtney kurz nach Mitternacht bei ihr anklopfte und fragte, ob sie Lust auf einen Mitternachts-Snack im *Grand Café* habe, sagte sie nur zu gerne Ja. Beide holten sich eine heiße *Diamond*-Schokolade und ein riesiges Stück Red-Velvet-Cake und setzten sich an einen Tisch in einer der hinteren Ecken.

»Du bist heute ja noch spät auf.« Peyton stach mit ihrer

Gabel in den Kuchen und nahm einen Bissen. Die Torte war einfach köstlich.

Courtney starrte auf die Stelle, wo Peyton das Tortenstück attackiert hatte, schnitt es dann sorgfältig in zwei Hälften und hob das unberührte Stück auf ihren Teller. »Ich war auf dem Dach, um den Meteoritenschwarm anzusehen.«

»Ganz allein?« Peyton runzelte die Stirn, weil Courtney sie nicht mitgenommen hatte. Ein Meteoritenschwarm entsprach zwar kaum ihrer Vorstellung von einem unterhaltsamen Freitagabend, aber es wäre immerhin besser gewesen, als im Apartment über Prüfungsaufgaben zu sitzen.

»Ich hab Zeit zum Nachdenken gebraucht, deshalb *wollte* ich eigentlich allein sein.« Courtney nahm einen Schluck heiße Schokolade und wurde rot. »Aber als ich auf die Terrasse kam, war Brett bereits dort.«

»Und das war *reiner Zufall?*«

»Absolut«, nickte Courtney und gab dann ihre Unterhaltung mit ihm wieder.

»Und dabei hast du es belassen? Dass du ›über alles nachdenken‹ musst?« Peyton zwang sich, langsamer zu essen, da sie während Courtneys Erzählung ihre Hälfte schon fast aufgefuttert hatte.

»War das etwa ein Fehler?«, fragte Courtney. »Er war sehr enttäuscht, aber ich war einfach nur ehrlich. Ich *brauche* Zeit zum Nachdenken.«

»Aber ihr zwei passt doch so gut zusammen!« Peyton rang die Hände. »Du solltest euch wenigstens eine Chance geben. Wenn wirklich alles danebengeht, dann weißt du ja, dass Savannah und ich dich auffangen.«

»Ja, ich weiß.« Courtney seufzte. »Aber Adrian und Rebecca haben deutlich gemacht, dass sie nicht wollen, dass etwas zwischen uns läuft. Und sie haben gute Gründe dafür, und ich würde sie nicht gerne enttäuschen.«

Peyton verschluckte sich fast an ihrer Schokolade. »Nachdem uns Adrian in Bezug auf Britney angelogen hat, hast du *immer noch* Skrupel, ihn zu enttäuschen? Ich an deiner Stelle würde mir Brett schon allein deshalb schnappen, um es ihm heimzuzahlen.«

»Daran hab ich tatsächlich auch schon gedacht«, sagte Courtney und Peyton ließ vor Überraschung fast ihren Becher fallen. »Nicht, dass ich mit Brett was anfangen will, um es Adrian heimzuzahlen. Aber mich einfach von meinen Gefühlen leiten zu lassen. Ich verstehe, was Brett meint, wenn er sagt, dass er nicht eines Tages zurückblicken und es bereuen will, nie rausgefunden zu haben, was zwischen uns hätte laufen können. Und diesen Fehler will ich auch nicht machen.«

»Klingt schon besser.« Peyton lächelte und prostete Courtney mit ihrem Becher zu.

»Aber sag mal«, wechselte Courtney das Thema, »hast du etwa gerade einen *Übungstest* aus dem Prüfungsbuch gemacht, als ich in dein Zimmer kam?«

»Aus purer Langeweile.« Peyton zuckte die Schultern. »Ich hab immer noch keine Lust auf Uni. Aber wenn man sonst nichts zu tun hat …«

»Helfen dir die Tabletten, die du wegen ADHS bekommen hast? Bei dem Test, meine ich?«

»Keine Ahnung«, sagte Peyton. »Ohne die Dinger hab ich

den Test ja noch nicht gemacht. Immerhin bin ich gar nicht so schlecht. Ich hab zwar nicht so viele Punkte erreicht wie du, aber trotzdem ... Komm jetzt aber bloß nicht auf dumme Ideen. Ich mach das echt nur, weil ich nichts Besseres zu tun habe, solange ich Hausarrest hab.«

»Und fällt dir die Schule noch genauso schwer wie ohne das Medikament, dieses *Adderall*?«

»Ich werd bestimmt nie so ein Schulfan wie du«, sagte Peyton. »Aber mit den Pillen fällt es mir tatsächlich *etwas* leichter, mich zu konzentrieren. Ich lass mich immer noch leicht ablenken, aber nicht mehr so, dass ich nach einer Viertelstunde aufspringen und davonlaufen will.«

»Ist doch super.« Courtney nickte und aß noch ein paar Bissen von ihrer Torte. »Ich nehme an, du hast nichts mehr von Jackson gehört?«

»Nope.« Peyton warf einen Blick auf ihr iPhone, um sicherzugehen, dass sie keine Nachricht verpasst hatte. Nein, hatte sie nicht. »Ich hab ihm getextet, dass wir reden sollten, sobald er dazu bereit ist, aber er hat nicht mehr geantwortet. Seitdem rede ich mir lauter dummes Zeug ein – dass er die Nachricht vielleicht nicht gekriegt hat, dass sein Handy vielleicht kaputt ist, dass er vielleicht ein neues Handy hat und ich ihn lieber über Facebook kontaktieren sollte oder dass ich ihn vielleicht direkt fragen sollte, wie lange er noch ›Distanz‹ braucht. Jeder Tag, an dem ich ihn nicht erreiche, ist ein einziger Kampf. Aber ich versuche, mich zusammenzureißen und nicht rumzujammern.«

»Das ist echt hart«, sagte Courtney und starrte ihre Torte an, als wäre sie mit ihren Gedanken ganz woanders. »Mit jemand zusammen sein zu wollen, den man nicht kriegen kann.«

»Ja«, bestätigte Peyton. »Total hardcore. Trotzdem besteht ein großer Unterschied zwischen unseren Situationen – Jackson ist nicht mehr an mir interessiert, weil ich sein Leben verpfuscht habe. Aber Brett *ist* an dir interessiert. Er mag dich *so sehr* – du hättest hören sollen, wie er am Tag nach Thanksgiving an die Tür gepoltert hat und unbedingt mit dir reden wollte. Es fiel Savannah und mir verdammt schwer, ihn abzuweisen, aber wir hatten Angst, dass du uns den Kopf abreißen würdest.«

»Ich hätte euch schon nicht den Kopf abgerissen«, sagte Courtney. »Aber ich hab wirklich meine Ruhe gebraucht.«

»Klar, versteh ich ja auch«, sagte Peyton. »Und es *ist* beschissen, mit jemand zusammen sein zu wollen, den man nicht haben kann. Aber Brett wird dir nicht ewig nachjammern. Wenn du willst, dass zwischen euch was läuft, musst du *jetzt* was unternehmen.«

32

Madison

Morgen würde Savannahs große *Sweet-Sixteen*-Party stattfinden und fast alle von Madisons Freunden waren zum Wochenendstart ins *Myst* gegangen, um mit Savannah und ihrer rothaarigen Freundin aus Kalifornien Party zu machen. In letzter Zeit waren alle unheimlich nett zu Savannah gewesen – wahrscheinlich weil sie hofften, bei *My Fabulous Sweet Sixteen* dabei sein zu dürfen. Wie jämmerlich.

Madison selbst saß stattdessen in der Lobby Bar auf dem Sofa unter ihrer Lieblingsskulptur – dem goldenen Mädchen, das sich in einen Baum verwandelte – und las. Es war irgendwie ein tröstliches Gefühl, als ob das Mädchen über sie wachte. Als sie ans Ende des Kapitels kam, blickte sie auf und entdeckte Courtney und Peyton, die mit einer Tragetüte aus dem *Diamond Café* vorbeigingen. Courtney blickte zu ihr herüber, und obwohl sie bis auf das Gespräch im Tutorenzimmer kaum Kontakt miteinander gehabt hatten, winkte Madison. Sie *konnte* einfach nicht mehr zickig zu den Diamonds sein.

An dem Schritt, den Courtney in Madisons Richtung machte und Peyton in Richtung Aufzüge, war deutlich zu sehen, dass die Schwestern uneins waren, ob sie Hallo sagen oder zum Apartment rauffahren sollten. Courtney gewann schließlich die Oberhand, denn nun kamen sie gemeinsam auf Madison zu, sehr zum Widerwillen von Peyton, die ein finsteres Gesicht zog.

»Hey.« Courtney warf einen Blick auf das Buch in Madisons Schoß. »Gute Wahl. Eins meiner Lieblingsbücher.«

»Irgendwie haben alle darüber geredet, daher dachte ich, ich sollte mal reinschauen«, sagte Madison. Sie war eigentlich keine große Leserin – normalerweise hing sie lieber mit ihren Freunden ab –, aber die Bestseller, die verfilmt werden sollten, las sie dann doch. »Bis jetzt gefällt's mir auch.«

Courtney sah zu der Skulptur hinauf. »Liest du immer hier?«

»Manchmal«, antwortete Madison. »Ist mein Lieblingsplatz im *Diamond*. Ich finde diese Skulptur so faszinierend.«

»Ich liebe die Geschichte um Daphne und Apollo.«

»Was?« Madison hatte keine Ahnung, wovon Courtney sprach.

»Dieser Baum zeigt Daphnes Verwandlung.« Courtney deutete auf die goldene Skulptur, deren Arme und Beine zu Ästen und Wurzeln wurden. »In der griechischen Mythologie wurde der Gott Apollo von einem goldenen Pfeil getroffen, der eine große Begierde bei ihm auslöste, während die Nymphe Daphne von einem Pfeil aus Blei getroffen wurde, der bewirkte, dass sie gegen jegliche Leidenschaft immun wurde. Apollo verfolgte Daphne und sie rannte vor ihm weg. Als sie schließlich außer Atem war und nicht weiterlaufen konnte, bat sie ihren Vater – einen Flussgott – um Hilfe. Flussgötter konnten andere verwandeln, daher verwandelte er sie in einen Lorbeerbaum. Aber Apollos Liebe verging nicht, und da er sie jetzt nicht mehr haben konnte, kümmerte er sich um den Baum. Deshalb ist der Lorbeerkranz ein Symbol für Apollo.«

»Das kannst du einfach so auswendig runterrasseln?«, fragte Madison.

»Ich mag die griechische Mythologie«, erklärte Courtney. »Als wir hierhergezogen sind und ich die Skulptur gesehen habe, hab ich mir die Geschichte gleich noch mal durchgelesen.«

»Ah, okay.« Verunsichert nahm Madison ihr Buch wieder auf. Sie fand es zwar nett, dass Courtney auf sie zugekommen war und mit ihr redete, aber währenddessen beschlich sie ein Gefühl, als sei ihre Haut zum Zerreißen gespannt, so als ob sich ihr Geheimnis einen Weg hinaus erzwingen wollte. Deshalb war es besser, Distanz zu wahren, bis Adrian die Bombe platzen ließ.

Courtney knetete ihre Finger, als überlege sie, noch etwas zu sagen. »Hör mal, das ist jetzt ein bisschen unangenehm, aber … wir müssen dich das fragen«, sagte sie schließlich. »Du hast nicht zufällig die Fotos, die Peyton mit Hunter zeigen, und den verpatzten Karaoke-Auftritt von Savannah auf dieser Party ins Campusbuzz-Forum gestellt, oder?«

»Was soll denn diese Sache schon wieder?« Warum glaubte eigentlich jeder, Madison würde ihre Zeit damit verplempern, solchen Mist zu posten? »Erst hat mich Oliver danach gefragt und jetzt du. Nein, das Posting ist nicht von mir. Ich hab's mir angesehen, nachdem mich Oliver drauf angesprochen hat, und ich schwöre, dass es nicht von mir ist.

Ich war nicht mal auf der Party, auf der Savannah dieses Lied gesungen hat.«

»Aber du hast das Foto gemacht«, schaltete Peyton sich ein. »Das von mir und Hunter an der Bar. Ich hab's genau gesehen und es dann von deinem Handy gelöscht. Daran musst du dich doch erinnern.«

»Natürlich erinnere ich mich«, sagte Madison. Wie hätte sie das vergessen können? Vor allem, weil dieser muskulöse (und total sexy) Bodyguard von Peyton sie gezwungen hatte, ihr Passwort ins Handy einzugeben. »Aber bevor du es gelöscht hast, hatte ich es schon einer Freundin weitergeleitet. Tut mir leid.«

Okay, vielleicht eher *zwei* Freundinnen. Weil Larissa unbedingt auch eine Kopie haben wollte.

»Wieso das denn?« Peytons Augen sprühten Funken und sie machte einen Schritt auf Madison zu.

»Weil du einen Drink mit unserem heißen neuen Englischlehrer genommen hast, der bei einer meiner Freundinnen seit Schulbeginn *das* Topthema ist. Also hab ich ihr das Bild geschickt«, erklärte Madison. Das alles war passiert, ehe sie herausgefunden hatte, dass die Diamonds ihre Schwestern waren. Sonst hätte sie das nie gemacht. Aber das konnte sie Courtney und Peyton ja schlecht erklären. »Natürlich wollte ich damit nicht bezwecken, dass es gleich die Runde macht. Und den Beitrag hab ich wirklich nicht geschrieben.«

»Na sicher.« Peyton verdrehte die Augen.

»Du musst mir nicht glauben, aber es ist die Wahrheit.«

Peyton sah sie wütend an, doch Courtney legte ihr die Hand auf den Arm, um sie von weiteren Bemerkungen abzuhalten. »Wir müssen dann mal los«, sagte Courtney. »Sorry, dass wir dich danach gefragt haben, aber wir mussten es einfach wissen. Ciao, Madison.«

Sie gingen in Richtung Fahrstühle davon und Madison sah ihnen nach, bis sie um die Ecke waren. Dann wandte sie sich wieder ihrem Buch zu, kam aber nicht weit, denn ihr Handy zeigte eine SMS an. Von Oliver.

kommst du ins myst?

nein. will mich von den diamonds fernhalten und weiß, dass sich heut abend alle bei savannah und ihrer kleinen freundin einschleimen.

stimmt. abartig. bist du im apartment?

nope. lobby bar. bei daphne, die sich in einen baum verwandelt.

bin schon unterwegs

Dann folgte noch eine weitere Nachricht.

seit wann hast du die skulptur denn getauft?

hab ich gar nicht. ist eine gestalt aus der griechischen mythologie, und das IST ihr Name. bis gleich!

Sie legte ihr Buch beiseite und rutschte unruhig hin und her.

Seit der Knutscherei an Thanksgiving hatte sie Oliver außerhalb der Schule nicht mehr getroffen – hauptsächlich, weil sie nicht sicher war, was da eigentlich zwischen ihnen lief, und weil sie Angst hatte, es herauszufinden. Das war alles so verrückt. Sie hatte keine Ahnung, ob sie wirklich Gefühle für ihn hatte oder ob sie nur glaubte, welche zu haben, weil er für sie da gewesen war. Dazu kam, dass sie bis dahin nie auch nur daran *gedacht* hatte, Oliver zu daten. Oilver war ein Womanizer. Warum sollte er sich für sie ändern?

Was auch immer da zwischen ihnen passiert war, konnte nichts weiter als ein momentaner Funke gewesen sein.

Kurze Zeit darauf tauchte er in der Lobby Bar auf. Er trug sein übliches Clubbing-Outfit – dunkle Jeans und ein schwarzes Buttondown-Hemd –, und sein Blick war verschwommen und glasig, als hätte er schon zu viel getrunken.

»Na, ist heute nichts los im *Myst?*«, fragte sie. Es war noch nicht mal ein Uhr morgens und Oliver blieb am Wochenende normalerweise mindestens bis zwei weg.

»Eigentlich war's wie immer. Bis auf dass sich alle bei Savannah eingeschleimt haben wegen ihrer Sweet-Sixteen-Party«, sagte er. »Aber ich hatte gehofft, dich dort zu treffen.«

Er klang so aufrichtig, dass Madisons Magen flatterte. Sie musste sich abwenden und hoffte, dass er nicht bemerkte, wie sie rot wurde. Sie trank von ihrem Wasser, um Zeit zu gewinnen, bis sie sich wieder unter Kontrolle hatte. »Mir war heut Abend nicht nach Club«, sagte sie und versuchte, möglichst gelassen zu wirken. »Außerdem ist mir Savannahs Freundin Evie bereits heute in der Schule auf die Nerven gegangen, als sie Savannah nicht von der Seite wich. Auf keinen Fall wollte ich den Eindruck erwecken, ich würde sie gern kennenlernen.«

»Apropos Evie«, sagte Oliver, und seine Augen blitzten schelmisch. »Willst du mal was echt Lustiges hören?«

»Immer.« Hoffentlich hechelte er Evie nicht ebenso nach wie alle anderen Jungs an der Schule. Madison konnte das absolut nicht nachvollziehen. Okay, Evie hatte genau die Rundungen, auf die Jungs abfuhren, aber sie war mit Make-up zugekleistert und hatte sogar für die Schule Glitzer-Lidschatten aufgelegt. Im Ernst, wer machte denn so was?

»Im *Myst* saß ich mit unserer Clique an Savannahs Tisch und Evie konnte einfach nicht die Finger von mir lassen«, begann er. »Sie ist zwar nicht mein Typ, aber ich wollte sie auch nicht vor allen kränken und hab mitgemacht.«

Bei der Vorstellung, dass Evie Oliver angemacht hatte, zuckte Madison zusammen und sie verzog angewidert die Lippen. »Also, ich finde, wenn sie gar nicht dein Typ ist, hättest du das gleich klarstellen sollen.«

»Ach komm schon, Mads«, sagte Oliver. »Ich dachte nicht, dass sie *wirklich* was von mir will. Bis – und jetzt kommt's! – Savannah mich geschnappt und mir heimlich gesteckt hat, dass Evie noch Jungfrau ist und unbedingt hier in Vegas mit jemand schlafen will. Und offenbar hat es Evie dabei auf *mich* abgesehen! Savannah wollte mich vorwarnen, falls irgendwas laufen sollte, denn zu Evies Plan gehörte wohl nicht, mir zu sagen, dass sie noch Jungfrau ist. Natürlich hat sie mich beschworen, Evie nichts von ihrer Warnung zu sagen. Dämliches Girlie-Getue.«

»Und, was hast du gemacht?« Bei der Vorstellung, dass

Oliver Evie tatsächlich entjungfert haben könnte, schnürte es Madison die Brust zusammen. Oder wollte sie einfach nur nicht, dass Oliver überhaupt mit irgendeiner schlief, nach diesem Kuss an Thanksgiving?

»Ich hab Savannah gesagt, dass sie Evie auf einen anderen ansetzen soll.«

»Echt?« Madison war erstaunt. »Warum?« Doch wohl nicht wegen ihr? Oder?

»Weil sie noch Jungfrau ist.« Er zuckte die Schultern. »Auf so was lass ich mich nicht ein.«

»Und was war mit der Wette, alle drei Diamond-Sisters ins Bett zu kriegen?«, fragte Madison. »Zwei von ihnen sind noch Jungfrau – zumindest nehme ich an, dass Courtney noch eine ist. Und damit hättest du kein Problem gehabt?«

»Sagen wir einfach, ich hab die Taktik gewechselt.«

»Du würdest also *nie* mit einer schlafen, die noch Jungfrau ist?«, fragte sie. »Selbst wenn sie dir eine Menge bedeuten würde?«

»Sag niemals nie.« Er grinste. »Ich hab Evie viel Glück gewünscht, aber jemanden entjungfern ... das würd ich nicht mehr so einfach machen.«

»Umso besser«, sagte Madison und konnte auf einmal wieder durchatmen. »Vielleicht wirst du jetzt endlich mal ein bisschen erwachsen.«

»Es sind schon verrücktere Sachen passiert«, erwiderte er. »Aber die heißesten Girls sind meistens keine Jungfrau mehr, dadurch wird die Auswahl einfacher.«

»Arsch.« Madison versuchte, flapsig zu klingen, aber innerlich brodelte es in ihr. Fand Oliver sie etwa nicht heiß?

»Klar, dass es immer Ausnahmen gibt.« Er sah ihr in die Augen und ihr blieb erneut die Luft weg.

Meinte er sie? *Wollte* sie, dass er sie meinte?

Ja, das wollte sie tatsächlich.

»Also, morgen Abend«, fuhr er schließlich fort. »Mit wem gehst du auf Savannahs Party?«

»Ich hatte vor, mich mit den Mädels hier zu treffen und mit ihnen zusammen hinzugehen«, erwiderte sie. Sie wusste genau, dass Kaitlin, Tiffany und Larissa nur dank ihrer Mutter eingeladen worden waren. Madison hatte ihr zwar versichert, dass das nicht nötig sei, aber ihre Mom wollte vorbeugen und sie nicht allein der Nähe der Diamond-Sisters aussetzen. Deshalb hatte sie ihre Beziehungen zu Rebecca spielen lassen. »Warum fragst du?«

»Weil ich dachte, wir könnten uns hier auf einen Drink treffen und dann gemeinsam zur Party?«

Sie erstarrte und die Zeit schien stillzustehen. War das ein richtiges *Date?* Oder fragte er sie nur deshalb, weil sie beide auch nicht gerade die Lieblingsgäste von Savannah waren, sondern nur eine Einladung erhalten hatten, weil ihre Eltern wiederum auf der Gästeliste von Adrian und Rebecca standen?

Er ließ sie nicht aus den Augen und sie hätte schwören können, etwas wie Panik in seinem sonst so selbstbewussten Blick zu sehen. »Wir können natürlich auch deine Freundinnen dazu einladen, wenn du willst«, setzte er hinzu. »Auf der Party haben unsere Eltern sicher ein Auge auf uns, deshalb macht es Sinn, ein bisschen vorzuglühen.«

»Zu zweit fände ich es schöner«, sagte Madison schnell.

»Die Mädels treffe ich ja dann bei der Party. In der Nähe der Diamonds fühle ich mich nicht gerade wohl. Könnte also sein, dass ich schon vorab mal Dampf ablassen muss oder so. Und du bist der Einzige, der die Wahrheit kennt, deshalb lieber nur wir zwei.«

Wenn das hier *tatsächlich* ein Date war, dann tat sie gut daran, keine anderen einzuladen – oder?

»Dann treffen wir uns morgen hier um sechs?«, fragte er.

»Klingt perfekt.«

Madison hatte keine Ahnung, ob Oliver sie wirklich daten wollte, aber sie wünschte es sich. Vielleicht konnte zwischen ihnen tatsächlich mehr als Freundschaft laufen? Aber wenn ja, würde sie ihm dann etwas *bedeuten,* oder wäre sie doch nur eine von vielen, von der er irgendwann wieder die Nase voll hatte und die er fallen ließ?

Sie würde es nie erfahren, wenn sie es nicht riskierte.

www.campusbuzz.com

Goodman High School › Las Vegas › Nevada

Happy Sweet Sixteen, Savannah!

Gepostet Samstag, 13.12., 10:47

Heute ist der große Tag – Savannah Diamond wird süße 16! Ihre Gäste (mich natürlich eingeschlossen) gehören zu den Ersten, die den neuen *Abandon* Nightclub zu Gesicht bekommen, der ja noch nicht offiziell eröffnet ist. Das wird die beste Sweet-Sixteen-Party des JAHRES!

1: Gepostet Samstag, 13.12., 10:59

Hat Savannah eigentlich ALLE aus der Schule eingeladen? Sieht ganz so aus, nachdem ALLE darüber reden!

2: Gepostet Samstag, 13.12., 11:10

Nicht alle ☹

3: Gepostet Samstag, 13.12., 11:27

Ich bin im Volleyball-Team mit Savannah und sie hat uns erzählt, wie das mit den Einladungen ging. Sie konnte nicht alle aus der Schule einladen, weil Adrian und Rebecca auch Familie und eigene Freunde dabeihaben wollen und ja nicht grenzenlos viele Leute in den Club passen, vor allem bei den ganzen Entertainment-Aktionen, die über den Abend hinweg geplant sind.

Also lief es so ab: Sie hat alle aus dem Volleyball-Team eingeladen, alle aus der Zehnten und ihre Freunde aus anderen

Klassen. Peyton durfte ein paar Zwölftklässler einladen, Courtney ein paar aus der Elften und Adrian und Rebecca haben noch die Kids ihrer eigenen Freunde eingeladen. (Also Madison und Oliver zum Beispiel. Was ziemlich doof ist, weil, wie jeder weiß, Savannah die überhaupt nicht leiden kann, aber egal. So ist das eben mit der lieben Familie.)

4: Gepostet Samstag, 13.12., 11:46
neuntklässler hatten also null chance?

5: Gepostet Samstag, 13.12., 11:54
Nicht, wenn sie nicht im Volleyball-Team sind oder die Eltern nicht mit Adrian und Rebecca befreundet sind. Aber macht euch nichts draus – unter diesen Voraussetzungen konnten ja nur ne Handvoll Neuntklässler eingeladen werden.

6: Gepostet Samstag, 13.12., 12:21
hab gehört, dass es heut abend nen überraschungsgast gibt! weiß jemand, wer das ist?

7: Gepostet Samstag, 13.12., 12:41
Motto der Party ist MUSIK, also wahrscheinlich ein großer Popstar! Die Diamonds hätten auf jeden Fall das nötige Vitamin B. Eins ist sicher … das wird DER HAMMER.
Bis dann!

33

Savannah

»Und jetzt ein herzliches Willkommen derjenigen, um die es heute Abend geht, die Geburtstagsprinzessin, *the one and only* Savannah Diamond!«

Die Doppeltür flog auf und Savannah erschien, auf eine Sänfte gebettet wie eine ägyptische Königin, umgeben von bunten Seidenkissen. Acht Männer trugen die Sänfte – aber die engagierten Tänzer waren so muskulös, das es völlig mühelos wirkte. Alle klatschten, als sie vorbeigetragen wurde, und sie winkte, als würde sie ihre königlichen Untertanen begrüßen. Als sie Nick entdeckte, winkte sie heftiger, um ihm zu signalisieren, wie sehr sie sich freute, dass er es geschafft hatte zu kommen. Damien stand in vorderster Reihe und strahlte Savannah so an, dass sie das Gefühl hatte, ihr Herz würde gleich zerspringen. Als ihre Blicke sich trafen, war es für einen kurzen Moment so, als gäbe es keine anderen Leute um sie herum.

»Savannah trägt Dolce & Gabbana, und wenn ihr ihren Look kopieren wollt, macht euch darauf gefasst, dass ihr satte 6800 Dollar hinblättern müsst«, rief die Moderatorin von *My Fabulous Sweet Sixteen*, Jillianne Powells. Savannah riss sich von Damiens Blick los, fächerte den Rock ihres weiß-schwarzen Spitzenkleids demonstrativ auf und lächelte in die Kamera, wie sie es unzählige Male geübt hatte.

Schließlich erreichte sie die Bühne, wo ihre Familie – die bereits vorgestellt worden war – wartete. Die Männer setzten die Sänfte ab und Savannah stieg aus und trat zu ihren Schwestern, die einfach umwerfend aussahen – Courtney in einem kurzen roten Valentino-Kleid, das herrlich flatterte, wenn sie sich drehte, und Peyton in einem eng anliegenden Leder-Outfit von Alexander McQueen. Adrian, Rebecca und Brett waren natürlich auch da. Es fehlten nur Mom und Grandma. Ein kurzer Schmerz erfasste Savannah, als sie an sie dachte und daran, dass sie aus Rücksicht auf Courtneys Wunsch seit dem Streit an Thanksgiving nicht mehr mit ihnen gesprochen hatte.

Aber es würde bestimmt bald alles gut werden. Heute wollte sie einfach nur ihre Party genießen.

»Und jetzt noch mal Applaus für Savannah Diamond und ihre Familie!«, rief der DJ. Dann setzte ein knackiger Song ein und die acht Tänzer animierten die Gäste, in die Mitte der Tanzfläche zu kommen, um die Party in Gang zu bringen.

Die Leute tanzten, bis das Essen serviert wurde. Savannah schaffte ihr Filet kaum, nachdem sie schon so viele Vorspeisen verdrückt hatte – aber die Hummer-Makkaroni mit Käse in den schicken kleinen Gläsern waren absolut unwiderstehlich gewesen! Egal, sie hatte sowieso keine Zeit für den Hauptgang, nachdem so viele Leute mit ihr reden – und vor den Kameras stehen – wollten. Als eine von Rebeccas Highschool-Freundinnen endlich aufhörte, auf sie einzureden, kam Jillianne angelaufen.

»Nach dem Essen wartet eine Riesenüberraschung auf dich – in ungefähr fünf Minuten! Wir müssen dafür sorgen, dass du gut stehst, damit die Kamera deine Reaktion einfangen kann«, sagte sie. »Und die Familie muss mit ins Bild«, verkündete sie etwas lauter, und Adrian, Rebecca, Peyton, Courtney und Brett zogen ihre Stühle näher aneinander. Evie und ihre Mutter waren die einzigen Nicht-Familienmitglieder am Tisch und mussten zur Seite rücken.

»Wisst ihr zwei was von der Überraschung?«, fragte Savannah Peyton und Courtney.

»Ohne unsere Hilfe hätte Rebecca es gar nicht geschafft«, sagte Courtney und lächelte.

»Sobald die Überraschung angekündigt wird, musst du als Erste zur Bühne flitzen«, wies Jillianne Savannah an. »Deine Schwestern und Freunde kommen dann nach.«

»Okay.« Savannah konnte kaum stillhalten. Was war das wohl für eine Riesenüberraschung und warum auf der Bühne? Sie wollten doch wohl nicht, dass sie sang? Denn darauf hätte sie sich vorbereiten müssen. Sie wollte nicht noch mal so eine Pleite erleben wie auf Jackies Party.

Dann wurden alle Lichter im Club gedimmt außer dem Schweinwerfer, der auf den DJ gerichtet war. Savannah hielt den Atem an und nahm ihre Schwestern bei den Händen. Der DJ lobte die tolle Party und wie gut sich alle bisher amüsiert hätten, aber Savannah konnte sich kaum auf seine Worte konzentrieren, denn sie *wollte endlich die Überraschung sehen*.

Schließlich fuhr er fort: »Wenn ihr glaubt, noch besser könne diese Party gar nicht werden, dann macht euch auf ein echtes Highlight gefasst, denn jetzt singen für euch eure Lieblingsstars direkt aus England ein paar ihrer Hits – *the one, the only One Connection*!«

Der einleitende Riff ihrer neuesten Single schallte durch den Raum und alle fünf kamen auf die Bühne gestürmt und sangen los. Savannah drückte die Hände ihrer Schwestern und kreischte mit den anderen Teenies im Chor. *One Connection?* Auf *ihrer* Sweet-Sixteen-Party?! Das überstieg alles, was sie erwartet hatte. Sie war so aufgeregt, dass sie völlig vergaß, zur Bühne zu rennen. Also zogen ihre Schwestern sie von ihrem Stuhl und rannten mit ihr nach vorne. Zum Glück ließen sie sie während des ganzen Songs nicht los, denn sonst wäre sie womöglich umgekippt. Alyssa, Jackie, Brooke und die anderen vom Volleyball-Team waren ganz in der Nähe und sangen ebenfalls mit. Was sogar Damien tat – selbstverständlich etwas cooler als die Mädels –, aber nachdem er mit Savannah die Coverversionen aufgenommen hatte, kannte er die Texte natürlich auswendig.

»Den nächsten Song hat Savannah Diamond selbst auf ihrem *YouTube*-Channel gecovert«, sagte Perry Myles, und Savannah klatschte und schrie, weil *Perry Myles* gerade ihren Namen ausgesprochen hatte! »Und wir fanden ihre Version so cool, dass wir jetzt gemeinsam darüber twittern werden, um unsere Fans darauf aufmerksam zu machen! Right, boys?« Alle nickten, nahmen ihre Handys heraus und twitterten los. »Das ist für dich, Savannah!«

Sie klatschte und hüpfte wild herum. Passierte das *wirklich?* Jetzt würde ihr Channel explodieren! Überglücklich tanzte und sang sie zu den restlichen Songs der Band.

»Und jetzt bitten wir Savannah Diamond zu uns auf die Bühne, damit wir ihr alle zusammen ›Happy Birthday‹ singen können!«, rief Noel und streckte ihr die Hand hin, um ihr hochzuhelfen. Zusammen mit Kayn zog er sie hinauf – *Omeingott, sie berührten ihre Arme!* –, und der DJ rollte die vierstöckige Torte mit rosa, schwarzem und weißem Zuckerguss auf die Bühne. Die Jungs von *One Connection* umringten Savannah und stimmten »Happy Birthday« an, und alle anderen stimmten mit ein.

Savannah lächelte verlegen. Hoffentlich merkte niemand, wie unangenehm es ihr immer war, wenn man ihr ein Geburtstagsständchen brachte. Als es vorbei war, reichte ihr Perry einen Muffin mit einer brennenden Kerze in Form einer 16, und Savannah pustete sie aus. Dann küsste er sie auf die Wange und lächelte sie freundlich an. Sie lächelte zurück und hatte das Gefühl, ihr Herz würde ihr gleich aus der Brust springen, und ihre Haut kribbelte, wo er sie mit den Lippen berührt hatte. Sie kam sich vor wie in einem Traum.

»Während des Desserts sind wir draußen am Pool und freuen uns darauf, Autogramme zu geben und Fotos mit euch zu machen«, verkündete Perry. »Danke, dass wir heute Abend hier sein dürfen, und nochmals alles, alles Gute für dieses hübsche und talentierte Mädchen, Savannah Diamond!«

Die Menge jubelte und klatschte und im nächsten Moment kamen alle ihre Freude auf die Bühne gerannt und versicherten ihr, dass dies die schönste Party *aller Zeiten* sei, was Savannah wie durch einen Nebel wahrnahm. Als sie schließlich an ihren Tisch zurückkehrte, fand sie dort Rebecca und

Adrian, die gerade alle Desserts vom Nachtischbuffet durchprobierten.

»Wie habt ihr es bloß geschafft, *One Connection* herzukriegen?«, fragte sie atemlos.

Rebecca lächelte. »Dann hatten deine Schwestern also recht damit, dass es eine deiner Lieblingsbands ist?«

»Oh ja!«, rief Savannah. »Vielen, vielen Dank euch beiden! Die Party ist unglaublich. Ich wusste ja von der Planung, dass sie umwerfend werden würde, aber *das* ist mehr, als ich mir vorstellen konnte.« Sie umarmte Rebecca fest und ging dann zu Adrian, der sie überraschenderweise hochhob und im Kreis herumwirbelte.

»Ich freue mich, dass es dir gefällt, Savannah«, sagte er, als sie wieder festen Boden unter den Füßen hatte, und Rebecca griff nach seiner Hand. »Ich weiß, dass mit unserem Kennenlernen nicht alles so gelaufen ist, wie ihr drei euch das gewünscht hättet, und das ist zum großen Teil meine Schuld. Aber ich hoffe, du glaubst mir, wenn ich dir sage, dass ich mir nichts mehr wünsche, als dass von jetzt an alles besser wird.«

»Das weiß ich«, erwiderte Savannah, und vor Glück war ihr ganz schwindlig. »Und meine Schwestern wissen das bestimmt auch. Aber … könnt ihr es fassen, dass *One Connection* über meine Coverversion ihres Songs getwittert haben? Das habt ihr aber nicht eingefädelt, oder?«

»Wir haben kein Wort über dein Video verloren – auf die Idee müssen sie schon selbst gekommen sein«, sagte Adrian.

»Echt?« Sie quietschte und hüpfte wieder herum. »Dann hat es ihnen also wirklich gefallen?«

»Ganz bestimmt«, sagte Rebecca.

»Wow.« Sie verspürte so viel Adrenalin in sich, dass sie Angst hatte, zu explodieren. »Das wird Damien ganz besonders freuen – ich muss ihn suchen und es ihm sagen!«

Aber das war leichter gesagt als getan, denn wohin Savannah auch ging, ständig wurde sie angehalten und musste ein paar Worte mit ihren Gästen wechseln. Es dauerte eine halbe Ewigkeit, bis sie schließlich Damien in einer der hinteren Nischen entdeckte ... und Evie praktisch auf ihm drauf! Ihre Hand lag auf seinem Arm und ihre Gesichter waren nur Zentimeter voneinander entfernt. Sie flüsterte ihm etwas zu und er lachte, als sei es das Lustigste, was er je gehört hatte.

Savannahs Puls begann zu rasen. Sie ballte die Hände zu Fäusten und ihre Fingernägel bohrten sich in ihre Handflächen. Wie konnten sie ihr das *antun*? Okay, Damien sah in ihr vielleicht nur eine gute Freundin, aber Evie *kannte* doch ihre Gefühle für ihn. Und gestern hatte sie versprochen, sich nicht an ihn ranzumachen. Warum hinterging sie sie so?

Kochend vor Wut marschierte Savannah auf ihren Tisch zu.

Als Damien sie sah, entzog er Evie seinen Arm, als ob er ahnte, dass sein Flirt nicht gut bei Savannah ankam. »Hey, Savannah«, sagte er, als sie näher kam. »Wahnsinn, dass *One Connection* hier aufgetreten ist, oder? Das ist sensationell für deinen Channel.«

»Das ist es.« Sie verschränkte die Arme und sah die beiden wütend an. »Ich wollte euch eigentlich was sagen, aber da ihr ja so viel Spaß miteinander habt, warte ich wohl lieber bis später.«

Oder bis in alle Ewigkeit.

»Wir haben uns nur unterhalten.« Evie zuckte die Schultern und strich sich die Haare hinter die Ohren. Sie warf einen Hilfe suchenden Blick zu Damien, was dieser jedoch nicht bemerkte, weil er Savannah fixierte.

»Evie?«, fragte er leise, »könntest du Savannah und mich ein paar Minuten allein lassen?«

»Klar.« Evie stand auf, zupfte ihr Kleid zurecht und zog den Ausschnitt so tief wie möglich herunter. »Ich wollte sowieso mal den Schokoladenbrunnen ausprobieren.«

Savannah hatte gute Lust, sie zu erwürgen, und musste ein paarmal tief Luft holen, um sich zu beruhigen. »Ich wollte auch ans Nachtischbuffet«, sagte sie, obwohl sie nicht sicher war, ob sie überhaupt noch einen Bissen runterbrachte. »Ich komm gleich nach.«

»Okay.« Evie verschwand mit gesenktem Kopf in Richtung Nachtisch.

»Möchtest du dich setzen?« Damien deutete auf den Platz neben sich – auf dem gerade noch Evie gesessen hatte.

»Nur, weil ich von den Schuhen hier Blasen kriege.« Sie setzte sich, ließ aber bewusst eine Lücke zwischen ihnen.

»Also«, sagte er und sah sie aus seinen dunklen Augen an, »was wolltest du mir sagen?«

»Nichts, was so wichtig wäre, dass ich euer *nettes Beisammensein* stören müsste.« Sie wusste, dass sie wie ein schmollendes Kind klang, aber es war ihr egal. Das hier war *ihre* Party. Evie hätte nicht mit Damien flirten dürfen. Aber anscheinend hatte sie ihren Plan doch nicht ganz aufgegeben, Damien für ihr erstes Mal zu gewinnen.

»Ich glaube, du verstehst da was falsch«, sagte er ruhig.

»Ich weiß, dass du den ganzen Abend beschäftigt warst, weil jeder mit dir reden will und die Kameras dir dauernd folgen, deshalb hast du natürlich auch nicht bemerkt, dass Evie bis jetzt keinen so tollen Abend hatte. Sie kennt hier keinen und hat irgendwie so ausgesehen, als fühle sie sich total verloren – so wie du am vierten Juli im *Myst*.«

»Ich hab mich überhaupt nicht ›verloren‹ gefühlt«, sagte Savannah. Aber wenn sie so zurückdachte, wusste sie, dass das nicht stimmte. Anfangs war sie sich hier in Vegas vorgekommen, als ob jeder von ihr erwartete, jemand zu sein, der sie gar nicht war. Und manchmal fühlte sie sich immer noch so. Als ob jene Savannah, die sie gewesen war – das unsichere, staunende Mädchen, das sich hinter ihrer selbstbewussten Freundin versteckte – jeden Moment wieder auftauchen könnte. »Okay, ich hab eine Weile gebraucht, um mich einzugewöhnen. Aber so ist *Evie* überhaupt nicht. Sie ist die selbstbewussteste Person, die ich kenne.«

»Ich bin sicher, dass sie das auch ist, in Kalifornien, wo sie jeden kennt«, sagte Damien. »Aber hier saß sie ganz alleine rum und hat ausgesehen, als ob sie gleich losheulen würde. Und da sie deine beste Freundin ist und ich weiß, dass es dir bestimmt nicht gefallen würde, sie traurig in einer Ecke zu sehen, bin ich zu ihr rüber. Sie hat zwar behauptet, alles sei okay und sie würde nur mal eine Pause brauchen, aber das hab ich ihr nicht abgenommen. Also hab ich eine Unterhaltung mit ihr angefangen, um sie ein wenig abzulenken – bis ich irgendwann gemerkt habe, dass sie mit mir flirtet. Aber ehe ich mich davonmachen konnte – was ich wirklich vorhatte –, hast du uns entdeckt.«

»Du … du bist also gar nicht an Evie interessiert?«, fragte Savannah hoffnungsvoll.

»Nicht auf *die* Art«, antwortete er. »Ich wollte ihr nur helfen, sie ein bisschen aufmuntern, weil ich weiß, wie wichtig sie dir ist.«

»Oh.« Savannah atmete auf, und als sie Damiens Blick begegnete, so dunkel und intensiv, pochte ihr Herz wie wild.

»Also, was wolltest du mir eigentlich sagen?«

»Ach so … ja.« Mittlerweile hatte Savannah fast vergessen, warum sie hergekommen war. »Kannst du dir vorstellen, dass es wirklich die Idee von *One Connection* war, einen Tweet über meine Coverversion zu verfassen? Ich hab Adrian gefragt, und er hat mir versichert, dass das keine abgesprochene Show-Nummer war. Die Band ist da echt selbst drauf gekommen. Ist das nicht verrückt?«

»Es wäre viel verrückter, wenn sie *nicht* drauf gekommen wären, wie talentiert du bist.« Damien lächelte und ihr kribbelte es im Bauch. »Wusstest du, dass sie als Band über fünfzehn Millionen Follower auf Twitter haben? Und jetzt hat jedes Bandmitglied auch noch von seinem persönlichen Account über dich getwittert – du hast also *noch mehr* Leute erreicht.«

»Wow.« Savannah konnte sich kaum vorstellen, wie viele Menschen die Tweets gelesen hatten. »Das ist abartig.«

»Ehe ich hier rüberkam, um nach Evie zu sehen, hab ich mal die Anzahl deiner *YouTube*-Abonnenten gecheckt«, fuhr er fort. »Es waren zehn mal so viele wie vor dem Tweet der Jungs, irgendwo in den Hunderttausenden. Und ich wette, mittlerweile sind es schon wieder mehr. Deine Twitter- und

Facebook-Seiten explodieren auch schon. Das könnte dich echt berühmt machen, Savannah.«

»Ich glaub das einfach nicht.« Sie warf einen Blick auf die Bühne, wo das Wunder gerade stattgefunden hatte. »Und das verdanke ich alles dir. Ohne deine Hilfe wäre ich nie in das Aufnahmestudio der Goodman gegangen und hätte auch keine Band zusammengekriegt und professionelle Videos gemacht. Ich selbst hatte null Ahnung, wie ich mit dem ganzen Zeug umgehen muss. *Du* hast mir geholfen, dass mein Name so bekannt wird.«

»Und dieser Abend hat mich auf noch viel mehr Ideen gebracht«, sagte er. »Das heißt, falls du als Berühmtheit überhaupt noch Lust auf meine Ratschläge hast.«

»Aber sicher!«, rief sie aufgeregt.

Er beugte sich näher zu ihr. Savannahs Atem stockte. Würde er sie … küssen? Aber stattdessen wischte er ihr eine Haarsträhne aus dem Gesicht und strich sie ihr hinters Ohr.

Also sah er in ihr wohl doch nicht mehr als eine ganz normale Freundin.

»Am besten setzen wir uns bald zusammen und reden über die Ideen«, sagte er und sah ihr weiter eindringlich in die Augen. »Aber im Moment steht Evie allein am Nachtischbuffet und schaut rüber. Vielleicht solltest du mal mit ihr sprechen?«

»Okay.« Savannah blickte auf, und tatsächlich, Evie stand ganz allein da und starrte herüber. Dann wandte sie sich ab, jedoch nicht schnell genug. Savannah konnte erkennen, dass sie traurig aussah. »Bis später?«

»Verlass dich drauf.« Er drückte ihre Hand, was ein angenehmes Kribbeln und ein warmes Gefühl in ihr hinterließ. Sie eilte zu Evie. Der leckere, süße Duft der Desserts stieg ihr in die Nase und ihr lief das Wasser im Mund zusammen, sodass sie einfach nicht widerstehen konnte, noch eine Erdbeere mit Schokoladeüberzug zu naschen – obwohl sie schon so satt war, dass sie hätte platzen können.

»Ich war mir nicht sicher, ob du wirklich kommen würdest«, sagte Evie, sah zu Boden und strich ihr Kleid glatt. Damien hatte recht – Evie wirkte hier gar nicht so selbstsicher wie auf den Partys in Kalifornien. Wie konnte Savannah das entgangen sein?

Aber das änderte nichts an der Tatsache, dass sie hinter ihrem Rücken mit Damien geflirtet hatte!

»Wie konntest du dich so auf Damien stürzen, obwohl du wusstest, dass ich auf ihn stehe?«, warf sie Evie vor. »Ich hab doch zugegeben, dass mich das verletzen würde, hat dich das denn gar nicht interessiert?«

Evie machte ein schuldbewusstes Gesicht und spielte unsicher an ihrer Armbanduhr herum. »Das hatte ich so nicht geplant«, sagte sie. »Aber er war so nett zu mir, und du warst die ganze Zeit umlagert und mit den Aufnahmen für die Show beschäftigt, dass du ja nicht mal mit Damien gesprochen hast. Deshalb dachte ich, wenn doch was zwischen uns laufen würde, wär das vielleicht gar nicht so schlimm. Echt, du hast doch alles, was man sich nur wünschen kann, und wahrscheinlich könntest du jeden Jungen hier haben, den du willst. Sogar die Jungs von *One Connection* lieben dich! Und Perry Myles hat auf der Bühne mit dir geflirtet! Das ist doch tausendmal besser als irgendein Typ aus der Schule, oder?«

»Aber du weißt doch, was zwischen mir und Damien alles gelaufen ist«, sagte Savannah. »Du wusstest, dass es mir was ausmacht, wenn du ihn anbaggerst. Trotzdem hast du es getan. Wie konntest du mich denn so hintergehen?«

»So wie du mich, als du gestern Abend mit Oliver geredet hast?«

Savannah erstarrte. »Woher weißt du, was ich gestern Abend zu Oliver gesagt habe?«

»Weil ich ihn gefragt habe«, erwiderte Evie, als sei das die natürlichste Antwort der Welt. »Und er hat mir erzählt, dass du ihn gewarnt hast, ich sei noch Jungfrau, damit er nicht mit mir schläft.«

»Gut, okay.« Savannah blieb gar nichts anderes übrig, als es zuzugeben. »Aber nur, weil ich nicht wollte, dass du etwas tust, was du hinterher bereuen würdest.«

»Aber das ist doch nicht deine Sache!«, rief Evie. »So gesehen hab ich dir mit meinem Flirt übrigens auch einen Gefallen getan. Wenn Damien nämlich darauf eingegangen wäre, wüsstest du, woran du bei ihm bist, findest du nicht?«

Savannah klappte der Unterkiefer runter – verglich Evie ihren dämlichen One-Night-Stand, den sie geplant hatte, tatsächlich mit Savannahs Gefühlen für Damien? »Versuch jetzt bloß nicht, die Sache umzudrehen und solchen Mist zu verzapfen«, sagte sie. »Das hätte ich dir vielleicht in Kalifornien abgenommen, aber die Dinge haben sich geändert.«

»Das haben sie allerdings.« Evies Stimme war voller Wut. »Ich hab versucht, so zu tun, als wäre alles beim Alten, aber das ist es nicht. Seit du nach Vegas gezogen bist, siehst du nicht nur anders aus und verhältst dich anders, du glaubst auch noch, du wärst was Besseres. Du hast dich in eine verwöhnte, zickige Hotelerbin verwandelt. Ich weiß gar nicht, ob ich dich überhaupt noch mag.«

Savannah zog erschrocken die Luft ein. Sie konnte kaum glauben, dass Evie – ihre beste Freundin Evie – so etwas zu ihr sagte. »Du hast ja keine Ahnung, wovon du redest«, stieß sie hervor. »Ich hab dieses Wochenende jede freie Sekunde mit dir verbracht, und du hast gewusst, dass es heute Abend hoch hergehen würde, weil ich mit allen Gästen reden muss und wegen der Filmaufnahmen für die Show. Es tut mir leid, dass ich nicht bemerkt habe, wie unwohl du dich fühlst, und es tut mir leid, dass ich deine Pläne für gestern Abend ruiniert habe, aber das alles ist keine Entschuldigung dafür, dich hinter meinem Rücken auf Damien zu stürzen.«

»Siehst du«, sagte Evie. »Es geht wieder nur um dich. Du tust so, als ob du mir einen *Riesengefallen* getan hättest, mich zu deiner Party einzuladen und mir ein paar Sekunden deiner wertvollen Zeit zu schenken. Du glaubst inzwischen, dass du mir um Längen voraus bist.«

Savannah ballte die Hände zu Fäusten – wenn sich eine von ihnen wie eine Zicke aufführte, dann Evie. »Okay, ich hab kapiert, dass du sauer auf mich bist.« Sie sah sich um, ob sie auch niemand beobachtete, und senkte die Stimme. »Aber können wir das nicht später ausdiskutieren, wenn wir allein sind? Ich will nicht, dass das noch gefilmt wird.«

»Hast wohl Schiss, vor deinen ›Fans‹ in einem schlechten Licht dazustehen?« Evies Kinn zitterte und sie kniff die Augen zusammen. »Warum gehst du nicht zu den Jungs von

One Connection und redest stattdessen mit denen? Ist bestimmt ne bessere Publicity für deinen *YouTube*-Channel. Ich versteh übrigens sowieso nicht, was daran so toll sein soll. Du schreibst ja nicht mal eigene Songs – du singst nur die von anderen.«

Savannah wurde ganz heiß und sie warf Evie einen wütenden Blick zu. »Warum tust du das?«, fragte sie. »Du weißt doch, dass ich nur singe und keine Songwriterin bin. Ich hab auch nie behauptet, eine sein zu wollen. Irgendwann schreibe ich vielleicht mal Songs, aber mir ist das Singen wichtiger. Und genau das mache ich. Bisher hab ich geglaubt, dass du dich für mich freust, weil mein *YouTube*-Channel so erfolgreich ist. Ich hatte keine Ahnung, dass du so ... neidisch bist. In jeder Hinsicht.«

»Wie auch immer.« Evie starrte mit leerem Blick auf den Schokoladenbrunnen, als habe sie kein Wort von dem gehört, was Savannah gesagt hatte.

»Okay.« Savannah stieß entnervt die Luft aus. »Im Moment kommen wir so nicht weiter. Und heute ist mein Geburtstag, deshalb will ich mich nicht streiten. Am besten, ich geh wirklich zu den Jungs von *One Connection* und bedanke mich bei ihnen für alles, was sie für mich getan haben. Möchtest du mitkommen oder nicht?«

»Ich bleibe hier und esse Nachtisch«, sagte Evie. »Viel Spaß mit ihnen.«

»Den werd ich haben.« Savannah drehte sich um und stürzte sich wieder ins Partygetümmel. Vielleicht hätte sie sich mehr um Evie bemühen müssen und ihr anbieten sollen, sie den *One-Connection*-Jungs vorzustellen. Aber obwohl sie ein schlechtes Gewissen hatte, Evie einfach so stehen zu lassen, war sie zugleich froh, das Risiko los zu sein, dass ihre beste Freundin ihr eine Szene machte.

Sie würde die Sache mit Evie morgen klären. Das hier war ihre Nacht und sie wollte die Party genießen.

34

Courtney

Courtney beobachtete, wie Savannah mit den Jungs von *One Connection* redete, und freute sich, dass der Abend so ein Erfolg war. Von dort, wo sie saß, nämlich am Stand mit den Handytaschen, die man selber basteln konnte, sah es tatsächlich so aus, als ob Perry Myles mit Savannah *flirtete*. Zwar bezweifelte sie, dass der berühmte Mädchenschwarm ernsthaft an ihrer Schwester interessiert war, aber sie fand es nett, dass er Savannah das Gefühl gab, etwas Besonderes zu sein. Auch Adrian und Rebecca waren guter Stimmung und lachten viel, und Peyton genoss die Party in vollen Zügen auf der Tanzfläche.

»Ich wusste gar nicht, dass Glitzerhandytaschen dein Ding sind«, sagte Brett und setzte sich neben sie.

Courtney klebte einen weiteren Glitzerstein auf ihre Hülle und versuchte zu ignorieren, dass ihr Magen in Bretts Nähe zu flattern begann. »Wusste ich auch nicht«, antwortete sie. »Aber nach dem vielen Small Talk hab ich dringend mal eine Pause gebraucht, und da erschien mir dieser Stand genau richtig. Ich bin selbst überrascht, dass mir die Tasche gefällt, und ich glaube, ich werde sie sogar benutzen.«

Er begutachtete das verschlungene Muster aus blauen und

silbernen Glitzersteinen. »Sieht nett aus«, fand er. »Wenn es mit dem College und dem zukünftigen Job im Verlagswesen doch nicht klappen sollte, kannst du immer noch Handytaschen entwerfen.«

»Hoffen wir mal, dass es nicht so weit kommt.« Sie drückte noch einen Stein in das Muster und gähnte, obwohl die Party noch eine Stunde dauern würde. Eigentlich durfte sie noch nicht müde sein.

»Du siehst geschafft aus«, stellte Brett fest.

»Die vielen Gespräche mit allen möglichen Leuten und die ganzen Filmaufnahmen für die Show haben mich echt fertiggemacht«, sagte sie. »Ich bin nur froh, dass mein sechzehnter Geburtstag schon vorbei ist und mir niemand mehr so eine Riesenparty aufschwatzen kann. Für Savannah ist es wahrscheinlich das Richtige, im Rampenlicht zu stehen, aber für mich wär das nichts.«

»Du sitzt lieber im Schatten und verzierst Handytaschen«, lachte Brett.

»Hey!«, rief sie zu ihrer Verteidigung. »Das ist wirklich entspannend!«

»Das glaub ich dir aufs Wort«, sagte er. »Aber wenn du keine großen Partys magst, was hast du denn dann an deinem Sechzehnten gemacht?«

»Ich bin in die Schule gegangen.« Sie musste tief durchatmen, um den Tag Revue passieren zu lassen. »Dann hab ich ein paar Stunden bei *Starbucks* gejobbt. Ein paar meiner Kollegen haben mir einen Muffin mit einer Kerze drauf geschenkt und ›Happy Birthday‹ für mich gesungen. Als ich nach Hause kam, war Mom schon so betrunken, dass sie eine Lampe zerschmettert und auf den Wohnzimmerboden gekotzt hatte. Meine Schwestern und ich mussten den restlichen Abend aufräumen und uns um sie kümmern, bis sie endlich eingeschlafen war.«

Brett griff nach ihrer Hand und drückte sie kurz, ließ aber im nächsten Moment schon wieder los. »Du hast wirklich was Besseres verdient«, sagte er. »Ich werde dafür sorgen, dass dein nächster Geburtstag was ganz Besonderes wird.«

Courtney schluckte. »Meine Mutter hat es immer geschafft, *irgendwas* zu machen, um die Geburtstage von Savannah und Peyton zu feiern, aber an meinem war sie jedes Mal total hinüber«, sagte sie und unterdrückte die aufsteigenden Tränen. »Jetzt weiß ich wenigstens, warum. Weil es auch Britneys Geburtstag gewesen wäre.«

Brett nickte verständnisvoll. »Diesmal feiern wir für Britney mit.«

»Danke«, sagte sie. »Das bedeutet mir echt viel.«

Brett warf einen Blick zum Pool hinüber, wo die Jungs von *One Connection* abhingen, und zog eine Augenbraue hoch. »Bilde ich mir das nur ein oder läuft da was zwischen Perry Myles und Savannah?«

Die beiden standen in der Nähe des Pools beieinander und redeten immer noch. Savannah gab ihm ihr Handy, er tippte etwas ein und reichte es ihr zurück. Dann nahm er sein Handy aus der Tasche, tippte auf das Display und Savannah lächelte strahlend.

»Haben die gerade Nummern ausgetauscht?«, fragte Courtney.

»Sah ganz danach aus.«

»Hmm.« Sie wandte sich wieder den Glitzersteinchen zu. »Ich hoffe mal, dass sie nicht glaubt, dass daraus was wird.«

»Vielleicht mag er sie ja wirklich«, wandte Brett ein. »Immerhin hat er für sie seinen Millionen von Fans getwittert. Und jetzt lässt er alle stehen und redet nur mit ihr.«

»Komm schon!« Sie schüttelte den Kopf, während sie beobachtete, wie Perry und Savannah mit seinem Handy ein Selfie machten. »Er ist ein internationaler Superstar. Praktisch jedes Teenie-Girl auf der Welt schwärmt für ihn.«

»Na und?« Brett zuckte die Schultern.

Courtney seufzte. Glaubte Brett wirklich, was er da sagte? Er war doch sonst immer so bodenständig. »Es ist nett von Perry, sich um Savannah zu kümmern und sie an ihrem Geburtstag glücklich zu machen. Aber sei doch mal realistisch. Adrian zahlt ihm und der Band einen Haufen Geld, um sicherzustellen, dass sie einen tollen Abend hat. Und für den unwahrscheinlichen Fall, dass er tatsächlich an ihr interessiert ist – wie würde es wohl nach heute Abend weitergehen? Promis daten andere Promis und nicht normale Teenager, die in die zehnte Klasse der Highschool gehen.«

»Jeder fängt mal irgendwo an«, sagte Brett. »Und Savannah ist eben kein ›normaler Teenager‹ mehr – sie ist Erbin eines Hotelmoguls, und zwar eines der reichsten der Welt. Mit ihren familiären Beziehungen und jetzt auch noch mit der Unterstützung von *One Connection* hat sie gegenüber allen anderen, die ebenso wie sie eine Gesangskarriere starten wollen, einen Riesenvorteil. Außerdem dachte ich, dass du sie auch dazu ermutigt hast, ihre Videos bei *YouTube* hochzuladen und zu versuchen, ihren Traum zu verwirklichen.«

»Stimmt«, bestätigte Courtney. »Aber es ist immer noch ein Unterschied, ob man einen beliebten *YouTube*-Channel hat oder ein Star wird wie die Typen von *One Connection*. Besser, sie macht sich erst gar keine Illusionen.«

»Könnte sein.« Er musterte sie eindringlich. »Aber manchmal muss man auch was riskieren. Manchmal ist es besser, einen Versuch zu wagen und auf die Nase zu fallen, als nie zu wissen, ob man nicht eine große Chance verpasst hat.«

Courtney wurde rot und senkte den Blick. Sie fummelte so konzentriert an der Handytasche herum wie ein Arzt bei einer Gehirn-OP. Dann legte sie das Bastelzeug hin und sagte: »Redest du immer noch von Savannah oder eher von uns?«

»Das trifft auf viele Situationen zu«, sagte er. »Unsere eingeschlossen.«

Courtney klopfte das Herz bis zum Hals, und sie konnte selbst kaum fassen, was sie gleich sagen wollte. Aber es hieß: Jetzt oder nie. »Also, ich hab viel über das nachgedacht, worüber wir gestern Abend geredet haben. Und … ich möchte gerne wissen, was zwischen uns laufen könnte.«

»Wirklich?« Er setzte sich zurück, als könnte er es nicht glauben. »Meinst du das ernst?«

»Ja.«

Er nahm ihre Hände und beugte sich vor, als wollte er sie küssen, und in ihrem Bauch schienen sich tausend Schmetterlinge auszubreiten. Dennoch rückte sie von ihm ab und sah sich verstohlen um, ob auch niemand sie beobachtet hatte. Aber zum Glück war die Party in vollem Gange, sodass die Leute anderes zu tun hatten, als auf sie und Brett am Stand mit den Handytaschen zu achten.

»Alles okay?«, fragte er stirnrunzelnd.

»Ja«, sagte sie. »Ich finde nur, wir sollten das nicht gleich öffentlich machen. Zumindest erst mal nicht.«

»Du willst also, dass wir heimlich zusammen sind?«

»Nicht auf Dauer«, erwiderte sie. »Aber solange es so neu ist, schon. Ich glaube wirklich, dass es mit uns klappt, und meine Schwestern sind ganz auf unserer Seite. Aber mein Vater und deine Mutter werden nicht gerade begeistert sein. In ihren Augen handeln wir verantwortungslos und missachten ihre Wünsche. Lass uns also lieber warten und in Ruhe sehen, wie es zwischen uns läuft, bevor wir es gleich an die große Glocke hängen – nur so lange, bis sich unsere Beziehung verfestigt hat. Dann können wir ihnen beweisen, dass wir richtig entschieden haben, und sie können uns nicht länger als impulsiv und unbesonnen abstempeln.«

»Und was ist mit deinen sonstigen Einwänden?« Jetzt hielt er ihre Hand unter dem Tisch und seine heimliche Berührung jagte einen aufregenden Schauer durch ihren Körper. »Dass es zu schwer für die Familie und uns wird, falls es am Ende doch nicht klappt?«

»Das trifft immer noch zu«, sagte sie. »Aber was soll's? Ich will nicht zurückblicken und mich fragen, was wäre gewesen, wenn … Und inzwischen bin ich mir sicherer denn je – du bist das Risiko wert.«

»Ich wusste immer schon, dass du dieses Risiko wert bist.«

Zum ersten Mal seit langer Zeit hatte Courtney das Gefühl, absolut das Richtige zu tun. Wo auch immer Britney jetzt war – sie wäre bestimmt stolz auf ihre Schwester.

35

Peyton

Im Waschraum nahm Peyton einen kräftigen Schluck Wodka aus ihrem Flachmann und schüttete den Rest in ihre Coke. Die Toilettenfrau, die am Waschbecken stand und für Ordnung sorgte, zog erstaunt die Augenbrauen hoch, sagte jedoch nichts. Peyton warf fünfzig Cent in ihren Teller.

Da die Party im Fernsehen übertragen wurde, waren die Vorschriften in Bezug auf Alkohol für Minderjährige noch strenger als sonst, aber fast alle unter einundzwanzig hatten sich gut vorbereitet: Entweder hatten sie vorgeglüht oder einen Flachmann eingeschmuggelt oder beides. Der Wodka war genau das, was Peyton brauchte, um den Small Talk mit Adrians und Rebeccas Freunden zu überstehen, um vor den Kameras zu schauspielern und so zu tun, als gefiele ihr die Boygroup, die Savannah so liebte – und um nicht mehr die ganze Zeit an Jackson denken zu müssen, von dem sie seit der letzten SMS immer noch nichts gehört hatte.

Sie betrachtete sich in dem hohen Spiegel und blickte voller Wut auf das Kleid, zu dem Rebecca sie trickreich überredet hatte. Aber nicht, weil sie es hasste, sondern weil sie es *liebte* und weil sie wusste, dass es umwerfend an ihr aussah. Eigentlich wollte sie eines der Kleider anziehen, die sie schon hatte, aber das hatte Rebecca als inakzeptabel zurückgewiesen und stattdessen eine Auswahl an neuen Outfits ins Apartment liefern lassen, von denen sie annahm, dass sie Peytons Geschmack trafen. Allerdings hatte sie die Preisschilder vorsichtshalber versteckt. Das enge schwarze Lederkleid gefiel Peyton prompt so gut, dass sie sich damit einverstanden erklärte – um danach aus allen Wolken zu fallen, als ihr Rebecca eröffnete, dass es von einem berühmten Designer war und 3500 Dollar kostete! Natürlich war Peyton klar gewesen, dass alle zur Wahl stehenden Kleider teuer sein würden – aber *mehrere Tausend Dollar* für *ein Kleid?* Das war doch verrückt.

Als sich endlich ein wohliges Gefühl in ihrem Kopf ausbreitete und sie sich beschwipst genug fühlte, um wieder in die Party einzutauchen, verließ sie den Waschraum. Sie schlenderte durch den Club und beobachtete das Partytreiben, darauf bedacht, nicht von Adrians und Rebeccas Freunden angesprochen zu werden. Zum Glück waren die meisten der Elterngeneration auf der Tanzfläche, denn der DJ legte gerade Oldies auf. Savannah und ein paar ihrer Volleyball-Freundinnen hingen kreischend und lachend am Pool ab und waren wegen der Jungs von *One Connection* völlig aus dem Häuschen. Die Jungs von der Goodman – die nicht ganz so scharf darauf waren, Selfies von sich und einem Teenie-Schwarm zu machen – hatten sich um die Spieltische versammelt, um Poker und Blackjack für einen guten Zweck zu spielen. Peyton hatte erwartet, auch Oliver dort anzutreffen, aber seltsamerweise fehlte er.

Als sie auf das Nachtischbuffet zusteuerte – die Waffeln mit Eiscreme sahen *so* lecker aus –, entdeckte sie Madison und Oliver allein an einem der Tische. Oliver hatte den Arm um Madison gelegt und sie lehnte sich an ihn, als seien sie ein Paar. Sie sahen einander an, als würden sie am liebsten gleich in Madisons Apartment verschwinden.

Was sollte das? Peyton hatte Oliver doch gesagt, dass die Wette gecancelt war – er musste Madison nicht mehr verführen. Worüber er doch eigentlich hätte froh sein sollen, wenn Peyton daran dachte, wie entsetzt er gewesen war, als sie ihn damals am Pool über seine Aufgabe informiert hatte. Aber wahrscheinlich war das wieder so eine Ego-Nummer von ihm und er versuchte zu beweisen, dass er die Aufgabe auch schaffen konnte, wenn die Wette nicht mehr galt.

Peyton gab es ja nur ungern zu, aber das Gespräch gestern Abend in der Lobby Bar hatte sie endgültig davon überzeugt, dass Madison nicht hinter dem Campusbuzz-Beitrag steckte. Courtney hatte wieder mal recht behalten, wie Peyton ärgerlich feststellte. Aber besser so, als wenn sie erst drauf gekommen wäre, *nachdem* Oliver seinen Plan ausgeführt hatte. Nun jedoch saß er da und machte sich immer noch an Madison ran. Dieser Arsch.

Sollte Madison nicht wissen, was Oliver vorhatte? Wenn Peyton an ihrer Stelle gewesen wäre, hätte sie gewollt, dass jemand sie warnte. Selbst wenn sie diesen Jemand nicht besonders schätzte. Und wenn Madison ihre Jungfräulichkeit tatsächlich an Oliver verlor, würde Peyton sich das nie verzeihen können, auch wenn sie die Wette bereits abgeblasen hatte. So wie Madison Oliver ansah – als ob er die Welt für sie bedeutete –, würde es Peyton nicht überraschen, wenn sie noch heute Nacht mit ihm schlafen würde.

Also musste sie eingreifen, ehe es zu spät war.

Peyton schnappte sich eine Waffel mit Eis vom Nachtischbuffet, marschierte entschlossen auf den Tisch von Oliver und Madison zu und ließ sich neben ihnen auf einen Stuhl fallen. »Hier ist doch noch frei, oder?«

Sowohl Oliver als auch Madison glotzten sie an, als sei sie ein Monster mit zwei Köpfen. »Klar«, sagte Oliver. »Wir wollten sowieso eben raus.«

»Tut euch wegen mir keinen Zwang an.« Peyton leckte etwas Schokosirup von ihrer Gabel. Mit dem, was sie vorhatte, wollte sie Madison nur schützen, aber natürlich hatte sie auch nichts dagegen, selbst ein bisschen auf ihre Kosten zu kommen. »Vor allem, weil ich extra hergekommen bin, um mit euch zu reden. Mit euch beiden«, setzte sie noch hinzu, damit sich auch Madison angesprochen fühlte.

»Okay.« Madison warf einen Blick zum Pool und rutschte hin und her. »Worum geht's?«

»Um dich und Oliver natürlich«, sagte Peyton. »Ist ja nicht zu übersehen, wie *intim* ihr zwei dasitzt, und deshalb würde mich interessieren: Seid ihr jetzt zusammen?«

Madison erstarrte, stach mit ihrer Gabel in den Kuchen, der vor ihr stand, und ließ sie dort stecken. »Ich weiß zwar nicht, was dich das angeht, aber es stimmt, wir sind zusammen hergekommen.«

»Als Paar?«

»So könnte man es nennen«, sagte Madison, und Oliver sagte gleichzeitig: »Ja.« Dann sahen sie einander an und lächelten. Peyton verkniff es sich, die Augen zu verdrehen.

Oliver war *so* gut darin, ein Mädchen ins Bett zu locken,

dass er Peyton fast davon überzeugt hätte, seine Gefühle für Madison könnten echt sein. Aber Peyton wusste es besser. Die Wette hatte ihn offenbar so angestachelt, dass es nur noch eine Zeitfrage war – und wie's aussah, konnte es sich höchstens um Stunden handeln –, bis er Madison zum Sex verführt hatte. Was bitte war an der Nachricht, »die Wette ist gestrichen«, so schwer zu kapieren?

»Dann bin ich ja gerade noch rechtzeitig gekommen«, sagte Peyton. »Ich muss euch nämlich was Wichtiges sagen.«

Oliver sah sie warnend an. »Ich an deiner Stelle würde es mir gut überlegen, bevor du irgendwas Drastisches ablässt«, sagte er. »Ich kann bis hierher riechen, dass du getrunken hast, und du willst doch sicher nichts sagen, was du später, wenn du wieder nüchtern bist, bereust, oder? Vor allem, wenn es sich um etwas handelt, wovon du keine Ahnung hast.«

»Komm schon.« Madison warf einen demonstrativen Blick auf Olivers Coke. »Du bist auch nicht gerade der Inbegriff der Nüchternheit. Außerdem«, sagte sie, schlug die Beine übereinander und musterte Peyton, »bin ich jetzt schon ein bisschen neugierig, was für eine wichtige Ansage du zu machen hast.«

»Ich glaube, Peyton und ich sollten erst mal unter vier Augen miteinander reden.« Oliver schob seinen Stuhl zurück und stand auf, aber Peyton packte ihn am Arm und ließ ihn nicht gehen.

»Wir brauchen kein Vier-Augen-Gespräch«, sagte sie. »Setz dich wieder. Was jetzt kommt, betrifft euch beide.«

»Komm schon, wir wissen doch erst, was sie meint, wenn

sie es uns gesagt hat.« Madison zog ihn auf den Stuhl zurück. »Wir hören uns das jetzt gemeinsam an.«

Peyton holte tief Luft. Jetzt oder nie.

»Du wirst nicht gerade glücklich darüber sein«, sagte sie zu Madison. »Aber ich denke, du solltest es wissen, bevor du einen großen Fehler machst.«

»Du hast ja keine Ahnung, was du da tust.« Oliver starrte sie verzweifelt an. Aber Peyton konnte kein Mitleid mit ihm haben. Er war ein Aufreißer, der alle seine Eroberungen gleich wieder fallen ließ. So wie bei ihr. Und bei ihren Schwestern hatte er es zumindest versucht. Jetzt bekam er, was er verdiente.

Madison sah ihn an und legte den Kopf schräg. »Heißt das, du weißt, worum es da geht?«

Er kippte den Rest seines Drinks in einem Zug hinunter. »Erst wenn sie's uns erzählt hat«, sagte er. »Also mach schon, Peyton. Aber wenn es etwas ist, das du nicht verraten solltest – etwas, das du selbst vor ein paar Wochen *zurückgenommen hast* –, dann wirst du es bereuen, darauf kannst du dich verlassen.«

Peyton biss sich auf die Lippe, um nicht zu lachen. Was für ein lahmer Einschüchterungsversuch! »Im Sommer haben Oliver und ich eine Wette abgeschlossen«, begann sie, und packte die ganze Story aus, bis sie schließlich zu dem Punkt kam, an dem sie die Wette abgeblasen hatte.

Madisons Augen verengten sich zu Schlitzen und sie rutschte von Oliver weg. Sie mied seinen Blick, als ob sie sonst einen Wutanfall kriegen könnte.

»Aber offenbar hat Oliver nicht auf mich gehört, als ich

ihm sagte, dass die Wette nicht mehr gültig sei«, beendete Peyton ihren Bericht. »Denn jetzt sitzt er hier mit dir, und das, nachdem er an jenem Tag am Pool beteuert hatte, dass ihr zwei nie mehr als gute Freunde sein würdet.«

»Ist das wahr?« Madison krallte ihre Finger um ihre Serviette. Sie sah Oliver flehentlich an, als hoffte sie darauf, dass er ihr versichern würde, es handle sich um eine Lüge, die Peyton sich ausgedacht hatte.

Aber das tat er nicht. »So hat es angefangen, ja.« Er holte Luft, um fortzufahren, aber Madison gebot ihm Einhalt.

»Es *ist* also wahr.« Sie vergrub ihr Gesicht in ihren Händen. »Oh Gott. Ich bin ja so eine Idiotin.« Oliver griff nach ihr, aber sie schüttelte ihn ab. »Rühr mich nicht an.« Sie ließ die Hände sinken und ihre Lippen waren vor Abscheu verzerrt. »Ich fasse es nicht. Nach allem, was ich durchgemacht habe, hast du meine Verletzlichkeit dazu ausgenutzt, eine dämliche Wette zu gewinnen?!«

»So war es nicht!« Er schlug mit der Hand auf den Tisch und funkelte Peyton wütend an. »Oder zumindest ist es seit einiger Zeit nicht mehr so. Ich war heilfroh, als du die Wette gecancelt hast. Sag es ihr!«

»Sorry, das ist echt nicht mehr meine Sache.« Peyton zuckte die Schultern und schob ihren Teller, auf dem das Eis inzwischen zerlaufen war, von sich. »Das könnt ihr zwei jetzt unter euch ausmachen. Ich hab einfach nur gesehen, wie vertraut ihr hier zusammensitzt, und ich fand, dass Madison Bescheid wissen sollte, ehe sie was macht, was sie später bereuen könnte.«

»Darüber sollte ich tatsächlich Bescheid wissen.« Madison nickte. Ihre Augen wirkten glasig, als würde sie gleich in Tränen ausbrechen. »Danke, dass du so ehrlich warst.«

»Gern geschehen.« Peyton schob ihren Stuhl zurück und stand auf. »Ich sehe mich mal nach meinen Schwestern um. Tut mir leid, dass es auf diese Weise rausgekommen ist.«

Das Seltsamste war, dass es ihr tatsächlich leidtat, auch wenn sie Madison immer noch nicht ausstehen konnte.

36

Madison

Madison sah Peyton nach. Ihr ganzer Körper zitterte vor Wut. Dabei hatte der Abend so schön angefangen. Oliver hatte sie in der Lobby Bar unter der Daphne-Skulptur getroffen und sie hatten etwas getrunken. Dann hatten sie ihre Freundinnen auf Savannahs Party getroffen, und es war wie in alten Zeiten gewesen – bis auf die Tatsache, dass sie jetzt definitiv wusste, dass aus ihrer Freundschaft zu Oliver mehr geworden war. Sie hatte sogar schon überlegt, sich mit ihm nach der Party ein Zimmer zu nehmen.

Und dann hatte Peyton Diamond alles kaputt gemacht.

»Eine Wette?« Ihre Stimme zitterte und sie musste sich dazu zwingen, ihn anzusehen. Sein schuldbewusstes Gesicht sagte alles und sie brach innerlich zusammen. »Die ganze Zeit, während du für mich da warst und ich dachte, es könnte vielleicht mehr zwischen uns entstehen, war das nur wegen einer *Wette?*«

Er war unnatürlich still und hatte die Hände in die Taschen geschoben. »So war das nicht.«

»Wie war es denn *dann?*« Sie sehnte sich verzweifelt nach einer glaubwürdigen Erklärung. Aber Peyton hatte sich ja bereits klar genug ausgedrückt und Oliver hatte es nicht abgestritten. Seit Monaten hatte er nur mit ihr gespielt. Und sie war darauf reingefallen.

Sie kam sich vor wie die größte Idiotin der Welt.

»Als Peyton das von mir verlangte, war meine Antwort: Auf gar keinen Fall – ich würde unsere Freundschaft niemals riskieren«, erwiderte Oliver und sein Blick flehte sie an, ihm zu glauben. »Ich wollte, dass sie sich was anderes aussuchte, andernfalls könne sie sich die Wette sonst wo hinstecken. Aber dann hat sie mir ein Foto gezeigt, das Savannah auf einer Party von mir gemacht hatte, auf dem ich mit meinen Freunden eindeutig beim Koksen zu erkennen bin – und sie sagte, wenn ich mich weigerte, würde sie das Foto online stellen. Und wenn meine Eltern das Bild gesehen hätten, dann hätten sie mich endgültig aufs Internat verbannt.«

»Peyton hat dich also *erpresst*, mit mir zu schlafen.« Madison schüttelte den Kopf und Übelkeit stieg in ihr auf. »Das wird ja immer schlimmer. Ich habe nur ein einziges ›erstes Mal‹, und du wolltest diesen besonderen Moment ruinieren, nur weil du Angst hattest, Ärger mit deinen Eltern zu bekommen!«

»Ich hätte dich nie zu etwas überredet, was du nicht auch gewollt hättest.« Er griff erneut nach ihrer Hand, aber sie zog sie weg. Er zuckte zusammen, dann fuhr er fort. »Das hab ich auch zu Peyton gesagt: Wenn das wirklich klappt, dann nur, weil du es auch willst.«

»Das macht die Sache nicht besser.« Sie holte tief Luft. »Ich würde meine Jungfräulichkeit *niemals* wegen einer Wette verlieren wollen. Weil mich jemand *benutzt*.« Bei dem Gedanken daran fröstelte sie. »Wenn ich nicht so eine schlimme Zeit durchgemacht hätte, dann hätte ich gemerkt, dass deine Gefühle für mich nicht echt sind. Aber ich hab einfach jemanden gebraucht, der für mich da ist, und du hast das aus purem Egoismus ausgenutzt und zugegriffen. Wenn Peyton nicht mit der Wahrheit rausgerückt wäre, hättest du auch glatt gewonnen.«

»Es hat wegen einer Wette *angefangen*«, beteuerte Oliver. »Aber dann ist wirklich mehr daraus geworden. Meine Gefühle für dich sind *echt*, Madison. Wenn sie das nicht wären, warum hätte ich mich dann heute Abend mit dir verabreden sollen, nachdem Peyton die Wette doch bereits abgeblasen hatte?«

Sie zuckte die Schultern. »Weil es für dich immer noch eine Herausforderung war?«

»Nein.« Seine Augen funkelten eindringlich. »Die Wette war der Anstoß für mich, unsere Beziehung tiefer zu ergründen, ein Anstoß, den ich offenbar gebraucht habe, um mir meine Gefühle für dich einzugestehen. Ich bin heute Abend mit dir hier, weil du mir viel bedeutest und weil ich glaube, dass ich dir auch etwas bedeute.«

»Dass du bekommst, was du willst, *das* bedeutet dir etwas«, sagte sie. »Das war schon immer das Einzige, was dir etwas bedeutet hat.«

Das Traurige an der Sache war, dass sie ihm im Grunde gerne glauben *wollte*. Aber wie verzweifelt wäre das denn, wenn sie ihm trotz allem, was sie eben gehört hatte, blind vertraute und weitermachte, als wäre nichts geschehen? »Wieso sollte ich dir das abnehmen?«, sagte sie. »Ich hätte dir nie trauen sollen.«

Sie drückte die Finger an die Schläfen. »Du darfst keinem sagen, was ich dir über die Diamonds erzählt habe – dass Adrian mein Vater ist und Peyton, Courtney und Savannah meine Schwestern sind. Versprich mir das.«

»Ich verspreche dir, dein Geheimnis keinem zu verraten«, sagte er und sah sie aufrichtig an. »Ich tue alles, um zu beweisen, dass du mir noch trauen kannst.«

»Ich weiß nicht, ob das noch etwas nützt.« Sie blinzelte die aufsteigenden Tränen fort. Hoffentlich würde sie nicht jeden Moment zu weinen anfangen! Denn dann würde Oliver sie trösten und sie würde in seine Arme sinken – und das durfte sie nicht zulassen. »Hast du überhaupt eine Ahnung, wie sehr du mich verletzt hast?«

»Das wollte ich nicht«, sagte er. »Bitte glaub mir, Mads, meine Gefühle für dich ... sind *echt*, das schwöre ich.«

Wie gerne sie ihm geglaubt hätte. Aber er hatte sie benutzt. Er hatte ihr das Gefühl gegeben, ihm wichtig zu sein ... Dabei war das eine einzige Lüge gewesen. Ein Spiel. Nur weil er Angst gehabt hatte, auf ein Internat zu müssen, wäre er mit ihr ins Bett gegangen. Und sie wäre beinahe darauf reingefallen. Angewidert schob sie den Kuchenteller von sich. War es der Geruch des Desserts, der ihr Übelkeit verursachte, oder war es Olivers Nähe?

»Ich muss erst mal über alles nachdenken. Und zwar allein«, sagte sie. »Ich will, dass du gehst und mich den restlichen Abend in Ruhe lässt.«

»Aber ich könnte dir noch viel mehr erklären, und dann würdest du mich vielleicht verstehen«, erwiderte er verzweifelt.

»Nein«, stieß sie hervor. »Ich möchte heute Abend nicht mehr mit dir reden und ich will dich auch nicht mehr sehen.«

»Okay.« Er griff in die Hosentasche und zog sein Parkticket hervor. »Ich wollte im Anschluss sowieso noch zu 'ner Privatparty. Schadet ja nichts, früher dort zu sein.«

»Du willst noch fahren?« Das konnte doch nicht sein Ernst sein. Er hatte schon fast seinen ganzen Flachmann geleert.

»Yep.« Er grinste. »Ich hab doch meinen Führerschein nicht gemacht und mir einen Maserati zum Geburtstag gewünscht, um mit einem Chauffeur rumzukurven!«

»Aber du hast doch schon getrunken«, sagte sie. »Du kannst nicht mehr fahren.«

»Ich kann noch ganz gut fahren.« Er sah sie herausfordernd an, als erwarte er ihren Widerspruch. »Außerdem ist das ja nicht deine Sache. Dir liegt ja sowieso nichts an mir.«

»Sei kein Idiot«, fuhr sie ihn an. »Ich bin wütend und verletzt, aber das heißt doch nicht, dass ich möchte, dass du dich in Gefahr bringst.«

»Ich lass dich jetzt in Ruhe.« Er schob seinen Stuhl zurück und stand auf. »Das wolltest du doch?«

»Wenn du auf die Tour versuchst, mich dazu zu bringen, dir hier und jetzt zu verzeihen, dann liegst du falsch. Was auch immer du jetzt vielleicht beweisen willst – tu es bitte nicht auf Kosten deiner Sicherheit.« Sie versuchte, sein Parkticket zu schnappen, aber er zog es schnell weg.

»Es geht nicht immer nur um dich«, sagte er mit wütendem Blick. »Du hast mich egoistisch genannt, aber du bist auch nicht gerade eine Heilige. Und übrigens hab ich heute

Abend lange nicht so viel getrunken, wie du vielleicht glaubst. Also hör auf, mir zu sagen, was ich tun soll.« Mit diesen Worten drehte er sich um und stürmte aus dem Club.

Ihre Augen brannten und eine einzelne Träne rann ihr über die Wange. Die Erkenntnis, dass Oliver sie ebenso angelogen und hintergangen hatte wie alle anderen, die ihr nahestanden, brannte ihr ein Loch ins Herz.

Sie sah sich unter den Partygästen um. Alle amüsierten sich prächtig. Feierten ausgelassen, waren sorglos, wurden geliebt. Nur sie nicht. Sie konnte die Tränen nicht länger zurückhalten, die ihr jetzt in Strömen über die Wangen flossen. Eilig versteckte sie ihr Gesicht hinter ihrem Haar und hastete zur Toilette.

Sie schloss sich in eine Kabine ein und ließ den Tränen freien Lauf.

www.campusbuzz.com

Goodman High School › Las Vegas › Nevada

Oliver Prescott ☹

Gepostet Sonntag, 14.12., 12:32

Ich kenne Oliver nicht gut, aber ich hab gehört, was ihm heute Nacht passiert ist. Er hat so glücklich ausgesehen auf Savannahs Party … echt unheimlich, wie schnell sich alles ändern kann. Ich denke an ihn und seine Familie in dieser schlimmen Zeit <3

1: Gepostet Sonntag, 14.12., 12:35

was ist denn mit oliver???

2: Gepostet Sonntag, 14.12., 12:47

Ich kenne nicht die ganze Story, aber nachdem er Savannahs Party verlassen hat, hatte er einen Autounfall. Auf seiner Facebook-Pinnwand schreiben seine Freunde, dass sie hoffen, er kommt durch. Klingt nicht so, als ob sie sicher sind, dass er's schafft :/

3: Gepostet Sonntag, 14.12., 12:58

Bevor er die Party verließ, hatte er ziemlich Stress mit Madison. Die fühlt sich jetzt sicher wie die letzte Zicke!

4: Gepostet Sonntag, 14.12., 13:06

Hört doch auf. Ihr habt überhaupt keine Ahnung, was zwischen Oliver und Madison war, und schon gar nicht das Recht, zu beurteilen, wie sie sich fühlt. Wahrscheinlich ziemlich schrecklich, und euer Posting macht's nicht gerade besser. Ein bisschen mehr Rücksicht!

5: Gepostet Sonntag, 14.12., 13:18

Seine Familie und seine engsten Freunde sind die ganze Nacht im Krankenhaus gewesen. Alle sagen nur, dass sie auf neue Infos warten. Hört sich nicht gut an.

6: Gepostet Sonntag, 14.12., 13:28

Lasst uns alle für Oliver beten …

Danksagungen

Zuallererst ein Riesenbeifall für Natashya Wilson, meine Lektorin bei Harlequin TEEN. *Diamond-Sisters – Die Konkurrenz schläft nicht* wäre nicht halb so gut, wie es heute ist, ohne dein unglaubliches Verständnis und deine Ideen zur Optimierung der Story. Danke, dass du mich dazu gedrängt hast, meine »Figuren zu quälen« und der ganzen Geschichte mehr Drama und Spannung zu geben. Die Überarbeitung war eine echte Herausforderung, aber unter deiner Anleitung hat das Ganze eine Form angenommen, wie ich es niemals für möglich gehalten hätte, und ich bin sehr stolz auf das Ergebnis.

Meine liebe Agentin, Molly Ker Hawn – danke, dass du all meine Fragen beantwortet hast und so viel Geduld mit mir hattest! Obwohl seit meinem ersten Verlagsvertrag schon eineinhalb Jahre vergangen sind, komme ich mir immer noch wie eine Anfängerin vor. Aber du bist stets für mich da, wenn Fragen auftauchen, und hilfst mir über alle Stolpersteine auf meinem Weg hinweg.

Meine Verlegerin, Dana Kaye – danke, dass du an den zweiten Band der *Diamond-Sisters* geglaubt und es auf dich genommen hast, die Serie bekannt zu machen. Schon wenige Tage, nachdem du dich einverstanden gezeigt hattest, das Buch anzunehmen, *wusste* ich einfach, dass euer Vertrieb sich großartig um die nötige Publicity kümmern würde. Ich bin schon gespannt, wie es laufen wird.

Meine Pressesprecherin, Jennifer Abbots – während ich diese Worte schreibe, bist du ganz frisch zum Harlequin-TEEN-Team gestoßen, und ich rufe dir ein herzliches Willkommen zu! (Bei Erscheinen des Buches gehörst du allerdings schon Monate zum Team!) Ich freue mich darauf, zusammen mit dir daran zu arbeiten, dass die *Diamond-Sisters* in aller Munde sind.

Lisa Wray, meine Pressefrau für den ersten Band der *Diamond-Sisters – Las Vegas kennt keine Sünde*. Ich danke dir für deine harte Öffentlichkeitsarbeit. Du warst großartig und hast nicht nur tolle Besprechungen auf wichtigen Sites erreicht, sondern auch meine Blog-Tour zusammengestellt, gelungene Zeichnungen organisiert, die die Persönlichkeiten der Schwestern wunderbar zum Ausdruck bringen, und mir bei der Planung aller möglichen Events geholfen!

Erin Craig und das Coverteam – wieder eine WUNDERVOLLE Umschlaggestaltung, die den Inhalt des Buches perfekt repräsentiert und auf den Regalen im Buchhandel ins Auge stechen wird! Danke.

Libby Sternberg – vielen Dank für das blitzartige Redigieren!

Darüber hinaus gibt es UNMENGEN von Menschen hinter den Kulissen von Harlequin TEEN, denen ich nie begegnet bin, die jedoch für die Veröffentlichung eines Buches eine wichtige Rolle spielen. Auch euch herzlichen Dank, vielleicht lerne ich euch ja mal kennen.

Brent Taylor – dein Einsatz für diese Serie war von Anfang an *so* großartig, das werde ich nie vergessen! Ich hoffe, auch dieser zweite Band hat dir gefallen.

Jackie Bach – deine Unterstützung nach dem Erscheinen von Band 1 war einfach umwerfend. Danke für deine Besuche bei den Buchhändlern, für die Fotos, die du von den Büchern dort gemacht hast, und für deine stetige Werbung für die *Diamond-Sisters*. Vor allem aber war deine Unterstützung als Schriftsteller-Kollegin ganz unglaublich. Danke für deine tollen Ratschläge und dass du mir zugehört hast, wenn ich mal wieder nur vom Schreiben gefaselt habe. Ich freue mich schon auf den Tag, wenn unsere Namen Seite an Seite die Buchregale für junge Erwachsene zieren. :o)

Kaitlin and Tiffany – ihr wisst, wie wichtig ihr beide für mich seid! Ich hoffe, ihr habt an den nach euch benannten Figuren im Buch Spaß. Jackie and Brooke – meine jungen Cousinen! Ihr zwei seid ganz sagenhaft und bei Familienfesten gebe ich immer kräftig mit euch an. Ich hoffe, es freut euch, eure Namen im Buch zu entdecken, und noch viel mehr hoffe ich, dass ihr wisst, dass ihr zwei natürlich viel netter seid als die nach euch benannten Figuren! ;) (Jackie, hoffentlich gefällt es dir, dass euer Haus in dem Buch vorkommt! Schon als ich es zum ersten Mal gesehen habe, wusste ich einfach, dass die Leute von eurem Balkon in den Pool springen werden.)

Alicia – du bist eine tolle Freundin, und du hast mich zu der Figur von Alyssa inspiriert, die ursprünglich ein supernettes Mädchen (wie du!) war. Aber schließlich musste ich sie komplett umschreiben, um etwas mehr Drive in das Geschehen zu bekommen. Also, ich hoffe, du hast immer noch

Gefallen an Alyssa, auch wenn sie sich jetzt stark von dir unterscheidet.

Devan – welch unglaublicher Freund du bist! Wir sind immer irgendwie auf der gleichen Wellenlänge. Danke, dass du stets spürst, wenn ich Redebedarf habe.

Wendy – meine Zimmerkollegin aus dem ersten Studienjahr, die mich zu der Figur gleichen Namens angeregt hat. Deine Freundlichkeit und Unvoreingenommenheit habe ich immer bewundert.

Die *YouTube*-Künstler, die mich auf Savannahs Geschichte gebracht haben – Emily Harder, Tiffany Alvord, Megan Nicole und Madilyn Bailey. Ihr habt alle ein unglaubliches Talent. Ich empfehle allen euren Channel! Fantastisch.

Meine Eltern, Anne und Richard Madow, mein Bruder, Steven Madow, und meine Großeltern, Lois und Selvin Madow, sowie Paul und Phyllis Lichtenstein – DANKE FÜR ALLES. Ohne euch hätte ich das nicht geschafft. Wie immer hoffe ich, dass ihr unsere Familien-Insiderwitze genießt. Und Steven, danke für deinen Hinweis auf *Habitat for Humanity*.

Mein unglaubliches Promoterteam – ihr alle wart so ermutigend und hilfreich mit eurer unermüdlichen Werbung für meine Bücher. Danke, dass ihr mich immer wieder daran erinnert, warum ich schreibe! Aishah Qazi, Ali Byars, Alice Zheng, Allyson Bright Meyer, Aly Phanord, Alyssa Susanna, Amanda Leigh Morey, Amanda Price, Amanda Welling, Amber Garcia, Amy Halbern, Ana Sana, Anatea Oroz, Andrea Caito, Angela Chen, Annie Lai, Aparajita Basu, Ashley Hopkins, Becca Jayne, Beckie Voigts, Becky Earl,

Betsy Diaz, Brooke DelVecchio, Cameron Yeager, Cara White, Carissa Miller, Cary Morton, Catherine Sanchez, Chandra Haun, Christina Madison, Chyna Go, Ciara Byars, Colette Grubman, Danii Calcagno, Darcus Murray, Deena Edwards, Destiny Sparks, Eli Madison, Elizabeth Weibley, Ella Zegarra, Emily Mahar, Emily Nesheva, Emily Rasmussen, Erin Prefontaine, Erin Sawyer, Erin Westlund, Gabbie Johnson, Gabby Matlock, Genissa Daly, Gina Scarcella, Hannah Newlin, Heather Sheffield, Heidi Keil, Hira Mushtaq, Holly A. Letson, Iris Kwakernaat, Ivy Leung, Jackie Wostrel, Jacqueline Bach, Jen Stasi, Jennifer Weiser, Jesselle Villegas, Jessica Recio, Jessica Reid, Jessica Sun, Jessica Woodward, Kaitlin Dang, Kat Colvin, Kat Fleming, Kathy Coe, Kelly Hager, Kendall McCubbin, Kirsty-Marie Jones, Kristen Ana Vazquez, Larissa Hardesty, Lauren Goff, Leanne Maala, Lily Velez, Lis Carcamo, Louisse Ang, Margie Cortina, Marie Landry, Melody Sosa, Michelle Adams, Michelle Minton, Myra White, Natasha Evans, Natasha Vahora, Nicola Wilkinson, Nicole Hackett, Nicole Mainardi, Nicole Miniuk, Nora Deret, Paige Murray, Paola Benavides, Patrice Zurek, Patricia Lopez, Paul E. Petty, Queenielyn Dahilan, Rachel Hoyt, Raizza Mae Cinco, Rebecca Greer, Ren White, Roger McClellan, Saloni Lad, Samantha Panda, Samantha Randolph, Samantha Wallace, Sarah Blackstock, Sarah Brown, Selina Xu, Sophie Hedley, Stephanie Ehmann, Stephanie Ward, Sue Fabianova, Susan Schleicher, Tabitha Williams, Tanya Sydor, Tiffany Fowler, Valerie Burleigh und Vi Nguyen.

Michelle Madow

Diamond Sisters – Las Vegas kennt keine Sünde

ca. 400 Seiten, ISBN 978-3-570-31040-3

Als Peyton, Courtney und Savannah herausfinden, dass ihr verschollen geglaubter Dad niemand Geringerer als Adrian Diamond ist, der millionenschwere Hotelmagnat von Las Vegas, eröffnet sich ihnen eine völlig neue Welt: Luxus-Penthouse auf dem Sunset Strip, No-Limit-Creditcards, Bodyguards, Glamour, Intrigen und Eitelkeiten. Worauf die drei Schwestern völlig unterschiedlich reagieren: Peyton mit rebellischem Goth-Look, Courtney mit einer verbotenen Affäre und Savannah geht Shoppen, bis die Kreditkarte glüht. Was sie vereint, ist das Geheimnis ihrer Vergangenheit – und das stellt alles in den Schatten ...

cbt

www.cbt-buecher.de

30233

Christine Thomas

Rock My World – Ein heißer Sommer

Ca. 350 Seiten, ISBN 978-3-570-30992-6

Als Jasmin (17) auf ihrer Geburtstagsparty ihren Freund Conall beim Fremdgehen mit ihrer besten Freundin erwischt, ist sie dankbar, nach L.A. flüchten zu können. Ihre Mutter hat beschlossen, dort als Schauspielerin neu durchzustarten. Während ihr bester Freund Leon ihren Rachesong „Sorry Ass" zum You Tube-Hit macht, jobbt Jasmin in L.A. bei Starbucks und verliebt sich dort in den geheimnisvollen Raoul. Doch mit dem Erfolg von „Sorry Ass" tritt Conall, der mit seiner Band ebenfalls immer bekannter wird, wieder auf den Plan. Wird Jasmin auf seine medienwirksamen Versöhnungsversuche eingehen oder sich für Raoul entscheiden?

30176

cbt

www.cbt-buecher.de